Maria Matray · Answald Krüger

Das Attentat

Maria Matray · Answald Krüger

Das Attentat

Der Tod der Kaiserin Elisabeth und die Tat des Anarchisten Lucheni

Mit 22 Abbildungen
und Dokumenten

Langen Müller

Dieses Buch erschien erstmals 1970 unter dem Titel »Der Tod der Kaiserin Elisabeth von Österreich oder Die Tat des Anarchisten Lucheni«

Bildnachweis

Alle Abbildungen aus dem Archiv der Buchverlage Langen Müller Herbig, außer 3, 8, 9 und 22 (Sammlung C. Weber)

2., durchgesehene und erweiterte Neuauflage

Schutzumschlag: Wolfgang Heinzel
Druck und Binden: Wiener Verlag, Himberg bei Wien
Printed in Austria
ISBN 3-7844-2694-8

Unser Dank gilt Herrn Jean Eger, Procureur général de la République et Canton de Genève, ohne dessen Erlaubnis, die in den Genfer Staatsarchiven verwahrte Akte Luchenis einsehen zu dürfen, dieses Buch – zumindest in der vorliegenden Form – nicht hätte geschrieben werden können.
Er gilt den folgenden Bibliotheken:
Bayerische Staatsbibliothek, München;
Biblioteca Nazionale (Braidense), Mailand;
Bibliothèque Publique et Universitaire, Genf;
Österreichische Nationalbibliothek, Wien;
Universitätsbibliothek Erlangen-Nürnberg,
Erlangen;
Zentralbibliothek, Zürich.
Damen und Herren dieser Institute haben unsere Arbeit überall mit gleicher Hilfsbereitschaft unterstützt.
Unser Dank gilt schließlich Baron Edmond de Rothschild, der uns auf Schloß Pregny Einblick in das Gästebuch und andere Dokumente gewährte, die sich auf den dortigen Besuch der Kaiserin und des Erzherzogs Rudolf beziehen.

Die Genfer Akten bestehen aus mehreren hundert Seiten, meist in französischer oder italienischer Sprache. Sie sind, bis auf eine Ausnahme, alle von Hand geschrieben. Falls wir den einen oder anderen Ortsnamen, sofern er nicht auf andere Weise festzustellen war, falsch entziffert haben sollten, bitten wir um Nachsicht. Dasselbe gilt auch für Familiennamen. Hier könnte es sich aber nur um Personen handeln, die am Rande des Geschehens auftreten.

Maria Matray und Answald Krüger

INHALT

Telegramm –
aufgegeben am 29. August 1898
um 11 Uhr 25 vormittags
in der eidgenössischen
Bundeshauptstadt Bern

WAADTLAENDISCHES DEPARTEMENT JUSTIZ POLIZEI LAUSANNE

OESTERREICHISCHE KAISERIN ANKOMMT MORGEN 30. AUGUST CAUX
BEI TERRITET FUER LAENGEREN AUFENTHALT.
SIE REIST IN ALLERSTRENGSTEM INKOGNITO UND BENUTZT FUER
STRECKE BASEL–TERRITET DEN FAHRPLANMAESSIGEN ZUG
JURA–SIMPLON NR. 168
ABFAHRT BASEL 7 UHR 50 UND NR. 149
ABFAHRT LAUSANNE 2 UHR 25.
BITTEN GEGEN EVENTUELLE BELAESTIGUNGEN ALLE FUER NOTWENDIG
ERACHTETEN MASSNAHMEN ZU ERGREIFEN.

BUNDESDEPARTEMENT JUSTIZ POLIZEI BERN

Der 10. September 1898

Kurz vor 1 Uhr mittags kehrte Elisabeth, Kaiserin von Österreich und Königin von Ungarn, in Begleitung der Gräfin Sztáray von einem Einkaufsbummel durch die Genfer Innenstadt ins Hotel Beau-Rivage zurück. Sie beabsichtigte, den Dampfer um 1 Uhr 40 nach Territet zu nehmen und von dort mit der Zahnradbahn nach Caux zurückzukehren, wo sie seit einiger Zeit zur Erholung weilte.

Auf Wunsch der Kaiserin, die sich stets bemühte, jedes Aufsehen zu vermeiden, hatte das Gefolge Genf mit dem 12-Uhr-Zug verlassen. Nur die Hofdame und ein Lakai waren zurückgeblieben.

Wegen der großen Hitze hielt man die Fensterläden im Salon des Appartements der Monarchin geschlossen. Elisabeth legte Sonnenschirm und Fächer auf den Tisch und stieß die Läden auf. Dann trat sie zum Spiegel, nahm den Hut ab, zog die weißen Glacéhandschuhe aus und klingelte nach dem Lakai, der im Vorzimmer auf ihre Befehle wartete. Als er erschien, verlangte sie frische Milch.

Der Sztáray wurde inzwischen auf ihrem Zimmer das Mittagessen serviert. Sowie der Kellner gegangen war, schlüpfte sie aus der Kostümjacke, wusch sich in der Porzellanwaschschüssel die Hände und setzte sich zu Tisch. Die kleine Uhr, die an einer goldenen Kette um ihren Hals hing, zeigte 15 Minuten nach eins.

Um 1 Uhr 25 schob sie den Dessertteller zurück, zog die Jacke wieder an, griff nach Handschuhen und Tasche und verließ schnell den Raum. Im Vorzimmer der Kaiserin zögerte sie. Die Etikette verlangte, daß sie sich nicht melden durfte, bevor sie gerufen wurde. Aber die Zeit drängte. Sie klopfte leise an und trat ein.

Elisabeth stand in der offenen Balkontür.

»Majestät, es ist gleich halb zwei!« warnte die Gräfin auf ungarisch. »In wenigen Minuten geht der Dampfer! Wir müssen uns beeilen!«

»So klar wie heute habe ich den Mont-Blanc noch nie gesehen«, sagte die Kaiserin gelassen, ebenfalls auf ungarisch.

Gräfin Sztáray wußte, wie schwer es war, die Monarchin zur Eile zu bewegen. Daher bat sie um Erlaubnis, den Lakai zum Schiff vorausschikken zu dürfen, damit er notfalls die Abfahrt hinauszögern könnte.

Das wurde ihr gestattet.

Die Sztáray entfernte sich, während Elisabeth, ohne den Blick von der Aussicht zu wenden, langsam ihre Milch aus einem silbernen Becher trank.

Die Gräfin trat wieder ein und mahnte mit leiser Stimme noch einmal, sich doch beeilen zu wollen.
»Arme Irma«, sagte die Kaiserin heiter, »die Verantwortung, die Sie heute haben, scheint entsetzlich auf Ihnen zu lasten!«
»Bitte stellen Sie sich vor, wir versäumten den Dampfer, Majestät!« klagte die Gräfin. »Wir beide wären vollkommen allein hier in Genf! Unausdenkbar!«
Lachend reichte Elisabeth ihr den Silberbecher, den die Sztáray rasch ausspülte und dann in ihrer Tasche verstaute.
Die Kaiserin trat vor den Spiegel, setzte den schwarzen Hut auf, zog die Handschuhe an, ergriff Sonnenschirm und Fächer und verließ mit gemessenen Schritten vor Irma Sztáray das Appartement.

Um halb fünf Uhr hatte der Leibkammerdiener Ketterl das Schlafzimmer Seiner Majestät des Kaisers Franz Joseph im Schloß Schönbrunn bei Wien betreten, sich dem Bett genähert und den Kaiser mit dem täglich wiederholten Satz: »Ich lege mich zu Füßen Eurer Majestät, guten Morgen!« geweckt.
Der Achtundsechzigjährige sprang aus dem Bett, wünschte ebenfalls »Guten Morgen« und erkundigte sich nach dem Wetter. Gleich darauf erschien der »Badewaschel« mit der Gummibadewanne. Nachdem er den Kaiser eingeseift, abgespült und trocken gerubbelt hatte, kleidete sich der Monarch mit Hilfe des Leibkammerdieners an, hielt seine Morgenandacht und empfing den Leibarzt, Hofrat Dr. Kerzl, zur täglichen Visite.
Vom Frühstück bis zum Mittagessen, das ihm auf dem Schreibtisch serviert wurde, pflegte der Kaiser zu arbeiten. Heute beendete er sein Pensum etwas früher als sonst und schrieb an die Kaiserin:

Schönbrunn, den 10. Septbr. 1898

*Édes szeretett lelkem,**
da ich Heute in Schönbrunn bleibe und daher mehr freie Zeit habe, so will ich doch noch einige Zeilen an Dich richten, um Dir ... für Deinen an ... (Valerie) gerichteten Brief vom 4., der ja auch für mich bestimmt war, innigst zu danken. Gleichzeitig schickte mir Valerie ein kurzes Schreiben der Gräfin Sztáray, auch vom 4., welches ... auch günstiges über Dein Befinden enthält. Sehr erfreut hat mich die bessere Stimmung, die Deinen Brief durchweht und Deine Zufrie-

* Meine süße, geliebte Seele (ungarisch)

denheit mit dem Wetter, der Luft und Deiner Wohnung samt Terrasse, welche einen wunderbaren Ausblick auf Berge und See gewähren muß. Daß Du dennoch eine Art Heimweh nach unserer lieben Villa Hermes gefühlt hast, hat mich gerührt. Gestern Nachmittag war ich wieder dort und ging in der Nähe der Villa spazieren. Der Abend war herbstlich, aber sehr schön, der ganze gestrige Tag wolkenlos; auch Heute ist es schön kühl, aber der Barometer fällt, was mich für die Tátra fürchten läßt . . .
Von der Freundin erhielt ich Gestern ein Telegramm von Ferleiten 6 Uhr 10 M. Nachmittag. Sie war dort vom Glocknerhause angekommen und wollte noch Gestern nach Zell am See fahren, wo sie gewiß spät eingetroffen sein wird. Warum sie ihre Gebirgstour so gehetzt und mit so starken Tagesleistungen gemacht hat, ist mir nicht klar.
Ich bin Gestern um 8 Uhr in die Stadt gefahren, wo ich bis ½ 3 Uhr geblieben . . . Um 3 Uhr habe ich hier allein gespeist und Abends erfreute ich mich an der guten Milch aus der Maierei. Heute bleibe ich hier und um ½ 9 Uhr Abends reise ich . . . vom Staatsbahnhofe (zum Manöver) ab.
*Isten veled szeretett angyalom.**
Dich von ganzem Herzen umarmend,

*Dein KL(einer)***

Franz Joseph streute Sand über die Seite, ließ ihn dann sorgfältig in eine Schale rinnen, wobei er sich Mühe gab, kein Körnchen zu verlieren. Darauf klingelte er dem Flügeladjutanten und bat, den Brief sofort an die Kaiserin in die Schweiz zu befördern.

Gegen 2 Uhr nachmittags erreichte Untersuchungsrichter Charles Léchet die Mitteilung, daß die österreichische Kaiserin auf dem Gebiet der Republik und des Kantons Genf bei einem Attentat verwundet worden sei. Er begab sich sofort zum Justizpalast an der Place du Bourg-de-Four. Dort wurde ihm der inzwischen aufgegriffene mutmaßliche Attentäter vorgeführt. In Gegenwart von Generalstaatsanwalt Navazza und anderen hohen Beamten begann Léchet unverzüglich mit der Vernehmung.
»Man beschuldigt Sie des Mordversuchs an Ihrer Majestät der Kaise-

* Adieu, geliebter Engel
** Georg Nostitz-Rieneck, »Briefe Kaiser Franz Josephs an Kaiserin Elisabeth«

rin von Österreich. Bekennen Sie sich zu einer solchen Tat?«
»Ja.«
»Sie dürfen sich setzen, wenn Sie wollen.« Der Vorgeführte nahm auf einem Stuhl gegenüber dem Untersuchungsrichter Platz. »Wie heißen Sie?«
»Lucheni.«
»Vorname?«
»Luigi.«
»Wann geboren?«
»23. April 1873.«
»Wo?«
»In Paris.«
»Aber Sie sind Italiener?«
»Ja.«
»Vorname des Vaters?«
»Weiß ich nicht.«
»Unehelich?«
»Ja.«
»Vorname der Mutter?«
»Luigia.«
Léchet fragte den Greffier, den Gerichtsschreiber, ob er mitkäme. Er kam mit. Das Verhör ging weiter.
»Sind Sie in Paris aufgewachsen?« fragte Léchet.
»Nein.«
»Wo dann?«
»In Parma.«
»Verheiratet?«
»Nein.«
»Beruf?«
»Handlanger.«
»Wo wohnen Sie?« Der Untersuchungsrichter bekam keine Antwort.
»Haben Sie mich verstanden?« fragte er.
»Ja.«
»Und? Ich möchte wissen, wo Sie wohnen!«
»Rue d'Enfer Nummer 8«, antwortete der Beschuldigte jetzt.
»Hier?«
»Ja.«
»Seit wann sind Sie in Genf?«
»Seit dem 5. September.«
»Und wo waren Sie vorher?«

»In Lausanne.«
»Wie lange?«
»Am 20. Mai bin ich nach Lausanne gekommen.«
»In diesem Jahr?«
»Ja.«
»Wo haben Sie dort gewohnt?«
»In der Pension Matthey, Rue Mercerie Nr. 17.«
Léchet notierte sich die Adresse. »Was haben Sie in Lausanne gemacht?« fragte er dann.
»Was alle meine Landsleute im Ausland machen. Gearbeitet!« Zum erstenmal klang die Antwort aufbegehrend.
»Wo?« fragte Léchet.
»Beim Bau der neuen Post. Gegenüber der Kirche.«
Léchet sah wieder zum Schreiber hinüber. Der nickte ihm zu. Er hatte alles mitbekommen. »Wenn wir Sie richtig verstanden haben, Lucheni«, fuhr Léchet fort, »dann sind Sie vor fünf Tagen direkt aus Lausanne hierher nach Genf gekommen?«
»Ja.«
»Sie heißen doch Lucheni?« fragte Léchet unvermittelt.
»Ja.«
»Oder lügen Sie uns was vor?« Und scharf: »Sie heißen ja gar nicht Lucheni!«
»Doch«, antwortete der Mann.
»Na schön. Lassen wir das. Ich mache Sie nur darauf aufmerksam, daß es wenig Sinn hat, zu lügen.«
»Ich lüge nicht.«
»Um so besser.«
»Haben Sie Ihre Arbeit in Lausanne einfach im Stich gelassen?« wollte Léchet jetzt wissen.
Lucheni wies die linke Hand vor. Ein Finger steckte in einem schmutzigen Verband. »Ich hatte einen Unfall. Auf dem Bau.«
»Weshalb sind Sie nach Genf gekommen? Was wollten Sie hier?« Léchet erhielt keine Antwort. »Na? Sie müssen doch wissen, weshalb Sie nach Genf gekommen sind!«
Lucheni sah sich um. Alle Augen waren auf ihn gerichtet. »Das weiß ich genau«, sagte er. Er sprach deutlich und mit trotziger Sicherheit. »Ich habe in der Zeitung gelesen – in Lausanne, meine ich –, daß sich der Prinz von Orléans in Genf aufhält.«
»Und?«
»Ich bin hierhergekommen, um ihn zu töten!«

»Den französischen Thronprätendenten?« fragte Léchet ungläubig.
»Ja«, bestätigte Lucheni.
Einen Moment herrschte Überraschung. Lucheni war zufrieden.
»Wissen Sie überhaupt, was Sie daherreden, Mann?« fragte der Untersuchungsrichter unwillig.
»Allerdings«, antwortete Lucheni verbissen.
»Weshalb belasten Sie sich absichtlich noch mehr? Was Sie getan haben, genügt!«
»Das muß sich erst noch rausstellen«, antwortete Lucheni. Dann wiederholte er beharrlich: »Ich wollte den Prinzen von Orléans töten. Aber in Genf hörte ich, daß er nach dem Wallis abgereist ist. Er sollte per Schiff über den See zurückkommen, hieß es.«
»Wie haben Sie das erfahren?«
»Aus der Zeitung. Zwei Tage wartete ich auf ihn an der Dampferanlegestelle. Als er am 7. noch immer nicht kam, fuhr ich nach Evian.«
»Warum?«
»In Evian«, sagte Lucheni, »halten sich viele reiche Leute auf. Vielleicht war auch der Prinz von Orléans dort.« Er lachte. »Aber ich fand ihn nicht. Da fuhr ich am Donnerstag nach Genf zurück. Ich hatte mir geschworen, irgendeine hochgestellte Persönlichkeit umzubringen, Prinz, König oder Präsident einer Republik – ganz gleich! Sie sind alle von einem Schlag!«
Das Telefon klingelte. Léchet griff zum Hörer. Das Gespräch dauerte nur wenige Sekunden. Léchet legte wieder auf und läutete ab. Einen Moment sah er Lucheni an, dann verkündete er: »Die Kaiserin von Österreich ist soeben ihren Verletzungen erlegen.«
In die nachfolgende Stille rief Lucheni: »Es lebe die Anarchie! Es lebe der Anarchismus!«

Wenig später trat der Genfer Staatsrat, die Regierung der Republik und des Kantons Genf, zu einer Sondersitzung zusammen.

Untersuchungsrichter Léchet hatte auf Wunsch von Generalstaatsanwalt Navazza die Vernehmung unterbrochen. Die beiden Herren gingen zu Fuß zum Tatort. Sie waren sich darüber einig, daß ein italienischer Handlanger in Lausanne kaum wissen konnte, wann und wie die österreichische Kaiserin von Genf nach Caux zurückzukehren beabsichtigte. Dazu gehörte ein Netz von Beobachtern und Informanten, eine Organisation. Es schien also äußerst unwahrscheinlich, daß der Mörder ohne die Hilfe von Komplicen gehandelt hatte. Die Geschichte mit dem Prinzen von Orléans kam weder Navazza noch Léchet glaubhaft vor, obwohl ihnen der Sinn dieses offenkundigen Ablenkungsmanövers vorerst noch unklar blieb. Navazza erinnerte Léchet an den Mord am französischen Präsidenten Carnot und an einige anarchistische Attentate in Spanien. Immer war der Täter gefaßt worden, in keinem der Fälle konnte er ohne fremde Hilfe gehandelt haben, aber niemals glückte es, ihm dies nachzuweisen. Navazza packte Léchet beim Ehrgeiz. Es wäre ein achtunggebietender Erfolg, wenn es der Genfer Staatsanwaltschaft gelingen würde, die Verschwörung aufzudecken, an deren Existenz er keinen Augenblick zweifelte.

Navazza und Léchet besichtigten gemeinsam den Tatort, der inzwischen von einem großen Polizeiaufgebot abgeriegelt war. Dann kehrte der Generalstaatsanwalt in seine Amtsräume zurück, während Léchet sich zum Hotel Beau-Rivage am Quai du Mont-Blanc begab.
Er vernahm dort die Gräfin Sztáray, nach eigenen Angaben 34 Jahre alt, Hofdame Ihrer Majestät der Kaiserin von Österreich und Königin von Ungarn.
»Sie erklären«, begann Léchet, »daß die Tote, die wir soeben gesehen haben, die Kaiserin Elisabeth ist?«
»Ja«, antwortete die Gräfin.
»Wie kommt es«, fuhr der Untersuchungsrichter fort, »daß unsere Behörden von der Anwesenheit eines so hohen Gastes in der Stadt nichts wußten?«
»Ihre Majestät reiste inkognito.«
»Unter welchem Namen?«
»Als Gräfin von Hohenembs.«
Léchet bemerkte, daß die Sztáray mit den Tränen kämpfte. »Ich muß Ihnen leider verschiedene Fragen stellen«, sagte er. »Ihre Auskünfte sind für das Gericht unerläßlich.«
»Ich werde sagen, was ich weiß.«
Léchet ließ ihr etwas Zeit. »Wir brauchen zunächst die üblichen Daten«, sagte er dann. »Geburtstag, Geburtsort, Familienstand, Eltern der Toten.« Er begegnete einem erstaunten Blick. »Ich weiß, wie schwer diese Unterhaltung für Sie ist. Aber ich bin dem Gesetz verpflichtet, und vor den Gesetzen unseres Landes ist jeder Mensch gleich. Ohne Ausnahme.« Léchet registrierte, daß die Gräfin mißtrauisch nach dem Schreiber sah. »Monsieur Barzatta wird das nun einmal notwendige Protokoll aufnehmen«, sagte der Untersuchungsrichter. »Er ist für sein Amt vereidigt.«

»Ja, ja, natürlich«, sagte die Gräfin etwas verwirrt. Und dann: »Fangen wir an!«
»Auch wenn die eine oder andere Frage unverständlich erscheint, bitte ich um Beantwortung, sofern Sie sachlich dazu in der Lage sind«, mahnte Léchet.
Die Gräfin nickte. »Ich will es versuchen.« Einen Augenblick dachte sie nach. »Die Kaiserin wurde am 24. Dezember 1837 im Schloß Possenhofen am Starnberger See geboren«, begann sie. »Am vergangenen Heiligen Abend feierten wir ihren 60. Geburtstag.« Die Sztáray beobachtete den Schreiber. Als er mit seinen Notizen geendet hatte, fuhr sie fort. »Die arme Tote war die zweite Tochter des Herzogs Maximilian und der Herzogin Ludowica in Bayern. Im Jahr 1854, sie war noch keine siebzehn, vermählte sie sich mit Seiner Majestät Kaiser Franz Joseph I. von Österreich. Im Sommer 1867 wurde das Herrscherpaar in Budapest zum König und zur Königin von Ungarn gekrönt.«
»Sie selbst sind Ungarin?« fragte Léchet.
»Ja. Unsere Kaiserin und Königin hat ihrem Gemahl vier Kinder geschenkt«, fuhr sie fort. »Zwei sind noch am Leben, Prinzessin Gisela, die Gemahlin des Prinzen Leopold von Bayern, und ihre jüngere Schwester, die Erzherzogin Marie Valerie. Sie ist mit dem österreichischen Erzherzog Franz Salvator vermählt. Die erste Tochter, die kleine Sophie, starb als Kind. Der unglückliche Kronprinz Rudolf fand vor neun Jahren in Mayerling auf rätselhafte Weise den Tod.«
Léchet wartete, bis der Schreiber nachgekommen war, dann fragte er: »Wann sind die Kaiserin und Sie in Genf eingetroffen?«
»Gestern«, antwortete die Gräfin. »Wir kamen aus Caux. Der Gesundheitszustand der Fürstin ließ in letzter Zeit zu wünschen übrig. Wir waren zuvor in Bad Nauheim, in der Nähe von Frankfurt. Jetzt weilte Ihre Majestät zur Nachkur in Caux.«
»Ich möchte Sie nun bitten, mir den Hergang des Verbrechens zu schildern«, sagte der Untersuchungsrichter. »Vom Moment an, wo Sie und die Kaiserin heute mittag das Hotel verließen. Um wieviel Uhr war das?«
»Genau fünf Minuten nach halb zwei. Wir überquerten die Straße und gingen am Seeufer entlang zur Anlegestelle. Die Sonne schien, und Ihre Majestät hatte den Parasol aufgespannt.«
»Waren die Kaiserin und Sie allein?«
»Ja. Ihre Majestät war bester Laune«, berichtete die Gräfin weiter. »Sie machte mich darauf aufmerksam, daß die Kastanienbäume ein zweites Mal blühten. ›Sehen Sie nur, Irma‹, sagte sie und hielt ein, um

die Bäume zu bewundern. ›Majestät‹, sagte ich, ›die Kastanien sind besonders schön, aber wenn wir das Schiff erreichen wollen, müssen wir uns beeilen.‹ Die Kaiserin lachte, und wir gingen weiter.« Die Sztáray überlegte einen Augenblick. »Beim Hotel de la Paix, wo drüben auf der anderen Straßenseite die Kutscher mit ihren Wagen stehen«, fuhr sie fort, »kam ein Mann auf uns zu. Unmittelbar vor uns schien er plötzlich zu straucheln. Er machte eine Bewegung mit der Hand. Ich glaubte, um sich beim Stolpern aufrecht zu halten. Mehr habe ich in der Sekunde nicht wahrgenommen.«

»Sie sahen keine Waffe in der Hand des Mannes?«

Die Gräfin schüttelte den Kopf. »Ich wäre bereit gewesen zu schwören, daß er nichts in der Hand hatte. Gar nichts.«

»Wie ging es weiter?«

»Die Kaiserin sank zur Erde. Völlig lautlos. Da erst kam mir der Gedanke, daß dieses Scheusal Ihre Majestät geschlagen haben mußte. Das war gewiß schlimm. Aber Schlimmeres konnte ich auch noch nicht ahnen, als ich mich voller Entsetzen zu ihr niederbeugte, denn sie richtete sich bereits wieder auf. Ein paar Kutscher waren behilflich. Kerzengerade und lächelnd stand sie alsbald vor uns. ›Wie fühlen sich Majestät?‹ fragte ich in größter Erregung auf ungarisch. ›Ist Ihnen etwas geschehen?‹ – ›Nein, es ist mir nichts geschehen‹, antwortete die Kaiserin ruhig. Inzwischen war der Portier des Hotels Beau-Rivage zur Stelle. Er hatte die schreckliche Szene mit angesehen und bat eindringlich, ins Hotel zurückzukehren. ›Warum?‹ fragte Ihre Majestät. Und fügte hinzu: ›Wir sollten uns lieber etwas beeilen, sonst verpassen wir wirklich noch unser Schiff!‹ Sie setzte den Hut auf, den sie beim Sturz verloren hatte, nahm dankend Fächer und Schirm entgegen, grüßte die Umstehenden, und wir gingen davon.«

»Als ob nichts geschehen wäre?« fragte Léchet.

»Als ob nichts geschehen wäre«, bestätigte die Gräfin. »Frisch und elastisch schritt sie neben mir her, meinen Arm lehnte sie ab. Der Portier kam uns mit der Neuigkeit nachgeeilt, daß man den Missetäter ergriffen hätte. ›Was sagt der Portier?‹ fragte die Kaiserin. Da Ihre Majestät ein blendendes Gehör hatte, wunderte ich mich und sah sie an. Ich bemerkte, daß ihre Züge sich mit einemmal schmerzlich veränderten, und bat inständig, sie möge mir sagen, wie sie sich fühlte. ›Ich glaube die Brust schmerzt mich ein wenig‹, erwiderte Ihre Majestät. ›Aber ich bin nicht ganz sicher‹, fügte sie hinzu. Wir erreichten die Anlegestelle. Auf der Gangway, die zum Dampfer hinüberführte, ging die Kaiserin noch leichten Schritts vor mir her. Kaum hatte sie jedoch das Schiff

betreten, sagte sie mit erstickender Stimme: ›Jetzt Ihren Arm! Schnell, bitte!‹« Die Gräfin bemühte sich, ihrer Erregung Herr zu werden. »Ich konnte sie nicht halten«, fuhr sie fort. »Ihren Kopf an meine Brust pressend, sank ich mit ihr in die Knie. ›Einen Arzt! Einen Arzt!‹ schrie ich. Die Kaiserin lag totenbleich in meinen Armen. Der Lakai, den wir mit den Mänteln zum Schiff vorausgeschickt hatten, reichte mir Wasser. Als ich Antlitz und Schläfen damit besprengte, öffnete die Kaiserin die Lider. Mit Entsetzen erblickte ich in ihren Augen den Tod.«
»Was, glaubten Sie, war passiert?« wollte Léchet wissen.
»Ich war überzeugt, Ihre Majestät hätte einen Herzschlag erlitten«, antwortete die Gräfin. »Jemand meinte, es wäre besser, die Ohnmächtige aufs obere Deck zu bringen, wo sie eher zu sich kommen würde. Mit Hilfe zweier Herren trugen wir sie hinauf und legten sie auf eine Bank. Inzwischen war das Schiff abgefahren. Tatsächlich kam die Kaiserin in der frischen Luft wieder zu sich. Sie öffnete die Augen und lag einige Minuten mit umherirrendem Blick da. Dann setzte sie sich langsam mit meiner Hilfe auf. ›Was ist denn mit mir geschehen?‹ fragte sie. Das waren ihre letzten Worte! Unmittelbar danach sank sie wieder in Bewußtlosigkeit. Ich öffnete ihre Bluse und das Seidenmieder, um ihr Erleichterung zu verschaffen. Als ich die Bänder auseinanderriß, sah ich auf dem Batisthemd darunter einen dunklen Fleck in der Größe eines Silberguldens. Ich schob das Hemd beiseite und entdeckte in der Herzgegend eine kleine Wunde. Ein Tropfen gestocktes Blut klebte an ihr. In diesem Augenblick stand die lähmende Wahrheit vor mir. Die Kaiserin war erdolcht worden! Jetzt wundere ich mich, daß ich überhaupt noch einen Gedanken fassen konnte«, sagte die Sztáray mit mattem Lächeln. »Ich ließ den Kapitän zu mir bitten. ›Mein Herr‹, sagte ich zu ihm, ›auf Ihrem Schiff liegt tödlich verwundet Ihre Majestät die Kaiserin Elisabeth von Österreich, Königin von Ungarn. Man darf sie nicht ohne ärztlichen und kirchlichen Beistand sterben lassen. Bitte geben Sie Befehl, sofort umzukehren!‹ Der Kapitän entfernte sich stumm, und das Schiff nahm gleich darauf wieder Kurs nach Genf.«
Hier mußte Léchet das Verhör unterbrechen. Er wurde nach nebenan zu den Ärzten gerufen, die noch bei der Toten waren.
Als er zurückkam, bat er die Gräfin, beim Hof in Wien die Erlaubnis für eine Autopsie zu erwirken. Sie lehnte das Ansinnen entrüstet ab.
Wenn die Staatsanwaltschaft Mordanklage gegen den oder die Täter erheben wollte, erklärte ihr Léchet, sei der Eingriff nach Genfer Gesetz unumgänglich notwendig. Besonders bei den erstaunlichen Begleitumständen, wie die Gräfin sie selbst eben geschildert hätte. Die Ankla-

gebehörde müßte den medizinisch einwandfreien Nachweis der Todesursache erbringen, um eine eventuelle Herzschlagtheorie widerlegen zu können. In Anbetracht der hochsommerlichen Temperaturen, erklärte Léchet weiter, sei die Genehmigung zur Durchführung des Eingriffs unverzüglich auf telegrafischem Weg einzuholen. Er fügte hinzu, daß die drei inzwischen zu Gerichtsärzten bestellten und vereidigten namhaften Mediziner der Universität Genf sich aus Rücksichtnahme auf die kaiserliche Familie übereinstimmend bereit erklärt hätten, eine partielle Autopsie in der Umgebung der Wunde und des Herzens für ausreichend zu erachten.
Die Sztáray begriff, um was es ging. Sie versprach, sofort die notwendigen Schritte zu unternehmen. Ihre weitere Einvernahme wurde auf einen späteren Termin verschoben. Léchet fuhr zur Place du Bourg-de-Four zurück.

Unterdessen war die Sondersitzung des Genfer Staatsrats zu Ende gegangen. Das kantonale Justiz- und Polizeidepartement hatte im Verlauf der Sitzung mit allem Nachdruck erklären lassen, daß keinerlei Meldung über die Anwesenheit der Kaiserin, weder in Genf noch auf dem in Genf beheimateten Schiff »Genève«, bei den zuständigen Behörden eingegangen sei.

»Sie behaupten noch immer, Luigi Lucheni zu heißen?« begann Léchet die zweite Runde des Verhörs.
»Ich heiße Lucheni!« bekam er zur Antwort.
»Na schön. Schildern Sie mir jetzt die Tat!«
»Es hatte gerade halb zwei geschlagen«, begann Lucheni ohne Zögern, »da sah ich die Kaiserin und die Frau, mit der sie am Vormittag und gestern schon unterwegs war, das Hotel verlassen.«
»Sie sagten: Mit der sie am Vormittag und gestern schon unterwegs war!«
»Ja«, bestätigte Lucheni. »War sie doch!«
»Woher wußten Sie das?« fragte der Untersuchungsrichter.
»Woher ich das wußte?« Lucheni lachte. »Weil ich ihr seit gestern aufgelauert habe! Woher denn sonst?«
»Gut, erzählen Sie erst mal weiter. Sie sahen also die Kaiserin mit ihrer Hofdame des Wegs kommen!«
»Ja«, sagte Lucheni. »Sie gingen am Seeufer den Quai du Mont-Blanc entlang. Kurz vorher war ein Mann ... ein Bedienter ... mit zwei Mänteln überm Arm – Mänteln, die Frauen der besseren Gesellschaft

gehören mußten – aus dem Hotel gekommen und zur ›Genève‹ gegangen. Die ›Genève‹, das wußte ich, fuhr um 1 Uhr 40 nach Territet unterhalb Caux. Und in Caux, das wußte ich auch, war die Kaiserin zur Kur.«
»Woher wußten Sie das?«
»Aus den Zeitungen«, antwortete Lucheni.
Léchet machte sich eine Notiz.
»Ich dachte mir«, fuhr Lucheni fort, »daß der Diener zur Kaiserin gehörte und daß sie per Schiff abreisen wollte. Wenig später kam sie ja dann auch aus dem Hotel. Zusammen mit der andern.« Er machte eine Pause.
»Und?«
Lucheni lachte wieder. »Dann ging alles so, wie ich es mir ausgedacht hatte!«
»*Sie* hatten es sich ja gar nicht ausgedacht!« warf Léchet ein.
»Wer denn sonst?« fragte Lucheni.
»Sie haben nur einen Befehl ausgeführt. Sie haben doch im Auftrag gehandelt! Das wissen wir ganz genau!« Zum erstenmal hatte Léchets Stimme scharf und gefährlich geklungen. Lucheni sah ihn überrascht an. »Am besten, Sie sagen uns jetzt gleich, auf der Stelle, wer Sie zu dem feigen Verbrechen angestiftet hat! Wir bekommen es ja doch raus. Verlassen Sie sich drauf!«
Aber Lucheni hatte sein Erstaunen über den veränderten Ton des Untersuchungsrichters bereits überwunden. »Sie können glauben, was Sie wollen«, sagte er. Und dann wiederholte er: »Es ging alles, wie *ich* es mir ausgedacht hatte. Ich allein! So ging es.« Sein Gesicht spiegelte Stolz und Zufriedenheit. »Ich sah sie auf mich zukommen. Beide. Ich kannte sie ja aus Budapest. Und als ...«
Léchet unterbrach. »Sie sagen, daß Sie die Kaiserin in Budapest schon einmal gesehen haben? Wann soll das gewesen sein?«
»Vor vier Jahren. Da war ich in Budapest und die Kaiserin auch.«
»Und die Monarchin ist damals so nah an Ihnen vorbeigekommen, daß Sie ihr Gesicht deutlich sehen und es sich merken konnten?«
»Ganz deutlich«, versicherte Lucheni.
»Gut.« Léchet machte sich wieder eine Notiz. »Wo standen Sie nun heute mittag?« fragte er dann.
»Als die beiden auf die Straße raustraten, lehnte ich beim Seeufer am Geländer.«
»Wo genau?«
»Zwischen dem Hotel de la Paix und der Dampferanlegestelle.«

»Die Kaiserin ist aber gegenüber dem Droschkenhalteplatz niedergestochen worden«, warf Léchet ein.
»Ist sie auch«, bestätigte Lucheni. »Ich bin ihr entgegengelaufen und verstellte ihr den Weg. Ich bückte mich und sah unter den Schirm.« Er grinste. »Ich wollte nicht die Falsche erwischen. Sie gingen ja beide ganz in Schwarz.« Und nach einer kurzen Pause: »Sie war nicht besonders schön. Schon recht alt. Wer was anderes sagt, hat keine Ahnung. Oder er lügt.«
»Und dann? Was geschah dann?« drängte Léchet.
»Nichts. Ich stach zu«, sagte Lucheni. »Das war alles.«
»Womit?«
Lucheni dachte einen Moment nach. »Mit einer sehr spitzen und sehr scharfen Waffe«, sagte er langsam.
»Mit einem Dolch?«
»Ja.«
»Wer gab Ihnen den Dolch?« fragte Léchet.
»Niemand. Ich habe ihn mir vor acht Tagen gekauft.«
»Wo?«
»In Lausanne.«
»Wo genau? Bei wem?« wollte Léchet wissen.
»Bei einem Trödler. Irgendwo in der Altstadt. Genau kann ich mich nicht mehr erinnern.«
Léchet sah Lucheni an.
Der zuckte die Achseln. »Tut mir leid.«
»Sie kauften den Dolch in der Absicht, ihn beim Attentat auf die Kaiserin zu benutzten?« fragte Léchet.
Lucheni ließ sich nicht verwirren. »In der Absicht, ihn bei einem Attentat zu benutzen«, verbesserte er den Untersuchungsrichter. »An die Kaiserin dachte ich damals noch nicht.«
»Erzählen Sie weiter«, sagte Léchet.
»Als ich ihr den Stoß versetzte, wußte ich schon, daß sie sterben würde. Ich stieß mit aller Kraft zu und spürte, wie die Waffe tief in die Brust eindrang.« Lucheni sprach ruhig, mit dem Ton ehrlicher Befriedigung. »Sie fiel ja auch um wie vom Blitz getroffen. Da lief ich davon.«
»Und das Mordinstrument?«
»Hat man es nicht gefunden?« fragte Lucheni zurück.
»Nein. Wo haben Sie es gelassen?«
»Weggeworfen.«
»Wohin?«
»Irgendwohin.«

»Hatte Ihre Flucht ein bestimmtes Ziel? Wo wollten Sie hin?« Lucheni zögerte einen Moment. »Überlegen Sie nicht!« herrschte Léchet ihn an. »Antworten Sie!«
»Ich wollte nicht fliehen«, versicherte Lucheni.
»Sie wollten nicht fliehen?« fragte der Untersuchungsrichter. »Dann sind Sie wohl nur zum Vergnügen weggelaufen, so schnell Sie konnten?«
»Ich wollte zur Polizei. Das war von Anfang an mein Plan. Ich wollte mich stellen und vor aller Öffentlichkeit erklären, weshalb ich die Tat begangen hatte.«
»Warum sind Sie dann nicht einfach stehengeblieben?« fragte Léchet. »Das wäre doch nur logisch gewesen.«
»Ich hatte keine Lust, wie Caserio* von einer aufgebrachten Menge halbtot geschlagen zu werden, bevor die Polizei kam.«
Léchet sah den jungen Mann an. Das unbewegte Gesicht des Attentäters verriet nichts. »Lassen wir das erst mal«, sagte er schließlich. »Aber vielleicht verraten Sie mir etwas anderes? Ihr Fluchtweg – den Ausdruck müssen Sie mir schon gestatten – ist nur wenige hundert Meter lang und wurde gleich nach der Tat abgeriegelt. Seit Stunden suchen Gendarmen dort nach der Waffe. Ohne Erfolg. Wie erklären Sie das?«
Lucheni zuckte abermals die Achseln.
»Na schön. Haben Sie zur Tat selbst noch was zu sagen?« fragte Léchet.
Lucheni richtete sich auf. »Ich bekenne«, sagte er theatralisch, »daß es meine wohlüberlegte Absicht war, die österreichische Kaiserin zu töten, und daß mich die Nachricht von ihrem Tod gefreut hat. Ich bin Anarchist!«
»Haben Sie diese Bekenntnisse allein eingeübt?« fragte Léchet kühl.
Lucheni sah den Untersuchungsrichter zornig an. »Da war nichts einzuüben«, sagte er verächtlich. »Der große Bakunin hat uns den Weg gezeigt, wie wir die Fesseln abwerfen können!«
»Welche Fesseln?« wollte Léchet wissen.
»Die Fesseln, die eine verkommene Aristokratie und eine kapitalistische Bourgeoisie uns auferlegen!«
»Kann noch ein Zweifel bestehen, wohin der von Ihrem großen Bakunin gewiesene Weg führt?« fragte Léchet.

* Caserio, Santo, italienischer Anarchist, Mörder des französischen Präsidenten Carnot; enthauptet

»Sie sind selbst ein Bourgeois und wissen nicht, worum es geht«, sagte Lucheni jetzt fast gütig. »*Ich* glaube an die Propaganda der Tat. Und mit mir viele andere. Tausende und aber Tausende, in allen Ländern der Welt. Allein darauf kommt es an.«
Luchenis Worte machten auf Léchet keinen Eindruck. »Noch eine Frage«, sagte er nüchtern. »Woher wußten Sie eigentlich, daß die Kaiserin sich in Genf aufhielt?«
»Aus den Zeitungen«, antwortete Lucheni.
Léchet machte sich wieder eine Notiz. »Sind Sie vorbestraft?« fragte er dann.
Lucheni schüttelte den Kopf. »Aber es hat verdammt wenig eingebracht.«
»Reut es Sie nicht, Ihr Gewissen mit einem Mord belastet zu haben?« fragte Léchet.
»Gewissen?« Lucheni lachte. »Von unsereinem verlangt die Welt Gewissen, aber selbst hat sie für Leute meinesgleichen nie eins gezeigt. Die seit tausend Jahren im Elend leben und von den Mächtigen und Reichen – was ja auf eins rauskommt – nur immer gepeinigt werden und in ihren Kriegen verrecken dürfen, die bereuen nichts!«
Léchet sah zum Gerichtsschreiber hinüber. »Haben Sie das?« fragte er. Der Schreiber hatte alles aufgenommen und las jetzt die ganze Aussage nochmals vor.
Lucheni hörte genau zu. Er war mit dem Protokoll einverstanden und unterschrieb. Langsam, mit ungelenkem Schriftzug, setzte er den Namen darunter.
Im Vergleich zu seiner Redegewandtheit ist es mit seinen Schreibkünsten erstaunlich schwach bestellt, dachte Léchet.

Lucheni wurde abgeführt.
Als Untersuchungsgefangener kam er in das Gefängnis St. Antoine. Es lag unmittelbar neben dem Justizpalast. Der Häftling brauchte mit den beiden Wächtern nur einen dunklen, mauerumgebenen Hof zu überqueren.

Die Rue d'Enfer war eine kleine Straße am Rande der Altstadt, zwischen der Rue de la Croix-d'Or und der Rue de la Madeleine. Keine hundert Meter lang. Obwohl sie nur knappe drei Minuten von der Place du Bourg-de-Four entfernt lag, hatte Léchet sie zuvor noch nie betreten. Nun war er die paar Schritte vom Justizpalast zu Fuß heruntergekommen. Er wußte nicht, wie die Rue d'Enfer sich ihren unge-

wöhnlichen Namen erworben hatte, aber als er in sie einbog, sah er, daß sie ihn zu Recht trug. Zwei Dutzend schmale, baufällige Häuser standen zusammengedrängt, windschief und altersschwach in dieser »Straße der Hölle«. Seit Generationen hatte man nichts mehr an ihnen ausgebessert. Alles war aus dem Lot, aus den Fugen, aus den Angeln und drohte in der nächsten Sekunde einzustürzen, um einen einzigen, übel riechenden Schuttberg zu hinterlassen.
Vor einem der Häuser – es war die Nr. 8 – wartete Kommissar Fouchard auf den Untersuchungsrichter. An der Wand neben dem Eingang stand mit weißer Kreide in Druckbuchstaben der Name Seydoux und darunter »Chambres garnies«.
Der Polizist führte Léchet über eine dunkle, enge Treppe in die Wohnung der Madame Seydoux, die im Hochparterre lag. Sie bestand aus einer Küche und einem Zimmer. Darüber gab es noch zwei weitere Stockwerke mit jeweils einem einzigen dunklen, unfreundlichen Raum. Im ganzen Haus hing ein Geruch von Schimmel und Abfällen. Fouchard, der mit vier Beamten zur Haussuchung angerückt war, hatte nur Madame Seydoux angetroffen. Von ihren Schlafgästen war keiner zugegen. Außer ein paar armseligen Kleidungsstücken, die nach Aussage der Seydoux den Mietern gehörten, förderte die Durchsuchung der oberen Pensionsräume nichts zutage.
Madame Seydoux war eine resolute Fünfzigerin. Sie machte auf Léchet den Eindruck, als könne sie ihre Hausgäste leicht im Zaum halten. Sie vermietete vorwiegend an Ausländer. Mit voller Absicht. Die waren nämlich, wie sie Léchet freimütig erklärte, nicht so anspruchsvoll. Nach ihren Erfahrungen hatte man auf die Dauer weniger Scherereien mit ihnen als mit den eigenen Landsleuten. Das wiederum lag vermutlich daran, daß die von Madame Seydoux praktizierte Art des Beherbergungsgewerbes nicht unbedingt jedermanns Sache war. Sie gab nämlich keine Kost, nicht einmal Frühstück. Sie vermietete auch keine Zimmer, wie es fälschlicherweise draußen angeschrieben stand. Madame Seydoux vermietete lediglich Betten. Pro Nacht für 40 Centimes. Wer eines für sich allein haben wollte, mußte den vollen Preis entrichten, wer es mit einem Kompagnon teilte, zahlte nur 30 Centimes. Die Mietvorschrift, auf deren Einhaltung sie großen Wert legte, wies außerdem eine ungewöhnliche Bestimmung auf. Die Gäste durften das Logis nur von 8 Uhr abends bis 8 Uhr morgens benutzen. Während der zwölf Stunden am Tag mußte das Haus von ihnen geräumt sein. Da wollte die Seydoux nicht von ihren Klienten belästigt werden. Als Léchet sie fragte, ob das Geschäft unter solchen rigorosen Bedingungen

nicht leide, verneinte sie. Die Hausordnung würde von ihren Mietern durchwegs akzeptiert. Wer Arbeit hat, sagte sie, ist sowieso mehr als zwölf Stunden am Tag unterwegs. Und wer keine hat, kann die Miete nicht bezahlen. An solchen Kunden läge ihr nichts.
Als die Seydoux hörte, daß Lucheni, der Mörder der Kaiserin, bei ihr gewohnt haben wolle, geriet sie ganz außer sich. Sie holte ihr Pensionsbuch, schlug es auf und legte es vor Léchet auf den Tisch. »Hier, überzeugen Sie sich selber, Monsieur le Juge!« sagte sie theatralisch.
Léchet nahm das Buch und las: »Silva, Giovanni, Staatsangehörigkeit Italien, Heimatadresse Chieri, Provinz Turin – Buratti, Guido, Italien, Heimatadresse Vigarano Pieve, Provinz Ferrara – Piazetti, Pedro, aus Lucca-Borgonovo, Italien. »Lucheni behauptet aber steif und fest, bei Ihnen übernachtet zu haben«, sagte der Untersuchungsrichter, während er die Namen auf der vorherigen Seite des Buches überflog.
»Dann ist er eben ein Lügner«, schimpfte die Seydoux. »Ein Mörder, der eine harmlose, arme alte Kaiserin umbringt, lügt auch! Oder meinen Sie, der sagt Ihnen zuliebe die Wahrheit?«
»Wann kommen Ihre Kunden gewöhnlich nach Hause?« fragte Léchet sachlich.
»Im Laufe des Abends. Mal früher, mal später«, bekam er zur Antwort. »Was wollen Sie denn von denen?«
»Es könnte sein, daß die sich besser an Lucheni erinnern als Sie!«
»Die lügen genauso!« schimpfte die Seydoux sofort von neuem. »Alle Italiener lügen! Ich könnte über diese Leute Sachen erzählen, da würden Ihnen die Augen übergehen!«
»Und ich will Ihnen jetzt auch was erzählen«, ergriff Fouchard das Wort. »Wir werden auf Ihre Mieter warten und sie hübsch einen nach dem andern vernehmen. Wenn sich dabei rausstellt, daß in der vergangenen Woche noch andere Personen bei Ihnen genächtigt haben, wird das für Sie verdammt unangenehm. Wir sind nämlich nicht zum Vergnügen hier. Es handelt sich um Mord. Mord an einer Kaiserin! Da mit reingezogen zu werden ist kein Honiglecken, Madame Seydoux. Wer der Polizei bei der Aufklärung einer so hochpolitischen Untat absichtlich Schwierigkeiten macht, muß wissen, daß er Kopf und Kragen riskiert.«
Fouchards Worte zeigten augenblicklich ihre Wirkung. »Wenn hier noch andere Leute übernachtet hätten«, eröffnete die Seydoux den Rückzug, »müßten sie ja im Fremdenbuch stehen!«
»Tun Sie doch nicht, als ob das so sicher wäre«, entgegnete der Kommissar.

»Vergessen kann jeder mal was«, räumte die Seydoux ein.
»Jetzt kommen wir uns schon näher«, sagte Fourchard. »In flauen Zeiten vergißt man manchmal, nach den Papieren zu fragen. Besonders, wenn man dem andern damit einen Gefallen tut. Besser ein Gast ohne Papiere als gar kein Gast. So wird es doch gemacht, Madame!«
»Nicht bei mir!« protestierte die Frau. »Jedenfalls nicht mit Absicht, wenn Sie das behaupten wollen.«
»Ich bin weit entfernt, das zu behaupten. Aber auch Sie können gelegentlich mal vergessen, einen Kunden einzutragen. Sie haben es ja schon mehr oder weniger zugegeben!«
Die Seydoux sah von Fouchard zu Léchet und wieder zu Fouchard.
Der Kommissar nickte ihr ermunternd zu. »Lucheni hat bei Ihnen gewohnt. Nun sagen Sie schon die Wahrheit!« Es klang jetzt ganz freundlich. »Dann ist die Sache erledigt, und über das Fremdenbuch wird nicht mehr gesprochen.«
»Wie er hieß, weiß ich wirklich nicht«, sagte die Seydoux, nachdem sie sich zum Sprechen entschieden hatte. »Sie kamen zusammen. Am Donnerstag war das. Vorgestern. Ein Älterer und ein Jüngerer. Ich . . .«
»Es waren also zwei?« unterbrach Léchet.
»Ja. Ich war gerade dabei, das Haus abzusperren, als sie vor der Tür standen.«
Der Untersuchungsrichter ließ sich die beiden beschreiben. Der eine konnte Lucheni gewesen sein. Der andere war nach Aussage der Wirtin jünger. Noch keine zwanzig, meinte sie, aber ein ganzes Stück größer, schlanker. Etwas ausgehungert, könnte man sagen. Und bartlos. Untereinander sprachen sie italienisch und mieteten nur ein Bett, das der Ältere bezahlte. Für zwei Nächte.
Léchet und Fouchard wollten sehen, wo sie geschlafen hatten. In ihrem Beisein wurde das Bett von einem Polizisten gründlich untersucht. Ohne Erfolg. Die wenigen Habseligkeiten im Zimmer gehörten Buratti und Piazetti. Sie hatten jeder ein Bett für sich. Die vierte Schlafgelegenheit war im Augenblick nicht vermietet. Giovanni Silva hauste ein Stockwerk höher.
Léchet ordnete an, daß Fouchard und seine Leute zurückbleiben, alle Mieter festnehmen und sie ins Untersuchungsgefängnis einliefern sollten. Der Seydoux befahl er, ihn auf der Stelle zum Justizpalast zu begleiten.

Lucheni wurde ins Amtszimmer des Untersuchungsrichters gebracht. Er erkannte Madame Seydoux sofort. Und sie ihn.

»Sie sollten sich schämen, eine unbescholtene Witwe in ein solches Verbrechen hineinzuziehen!« fiel die Seydoux über Lucheni her.
Léchet bremste das Temperament der Bettvermieterin und forderte sie auf, draußen zu warten. Dann nahm er sich den Attentäter vor. »Sie wollen seit dem 5. in der Rue d'Enfer gewohnt haben. Tatsächlich waren Sie aber nur zwei Nächte dort. Äußern Sie sich dazu!«
»Ich wurde gefragt, wo ich wohne. Da habe ich gesagt, Rue d'Enfer Nummer 8. Dort war ich die letzten beiden Nächte. Außerdem sagte ich, daß ich vom Mittwoch zum Donnerstag in Evian war. Schon deshalb kann ich nicht seit dem 5. bei der Seydoux gewesen sein.«
Léchet überflog das Protokoll und mußte sich davon überzeugen, daß Lucheni recht hatte. »Und wo haben Sie vom 5. bis zum 7. geschlafen?«
»Auch in der Altstadt«, sagte Lucheni zögernd.
»Wo genau? Bei wem?« wollte Léchet wissen.
»Tut mir leid«, sagte Lucheni. »Ich weiß die Adresse nicht. Beim Vorbeigehen las ich, daß Schlafstellen vermietet wurden, da bin ich reingegangen. Mit den Straßennamen kenne ich mich nicht aus.« Und dabei blieb er.
»Ich lasse alle Fremdenbücher der Altstadt durchsehen«, verkündete Léchet. »Dann wird sich ja rausstellen, ob Sie die Wahrheit reden!«
»Die Mühe können Sie sich sparen«, sagte Lucheni. »Kein Mensch hat mich nach Namen und Papieren gefragt.«
»Sie wollen mir doch nicht einreden, daß ein erwachsener Mensch Ihrer Intelligenz irgendwo übernachtet und nicht weiß, wo und bei wem!«
»Ich glaube, Sie überschätzen meine Intelligenz«, sagte Lucheni mit entwaffnender Arglosigkeit.
Léchet war verwirrt. Machte sich der Kerl über ihn lustig, oder war diese Mischung von Gerissenheit und Naivität echt? Eines schien indes klar, Drohungen beeindruckten ihn nicht, und bei seiner anarchistischen Verneinung jedes Autoritätsprinzips war es zweifelhaft, ob die landläufige Verhörmethode zum gewünschten Erfolg führen würde. Aber den brauchte Léchet. Er brauchte ihn nicht nur – er brauchte ihn auch bald.
»Wann sind Sie in Genf angekommen?« nahm er das Verhör wieder auf.
»Am 5. Gegen 1 Uhr mittags.«
»Gut«, sagte Léchet. »Sie behaupten also, nicht mehr zu wissen, wo Sie die beiden ersten Nächte geschlafen haben. Aber Sie mußten ja

auch essen! Sie sind vielleicht spazierengegangen, Sie haben irgendwelche Lokale besucht... Zwei Tage sind eine lange Zeit! In der müssen Sie mit allen möglichen Leuten gesprochen haben. Nennen Sie mir zwei oder drei Personen – oder meinetwegen auch nur eine, die Sie gesehen oder die mit Ihnen gesprochen hat. Hier in dieser Stadt Genf, meine ich. Zu dem von Ihnen angegebenen Datum, zwischen Montag und Mittwoch! Zwischen dem 5. und 7. September!«
Lucheni antwortete nicht.
»Einen Kellner, einen Gärtner in einem der vielen Parks, einen Polizisten, den Sie nach dem Weg gefragt haben, einen Verkäufer in einem Bäckerladen! Sicher haben Sie sich doch ein Stück Brot gekauft. Oder sonst was! Nun?«
»Ich habe damals mit keinem Menschen gesprochen«, sagte Lucheni.
»Das ist unmöglich! Denken Sie nach!«
»Ich habe mit keinem Menschen gesprochen«, wiederholte er.
»Und Sie haben auch nichts gegessen?« Gegen seine Absicht wurde Léchet wieder scharf. »Sie waren die ganze Zeit in keinem Geschäft und in keinem Lokal? Sie haben nicht irgendwo ein Glas Wein getrunken?«
»Doch«, sagte Lucheni schließlich, »aber ich kann mich nicht erinnern, wo.«
Léchet unterdrückte seinen Ärger. »Schön, lassen wir das vorerst«, schob er das Thema beiseite. »Wer war der junge Mann, mit dem Sie bei der Seydoux übernachtet haben?«
»Den kannte ich nicht«, erklärte Lucheni.
Léchet sah ihn an. »Sie haben mich mißverstanden«, sagte er ruhig. »Ich fragte nach Ihrem Freund, mit dem Sie vorgestern, am Donnerstag, abends zur Seydoux kamen...«
»Er war nicht mein Freund«, unterbrach Lucheni.
»Meinetwegen«, räumte Léchet ein. »Aber Ihr Begleiter war er doch!«
»Das stimmt.«
»Na also. Sie bezahlten für sich und Ihren Begleiter viermal 30 Centimes für das Bett, das Sie teilten – gleich rechts neben der Tür, in dem Zimmer, wo noch zwei Landsleute von Ihnen schliefen. Stimmt das?«
Lucheni nickte.
»Schön«, sagte Léchet freundlich. »Und von diesem jungen Mann, mit dem Sie am Donnerstag abends kamen, am Freitag früh gingen, am selben Abend wiederkamen... mit dem Sie auch heute morgen

gemeinsam das Haus in der Rue d'Enfer verließen ... von dem spreche ich. Seinen Namen würde ich gern erfahren!«
»Ich sagte bereits, daß ich ihn nicht weiß.« Lucheni sprach genauso freundlich wie Léchet. Das Erstaunen im Gesicht des Untersuchungsrichters veranlaßte ihn zu einigen Erläuterungen. »Er war ein Landsmann von mir und Anarchist wie ich. Anarchisten fragen sich nicht nach dem Namen. Ich habe ihn auf dem Schiff getroffen ... während die Fahrt von Evian nach hier.«
»Woher wußten Sie, daß er Anarchist war?«
»Wenn man selber einer ist, merkt man das sofort.«
»Woran?«
»Das kann ich einem Bourgeois nicht erklären«, sagte Lucheni.
»Weshalb haben Sie für den Mann bezahlt, wenn Sie ihn gar nicht kannten? Ist das unter Anarchisten üblich?«
»Ja. Wer gerade Geld hat, bezahlt. Geld bedeutet uns nichts«, sagte Lucheni und fügte hinzu: »Besser als für einen Kameraden können wir es gar nicht ausgeben.«
»Und wo ist der Kamerad jetzt?«
»Genf gefiel ihm nicht«, antwortete Lucheni. »Er wollte sich woanders umsehen.«
»Wo?«
Lucheni zuckte die Achseln. »Wir fragen uns gegenseitig nichts. Nicht nach dem Namen und auch sonst nichts.«
»Wie praktisch«, sagte Léchet.
»Ja«, bestätigte Lucheni mit dem Ausdruck naiver Arglosigkeit, der Léchet so verdächtig war.
»Sie und Ihr ... unbekannter Bekannter haben das Bett aber von Anfang an nur für zwei Nächte gemietet! Stimmt das?«
»Ja.«
»Warum?«
»Für länger reichte mein Vermögen nicht«, sagte Lucheni.
»Und außerdem wollten Sie ja beide heute die Kaiserin Elisabeth umbringen!« fügte Léchet hinzu.
»Es war meine Absicht, so bald wie möglich ein hohes Tier umzubringen. Das stimmt. Mein Kamerad hatte keine Ahnung davon. Aber auch ich wußte ja am Donnerstag noch nicht, daß ich schon heute das Glück haben würde, meinen Plan durchzuführen.« Lucheni strahlte. Das Gelingen des Mordanschlags schien er für den größten Glücksfall seines Lebens zu halten.
»Soll ich das tatsächlich niederschreiben?« fragte der Schreiber.

»Wollen Sie, daß Ihre letzte Äußerung zu Protokoll genommen wird?« gab Léchet die Frage an den Attentäter weiter.
»Warum nicht? Sie sind doch so scharf auf die Wahrheit«, antwortete Lucheni. »Das ist die Wahrheit!«
Der Greffier konnte sich nicht entsinnen, je etwas Ähnliches in den Akten festgehalten zu haben.
»Ich würde gern wissen, wo Sie in Evian übernachteten, falls Sie sich zufällig daran erinnern«, nahm Léchet das Verhör wieder auf.
»Ich erinnere mich genau«, antwortete Lucheni.
»Das freut mich aufrichtig«, sagte Léchet.
»Es war ein Café, und oben kann man schlafen. Es gibt davon mehrere in Evian. Den Namen der Straße weiß ich natürlich nicht . . . wenn sie überhaupt einen hat. Evian ist ja gegen Genf nur ein Dorf.«
»Können Sie wenigstens beschreiben, wo dieses Café liegt?«
»Nein. Aber ich kann es Ihnen an Ort und Stelle zeigen«, sagte er liebenswürdig.
»Evian ist in Frankreich! Glauben Sie, daß ein schweizerischer Richter und ein italienischer Untersuchungsgefangener da einfach hinfahren und in der Gegend herumspazieren können?«
»Das müssen Sie besser wissen als ich«, antwortete Lucheni. »Ich kann nicht mehr sagen, als daß ich bereit bin, Ihnen zu zeigen, wo ich in Evian geschlafen habe.«
Mit Léchets Beherrschung war es zu Ende. »Erst wollten Sie mir weismachen, Sie hätten seit dem 5. in der Rue d'Enfer gewohnt!« herrschte er Lucheni an. »Dann, nachdem Sie der Lüge überführt sind, wissen Sie angeblich nicht, wo Sie sich die Tage zuvor rumgetrieben haben! Weder die Adresse in Genf noch die in Evian kennen Sie. Und von einem Mann, mit dem Sie Tag und Nacht zusammen waren, wissen Sie nicht einmal den Vornamen! Wer soll das glauben! Der Generalstaatsanwalt? Der Gerichtspräsident? Die Jury? Wer?«
Lucheni blieb stumm.
»Antworten Sie gefälligst, wenn ich etwas frage!« befahl Léchet. »Oder ich lasse Sie erst mal für ein paar Tage in die Arrestzelle einsperren. Da sind schon andere als Sie zur Besinnung gekommen!«
Es war Léchet, als würde Lucheni ihn belächeln.
»Das Lachen wird Ihnen noch vergehen!« sagte er in einer Erregung, über die er sich ärgerte.
»Warum sind Sie so böse auf mich?« fragte Lucheni treuherzig. »Sie haben mich doch! Und mein Geständnis haben Sie auch. Genügt das nicht?«

Léchet verspürte keine Lust, sich in weitere Diskussionen einzulassen. Fürs erste hatte er genug von Lucheni. Er ließ ihn das Protokoll unterschreiben und in die Zelle zurückführen.
Frau Seydoux, die noch immer im Vorraum wartete, bekam die Erlaubnis, nach Hause zu gehen.

Inzwischen hatte der Untersuchungsrichter Péter den Gendarmen Lacroix vernommen.
Lacroix amtierte am frühen Nachmittag als Vorsteher des Gendarmeriepostens Paquis, der in nächster Nähe des Tatorts lag. Das von ihm unterschriebene Protokoll legte Péter seinem Chef Léchet jetzt vor. Es besagte, daß Lucheni, nachdem man ihn ergriffen hatte, vom Gendarmen Kaeser und von drei Zivilpersonen, einem gewissen Fiaux, einem gewissen Chammartin und dem Portier des Hotels Beau-Rivage, zunächst zum Polizeiposten Paquis gebracht wurde. Damals ahnte noch niemand etwas von einem Attentat auf das Leben der Monarchin. Man glaubte an einen brutalen Faustschlag, vermutlich im Zusammenhang mit einem Raubversuch. Dennoch fragte der Postenvorsteher Lacroix den Verhafteten, ob er beim Überfall eine Waffe verwendet hätte. Hierauf antwortete Lucheni: »Wenn ich eine Waffe benutzt hätte, müßte man sie ja bei mir gefunden haben.« Tatsächlich war bei einer vorausgegangenen Leibesvisitation nichts gefunden worden. Im Gefangenenwagen, während des Transports zum Justizpalast, sagte Lucheni zu Lacroix: »Es tut mir leid, daß ich sie nicht getötet habe!« Weiterhin erklärte er, wenn er 50 Francs besäße, wäre er nach Italien gefahren, um König Umberto zu ermorden. Jetzt würde das ein anderer besorgen. »Ein anderer Kamerad«, wie er sich ausdrückte. Am Schluß des Protokolls erwähnte Lacroix eine Person, die als Mittäter in Frage kommen könnte. Er hatte Lucheni schon gestern, am 9. September – also am Tag vor dem Mord –, nachmittags bei Hotel Beau-Rivage herumlungern sehen, und am heutigen Vormittag, gegen 10 Uhr, war er ihm abermals aufgefallen. Um diese Zeit saß Lucheni in der Nähe des Hotels auf einer Bank und unterhielt sich mit einem Herrn mit weißem Bart. Lacroix, mit dessen Italienisch es nicht weit her war, wollte etwas von Reisen oder Abreisen verstanden haben.
Soweit die Aussage von Lacroix. Dem Protokoll angeheftet war die Personenbeschreibung des Unbekannten. Sie lautete:

Groß, schlank, 50 bis 55 Jahre alt, korrekt gekleidet. Grauer Anzug, schwarze Schuhe, schwarzer steifer Hut (Glocke). Grau-weißer, auf *etwa 2 cm gestutzter Bart, blaue Augen, weißes, volles Haupthaar. Hat eine rauhe Stimme, spricht italienisch und führt einen weißen Sonnenschirm mit sich.**

Der 10. September 1898 neigte sich seinem Ende zu. Abends um 7 Uhr, so berichtete der Korrespondent eines Berner Blattes, brachten Raddampfer, Schiffchen und Kähne die Ausflügler zurück, die sich über den Quai ergossen. Draußen auf dem Wasser kreuzten nur noch einzelne Segelboote im Schein der untergehenden Sonne. Gegenüber dem Quai breitete sich, vor den Felsbändern des Mont Salève, im Dunst das alte Genf aus. Ganz im Hintergrund war über den düsteren Spitzen der Vorberge die Firnkuppe des Mont-Blanc sichtbar geworden. Um diese Zeit stand die Menge noch immer vor dem Hotel Beau-Rivage, wie sie es in der Gluthitze des Mittags schon getan hatte, und blickte hinauf zu den verhangenen Fenstern, hinter denen die tote Kaiserin lag.

Für Léchet war noch kein Ende des Tages abzusehen. In den ersten Abendstunden vernahm er Louis Chammartin, 24 Jahre alt, in Genf geboren und daselbst, in der Rue Rossi 8, wohnhaft. Von Beruf Elektriker.
Chammartin hatte sich zur Aussage gemeldet und erklärte, daß er kurz vor 2 Uhr nachmittags von der Dampferanlegestelle Quai du Mont-Blanc einen Freund abholen wollte, dessen Namen und Adresse er angab. Er wartete, gegen das Geländer am Seeufer gelehnt, auf das Schiff und wurde so Augenzeuge des Attentats. Chammartin verfolgte Lucheni, der den Quai hinunter, um die nächste Ecke, in die Rue des Alpes davonlief. Der Zeuge holte den Fliehenden vor dem Haus Rue des Alpes Nr. 5 ein und hielt ihn, zusammen mit einem Droschkenkutscher, fest, bis sie ihn an Ort und Stelle einem inzwischen alarmierten Polizisten vom Posten Paquis übergaben. Während Lucheni lief, machte er zwischendurch immer wieder einzelne Luftsprünge, als ob er vor Freude außer Rand und Band gewesen wäre, berichtete Chammartin. Und als man ihn schließlich abführte, sagte er: »Keine Angst, ich laufe nicht davon. Ich wollte sowieso nur zur Polizei.« Dann sang er vergnügt vor sich hin. Die empörte Menge, die sich angesammelt hatte, wollte ihn verprügeln, aber der Gendarm schützte den Verhafteten, so gut es ging, so daß Lucheni nur ein paar leichte Stöße ab-

* AGG (Archiv der Generalstaatsanwaltschaft, Genf)

bekam. Noch etwas wußte der Elektriker: Er hatte sich am heutigen Nachmittag in der Umgebung des Tatorts an der Suche der Gendarmen nach dem Mordinstrument beteiligt. Um diese Zeit – es war gegen 4 Uhr – saß auf einer Bank gegenüber dem Hotel de la Paix ein Mann. Chammartin war aufgefallen, daß dieser Mann fluchtartig seinen Platz verließ, als der Besitzer des Hotels Beau-Rivage, Monsieur Mayer, mit einem Gendarmerieoffizier den Quai du Mont-Blanc daherkam. Der Mann lief, sich mehrmals umsehend, die Rue des Alpes in Richtung Bahnhof hinauf. Den gleichen Weg, den auch Lucheni genommen hatte.
Chammartin schätzte den Verdächtigen auf 45 bis 50 Jahre, beschrieb ihn als mittelgroß, schlank und gut gekleidet. Der Zeuge glaubte sich an einen hellen Sommerpaletot, einen hellen Hut und an einen grauen Vollbart zu erinnern.

Kurz vor 3 Uhr nachmittags hatte die Gräfin Sztáray an den Generaladjutanten Graf Paar nach Wien ein Telegramm mit folgendem Wortlaut gesandt:

*Ihre Majestaet die Kaiserin wurde schwer verwundet. Bitte dies Seiner Majestaet dem Kaiser schonungsvoll zu melden.**

Wenig später informierte der österreichisch-ungarische Konsul in Genf telegrafisch die Gesandtschaft seines Landes in Bern und bat, die Meldung auf offiziellem Weg schnellstens nach Wien weiterzuleiten.
Gegen 4 Uhr nachmittags sandte die Gräfin Sztáray ein zweites Telegramm an Paar. Es lautete:

*Ihre Majestaet die Kaiserin ist entschlummert.***

und gelangte gegen 5 Uhr zur Kenntnis des Grafen Paar. Etwa zur gleichen Zeit hatte der österreichisch-ungarische Minister des Äußeren, Graf Goluchowski, die Todesnachricht über die Berner Gesandtschaft erhalten.
Beim Eintreffen der Depeschen war Paar gerade mit den letzten Vorbereitungen der für denselben Abend geplanten Abreise des Kaisers zu Korpsmanövern nach Leutschau in der Slowakei beschäftigt. Im Ein-

* Irma Sztáray, »Aus den letzten Jahren der Kaiserin«
** s. o.

vernehmen mit Goluchowski, der auch Minister des kaiserlichen Hauses war, fuhr Paar von der Wiener Hofburg hinaus nach Schönbrunn und überbrachte dem Kaiser die Nachricht vom Tod der Gemahlin.

Auf dem Berner Bundeshaus wehte die eidgenössische Fahne auf halbmast. Gegen Abend traten dort die Bundesräte, teils eilig aus dem Urlaub zurückgerufen, zu einer Sondersitzung zusammen. Sie sandten das folgende Telegramm an den Geschäftsträger der Eidgenossenschaft in Wien:

*Sie erhalten hiermit Auftrag, der k. k. Regierung von der entsetzlichen Freveltat Kenntnis zu geben, die an Ihrer Majestät der Kaiserin Elisabeth in Genf von einem Italiener verübt worden ist. Wollen Sie dabei betonen, welch tiefe Entrüstung dieses Attentat uns einflößt, dessen Opfer eine edle Monarchin wurde, die unser Land durch ihre Gegenwart ehrte. Der Schmerz sei um so größer für uns, als diese Greueltat auf unserem Boden geschehen konnte. Wollen Sie ferner beifügen, daß wir und mit uns das ganze Schweizervolk Seiner Majestät dem Kaiser und der k. k. Familie die wärmste Teilnahme bei diesem herben Verlust entgegenbringen. Schließlich wollen Sie noch bemerken, daß der Mörder Luigi Lucheni verhaftet worden ist.**

Weiter beauftragt der Bundesrat seine Gesandtschaften in und außerhalb Europas, die jeweiligen Regierungen von der Untat in Kenntnis zu setzen.

Über die Verbreitung der Todesnachricht in Wien meldete der Korrespondent einer Berner Zeitung:

Eine gewaltige Skala der Gemütsaufregungen machte die Wiener Bevölkerung in den heutigen Abendstunden durch. Es mag gegen 6 Uhr gewesen sein, als die Nachricht hie und da in der Stadt aufflakkerte. Doch stieß sie zunächst noch allenthalben auf Mißtrauen. Indessen hielt sich das Gerücht beharrlich, flog aus der inneren Stadt in die entferntesten Vororte, überall die alarmierten Bürger anfeuernd, Gewißheit über das Entsetzliche zu erlangen. Als dann die ersten Extrablätter erschienen waren, entspannen sich um sie auf der Straße wahre Kämpfe. Wer eines ergattert hatte, las es den andern laut vor.

* NZZ (Neue Zürcher Zeitung) vom 12. 9.98

Weiber und Kinder schluchzten. Auf allen Lippen lag nur das eine Wort: Ermordet! Unsere Kaiserin ermordet! Gegen 8 Uhr abends hatten sich auf dem Stephansplatz und in den umliegenden Straßen Tausende und aber Tausende versammelt. Der Wagenverkehr kam zum Erliegen. Die Menschen standen in dumpfer Verzweiflung. Viele weinten. Ein tiefes schmerzliches Mitgefühl verband die gewaltige Volksmenge in dieser Stunde mit ihrem greisen Herrscher, dem das Schicksal erneut die Dornenkrone aufgesetzt hatte.

Kurz nach Anbruch der Dunkelheit fand in der österreichisch-ungarischen Metropole die erste Demonstration gegen italienische Arbeiter statt. Allein in Wien ging die Zahl der Italiener in die Tausende. Vor einem Lokal am Rennweg, dem Treffpunkt der bei der Verlegung der städtischen Gasrohre beschäftigten Ausländer, rotteten sich einheimische Bürger zusammen. Vorerst begnügten sie sich mit Beschimpfungen gegen die im Lokal befindlichen Arbeiter. »Die Italiener nehmen uns das Brot weg und ermorden unsere Kaiserin!« riefen sie und sangen patriotische Lieder.
Als die aufgehetzte Masse später in die Gaststätte eindrang und zu Tätlichkeiten schritt, flohen die verängstigten Ausländer durch den Hintereingang ins Freie. Sie wurden von den Demonstranten verfolgt, angespuckt und geschlagen. Nur durch das energische Eingreifen der Polizei gelang es, ernstere Vorkommnisse zu verhindern.
Ähnliche Ausschreitungen wurden auch aus anderen Teilen der Stadt gemeldet.

Im Verlauf des Abends trafen in der Hofburg die ersten Beileidstelegramme ein:

Vom Manöver eben zurückkehrend, erfahre ich die entsetzliche Nachricht von der ruchlosesten aller Taten. Tief erschüttert und noch fassungslos, kann ich kaum Worte finden, um Dir zu sagen, wie ich für Dich fühle und trauernd den schweren Verlust mitempfinde. Es ist eine Prüfung des Herrn, die wir Menschen nicht begreifen können und die nur durch ihre fürchterliche Schwere auf uns lastet. Aber das ist der einzige Trost für uns arme Menschen, daß es von oben also bestimmt ist.

Berlin, 10. September 1898
Wilhelm

Die Worte fehlen mir, um mein inniges Beileid, mein Entsetzen auszusprechen. Es ist zu schauderhaft, zu grausam. Gott schütze Dich und stehe Dir bei!

Balmoral, 10. September 1898
Victoria R. I.

Durchdrungen vom Entsetzen über die Nachricht von dem hassenswerten Attentat, dessen Opfer Ihre Majestät die Kaiserin und Königin geworden ist, lege ich Wert darauf, Eure Majestät des aufrichtigsten Kummers zu versichern, den sie mir einflößt, und des Anteils, den ich von ganzem Herzen an Ihrem Schmerz nehme, und ich bitte Sie, an meine aufrichtige und tiefe Sympathie zu glauben.

Rambouillet, 10. September 1898
Felix Faure
(Präsident der französ. Republik)

Das letzte Telegramm des Tages, das spät abends am 10. September die Hofburg erreichte, war vom amerikanischen Präsidenten McKinley, der drei Jahre und vier Tage später selbst das Opfer eines anarchistischen Mordanschlags werden sollte. Es lautete:

Ich habe mit tiefem Bedauern von der Ermordung Ihrer Majestät der Kaiserin von Österreich erfahren, und ich entbiete Eurer Majestät die tiefe Sympathie der Regierung und des Volkes der Vereinigten Staaten.

Washington, 10. September 1898
*William McKinley**

Über den 10. September im Schloß Schönbrunn berichtete die Wiener NEUE FREIE PRESSE unter anderem:

Aus der Umgebung des Monarchen werden die Nachrichten über die heroische Selbstbeherrschung, die der Kaiser bei der Entgegennahme der Todesnachricht an den Tag legte, bestätigt. Er soll minutenlang den Kopf in die Hände gestützt und in sich versunken dagesessen sein. Dann sprach der Kaiser die lapidaren Worte: »Mir bleibt doch gar nichts erspart auf dieser Welt.« Hierauf erhob sich der Kaiser und sagte: »Die Manöver sind nicht abzusagen. Der Beck (Gene-

* NFP (Neue Freie Presse, Wien), Beileidstelegramme in der Ausgabe vom 15. 9. 98

ralstabchef) soll sie leiten.« (Diese Verfügung wurde später widerrufen.) Sodann zog sich der Monarch zurück. Sich selbst überlassen, soll er in einen heftigen Weinkrampf verfallen sein und geschluchzt haben, indem er den Namen der Kaiserin wiederholt schmerzlich ausrief.

Meine Mutter ist ermordet worden! Valerie versuchte, diese unfaßbare Nachricht in den Bereich ihrer Vorstellungskraft zu rücken.
Sie hat ihren Mörder gefunden, schoß es ihr durch den Kopf, und sie erschrak bei diesem Gedanken. Die Mutter hatte sich oft den Tod gewünscht. Oder zumindest sagte sie es. Aber sosehr sie ihn auch herbeigesehnt haben mochte, sosehr fürchtete sie das Sterben.
Vor fünf Monaten besuchte der Kaiser seine Frau in Kissingen. Wieder in Wien, ließ er Valerie kommen und bat sie, zur Mutter zu fahren. Sie sähe sehr schlecht aus, sagte er, die Tochter solle beim Wiedersehen nicht erschrecken.
Valerie reiste sofort ab.
Sie blieb zwei Wochen in Kissingen. Zwei Wochen lang stellte sie sich auf Elisabeth ein, war Tag und Nacht um sie, las ihr jeden Wunsch von den Augen ab. Ihr Befinden besserte sich zusehends. Sie wurde heiter und nahm wieder an der Umwelt teil. Unterdessen zählte Valerie mit schlechtem Gewissen die Tage und sehnte sich nach Franz Salvator und den Kindern.
Als sie wieder zu Hause war, schrieb ihr die Mutter:

Wir haben übertrieben gute Tage zusammen verlebt, wie in der alten, schönen Zeit. Es tut nicht gut, sich für so kurze Zeit wieder daran zu gewöhnen.

Wer war jetzt beim Vater, überlegte Valerie. Wer half ihm? Tröstete ihn? Gisela lebte in München. Stephanie hielt sich gerade in Darmstadt auf. Aber Stephanie wäre kein Trost! Gar keiner.
Die Schratt tröstete ihn! Natürlich, die Schratt! Der Gedanke irritierte Valerie. Mit der »Freundin«, wie die Eltern die Schratt stets nannten, konnte Valerie sich bis zum heutigen Tag nicht abfinden. Beim besten Willen nicht.
Es hatte damit begonnen, daß der Kaiser öfter als sonst das Burgtheater besuchte. Jedesmal spielte die neue »Naive«, Katharina Schratt. Vielleicht war das Zufall. Vielleicht bemerkte er sie erst richtig in Kremsier. In dem kleinen mährischen Ort fand im August 1885 eine Tagung des Dreikaiserbundes statt. Kremsier wurde als Treffpunkt gewählt, weil

die Geheimpolizei in Wien nicht für die Sicherheit des Zaren Alexander III. garantieren konnte, der seit der Ermordung seines Vaters in ständiger Angst vor Attentaten lebte. Franz Joseph, Elisabeth und Kronprinz Rudolf kamen aus Wien, das Zarenpaar aus Petersburg und Bismarck, in Vertretung seines erkrankten Herrschers, aus Berlin. Alle nahmen im Fürstbischöflichen Palais Quartier. Schloß und Park wurden hermetisch abgeriegelt. Zur Unterhaltung der hohen Gäste gab das Ensemble des Burgtheaters eine Vorstellung auf der Freilichtbühne des Parks.
Der Zar war von den Schauspielerinnen, besonders aber von der etwas molligen Schratt derart entzückt, daß er die Hauptdarstellerinnen einlud, am Souper teilzunehmen, obwohl er keineswegs der Gastgeber war. Am nächsten Tag schrieb Rudolf der Kronprinzessin Stephanie:

*Um 6 Uhr war großes Diner. Um 8 Uhr Theater. Dann Souper mit Wolter, Schratt und Fräulein Wessely in einem Zimmer mit den Majestäten. Es war merkwürdig.**

Am selben Morgen erhielt Frau Schratt vom Zaren hundert Rosen und eine herrliche Smaragdbrosche, was Franz Joseph sofort von seinem Polizeichef gemeldet wurde. Der Kaiser war verstimmt, Elisabeth amüsiert.
Das Interesse Franz Josephs an Katharina Schratt wäre vielleicht erloschen, wenn Elisabeth es nicht energisch geschürt hätte. Auf eigene Initiative bestellte sie beim Hofmaler Heinrich von Angeli ein Porträt der Schauspielerin und machte es Franz Joseph zum Geschenk. Im Atelier des Malers arrangierte sie das erste Zusammentreffen der beiden in kleinstem Kreis. Die unerwartete, seltsame Protektion verwirrte Frau Schratt aufs höchste.
Eine der Hofdamen erzählte Valerie am nächsten Tage, daß der Kaiser der Schauspielerin einen sehr liebenswürdigen Brief und einen Smaragdring gesandt hätte, dessen Stein wesentlich größer wäre als der in der Brosche des Zaren.
Von diesem Tag an wurde die Freundschaft zwischen dem Kaiser und der Schratt durch das Entgegenkommen der Kaiserin gebilligt, ständig gefördert und sanktioniert. Zyniker und Lästermäuler deuteten die Beziehung des Kaisers zu der Schauspielerin auf eindeutige Art. Aufgeklärte bewunderten Elisabeth wegen ihres Taktes und ihrer tadellosen Haltung.

* Joan Haslip, »Elisabeth von Österreich«

Valerie aber war verletzt. Sie glaubte, daß ihre Mutter dem Vater die Schauspielerin regelrecht aufdrängte, um sich selbst von ihm zu befreien. Die Geste, die wie Großmut aussah, hielt sie für Geringschätzung. Die Mutter brachte kein Opfer, sondern handelte aus Selbstsucht. Da Valerie die Eltern liebte, richtete sich ihr Unwille gegen Katharina Schratt. Die vielen Stunden, die sie gemeinsam mit den Eltern und der »Freundin« verbringen mußte, waren ihr stets eine Qual. Dabei blieb Frau Schratt immer respektvoll, verlor niemals die Distanz, und selbst Valerie mußte sich gestehen, daß sie eine heitere, liebenswerte Person war, viel ausgeglichener, viel umgänglicher als die oft sehr launische Mutter.
Ein einziges Mal verspürte Valerie für die »Freundin« Sympathie, oder vielleicht war es auch nur Mitleid. Nämlich als ihr ein Gedicht vor Augen kam, das die Mutter verfaßt hatte. Es lautete:

Dein dicker Engel kommt ja schon
im Sommer mit den Rosen.
Gedulde Dich, mein Oberon,
und mach nicht solche Chosen!

Sie bringt sich mit ihr Butterfaß,
läßt Butter sich bereiten,
sie macht mit Cognac die Haare naß
und lernt am End' noch reiten!

Sie schnürt den Bauch sich ins Korsett,
daß alle Fugen krachen,
hält sich gerade wie ein Brett
und äfft noch andre Sachen.

Im Häuschen der Geranien,
wo alles so fein und glatt,
dünkt sie sich gleich Titanien,
*die arme, dicke Schratt!**

Valerie verstand jede Anspielung, jede Spitze, die das Gedicht enthielt. Elisabeth hatte der »Freundin« einmal ein Butterfaß geschenkt. Elisabeth wusch sich die Haare mit Eiern und Franzbranntwein, ritt wie die

* Marie von Wallersee, »Meine Vergangenheit«

Göttin der Jagd, wog mit ihrer Größe von 1 Meter 72 weniger als 50 Kilo, sprach in ihren Versen oft von sich selbst als Titania und dem Kaiser als Oberon.
Das Gedicht war grausam, fand Valerie. Als sie das nächste Mal mit Frau Schratt zusammentraf, war sie nicht schweigsam wie sonst, sondern von ausgesuchter Höflichkeit, was ihren Vater erfreute, wenn sie seinen Blick richtig deutete.
Viele Jahre später sagte die Mutter einmal:

»Mein Leben ist unnütz, und ich stehe nur zwischen dem Kaiser und Frau Schratt. Ich spiele doch eine lächerliche Rolle.«

Valerie mußte an den Zauberlehrling denken. Elisabeth wurde die Geister, die sie heraufbeschworen hatte, nicht mehr los.
Aber vielleicht hatte die Mutter ihre Worte nicht so ernst gemeint. Vielleicht waren sie nur einer momentanen Stimmung entsprungen, oder sie wollte an das Mitgefühl des Lieblingskindes appellieren.
Lieblingskind! Valerie haßte dieses Prädikat. Sie errötete stets, wenn die Mutter es gebrauchte. Elisabeth hatte sie verwöhnt, angebetet, nie aus den Augen gelassen, sie mit ihrer Liebe an sich gefesselt, bis Valerie es nicht mehr ertragen konnte.
Elisabeth war die halsbrecherischste, wagemutigste Reiterin, die es in Europa gab, aber Valerie durfte kein Pferd besteigen, so ängstigte sich die Mutter um sie. Wer Valerie gern hatte, konnte alles von ihr haben, wer ihr feindlich gesinnt war, wurde ihr Todfeind. Valerie wußte nicht, warum sie so vorgezogen wurde, und der Gedanke, daß es ihre Geschwister Gisela und Rudolf verletzen könnte, beunruhigte sie tief. Es gab Menschen, die sich Valeries Sonderstellung auf ihre Art erklärten. Eines Tages erfuhr Valerie davon.
Sie war 15 Jahre alt, es war Sommer, man war in Ischl. Damals hatte Valerie eine Freundin, die Dolly genannt wurde. Dolly erzählte ihr, mit tiefen Abscheu über solch verworfene Gemeinheit: Böse Zungen behaupteten, Valerie wäre gar nicht das Kind des Kaisers, sondern Graf Gyula Andrássy sei ihr wirklicher Vater. Valerie wurde so blaß, daß Dolly erschrak und in Tränen ausbrach. Sie beschwor Valerie, diesen Unsinn nicht ernst zu nehmen. Sie hätte sich lieber die Zunge abbeißen sollen, statt ihr den Klatsch weiterzuerzählen. Valerie war unfähig, ein Wort zu sprechen. Sie schüttelte nur den Kopf und lief davon.
Seitdem ging sie Dolly aus dem Weg. Jeden Abend stand sie vor dem Spiegel und suchte in ihrem Kindergesicht nach Ähnlichkeiten. An-

drássy war ein phantastisch schöner, romantisch-zigeunerhaft aussehender Mann. Valerie fand keine Spur davon in ihren eigenen Zügen. Dagegen glaubte sie, die Habsburger Unterlippe bei sich zu entdecken. Das gab ihr Trost. Lange Zeit schob sie absichtlich das Kinn nach vorn, um so die Unterlippe zu betonen. Erst als die Mutter eine Bemerkung darüber machte, gab sie die Angewohnheit auf. Seit diesem Tag in Ischl haßte sie Andrássy und ertrug es kaum, wenn die Mutter ihn ihren einzigen wahren Freund nannte.
Was Dolly ihr leichten Herzens kolportiert hatte, konnte Valeries Glauben an die eheliche Treue der Mutter letzten Endes nicht erschüttern. Aber sie erinnerte sich, daß eine der Hofdamen ihrer Großmutter, der Erzherzogin Sophie, sie als kleines Kind immer »das Ungarmädel« nannte, worauf die Anwesenden jedesmal in Lachen ausbrachen. Jetzt verstand sie, was damit gemeint war.
Um den Klatsch Lügen zu strafen, wünschte sich Valerie nichts sehnlicher, als daß ihre Eltern vor aller Welt zufrieden und glücklich miteinander lebten. Aber die tiefe Unruhe der Mutter, ihre Flucht in weite Reisen, wilde Reiterkunststücke und Parforcejagden, endlose, oft acht- und neunstündige Spaziergänge und ewige Schlankheitsdiäten zeigten deutlich, daß Elisabeth nicht glücklich war und daß Valeries Wunsch nicht in Erfüllung gehen würde. Mit ihrem Vater hatte Valerie Mitleid. Wenn Franz Joseph geahnt hätte, was seine jüngste Tochter für ihn empfand, hätte er sie für total verschroben und überspannt gehalten.
Den Höhepunkt erreichte das bedrückende Gefühl, als Elisabeth nur noch auf sporadische Besuche nach Wien kam und mit unverhohlener Langeweile die kurzen Wochen ihres Aufenthalts durchlitt. Bei Tisch sprach sie dann meist so leise, daß der schon etwas schwerhörige Kaiser, der auf jedes ihrer Worte begierig war, sie nicht verstehen konnte. Wenn er Elisabeth fragte, was sie gesagt hätte, schwieg sie einfach. Die zur Schau getragene Gleichgültigkeit schockierte Valerie. Sie machte es sich zur Aufgabe, die Worte der Mutter sofort mit lauter Stimme zu wiederholen. Einmal nahm sie ihren ganzen Mut zusammen und bat Elisabeth, so diplomatisch wie möglich, doch lauter zu sprechen. Aber sie zuckte nur die Achseln und meinte:

Ja, ich hab' immer eine leise Stimme gehabt. Aber jetzt werde ich richtig redefaul. Ich weiß es selbst.

In ihrer Nüchternheit glich Valerie sehr dem Vater. Sie verabscheute jede theatralische Schwärmerei und mißtraute ihr tief. Besonders

unangenehm war Valerie die Verehrung, die ihr Onkel König Ludwig von Bayern für die Mutter zur Schau trug.
Schon immer hatte sich Valerie etwas vor Ludwig gefürchtet, aber in den letzten Jahren seines Lebens ging sie ihm, wenn irgend möglich, aus dem Weg. Er war längst nicht mehr der romantisch-schöne junge König, sondern ein blasser, aufgeschwemmter Mann, weit über die Jahre gealtert, mit schlechten Zähnen und übermäßig parfümiert.
Seltsamerweise waren Rudolf und Ludwig herzlich befreundet. Rudolf zeigte seiner Schwester einmal einen Brief, den der König ihm geschrieben hatte. Gewisse Sätze blieben Valerie unvergeßlich.

Du Glücklicher, Beneidenswerter, dem es vergönnt ist, so viel bei der angebeteten Kaiserin weilen zu dürfen, o bitte, lege mich Ihr zu Füßen und flehe Sie in meinem Namen an, gnädig Ihres getreuen, Sie von jeher und immer verehrenden Sklaven zu gedenken . . .
*Dein Bild will ich mir einrahmen lassen, damit ich es zugleich mit dem der Kaiserin beständig vor Augen habe. Denn niemand auf Erden ist mir so teuer als Du und Sie.**

Elisabeth war Ludwig freundschaftlich gesinnt gewesen, bis er seine Verlobung mit ihrer jüngeren Schwester Sophie löste. Sie nahm ihm übel, daß er die Arme vor der Welt lächerlich machte. Ludwig soll damals in seinem Tagebuch vermerkt haben:

*Sophie abgeschrieben! Das düstere Bild verweht! Nach Freiheit verlange ich. Nach Freiheit dürstet mich. Nach Aufleben von qualvollem Alp. Gott sei Dank, nicht ging das Entsetzliche in Erfüllung.***

Auf Drängen der Familie söhnte sich Elisabeth schließlich mit Ludwig aus.
Seit langem kursierten Gerüchte, Ludwig sei nicht zurechnungsfähig. Die Tatsache, daß sein Bruder Otto rettungslos geisteskrank war, erhöhte ihre Glaubwürdigkeit. Aber Elisabeth wollte es nicht wahrhaben. Mit tauben Ohren bestand sie leidenschaftlich darauf, daß Ludwig vollkommen gesund sei. Alles wäre nur Verleumdung, Lüge, Intrige, von Neidern und Feinden angezettelt, die nach seinem Thron trachteten. Niemand konnte sie davon abbringen.

* Corti, »Elisabeth«
** s. o.

Valerie dagegen begriff nicht, wieso die Mutter nicht sah, was ihrer Meinung nach jeder sehen konnte, der Augen im Kopfe hatte.
Als Elisabeth erfuhr, daß man den König in Schloß Berg am Starnberger See mit Wärtern und Irrenärzten eingesperrt hatte, geriet sie außer sich vor Empörung. Sie verbrachte gerade mit Valerie den Sommer in Feldafing. Sie telegrafierte sofort an Franz Joseph und an Rudolf und beschwor beide flehentlich, energische Schritte zu Ludwigs Rettung zu unternehmen.
Am Morgen des 14. Juni, Valerie und Elisabeth saßen beim Frühstück, überbrachte Gisela die Nachricht von Ludwigs Tod. Hatte er Selbstmord verübt? War er ertrunken? War er ermordet worden?, fragte Valerie aufgeregt. Das alles wußte Gisela nicht. Nur, daß man seine Leiche und die des Irrenarztes Dr. Gudden im seichten Wasser des Starnberger Sees gefunden hatte.
Elisabeth hörte Giselas Bericht stumm an. Dann stand sie auf, verließ den Raum und schloß sich in ihr Zimmer ein. Niemand durfte zu ihr; sie weigerte sich, zu essen. Valerie erriet, was in ihrer Mutter vorging. Jetzt konnte sie das Märchen von Ludwigs geistiger Gesundheit nicht mehr aufrechterhalten. Nicht einmal mehr vor sich selbst. Ludwig und sie waren blutsverwandt. Sie waren sich in vielen Dingen ähnlich. In ihrem Hang zur Einsamkeit, zum Romantischen, zum Künstlerischen. Wenn Ludwigs Geist aber verwirrt, wenn seine Exaltiertheit krankhaft gewesen sein sollte, steckte dann nicht der Keim derselben Krankheit auch in ihr?
Schon immer hatten Irrenhäuser eine morbide Anziehungskraft auf Elisabeth ausgeübt. Wo irgend möglich, besuchte sie diese Anstalten, ließ sich von den Ärzten herumführen und sprach lange mit den Kranken, sanft und verständig. Im Unterbewußtsein hatte sie wohl stets mit der Möglichkeit gespielt – vielleicht sogar kokettiert –, daß auch sie einmal geisteskrank werden könnte. Nach Ludwigs Tod war daraus eine tiefe Angst geworden.
Endlich, am Abend, durfte Valerie das Zimmer ihrer Mutter betreten. Valerie versuchte sie aufzuheitern, aber Elisabeth hörte sie nicht. Unversehens warf sie sich auf die Erde und schrie:

»Jehova, du bist groß! Du bist der Gott der Rache! Du bist der Gott der Gnade! Du bist der Gott der Weisheit!«

Valerie wurde eiskalt ums Herz. Jetzt ist es passiert, dachte sie. Jetzt hat sie den Verstand verloren. In ihrer Verzweiflung begann sie zu weinen.

Das brachte Elisabeth zur Besinnung. Das Lieblingskind weinte! Schluchzend umarmte sie die geliebte Tochter und versuchte zu erklären, was in ihr vorgegangen war.

»Ich habe mir den Kopf wund gedacht über die unbegreiflichen Ratschlüsse Gottes«,

sagte sie und schwor, demütig zu sein und auf den großen Jehova, wie sie Gott stets nannte, zu vertrauen.
Valerie versuchte, das Bild der schreiend auf dem Fußboden liegenden Mutter zu vergessen. Bei aller Sorge hatte sie die Szene als peinlich empfunden, denn im Grunde ihres Herzens blieb ihr die Mutter in vieler Hinsicht fremd. Valerie besaß keines ihrer zahlreichen Talente. Sie schrieb keine Gedichte. Sie hätte niemals gleichzeitig Alt- und Neugriechisch lernen können. Heine, Byron und die anderen Dichter, die ihre Mutter beflügelten, bedeuteten Valerie wenig. Trotzdem beneidete sie die Mutter nicht um ihre Gaben. Elisabeth zahlte einen zu hohen Preis. Valerie wünschte ihren Horizont klein und eng zu halten, damit nichts sie beunruhigen konnte. Sie fürchtete romantische Emotionen und große Gefühlsausbrüche. Sie wollte einmal eine glückliche Ehe führen und Kinder haben. Und, wenn es irgend ging, nicht allzu nahe von Wien leben.
Als sie dem Erzherzog Franz Salvator begegnete, gefiel er ihr sofort. Bald liebte sie ihn. Dabei war es typisch für sie, daß sie sich den ärmsten der Cousins ausgesucht hatte.
Weder der Vater noch Rudolf waren mit dieser Wahl einverstanden, nur die Mutter konnte die Erlaubnis erzwingen, ohne die Valerie nicht heiraten durfte.

»Und wenn Du dich versteifst, einen Rauchfangkehrer zu heiraten, ich leg' Dir kein Hindernis in den Weg!«

sagte sie. Trotzdem dauerte es lange, bis der Kaiser und der Kronprinz ihre Einwilligung gaben. Als es endlich soweit war, meinte Elisabeth:

»Ich kann nicht begreifen, wie man sich die Ehe so sehr wünschen und sich so viel Gutes davon versprechen kann. Die Ehe ist eine widersinnige Einrichtung! Als fünfzehnjähriges Kind wird man verkauft und tut einen Schwur, den man nicht versteht und den man nie lösen kann!«

Valerie war zu glücklich, um über den Sinn dieser Worte nachzudenken.
Die Mutter floh nach Korfu. Dann kreuzte sie auf einer Jacht durchs Mittelmeer, kaufte fieberhaft Kunstschätze ein, die nach Meinung von Kennern nichts taugten, und verfrachtete sie nach dem Achilleion. So nannte sie, zu Ehren Achilles', ein Schloß, das sie auf Korfu errichten ließ. An Valerie schrieb sie:

Ich möchte mich am liebsten ganz nach Korfu zurückziehen, da ich Dich ja doch hergeben muß. Ich muß mich rechtzeitig an diese bittere Medizin gewöhnen.

Es ist nicht die Trennung, die sie so bedrückt, sagte sich Valerie damals. Mit mir glaubt sie zu verlieren, was sie in Wahrheit nie behalten kann: Jugend, Schönheit, das Bewundertsein – das Geliebtwerden.
Eines Morgens sah Valerie Elisabeths Tagebuch auf dem Schreibtisch liegen, als sie zur verabredeten Stunde die Appartements der Mutter betrat. Das Buch war aufgeschlagen, Valerie las:

Ich liebe doch eigentlich nur Dich. Wenn Du mich verläßt, so ist mein Leben aus. Aber so liebt man nur einmal im Leben. Da denkt man nur an das geliebte Wesen, da ist alles auf der einen Seite – von der anderen verlangt man und erwartet man nichts. Aber darum kann ich auch nicht begreifen, wie man viele Menschen lieben kann. Bei meinen anderen Kindern hat Sophie Mutterstelle vertreten, bei Dir, habe ich mir vom ersten Augenblick an gesagt, muß es anders werden. Du mußtest mein eigenes, eigenstes Kind bleiben, mein Kleinod, auf das niemand ein Recht haben darf als ich allein, und alle Liebesfähigkeit meines bis dahin verschlossenen Herzens habe ich dann auf Dich ausgeströmt.

Dieser Gefühlserguß erschreckte Valerie, er rührte sie nicht. Sie revoltierte gegen den Vorwurf, der zwischen den Zeilen stand, und gegen den Egoismus einer so besitzergreifenden Liebe. Sie verließ das Zimmer, ohne auf die Mutter zu warten, und erwähnte mit keinem Wort, was sie gelesen hatte.
Mit doppeltem Eifer betrieb sie die Vorbereitungen für ihre Hochzeit.

Weihnachten 1888 wurde zu einem Fest, wie Valerie es liebte.
Am 24. Dezember hatte Elisabeth Geburtstag, und die ganze Familie

war wieder einmal versammelt. Rudolf schenkte seiner Mutter einen Gedichtband von Heine. Nach dem Essen wurde Valeries Verlobung gefeiert. Nun, glaubte sie, wären alle Hindernisse überwunden.
Aber am 30. Januar rückte die Hochzeit in weite Ferne. Valerie wurde zu ihrer Mutter gerufen und fand sie in Tränen aufgelöst. Wieder eine Szene, dachte sie irritiert. Unter Schluchzen sagte die Mutter: »Rudolf ist tot!«
»Hat er sich umgebracht?« fragte Valerie erschreckt.
Elisabeth verneinte. »Das Mädchen hat ihn vergiftet«, sagte sie. Valerie wußte, damit war die Baronesse Mary Vetsera gemeint.
Jetzt galt es, einen Skandal zu verhindern. Die Familie schloß sich eng zusammen. Elisabeth, die sonst ihre eigenen Wege ging, half allen, beriet alle. Sie schirmte den Kaiser ab und bat die »Freundin«, ihn zu trösten. Aus den von Rudolf hinterlassenen Briefen ging klar hervor, daß er sich selbst getötet hatte. Einer von ihnen war an die Mutter gerichtet, ein anderer an Valerie. Der Schwester riet er, nach dem Ableben des Kaisers mit ihrem zukünftigen Mann auszuwandern, denn es sei nicht voraussehbar, was dann mit Österreich-Ungarn geschehen werde. Am Ende stand:

*Ich sterbe nicht gerne.**

Dem Vater schrieb er keine einzige Zeile.
Es war fast unmöglich, Franz Joseph davon zu überzeugen, daß sein Sohn Selbstmord verübt hatte. Als er es schließlich glauben mußte, stand er vor neuen Schwierigkeiten. Wie konnte ein Selbstmörder kirchlich begraben werden? Und wie konnte der österreichische Thronfolger anders als kirchlich begraben werden? Es gab nur eine Lösung. Die Ärzte mußten erklären, daß die Tat in einem Zustand von Geistesverwirrung geschehen wäre.
Obwohl dieses Gutachten nur ein Vorwand war, nahm Elisabeth es bitterernst. Wie bei Ludwig begegnete sie dem Wahnsinn, und sie bezichtigte sich, Trägerin der krankhaften Veranlagung zu sein, die das Unglück über das Haus Habsburg gebracht hatte.
Je mehr die anderen ihre Fassung zurückgewannen, verlor Elisabeth die ihre. Hemmungslos gab sie sich dem Schmerz hin, der Melancholie – und zum erstenmal der Todessehnsucht, die sie von nun an nie mehr verließ.

* Corti, »Elisabeth«

Eines Nachts stand sie auf und fuhr heimlich mit einem Fiaker zur Kapuzinergruft am Neuen Markt. Als der Bruder Pförtner ihr den Eintritt verweigerte, gab sie sich zu erkennen und verlangte zum Sarg ihres Sohnes geführt zu werden. Sie blieb allein in der kalten Gruft, die nur von einer Pechfackel erhellt wurde. Der im Vorraum wartende Mönch hörte sie mehrmals mit lauter Stimme »Rudolf! Rudolf!« rufen.

Erstaunlicherweise war es Elisabeth selbst, die diese nächtliche Episode am nächsten Morgen ihren Töchtern erzählte. Sie wollte Rudolfs Geist beschwören, ihr zu erscheinen, sagte sie. Aber nichts wäre erfolgt. Der große Jehova ließe es offenbar nicht zu, daß die Geister Verstorbener sich dem Willen der Lebenden beugten.

Gisela warf der Schwester einen beunruhigten Blick zu. Ihr waren solche extravaganten Gedankengänge der Mutter etwas Neues.

Bisher hatte der Kaiser Elisabeths ständige Reisen äußerst ungern gesehen. Jetzt redete er ihr zu, Wien zu verlassen. Er war ehrlich um sie besorgt, da sie nicht den geringsten Versuch machte, sich aus ihrer Schwermut zu befreien. Nur wenn Valerie sie begleitet, werde sie reisen, sagte Elisabeth. Valerie begleitete sie.

Das Jahr schleppte sich dahin. Ostern in Ischl, Kur in Wiesbaden. Dann wieder Ischl, Feldafing, Kur in Gastein. Dann Meran. Aber Elisabeth spann sich nur tiefer in ihre Trauer ein, verschloß sich mehr und mehr, wurde apathisch. Zweiundfünfzig war sie damals und sagte zu Valerie:

»*Ich bin zu alt und zu müde, um zu kämpfen. Meine Flügel sind verbrannt. Ich will nur noch Ruhe.*«

In Gastein erreichte sie die Nachricht, Andrássy wäre todkrank. Es gäbe keine Rettung für ihn. Selbst das akzeptierte sie mit einer gewissen Unempfindlichkeit. Sie war nun an Schicksalsschläge gewöhnt.

Franz Joseph kam auf Besuch. Elisabeth nahm von seiner Gegenwart kaum Notiz. Sie gab sich nicht einmal die Mühe, mit ihm die Mahlzeiten einzunehmen. Sie aß weiter allein auf ihrem Zimmer.

Im Herbst fuhren Mutter und Tochter nach Miramar, schifften sich nach Korfu, Sizilien, Malta und Tunis ein. Im Dezember endlich kehrten sie nach Wien zurück.

Die Feiertage verbrachten sie gemeinsam mit dem Kaiser im Schloß Miramar bei Triest. Elisabeth erlaubte nicht, daß ein Weihnachtsbaum aufgestellt oder Geschenke ausgetauscht wurden.

Am 30. Januar 1890 jährte sich Rudolfs Todestag. Valerie fuhr mit den Eltern nach Mayerling. Auf der ganzen Fahrt sprach Elisabeth kein Wort. Das Jagdschlößchen war jetzt ein Karmeliterkloster, Rudolfs Sterbezimmer die Kapelle. Nach der Messe fuhren die drei wieder schweigend zurück nach Wien.

Das Trauerjahr war vorbei, aber Elisabeth legte die Trauerkleidung nicht ab. Sie schwor, solange sie lebte, nur mehr schwarz gekleidet zu gehen.

Das Ende der offiziellen Trauer bedeutete für Valerie das Ende des langen, geduldigen Wartens. Ihre Hochzeit wurde vorbereitet.

Am 18. Februar starb Andrássy. Elisabeth reiste nach Budapest, um Blumen auf den Sarg des Freundes zu legen. Valerie begleitete sie. Die alten Ressentiments erwachten wieder: Valeries Abneigung gegen Ungarn und das peinliche Gefühl, das sie überkam, wenn von Andrássy die Rede war. Und es war viel von ihm die Rede. Von Andrássy, dem treuen Freund! Andrássy, dem romantischen Helden, dem Patrioten, der mit Kossuth für Ungarn gegen Österreich gekämpft hatte!

Valerie sehnte sich nach dem trockenen, kargen, pedantischen, ganz und gar unromantischen Vater.

Am 31. Juli heiratete Valerie den Erzherzog Franz Salvator. Die Bande, die sie während ihres bisherigen Lebens an Elisabeth gefesselt hatten, waren durchschnitten. Frei von jedem Gefühl der Revolte, konnte Valerie die Mutter nun vorbehaltlos lieben und bemitleiden.

Als sie wußte, daß sie schwanger war, teilte sie es ihr voller Freude mit. Die Antwort lautete:

*Mir scheint die Geburt eines neuen Menschen ein Unglück. Es lastet ein solcher Druck auf mir, daß ich es oft wie einen physischen Schmerz empfinde und am liebsten tot sein möchte.**

Jetzt ist ihr Wunsch erfüllt, dachte Valerie. Jetzt ist sie tot. Wir waren alle selbstsüchtig. Ich, der Vater und Gisela. Und Rudolf auch. Wir ließen ihr ihren freien Willen, um selbst frei sein zu können. Damit hilft man einem Menschen nicht. Was hat der Vater in den letzten Jahren für sie getan, außer daß er ihr Briefe schrieb, in denen immer von der »Freundin« die Rede war? Wir alle sind schuld an ihrem Tod.

* Alle wörtlich wiedergegebenen Äußerungen Elisabeths aus dem Erzherzoglichen Archiv Schloß Walsee, zitiert bei Corti, »Elisabeth«

Valerie begann wieder zu weinen.
Franz Salvator trat ein. »Ich habe eben mit Wien telefoniert und unsere Ankunft gemeldet«, sagte er.

Gegen 9 Uhr abends traf in Lausanne das offizielle Gesuch ein, mit dem Genf die zuständigen Stellen des Kantons Waadt um Amtshilfe bat. Untersuchungsrichter Bonnard wurde in das Justizgebäude gerufen und mit der Aufgabe betraut.
Er machte sich sofort auf den Weg nach der Rue Mercerie, einer schmalen Straße in der Altstadt von Lausanne, begleitet von fünf Polizisten, dem Gerichtsdiener und seinem Schreiber.
Der Untersuchungsrichter erklomm als erster die steile Treppe des Hauses Nr. 17 und zog an der Klingel.
Die Tür wurde von Monsieur Matthey, dem Pensionsinhaber, geöffnet, einem jungen Mann in Hemdsärmeln und Pantoffeln.
Bonnard stellte sich vor und übergab den Haussuchungsbefehl.
Madame Matthey kam jetzt ebenfalls in den Korridor. Bonnard verlangte Einsicht in das Pensionsbuch. Die Frau verschwand und kehrte mit dem Buch zurück.
Bonnard fand was er suchte: Lucheni, Luigi, angekommen am 20. Mai, abgereist am 5. September 1898.
»Bei Ihnen wohnte ein gewisser Lucheni«, begann Bonnard.
»Ja. Und er ist verschwunden, ohne zu bezahlen! Vor fünf Tagen!«
Bonnard verlangte das Zimmer zu sehen, das Lucheni bewohnt hatte.
Der Untersuchungsrichter, der Gerichtsdiener und der Schreiber folgten den Mattheys durch die Küche in eine kleine Kammer. Die Polizisten blieben im Korridor zurück.
Der Raum war eng und schmutzig. Zwei eiserne Bettstellen, ein Tisch mit einer Waschschüssel und einem Steinkrug, ein zerbrochener Spiegel und zwei Hocker. An den Wänden ein paar Kleiderhaken. Das Fenster ging zum Hof.
Matthey deutete auf eins der Betten: »Da hat er bis Montag geschlafen. Am selben Abend habe ich es weitervermietet.«
»An wen?«
»An einen gewissen Martinelli, der vorher nur Kostgänger bei uns war.«
»Und das andere Bett?«
»Gehört Sartoris.«
»Hat der schon hier gewohnt, als Lucheni noch da war?«
»Ja.«

»Martinelli und Sartoris sind drüben im Eßzimmer«, sagte Madame Matthey.
Bei der Durchsuchung fand der Gerichtsdiener sechs beschriebene Zettel, ein Büchlein, mehrere Zeitungen und einen alten Bleistift.
Bonnard ließ Martinelli und Sartoris holen. Beide versicherten, daß die Sachen Lucheni gehörten. Außerdem hätte er eine Hose, einen Hut, eine Krawatte, ein Hemd und ein Taschentuch zurückgelassen.
Bonnard beauftragte den Schreiber, eine Liste der Gegenstände anzufertigen. Dann folgte er, begleitet vom Gerichtsdiener, den Mattheys in den Nebenraum. Dort standen drei Betten. Matthey erklärte, das breite Bett sei an zwei italienische Arbeiter vermietet, die erst vorgestern nach Lausanne gekommen wären. In den beiden anderen schliefen ein Mann namens Barbotti und ein gewisser Gino Posio. Bonnard befahl dem Gerichtsdiener, die Kammer nach Briefen, Schriften und Drucksachen zu durchsuchen, und begab sich ins Eßzimmer.
In dem kahlen Raum saßen zwei junge Burschen, Barbotti und Posio. Sie sahen den Polizisten spöttisch zu, wie sie unter Bonnards Aufsicht Läden, Kästen und Schübe auf das genaueste durchsuchten und dabei eine beachtliche Anzahl Drucksachen zutage förderten.
»Was ist das?« fragte Bonnard und deutete auf einen Vorhang.
Matthey zog ihn beiseite. Bonnard sah einen kleinen Alkoven, der von einem schmalen Bett ausgefüllt wurde. An der Wand dahinter ein Heiligenbild, auf einem Brett ein paar Habseligkeiten, ein Kamm, eine Spiegelscherbe, Haarnadeln.
»Hier schläft die Maria. Unser Dienstmädchen.«
»Im Eßzimmer?«
»Warum nicht«, meinte Madame Matthey.
»Sie geht nie schlafen, bevor die Pensionäre im Bett sind«, fügte ihr Mann hinzu.
»Und wo ist sie jetzt?«
»In der Küche«, sagte Madame Matthey, während die beiden jungen Männer lachten.
Bonnard erinnerte sich, in der dunklen Küche irgendein weibliches Wesen gesehen zu haben.
»Durchsuchen Sie das Bett!« befahl er einem der Polizisten. Dann ordnete er an, daß sämtliche in der Pension gefundenen Drucksachen und sonstige Papiere sowie alles, was Lucheni gehörte, zu einem Paket verschnürt, versiegelt und als beschlagnahmt auf die Polizeipräfektur zu bringen sei. Die vier anwesenden Italiener erklärte er für verhaftet und ließ sie abführen. Um halb 11 Uhr nachts war die Aktion beendet.

Als Untersuchungsrichter Bonnard in sein Amtszimmer zurückkehrte, fand er dort Kriminalinspektor Versel vor. Versel hatte einen Streifzug durch die von italienischen Arbeitern frequentierten Lokale unternommen, in der Hoffnung, Informationen über Lucheni zu erhalten.
Im Café Magonio war er auf eine Spur gestoßen.
»Was ist das für ein Lokal?« fragte Bonnard.
»Ziemlich finster. Dirnen, Zuhälter und Ausländer.«
Noch vor 10 Uhr abends hatte das Gerücht von dem Mord in Genf das Café Magonio erreicht. Auch der Name des Mörders wurde genannt. Die Empörung unter den Gästen war groß, noch größer die Angst vor Repressalien. Innerhalb weniger Minuten hatte sich das Lokal völlig geleert. Als Versel kurz darauf eintraf, war er der einzige Besucher.
Giuseppe Magonio, der Besitzer, klagte: »Wir haben es schwer genug im Ausland! Muß da auch noch einer von uns eine Kaiserin umbringen?«
Über Lucheni befragt, sagte Magonio, daß er ihn nicht kenne. Aber im Durcheinander der erregten Diskussionen habe ein Stammgast, Jules Pinel, erwähnt, daß die »Mailänderin« ihm etwas über Lucheni anvertraut hätte. Was, wollte Pinel nicht sagen und tat sehr geheimnisvoll.
»Pinel ist von Beruf öffentlicher Schreiber und gilt als Vertrauter der Straßenmädchen aus der Rue Mercerie«, erläuterte Versel dem Untersuchungsrichter. »Er schreibt ihre Briefe, liest ihnen die Antworten vor und berät sie in allen möglichen Angelegenheiten.« Die »Mailänderin« hieße in Wahrheit Lina Zahler, sei Prostituierte und wohne in der Rue Mercerie Nr. 5.
»Italienerin?«
»Nein, aus Neuchâtel.«
»Ist das alles?« fragte Bonnard enttäuscht.
Versel bejahte.
Bonnard verfügte die Vorladung von Mademoiselle Zahler und Monsieur Pinel für den morgigen Sonntag, 8 Uhr früh. Dann nahm er seinen Hut und ging nach Hause.

Inzwischen waren in Genf, bei Madame Seydoux in der Rue d'Enfer Nr. 8, wo Lucheni die beiden letzten Nächte geschlafen hatte, die Italiener Buratti, Piazetti und Silva verhaftet worden. In Anbetracht der späten Stunde entschied Léchet, sie erst am nächsten Tag zu vernehmen.

Kurz zuvor hatte er noch zwei Telegramme erhalten. In dem einen erklärte die Berner Bundesregierung, nicht davon unterrichtet gewesen zu sein, daß die Kaiserin Stadt oder Kanton Genf besuchen wollte.
Das zweite Telegramm kam aus Lausanne. Das waadtländische Justiz- und Polizeidepartement teilte mit, daß es nach Auskunft der Kaiserin in Caux dort zu deren Bewachung einige Polizeiagenten stationiert hatte. Als die Monarchin dies bemerkte, habe sie darum gebeten, umgehend alle Detektive zurückzuziehen. Diesem mit Nachdruck geäußerten Wunsch sei entsprochen worden.
Fouchard brachte schließlich noch die Lucheni abgenommenen Habseligkeiten und eine vom Greffier darüber angefertigte Aufstellung. Sie trug die hochstaplerische Überschrift: »Inventar der Effekten, die im Besitz des Lucheni, Luigi, gefunden wurden.«*

Danach besaß Lucheni an Bargeld:
4 eidgenössische Münzen im Wert von je 10 Centimes,
1 eidgenössische Münze im Wert von 20 Centimes,
1 eidgenössische Münze im Wert von 50 Centimes.
Ferner:
3 französische Münzen im Wert von je 10 Centimes,
1 französische Münze im Wert von 5 Centimes,
1 belgischen Taler = 5 belgische Francs.
Die Barschaft ließ den Schluß zu, daß der Attentäter sich vor nicht allzu langer Zeit in Frankreich und Belgien aufgehalten hatte. Beide Länder waren Zentren der anarchistischen Bewegung.
Weiter verzeichnete die Aufstellung:
1 kleine Stofftasche mit Inhalt
(7 Essensmarken der Genfer Volksküche, das Stück à 10 Centimes).
Léchet sah sich die Tasche an. Sie war uralt, primitiv bestickt und stark abgegriffen. Darin lagen die Essensmarken. Automatisch zählte Léchet sie nach. Es waren sieben.
Lucheni hatte also in der Volksküche gegessen. Wann? Allein? Oder mit wem? Léchet machte sich eine kurze Notiz.
Es folgten zwei italienische Militärpapiere:
1 Dienstbuch,
1 Verleihungsurkunde der Afrika-Medaille.
Beide Dokumente lauteten auf den Namen Lucheni, Luigi, geboren am 23. April 1873 in Paris.

* AGG

Dann war aufgeführt:
1 Photographie.
Der Untersuchungsrichter nahm sie zur Hand. Sie zeigte den Attentäter in Uniform der italienischen Kavallerie. Auf seinen Säbel gestützt, stand er vor dem gemalten Hintergrund einer im Meer versinkenden Sonne.
Es folgte:
1 Fremdenliste von Evian
für die Zeit vom 3. bis 5. September 1898
und schließlich
4 Zigarrenstummel.
Léchet las die Fremdenliste. Sie enthielt klangvolle Namen, aber nicht den des Prinzen von Orléans. Hatte Lucheni sich die Liste selbst in Evian besorgt? Oder war sie ihm von einem Mitverschworenen überbracht worden? Der Untersuchungsrichter löschte das Licht in seinen Amtsräumen und ging zu Fuß durch die nächtlich stille Stadt nach Hause.
Er dachte an Generalstaatsanwalt Navazza und ertappte sich dabei, daß er den Kollegen beneidete. Nicht wegen seiner steilen Karriere – in diesem Punkt war Léchet frei von Eifersucht –, sondern um die jugendliche Kraft, die Unbekümmertheit, mit der Navazza sich dem Fall stellte. Mit der Erfahrung seiner 61 Jahre wußte der Genfer Untersuchungsrichter, daß der lange heiße 10. September erst ein sanftes Präludium war. Was ihm folgen mußte, beunruhigte ihn.
Léchet fühlte sich plötzlich alt. Zum erstenmal im Leben.

SONNTAG
11. September 1898

In der Nacht zum 11. September ließ der Staatsrat von Genf eine große Anzahl Plakate drucken, einen Aufruf an die Bevölkerung, der noch vor Morgengrauen an Bretterzäunen, Hauswänden und Mauern im Stadtgebiet angeschlagen wurde.
Der Aufruf lautete:

Das schreckliche Verbrechen, dem Ihre Majestät die Kaiserin von Österreich zum Opfer fiel, hat in der Genfer Bevölkerung tiefe Bestürzung und Trauer hervorgerufen. Angesichts des Unglücks, welches den Souverän eines befreundeten Nachbarlandes getroffen hat, fordert der Staatsrat, davon überzeugt, daß er damit einem Wunsch der ganzen Bevölkerung Ausdruck verleiht, alle Bürger auf, sich einer Kundgebung achtungsvoller Sympathie für die kaiserliche Familie und das österreichische Volk anzuschließen. Er bittet Sie daher, sich morgen, Montag, vormittags um halb zwölf, auf der Place des Alpes zu versammeln, um mit Ihren Behörden vor dem Hotel Beau-Rivage vorbeizuziehen, woselbst sich die offiziellen Vertreter der österreichisch-ungarischen Regierung befinden. Diese Kundgebung wird sich durch das Schließen der Läden und Büros noch eindrucksvoller gestalten.

Im Namen des Staatsrats
Der Präsident: Gavard *Der Kanzler: Leclerc**

Um halb 8 Uhr früh betrat Untersuchungsrichter Bonnard sein Amtszimmer im Justizgebäude von Lausanne. Der Gerichtsdiener meldete, Mademoiselle Zahler habe die Vorladung erhalten und werde pünktlich erscheinen, Monsieur Pinel dagegen sei bei Verwandten auf dem Land, würde aber bestimmt Montag morgen zurück sein. Die vier am Vorabend in der Pension Matthey verhafteten Italiener waren noch während der Nacht vernommen worden. Das Verhör beschränkte sich auf Fragen zur Person. Das hatte Untersuchungsrichter Bonnard so angeordnet, um dem Kollegen in Genf nicht vorzugreifen. Bonnard las sich die Protokolle der Vernehmungen durch.

* Journal de Genève vom 11. 9. 98

Um 8 Uhr wurde ihm Lina Zahler gemeldet.
Sie erklärte, 32 Jahre alt zu sein und bei ihrer Freundin, Emma Pittet, in der Rue Mercerie Nr. 5 zu wohnen. Beruf habe sie keinen, sie lebe von Gelegenheitsarbeiten.
Bonnard sagte, ihm sei zu Ohren gekommen, daß sie dem Schreiber Pinel etwas über Lucheni erzählt hätte. Er wollte wissen, um was es sich handelte.
Erst behauptete das Mädchen, Pinel müsse sich geirrt haben. Sie wüßte überhaupt nicht, wer Lucheni sei. Schließlich gab sie zu, ihn flüchtig zu kennen, da ihr Liebhaber, Gino Posio, in derselben Pension wohnte wie er.
Bonnard sah sich die Personalien des Italieners in den Protokollen an: Posio, Gino, 18 Jahre alt, in Mailand geboren, Lithograph, arbeitslos, keine Papiere.
Mit Lügen tue sie ihrem Liebhaber keinen Gefallen, warnte er die Zahler. Ausländer, die keine Papiere hätten, könnten jederzeit abgeschoben werden.
Da löste sich ihre Zunge. Sie erinnerte sich jetzt, daß Posio vor etwa einer Woche nach Vevey gefahren wäre, um sich dort nach Arbeit umzusehen. Lucheni begleitete ihn. In Vevey wollte Lucheni sich plötzlich einen Dolch kaufen. Posio und er gingen in ein Geschäft. Der billigste kostete 12 Francs 50, aber Lucheni besaß nur 5 Francs. So wurde nichts aus dem Kauf. Das hatte Posio ihr berichtet, und sie muß es wohl gelegentlich Pinel erzählt haben.
»Sagte Lucheni, wozu er den Dolch brauchte?«
Das wußte die Zahler nicht. Davon hatte Posio nichts erwähnt. »Kann ich jetzt gehen?« fragte sie.
»Nicht so eilig, Mademoiselle!« Bonnards Stimme klang freundlicher. »Ich höre, Sie werden die ›Mailänderin‹ genannt? Wie kommen Sie eigentlich zu dem Namen?«
»Ach, das ist nur ein Scherz«, sagte die Zahler, jetzt ganz vergnügt. »Lucheni fing damit an. Ich habe ihn nämlich den ›Neapolitaner‹ genannt, weil er so schön singen kann. Da hat er mich die ›Mailänderin‹ genannt, weil doch Gino aus Mailand stammt.«
»Sie scheinen Lucheni aber sehr gut zu kennen!«
»Wenn man in derselben Straße wohnt, läßt sich das nicht vermeiden«, gab sie jetzt unbekümmert zu. »Am Anfang wußte ich gar nicht, wen Sie meinten!« Und dann schnell: »Kann ich jetzt gehen?«
Bonnard nickte.
Eilig verließ sie den Raum.

Als Untersuchungsrichter Léchet zur verabredeten Zeit, um 9 Uhr, im Hotel Beau-Rivage eintraf, fand er die Ärzte, die die Autopsie durchführen sollten, vollzählig versammelt. Es handelte sich um die Professoren Gosse, Reverdin und den Dozenten Dr. Mégevand, alle von der Medizinischen Fakultät der Universität Genf. Die Herren hatten Professor Mayor und Dr. Golay, die am Vortag zu der sterbenden Monarchin gerufen wurden, gebeten, ihnen zu assistieren. Auch sie waren bereits anwesend.
Wenig später erschien die Gräfin Sztáray mit einem aristokratisch aussehenden älteren Herrn. Er stellte sich Léchet und den Ärzten als General Adam von Berzeviczy vor, k. u. k. Geheimer Rat, Kämmerer und stellvertretender Obersthofmeister Ihrer Majestät der Kaiserin und Königin Elisabeth. Berzeviczy, ranghöchstes Mitglied des die Monarchin begleitenden Hofstaats, war am gestrigen Nachmittag in Caux von der Schreckensbotschaft überrascht worden und sofort mit allen übrigen Angehörigen der Suite nach Genf geeilt.
In einem von der eidgenössischen Bundesregierung zur Verfügung gestellten Sonderzug war inzwischen aus Bern auch der österreichisch-ungarische Gesandte Graf Kuefstein eingetroffen. Sowohl Berzeviczy wie Kuefstein hatten im Hotel Beau-Rivage Wohnung genommen.
Léchet machte dem Gesandten sogleich eine Höflichkeitsvisite und erfuhr, daß die erwartete Erlaubnis zur Durchführung der Autopsie noch ausstehe. Der Untersuchungsrichter verwies nochmals auf die zwingenden Gründe, die zu besonderer Eile drängten. Aber der Diplomat bedauerte. Man könne der allerhöchsten Entscheidung unmöglich vorgreifen.
Léchet informierte die Ärzte.
Während sich die Mediziner ins Restaurant begaben, setzte er die tags zuvor unterbrochene Einvernahme der Gräfin Sztáray fort.

Die Gräfin hatte sich nach Überwindung des ersten Schocks etwas gefaßt. Auch die Anwesenheit der Herren Kuefstein und von Berzeviczy mochte zur Besserung ihres Befindens beigetragen haben.
»Aus wieviel Personen bestand das Gefolge der Kaiserin während der Reise?« wollte Léchet zunächst wissen.
»Aus zwölf«, antwortete die Sztáray. »Im Ausland wurde die Suite so klein wie möglich gehalten.«
»Wer gehörte dazu?«
»Zunächst einmal der Kämmerer, General von Berzeviczy . . .«
»Ein Landsmann von Ihnen?« unterbrach Léchet.

»Ja«, antwortete die Gräfin. »Ihre Majestät liebte mein Heimatland, und ich darf sagen, daß sie in ihrer nächsten Umgebung meine Landsleute durch besonderes Wohlwollen auszeichnete. Es fehlte leider nie an bösen Zungen, die meiner allergnädigsten Fürstin die Zuneigung für Ungarn übelnahmen.«
»Wer zählte noch zum Gefolge?« fragte Léchet.
»Der Sekretär der Kaiserin, Herr Dr. Kromar. Ferner ihr Vorleser Mr. Barker, ein Engländer. Dann die beiden Kammerdienerinnen von Meissl und von Henicke. Und schließlich die sechs Domestiken, zwei Lakaien und vier Zofen. Und meine Wenigkeit.«
»Seit wann waren Sie in Caux?« fragte Léchet, nachdem der Schreiber, der wiederum alles notierte, einhielt.
»Seit dem 30. August«, antwortete die Sztáray.
»Wo hatten Sie dort Quartier bezogen?«
»Im Grand Hotel. Insgesamt waren von uns 15 Zimmer im ersten Stock belegt. Ihre Majestät bewohnte die drei Räume, die auf den großen Balkon hinausführten. Der mittlere diente als Salon. Dort nahm sie auch die Mahlzeiten ein. Auf Reisen aß sie stets allein.«
»Gab es seitens des Hotels irgendwelche besonderen Sicherheitsvorkehrungen?« fragte Léchet.
»Nicht daß ich wüßte«, antwortete die Gräfin. »Auf Wunsch der Kaiserin waren einige elektrische Klingelleitungen gelegt worden. Aber das hatte nichts mit Sicherheitsvorkehrungen zu tun. Sie erlaubten Ihrer Majestät lediglich, jede Person der Begleitung zu sich zu rufen, ohne daß sie Dritte zu belästigen brauchte. Sie war stets so rücksichtsvoll wie möglich.«
Von Léchet aufgefordert, schilderte die Sztáray den Tagesablauf in Caux: »Jeden Morgen, pünktlich um 5 Uhr, stand Ihre Majestät auf und nahm das für sie vorbereitete Bad. Sobald sie angekleidet war und gefrühstückt hatte, begann sie mit den täglichen Spaziergängen. Mit hochgeknöpftem, verkürztem Rock, oft ohne Hut, einen Sonnenschirm und den Fächer in der Hand, in meiner Begleitung oder in der des Vorlesers – manchmal auch ganz allein –, konnte Ihre Majestät stundenlang gehen und die Natur genießen. Nachdem sie vor Jahren das Reiten endgültig aufgegeben hatte, war sie eine geradezu fanatische Fußgängerin geworden. Kaum jemand aus ihrer Umgebung, weder Mann noch Frau, war so gut zu Fuß wie sie. Bei den Märschen wurde auch meist nichts gegessen. Sie selbst konnte den ganzen Tag mit einem Glas Milch auskommen. Das allein war für ihre Begleitung oft genug schon eine Strapaze. Niemand, der sie bei solchen Wande-

rungen traf und mit dem sie stets ein paar freundliche Worte wechselte, konnte ahnen, mit der Kaiserin Elisabeth gesprochen zu haben. Aber gerade daß man sie nicht erkannte und ihr wie seinesgleichen begegnete, bereitete ihr größte Freude.« Die Gräfin hielt ein. »Ich muß mich entschuldigen«, sagte sie. »Bestimmt erzähle ich Dinge, die völlig unwichtig sind.«
»Nein, keineswegs«, versicherte Léchet höflich. »Aber ich würde jetzt gern noch ein paar Fragen stellen. Können Sie sich erinnern, wann die Kaiserin den Plan faßte, Genf zu besuchen?«
»Der Besuch galt weniger der Stadt Genf, die wir von früher her kannten, als vielmehr der Baronin Rothschild in Pregny. Die Königin Maria Sophie von Neapel, eine der Schwestern der Kaiserin, hatte so viel vom Schloß und dem Park mit seinen Gewächshäusern geschwärmt, daß Ihre Majestät die Sehenswürdigkeit mit eigenen Augen bewundern wollte.«
»Sie haben die Visite in Pregny doch sicherlich angekündigt?«
»Selbstverständlich«, bestätigte die Sztáray.
»Wann war das?«
Die Gräfin dachte nach. »Heute haben wir Sonntag«, sagte sie, »dann war es am vergangenen Montag.«
»Also am 5.?« fragte Léchet und erinnerte sich, daß Lucheni am 5. Lausanne verlassen hatte.
»Ja, am 5. September«, sagte die Gräfin. »Ich bin jetzt ganz sicher. Wir waren an diesem Tag in Evian und . . .« Léchet unterbrach. »Sie waren in Evian? Die Kaiserin und Sie?« fragte er überrascht.
»Ja«, sagte die Sztáray.
Auch Lucheni war in Evian. Allerdings erst zwei Tage später. Zwei Tage zu spät? – überlegte Léchet. »Wie lange hielten Sie sich dort auf?« fragte er.
»Nur ein paar Stunden. Ein Tagesausflug. Wir sind morgens mit dem Dampfer nach Lausanne gefahren, von da weiter nach Evian und nachmittags zurück.«
Léchet war äußerst interessiert. »Wie lange waren Sie in Lausanne?«
»Eine halbe Stunde, solange der Dampfer Aufenthalt hatte«, sagte die Gräfin.
»Haben Sie das Schiff verlassen?«
»Ja. Wir haben uns in Ouchy, im Hafen, frisches Obst gekauft und es im Schatten auf einer Bank verzehrt.«
»Ist Ihnen in Erinnerung, ob irgend jemand Sie in Lausanne oder auf dem Schiff . . . oder gar in Evian . . . besonders beobachtet hat?«

»Nein, mir ist nichts Derartiges aufgefallen. Ich hatte den Eindruck, daß während des ganzen Ausflugs unser Inkognito völlig gewahrt blieb.«
Léchet machte sich einige Notizen. »Bitte kommen wir auf die Benachrichtigung der Baronin Rothschild zurück«, sagte er dann.
»Während der Rückfahrt von Evian – am 5. also – trug mir Ihre Majestät auf, der Baronin unsere Visite für den 9. September anzukündigen. Noch am selben Abend schrieb ich ein paar Zeilen nach Pregny und bat um Antwort, ob der Termin angenehm wäre.«
»Wer wußte um diese Zeit noch von dem bevorstehenden Ausflug?«
»Kein Mensch«, versicherte die Gräfin. »Am nächsten Abend wurde ich ans Telefon gerufen. Die Baronin war am Apparat. Sie teilte mir mit, daß sie über den Besuch der Kaiserin entzückt sei, und schlug vor, uns für die Reise ihre eigene Dampfjacht zu schicken. Aber ich lehnte ab.« Einen Augenblick hielt die Sztáray ein. »Wenn wir das Angebot angenommen hätten, wäre meine Fürstin heute sicher noch am Leben!« sagte sie dann.
»Weshalb lehnten Sie ab?« wollte Léchet wissen.
»Weil es dem Personal der Rothschilds verboten ist, Trinkgelder oder Geschenke anzunehmen. Es wäre Ihrer Majestät aber unmöglich gewesen, die Hilfe einer ganzen Schiffsbesatzung zu akzeptieren, ohne sich dafür erkenntlich zeigen zu können.«
»Wo fand das Telefongespräch statt?«
»Im Büro des Hoteldirektors.«
»Wer war dabei zugegen?«
»Niemand. Man ließ mich stets allein, wenn ich telefonierte.«
»Kann es sein, daß dennoch jemand das Gespräch mitangehört hat?«
»Ich glaube kaum.«
Der Untersuchungsrichter machte sich wieder eine Notiz. »Was geschah nach dem Telefongespräch?« fragte er dann.
»Ich berichtete Ihrer Majestät. Daraufhin gab sie mir ihren Beschluß bekannt, daß sie nach dem Besuch von Pregny den Abend in Genf verbringen und erst am nächsten Tag nach Caux zurückkehren wollte. Sie ließ General von Berzeviczy kommen und trug ihm auf, hier, im Beau-Rivage, Zimmer zu bestellen. Als Kämmerer war er dafür zuständig.«

Es war 11 Uhr.
Mit dem letzten Glockenschlag von der nahen Kathedrale St. Pierre verließ Maurice Bolli das Untersuchungsgefängnis St. Antoine. Auf seinem Weg zur Brasserie »Au Lac« dachte er darüber nach, daß er der

dort versammelten sonntäglichen Frühschoppenrunde heute eine Sensation bieten konnte. Er hatte den Mörder gesehen! Von Angesicht zu Angesicht. Sogar ein paar Worte hatte er mit ihm gewechselt!
Maurice Bolli unterhielt seit 25 Jahren ein angesehenes Atelier für künstlerische Fotografie. Seit über 10 Jahren amtierte er daneben als Fotograf beim Genfer Justiz- und Polizeidepartement. Der heutige Tag war ohne Zweifel der Höhepunkt seiner Laufbahn als Helfer der Justiz.
Eigentlich, das mußte Bolli sich eingestehen, hatte ihn das Äußere des Mörders enttäuscht. Ein Subjekt, das eine Kaiserin umbringt – noch dazu ausgerechnet in der Schweiz –, stellt man sich anders vor, dachte er. Für eine solche Bestie sah dieser Italiener noch recht menschlich aus. Lucheni war von gedrungener, mittelgroßer Gestalt, erinnerte sich der Fotograf. Der Kopf saß auf einem enorm breiten Hals. Schädel- und Halsumriß ergaben, von vorn gesehen, eine einzige Silhouette. Bei Menschen, die von Jugend an körperlich gearbeitet haben, überlegte Bolli, besonders wenn sie schon als Kinder schwere Lasten tragen mußten, entwickelte sich die Halsmuskulatur oft sehr stark. Dem gebräunten Gesicht war anzusehen, daß Lucheni ein Leben lang im Freien gearbeitet hatte. Eine stumpfe, breite Nase ließ es auffallend flach erscheinen, was durch starke Backenknochen betont wurde. Kinn und Mund waren wohlgeformt. Ein blonder, borstiger Schnurrbart bedeckte die Oberlippe. Lucheni besaß glänzende, graugrüne, besonders lebhafte Augen, denen nichts zu entgehen schien. Krauses, nicht allzu langes Haar, das etwas zu tief in der Stirn ansetzte, überzog einen Schädel mit gut proportioniertem Hinterkopf. Am meisten überraschte den Fotografen die gelassene Heiterkeit, die der Täter zur Schau stellte und die in krassem Gegensatz zum Benehmen der übrigen Gefängnisklientel stand, mit der er bisher zu tun hatte. Alles in allem war dieser Mann, zumindest äußerlich, ganz bestimmt nicht jenes raubtierhafte Ungeheuer, als das ihn einige Morgenblätter beschrieben. Maurice Bolli wußte es besser. Er war stolz darauf, die stets neunmalklugen Zeitungsleute am Stammtisch aus eigener Anschauung widerlegen zu können.
Gut gelaunt betrat er die Brasserie »Au Lac«.

Als Untersuchungsgefangener, dem zunächst keine besonderen Beschränkungen auferlegt waren, durfte Lucheni Zeitung lesen. Er machte an diesem Sonntagvormittag von dem Vorrecht ausgiebig Gebrauch. Dann verlangte er Briefpapier und schrieb an Signor Turco, den Besitzer und Chefredakteur der als liberal geltenden Zeitung DON MARZIO in Neapel, den folgenden Brief:

Genf, 11. September 1898

Herr Direktor!
Da ich einige Erklärungen abzugeben habe, wende ich mich an Ihre Zeitung, denn sie scheint mir hervorragend geeignet für das, was ich sagen will. Und außerdem habe ich in Neapel die meisten Bekannten.
Ich bitte Sie, in meinem Namen all den Zeitungen zu widersprechen (und ich könnte sagen, überhaupt allen zu widersprechen), die es wagen, mich als den geborenen Mörder zu klassifizieren, frei nach diesem Professor (wenn ich nicht irre, heißt er Lombroso), der die Großköpfigkeit besitzt zu behaupten, gewisse Menschen würden ganz einfach als Verbrecher geboren. Ich bedauere es sehr, aber es ist meine Pflicht, ihm, der sich wohl einbildet, den sechsten Weltteil entdeckt zu haben, mitzuteilen, daß er – jedenfalls, was mich betrifft – gewaltig irrt!
Ich bitte Sie ferner, all denen zu widersprechen, die sich beehren zu behaupten, Lucheni hätte wegen seines persönlichen Elends gehandelt. Auch das ist vollkommen falsch!
Zum Schluß kommend, erkläre ich: Wenn die herrschenden Klassen nicht aufhören, die Blutsauger ihrer Mitmenschen zu sein, werden sich die gerechten Schläge, wie die des Endunterzeichneten, in kurzen Abständen wiederholen! Nicht nur gegen Majestäten, Präsidenten oder Minister, sondern gegen jeden, der seine Mitmenschen zum eigenen Wohl zu unterdrücken sucht. Der Tag ist nicht mehr fern, wo die wahren Freunde der Menschheit alles ausradieren werden, was heute geschrieben steht. Um eine neue Welt zu bauen, wird dann ein einziger Satz genügen, und der lautet: NUR WER ARBEITET, DARF ESSEN*!*

Ihr Ihnen verbundener *Luigi Lucheni,*
*sehr überzeugter Anarchist.**

Die Gräfin Sztáray hatte inzwischen Léchet berichtet, daß die Kaiserin, sie und der Lakai Zeiler vorgestern, am Freitag, um 12 Uhr mittags, mit dem Schiff in Genf eingetroffen waren. Dort wurden sie von Dr.

* AGG

Kromar erwartet. Der Sekretär war mit drei Zofen und dem Gepäck per Bahn gekommen und hatte bereits eine offene Equipage besorgt, in der die Monarchin, ihre Hofdame und der Lakai ohne Aufenthalt nach Pregny weiterfuhren.
Mit wehmütiger Schwärmerei schilderte die Gräfin den Besuch bei der Baronin Rothschild. Seit langer Zeit habe sie ihre Fürstin nicht mehr so gelöst und heiter erlebt, wie auf dem herrlichen, unvergleichlichen Besitz von Pregny. Die Kaiserin kam der Dame des Hauses mit besonderer Liebenswürdigkeit entgegen, denn als die Schwester und der Schwager der Monarchin vor Jahren in Neapel und Gaeta im wahrsten Sinne des Wortes um ihre Krone kämpften, hatten die Baronin und Adolphe de Rothschild, ihr Gatte, den beiden mit Rat und Tat zur Seite gestanden. Und später, als der König von Neapel den Thron verlor, waren es wieder die Rothschilds, die dem ins Exil getriebenen Paar großzügige Hilfe zuteil werden ließen.
Aber auch ohne jede persönliche Beziehung, erzählte die Sztáray, wäre es nicht schwierig gewesen, die Kaiserin beim Besuch von Pregny in gute Laune zu versetzen. Die charmante Gastgeberin, das Schloß und der Park waren Grund genug, die Monarchin zu erfreuen.
Zunächst nahmen die drei Damen ein auserlesenes Déjeuner zu sich. Es wurde auf kostbarstem alten Meißner Porzellan serviert, während ein unsichtbares Orchester leichte italienische Melodien spielte. Die Kaiserin, die sonst für Tafelfreuden wenig übrig hatte, aß mit bestem Appetit.
Nach dem Déjeuner machte man einen Rundgang durch das Schloß. Die Sammlungen weltberühmter Bilder, Gobelins, Porzellans und alter Möbel, die die Kaiserin dabei zu Gesicht bekam, konnte man sonst nur in Museen antreffen. Am meisten begeisterte sie dennoch der Garten, mit all seinen mächtigen, fremdländischen Bäumen, erzählte die Gräfin.
Dann besichtigte man die berühmten Glashäuser von Pregny. Die Kaiserin wanderte von einem Gewächshaus ins andere, aber immer wieder kehrte sie zu den Orchideen zurück. Sie hatte nicht geahnt, sagte sie zu der Baronin, daß es die von ihr besonders geliebten Blumen in so vielen verschiedenen Formen und Farben gäbe.
Als die Gastgeberin vorschlug, zur Erinnerung an den Tag eine Fotografie von der Kaiserin inmitten der Orchideen machen zu lassen, stimmte die Monarchin um ein Haar zu, obwohl sie sich seit nicht weniger als 30 Jahren vor keinen Apparat mehr gesetzt hatte. Aber dann berief sie sich doch auf ihre Prinzipien. Denn einmal aufgegeben, wäre

1 Die Kaiserin, wie sie in der Erinnerung ihrer Zeitgenossen weiterlebte. Auch ihre Tochter Marie Valérie liebte dieses Gemälde von Armin Horowitz am meisten.

2 Zur Kur in Bad Kissingen: das letzte gemeinsame Bild des österreichischen Kaiserpaares (1898).

4 (rechts) Unterwegs am Genfer See: die Kaiserin mit ihrer Hofdame Irma Gräfin Sztáray in Territet bei Montreux am 3. September 1898.

3 Postkarte von der »Abreise der Kaiserin von Österreich«.

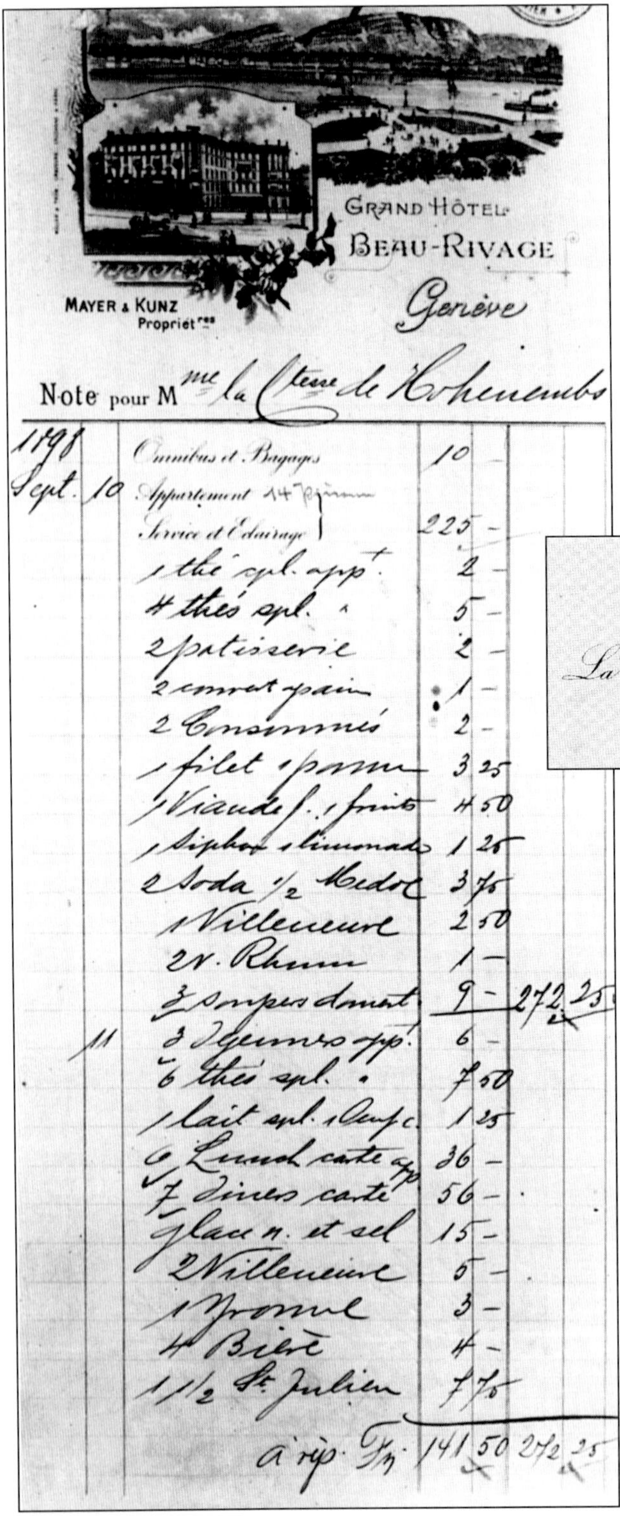

GRAND HÔTEL
BEAU-RIVAGE
Genève
MAYER & KUNZ
Propriet.res

Note pour Mme la Ctesse de Hohenembs

1898		Omnibus et Bagages	10	–	
Sept.	10	Appartement 14 p[ièces]			
		Service et Eclairage	225	–	
		1 thé spl. app.	2	–	
		4 thés spl.	5	–	
		2 patisserie	2	–	
		2 couvert pain	1	–	
		2 Consommés	2	–	
		1 filet 1 pomme	3	25	
		1 Viande f. 1 fruits	4	50	
		1 Siphon 1 limonade	1	25	
		2 Soda ½ Medoc	3	75	
		1 Villeneuve	2	50	
		2 v. Rhum	1	–	
		3 soupers dormant	9	–	272.25
	11	3 Déjeuners app.	6	–	
		6 thés spl.	7	50	
		1 lait spl. 1 Oeuf c.	1	25	
		6 Lunch carte app.	36	–	
		7 Diners carte	56	–	
		glace n. et sel	15	–	
		2 Villeneuve	5	–	
		1 fromage	3	–	
		4 Bière	4	–	
		1 ½ St. Julien	7	75	
		à rep. Frs.	141	50	272.25

5 Die Rechnung des Genfer Hotels »Beau-Rivage« für die Gräfin von Hohenembs.

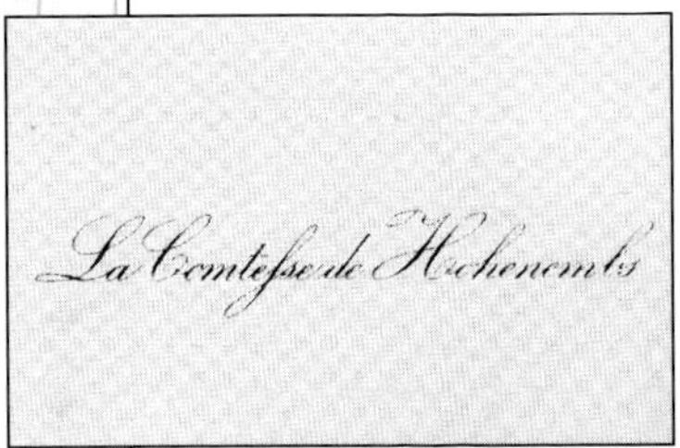

La Comtesse de Hohenembs

6 Die Visitenkarte der Kaiserin mit ihrem Pseudonym »La Comtesse de Hohenembs«.

es schwer, sie später, bei anderen Gelegenheiten, erfolgreich zu verteidigen.
Wieder im Haus, bat die Baronin Ihre Majestät, sich im Gästebuch einzutragen. Die Kaiserin schrieb auf ein leeres Blatt »Elisabeth« und reichte die Feder der Gräfin Sztáray. Die Gräfin, so berichtete sie, trug sich ebenfalls ein und blätterte dann in dem Buch. Auf einer der ersten Seiten endeckte sie den ihr wohlbekannten, kräftigen Namenszug des österreichischen Thronfolgers Rudolf. Sie erschrak. Jede unnötige Erinnerung an ihren Sohn mußte der Kaiserin erspart bleiben. Schnell schloß sie das Buch und reichte es der Baronin zurück.
Es war gegen 5 Uhr, als die Monarchin und sie den Wagen bestiegen und nach Genf zurückkehrten.
Nachdem sich die Damen kurz im Hotel erfrischt hatten, machten sie, ohne jede Begleitung, einen Spaziergang durch die abendliche Stadt. Sie gingen durch die anfangs noch belebten Straßen bis zum Boulevard du Théâtre, jenseits der Rhone. Auf der Terrasse der Konditorei Désarnod nahmen sie Platz, verzehrten mehrere Portionen Eis und genossen den herrlichen Abend. Es war bereits dunkel, als sie aufbrachen.
Bei Dûnier kaufte die Kaiserin noch einen kleinen Intarsientisch, ein Geschenk für die Erzherzogin Valerie, und beauftragte die Hofdame, am nächsten Tag alles Nötige wegen des Versands anzuordnen.
Léchet notierte die Namen »Désarnod« und »Dûnier«, während die Gräfin weitererzählte. Die Kaiserin und sie waren gegen 10 Uhr ins Hotel zurückgekehrt, nachdem sie sich in den schwach beleuchteten Straßen zwischen der Place Bel Air und der Mont-Blanc-Brücke noch regelrecht verlaufen hatten. Nur durch den Orientierungssinn der Kaiserin fanden sie aus dem Gewirr der um diese Zeit menschenleeren Gassen wieder heraus. Die Gräfin gab zu, von panischem Schrecken ergriffen gewesen zu sein, während die Episode der Kaiserin nicht das geringste ausgemacht zu haben schien.
Léchet wollte wissen, ob ihnen jemand gefolgt wäre. Die Gräfin verneinte. Sie hatte nichts Derartiges bemerkt. Ihre Angst war durch keinerlei besondere Vorkommnisse begründet gewesen. Es waren nur die leeren Straßen, die fremde Umgebung, die Nacht.
Léchet bat, ihm noch den Verlauf des gestrigen Vormittags zu schildern.
Die Sztáray war, sagte sie, in aller Frühe zur Messe gegangen. Gegen 9 Uhr meldete sie sich bei der Kaiserin. Ihre Majestät hatte beschlossen, um 1 Uhr 40 mit dem Schiff nach Caux zurückzukehren. Nur ihre

Hofdame und der Lakai sollten sie begleiten. Das übrige Personal war angewiesen, zusammen mit Dr. Kromar wieder den Zug zu nehmen, der etwa eineinhalb Stunden vor Abfahrt des Dampfers Genf verließ. Es war bereits alles arrangiert, so daß die Gräfin, wie sie weiter berichtete, nun ein paar Aufträge in der Stadt erledigen konnte. Die Hofdame war bald zurück. Um 11 Uhr verließ sie dann zusammen mit der Kaiserin erneut das Hotel.

Die Damen hatten diesmal ein bestimmtes Ziel, den Laden des Monsieur Baecker in der Rue François Bonivard, berühmt für seine Orchestrions.

Monsieur Baecker erschien sofort persönlich auf dem Plan, und die Kaiserin erbat sich die Vorführung eines Orchestrions, wie er es an die bekannte Sopranistin Adeline Patti geliefert hatte, von dem in der Wiener Gesellschaft wahre Wunderdinge erzählt wurden.

Der geschmeichelte Geschäftsinhaber ließ den Apparat unverzüglich in Bewegung setzen, und alsbald ertönte, ganz naturgetreu, versicherte die Gräfin, ein Orchester mit den schönsten Opernmelodien aus Aida, Carmen, Rigoletto und Tannhäuser. Die Kaiserin war entzückt und erstand auf der Stelle »so ein gewaltiges Orchestrion«, wie sich die Sztáray ausdrückte, mit 24 von der Monarchin persönlich ausgesuchten Musikstücken. Nachdem die Hofdame als Versandadresse die Erzherzogin Valerie in Schloß Wallsee nannte, kam Monsieur Baecker mit dem Gästebuch und bat untertänigst, die Damen möchten sich eintragen. Auf Wunsch der Kaiserin schrieb die Sztáray in ihrer Muttersprache »Erzsébet Királyné«, was »Königin Elisabeth« heißt. Das versteht er nicht, hatte die Monarchin auf ungarisch gesagt. Und bis es ihm jemand erklären könnte, sei man über alle Berge.

Als die beiden Damen nach der Einkaufsprozedur ins Hotel zurückkamen, blieb noch knapp Zeit, sich etwas zu erfrischen und eine Kleinigkeit zu sich zu nehmen. Alles andere – das Entsetzliche, was dann folgte, seufzte die Sztáray – wußte der Untersuchungsrichter bereits.

Zur gleichen Stunde, es war inzwischen Mittag geworden, lag eine Feile auf dem Tisch vor dem Wachhabenden in der nahen Polizeistation Paquis. Der Griff war aus einem Stück Fichtenholz grob handgefertigt, die Feile selbst dreieckig, an ihrer stärksten Stelle keinen Zentimeter dick und etwa neun Zentimeter lang. Die Kanten waren ungewöhnlich scharf geschliffen.

Die Portiersfrau des Hauses Rue des Alpes Nr. 3, eine gewisse Emilie Steinegger, fand das Werkzeug gestern nachmittag im Hausflur, gleich

hinter der Eingangstür. Da am selben Tag einer der Mieter ausgezogen war, glaubte sie, daß die Feile beim Umzug verlorengegangen sei. Abends erzählte sie die Geschichte ihrem Mann. Im Hinblick auf die Tragödie, die sich in unmittelbarer Nähe des Hauses abgespielt hatte, riet er ihr, sicherheitshalber mit ihrem Fund zur Polizei zu gehen.
Der Wachhabende nahm ein Protokoll auf und schickte es mit der Feile in den Justizpalast. Daraufhin begaben sich Untersuchungsrichter Péter und Kommissar Fouchard ins Untersuchungsgefängnis St. Antoine zu Lucheni.

Kurz zuvor, gegen 1 Uhr, als aus der Wiener Hofburg die telegrafische Genehmigung zur Autopsie eintraf, beendete die Gräfin ihre Aussage. Nachdem das Schiff, die »Genève«, an Land zurückgekehrt war, berichtete sie Léchet, brachte man die ohnmächtige Kaiserin auf einer improvisierten Tragbahre zum Hotel Beau-Rivage, in dasselbe Zimmer, das sie wenig früher in bester Laune verlassen hatte. Man legte sie aufs Bett. Dr. Golay, der in nächster Nähe wohnte, war schon eingetroffen, und bald kam auch ein zweiter Arzt, Professor Mayor.
Die Sztáray, die Frau des Hoteldirektors und eine englische Krankenpflegerin waren ebenfalls im Sterbezimmer anwesend. Die Pflegerin gehörte zu einem der Hotelgäste und hatte ihre Dienste zur Verfügung gestellt.
Die Kaiserin lag in schmerzloser Agonie. Die Mediziner erkannten schnell, daß keinerlei Hoffnung mehr bestand. Der herbeigerufene Priester gab der Sterbenden die Generalabsolution. Um 2 Uhr 40 erklärten die Ärzte das Leben Ihrer Majestät der Kaiserin von Österreich und Königin von Ungarn für erloschen. Das war genau eine Stunde nachdem sie, obwohl bereits tödlich verwundet, mit festem Schritt die »Genève« betreten hatte.*

Während das Ärztekollegium die letzten Vorbereitungen für die Autopsie traf, erhielt Untersuchungsrichter Léchet den Bescheid, daß Lucheni eine im Hauseingang Rue des Alpes Nr. 3 gefundene Feile als die Mordwaffe identifiziert hätte. Léchet teilte die Neuigkeit den Medizinern mit.

Die Autopsie dauerte 55 Minuten. Außer den Ärzten war eine Reihe

* Aussage der Gräfin Sztáray im AGG (Protokoll vom 10. 9. 98) und Irma Sztáray, »Aus den letzten Jahren der Kaiserin Elisabeth«

offizieller Persönlichkeiten bei dem Eingriff zugegen. Ein kurzes, später in Wien herausgegebenes Kommuniqué lautete:

*Bei der Untersuchung der a. h. Leiche weiland Ihrer Majestät der Kaiserin und Königin Elisabeth, welche im Beisein des k. und k. Gesandten Grafen Kuefstein, des Feldmarschalleutnants von Berzeviczy, der Hofdame Gräfin Sztáray, des General-Procurators sowie des Untersuchungsrichters stattgefunden hat, wurde eine circa achteinhalb Zentimeter lange Stichwunde konstatiert, welche an der vierten Rippe die Brustwand durchdringt, durch die Lunge und das ganze Herz hindurchgeht und eine starke innere Blutung hervorgebracht hat, durch welche der Tod allmählich und schmerzlos herbeigeführt wurde.**

Léchet erbat sich einige Auskünfte von Professor Reverdin, der das Herz freigelegt hatte.
Nach Reverdins Feststellungen war der tödliche Stoß mit so brutaler Kraft geführt worden, daß dabei die vierte Rippe zersplitterte. Die Waffe durchstach dann Lunge und Herzbeutel, durchbohrte den Herzmuskel und trat beim unteren Teil der linken Herzkammer wieder aus dem Herzen heraus. Von einem kleinen, unbedeutenden Fettbelag abgesehen, war das Herz durchaus gesund. Der Autopsiebefund widerlegte also jede Vermutung, die Kaiserin wäre einem Herzschlag erlegen.
»Wie konnte sie nach der absolut tödlichen Verletzung noch fast hundert Meter zu Fuß gehen?« fragte Léchet den Professor.
»Da alle drei Kanten der Waffe ungewöhnlich scharf waren«, antwortete Reverdin, »ist die Blutung zunächst nur sehr gering gewesen. So traten die Blutstropfen nur langsam aus dem Herzmuskel heraus, um in den das Herz umgebenden Herzbeutel zu sickern. Bis aber der Herzbeutel nicht so stark mit Blut angefüllt ist, daß dadurch die Bewegung des Herzmuskels, also die entscheidende Tätigkeit des Herzens, behindert wird, so lange kann die verwundete Person leben. In dieser Zeit ist die Kaiserin vom Ort des Attentats zum Schiff gegangen. Mit durchbohrtem Herzen. Der Austritt des Blutes in den Herzbeutel wurde immer stärker, und schließlich trat dann der Tod ein infolge der die Herztätigkeit mehr und mehr einengenden und endlich völlig lähmenden Blutansammlung im Herzbeutel. Dieser sich nur allmählich vollzie-

* NFP vom 13. 9. 98

hende Vorgang ist die physiologische Erklärung dafür, daß die Monarchin nach dem Anschlag sich wieder aufrichten und ohne fremde Hilfe zu Fuß weitergehen konnte. Dennoch bedurfte es dazu«, sagte der Professor abschließend, »einer ungewöhnlichen Willensstärke und einer auf bewunderungswürdiger Selbstbeherrschung basierenden inneren Kraft, wie sie nur die wenigsten Menschen aufbringen können.«
Professor Gosse hatte auf Wunsch der Anklagebehörde während der Autopsie mehrere fotografische Aufnahmen von der Wunde gemacht. Die Platten nahm der Generalstaatsanwalt für das Gericht in Verwahrung, nachdem er sich zuvor Kuefstein und Berzeviczy gegenüber verpflichtet hatte, sowohl alle hergestellten Abzüge als auch die Platten unmittelbar nach der Gerichtsverhandlung persönlich zu vernichten.
Nun wurde die Leiche von den Ärzten einbalsamiert. Auch dies geschah in Gegenwart der offiziellen Beobachter aus Wien und Genf. Als Léchet das Hotel Beau-Rivage verließ, war es beinahe 17 Uhr.
Im Palais de Justice legte Untersuchungsrichter Péter seinem Chef ein Telegramm aus Paris vor. Die dortige Polizeipräfektur ersuchte die Genfer Behörden festzustellen, ob der angebliche Lucheni mit einem gewissen Nicaise Luccesi, einem französisch-italienischen Anarchisten, identisch sei, der sich selbst den Beinamen »Ravachol« zugelegt und dessen gefährliches, dem echten Ravachol nicht unähnliches Treiben monatelang die Polizei von Paris und Marseille in Atem gehalten hatte, bevor er eines Tages spurlos von der Bildfläche verschwunden war. Das telegrafisch mit durchgegebene Signalement zeigte jedoch sofort, daß Luccesi-Ravachol und der Genfer Attentäter Lucheni nicht ein und dieselbe Person sein konnten. Alter, Größe und keines der vielen Details ließen eine solche Möglichkeit zu. Péter hatte, wie er Léchet berichtete, bereits eine entsprechende Antwort nach Paris zurückdrahten lassen.
Dann wurde Léchet über das Ergebnis der Zeugenvernehmungen informiert, die im Verlauf des Tages im Justizpalast stattgefunden hatten. Da war zunächst die Aussage des Albert Fiani. Fiani, städtischer Gärtner, arbeitete am Vorabend der Tat, am Freitag, unmittelbar neben dem Hotel Beau-Rivage in den Anlagen beim Denkmal des Herzogs von Braunschweig. Gegen halb 7 Uhr beobachtete er, wie drei verdächtig aussehende Männer, die zuvor auf einer Bank gesessen hatten, der Kaiserin und der Gräfin Sztáray folgten, als die den Quai du Mont-Blanc in Richtung Innenstadt hinaufgingen.
»Woher wußte Fiani, wer die Damen waren?« fragte Léchet.
»Ein Droschkenkutscher soll es ihm gesagt haben«, antwortete Péter.

Nach Fianis Schilderung könnte einer der Männer Lucheni gewesen sein. Auf den zweiten paßte mehr oder weniger das Signalement des jungen Unbekannten, der nach Aussage von Madame Seydoux mit Lucheni in der Rue d'Enfer übernachtet hatte. Eine kleine Sensation war, was der Gärtner über den letzten Mann des Trios wußte. Er beschrieb ihn als einen schlanken Mittfünfziger, im Gegensatz zu den beiden anderen korrekt und keinesfalls ärmlich gekleidet. Er trug einen hellen Sommeranzug, weißes Hemd mit weißem Kragen, Krawatte, Strohhut – und er hatte einen Vollbart! Péter verwies Léchet auf die Aussage des Gendarmen Lacroix und die des Elektrikers Chammartin. Lacroix sah den Attentäter am Mordtag in Gesellschaft einer Person, die unzweifelhaft mit der von Fiani beschriebenen identisch sein mußte. Seine neben Lucheni so auffallende gute Kleidung, das Alter und vor allem der Vollbart ließen kaum einen Zweifel zu. Lacroix sprach zwar von einem weißen und Fiani von einem grauen Bart, aber praktisch waren das keine Gegensätze. Chammartin hatte am selben Nachmittag einen Mann beobachtet, von dem er eine ähnliche Beschreibung gab.
Schließlich erfuhr Léchet von der Aussage eines Gepäckträgers, eines gewissen Baptiste Gilbert. Der gab zu Protokoll, daß am gestrigen Nachmittag, zur Tatzeit, zwei Italiener auf dem Bahnhofsvorplatz herumlungerten, die ihm durch merkwürdiges Benehmen auffielen.
»Vermutlich, weil sie zwei von den 50000 Ausländern unter den 130000 Bewohnern unserer Stadt waren und italienisch miteinander sprachen!« sagte Léchet skeptisch. »Ich kann nur berichten, was vorliegt«, entgegnete Péter. »Nach Gilbert waren die Burschen sichtlich nervös und haben immer wieder beunruhigt die Rue des Alpes hinunter zum See gespäht.«
»Wann genau soll das gewesen sein?« fragte Léchet interessierter.
»Gilbert trat um 1 Uhr mittags seinen Dienst an. Wenig später sind die beiden erschienen. Kurz nach 2 Uhr verschwanden sie dann im Bahnhofsgebäude. Gilbert besteht darauf, daß sie den Personenzug um 2 Uhr 10 nach Chancy, zur französischen Grenze, bestiegen hätten.«
»Apropos Grenze«, sagte Léchet. »Hat eine der Grenzstationen etwas gemeldet, was von Bedeutung sein könnte?«
»Nein, überhaupt nichts«, antwortete Péter. »Trotz verschärfter Kontrollen an allen Straßenübergängen und Bahnhöfen sind keinerlei verdächtige Personen aufgefallen.«
»Verschärfter Kontrollen!« wiederholte Léchet. »Ich möchte nicht wissen, wie die aussehen! Na schön. Hat Ihr Gepäckträger ... wie hieß er?«

»Gilbert.«
»Hat Ihr Gilbert eine brauchbare Beschreibung dieser Leute vom Bahnhof geben können?«
»Nein«, mußte Péter einräumen. »Seine Angaben passen vermutlich auf jeden Italiener zwischen zwanzig und dreißig. Dennoch ist nicht auszuschließen, daß einer der beiden wiederum jener Kerl war, mit dem Lucheni bei der Seydoux übernachtete.«

Lucheni wurde vorgeführt.
Der Untersuchungsrichter sagte ihm auf den Kopf zu, daß er am Freitag der Kaiserin und der Gräfin Sztáray heimlich gefolgt wäre, als sie abends einen Stadtbummel unternahmen. Und zwar sei Lucheni nicht allein gewesen, sondern in Begleitung von zwei Mitverschworenen.
Lucheni war ein freundlich-interessierter Zuhörer. »Wer hat Ihnen denn das alles erzählt?« fragte er mit einem Anflug von Erstaunen, als Léchet geendet hatte.
»Das spielt keine Rolle«, antwortete der Untersuchungsrichter in einem Ton, der keinerlei Zweifel an dem geschilderten Tatbestand zulassen sollte. »Wir wissen noch einiges mehr«, fuhr er fort. »Wir wissen, daß Sie nach dem Attentat von zwei jungen Burschen am Bahnhof erwartet wurden. Als Sie nicht kamen, mußten die beiden ohne Sie um 2 Uhr 10 den Zug zur französischen Grenze besteigen!« Léchet machte eine kurze rhetorische Pause. »Ich denke, es ist allmählich Zeit«, sagte er dann wie zu einem guten Freund, »daß Sie sich durch ein Geständnis erleichtern.« Das Wort Gewissen vermied er diesmal. »Ein volles Geständnis, meine ich. Dazu gehört nicht nur, daß Sie uns sagen, wer die Männer vorgestern und gestern waren, sondern daß Sie uns freimütig und ehrlich alle Personen nennen, die von dem Anschlag wußten, ihn geplant, mit vorbereitet und bei seiner Durchführung geholfen haben.«
»Amen!« sagte Lucheni.
Léchet war entschlossen, sich nicht mehr provozieren zu lassen. »Sie sollten die Bitterkeit gegen Ihre Umwelt nicht so weit treiben, daß Sie sich damit selbst schaden«, sagte er ruhig. »Denn es kann nur zu Ihrem Schaden sein, wenn Sie Tatsachen, für die wir bereits Beweise in Händen haben, immer noch abstreiten.«
»Was für Tatsachen?« wollte Lucheni wissen.
»Geben Sie zu, gestern vormittag gegen 10 Uhr in der Nähe des Hotels Beau-Rivage auf einer Bank gesessen zu haben?« fragte Léchet. »Ja oder nein!«

»Natürlich gebe ich das zu.«
»Geben Sie zu, auf der Bank mit einem Mann um die Fünfzig gesprochen zu haben, der gut gekleidet war und einen weißen Bart hatte?«
»Warum soll ich das nicht zugeben?« fragte Lucheni.
»Wer war dieser Mann ... dieser Herr?«
Lucheni sah den Untersuchungsrichter an, als ob ihm völlig unverständlich wäre, weshalb die Frage auch nur im mindesten interessant sein könnte.
»Wer war der Mann mit dem weißen Bart?« wiederholte Léchet drängend.
»Ein Genfer Bürger«, sagte Lucheni. »Ich hielt ihn erst für einen Gast aus einem der Hotels, weil er so vornehm aussah. Ich habe mich sogar mit ihm unterhalten – falls Sie das nicht wissen sollten.«
»Wir wissen mehr, als Sie ahnen!« entgegnete Léchet mit neu aufkommendem Ärger. »Sie haben von Abreise gesprochen und von Flucht! Worauf bezogen sich diese Worte?«
»Ich kann mich an das Thema der Unterhaltung nicht erinnern«, sagte Lucheni gelassen. »Vielleicht war von Reisen die Rede, nicht von Abreisen. Und bestimmt nicht von Flucht. Ich bin mit dem Herrn ins Gespräch gekommen, wie man mit Leuten ins Gespräch kommt, die neben einem auf derselben Bank sitzen. Da spricht man doch nicht von Flucht!«
»Der Herr war kein Genfer Bürger!« sagte Léchet bestimmt.
»So?« Lucheni schien überrascht. »Mir hat er gesagt, er sei aus Genf. Aber wenn Sie das besser wissen, will ich es nicht bestreiten.«
»Sie haben italienisch miteinander gesprochen!«
»Ja. Recht und schlecht. Ich denke, er wollte seine Sprachkenntnisse etwas auffrischen. Vielleicht war er deshalb so freundlich zu mir. Sonst sind ja feine Leute eher zurückhaltend unsereinem gegenüber.«
»Sie sind ein perfekter Schauspieler, Lucheni«, sagte Léchet. »Aber Sie täuschen uns trotzdem nicht. Zu Ihrem Pech wissen wir, daß Sie am Abend zuvor mit dem ›harmlosen Genfer Bürger‹ und dem jungen Mann, mit dem Sie bei der Seydoux übernachtet haben, der Kaiserin nachgeschlichen sind. Vielleicht wollten Sie Ihr Opfer schon am Freitag umbringen, aber es fand sich keine rechte Gelegenheit. War es so?«
»Das sind doch alles Hirngespinste!« sagte Lucheni, lauter als es seine Art war. »Ich habe keine Mitwisser und keine Mittäter! Ich habe Freunde, ja. Viele Tausende. Zehntausende.«
»Was für Freunde?« fragte Léchet mißtrauisch.
»Sie brauchen gar nicht zu suchen. Sie müssen sich nur umsehen. In

allen Sklavenhaltereien der kapitalistischen Fronvögte finden Sie sie. In den muffigen, dunklen Fabrikhöhlen! Auf den Äckern, die seit Anbeginn der Menschheit von den Hungernden für die Satten und Reichen bestellt werden. Die Gefängnisse dieser Welt würden nicht auslangen, meine Freunde einzusperren! Sie wären alle bereit gewesen, mir zu helfen. Ich hätte sie nur rufen müssen. Aber ich habe ihre Hilfe nicht gebraucht.«
Léchet deutete auf eine vor ihm liegende Akte. »Ihrer eigenen Aussage zufolge lauerten sie bereits am Freitag der Kaiserin auf! Das haben Sie unterschrieben, und wir besitzen auch eine sehr zuverlässige Zeugenaussage darüber.«
»Ich habe am Freitag vor dem Beau-Rivage auf die Kaiserin gewartet, das stimmt. Ich sah, wie sie und die Hofdame aus einer Equipage ausstiegen und das Hotel betraten. Das war alles, was ich wissen wollte. Ich verließ meinen Beobachtungsposten und ging davon.«
»Wann war das? Um wieviel Uhr?«
»Kurz nach sechs«, antwortete Lucheni.
»Und wo gingen Sie hin?«
»In die Rue d'Enfer.«
»Sie lügen ja schon wieder!« sagte Léchet mit schneidender Schärfe. »Um sechs können Sie gar nicht in die Rue d'Enfer gegangen sein! Madame Seydoux läßt niemanden vor 8 Uhr ins Haus!«
Lucheni dachte nach. »Stimmt«, sagte er ruhig. »Ich habe erst noch eine Zeit im Jardin Anglais auf einer Bank gesessen, bevor ich zur Seydoux gegangen bin.«
»Mit wem?« wollte Léchet wissen.
»Allein«, antwortete Lucheni.
Er blieb bei seiner Aussage. Es war ihm nichts anderes zu entlocken.

Obwohl Léchet trotz des Sonntags schon wieder zwölf Stunden im Dienst war, vernahm er noch die drei am Vorabend in der Rue d'Enfer verhafteten Italiener.
Giovanni Silva besaß Papiere und ging einer geregelten Beschäftigung nach. Er wohnte seit einem halben Jahr bei der Seydoux und hatte in dieser Zeit den Arbeitsplatz nicht gewechselt. Er arbeitete sieben Tage in der Woche und versicherte, morgens um halb 6 Uhr das Haus zu verlassen und erst nach 9 Uhr abends zurückzukommen. Da er zudem sein Bett im obersten Stock hätte, treffe er mit den Bewohnern des unteren Zimmers nie zusammen. Von der Ermordung der österreichischen Kaiserin wollte Silva zum erstenmal bei seiner Verhaftung ge-

hört haben. Der Name Lucheni sagte ihm nichts. Und mit Anarchismus oder Anarchisten habe er nie was im Sinn gehabt. Als gelernter Färber hätte er in seiner Heimat keine Arbeit gefunden. Daraufhin sei er zu Fuß über Gotthard und Furka ins Wallis und später nach Genf gekommen. Er sei dankbar, hier, beim Straßenbau, endlich seinen Lebensunterhalt verdienen zu können.
Silva machte einen glaubwürdigen Eindruck. Léchet beauftragte Kommissar Fouchard, die Angaben zu überprüfen. Vor allem sollte er den Arbeitgeber dazu hören.
Guido Buratti und Pedro Piazetti hatten keine Papiere. Im Besitz von Buratti wurden 1 Franc und 72 Centimes gefunden, bei Piazetti 89 Centimes. Sie behaupteten, aus dem französischen Thonon gekommen zu sein und wären, angeblich auf der Suche nach Arbeit, seit zehn Tagen in Genf. Sie konnten jedoch keinen Arbeitgeber benennen, bei dem sie vorgesprochen hatten.
Über Lucheni und den jungen Mann, mit dem er bei der Seydoux war, wußten sie wenig. Erstaunlich wenig. Beide bemühten sich auf hilflose Art, nicht in die Affäre hineingezogen zu werden. Sie mußten mit einer Verhaftung gerechnet haben, denn ihre Aussagen waren deutlich untereinander abgestimmt.

Als Léchet gerade gehen wollte, sah Generalstaatsanwalt Navazza zu ihm herein, um sich über den Stand der Ermittlungen zu informieren. Léchet erstattete kurz Bericht. Er gab sich optimistisch.

Am Abend dieses Sonntags, um 10 Uhr 50, ging aus Wien der Hofsonderzug nach Genf ab, der die Leiche der Kaiserin einholen sollte. Ein an die Presse herausgegebenes Kommuniqué gab bekannt, daß der gesamte Hofstaat der Verstorbenen, an seiner Spitze der Obersthofmeister Franz Graf Bellegarde und die Obersthofmeisterin Maria Theresia Gräfin Harrach, den Zug begleitete.
Über den zum Transport der Leiche bestimmten Waggon unterrichteten die österreichischen Zeitungen ihre Leser bis ins Detail. Der »Hof-Salon-Leichenwagen«, wie er in der Meldung genannt wurde, war der einzige seiner Art im Lande und Eigentum der Ersten Eisenbahnwagen-Leihgesellschaft. Er wog 9000 Kilogramm und hatte 4 Meter Radweite. Äußerlich unterschied er sich von den üblichen Personenwaggons durch eine ringsum führende, begehbare Plattform mit Eisengitter. Der Innenraum bestand aus zwei Teilen, dem größeren für die Aufnahme der Leiche und einem kleineren für Begleitpersonen. Eine

Flügeltür verband die beiden Abteile. Wände und Decke waren mit schwarz-grünem Tuch ausgeschlagen, schwarzseidene Vorhänge verschlossen die Fenster. Den Boden bedeckten schwarze Teppiche mit weißen Kreuzen. In der Mitte des größeren Abteils stand der Katafalk. Im kleineren Abteils befanden sich drei Sitzplätze. Beleuchtet wurde der Waggon mit Öllampen.
Schließlich erfuhr der gewissenhafte Zeitungsleser, daß der Holzsarg in der Tischlerei und Tapezierwerkstätte der Wiener Hofburg – wie es hieß, mit allem Zubehör, nämlich einer weißen Matratze und einem weißseidenen Kopfpolster – im Laufe des Sonntags fertiggestellt worden war, damit er pünktlich mit dem Hof-Salon-Leichenwagen nach Genf gebracht werden konnte. Er hatte einen Überzug aus schwarzem Samt, und auf seinem Deckel prangte ein großes Kreuz aus echtem Goldstoff. Endlich ruhte er auf sechs, ebenfalls vergoldeten, knaufartigen Füßen. Dieser Sarg galt nur als erste Hülle. Er sollte später in einen zweiten Metallsarg gestellt werden.

Während des Sonntags waren in der Wiener Hofburg aus aller Welt weitere Beileidsdepeschen eingetroffen.

Der Papst telegrafierte:

Wir beeilen Uns, Eurer Majestät Unseren tiefsten Schmerz und Unsere größte Entrüstung auszudrücken über das fluchwürdige und barbarische Attentat, das an der Kaiserin begangen wurde. Wir beten für die edle Seele des erhabenen Opfers und flehen mit heißer Inbrunst zu Gott, daß Er, in dessen Macht es liegt, Eure Majestät in diesem grausamen Unglück und in dieser bitteren, die heiligsten Gefühle treffenden Prüfung stärke, und darum erteilten Wir Eurer Majestät und der gesamten kaiserlichen und königlichen Familie aus dem Tiefsten Unseres schmerzlich ergriffenen väterlichen Herzens Unseren ganz besonderen Segen.

Rom, 11. September 1898
Leo P. P. XIII.

Der König von Italien:

Das so unerwartete und grausame Unglück, das Dich trifft, erfüllt uns mit Schauder und Entrüstung. Ich wünschte, um Dich zu sein, um Dir durch meine Liebe den Anteil zu bezeugen, den ich an Dei-

nem Schmerz nehme. Aber obwohl fern, schließen wir, Margarethe und ich, uns von ganzem Herzen Deinen Tränen und Deinen Gebeten an, indem wir Gott um die Tröstungen für Dich anflehen, die er allein verleihen kann. Ich umarme Dich.

Torrino Reggio, 11. September 1898
*Umberto**

Das russische Zarenpaar:

Wir sind entsetzt, die so schreckliche und unheilvolle Nachricht zu vernehmen. In dieser so grausamen Prüfung drücken wir Dir unsere aufrichtigsten Gefühle des Schmerzes und des Kummers aus. Möge Gott Dich aufrecht halten und Dir die Kraft verleihen, diesen unersetzlichen Verlust zu ertragen.

Lividia, 11. September 1898
*Alexandra, Nikolaus***

Weitere Kondolenzbotschaften sandten:

die spanische Königin-Regentin Christa, der dänische König Christian, Prinzregent Luitpold von Bayern, das sächsische Königspaar Albert und Carola, König Wilhelm von Württemberg, Königin Wilhelmine der Niederlande, die Könige Karl von Rumänien und Alexander von Serbien, der türkische Sultan Abdul Hamid II., der Kaiser von Japan, König Carlos von Portugal, der König und die Königin von Schweden, der König der Belgier, die Könige von Griechenland und von Siam.

Ferner telegrafierten im Laufe des Sonntags:

die Großherzöge Ernst Ludwig von Hessen, Friedrich von Baden, Karl Alexander von Weimar, Peter von Oldenburg, der Großherzog von Mecklenburg-Strelitz und der Herzog Johann Albrecht zu Mecklenburg, die Herzöge von Sachsen-Meiningen, von Sachsen-Altenburg

* König Umberto von Italien wurde am 29. 7. 1900 in Monza von vier Pistolenkugeln getötet, die der italienische Anarchist Gaetano Bresci auf ihn abgefeuert hatte.
** Nikolaus II. Alexandrowitsch und seine Gemahlin Alexandra Feodorowna geb. Prinzessin Alice von Hessen wurden gemeinsam mit ihren Kindern am 16. 7. 1918 in Jekaterinburg von Bolschewiki erschossen.
Alle Telegramme aus NFP vom 15. 9. 98

und von Coburg, die Fürsten von Bulgarien, von Montenegro, von Schwarzburg-Sondershausen, der Fürst zu Schaumburg-Lippe und der Graf-Regent Ernst von Lippe. Schließlich der Sultan von Sansibar, der Khedive von Ägypten und die Präsidenten der Republiken Chile, Peru und Uruguay.

Als Frau Katharina Schratt, die sich im Salzburgischen aufhielt, vom Tod der Kaiserin erfuhr, reiste sie auf schnellstem Weg nach Wien zurück, wo sie am 11. morgens eintraf. Der Kaiser wurde von ihrer Ankunft verständigt. Trotz aller Aufregungen fand er Zeit, ihr sofort ein paar Zeilen zu schreiben:

Schönbrunn, den 11. September 1898

Theuerste Freundin,
das ist schön von Ihnen, daß Sie gekommen sind, mit wem kann ich besser von der Verklärten sprechen, als mit Ihnen. Ich erwarte Sie von 11 Uhr an und bitte nicht durch den Garten, sondern durch meine Kammer zu kommen.

Auf Wiedersehen
Ihr
*Franz Joseph**

* Jean de Bourgoing, »Briefe Franz Josephs an Katharina Schratt«

MONTAG
12. September 1898

Am Montag, zwei Tage nach dem Attentat, fanden sich in den Morgenblättern folgende Meldungen:

Bern – *Es ist dies in verhältnismäßig kurzer Zeit der dritte Fall, daß eine hervorragende Persönlichkeit italienischen Anarchisten zum Opfer fiel. Noch ist in aller Gedächtnis, daß der Mörder von Marie François Sadi Carnot, dem vorigen Präsidenten der französischen Republik, Santo Caserio war, der in der Nähe Mailands geboren wurde. Der zweite, ähnliche Mord ist von Angiollilo, einem Süditaliener, an dem spanischen Ministerpräsidenten Cánovas del Castillo verübt worden. Kurze Zeit danach folgte in Rom das Attentat auf den König Umberto. Der Italiener Acciarito versuchte, den Monarchen zu erdolchen. Nur durch die Geistesgegenwart Umbertos mißlang der Plan. Der Mörder der Kaiserin Elisabeth, Luigi Lucheni, gehört, wie man inzwischen erfahren konnte, zu jener Gruppe fanatischer italienischer Anarchisten, als deren Oberhaupt ihr Landsmann Enrico Malatesta, ein bekannter internationaler Anarchistenführer, gilt. Mit diesem Malatesta soll Lucheni eng befreundet sein.*

Paris – *Diesmal haben die Anarchisten zu hoch gezielt. Das Drama von Genf wird ohne Zweifel Beschlüsse gegen das Asylrecht zur Folge haben, das seit einigen Jahren von einem gewissen neutralen Land mit solch sträflicher Nachlässigkeit ausgelegt wird, daß es den üblen Machenschaften anarchistischer Elemente Tür und Tor öffnet.*

Unter dem Titel »Rußland und die Mordtat in Genf« sandte der Korrespondent der NEUEN ZÜRCHER ZEITUNG aus Petersburg an seine Redaktion einen Bericht. In ihm hieß es:

Man ist einmal, und mit Recht, in Rußland bei allen Anarchistenattentaten besonders nervös, und zudem verbreitete sich noch unter den einfachen, des Lesens unkundigen Leuten das Gerücht, daß die junge Zarin ermordet sei. Auf dem »Englischen Quai«, an dem, nahe bei dem Winterpalais, das Hotel der österreichischen Botschaft liegt, herrschte schon seit den frühen Morgenstunden ein un-

gewöhnliches Leben. Alles, was hier zu der vornehmen Welt gehört, eilte, sich in die ausliegenden Listen einzuzeichnen.
Es berührt selbst in russischen Regierungskreisen peinlich, daß Fürst Uchtomski in seiner PETERSBURGSKIJA WJEDOMOSTJI *in recht unverhüllter Form der Schweiz die Schuld an dem Bubenstück aufbürdet. Er schreibt nämlich, »daß das heilige Blut der unschuldigen Märtyrerin auf die Häupter derjenigen zurückfallen müsse, welche dem Anarchismus die Freiheit gelassen, sich zu entwickeln«. Nun, Rußland tut doch gewiß alles Mögliche, um dem Nihilismus und Anarchismus den Garaus zu machen, und doch ist es selbst hier einer Frevlerbande gelungen, den Schöpfer der russischen Bauernfreiheit, Alexander* II.*, in grausamer Weise zu ermorden.*

Rom – *Besser als Samojede geboren zu sein, denn als Italiener der Entwürdigung und Zersetzung des eigenen, einst so ruhmreichen Volkes ohnmächtig zusehen zu müssen. Wir dürfen nicht mehr sagen, daß die Anarchisten kein Vaterland haben. Beugen wir uns dem harten Schicksal: Das vergossene Blut fällt auf uns zurück! Es ist nur zu wahr, daß unser Volk in seinem harten und oft so wenig aussichtsreichen Kampf um ein menschenwürdiges Dasein allen bösen Trieben nachgibt, deren die menschliche Natur fähig ist. Mit geistiger Blindheit geschlagen wandern unsere hungrigen Landsleute alljährlich in die Fremde. Unter ihnen wirbt die Anarchie leicht und sicher ihre meuchlerischen Werkzeuge. Wann werden wir endlich erkennen, daß unsere Nation keinen anderen Vorrang als den des Dolches erreichen wird, wenn wir das Volk nicht mit dem Aufgebot der letzten Kraft endlich aus dem Zustand krasser Unwissenheit und Verderbnis erlösen?*

Um 8 Uhr morgens meldete sich der öffentliche Schreiber Jules Pinel auf der Polizeipräfektur von Lausanne. Er wurde sofort dem Untersuchungsrichter vorgeführt.
Bonnard betrachtete den Mann, den ihm Versel als Freund und Ratgeber der Prostituierten aus der Rue Mercerie geschildert hatte, mit einer Mischung von Neugier und Mißtrauen. Er sah einen biederen Bürger, Mitte der Dreißig, sauber gekleidet und bemüht, korrekt und entgegenkommend zu erscheinen.
Pinel wiederholte die Geschichte von Luchenis mißglücktem Dolchkauf in Vevey, genau wie die Zahler es zu Protokoll gegeben hatte. Er kannte auch die Freundin Emma, mit der die Zahler zusammen

wohnte. Emma Pittet gehörte ebenfalls zu dem Kreis der Mädchen, die man abends im Café Magonio treffen konnte.
Pinel wußte noch etwas zu berichten. Am letzten Montag, genau vor einer Woche, erschien Emma Pittet im »Magonio« und erzählte, daß Lucheni plötzlich verschwunden sei.
Von Bonnard befragt, woher die Pittet das wußte, erklärte er: »Von Gino Posio, dem Freund der Zahler. Posio soll wörtlich zu Emma gesagt haben: ›Lucheni ist abgehauen, weil er einen Coup landen will.‹«
Und dann sagte Pinel: »Ich glaube, Lucheni wollte seit langem die Kaiserin ermorden! Er ist ein verdammter Anarchist! Und andere, die ich nicht nennen möchte, auch! Erst will er einen Dolch kaufen, danach prahlt er, er wird einen Coup landen, und verschwindet! Das ist doch deutlich genug! Für mich wenigstens!«
Auf Bonnards Frage, woher er wüßte, daß Lucheni Anarchist sei, antwortete Pinel: »Das weiß doch jeder! Die ganze Rue Mercerie weiß es! Nicht nur Lucheni ist einer, seine Freunde Posio und Barbotti genauso! Die Italiener-Pension sollte man ausräuchern! Da ist einer so schlimm wie der andere!« Er fügte hinzu: »Und die Polizei wußte ja auch über Lucheni Bescheid!«
Bonnard war erstaunt.
»Eines Abends ist er auf der Place Montbenon erwischt worden! Mit anarchistischem Propagandamaterial in der Tasche! Von der Polizei!«
Das war das erste, was Bonnard über diesen Vorfall hörte. Er machte sich eine Notiz.
»Damals hätte man ihn sofort ausweisen sollen! Das habe ich immer gesagt! Dann wäre das alles in Genf nicht passiert!«

Untersuchungsrichter Léchet betrachtete das vor ihm liegende Mordwerkzeug. Dann wandte er sich an Lucheni. »Weshalb haben Sie behauptet, Sie hätten die Kaiserin mit einem Dolch umgebracht? Konnten Sie sich nicht denken, daß die ärztliche Untersuchung das sofort widerlegen würde, auch wenn dieses Ding ...«, er deutete auf die Feile, »nicht gefunden worden wäre?«
Lucheni antwortete nicht.
»Was hat es mit der Feile auf sich?« forschte Léchet weiter. »Weshalb waren Sie so begierig darauf, ihre Existenz zu vertuschen? Das muß doch einen Grund haben!«
»Das hat überhaupt keinen Grund«, sagte Lucheni etwas zu laut. »Sie haben mir die Sache mit dem Dolch ja richtig in den Mund gelegt!«
»Und Sie haben mir bisher den Eindruck gemacht, als würden Sie sich

nichts in den Mund legen lassen, wenn es Ihnen nicht paßt!« entgegnete Léchet. »Wie kommt die Feile in Ihren Besitz?«
»Ich habe sie gekauft.«
»Wann? Wo?«
»In Lausanne. Auf dem Markt bei der Place de la Riponne. In einer der Buden dort. Vor knapp zwei Wochen. Ich wollte eigentlich ein Messer kaufen, aber das war mir zu teuer. Da kam ich auf die Idee mit der Feile. Man mußte nur einen Griff dran machen und hatte die schönste Waffe. Ich schnitzte mir ein Stück Holz, daß es gut in der Hand lag. Für die Feile bezahlte ich einen Franc. Mehr hat mich die ganze Sache nicht gekostet.« Lucheni sah Léchet an, als ob er für seinen Einfall nachträglich noch eine Belobigung erwartete.
»Sie sind wohl ziemlich stolz auf Ihre Idee mit der Feile?« fragte Léchet freundlich.
»Ja«, bestätigte Lucheni ehrlich.
»Das sehe ich«, sagte Léchet. »Deshalb wundert es mich um so mehr, daß Sie uns erst das Märchen von dem Dolch aufgetischt haben.«
Lucheni war wieder stumm. Er sah den Untersuchungsrichter feindlich an.
»Na schön. Lassen wir das erst einmal.« Léchet blätterte in seinen Notizen. »Unterhalten wir uns etwas über Budapest! Sie geben vor, die Kaiserin Elisabeth in der ungarischen Hauptstadt gesehen zu haben.«
»Jawohl.«
»Wann waren Sie in Budapest?«
»Vor vier Jahren, 1894.«
»Das weiß ich bereits. In welchem Monat? Wie lange? Von wann bis wann? Wo haben Sie gewohnt? Wo haben Sie gearbeitet?«
Lucheni dachte nach.
»Nun?«
»Es muß im Frühling gewesen sein«, sagte Lucheni langsam.
»Was nennen Sie Frühling? März, April, Mai oder Juni?«
»So genau kann ich mich nicht erinnern«, wich Lucheni aus. »Es war schon ziemlich warm. Ich denke, im Juni. Oder vielleicht auch im Juli.«
»Juli ist doch nicht Frühling!«
»Nein.«
»Also nicht im Frühling. Schön. Wo haben Sie in Budapest gewohnt?«
»Im zehnten Bezirk, im Stadtteil Steinbruch«, antwortete Lucheni, ohne zu zögern. »Den Namen der Straße weiß ich nicht mehr. Ich war ja keine zwei Wochen dort. Weil ich nur für wenige Tage Arbeit finden konnte.«

»Wo? Bei wem?« fragte Léchet.
»Beim Straßenbau. Den Namen des Unternehmers habe ich vergessen. Es war ein sehr komplizierter Name. Für mich als Ausländer, meine ich.«
»Und in Budapest haben Sie also die Kaiserin gesehen?«
»Ja.«
»Kam sie zu Ihnen auf die Baustelle?«
»Nein, es war an einem Tag, an dem ich nicht gearbeitet habe. Ich ging spazieren, um mir die Stadt anzusehen, die Altstadt, drüben auf dem anderen Donauufer. Da fuhr die Kaiserin im offenen Wagen ganz nah an mir vorbei. In der Umgebung der Burg war das.«
»Sie haben so viel vergessen«, sagte Léchet, »aber das Gesicht Ihres späteren Opfers haben Sie sich unauslöschbar eingeprägt?«
»Ja«, bestätigte Lucheni und hielt dem Blick des Untersuchungsrichters gelassen stand.
»Warum? Hatten Sie damals schon die Absicht, die Monarchin umzubringen?«
»Nein. An so was dachte ich überhaupt noch nicht.«
»Seit wann sind Sie eigentlich Anarchist?« fragte Léchet. Lucheni überlegte. »Seit ich einigermaßen vernünftig denken kann«, sagte er dann. »Ich war verbittert, wie man mich und die andern armen Leute behandelt und ausbeutet. Ich fing früh an, die Behörden, den Staat und die Kirche für unser Elend verantwortlich zu machen. Später wurde mir klar, daß die, die regieren und uns mit Polizei und Soldaten niederknüppeln, unsere Lage gar nicht ändern wollen. Im Gegenteil. Sie haben nur die Aufrechterhaltung der Zustände und ihren Vorteil im Auge. Zwischen Monarchien und Republiken gibt's keinen Unterschied. Adel, Bourgeoisie und Kirche ist eins. Alle leben vom Schweiß der halbverhungerten Bauern und Arbeiter, und selber werden sie immer reicher und fetter.«
»Wann sind Sie nun bewußt Anarchist geworden?«
»Seit meiner Militärzeit kümmere ich mich um die Dinge mehr als vorher.«
»Sind Sie Mitglied einer anarchistischen Gruppe oder Organisation?«
»Nein. Ich bin individueller Anarchist. Ich lehne jede Art von Zusammenschluß ab. Die wahre anarchistische Idee duldet keinerlei Organisation. Organisation, auch die loseste, verlangt Bürokratie, und Bürokratie ist ein wesentlicher Bestandteil der verhaßten Staatsherrschaft.«

Léchet konnte nicht umhin, die Sicherheit zu bewundern, mit der Lucheni komplizierte politische Themen vortrug. »Wie lange sind Sie zur Schule gegangen?« wollte er wissen.
Lucheni lächelte. »Ganze zwei Jahre.« Dann fügte er ernst hinzu: »Ich wünschte, ich hätte wie Sie zehn oder fünfzehn Jahre lernen können. Aber eines Tages werden Schulen und Universitäten für alle da sein. Auch für den letzten und ärmsten Hund.«
»Sie sind in Paris geboren, sagten Sie«, nahm Léchet einen neuen Gedanken auf. »Wann haben Sie die Stadt verlassen?«
»Ich muß noch sehr klein gewesen sein. Meine ersten Erinnerungen beginnen im Hospiz für Findelkinder in Parma.«
»Was wissen Sie über Ihre Eltern?«
»Nichts. Ich kenne sie nicht und habe nie etwas von ihnen gehört. Meine Mutter hat mich spätestens am Tag meiner Geburt verleugnet, mein Vater vermutlich schon, während er mich zeugte. Als ich zu denken anfing, war ich bei habgierigen Menschen, die sich meine Pflegeeltern nannten und aus den paar Lire, die sie vom Staat für mich bekamen, noch ein Geschäft machten.«
»Wo war das?«
»In Parma. Und später bei anderen, in der Nähe von Parma. In einem kleinen Ort namens Varano. Da ging ich auch zur Schule. Nebenbei mußte ich schon Geld verdienen und es den Pflegeeltern abliefern. Erst war ich Gärtner und Diener beim Pfarrer der Nachbargemeinde. Mit zehn Jahren kam ich aus der Schule und arbeitete als Steinmetzgehilfe. Je älter und kräftiger ich wurde, um so schwerer wurde die Arbeit. Mit sechzehn schleppte ich Schwellen und Schienen beim Bahnbau an der Strecke Parma–Spezia. Seither habe ich Arbeit und Arbeitsplatz oft gewechselt.«
»Warum?« fragte Léchet.
»Warum wohl!« Lucheni lachte. »Weil man glaubt, da oder dort eine Lira mehr verdienen zu können. Oder ein paar lumpige Centimes oder Heller. Weil einer erzählt, das Brot wäre anderswo billiger. Oder das Schlafen. Oder der Wein. Oder gar, die Leute wären freundlicher zu Fremden! Weil man immer wieder auf ein Wunder hofft, das nie eintritt. Deshalb!«
»Wann haben Sie Ihre Pflegeeltern verlassen?«
»Die letzten?«
»Ja.«
»Als ich bei der Bahn aufhörte und nach Genua ging«, antwortete Lucheni. »Im Herbst 89. In Genua fand ich im Hafen tageweise Beschäf-

tigung. Aber die meiste Zeit habe ich gehungert und gefroren. Es war ein ungewöhnlich kalter Winter. Im Frühjahr kam ich zum erstenmal in die Schweiz. Ins Tessin. Erst nach Chiasso und später nach Airolo. Zum Straßenbau. Im Tessin gefiel es mir. Die Arbeitsbedingungen waren besser als bei uns in Italien. Und trotzdem war man ein bißchen zu Hause. Die Leute verstanden einen. Man war nicht so fremd.« Lucheni dachte nach. »Ich bin über zwei Jahre im Tessin geblieben. So lange habe ich es selten ausgehalten.«

»Und dann?«

»Im Frühjahr . . .«

»1892?«

»Ja. Ein Landsmann hatte mir eingeredet, daß es jenseits der Alpen besser wäre. Es gäbe mehr Arbeit und weniger Arbeiter. Sowie der Schnee einigermaßen weggetaut war, machten wir uns auf. Erst über den St. Gotthard hinunter nach Andermatt, dann wieder hinauf auf den Furkapaß. Der war noch schlimmer als der Gotthard. Schließlich am Rhonegletscher vorbei, das Rhonetal hinunter, bis zum Genfer See.«

»Zu Fuß?«

»Wie denn sonst? Und den größten Teil ohne Schuhe. Die Füße in Lumpen gewickelt oder auf nackten Sohlen.«

»Wie lange waren Sie unterwegs?«

»Das kann ich nicht mehr genau sagen«, antwortete Lucheni. »So um einen Monat herum, denke ich. Ende April, Anfang Mai muß es gewesen sein, als wir über Lausanne und Nyon nach Versoix kamen. Dort fanden wir Arbeit.«

»Wo?«

»Wieder beim Straßenbau. Der Unternehmer hieß Papis und war ein anständiger Mensch. Zum erstenmal im Leben hatte ich ein eigenes kleines Zimmer. Ohne Heizung, ohne Licht – aber dafür mit einer Tür, die man zumachen konnte. Das war etwas Neues für mich.«

»Wissen Sie noch, bei wem Sie damals wohnten?« fragte Léchet.

»In einem Hotel. Jedenfalls nannte es sich so. Hotel de la Balance! Ich habe dort geschlafen und gegessen.«

»Der Aufenthalt in Versoix liegt doppelt so lange zurück wie Ihr Besuch in Budapest«, sagte Léchet, »aber von Budapest wissen Sie weder, bei wem Sie gearbeitet, noch, wo Sie gewohnt haben! Wie erklären Sie, daß es Dinge gibt, an die Sie sich ganz genau erinnern, und andere, die Ihnen völlig entfallen sind?«

Lucheni zuckte die Achseln. »Ich habe wirklich keine Ahnung«, sagte er mit freundlichem Lächeln.

Von Versoix aus, so berichtete Lucheni weiter, besuchte er damals zum erstenmal das knapp 15 Kilometer entfernte Genf. Bekannte aus dieser Zeit hätte er heute keine mehr in der Stadt, versicherte er. In Versoix blieb er rund zehn Monate.
Anfang 93 wanderte er weiter nach Norden. In Uetikon am Zürichsee arbeitete er etwa ein halbes Jahr bei einem Unternehmer namens Casagrande als Maurer und dann, ein paar Kilometer weiter, in Sonnenberg, beim Bau einer großen Brücke. Der Chef hieß Fischer, erinnerte er sich.
Im Frühjahr 1894 zog es ihn wieder auf die Wanderschaft. Über Wien, wo er sich nur zwei Tage aufhielt, kam er in die ungarische Hauptstadt. Die Frage, ob der Besuch in Budapest einen besonderen Grund gehabt hätte, verneinte Lucheni.
»Man trifft unterwegs einen Landsmann, der hat sich in den Kopf gesetzt, da und dahin zu gehen, und man schließt sich ihm an«, erläuterte er. »Ebensogut wie nach Budapest hätte ich auch nach Berlin gehen können.«
»Oder nach Brüssel!« ergänzte Léchet.
»Ja. Warum nicht?« bestätigte Lucheni.
»Sie waren doch vor nicht allzu langer Zeit in Belgien!«
»In Belgien?« Lucheni schüttelte den Kopf. »Nein. Ich war nie dort. Nie im Leben.«
»Wie kommen Sie dann zu einem belgischen Taler?«
Lucheni lachte. »Den habe ich in Lausanne auf dem Quai d'Ouchy gefunden. Nicht weit vom Hafen.«
»Haben Sie sich öfter beim Hafen herumgetrieben?«
»Ich bin manchmal am Seeufer spazierengegangen«, antwortete Lucheni, »das war ja wohl kaum verboten.«
»Warteten Sie dort vielleicht auf die Kaiserin?« fragte Léchet.
»In Ouchy?«
»Ja, in Ouchy!« sagte Léchet scharf. »Sie haben mich genau verstanden!«
»Mir ist nicht bekannt, daß die Kaiserin je in Ouchy oder Lausanne war«, sagte Lucheni ruhig, »oder daß sie auch nur die Absicht hatte, dorthin zu kommen.«
»Aber daß sie nach Genf kommen wollte, das wußten Sie demnach!« hakte Léchet ein.
»Nein, das wußte ich auch nicht. Und ich habe nichts Derartiges gesagt«, antwortete Lucheni.

Hier wurde das Verhör unterbrochen.
Navazza, der Léchet zur offiziellen Trauerkundgebung der Stadt Genf abholte, erschien früher als verabredet. Er wollte noch etwas mit Léchet besprechen. Es handelte sich um höchst alarmierende Gerüchte, denen eine angesehene Pariser Zeitung im Zusammenhang mit dem Attentat auf die Kaiserin große Aufmerksamkeit widmete. Man brachte in diesem Blatt den Anschlag mit einem anarchistischen Komplott in Zusammenhang, über das die Pariser Sicherheitsbehörden angeblich bereits seit dem 25. Juli informiert gewesen sein sollten. Ein internationaler Polizeispitzel und ehemaliger Geliebter einer italienischen Anarchistin, hieß es, habe sich vor Monaten in Zürich in eine Vereinigung von 15 Anarchisten, alle fanatische Anhänger der Propaganda der Tat, aufnehmen lassen. In diesem Verschwörerzirkel sei die Ermordung des französischen Präsidenten Felix Faure und des Königs Umberto von Italien beschlossen worden. Der anonyme Spitzel habe sofort die Pariser Polizei verständigt, die ihr Wisssen, soweit es die italienischen Kollegen interessierte, nach Rom weitergegeben haben soll. Seither, so hieß es in der Meldung, hätten die französischen Sicherheitsbehörden besondere Maßnahmen zum Schutz des Präsidenten ergriffen. Der führende Kopf der Züricher Konspiration wäre ein junger italienischer Intellektueller mit Namen Ciancabilla. Dieser Ciancabilla hätte sich im August sogar einige Tage in Paris aufgehalten, aber als man dort auf ihn aufmerksam wurde, sei es ihm mit Unterstützung anarchistischer Freunde gelungen, nach London zu entkommen. Schließlich verwies das renommierte Pariser Blatt darauf, daß nach gewissen Informationen auch Luigi Lucheni zum Ring der 15 Züricher Verschwörer gehörte. Er sei im Verlauf des vergangenen Frühjahrs mehrmals in Zürich gewesen.
Generalstaatsanwalt und Untersuchungsrichter entschlossen sich, über die schweizerische Gesandtschaft in Paris die Seriosität der Zeitungsmeldung überprüfen zu lassen. Wenn möglich, sollte die Legation mit Hilfe der französischen Polizei nähere Einzelheiten in Erfahrung bringen. Außerdem kamen sie überein, sich in dieser Sache gleichzeitig nach Bern zu wenden. Im eidgenössischen Justiz- und Polizeidepartement führte der Bundesanwalt die sogenannte Anarchisten-Akte. In ihr waren alle bekannten Anarchisten registriert, die sich in der Schweiz aufhielten. Auch Reisen und Zusammenkünfte anarchistischer Personen, Gruppen und Vereinigungen innerhalb des eidgenössischen Hoheitsgebiets wurden dort vermerkt, soweit die Behörden von ihnen Kenntnis erlangten. Es war Navazza äußerst wichtig,

festzustellen, ob in Bern etwas von jenem ominösen Züricher Treffen unter angeblicher Beteiligung Luchenis bekannt sei.

Mit der Titelzeile »Der Trauerzug der Bevölkerung von Genf« drahtete der Sonderkorrespondent der NEUEN FREIEN PRESSE am 12. September folgenden Bericht an seine Zeitung:

Nie hat man in Wien ein derartiges Schauspiel gesehen wie die Trauerkundgebung, die auf Veranlassung des Staatsrates des Kantons Genf heute mittag erfolgte. Diese »Manifestation de deuil et de sympathie« gestaltete sich durch ihre Einfachheit und den Mangel an jeglichem Gepränge höchst eigenartig, durch die enorme Beteiligung aller Schichten der Bevölkerung imponierend und durch den tiefen Ernst der Teilnehmer ungemein würdewoll, ja ergreifend. Es war die Kundgebung einer Bevölkerung, die freiwillig herbeieilte, um der Trauer eines demokratischen Gemeinwesens Ausdruck zu geben, in welchem jeder nur der Stimme seines Herzens oder dem Gefühl der Gemeinschaft folgte, wenn er sich dem Zug anschloß, der an der toten Kaiserin vorüberführte. Fast alle Büros, Kaufläden und Werkstätten Genfs waren auf Bitte des Staatsrats geschlossen; den Beamten, Bediensteten und Arbeitern wurde frei gegeben, um sich am Trauerzug zu beteiligen. Wohl mehr als die Hälfte der Bevölkerung der Stadt Genf fand sich ein. Tausende kamen aus der Umgebung. Man muß die Leute aus allen Schichten gesehen haben, wie sie trotz der glühenden Sonnenstrahlen gemessen und schweigend am Hotel vorüberzogen, wie dieser Zug sich endlos dehnte und stets neue Massen brachte, um den tiefen Eindruck dieser Kundgebung zu begreifen, die ohne Glanzentfaltung, ohne militärisches Gepränge, ohne den Zauber, womit anderwärts Farben und Töne wirken, vor sich ging . . .

Ich stand auf der Terrasse des Hotels Beau-Rivage, von der man über den Quai du Mont-Blanc auf den See blickt. Die Fenster in den Appartements der Kaiserin waren dicht verhängt; es ist noch kein Sonnenstrahl in diese Räume gedrungen, seitdem die Augen der hohen Fürstin erloschen sind. Die Hotelgäste fanden sich auf der Terrasse ein, Zeitungskorrespondenten aus aller Welt gesellten sich ihnen zu.

Um halb 12 Uhr kamen der Gesandte Graf Kuefstein, General von Berzeviczy, Sekretär Dr. Kromar in Trauerkleidung und stellten sich an das Terrassengitter. Gräfin Sztáray nahm neben ihnen Platz . . .

Um drei Viertel zwölf verkündeten Glockenklänge, die von allen Kirchtürmen erschollen, die Ankunft des Zuges. Er kam vom Quai des Bergues. Zuerst schritten Weibel in langen, gelben Mänteln einher, die einzigen buntfarbigen Gestalten im Zug; sie trugen umflorte Heroldstäbe. Ihnen folgten die Vertreter des Staatsrats und der Kommune Genf sowie die hiesigen Konsuln. Die Herren, die in Reihen zu vieren gingen, trugen durchweg schwarze Kleidung. Sie nahmen, bevor sie das Hotel erreichten, die Hüte ab und schritten langsam, trotz sengender Sonnenglut barhaupt, vorüber. Alle blickten schweigend auf die beiden Männer, die sie als Repräsentanten des Kaisers Franz Joseph betrachteten, und warfen einen Blick auf die Fenster im ersten Stock, wo die tote Kaiserin ruhte. Viele grüßten durch stumme Verneigung. Graf Kuefstein und General von Berzeviczy dankten in derselben Weise. Nun kamen die Beamten des Gerichts (unter ihnen Generalstaatsanwalt Navazza und Untersuchungsrichter Léchet) und anderer Behörden – kein Genfer Amt, das nicht vertreten gewesen wäre. Hierauf kamen die Mitglieder der Ausländerkolonie, die von ihren Konsuln zur Teilnahme eingeladen worden waren, dann die Bürgerschaft von Genf. Das Bild wurde jetzt etwas lebhafter, denn es herrschte nicht mehr die schwarze Kleidung vor. Viele kamen in Werktagsgewandung, die meisten in niedrigen gelben Strohhüten, welche die Schweizer im Sommer mit Vorliebe tragen. Unter den Bürgern sah man auch einige, die Schärpen um den Leib gebunden hatten – es waren die Bürgermeister kleinerer Gemeinden in der Umgebung von Genf. So defilierte der Zug eine halbe Stunde lang in Reihen von je vier Mann. Nach und nach wurde er etwas regelloser. Nur die Beamten und Bediensteten der Eisenbahn- und Schiffahrtsgesellschaft marschierten noch in Ordnung. Dann löste sich diese auf. Frauen und Mädchen erschienen. Endlich kamen die Arbeiter; zuerst vereinzelt, dann in Massen, viele in blauen Blusen. Es gibt keine Zugordnung mehr. In Haufen gehen die Leute vorbei, doch kein Laut wird von der Straße her gehört. Schweigend, die Gesichter den Fenstern im ersten Stock zugewendet, marschieren sie. Nun bemerkt man auch Frauen mit Kindern im Arm; neugierig blikken die Kleinen herum.

Plötzlich sieht man an der Ecke des Quais und einer Seitengasse heftiges Drängen. Die Volksmenge, die in der Seitengasse angesammelt war, hatte den schwachen Kordon der Sergeanten durchbrochen und wollte sich beteiligen. Das wird als ihr selbstverständliches Recht betrachtet. Es ist jetzt kein Zug mehr, es ist ein Vorüberströmen riesiger

Volksmassen. Der ganze Quai ist überflutet, in jeder Minute ziehen wohl mehr als tausend Menschen, Männer, Frauen und Kinder, eng aneinander gedrängt vorüber, und noch immer ist es still. Schweigend passieren die Leute. Keiner – auch die kleinsten Knaben nicht – verabsäumt es, den Hut zu lüften, um der Kaiserin, die in ihrer Mitte ein so tragisches Ende gefunden, Grüße als Zeichen der Sympathie darzubringen. Erst nach einer weiteren Stunde hört das Vorüberströmen auf.
*Während der Trauerzug defilierte, wurde die große Glocke der Kathedrale geläutet, welche vom Gegenpapst Clemens gespendet wurde und welche nur bei den seltensten Anlässen ihre feierlichen Klänge ertönen läßt.**

Nach der Trauerkundgebung, so war es verabredet, suchte Léchet den General von Berzeviczy im Hotel Beau-Rivage auf.
Berzeviczys Aussage deckte sich mit der der Gräfin Sztáray. Er bestätigte, daß die Kaiserin ihn am vergangenen Dienstag gebeten hatte, in Genf die Hotelzimmer zu bestellen.
»Wie geschah das? Schriftlich?«
»Nein. Die Direktion des Grandhotels in Caux verfügt über einen Telefonapparat.«
»Sie telefonierten also. Wann?«
»Gleich nachdem ich von Ihrer Majestät den Auftrag erhalten hatte«, antwortete Berzeviczy. Er war, wie die Sztáray, während des Telefonats allein im Büro der Hoteldirektion und glaubte, wie sie, nicht, daß jemand das Gespräch mitangehört haben könnte.
»Wer nahm die Bestellung im Beau-Rivage entgegen?« fragte Léchet.
»Herr Mayer persönlich. Er kannte mich von früheren Besuchen. Ich schärfte ihm ein, daß die Kaiserin unter allerstrengstem Inkognito reist, und verpflichtete ihn, niemandem ein Sterbenswörtchen darüber zu sagen, wer sich hinter dem Namen einer Gräfin von Hohenembs in Wahrheit verbirgt. Herr Mayer versprach, sich penibel an die Instruktion zu halten. Übrigens«, ergänzte der General zu diesem Punkt die Aussage, »teilte die Gräfin Sztáray zuvor auch der Baronin Rothschild auftragsgemäß mit, daß Ihre Majestät auf Schloß Pregny ebenfalls ihr Inkognito gewahrt wissen möchte, und es ist keine Frage, daß wir uns auf die Diskretion der Baronin verlassen konnten.«
Léchet schrieb den Namen »Mayer« auf den vor ihm liegenden Zettel.

* NFP vom 13.9.98

»Wann erfuhr das Gefolge der Kaiserin von dem beabsichtigten Ausflug?« fragte er dann.
»Die Gräfin Sztáray wußte ja bereits Bescheid«, antwortete der General. »Dr. Kromar und Mr. Barker, der Vorleser Ihrer Majestät, dürften es beim Abendessen erfahren haben. Es ist anzunehmen, daß bei Tisch über den bevorstehenden Abstecher nach Genf gesprochen wurde.«
»Und die Dienerschaft?«
»Am nächsten Tag vermutlich.«
»Also am Mittwoch.«
»Ja. Da Ihre Majestät entschied, über Nacht zu bleiben, war einiges vorzubereiten und zu packen.«
»Die Hoteldirektion wurde sicherlich auch in Kenntnis gesetzt?« fragte Léchet.
»Ja«, bestätigte der General.
Léchet überlegte. »Man darf also davon ausgehen, daß spätestens am Mittwoch das gesamte Gefolge und ein beachtlicher Teil des Hotelpersonals von Caux über den bevorstehenden Besuch in Pregny und Genf Bescheid wußten.«
»Das ist ohne weiteres anzunehmen«, pflichtete Berzeviczy dem Untersuchungsrichter bei.
Léchet dankte. Das war im Augenblick alles, was er wissen wollte.
Der General bat, falls noch weitere Fragen auftauchen sollten, sich ausschließlich an ihn zu wenden. Als Kämmerer und Vertreter des Obersthofmeisters habe er die Pflicht, dafür zu sorgen, daß Angehörige des Hofstaats und des Gefolges weiland Ihrer Majestät nicht in eine Kriminaluntersuchung hineingezogen würden. Der General appellierte eindringlich an Léchets Verständnis und verbürgte sich gleichzeitig für alle Begleitpersonen der Toten.
Obwohl der Republikaner und Demokrat Léchet für die Nöte des österreichischen Hofmannes wenig übrig hatte, versprach er, in dieser Richtung nichts zu unternehmen, ohne sich zuvor mit ihm zu verständigen.

In den Justizpalast zurückgekehrt, erfuhr Léchet von seinem Stellvertreter Péter, daß Piazetti, Buratti und Silva, die drei in der Rue d'Enfer Nr. 8 festgenommenen Italiener, inzwischen dem Gärtner Fiani und dem Gepäckträger Gilbert gegenübergestellt wurden. Allerdings ohne jedes Ergebnis. Weder Fiani noch Gilbert konnten zuverlässig sagen, ob der eine oder andere der Vorgeführten zu jenen Personen gehörte, die Gegenstand ihrer Beobachtungen vom vergangenen Freitagabend

beziehungsweise vom Samstagnachmittag waren. Was Giovanni Silva betraf, so hatte Kommissar Fouchard bei seinem Arbeitgeber die gewünschten Erkundigungen eingeholt, die Silvas Aussagen vollauf bestätigten. Darüber hinaus war er von seinem Chef als ein williger, guter und zuverlässiger Arbeiter beschrieben worden.
Nach kurzer Beratung mit Péter entschied Léchet, daß Silva angesichts der gegebenen Rechtslage auf freien Fuß zu setzen sei. Dagegen wurden Buratti und Piazetti, die bei der Seydoux mit Lucheni und dessen geheimnisvollem Begleiter im gleichen Raum übernachtet hatten, nicht entlassen. Da sie keinerlei Papiere besaßen, konnte bis zur Feststellung der Personalien ein hinreichender Haftgrund geltend gemacht werden.
Anschließend berichtete Péter über die von ihm durchgeführte Vernehmung des Hotelpersonals im Beau-Rivage. Ausnahmslos alle Angestellten wußten, daß sich hinter der angeblichen Gräfin Hohenembs die österreichische Kaiserin Elisabeth verbarg. Viele kannten die Monarchin von früheren Aufenthalten her und hatten dafür gesorgt, daß ihr Inkognito zur Farce wurde. Es gab im Personal elf Italiener. Wenn man annahm, daß Lucheni aus dem Hotel Informationen über das Kommen und Gehen der Kaiserin erhalten haben könnte, waren sie besonders verdächtig. Péter hatte sie einzeln vernommen. Alle leugneten, Lucheni zu kennen. Sie waren seit Jahren im Beau-Rivage beschäftigt, besaßen einwandfreie Papiere und machten einen guten Eindruck.
Schließlich hatte Péter sich noch die Gästeliste angesehen. Sie wies ausschließlich Namen von Adel oder internationaler europäisch-amerikanischer Hautevolee auf und gab, wie zu erwarten, nicht den geringsten Hinweis von Interesse. Péters Nachforschungen im Hotel Beau-Rivage waren ohne jedes Ergebnis geblieben.

Ohne Ergebnis schien auch eine Razzia verlaufen zu sein, die in den frühen Morgenstunden auf ein halbes Dutzend in Genf lebender, über die Kantonsgrenzen hinaus bekannter Anarchisten durchgeführt worden war.
In den einschlägigen Kreisen hatte man sie vorausgesehen. Da die Betroffenen keine Lust auf eine unerfreuliche Konfrontation mit der Polizei verspürten, gingen sie ihr rechtzeitig und buchstäblich aus dem Weg. Bis auf eine Ausnahme bemühten sich die Hüter des Gesetzes vergeblich. Die Gesuchten waren plötzlich verreist, mit unbekanntem Ziel verzogen, in ihre Heimat zurückgekehrt, berichteten Vermieter

oder Nachbarn. Nur Pietro Gualducci, Journalist und ehemals Mitherausgeber eines anarchistischen Wochenblattes, ein kampferprobter Revolutionär und Berufsflüchtling, hatte es trotz des zu erwartenden Ärgers abgelehnt, unterzutauchen. Er wurde prompt verhaftet und am Nachmittag dem Untersuchungsrichter zur Einvernahme vorgeführt.
»Als anerkannter politischer Flüchtling genieße ich das mir von Amts wegen höchst offiziell gewährte Asylrecht dieses Landes!« begann Gualducci gegen seine Verhaftung zu wettern. »Aber was bedeutet das in der Praxis! Bei jedem Furz, der etwas unangenehm riecht, werde ich verhaftet und gefragt, ob das Ereignis mit meinen Blähungen im Zusammenhang steht!«
»Ich stelle fest«, sagte Léchet höchst reserviert, »daß Ihre ungewöhnliche Ausdrucksweise sich seit unserer letzten Begegnung nicht geändert hat.«
»Nein. Warum auch. Aber es zwingt Sie ja niemand, sich mit mir zu unterhalten«, erwiderte Gualducci. »Und was mich betrifft, so verzichte ich mit Vergnügen. Ich weiß beim besten Willen nicht, was das ganze Theater soll. Was wirft man den Anarchisten eigentlich vor? Es ist doch die kapitalistische Gesellschaft, die uns erzeugt! Sie hat nicht das geringste Recht, sich über ihre Produkte zu beklagen. Sie hat auch Lucheni das Mordwerkzeug in die Hand gedrückt. Sie gehört auf die Anklagebank!«
»Tod dem Kapitalismus. Die alte Leier«, kommentierte Léchet ärgerlich.
»Richtig«, bestätigte Gualducci. »Wir werden sie Ihnen und Ihresgleichen so lange vorspielen, bis Ihnen das Trommelfell platzt. Erst wenn der Kapitalismus tot ist, wird das Blutvergießen ein Ende haben. Erst wenn Arbeitermütter es sich wie Bürgersfrauen leisten können, ihre Kinder in sozialer Sicherheit und Muße zu erziehen; erst wenn die Jungen und Mädchen proletarischer Eltern lernen können, was sie wollen und wozu sie fähig sind; wenn den Schwachen, den Arbeitslosen, den Invaliden, Kranken und Sterbenden bis zu ihrem letzten Atemzug geholfen wird – dann erst wird es keinen mordenden Anarchisten mehr geben!«
»Sie sehen die Dinge wie alle Ihre Gesinnungsgenossen. Vergröbert, gefährlich vereinfacht und einseitig verzerrt«, entgegnete Léchet. Als Vertreter einer aufgeschlossenen und liberalen demokratischen Oberschicht fühlte er sich verpflichtet, den aufrührerischen Parolen Gualduccis entgegenzutreten. »Um zur Sache zu kommen – Sie wissen sehr wohl, weshalb Sie verhaftet worden sind!«

»Natürlich weiß ich das – und ich habe es bereits deutlich gesagt«, bestätigte Gualducci. »Aber glauben Sie allen Ernstes, ich hätte bei der Ermordung dieser kaiserlichen Nichtstuerin meine Hand im Spiel?«
»Warum eigentlich nicht?« fragte Léchet.
Gualducci lachte laut. »Ich muß Sie leider enttäuschen. Dabei verstehe ich Sie so gut, Sie und Ihren forschen Generalstaatsanwalt. Lucheni, ein dummes Luder, das vermutlich nur mit Mühe den Namen schreiben kann, soll allein, ganz auf sich gestellt, seiner gequälten Proletenseele auf solche Weise Luft gemacht haben? Nicht einmal ein österreichischer Untertan! Ein Italiener, der das Opfer persönlich überhaupt nicht kannte, nie direkt oder indirekt mit ihm zu tun hatte! Ein Mensch, Ihrer Ansicht nach ohne jedes denkbare Motiv, sollte allein auf die Idee gekommen sein, die einmalige, herrliche, verehrte und geliebte Elisabeth umzubringen? Das wäre doch gegen jede Vernunft und Ordnung! Das kann nicht sein. Das darf nicht sein. Oh, ich verstehe Sie so gut«, wiederholte Gualducci und lachte abermals. »Alles wäre leichter, wenn man beweisen könnte, daß dieser arme, schwerfällige Kerl das verführte Werkzeug einer weitgespannten Verschwörung ist. Alles wäre soviel verständlicher und würde in die aufgeschreckten, verfetteten Bürgergehirne weit besser eingehen. Ein braver, arbeitsamer, obrigkeitsfrommer junger Mann, dem die Internationale blutrünstiger anarchistischer Intellektueller die meuchlerische Waffe in die Hand gedrückt hat – das kann man jedem klarmachen, aber so ...« Gualducci zuckte die Achseln. »Pech, Monsieur Léchet, mit mir können Sie keine Lorbeeren ernten. Der einzige Rat, den ich Ihnen geben kann, heißt: Schonen Sie Ihre Galle und schicken Sie mich wieder nach Hause!«
Léchet mußte sich Mühe geben, gelassen zu erscheinen. »Sie haben eine Menge dahergeredet, aber meiner entscheidenden Frage sind Sie beharrlich ausgewichen«, sagte er.
»Welcher Frage?«
»Weshalb ich so sicher sein soll, daß Sie mit dem Attentat nichts zu tun haben!«
»Ach so, ja.« Gualducci dachte einen Moment nach. »Wenn Sie wirklich Wert darauf legen, will ich Ihnen das auch sagen. Es wird Sie vielleicht wundern, aber ich bin gegen Mord.« Er begegnete Léchets prüfendem Blick. »Wir Anarchisten sind komische Leute«, fuhr er fort. »Die einen mögen Mord. Sie lieben ihn geradezu. Sie haben ihn als letzten und höchsten Ausdruck der Propaganda der Tat auf ihre Fahne geschrieben. Und sie sterben mit Begeisterung für diese gefährliche

Liebe. Ich kann die Kameraden gut verstehen. Aber ich gehöre nicht zu ihnen.« Gualducci sprach jetzt ruhig. Fast leise. »Ich persönlich achte das Leben jedes Menschen, gleich welcher Herkunft und welchen Standes, viel zu hoch, als daß ich mich endgültig, unwiderruflich zum Herrn über sein Schicksal machen würde. Deshalb verabscheue ich jede Art von Mord. Die Ermordung hoher, verantwortlicher Persönlichkeiten ebenso wie den sanktionierten Mord der staatlichen Obrigkeit . . .«

»Sanktionierter Mord staatlicher Obrigkeit? Was ist das?«

»Das sollte ein Mann wie Sie eigentlich wissen«, entgegnete Gualducci anzüglich. »Ich verstehe darunter jene Art des kalten Mordes, der darin besteht, daß man den politischen Gegner, wenn er seine Überzeugung nicht verleugnet, ins Gefängnis wirft. Gegen diesen politischen Massenmord, der sich täglich in der kapitalistischen Welt tausendfach vollzieht, protestiere ich ebenso energisch wie gegen das stumme, lautlose Morden im sozialen Bereich – und gegen das sinnlose Attentat auf die alte, halb geisteskranke Habsburgerin.«

»Sie sollten sich schämen, Gualducci!« sagte Léchet ehrlich empört. »Wenn Ihr Spott schon vor den Toten nicht haltmacht, so sollten Sie doch mitempfinden, daß eine Frau einem Mann entrissen wurde, dessen persönliches Glück nicht dazu angetan ist, den Neid der Umwelt zu erwecken.«

»Hören Sie auf, sonst kommen mir die Tränen!« höhnte Gualducci. »Die Trauer der Nachfahren des Attentäters Tell – des besten Schweizers, der je gelebt hat – geht mir auf die Nerven. Am Hause Habsburg wurde ein schweres Unrecht begangen, jammern dieser Tage alle Gazetten der republikanischen Eidgenossenschaft.« Gualducci hielt ein und sah Léchet ernst an. »Glauben Sie mir, Monsieur Léchet, an den Häusern der Luchenis ist seit Jahrhunderten ein viel größeres Unrecht begangen worden!«

»Man hat bei Ihnen Essensmarken der Genfer Volksküche gefunden«, sagte Léchet betont sachlich.

»Ja«, bestätigte Gualducci. »Und wenn Sie daraus schließen sollten, ich hätte sie dem gottgefälligen Idioten Chardonne gestohlen, sind Sie auf dem Holzweg. Ich habe sie mit Ihrem unehrlichen Geld ehrlich bezahlt.«

Léchet bemühte sich, Gualduccis Unverschämtheiten zu überhören. »Sie essen also in der Volksküche«, stellte er fest.

»Ja, wo denn sonst? Dachten Sie im Beau-Rivage? Außerdem essen die wenigen anständigen Menschen, die in dieser Stadt leben, alle in

der Volksküche. Obwohl der Fraß abscheulich ist.« Gualducci lachte. »Was einem da vorgesetzt wird, ist ein klassisches Exempel eidgenössischer Fürsorge und Nächstenliebe. Sie können das Zeug gar nicht so schnell essen, wie Sie's kotzen möchten!«
Mit Léchets Beherrschung war es zu Ende. »Ich werde dafür sorgen, daß Sie wegen Mißachtung des Gerichts gehörig verdonnert werden!« fuhr er Gualducci an.
»Richtig«, sagte Gualducci und nickte dem Untersuchungsrichter freundlich zu. »Ordnung muß sein! Und mir tun Sie einen Gefallen. Ich finde Ihre Gefängnisse herrlich. Sie sind mit Abstand das Beste an der Schweiz.«
Der Untersuchungsrichter hatte genug. Er rief den Wachbeamten und befahl, Gualducci abzuführen.
Léchet war äußerst verstimmt. Er bat noch Péter, feststellen zu lassen, ob sich in jüngster Zeit ein Angehöriger des Hauses Orléans-Bourbon in Genf aufgehalten hatte. Dann verließ er den Justizpalast.

In einem konservativen Pariser Abendblatt erschien um diese Zeit der folgende Artikel des Journalisten »Mimikry«:

Es gilt inzwischen als erwiesen, daß der bei uns gesuchte Nicaise Luccesi, der sich Ravachol nennt, nicht mit Luigi Lucheni, dem Mörder der Kaiserin von Österreich, identisch ist. So bleibt von diesem kurzlebigen Gerücht nur der Name Ravachol in Erinnerung. Es ist unendlich deprimierend und zugleich höchst bezeichnend für den Geisteszustand der Anarchisten, daß einer der Ihren sich ausgerechnet diesen Namen beilegt, den Namen eines Diebes, Leichenfledderers und Mörders.
Der wahre Ravachol ist längst tot. Vor über sechs Jahren, am 11. Juli 1892, wurde er im Gefängnishof von Montbrison enthauptet. Seitdem ist er für den Pöbel von Paris zu einer Art Gott geworden, und wäre es mit Fug und Recht auch für die Anarchisten, wenn der Anarchismus Götter kennen würde. Davon ist er aber meilenweit entfernt, wie das obszöne Lied beweist, das Ravachol gesungen haben soll, als er die Stufen der Guillotine hinaufstieg:

Pour être heureux, nom de Dieu,
Il faut tuer les propriétaires,
Pour être heureux, nom de Dieu,
Il faut couper les curés en deux,

Pour être heureux, nom de Dieu,
*Il faut mettre le bon Dieu dans la merde!**

Eine schlimmere Blasphemie hat das menschliche Ohr nie vernommen.

Sechs Jahre ist es her, und schon scheinen die Untaten des wahren Ravachol zu verblassen vor dem Nimbus, mit dem ihn seine Anhänger umgeben. Wer war also der wahre Ravachol?

Dem Kindesalter kaum entwachsen, versuchte er sich als Geldfälscher. Wenig später ermordete er Monsieur de Rivollier, einen Edelmann, der unweit von St. Chamond, wo Ravachol lebte, mit seiner betagten Dienerin wohnte. Einige Jahre darauf starb die Baronin de Rochetaillée. Man erzählte, daß sie den Wunsch geäußert hätte, mit ihren Juwelen begraben zu werden. Drei Wochen nach dem Begräbnis schlich sich Ravachol bei Nacht und Nebel auf den Friedhof, erbrach die Familiengruft und öffnete den Sarg. Ein kleines Holzkreuz und eine geweihte Medaille waren alles, was er an der schon in Verwesung übergegangenen Leiche fand.

Dann beging Ravachol seinen zweiten Mord. Er erschlug den Eremiten Brunel, einen hilflosen alten Mann. Die frommen Bäuerinnen der Gegend verehrten den Greis und brachten ihm Geld und Nahrung. Zum Dank betete er für sie und sagte ihnen wohl auch hin und wieder die Zukunft voraus. 5000 Francs, die der Alte in zahlreichen kleinen Verstecken seiner abgelegenen Klause verborgen hielt, sollen dem Mörder in die Hände gefallen sein. Diesmal erreichte Ravachol der Arm der Gerechtigkeit. Er wurde verhaftet, aber es gelang ihm, nach Paris zu fliehen und unterzutauchen.

Dort kam Ravachol mit Anarchisten zusammen. Da entdeckte er, reichlich verspätet, daß alle seine Taten nicht Ausdruck der niedrigsten Habgier, des Neides und der Brutalität waren, sondern Rache an den Ausbeutern der Menschheit! Ein armer, alter Eremit Ausbeuter der Menschheit!

Jetzt lernte Ravachol die verlogenen Schlagworte der Herren Kropotkin, Bakunin und Proudhon! Diese Heuchler faseln von einer

* Arthur Holitscher, »Der Fall Ravachol«
(Um glücklich zu sein,
muß man in Gottes Namen die Eigentümer umbringen.
Um glücklich zu sein,
muß man in Gottes Namen die Priester in Stücke schneiden.
Um glücklich zu sein,
muß man in Gottes Namen den lieben Gott in die Scheiße stoßen.)

idealen Welt, die nach der blutigen Revolution, die sie entfesseln wollen, erblühen soll. In ihrem Zukunftstraum sind alle Menschen gut, ehrlich, lieben einander und teilen freundschaftlich die Früchte der Erde. Sie arbeiten nur, wenn sie Lust haben und was ihnen Freude macht.

Die Attentäter und Mörder von heute sollen die Engel von morgen sein? Nur ein Zyniker kann uns das einzureden versuchen! Prinz Peter Kropotkin predigt: »Eine einzige Tat macht in wenigen Tagen mehr Propaganda als tausend Broschüren!« Das schreiben die Theoretiker des Anarchismus so einfach hin, und die primitiven Praktiker nehmen sie beim Wort. Die Propaganda der Tat, dieses unselige Schlagwort, wird von nun an Ravachols Leitstern!

Am 1. Mai 1891 demonstrieren Arbeiter in der Pariser Vorstadt Clichy. Eine Frau trägt die rote Fahne, eine Gruppe radikaler Proletarier folgt der Megäre. Die Männer werden verhaftet und, wenn man bösartigen Gerüchten Glauben schenken will, von der Polizei nicht gerade sanft behandelt. Wer könnte es unseren braven Polizisten verdenken, wenn sie angesichts solcher Provokationen einmal die Samthandschuhe ausziehen!

Drei der Demonstranten werden vor Gericht gestellt. Einer wird freigesprochen. Für den zweiten fordert der Staatsanwalt drei Jahre Zwangsarbeit, für den dritten fünf Jahre, in beiden Fällen die zulässige Höchststrafe. Eine larmoyante Jury empfiehlt mildernde Umstände, der Vorsitzende versagt sie. Mag sein, daß die Strafen hart sind, aber sie entsprechen dem Gesetz. Die beiden Arbeiter marschieren ins Gefängnis.

Aus diesem unwichtigen Vorkommnis wird das Märchen der »Märtyrer von Clichy« geboren, und rührselige Intellektuelle machen gemeinsame Sache mit Anarchisten und Sozialisten, die hier einmal ausnahmsweise brüderlich zusammenstehen.

Am 11. März 1892 explodiert eine Bombe im Haus des Gerichtsvorsitzenden. Ein Unschuldiger wird verletzt, der Schaden beträgt 40000 Francs. Am 27. März explodiert eine zweite Bombe. Diesmal im Haus des Staatsanwalts. Der Schaden beträgt 120000 Francs.

Bald weiß man, daß Ravachol die Bomben gelegt hat. Der Kellner eines Restaurants am Boulevard Magenta erkennt in einem Gast den Gesuchten, er ruft die Polizei, Ravachol wird verhaftet.

Er gibt die beiden Bombenattentate sofort zu, wird in Paris vor Gericht gestellt und kommt mit lebenslänglichem Zuchthaus glimpflich davon. Dann aber macht man ihm in Montbrison einen zweiten Pro-

zeß, und zwar für den Mord an dem Eremiten. Zu den Geschworenen sagt er: »Es ist das Recht von uns Armen, die Reichen zu bestehlen, damit wir nicht wie Tiere zu leben brauchen! Es ist feige und erniedrigend, verhungern zu müssen. Ich habe es daher vorgezogen, Dieb, Fälscher und Mörder zu werden!« Er wird zum Tode verurteilt und am 11. Juli 1892 hingerichtet.
So also sieht der Held unserer anarchistischen Mitbürger aus! Ihn erküren sie sich zum Symbol, zum Vorbild! Ein gemeiner Mörder stirbt unter der Guillotine, und ein anarchistischer Märtyrer ist auferstanden!
Ravachol muß gerächt werden, lautet die Parole jetzt:
Eine Bombe explodiert im Restaurant am Boulevard Magenta. Sie tötet aber nicht den Kellner, der seinerzeit die Polizei gerufen hat, sondern den unschuldigen Besitzer.
Eine Bombe wird in den Pariser Büros einer Bergwerksgesellschaft gefunden, zur Polizei gebracht, dort explodiert sie und tötet fünf unschuldige Polizisten.
Ein Mann namens Vaillant wirft eine Bombe in der Abgeordnetenkammer, und unsere Intellektuellen schreien Bravo! Der berüchtigte Antisemit Drummond tritt in seinem Artikel »Über Dreck, Blut und Gold von Panama zum Anarchismus« für die Bombenwerfer ein. Der feinsinnige Poet Tailhade spricht von einer »schönen Geste«. Ich bezweifle, ob er auch jene Geste noch schön fand, die eine Bombe in das teure Restaurant schleuderte, in dem er dinierte, und die ihm ein Auge kostete.
Vaillant wird zum Tode verurteilt, Präsident Carnot weigert sich, ihn zu begnadigen.
Sieben Tage nach seiner Hinrichtung wirft Emile Henry eine Bombe im Café Terminus, die einen Mann tötet und 17 andere schwer verletzt.
Am 25. Juni 1894 wird Präsident Carnot in Lyon von dem italienischen Bäckerlehrling Caserio erdolcht. Zur selben Stunde bereits erhält seine Gemahlin einen Brief, adressiert »An die Witwe *Carnot« mit einem Bild von Ravachol. Die Aufschrift lautet: »Er ist gerächt!«*
Das war die Krönung dieser wahnwitzigen Kette von Untaten zu Ehren des Märtyrers Ravachol, dessen Namen sich sein Epigone Nicaise Luccesi aneignete.
Lassen Sie uns den Märtyrer begraben und den Mörder Ravachol nie vergessen.

DIENSTAG
13. September 1898

In den MÜNCHNER NEUESTEN NACHRICHTEN vom 13. September 1898 war zu lesen:

... Der Mörder Lucheni, gefolgt von einem Greise mit langem Barte, stürzte sich auf die Kaiserin und versetzte ihr einen heftigen Stoß; jeder glaubte, es handele sich um einen Faustschlag ...

Die Wiener NEUE FREIE PRESSE meldete in ihrer Morgenausgabe desselben Tages aus Fiume:

Unmittelbar nach dem Bekanntwerden des Attentats auf die Kaiserin und des Umstandes, daß der Verüber desselben ein Italiener sei, kam in dem benachbarten Sussak der Haß der Kroaten gegen die Italiener zum Ausbruch. Die Kroatische Liga veranstaltete eine Demonstration. Die Demonstranten attackierten die Obstbuden eines gewissen Barbini, der im Ruf steht, Anarchist zu sein, und zweier anderer Italiener. Die Buden wurden vollkommen zertrümmert. Sodann zogen die Demonstranten gegen die Italiener, welche bei dem Bau der neuen Flügelbahn beschäftigt sind. Polizei und Gendarmerie zerstreuten sie und nahmen vier der Rädelsführer fest.

Noch vor 8 Uhr morgens drahtete der Genfer Sonderkorrespondent derselben Zeitung nach Wien:

*Der Separatzug, welcher die Obersthofmeisterin Gräfin Harrach und die Hofdame Gräfin Festetics, den Obersthofmeister Graf Bellegarde und den Kämmerer Graf Abensperg-Traun brachte, traf um 7 Uhr 20 früh in Genf ein. Auf dem Bahnhof hatten sich zu ihrer Begrüßung General von Berzeviczy, Graf Kuefstein und Dr. Kromar eingefunden. Die Damen und Herren des Hofstaats konnten ihre Ergriffenheit nicht meistern, und die Damen brachen in Tränen aus, als sie dem General von Berzeviczy die Hand drückten. Die genannten Persönlichkeiten begaben sich zu Wagen in das Hotel Beau-Rivage.**

* NFP vom 13. 9. 98

Im Genfer Justizpalast an der Place du Bourg-de-Four verging der Vormittag mit der Einvernahme weiterer Zeugen und ihrer Gegenüberstellung mit Lucheni und den anderen Verhafteten.
Das knappe amtliche Protokoll hierüber lautete:

Im Jahr 1898 und am Dienstag, dem 13. September, haben wir, der Untersuchungsrichter der Republik und des Kantons Genf und der zuständige Amtsschreiber, die Erklärungen der hier folgenden Personen aufgenommen. Nachdem jeder Zeuge geschworen hatte, die Wahrheit und nichts als die Wahrheit zu sagen, gab er seinen Namen, Vornamen, Alter, Beruf und Wohnsitz an.

1. Welti, Charles François, 31 Jahre alt, Bootsvermieter, Rue de Seujet Nr. 10, Genf.

Am Samstag nachmittag sah ich in der Rue des Alpes, wie man das Individuum abführte, das die Kaiserin angegriffen hatte. Ich habe es sofort als den Mann wiedererkannt, den ich am gleichen Vormittag, kurz nach 11 Uhr, bereits am See getroffen hatte. Damals war das Individuum in Begleitung zweier anderer Individuen. Es ist möglich, daß ich diese wiedererkennen würde, wenn man sie mir gegenüberstellt. In meiner Eigenschaft als Bootsvermieter habe ich ihnen vorgeschlagen, eines meiner Ruderboote zu mieten, aber sie haben meine Offerte zurückgewiesen.

Hierzu Lucheni:
Ich erinnere mich sehr wohl, daß mir am Samstag vormittag am Quai ein Bootsvermieter ein Ruderboot vermieten wollte. Aber ich erkläre, daß ich allein war. Ich war mit niemandem zusammen. An diesem Vormittag hatte ich keine Lust, mich mit irgend jemand zu unterhalten. Ich dachte nur an das, was ich tun wollte – und was ich dann ja auch getan habe.

Wir präsentierten daraufhin dem Zeugen Welti die unter dem Verdacht der Mittäterschaft verhafteten Buratti, Piazetti und Gualducci. Welti erkannte keinen von ihnen.

2. Jaquemond, Léopold, 32 Jahre alt, Steuermann bei der Compagnie de Navigation, Quai des Eaux-Vives Nr. 36, Genf.

*Am Samstag, dem 10. dieses Monats, gegen 7 Uhr 15 Minuten morgens, sah ich auf dem Bürgersteig Rue Fabri/Ecke See Lucheni in Begleitung eines anderen Individuums, mit dem er heftig diskutierte. Ich habe deutlich das Wort »Station« verstanden. Einer wollte bleiben, und der andere wollte hinauf zum Bahnhof gehen. Ich sah Lucheni dann um 1 Uhr 30 nachmittags etwa wieder. Er lehnte gegen das Geländer am See, in der Nähe des Hotels Beau-Rivage. Diesmal war er allein. Weder Buratti, Piazetti noch Gualducci, die mir vorgeführt wurden, erkenne ich als denjenigen wieder, der morgens mit Lucheni gesprochen hat.**

Gegen 11 Uhr empfing Léchet Professor Gosse. Der Arzt überbrachte den von ihm und seinen Kollegen Reverdin und Mégevand erstellten amtlichen Report über die Autopsie, der von allen drei Medizinern unterzeichnet war. Léchet überflog das Dokument und stellte fest, daß es mehr oder weniger das enthielt, was Professor Reverdin ihm bereits unmittelbar nach der Autopsie erläutert hatte.
Als Gosse sich verabschiedete, bat ihn der Untersuchungsrichter, sich noch die Mordwaffe anzusehen. Hierüber sagte das Protokoll folgendes aus:

*Wir legten Herrn Professor Gosse die Feile vor, die Lucheni als die Waffe wiedererkannte, deren er sich bedient hatte. Danach befragt, erklärte der Professor: Die Wunde, von der in unserem Report die Rede ist, kann von diesem oder von einem identischen Instrument hervorgerufen worden sein.***

Als Léchet essen gehen wollte, erschien Frederic Barker, der Vorleser der Kaiserin. Er entschuldigte sich, aber er hätte mit voller Absicht sein Kommen nicht angekündigt. Zunächst mußte Léchet dem aufgeregten jungen Mann versprechen, die Unterredung geheimzuhalten. Nachdem er diese Zusage hatte, berichtete Barker, daß er Lucheni in Caux, in unmittelbarer Nähe des Grand Hotels, begegnet sei. Am 2. oder 3. September.
»Woher wissen Sie, daß es Lucheni war?« fragte Léchet mit leiser Skepsis.
»Aus der Zeitung!« erwiderte Barker. »Aus der heutigen Zeitung!« Er

* AGG
** s. o.

hatte morgens im JOURNAL DE GENEVE eine ausführliche Personenbeschreibung des Attentäters gelesen und sich dabei sofort an die Begegnung erinnert. Jeder Irrtum sei ausgeschlossen.

»Bitte erzählen Sie mir genau, was sich damals abgespielt hat«, forderte Léchet den Engländer auf.

Er war mit der Kaiserin spazierengegangen, begann Barker, und las ihr, wie dies öfter geschah, während des Gehens vor. Plötzlich stand ein Mann, Lucheni, am Weg. Er bettelte die Monarchin an. Ganz gegen ihre Art reagierte sie ungnädig. Offenbar fühlte sie sich an einer spannenden Stelle des Romans gestört. Von der Kaiserin abgewiesen, wandte Lucheni sich dem in einigem Abstand folgenden Berzeviczy zu. Der General befahl ihm in barschem Ton, sich zum Teufel zu scheren. Lucheni schlich wie ein geprügelter Hund davon. Barker beobachtete, wie er in einiger Entfernung stehenblieb und ihnen mit haßerfülltem Blick nachsah. »Als mir nun heute morgen klar wurde, wer dieser Bettler war, ging ich natürlich sofort zu Berzeviczy und zeigte ihm die Zeitung. Aber . . . aber der General . . .« Barker stockte.

»Aber? Reden Sie weiter!« ermunterte ihn Léchet. »Sie zeigten ihm die Zeitung! Was sagte er? War er auch Ihrer Meinung?«

»Nein! Zu meiner größten Überraschung, nein! Ich ließ mich nicht davon abbringen und erklärte ihm, daß ich meine Entdeckung den Behörden mitteilen müßte. Da verbot er mir ganz einfach, zu Ihnen zu gehen!«

»Das ist einigermaßen ungewöhnlich«, sagte Léchet.

Barker hatte eine Erklärung. Der überaus korrekte General machte sich vermutlich schwere Vorwürfe, daß er dem Italiener das Almosen verweigert hatte. Vielleicht glaubte er, damit Ihre Majestät der Rache des Mannes ausgeliefert zu haben.

Barkers Vermutung war nicht von der Hand zu weisen, überlegte Léchet und erinnerte sich an Berzeviczys so eindringlich vorgetragenen Wunsch, das Gefolge der Kaiserin nicht direkt zu vernehmen.

Der Untersuchungsrichter schickte nach dem Attentäter. Als Lucheni hereingeführt wurde, sah Barker ihn verblüfft an und schüttelte den Kopf. Nein, das wäre nicht der Mann aus Caux, erklärte er. Der sei schlanker, größer und wesentlich jünger.

Léchet konnte seine Enttäuschung nur mühsam verbergen. Er fühlte, wie sich plötzlich ein deutlicher Pessimismus seiner bemächtigte. Das Verbrechen war erst drei Tage alt, versuchte er sich zu beruhigen. Wichtigste Zeugenaussagen, wie die des Lausanner Kreises um Lucheni, fehlten noch. Von einem toten Punkt konnte keine Rede sein.

Trotzdem empfand er eine Mutlosigkeit, die ihn überraschte und beunruhigte. Er erhob sich, ging zum Fenster, öffnete es und atmete tief durch. Das tat gut.
Barker beobachtete ihn. Léchet wurde sich dessen bewußt. Er schloß das Fenster und kehrte mit einem etwas gezwungenen Lächeln zum Schreibtisch zurück.
Er befragte Barker jetzt nach den Gästen und dem Hotelpersonal in Caux. Aber es war nichts Brauchbares aus ihm herauszubringen. Er hätte vollauf mit der Kaiserin zu tun gehabt, sagte er, und keinerlei Wunsch verspürt, andere Gäste oder gar die Bediensteten zu beobachten. Léchet werde ja sicherlich selbst in Caux ermitteln und sich aus eigener Anschauung ein Bild machen können.
In Caux ermitteln – wie einfach das klang! Aber Caux lag im Kanton Waadt. Dort war Bonnard zuständig. Das zwang Léchet, sich an einem weiteren Brennpunkt des Geschehens mit Beobachtungen und Erkenntnissen aus zweiter Hand zu begnügen.
Der Besucher verabschiedete sich.
Nur noch mit halbem Ohr hörte Léchet, daß Barker gleich nach der Beisetzung Wien für immer verlassen und erst einmal Ferien in Griechenland machen wollte. Mechanisch wünschte er eine gute Reise.

Mittags gab der Vertreter der NEUEN ZÜRCHER ZEITUNG für die Spätausgabe des Blattes telegrafisch den folgenden Bericht an seine Redaktion:

Ich komme soeben aus dem Totengemach. Die Kaiserin ruht in einem Eckzimmer des ersten Stockwerks des Hotels Beau-Rivage. Einer beschränkten Anzahl von Personen wird der Eintritt gestattet, nachdem man vorher die Genehmigung des Hofmarschalls eingeholt hat. Man tritt durch ein Vorzimmer in das Gemach, dessen Decke und Wände mit schwarzem Tuch ausgeschlagen sind. Der schwarze Beschlag der Wände ist mit silbernen Kreuzornamenten verziert. Mitten im Gemach erhebt sich der schwarze Katafalk, auf dem der Sarg ruht.
Der Sarg ist offen und mit einem weißen Spitzentuch bedeckt, auf dem man die Worte liest: »Repose en paix.« Durch diesen leichten Schleier, der die ganze Gestalt bedeckt, kann man die friedlichen Züge der Entschlafenen erkennen. Sie hält die Hände gefaltet und gleicht einer Schlummernden. Die Kaiserin trägt auch im Tod schwarze Kleidung, die sie seit dem tragischen Ende ihres Sohnes nie mehr abgelegt hat.
Riesige Kerzen auf silbernen Kandelabern umgeben zu beiden Seiten

den Katafalk. Das Gemach ist mit Palmen reich geschmückt. Schwarz drapierte Betstühle stehen rings um den Katafalk. Abwechselnd verrichten Priester hier ihre Gebete. Nur wenige Personen finden Platz in dem Raum, denn er ist mit Kränzen und Blumen fast überfüllt. Auf der breiten weiß-roten Schleife des mächtigen Kranzes, welcher zunächst am Sarge liegt, liest man die Worte: »Hommage du Conseil Fédéral au nom du peuple suisse.«
*Um die schweren Lasten von Kränzen und Blumenspenden zu bergen, die zum Teil von hervorragender Schönheit sind, mußten in dem Hotel mehrere anstoßende Zimmer in Anspruch genommen werden. General von Berzeviczy begleitet selber die wenigen Besucher, denen der Eintritt gestattet wird, in das Trauergemach und nimmt im Namen des Kaisers die Leidbezeigungen in Empfang. Genf wimmelt von Vertretern der Presse, und der Telegraf ist ständig belagert. Die mächtigen Stöße können kaum bewältigt werden.**

»Wir waren also in Budapest!« stellte Léchet fest, nachdem der Schreiber die beiden letzten Seiten des am Vortag aufgenommenen Protokolls verlesen hatte. »Budapest, im Frühjahr oder Frühsommer 1894. Stimmt das?«
»Jawohl«, bestätigte Lucheni.
»Erklären Sie mir eins: Wegen ganzer zwei Wochen, die Sie sich dort aufhielten, legten Sie die enorme Strecke Zürich-Budapest zurück?«
»Ja.«
»Das ist einigermaßen verwunderlich. Weshalb sind Sie nicht länger geblieben?«
»Weil ich um nichts in der Welt Arbeit fand«, sagte Lucheni. »Weil ich keinen blanken Heller mehr besaß und nicht wußte, wie ich zu einem Stück trockenem Brot kommen konnte und wo ich nachts schlafen sollte. Da hatte ein Kamerad, der mehr Erfahrung in solchen Situationen besaß als ich, eine hervorragende Idee. Wir gingen zum italienischen Konsulat, erklärten, wir seien völlig mittellos und wollten zurück nach Italien. Der Erfolg war überwältigend, was wohl daran lag, daß es in Budapest nur wenig italienische Arbeiter gab. Der Konsul schrieb uns einen Gutschein aus, gegen den wir bei der Fremdenpolizei eine Fahrkarte nach Fiume erhielten.«
»Warum gerade nach Fiume?« fragte Léchet.
»Keine Ahnung«, antwortete Lucheni. »Da müssen Sie sich beim

* NZZ vom 13.9.98

Konsul selbst erkundigen. Wir fragten nicht, aus Angst, er könnte sich die Sache anders überlegen. Die Polizei hielt uns die Nacht über fest. Am nächsten Morgen gab es Reiseproviant, und dann konnten wir den Zug besteigen. Zwei Tage und zwei Nächte fuhren wir mit der Bahn, hatten zu essen und kamen uns wie Grafen vor. In Fiume trennten wir uns. Ich marschierte zu Fuß nach Triest. Dort griff mich die österreichische Polizei auf, sperrte mich ein paar Tage ein und schob mich über die Grenze nach Italien ab.«

»Wann war das?« wollte Léchet wissen.

Lucheni dachte nach. »Es muß so Ende Juni/Anfang Juli gewesen sein«, sagte er, »denn Mitte Juli 94 ging ich zum Militär.«

»Hören Sie zu, Lucheni«, sagte der Untersuchungsrichter, »wenn die Abschiebung aus Österreich Ende Juni oder Anfang Juli erfolgte, kann Ihre Ankunft in Budapest, wo Sie angeblich nicht länger als zwei Wochen blieben, frühestens in den ersten Junitagen gewesen sein. Keinesfalls im März oder April, wie Sie es gestern für möglich hielten!«

Lucheni antwortete nicht.

»Glauben Sie immer noch, daß Sie schon im März oder April in Budapest waren?« drängte Léchet.

»Ich weiß es nicht«, sagte Lucheni. »Kann sein, daß die Daten nicht immer genau stimmen.«

Léchet sah Lucheni forschend an. »Ich stelle fest, daß Sie sich wieder einmal an einem Punkt, der für die Untersuchung wichtig ist, nicht genau erinnern können«, sagte er kühl.

»Warum ist mein Aufenthalt in Budapest eigentlich so wichtig?« fragte Lucheni unsicher.

»Das werde ich Ihnen zu gegebener Zeit schon noch sagen. Machen wir weiter! Im Juli 94 kamen Sie zum Militär. Bei welchem Regiment haben Sie gedient?«

»In der 3. Eskadron des Kavallerie-Regiments Nr. 13 Monferrato«, sagte Lucheni ohne Zögern und mit einem unüberhörbaren Anflug von Stolz, der Léchet überraschte.

»Wo war das Regiment stationiert?«

»In Caserta und Neapel«, antwortete Lucheni. »Der Chef meiner Eskadron war der Prinz von Aragona«, fügte er hinzu, und wieder war der Stolz aus seinen Worten herauszuhören.

»Wie lange haben Sie gedient?«

»Dreieinhalb Jahre, wie es in Italien Pflicht ist.«

»Waren Sie gern beim Militär?« wollte Léchet wissen.

»Nein«, antwortete Lucheni. »Trotzdem war ich ein guter Soldat. Da können Sie sich bei meinem Vorgesetzten erkundigen!«
»Wann wurden Sie aus der Armee entlassen?«
»Mitte Dezember 1897. Ich blieb aber noch dreieinhalb Monate privat als Diener im Haushalt des Prinzen von Aragona, teils in Neapel, teils in Palermo. Ich wollte mit eigenen Augen sehen, wie sich's vom Schweiß der arbeitenden Klasse leben läßt – und ich kann Ihnen verraten: sehr angenehm. Ich hatte bald genug. Am 1. April fuhr ich mit einem Lastensegler nach Genua. Von da ging ich, wieder einmal zu Fuß, über Ventimiglia und Monte Carlo nach Turin. Geschlafen habe ich im Obdachlosenasyl. In Turin war ich von morgens bis abends vergeblich nach Arbeit unterwegs, obwohl man mir gesagt hatte, daß sie einem die Arbeit dort nachtragen. Das Wetter war schön, und es sah aus, als ob der Frühling besonders zeitig kommen wollte. Da beschloß ich, den Marsch über den großen St. Bernhard zu wagen.«
»Im April?« fragte Léchet ungläubig.
»Ja.« Lucheni lachte. »Ich bin losgegangen und angekommen, wie Sie sehen! Wenn Sie's nicht glauben, können Sie oben im Hospiz die junge Frau fragen, die den Tabak verkauft. Die erinnert sich bestimmt an mich.« Er sagte das mit deutlicher Zufriedenheit. »Außerdem habe ich ihr eine Fotografie von mir als Soldat geschenkt«, fügte er hinzu.
»Wie hieß die Frau?« wollte Léchet wissen.
Lucheni schmunzelte. »Das hat sie nicht gesagt. Wozu auch?
»Na schön. Welches war der erste Ort in der Schweiz, in dem Sie übernachtet haben?«
»Martigny. Ich lernte dort den Unternehmer Massera kennen, der mich sofort für Maurerarbeiten in Salvan eingestellt hat. Ich glaube, ich blieb etwa 5 Wochen bei ihm. Von Salvan bin ich dann direkt nach Lausanne gekommen. Am 20. oder 22. Mai. Und da blieb ich bis zum 5. September. Bis ich hierher nach Genf kam.«
»Wo waren Sie während der Mailänder Unruhen?«
»In Salvan«, antwortete Lucheni.
»Waren Sie nicht vielleicht zufällig in Mailand?«
»Nein, in Salvan«, bestand Lucheni.
»Ein Mann mit Ihren Überzeugungen hätte doch an die Seite seiner kämpfenden Kameraden gehört«, ließ Léchet nicht locker. »Wie konnten Sie es in Salvan aushalten, wo Tausende Ihrer Landsleute den auf den Mailänder Barrikaden kämpfenden Genossen zur Hilfe geeilt sind?«
»Ich betonte bereits, daß ich individueller Anarchist bin«, sagte Lu-

cheni ruhig. »Ich sehe mich verpflichtet, meine Kräfte anderweitig einzusetzen als in sinnlosem offenem Kampf gegen die etablierte Macht, der von vornherein zum Scheitern verurteilt ist.«
Léchet blätterte in dem vor ihm liegenden Vernehmungsprotokoll. »Sie haben hier angegeben, daß Sie ein Attentat auf den Prinzen von Orléans verüben wollten.«
»Ja, das war meine ursprüngliche Absicht«, bestätigte Lucheni.
»Sie lügen«, sagte Léchet mit schneidender Kälte.
»Ich lüge nicht!« protestierte Lucheni leidenschaftlich.
»Wie konnten Sie am 5. nach Genf gekommen sein, um den Prinzen zu ermorden, wenn sich bisher im September kein Angehöriger des Hauses Orléans in Genf und Umgebung aufhielt?«
»Ich habe es aber selbst in der Zeitung gelesen«, beharrte Lucheni.
»Wo? In welcher Zeitung?« fragte Léchet.
»In Lausanne. In welcher, weiß ich nicht mehr.«
»Es ist nun einmal Tatsache, daß kein Orléans zu der von Ihnen angegebenen Zeit in Genf war«, wiederholte der Untersuchungsrichter mit kühler Gelassenheit. »Das haben wir inzwischen festgestellt. Wenn Sie das Gegenteil gelesen haben, muß die Nachricht falsch gewesen sein. Halten Sie das für möglich?«
»Ich habe es gelesen!« blieb Luchenis verstockte Antwort.
»Also hat sich die Zeitung geirrt. Ja oder nein?«
»Wenn er nicht da war, ja«, sagte Lucheni.
»Und wenn es in der Zeitung gestanden hat«, fügte Léchet hinzu. »Aber auch das werden wir bald wissen.« Léchet schloß die Akte und sah Lucheni an. »Wer ist Giuseppe Turco?« fragte er unvermittelt.
»Giuseppe Turco? Turco ist der Direktor einer Zeitung in Neapel. Des DON MARZIO.«
»Ist er Anarchist?«
Lucheni lachte. »Nein, das glaube ich kaum!«
»Kennen Sie ihn? Sind Sie mit ihm befreundet?«
»Ich kenne ihn nicht. Und befreundet bin ich schon gar nicht mit ihm.«
»Weshalb haben Sie ihm dann geschrieben?«
»Weil ich glaube, daß Signor Turco die Courage besitzt, meinen Brief zu veröffentlichen«, bekannte Lucheni.
»Warum gerade im DON MARZIO? Paßt er dort besonders gut hin?« fragte Léchet.
»Besser als in den OSSERVATORE ROMANO bestimmt«, sagte Lucheni.
»Aber der MARZIO ist kein Anarchistenblatt, falls Sie darauf hinausmöchten.«

»Weshalb haben Sie den Brief geschrieben?«
»Weshalb? Damit die Öffentlichkeit erfährt, warum ich zugeschlagen habe, und um zu beweisen, daß ich nicht verrückt bin.«

Am Schluß des Verhörs wurden Lucheni und Gualducci sich gegenübergestellt, nachdem Lucheni zuvor erklärte, einen Mann dieses Namens nicht zu kennen.
Gualducci ging auf den Attentäter zu und schüttelte ihm die Hand. »Ich bin verdammt gegen Blutvergießen«, sagte er, »aber ich respektiere jeden Kameraden, der sich für die Propaganda der Tat entscheidet.«
Lucheni strahlte. Durch Gualduccis Worte war es ein großer Tag für ihn geworden.
Léchet machte der anarchistischen Euphorie ein Ende.
»Abführen!« befahl er dem Beamten, der Gualducci aus dem Untersuchungsgefängnis geholt hatte.
An der Tür blieb Gualducci stehen. »Laß dich nicht unterkriegen, Luigi!« sagte er fröhlich. »Auch wenn dir beschissen zumute ist – tröste dich: ihre Hosen sind immer voller als unsere!«
»Raus jetzt!« fuhr Léchet ihn an.
»Mit Vergnügen«, antwortete Gualducci, während ihn der Beamte aus dem Zimmer schob.
Am Spätnachmittag dieses 13. September schrieb der Untersuchungsrichter zwei Briefe nach Italien. Den ersten an seinen Kollegen beim Gericht von Parma. Er bat darin um Auskunft über Luchenis Jugendzeit. Der zweite Brief ging an den Untersuchungsrichter in Neapel. Von ihm wollte Léchet wissen, ob Luchenis Angaben über seine Dienstzeit beim 13. Kavallerie-Regiment Monferrato stimmten. Wie war seine Führung? Hatte er Strafen? Endlich fragte Léchet noch nach der politischen Zuverlässigkeit von Signor Giuseppe Turco, dem Herausgeber des DON MARZIO. Konnte Turco das Haupt einer anarchistischen Verschwörergruppe sein, in deren Auftrag Lucheni womöglich das Genfer Attentat durchgeführt hatte?
Léchet ließ es sich nicht nehmen, die beiden Briefe selbst zur Post zu bringen.

Das Abendtelegramm des Genfer Sonderkorrespondenten der NEUEN FREIEN PRESSE meldete nach Wien:

Bevor heute mittag die Verlötung des Sarges erfolgte, welcher die

sterblichen Überreste der Kaiserin von Österreich birgt, wurde der vom Gesetz vorgeschriebene Akt der Identifizierung der Leiche vorgenommen. Demselben wohnten alle Mitglieder des Hofstaats, ferner Graf Kuefstein als Delegierter des Ministeriums des kaiserlichen Hauses, Generalstaatsanwalt Navazza und Hofsekretär Dr. Kromar als Protokollführer, endlich der Arzt Doktor Golay, welcher der Kaiserin ärztliche Hilfe geleistet hatte, bei. Diesen Personen wurde die Leiche vorgewiesen. Sie bezeugten, daß es die Leiche der Kaiserin Elisabeth von Österreich sei, welche am 10. September 1898 im Hotel Beau-Rivage in Genf verschieden ist. Hofsekretär Doktor Kromar faßte ein Protokoll ab, welches die Mitglieder des Hofstaates, Gräfin Harrach, Graf Bellegarde, die Gräfinnen Sztáray und Festetics, General von Berzeviczy, Hofsekretär Dr. Kromar, Gesandter Kuefstein, Dr. Golay und Prokurator Navazza unterfertigten. Dann wurde der Sarg in Gegenwart des Grafen Kuefstein und des Hofstaats geschlossen und verlötet. Alle an diesem Akt beteiligten Personen konnten nur mit Mühe ihre innere Erregung meistern.
An dem Sarg sind zwei Glasfenster angebracht, und zwei durch Schlüssel verschließbare Türen gestatten die Öffnung des oberen Teiles des Sarges über den Glasfenstern, so daß der Einblick in das Innere möglich ist. Der eine Schlüssel wurde dem General von Berzeviczy, der andere dem Zeremonienmeister übergeben.
*Um 5 Uhr nachmittags fand die Einsegnung der Leiche statt. Der greise Bischof von Freiburg, Deruaz, hatte sich erboten, die Zeremonie vorzunehmen, und das Anerbieten wurde angenommen. Dieselbe ging in aller Stille vor sich. Der Bischof legte in einem Parterresalon des Hotels den Ornat an und begab sich mit der Assistenz in den ersten Stock. Unter dieser befand sich nebst dem hiesigen Pfarrer Launier auch der greise blinde Abbé Dufresne, der von einem Knaben geführt wurde und langsam tastend dem Bischof folgte. Während die Geistlichkeit das Hotelfoyer zur Treppe durchschritt, stockte für einen Moment der lebhafte Verkehr in dem bis auf den letzten Platz besetzten Hotel. Die Gäste blickten von den Brüstungen der Korridore herab. Kaum hatte aber der Bischof mit den übrigen Geistlichen das Trauergemach betreten, als das lebhafte Getriebe wieder anging. Man hörte Passagiere aus den Zimmern läuten, Bedienstete eilten hin und her, der Lift stieg in die Höhe, und nichts wies darauf hin, daß in diesem Haus die Leiche der Kaiserin von Österreich eingesegnet wurde.**

* NFP vom 14.9.98

Inzwischen war aus Wien Polizeirat Jerzabek, einer der höchsten österreichischen Kriminalbeamten, eingetroffen und im Hotel Metropole abgestiegen. Er hatte den Auftrag, sich über den Stand der Ermittlungen zu informieren. Die Genfer Behörden gewährten ihm großzügig Einblick in die Akten und gaben ihm jede erwünschte Auskunft. Am ersten Abend seines Aufenthalts lud Navazza den Kollegen zum Diner ins Hotel des Bergues ein. Léchet hatte er dazugebeten.
Die Unterhaltung der Herren kreiste zunächst um das Für und Wider, den Anschlag als Ergebnis eines weitverzweigten Komplotts anzusehen, und ging dann um Anarchismus und das anarchistische Verbrechen schlechthin. Jerzabek hätte die Akten bereits gründlich studiert, erklärte er, und scheue sich danach nicht, Lucheni als Werkzeug eines Komplotts zu bezeichnen. Er dächte dabei nicht nur an die vielen Indizien, die eine solche Annahme mehr als gerechtfertigt erscheinen ließen. Auch das ganze ungewöhnliche Gebaren des Mörders, sein kindlicher Stolz, das für Auftragstäter oft typische Fehlen des Schuldbewußtseins, die offensichtlich mechanisch eingetrichterten Phrasen, das alles bewies Jerzabek, daß Lucheni ein dem Anarchismus blind ergebener Fanatiker sei, geschaffen und geschult dafür, seinen verbrecherischen Arm den im Hintergrund operierenden Genossen zu leihen.
Léchet hielt sich zurück. Er verwies darauf, daß zwar vieles für ein Komplott sprechen würde, daß aber nach dem derzeitigen Stand der Untersuchung Lucheni ebensogut als Einzeltäter gehandelt haben könnte.
Auch Navazza wollte sich nicht festlegen. Er gab ganz allgemein der Überzeugung Ausdruck, daß der Anarchismus bei einem großen Teil seiner Anhänger eine Art von monomanischem Wahnsinn produziere und daß das anarchistische Verbrechen, die Propaganda der Tat, nichts anderes als eine neue Form des Selbstmords sei, wobei im Gehirn jedes dieser Selbstmordkandidaten ein beachtliches Stück herostratischer Eitelkeit und Ruhmsucht herumgeistere. Gegen diese anarchistische Krankheit hätte die Justiz kein Heilmittel, sondern allein die Regierungen. Als Jerzabek überrascht fragte wie er den Generalstaatsanwalt in diesem letzten Punkt präzis verstehen sollte, sagte Navazza mit bestrikkender Liebenswürdigkeit: »Ich bin der Meinung, daß die Gerichte überfordert sind, wenn man ihnen zumutet, mit dem Anarchismus fertig zu werden. Eine weise menschliche Fürsorge unseren unwissenden, von Generation zu Generation im gleichen wirtschaftlichen Elend lebenden Mitbürgern gegenüber scheint mir das einzig wirksame Mittel.« Navazza sah Jerzabeks erstauntes, ungläubiges Gesicht.
»Interessant«, war alles, was der Polizeirat antwortete. Aber es war un-

schwer zu erkennen, daß er die Meinung seines Gastgebers ganz und gar nicht teilte. »Bitte schön, wie denken Sie über das Problem?« fragte er Léchet.

»Ich bin völlig der Auffassung von Monsieur Navazza!« bekam er zur Antwort.

»Interessant«, wiederholte Jerzabek. Für einige Zeit war damit die Unterhaltung ins Stocken geraten.

Navazza schnitt ein neues Thema an. Ein Artikel in der Abendausgabe der TRIBUNE DE GENEVE behandelte die Frage der möglichen Auslieferung Luchenis. Die Zeitung befaßte sich mit der Tatsache, daß wegen der im Kanton Genf abgeschafften Todesstrafe in Österreich mehr und mehr Stimmen vernehmbar wurden, die eine Auslieferung des Attentäters forderten. Lebenslanger Freiheitsentzug, so hieß es immer öfter und lautstärker in dem Nachbarland, könnte den beleidigten österreichischen Untertanen keine Genugtuung verschaffen. Nur der Tod des Mörders wäre als halbwegs gerechte Sühne akzeptierbar. Wenn in Genf diese Strafe nicht ausgesprochen werden dürfe, müsse Österreich alles tun, den Mörder nach seinen Gesetzen zu richten.

Jerzabek gab zu, daß sich in seiner Heimat eine starke Bewegung für die Auslieferung formiert hätte. Sie argumentierte damit, daß das Verbrechen gegen eine regierende Fürstin begangen worden sei, die Exterritorialität genoß. Nach den Grundsätzen des Völkerrechts trägt aber eine exterritoriale Persönlichkeit den Boden ihres Vaterlandes sozusagen ständig mit sich. Nach dieser Rechtsauffassung wäre die Kaiserin Elisabeth auf österreichischem Territorium ermordet worden. Zur Unterstützung ihrer These führten die Verfechter der Auslieferung an, daß ein Gesandter, der irgendwo in der Welt in seinem Gesandtschaftspalais umgebracht würde, nach geltendem Völkerrecht in seinem Heimatland gestorben sei. Eine Auslieferung des Mörders wäre in dem Fall unzweifelhaft.

»Ich bin ganz sicher«, sagte Navazza, »daß wir in dieser Frage einem sich zunehmend verstärkenden Druck ausgesetzt sein werden.«

»Und wie gedenken Sie darauf zu reagieren, bitte schön?« fragte Jerzabek.

Navazza lachte. »Ich muß gottlob überhaupt nicht reagieren, verehrter Polizeirat. Das ist nicht mein Ressort. Das kann ich getrost unserer Regierung überlassen. Aber seien Sie gewiß: Untersuchung, Aburteilung und Strafvollzug unterliegen ohne Zweifel der Justizhoheit des Kantons Genf. Eine Auslieferung könnte nur in Frage kommen, wenn der Täter, ein Ausländer, das Verbrechen im Ausland begangen hätte und danach in die Schweiz geflüchtet wäre.«

»Bitte schön, Ihre Auffassung ist mir durchaus verständlich. Ich würde sie an Ihrer Stelle genauso vertreten«, räumte Jerzabek ein. »Dennoch werden Sie zugeben müssen, daß die Tatsache der Exterritorialität, die unsere allergnädigste Kaiserin genoß, nicht ohne weiteres vom Tisch gewischt werden kann.«

»Das will kein Mensch«, versicherte Navazza mit seinem höflichsten Lächeln. »Nur selbst wenn wir zugunsten Ihrer – ich bitte einem leidenschaftlichen Gegner der Todesstrafe die Formulierung zu verzeihen – Ihrer ›Kopf-ab-Patrioten‹ annehmen, daß die Kaiserin auf österreichischem Boden ermordet worden wäre, so stand doch der Mörder ganz bestimmt auf Genfer Boden, als er die abscheuliche Untat beging. Stimmen wir darin überein, Herr Polizeirat?«

»Allerdings«, mußte Herzabek bestätigen.

Bis die Herren beim Mokka, Likör und den Zigarren angelangt waren, wandte sich die Unterhaltung weniger kontroversen Themen zu. Dann schien Jerzabek die Zeit gekommen, sich eines Auftrags zu entledigen, mit dem man ihn betraut hatte.

»Bitte sehr um Vergebung«, begann der Polizeirat, »mir liegt da noch was am Herzen, was ich gern mit Ihnen besprochen hätte.« Er berichtete, daß man in Wien über die enorme Publizität entsetzt sei, die die Schweizer Zeitungen jedem Detail des Verbrechens verschafften. Dabei wäre der Höhepunkt dieser Publizitätswelle wohl noch keineswegs erreicht. Das von der eidgenössischen Presse allzu laut besorgte Geschäft würde vielerorts als peinlich empfunden, weil es ganz gegen den bei Hof üblichen Stil verstoße, der streng darauf bedacht wäre, im privaten Bereich jedes unnötige Aufsehen zu vermeiden.

Navazza konnte es sich nicht verkneifen, darauf zu verweisen, daß es in der Schweiz keine Behörde gäbe, die für solche Beschwerden zuständig sei. »Wir wollen nun mal unsere Presse nicht gängeln«, sagte er und zog zufrieden an seiner Zigarre. »Wir können es auch gar nicht. Wir haben keine Zensur, wie Sie in Wien.«

»Ich bitte sehr um Verzeihung«, entgegnete Jerzabek, »niemand verlangt, daß Sie Ihre Gesetze ändern. Man ist nur der Meinung, die Gerichtsbehörden sollten der Öffentlichkeit gegenüber etwas zurückhaltender sein.« Und jetzt wandte er sich direkt an Léchet. »Man hat bei uns das Gefühl, bitte schön, Ihr Amt füttere die Journaille geradezu mit Sensationen. Ich betone, das ist keinesfalls meine persönliche Meinung.«

»Es hätte dieser Einschränkung nicht bedurft«, versicherte Léchet. »Ich gestehe Ihnen freimütig und gern, daß ich vom ersten Tag an den Kontakt mit der Presse gesucht habe. Ohne ihre Hilfe, die gleichbedeutend mit Hilfe der Öffentlichkeit ist, werden wir nichts erreichen. Für die Leute, mit denen wir es hier zu tun haben, gibt es keine polizeiliche Meldekette. Sie wechseln die Namen öfter als das Hemd. Sie wechseln nach Belieben Wohnung, Arbeit, Städte, Länder. Oft besitzen sie keinerlei Papiere. Oder falsche. Wenn wir in diesem Dschungel, in diesem Chaos der Existenzen irgend jemanden aufspüren wollen, gelingt das meist nur mit Unterstützung der Bevölkerung. Wenn es überhaupt gelingt. Nehmen Sie nur diesen ominösen Weißbart, der in Begleitung Luchenis gesehen wurde. Mein Kollege Péter hat gerade heute ein paar Journalisten gebeten, den Mann durch ihre Zeitungen aufzufordern, sich bei uns zu melden. Falls er ein harmloser Genfer Bürger sein sollte, ist das der schnellste Weg, es zu erfahren.« »Ich bitte sehr um Vergebung, aber es gibt halt bei uns in Wien ein paar hochgestellte Persönlichkeiten, die meinen, den Täter hat man, und geständig ist er auch. Warum da nicht schnell den Prozeß hinter sich bringen? Dann ist Schluß mit dem Zeitungswirbel!«
»Jetzt werden Sie mir ein Rätsel, Herr Polizeirat«, sagte Léchet. »Eben vertraten Sie noch die Auffassung, daß wir es mit einem weitverzweigten Komplott zu tun hätten – und jetzt empfehlen Sie die Durchführung eines allein auf Lucheni bezogenen Verfahrens!«
»In diesem Fall käme es nicht auf die Durchführung an sich an«, wandte Jerzabek ein, »sondern auf die schnelle Durchführung, bitte sehr. Wie ich schon angedeutet habe, hat die Tragödie von Genf für uns Österreicher nicht nur einen juridischen Aspekt, sondern auch einen menschlichen. Für das Haus Habsburg ist es unerträglich, wie Hinz und Kunz in einen schmutzigen Kriminalfall hineingezogen zu sein und dem Publikum in aller Welt täglich das notwendige Quantum Gruselstoff zu liefern.«
»Trotzdem können wir einen nur oberflächlich ermittelten Fall nicht vor die Geschworenen bringen, nur damit möglichst schnell die öffentliche Diskussion verstummt«, sagte Léchet.
Jerzabek lächelte verbindlich. »Einige Persönlichkeiten bei uns, einige hohe und höchste Persönlichkeiten, würden gerade das für angebracht halten . . . aus Takt und Rücksicht gegenüber unserem verehrten Kaiser.«
»Diese höchsten Persönlichkeiten werden wir enttäuschen müssen. Schon in ihrem eigensten Interesse!« griff Navazza ein. »Unter den

gegebenen Umständen kann ihnen nämlich jede aufgedeckte anarchistische Verschwörung das Leben retten.«
Jerzabek war intelligent genug, zu erkennen, daß er einlenken mußte, wenn er sich das Wohlwollen der Genfer Herren erhalte wollte.
Nachdem Léchet über die jüngste Aussage Luchenis berichtet hatte, bot der Polizeirat an, nachforschen zu lassen, ob es in der Wiener Zentrale der Fremdenpolizei irgendwelche Akten über die Ausweisung des Attentäters aus Österreich-Ungarn gäbe. Falls nämlich Luchenis Angaben auf Wahrheit beruhten, müßten solche Unterlagen existieren.
Navazza und Léchet nahmen das Anerbieten mit Dank an. Die Herren begleiteten Jerzabek zu seinem Hotel. Bei der Verabschiedung versprach der Polizeirat, die gewünschten Informationen sofort telegrafisch aus Wien anzufordern.

MITTWOCH
14. September 1898

Wien bereitete sich auf das Begräbnis und die Hoftrauer vor. Die ersten Anordnungen gingen an die Korpskommandanten hinaus:

Seine k. und k. Apostolische Majestät haben anzubefehlen geruht: Die Burghauptwache am allerhöchsten Hauptlager hat bis inklusive 16. November d. J. in der Stille aufzuziehen.
*Jedes dienstliche und außerdienstliche Spielen der Regimentsmusiken sowie das Schlagen und Blasen des Spieles seitens marschierender Abteilungen hat bis inklusive 19. September zu unterbleiben.**

Um ihren Lesern Verstöße gegen die Etikette zu ersparen, erteilte die NEUE FREIE PRESSE präzise Ratschläge:

Nach den Direktiven, welche in den §§ 31 und 32 der Uniformierungsvorschrift vom 20. Oktober 1889 vorgezeichnet sind, haben die Staatsbeamten an der laut der ausgegebenen Hoftrauer-Ansage allerhöchst angeordneten Hoftrauer in der Weise teilzunehmen, daß in der ersten Periode – d. i. vom 17. September, dem Tag des allerhöchsten Leichenbegräbnisses, und diesen Tag inbegriffen bis einschließlich 17. November 1898 – der Flor, 8 Zentimeter breit, um die Mitte des linken Oberarms geschlungen (jedoch ohne Schleife), ferner ein Florüberzug über die Hutschlinge und das Gefäß des Säbels ganz mit Flor umwunden, jederzeit, also in und außer dem Dienste, zu tragen sei.
Das Tragen anderer als weißer Handschuhe ist in der Uniformierungsvorschrift nicht vorgesehen.

Für Genf war es der Tag des Abschiednehmens von der toten Kaiserin. Die Nacht über hatte ein Gendarmeriedoppelposten in feldmäßiger Ausrüstung vor dem Hotel Beau-Rivage Wache gestanden. Bei Sonnenaufgang wurde auf dem Turm der Kathedrale St. Pierre die riesige gelbrote Fahne der Republik und des Kantons Genf auf halbmast gesetzt. Um 6 Uhr begannen die Straßen sich zu beleben, die Menschen strömten zum Quai. Um 7 Uhr stand die Menge bereits so dicht, daß

* NFP vom 14.9.98

sie vor dem Beau-Rivage und dem Hotel des Bergues von einem Kordon Polizisten zurückgehalten werden mußte.
Bundespräsident Ruffy, die Bundesräte Deucher, Hauser, Brenner und Lachenal, die alle im Hotel des Bergues Quartier genommen hatten, bestiegen die wartenden Equipagen. Flankiert von eidgenössischen Weibeln in rotweißen Talaren, rollten die Wagen im Schrittempo durch die Menge zu dem 500 Meter entfernten Beau-Rivage.
Dort stiegen die Bundesräte aus und betraten das Hotel. Der Genfer Staatsrat war schon vor ihnen eingetroffen. Schweigend warteten die Herren.
Wenige Minuten vor 8 Uhr wurde der Sarg mit der sterblichen Hülle der Kaiserin Elisabeth von schwarzlivrierten Dienern die Treppe heruntergetragen. Ihm folgten die Grafen Kuefstein und Bellegarde, die Gräfinnen Harrach, Sztáray und Festetics, der General von Berzeviczy und die anderen Mitglieder des Hofstaats. Die Gesichter der Damen waren hinter dichten Trauerschleiern fast unkenntlich. In der feierlichen Stille hörte man die Gräfin Sztáray schluchzen.
Punkt 8 Uhr begann die Clémence, die große Glocke auf dem Turm der Kathedrale, zu läuten. Die Türen des Hotels wurden geöffnet, die Träger schritten mit ihrer Last zur Straße, wo der Leichenwagen bereitstand. Sie hoben den Sarg hinauf und hüllten ihn in ein schwarzes, silberbesticktes Tuch.
Vier Rappen, mit schwarzen Pleureusen auf den Köpfen, zogen den Wagen, der von Feuerwehrleuten mit blitzenden Helmen eskortiert wurde, langsam an. Ihm folgten zwei offene Trauergefährte, über und über mit Kränzen und Blumen beladen.
Nacheinander fuhren Equipagen vor dem Hotel vor.
In der ersten nahmen Bundespräsident Ruffy und Graf Kuefstein Platz, in den nächsten die eidgenössischen Bundesräte, der Genfer Staatsrat und das Gefolge der Kaiserin.
Durch das Spalier der Frauen und Männer von Genf bewegte sich der Leichenzug über den trauerbeflaggten Quai und die Rue du Mont-Blanc dem Bahnhof zu.

In seiner Zelle im Untersuchungsgefängnis St. Antoine schrieb indessen Lucheni einen Brief an Monsieur Ruffy, den Bundespräsidenten der Schweiz:

Genf, 14. September 1898

Erlauchter Herr Präsident,
da der Endunterzeichnete sich in den für eine Enthauptung erforderlichen Voraussetzungen befindet und weiß, daß eine solche Strafe in der Republik und dem Kanton Genf nicht existiert, habe ich die Ehre, Eure Exzellenz zu bitten, mich nach den Gesetzen des Kantons Luzern richten zu lassen, da mir bekannt ist, daß eine solche Strafe in diesem Territorium in Kraft ist.
Ich bitte Eure Exzellenz, nicht etwa anzunehmen, daß mein Gesuch nicht ernst gemeint sei. Im Gegenteil! Sollte es notwendig sein, bitte ich Sie, sich mit dem Repräsentanten des Schweizer Staats zu beraten.

Ihr Ihnen verbundener
Luigi Lucheni, Anarchist –
*und einer der gefährlichsten.**

Mit der zweiten Post erhielt Léchet die lang erwarteten Berichte aus Lausanne.
Er trug dem Gerichtsdiener auf, niemanden vorzulassen, und öffnete das dicke Kuvert. Zuoberst lag das Protokoll der Haussuchung in der Rue Mercerie Nr. 17.
Léchet kannte Lausanne. Er hatte ein paar Semester dort studiert. Er glaubte auch, die Rue Mercerie zu kennen. Ein verkommenes, enges Sträßchen, das unweit der Place de la Palud steil den Berg hinaufführte. Auf die Kathedrale zu. Er erinnerte sich an grobes Pflaster, kleine Häuser mit feuchten Wänden, von denen die Farbe abblätterte, und an ärmliche Handwerkerläden.
Léchet versuchte, sich in die Atmosphäre der Pension Matthey zu versetzen. In dieses dauernde Kommen und Gehen der Italiener, deren Papiere selten in Ordnung waren, die aber von ihren Schweizer Arbeitgebern nicht ungern beschäftigt wurden, da sie Tätigkeiten verrichteten, die die Hiesigen scheuten. Gelernte Tischler, Maler, Steinmetzen, Schlosser oder Schuster, arbeiteten sie meist als Handlanger und wurden schlechter bezahlt als die Einheimischen. Trotzdem zogen sie dieses Leben der Arbeitslosigkeit und dem Elend in Italien vor.
Léchet erinnerte sich an die Unruhen, die Mailand vor vier Monaten erschütterten. Als liberaler Mann hatte er zwar mit den aufständischen Sozialisten sympathisiert, aber gleichzeitig gefürchtet, die bestehende

* AGG

Ordnung könnte ernstlich gefährdet werden. Es war damals sehr schwer, von der Schweiz aus zwischen Gerücht und Wahrheit zu unterscheiden. Von Anfang an machte eine strenge italienische Zensur jede objektive Nachrichtenübermittlung unmöglich. Einige Journalisten waren daraufhin von Mailand an die Schweizer Grenze nach Chiasso gefahren, um dort ihre erschütternden Berichte aufzugeben. Später behaupteten die Italiener, die Pressemeldungen wären alle maßlos übertrieben gewesen.
Wie viele Menschen waren wirklich umgekommen? Tausende, wie es damals hieß, oder Hunderte, wie man jetzt sagte. Wieviel Militär war tatsächlich nach Mailand beordert worden? Fest stand, daß sich der Domplatz in ein riesiges Biwak verwandelte. Richtig war auch, daß aus ersten, vereinzelten Streiks ein Generalstreik wurde, daß die Regierung 15 000 Mann Reserven aufrufen mußte, daß hungernde Frauen und Kinder Fensterscheiben zertrümmerten, um Bäcker- und Lebensmittelgeschäfte zu plündern. Daß die Aufständischen Drähte über die Straßen spannten, die einen Angriff der Kavallerie zum Scheitern brachten. Daß Arbeiter, im Schutz von Barrikaden, Polizei und Soldaten mit Steinen bombardierten, von den Dächern Schüsse fielen, Pferdeomnibusse umgeworfen, angezündet und die elektrischen Zuleitungen zerschnitten wurden, wodurch große Teile der Stadt ohne Strom lagen. Man wußte auch, daß Kardinal Ferrari bei Nacht und Nebel aus Mailand geflohen war, was ihm taktvolle Vorwürfe des Vatikans und schwere des Generals eintrug, der die Truppen befehligte. Als die Sache der Arbeiter schlecht stand, kamen ihnen Studenten aus Pavia und Bauern aus umliegenden Dörfern mit Sensen und Dreschflegeln zu Hilfe. Aber es war umsonst. Léchet dachte an die ungeheure Aufregung, die sich damals der in der Schweiz arbeitenden Italiener bemächtigte. Viele ließen einfach alles stehen, um ihren Kameraden zu Hilfe zu eilen. Ein Trupp von 150 Italienern aus Genf und Lausanne soll zu Fuß über den Simplon nach Süden gewandert sein. Zweihundert aus anderen Kantonen waren über den Gotthard an die Grenze gezogen. Der Bürgermeister von Chiasso versuchte sie aufzuhalten, ihnen die Aussichtslosigkeit ihres Unternehmens begreiflich zu machen. Sie kämen zu spät, es wäre schon alles vorbei! Aber nur wenige konnte er zum Bleiben überreden, die anderen marschierten weiter. In Como wurden sie samt und sonders verhaftet und schwer bestraft. Es wurde behauptet, man hätte Waffen und Munition bei ihnen gefunden.
Damals war Léchet über das rücksichtslose Vorgehen der italienischen Regierung empört. Dann gab er sich mit der amtlichen Erklärung zu-

frieden, daß nicht Sozialisten die Unruhen angezettelt hätten – auch nicht Proletarier und Bauern, verbittert über die Korruption in höheren Stellen und empört über die Preise, die so gestiegen waren, daß sie sich kein Brot mehr kaufen konnten –, sondern Anarchisten, deren einziges Ziel die Revolution und der Sturz jeder legalen Regierung wäre.
Léchets Gedanken kehrten zu dem Bericht über die Haussuchung in der Pension Matthey zurück.
Die Vernehmungsprotokolle der vier in Lausanne verhafteten Italiener erwiesen sich als nichtssagend. Bonnard erwähnte in einem Begleitschreiben, daß er die Befragung absichtlich auf die Aussagen zur Person beschränkt hätte, um Léchet nicht vorzugreifen. Léchet deutete diese Zurückhaltung eher als Bequemlichkeit.
Allein die Aussage der Zahler bot einen Anhaltspunkt: Luchenis Versuch, sich in Vevey einen Dolch zu kaufen. Daß Posio ihn dabei begleitet hatte, konnte bedeuten, daß er Mitwisser, vielleicht sogar Mittäter war. Wenn Léchet weiter berücksichtigte, daß, nach der Aussage des Schreibers Pinel, Posio das Wort von dem »Coup«, den Lucheni landen wollte, in Umlauf gebracht hatte, schien er ihm um so verdächtiger.
Interessant war auch, was Pinel über die Razzia an der Place Montbenon wußte. Lucheni hatte sie bisher mit keinem Wort berührt. In seinem Begleitschreiben erläuterte Bonnard hierzu:

Der von Pinel erwähnte Vorfall ereignete sich am 18. August. Die damals bei Lucheni beschlagnahmten Papiere wurden sofort nach Bern an das eidgenössische Justiz- und Polizeidepartement zu Händen des Herrn Bundesanwalts geschickt. Ich habe mir erlaubt, mit gleicher Post dorthin zu schreiben und zu bitten, Ihnen direkt mitteilen zu wollen, was in Bern über den Attentäter aktenkundig ist.

Bonnard hatte schließlich noch das Ehepaar Matthey und ihr Dienstmädchen, Maria Useglio, vernommen. Beide Mattheys behaupteten, kein Wort Italienisch zu verstehen und, da ihre Pensionäre untereinander immer italienisch sprechen würden, nichts über ihre Angelegenheiten zu wissen. Angesichts der Tatsache, daß die Pension nur von Italienern frequentiert wurde, fand Léchet dies sehr unglaubwürdig.
Das zwanzigjährige italienische Dienstmädchen erklärte, niemals einer Unterhaltung der Gäste zugehört zu haben. Auch ihre Einvernahme lieferte Léchet keinen einzigen Anhaltspunkt außer der Vermutung, daß sie entschlossen war, nichts auszusagen.

Léchet rief den Schreiber und diktierte ihm ein Telegramm an Bonnard, in dem er um sofortige Überführung der vier Verhafteten nach Genf bat.
Kurz darauf erschien Péter.
Ein Italiener namens Gatti, Kutscher bei einer Kohlenhandlung in der Rue d'Aoste, hatte sich eben bei ihm gemeldet. Am Freitag, also einen Tag vor dem Attentat, war er im Jardin Anglais zwei Landsleuten begegnet. Heute morgen sah Gatti Luchenis Bild in der Zeitung und erkannte in ihm einen dieser beiden Männer. »Gatti will sich mit Lucheni des längeren unterhalten haben, wogegen der andere nicht den Mund aufgemacht hätte.«
»Um wieviel Uhr soll das gewesen sein?«
»Um 9 Uhr morgens. Gatti hat die Angewohnheit, sein zweites Frühstück im Jardin Anglais zu essen. Und zwar stets auf derselben Bank. Auf dieser Bank saßen am Freitag Lucheni und der andere. Gatti setzte sich zu ihnen und kam mit Lucheni ins Gespräch. Lucheni erzählte ihm, daß er aus Parma stammt.«
»Parma? Das läßt vermuten, daß Gatti tatsächlich mit Lucheni gesprochen hat! Gibt es eine Beschreibung des Begleiters?«
Péter zog einen Zettel aus der Tasche und las vor:
»Anfang 20, 1 Meter 65 groß, mager, braune Augen, dunkle Haare, glattrasiert, schwarzer Filzhut, blauer abgetragener Anzug, Hemd ohne Kragen und Krawatte.«
Das könnte derselbe Mann sein, mit dem Lucheni bei der Seydoux übernachtete. Wo ist Gatti jetzt?«
»Er wartet auf dem Korridor.«
Léchet überlegte. »Konfrontieren Sie ihn mit Lucheni. Dann werden wir sehen, ob an seiner Aussage etwas dran ist.« Und als Péter schon an der Tür war: »Ich gehe mittags nicht nach Hause. Zu viel zu tun. Kommen Sie nachher rüber ins ›Justizia‹ und geben Sie mir Bescheid.«

Während Léchet langsam sein Schnitzel kaute und bedächtig zwei Dezi Fendant trank, gestand er sich, Péter nicht die Wahrheit gesagt zu haben. Er hatte nicht viel zu tun. Genaugenommen hatte er gar nichts zu tun. Aber ihm fehlte die Ruhe, zu Hause zu essen und seinen üblichen Mittagsschlaf zu machen. Jeden Augenblick konnte etwas geschehen, eine Nachricht eintreffen, ein wichtiger Zeuge auftauchen, irgend etwas, was der Untersuchung weiterhalf – und er war zu Hause und schlief. Aus langer Erfahrung kannte er dieses enervierende Ge-

fühl der aufgezwungenen Passivität, des Wartens auf einen neuen Anstoß, eine noch unbekannte Fährte. Ein ganz natürliches Stadium, er wußte es. Und jedesmal empfand er es als quälend.
Léchet war überzeugt, daß Lucheni oft die Wahrheit sagte, aber ebenso oft bewußt und gezielt log. Besonders was seine angebliche Alleintäterschaft betraf. Der Weg von Lucheni, dem Handlanger und Kostgänger aus der Pension Matthey, bis zu Lucheni, dem Mörder der Kaiserin von Österreich, war zu weit und zu kompliziert, als daß er ihn ohne fremde Hilfe hätte finden können.
Péter trat ein. Er hatte Gatti und Lucheni konfrontiert. »Beide erkannten sich sofort wieder«, berichtete er.
Léchet horchte auf.
Péter fuhr fort: »Lucheni bestätigte alles, was Gatti erzählte, nur behauptete er steif und fest, daß er den jungen Mann neben sich nicht kannte.«
»Der Kerl hält uns zum Narren!« sagte Léchet wütend. »Da steckt doch ein System dahinter. Mit wem er auch gesehen wird, immer sagt er, den Mann kenne ich nicht! Bestenfalls: Er war ein Fremder, mit dem ich zufällig ein paar Worte gewechselt habe. Er kann doch nicht annehmen, daß wir ihm diesen Unsinn glauben!«
»Irgendwann wird er mit seinem System Schiffbruch erleiden«, sagte Péter und zog aus der Innentasche des Jacketts ein Kuvert. »Der Gefängnisdirektor erzählte mir, daß Lucheni heute den ganzen Tag auffallend nervös war. Er scheint es schlecht zu vertragen, wenn wir ihn in Ruhe lassen. Morgens schrieb er einen Brief an den Bundespräsidenten Ruffy.«
Léchet war erstaunt. »Was will er denn von ihm?«
»Das weiß niemand. Laut Gesetz muß Perrin ja den Brief an den Präsidenten ungelesen befördern. Nach ein paar Stunden verlangte Lucheni schon wieder Briefpapier. Erst wollte Perrin ihm keins mehr geben ...«
Léchet brauste auf. »Sagen Sie ihm um Himmels willen, daß er Lucheni alles Briefpapier der Welt geben soll! Jede Zeile, die er schreibt oder bekommt, kann einen Hinweis enthalten, den wir dringend brauchen!«
»Er hat es ihm ja gegeben«, beruhigte ihn Péter. »Das Resultat habe ich mitgebracht.«
Léchet besah sich das Kuvert. Die Anschrift lautete:

Signora Dolores de Vera d'Aragona
Principessa della Guardia
via Torre Arza (Palazzo Aliata)
Palermo/Sicilia, Italia

Léchet schob den Teller beiseite und las:

Genf, 14. September 1898

Frau Prinzessin,
mit diesen Zeilen bekenne ich, unwürdig zu sein, Ihnen überhaupt noch zu schreiben. Ich tue es trotzdem, weil ich die niederträchtigen Gemeinheiten bekämpfen muß, die Leute Ihrer Klasse ihren Mitmenschen antun, und dann noch den Mut besitzen, sich als ihre Brüder auszugeben. Als wahrer Kommunist kann ich die Schmach dieser Ungerechtigkeit nicht mehr ertragen! Und als wahrer Menschenfreund teile ich Ihnen mit, daß die Stunde nicht mehr fern ist, wo eine neue Sonne ohne Unterschiede auf alle scheinen wird!
Was mich anbelangt, ich weiß, daß ich die neue Sonne nicht mehr sehen werde und auch die alte nicht! In den 25 Jahren, die ich auf dieser Welt verbracht habe, habe ich sie zur Genüge kennengelernt. Frau Prinzessin, ich versichere Ihnen von ganzem Herzen (meinem wilden Herzen oder, wenn Sie wollen, auch dem vernünftigen), daß ich nie im Leben so zufrieden war, wie ich es jetzt bin. Und ich sage offen, wenn es möglich ist, mich nach den Gesetzen des Kantons Luzern zu richten, worum ich den Präsidenten aller Schweizer Bundesländer gebeten habe . . .

Léchet sah auf. »Jetzt weiß ich, was er von Ruffy wollte«, sagte er und las weiter.

. . . dann werde ich die Stufen der geliebten Guillotine raufspringen und keine Helfer brauchen, die mich stoßen. Wenn mein Gesuch nicht bewilligt wird, werde ich den Richter bitten, mir ein Verlies unter dem herrlichen Genfer See graben zu lassen, damit ich nie mehr den niederträchtigen Königen zu begegnen brauche, die sich in der heutigen Sonne baden, soviel sie Lust haben.
Ich will Schluß machen, da ich noch andere Briefe schreiben muß, und auch, weil ich sehr mit der Lektüre von Büchern beschäftigt bin, die man passend für mich findet. Soll ich Ihnen die Titel nennen, damit Sie lachen können? Es ist die »Revue des deux mondes«, und sie enthält brillante Sprichwörter. (Schade, daß es nicht ganze Geschich-

ten sind!) Genau, was Lucheni braucht! Hier einer dieser Witze: »Besser als Hund im Frieden leben denn als Mensch in der Anarchie!« Herrlich, nicht wahr, Madame? Und noch einer: »Nur aus dem Gesetz kann der Friede geboren werden!« Dem brauche ich nichts hinzuzufügen! Schade, daß der Name des Verfassers nicht darunter steht. Ich könnte jeden Abend einen Rosenkranz für ihn aufsagen. An Zeit dafür fehlt es mir nicht.
Ich bitte Sie und den Rittmeister um Verzeihung, wenn ich Ihnen, aus welchem Grund auch immer, irgendwelche Unannehmlichkeiten verursacht haben sollte. Ich weiß sehr wohl, daß Ihre Hochverehrten Personen nicht belästigt werden sollten durch das, was in Genf geschehen ist. Ich bitte den Herrn Rittmeister, die ganze Schwadron in meinem Namen zu grüßen ... Extragrüße an alle, die den Endunterzeichneten im Regiment Monferrato kannten. Ich bitte auch, das ganze Haus zu grüßen, und unterzeichne als Euer Diener

Luigi Lucheni,
gewissenhafter Kommunist

*Falls Sie Lust verspüren, mir zu antworten, wird es wohl kaum nötig sein, Ihnen meine Adresse mitzuteilen.**

Als Léchet nach dem Mittagessen in seine Amtsräume zurückkehrte, sah er im Vorzimmer Fouchard mit zwei Männern.
Der eine der beiden draußen, berichtete Fouchard, der mit dem blauen Kittel, sei Gilbert, der Gepäckträger, der am Mordtag die zwei Italiener beim Bahnhof beobachtet hatte. Eben waren ihm Gualducci, Piazetti und Buratti vorgeführt worden. Eine Routinesache, ohne Resultat.
Gilbert wurde hereingerufen. Er wiederholte haargenau seine Aussage und bestand darauf, daß die zwei verdächtigen Italiener den Personenzug um 2 Uhr 10 bestiegen hätten. Er sei unmittelbar nach der Abfahrt auf den Perron gegangen und habe sie nicht mehr gesehen.
»Es ist der einzige Zug um diese Zeit«, schaltete sich Fouchard ein. »Er geht nach Chancy.«
»Außer einem Kurswagen nach Culoz, mit Anschluß an den Expreß Grenoble-Lyon-Paris«, ergänzte Gilbert.
»Wußten Sie das nicht?« fragte Léchet den Polizeikommissar.
»Doch, doch«, entgegnete Fouchard. Es klang aber nicht sehr überzeugend.

* AGG

Der andere Mann im Vorzimmer war Theodor Chardonne, der Leiter der Genfer Volksküche. Léchet ließ ihn hereinkommen.
Er sah einen blassen jungen Menschen vor sich mit freundlichen Augen hinter schmalen Brillengläsern. Die Volksküche lebte von privaten Spenden, die nicht sehr reichlich flossen. Chardonne mußte daher nicht nur die Verwaltung besorgen, er kaufte ein, schälte die Kartoffeln, putzte das Gemüse und kochte auch selbst. Ursprünglich war er Theologiestudent, bis ihm eines Tages die Erleuchtung kam, daß praktische Wohltätigkeit ein besseres Werk zu Ehre Gottes sei als das Studium der Wissenschaft von Glauben und Kirche. Dabei dankte ihm niemand seine aufopfernde Arbeit. Die Geldgeber hatten wenig für ihn übrig, weil er ihre Spenden mit Selbstverständlichkeit anforderte und entgegennahm – und die ewig hungrigen Kunden nutzten seine Gutmütigkeit gründlich aus, nahmen das Essen entgegen und ignorierten seine frommen Sprüche.
Fouchard bat Monsieur Chardonne, dem Untersuchungsrichter selber zu berichten, was er wüßte.
»Das will ich von Herzen gern tun, wenn ich damit der Wahrheit einen Dienst erweisen kann«, sagte Chardonne so enthusiastisch, daß Léchet ihn verblüfft ansah.
»Ich habe ihm die Bilder von Lucheni vorgelegt. Er hat ihn sofort wiedererkannt«, erklärte Fouchard.
»Sofort! Er ist ein Freund von Signor Gualducci«, versicherte Chardonne mit Bestimmtheit.
»Gualducci kennen Sie also auch?« fragte Léchet und warf Fouchard einen Blick zu.
»Und ob ich ihn kenne! Signor Gualducci besucht unsere Küche recht oft«, berichtete Chardonne. »Es ist mir leider versagt, die Mahlzeiten ganz unentgeltlich zu verabreichen, deshalb kann der arme Mann nicht täglich bei uns essen.«
»Und woher wissen Sie, daß Gualducci und Lucheni befreundet sind?«
»Das ist lediglich eine Vermutung von mir, weil sie zusammen ankamen«, schränkte Chardonne ein. »Am letzten Donnerstag war das. Am 8. September.«
»Woher wissen Sie das Datum so genau?«
»Donnerstag kriege ich immer Kartoffeln. Unser Lieferant war sehr in Eile und setzte mir den Sack einfach im Hausflur ab. Als ich überlegte, wie ich ihn in den Keller schaffen könnte, kamen Gualducci und sein Freund.«

»Werden die Kartoffeln nur einmal in der Woche geliefert?« fragte Léchet.
»Ja. Nur am Donnerstag«, bestätigte Chardonne. »Es waren noch zehn Minuten, bis wir aufmachten. Also bat ich Signor Gualducci, mir freundlicherweise mit dem Sack in den Keller zu helfen. Ich versprach ihm eine Extraportion dafür. Gualducci antwortete etwas grob, wie das seine Art ist.« Und mildernd fügte Chardonne hinzu: »Er meint es nicht schlimm. Man darf seine Reden nicht so ernst nehmen.«
Léchet war anderer Meinung. Aber er schwieg.
»Da Gualducci sich weigerte, bat ich seinen Freund. Das war Lucheni. Der wollte gleich mit anpacken, aber Gualducci hatte einen seiner argen Tage. Er spottete und räsonierte so entsetzlich, daß Lucheni sich genierte, mir zu helfen, und ebenfalls ablehnte.«
»Sind Sie bereit, Ihre Aussage in Luchenis Gegenwart zu wiederholen?« fragte Léchet.
Chardonne willigte sofort ein.

Zehn Minuten später wurde Lucheni von zwei Gendarmen hereingeführt. Er sah Chardonne neugierig an, dann sagte er zu Léchet: »Den Herrn kenne ich. Er ist der Leiter der Volksküche. Dort habe ich gegessen!«
»Richtig«, bestätigte Chardonne und nickte Lucheni ermutigend zu.
»Sie hätten noch erwähnen sollen, daß Sie dort mit Gualducci gegessen haben!« schaltete sich Léchet ein.
»Das ist ein Irrtum!« Luchenis Antwort kam prompt. »Gualducci kannte ich damals noch nicht. Ich war allein!«
Chardonne stand auf und trat nah an Lucheni heran. »Aber ich habe Sie doch mit ihm zusammen gesehen! Ich bat erst ihn und dann Sie, mir die Kartoffeln in den Keller zu tragen!«
Lucheni betrachtete Chardonne freundlich. »Sie müssen mich verwechseln. Niemand bat mich, irgend etwas in den Keller zu tragen. Sie haben überhaupt nicht mit mir gesprochen, als ich da war. Kein Wort!«
Léchet wurde ungeduldig. »Jetzt ist es aber genug, Lucheni!« sagte er scharf. »Monsieur Chardonne hat Sie am Donnerstag zusammen mit Gualducci ...«
»Am Donnerstag war ich gar nicht in Genf«, unterbrach Lucheni. »Jedenfalls nicht um die Essenszeit. Ich bin erst nachmittags aus Evian zurückgekommen.«
Chardonne sah Lucheni verdutzt an. »Aber Signor Lucheni! Ich habe

Sie doch am Donnerstag gesehen! Im Hausflur. Kurz bevor wir aufmachten ... also vielleicht 15 Minuten nach elf!«
Lucheni schüttelte den Kopf. »Um die Zeit war ich unterwegs von Evian nach Genf. Mit dem Dampfer.« Dann wandte er sich wieder an Léchet. »Das habe ich Ihnen von Anfang an gesagt! Das ist doch nichts Neues!«
»Und ich habe es Ihnen von Anfang an nicht geglaubt!«
»Aber es ist die Wahrheit.«
Chardonne sah Lucheni immer noch kopfschüttelnd an. »Ich habe Sie ganz bestimmt gesehen!«
»Ich Sie auch«, erwiderte Lucheni. »Am Freitag und am Samstag.«
Léchet fragte: »Wo haben Sie am Montag gegessen? Wo am Dienstag? Da waren Sie ja angeblich hier in Genf!« Lucheni dachte nach. »Am Montag bin ich erst nachmittags angekommen. Und am Dienstag kaufte ich mir ein Stück Brot und aß es in irgendeinem Park auf einer Bank.« Léchet ließ Lucheni abführen.
Chardonne war sehr erregt. »Ich kann das überhaupt nicht begreifen!« sagte er immer wieder. »Ich hab' ihn mit eigenen Augen leibhaftig im Hausflur vor mir stehen sehen! Ich weiß es ganz bestimmt! Und gesprochen habe ich auch mit ihm. Ich erkenne sogar seine Stimme!«
»Das glaube ich Ihnen gern«, entgegnete Léchet.
Gualducci wurde hereingeführt.
»Es betrübt mich tief, Sie hier zu sehen«, begrüßte ihn Chardonne.
Gualducci blickte ihn mit hochgezogenen Augenbrauen prüfend an. Dann sagte er: »Warum? Ich bin ganz zufrieden. Das Essen ist besser als bei Ihnen, wozu allerdings nicht viel gehört. Und niemand versucht, mich zu bekehren. Im Gegenteil! Wenn ich noch lange hierbleibe, mache ich aus dem Gefängnispersonal einen Anarchistenklub! Die sind ganz gelehrig, die Burschen.«
»Sie belieben zu scherzen«, flüsterte Chardonne.
»Ich scherze selten«, sagte Gualducci hochmütig. »Und schon gar nicht mit Ihnen!«
Léchet unterbrach die beiden. Er rekapitulierte Chardonnes Aussage und forderte Gualducci auf, dazu Stellung zu nehmen.
»Der Suppenkaspar spinnt«, sagte Gualducci ruhig. »Ich habe Lucheni gestern, in diesem Zimmer, kennengelernt.« Das war zuviel für Chardonne. »Aber Signor Gualducci, Sie dürfen dem hohen Gericht nicht die Unwahrheit sagen ...«
»Warum nicht?«

»Ich habe Sie doch am letzten Donnerstag zusammen mit Lucheni gesehen! Wenn Sie das jetzt nicht mehr wahrhaben wollen, dann ... dann lügen Sie einfach!« Es fiel Chardonne schwer, ein so hartes Wort auszusprechen.
»Sie hätten noch hinzufügen sollen, daß ich dann nicht in den Himmel komme«, spottete Gualducci.
»Bitte, versündigen Sie sich nicht!«
Gualducci wandte sich an Léchet. »Wenn ich verspreche, die Wahrheit zu sagen, die allerreinste Wahrheit ... darf ich dann schnell in meine Zelle zurück, damit ich diesen Suppenkaspar los bin?«
»Was haben Sie eigentlich gegen mich?« klagte Chardonne.
»So wie der Teufel das Weihwasser nicht riechen kann, so kann ich Sie nicht riechen!«
»Warum nur?«
»Weil Sie diesen Dickwänsten von Bürgern, die ein paar Kröten für Ihren Fraß spenden, den Ablaß verkaufen! Deshalb! Weil Sie sich mitschuldig machen, daß statt eines gerechten sozialen Ausgleichs hinterhältige Wohltätigkeit praktiziert wird!«
»Aber seine Suppe essen Sie trotzdem!« warf Léchet ein. »Ich würde lieber in seine Suppe scheißen. Nur bin ich dazu meist zu hungrig.«
»Waren Sie nun am Donnerstag gegen elf in der Volksküche oder nicht?« fragte Léchet ärgerlich.
»Natürlich war ich da! Und der Küchenheilige verlangte, daß ich ihm auch noch seine Kartoffeln in den Keller tragen sollte!«
»Sie geben es also zu!« jubelte Chardonne. »Sie waren mit Lucheni bei mir!«
»Nicht mit Lucheni. Mit einem anderen jungen Landsmann, den ich zufällig vor Ihrem Etablissement getroffen habe. Ich weiß nicht einmal, wie er heißt.«
Einen Moment lang wäre Léchet Gualducci am liebsten an die Gurgel gesprungen. Aber dann resignierte er. Es war sinnlos. Sinnlos und unmöglich, aus diesem Klotz von einem Menschen etwas anderes als Gift und Galle herauszupressen.
Chardonne resignierte nicht. »Ich habe doch Augen im Kopf«, sagte er.
»Aber sehen können Sie damit nicht«, spöttelte Gualducci. »Euch Schweizern geht es mit den Italienern wie andern Leuten mit den Chinesen! Ihr könnt einen nicht vom andern unterscheiden. Für euch haben wir alle Schlitzaugen und lange Zöpfe, fressen Spaghetti und singen ›O sole mio‹!« Er deutete mit warnendem Zeigefinger auf

Chardonne. »So werden Unschuldige ans Messer geliefert, frommer Mann!«
»Wenn ich mich irren sollte ... das würde ich mir nie verzeihen.« Chardonne war unsicher geworden.
»Jetzt ist es zu spät!« schimpfte Gualducci weiter. »Jetzt ist der Schaden angerichtet!«
Léchet beendete die Konfrontation und ließ Gualducci abführen.
»Was ist nun?« Er wandte sich an Chardonne. »Haben Sie ihn mit Lucheni gesehen oder nicht? Was werden Sie antworten, wenn man Sie das vor Gericht fragt?«
»Ich könnte den Gedanken nicht ertragen, den falschen Mann belastet zu haben«, sagte er zögernd. »Verzeihen Sie, Herr Untersuchungsrichter ... aber ich kann nicht beschwören, daß es Lucheni war. Wirklich nicht.«
Léchet winkte müde ab. Chardonne war entlassen.

Péter trat ein.
»Sehen Sie sich das mal an«, sagte er und legte Léchet einen Brief auf den Schreibtisch.
Léchet las:

Paris, den 13. September 1898

Mein lieber Cousin Lucheni,
beiliegend sende ich Dir den Abschnitt einer Postanweisung über 10 Francs, die man mich beauftragt hat, Dir zu schicken. Falls Du irgend etwas brauchst, was es auch sei, ich stehe zu Deiner Verfügung.

Ich drücke Dir die Hand,
F. Régis
*281, Rue St. Denis**

Lucheni hatte also Verwandte in Paris. Bisher war Léchet geneigt gewesen, ihm zu glauben, daß er ohne Anhang auf der Welt wäre, und jetzt stellte sich heraus, daß es mit seiner Einsamkeit nicht so weit her war. Dieser Cousin, dieser Monsieur Régis aus der Rue St. Denis in Paris, sympathisierte sogar mit seinem mordenden Verwandten. Er schickte Geld, bot Hilfe an. War er auch Anarchist?
»Wann ist der Brief angekommen?«
»Vor einer Stunde«, sagte Péter. »Und das Geld ist auch schon da!«
»Wir müssen feststellen, wer und was dieser Régis ist«, entschied Lé-

* AGG

7 Ein Photo des Attentäters Luigi Lucheni (1873–1910) aus dem Erhebungsbogen einer österreichischen Behörde.

8 Der Schauplatz des Attentats. (Aufnahme aus dem Jahre 1898)

9 Auf dem Weg zur Anlegestelle des Dampfers wird die Kaiserin von einem Unbekannten erstochen. (Zeitgenössische Darstellung)

10 Trotz ihrer Verletzung kann Elisabeth das Schiff erreichen, wo sie ohnmächtig wird und zusammenbricht. (Zeitgenössische Darstellung)

11 Sichtlich stolz auf seine Tat wird der Attentäter von der Genfer Polizei abgeführt nachdem er von Passanten festgehalten wurde.

chet. »Wir werden unsere Gesandtschaft in Paris um Auskunft bitten und sicherheitshalber auch beim Bundesanwalt in Bern anfragen.«

Die Wiener NEUE FREIE PRESSE berichtete über Vorkommnisse, die sich an diesem Tag in Triest abgespielt hatten:

Triest ist jetzt der Schauplatz großartiger Demonstrationen gegen die Italiener. Der Unwille des Volkes hat in dem Umstand, daß ein italienischer Untertan den Mord an der Kaiserin verübt hat, Nahrung gefunden, um sich gegen die so verhaßten Liberalen und Irredentisten zu wenden.
Zu Mittag ... wurde eine große Versammlung abgehalten, in welcher ein Trauerzug für 6 Uhr nachmittags beschlossen wurde. Mehr als 4000 Personen marschierten ... mit dem Hut in der Hand durch die Straßen ... und begaben sich zur Statthalterei, wo eine Deputation ... dem Statthalter ... den Ausdruck patriotischen Beileids überbrachte. Nach einer kurzen Ansprache ... zerstreute sich die Menge ganz ruhig.
Jedoch gegen 8 Uhr setzten sich neue Massen gegen den Volksgarten in Bewegung, wo die Italienisch-Liberalen einem Konzert beiwohnten. Dort schleuderte man Stühle und Gläser gegen die Musikanten, welche ihre Instrumente im Stich ließen und fortliefen. Im Nu war der Garten leer.
Sodann begaben sich die Demonstranten zum Teatro Politeama Rosetti, drangen in dasselbe ein und erzwangen den Schluß der Vorstellung.
Nun zogen sie vor das Redaktionslokal des Judenblattes PICCOLO *und bewarfen dasselbe mit Steinen unter fortwährendem Geschrei: »Nieder mit den Juden! Nieder mit den liberalen Italienern! Nieder mit den Messerhelden!« Jetzt, wo ich schreibe, durchziehen große Volksmassen die Stadt, und fast überall hört man den Ruf: »Nieder mit den Juden! Heraus mit den Irredentisten!« Vor dem Rathaus, dem Sitz jener italienisch-liberalen Vertretung, wurden sämtliche Laternen mit Steinen eingeschlagen. Das Judenviertel wurde gestürmt.*

An einer anderen Stelle derselben Ausgabe des Blattes hieß es:

Die Blumenhandlungen Wiens sind vollauf beschäftigt, um für die sich von Stunde zu Stunde steigernden Bestellungen der wertvollsten

Kränze gerüstet zu sein. Damit man sich einen Begriff von ihrer ungeheuren Anzahl machen kann, sei erwähnt, daß eine der größten Blumenhandlungen der Residenz 800 Kilogramm Lorbeerblätter an die Blumenhandlungen Wiens und der Provinz abgegeben hat. Man nimmt an, daß wenigstens 1000 Kränze den Sarg der Monarchin schmücken werden.

DONNERSTAG
15. September 1898

Die Wiener NEUE FREIE PRESSE gab am 15. September ihren Lesern einen ausführlichen Bericht über die Fahrt des Trauer-Sonderzuges, die am Vortag in Genf begonnen hatte.

Lausanne – *Der Zug mit der Leiche der Kaiserin traf in Lausanne um 10 Uhr ein. Etwa 10000 Personen warteten auf dem Bahnhof. 35 Landjäger bildeten daselbst Spalier. Die Glocken des Münsters wurden geläutet . . . Der Zug hielt 5 Minuten an. Vom Gefolge ist niemand abgestiegen, und es wurden keine Reden gehalten.*

Bern – *Bei der Durchfahrt des Hofzuges mit der Leiche der Kaiserin hatte sich eine riesige Menschenmenge beim Bahnhof und dessen Umgebung angesammelt. Der Einfahrtsperron wurde von der Polizei für das Publikum gesperrt. Auf demselben befanden sich die hier noch anwesenden Mitglieder der österreichisch-ungarischen Gesandtschaft und eine Abordnung der österreichischen Kolonie . . .*

Zürich – *Um Viertel nach 4 Uhr boten die Glocken der Liebfrauenkirche in Zürich den Gruß. Der Zug fuhr hier um 4 Uhr 16 ein. Die österreichisch-ungarische Kolonie war durch etwa 100 Personen, darunter viele Damen vertreten . . .*

Buchs – *Der Hofzug mit der Leiche der Kaiserin Elisabeth traf in Buchs um halb 12 Uhr nachts ein. Auf dem Bahnhof hatten sich der König und die Königin von Rumänien, welche von Ragaz gekommen waren . . . eingefunden und legten zwei riesige Kränze auf dem Sarg nieder. Der Zug verließ Buchs um Mitternacht. Während der Zug passierte, wurden im ganzen Fürstentum Liechtenstein sämtliche Glocken ohne Unterlaß geläutet.*

Innsbruck – *Gegen halb 8 Uhr heute morgen traf der Trauerzug mit der Leiche der Kaiserin hier ein. Düster-grau lag der Himmel über dem Inntal. In Innsbruck auf dem Bahnhofsplatz und die ganze Strecke auf- und abwärts standen Tausende und Tausende von Menschen, um der geliebten Kaiserin den letzten Gruß zu entbieten . . . Lautlos feierlich fuhr der Zug in den Bahnhof ein. Die Herren in Uni-*

form salutierten, jene vom Zivil entblößten das Haupt, und die Ehrenkompanie leistete die Ehrenbezeigung ... Feierliche Stille herrschte in der Halle. Alles stand unter dem Eindruck der tiefschmerzlichen Trauer, manches Auge wurde naß. Die Zeit der Abfahrt kam heran. Die Damen knieten nieder zum Gebet, die Herren salutierten, die Ehrenwache leistete zum letztenmal die Ehrenbezeigung. Lautlos und langsam wie er gekommen, verließ der Zug die Halle. Unter dem feierlichen Geläute der Glocken fuhr er durch das Stadtgebiet gegen Mühlau zu ...
Eine unermeßliche Menschenmenge hatte sich längs der Bahn angesammelt, welche entblößten Hauptes den Trauerzug vorüberziehen ließ. Viele weinten und beteten laut. Alle öffentlichen und zahlreiche Privatgebäude trugen Trauerfahnen.

Im Gefängnis St. Antoine trafen zwei Briefe und eine Karte für Lucheni ein. Sie wurden an Léchet weitergeleitet, da Post den Gefangenen erst nach Abschluß der Voruntersuchung ausgehändigt werden durfte.

Der erste Brief lautete:

Genf, 14. September

Lieber Kamerad,
die Arbeit, die anständigen Menschen, alle, die nicht auf gemeine und schändliche Weise von der Arbeit anderer leben ... alle, die für das Wohl der Menschheit kämpfen, bewundern Deine noble Tat. Sie verspricht uns die Gewißheit eines baldigen Sieges! Das Volk hat doch noch Helden! Andere werden Deinem Beispiel folgen! Du hast eine Frau getötet – und Knechte und Schufte, die von der Klasse, die vom Stehlen lebt, bezahlt werden, erklären in den Zeitungen, Deine Tat wäre sinnlos! Sie haben jedes Maß verloren. Sie sind wahnsinnig vor Wut, Angst und Schrecken. Das ist gut so! ... Diese Frau war durch ihre Geburt schon verbrecherisch. Sie hat niemals gearbeitet! Sie wollte nie arbeiten! Sie hat immer herrschen wollen. Sie ist schändlich, ebenso wie ihr schändlicher Mann. Die beiden sind am Selbstmord ihres Sohnes schuldig, der entschlossen war, dem Volk ein Freund zu sein. Aber der andere, der Orléans, wird auch noch fallen! ...
Wir wissen, daß der Sozialismus immer triumphierend und gekräftigt aus allen Verfolgungen hervorgeht. Edler und hochherziger Ka-

merad, verliere nicht die Hoffnung! Der große Sieg ist nah! Das Volk wird die Tore Deines Gefängnisses öffnen! Man wird Dich nicht vergessen! Du wirst immer in unseren Herzen leben! Bleibe ein Mann! Hoffe! *Einer für alle!**

Der zweite Brief kam aus Carouge, einem Ort in der unmittelbaren Nähe von Genf:

Liebster Luigi,
der freigebige Stich, den Du der Repräsentantin der österreichischen Bourgeoisie versetzt hast, hat mir großen Eindruck gemacht. Natürlich hat er für uns alle in der ganzen Schweiz schlimme Repressalien zur Folge gehabt. Verliere nicht den Mut, andere werden Deinem Beispiel folgen. Aber nicht in der Schweiz. Das wäre sinnlos. Denke an unser unglückliches Vaterland! Wir warten auf Deinen Prozeß, der bald vor dem Genfer Gericht stattfinden wird, obwohl die österreichische Regierung Deine Auslieferung verlangt haben soll.
Schreibe nicht, damit Du niemanden kompromittierst.
Auf Dich und auf die Idee!
A. R.
Im Namen der Kameraden von Genf!
*und mit einem Gruß von allen.***

Die Postkarte war in Triest aufgegeben und
An den Mörder Luigi Lucheni, Genf
adressiert. Der Inhalt war kurz:

Signor Lucheni! Sie haben den Italienern im Ausland viele Unannehmlichkeiten bereitet.
*Ein Italiener in Triest****

Léchet befragte an diesem Morgen Lucheni nach seinem Pariser Cousin Régis.
Der Attentäter bestand darauf, keinen Régis zu kennen, und Verwandte und Freunde hätte er auch keine in Frankreich. Das einzige, was ihn an dem angeblichen Cousin interessierte, war das Geld. Ob

* AGG
** s. o.
*** s. o.

es ihm erlaubt sei, sich davon Zigarren besorgen zu lassen, wollte er wissen.
Léchet empfahl ihm, sich an Monsieur Perrin, den Gefängnisdirektor, zu wenden. Der sei für solche Wünsche zuständig. Dann fragte er: »Wen kennen Sie in Carouge, dessen Vorname mit A und dessen Nachname mit R beginnt?«
Lucheni versicherte, von der Existenz eines Ortes Carouge zum erstenmal zu hören und schon gar nicht irgendwelche Bekannte dort zu haben.
Léchet ließ ihn abführen.
Vor einer Stunde waren die vier in Lausanne verhafteten Italiener in das Genfer Untersuchungsgefängnis eingeliefert worden. Von ihnen hoffte er Wichtigeres zu hören als Luchenis monotones »Nein«.
Léchet sah sich ihre Namen an. Gino Posio, Benito Martinelli, Giacomo Sartoris, Vittorio Barbotti. Mit wem sollte er anfangen? Ohne besonderen Grund entschied er sich für Martinelli.
Während Martinelli aus der Zelle geholt wurde, las sich Léchet noch einmal die Personalien durch. Er war 24 Jahre alt, in Vignone in der Provinz Novara geboren, von Beruf Kunsttischler, arbeitete bis zur Verhaftung als Handlanger, besaß keine Papiere.
Martinelli wurde hereingeführt. Léchet bot ihm einen Stuhl an.
Respektvoll setzte er sich. Sein abgetragener Anzug glänzte an den Nähten, das Hemd war sauber, die Schuhe zerissen. Die verarbeiteten, schweren Hände schienen einem größeren Mann als ihm zu gehören. Sie lagen auf seinen Knien wie zwei Werkzeuge. Das dunkelbraune Haar war seitlich gescheitelt und sorgfältig gekämmt. Er hielt die Augen zu Boden geschlagen.
»Signor Martinelli«, begann Léchet, »ich möchte, daß Sie mir kurz Ihren Lebenslauf schildern.«
Martinelli sah zu Léchet auf. »Ich habe nichts mit dem Mord zu tun.«
»Das halte ich für möglich«, beruhigte ihn Léchet, »Ihre Verhaftung ist eine Routinesache. Weiter nichts. Das müssen Sie verstehen. Wenn Sie jetzt also anfangen würden?«
Stockend begann Martinelli. Er war das achte von vierzehn Kindern. Der Vater arbeitete als Taglöhner auf einem Gut in der Nähe von Vignone, die Mutter war Wäscherin. Mit zwölf Jahren wurde er nach Domodossola zu einem Kunsttischler in die Lehre geschickt. Dort blieb er, bis er achtzehn war. Einer elenden Wanderzeit in Oberitalien folgten dreieinhalb Jahre Militärdienst. Nach seiner Entlassung, vor wenigen Monaten, kam er zum erstenmal in die Schweiz. In Yverdon

hatte er beim Straßenbau Steine geklopft, und vor etwa sechs Wochen war er nach Lausanne gekommen.
Martinelli machte einen rechtschaffenen, biederen Eindruck. »Wo wohnten Sie in Lausanne?«
»In der Rue des Halles Nr. 15. Als ein Bett frei wurde, bin ich zu Matthey gezogen. Vorher habe ich dort nur gegessen.«
»Stimmt es, daß Sie erst in der Rue Mercerie schliefen, als Lucheni schon fort war?«
»Ja.«
»Aber Sie kannten ihn?«
»Flüchtig. Ich habe ihn hin und wieder bei den Mahlzeiten gesehen.«
»Was wissen Sie über ihn?«
Martinelli dachte nach. »Eigentlich gar nichts. Er hat wenig geredet.«
»Mit wem war er befreundet?«
»Das weiß ich nicht.«
»Wußten Sie, daß er Anarchist ist?«
»Nein. In meiner Gegenwart hat er nie von Politik gesprochen. Er las viel. Sogar beim Essen.«
»Was?«
Martinelli zuckte die Achseln. »Zeitungen. Ich weiß nicht, welche. Ich habe ihn nie besonders beachtet. Ich ahnte ja nicht, was er später tun würde. Ich hätte es auch nie für möglich gehalten!«
»Was ist Ihre eigene politische Einstellung?« fragte Léchet.
Martinelli starrte auf seine Hände. »Ich habe keine«, sagte er dann. »Ich wünschte, ich könnte in Italien arbeiten und genug Geld verdienen, um dort zu leben, damit ich nicht in der Fremde herumziehen muß.«
Léchet stand auf. »Das ist alles für heute. Lesen Sie sich das Protokoll durch und unterschreiben Sie, wenn es richtig ist. Dann wird man Sie in Ihre Zelle zurückführen.«

Als Sartoris auf dem Stuhl Platz genommen hatte, schlug er die Beine übereinander und blickte den Untersuchungsrichter erwartungsvoll an. Sartoris war 19 Jahre alt, stammte ebenfalls aus Norditalien, aus Mossone, einem kleinen Ort nicht weit von der Grenze zum schweizerischen Tessin. Er schien um vieles selbstsicherer als Martinelli und gab an, zwei Wochen vor Luchenis Abreise nach Lausanne gekommen zu sein. Vorher hatte er in Thonon, auf der französichen Seite des Genfer Sees, gearbeitet. Vom 14. Lebensjahr an war er auf der Walze. Mailand, Novara, Chamonix, Genf, Evian, Martigny, Thonon und Lau-

sanne hießen die größeren Stationen seines Wanderlebens. Seit einem Jahr mied er Italien, aus Angst, zum Militär einrücken zu müssen. Ursprünglich Malergeselle, nahm er jetzt jede Arbeit, die sich bot.
»Sie haben zwei Wochen mit Lucheni im selben Zimmer geschlafen«, sage Léchet. »Da müssen Sie ihn ja gut kennen. Erzählen Sie mir von ihm!«
»Er las ständig«, begann Sartoris zögernd. »Alles, was ihm in die Hände kam. Meistens Zeitungen. Aus der ganzen Welt wurden sie ihm zugeschickt.«
»Aus der ganzen Welt?« fragte Léchet ungläubig.
»Ja. Von einem Blatt behauptete er, daß es aus Amerika kam. Ich habe natürlich keine Ahnung, ob das stimmt.«
»Erinnern Sie sich an die Namen der Zeitungen?«
»Nein«, bedauerte Sartoris. »Ich kann zwar lesen, aber es ist nicht meine Stärke. Außerdem interessiere ich mich nicht für so was. Lucheni hat mir deshalb Vorwürfe gemacht. Wie soll man sich mit dir ernsthaft unterhalten, sagte er. Du hast ja Stroh im Kopf!«
»Was wissen Sie über seine politische Einstellung?«
»Nichts«, sagte Sartoris bekümmert. »Am Anfang hat er mal versucht, mit mir über Sozialismus zu sprechen ...«
»Nicht über Anarchismus?« unterbrach Léchet.
»Sozialismus ... Anarchismus ... ist da ein Unterschied?«
Er zuckte die Achseln. »Ich weiß es nicht. Als er dann aber überzeugt war, daß ich Stroh im Kopf habe«, Sartoris lachte jetzt vergnügt, »ließ er mich zum Glück in Ruhe.«
Léchet drängte Sartoris, jede Kleinigkeit zu erzählen, an die er sich erinnern konnte.
»Wenn er getrunken hat, schnarcht er«, sagte Sartoris nach einigem Nachdenken. »Er wäscht sich oft und schimpft, wenn andere sich nicht so oft waschen. Am liebsten möchte er zweimal in der Woche reine Wäsche anziehen.«
»Weiter.«
»Weiter fällt mir nichts ein. Er kann gut singen«, fügte er dann noch hinzu.
»Wer waren seine Freunde?«
»Posio und Barbotti«, entgegnete Sartoris, ohne nachzudenken.
»Womit beschäftigte er sich tagsüber, wenn er nicht arbeitete?«
»Das weiß ich nicht. Ich hatte ja Arbeit«, sagte Sartoris stolz. »Abends ging er manchmal aus.«
»Wohin?«

»Ich habe ihn nie gefragt.«
Nach einer kleinen Pause sagte Léchet: »Wie steht es eigentlich mit Ihren Papieren?«
Sartoris warf ihm einen beunruhigten Blick zu. »Sie sind mir gestohlen worden. Aber ich habe von zu Hause neue angefordert. Sie müssen jeden Tag kommen!«
Das alte Lied. Léchet kannte es. Papiere waren immer entweder gestohlen oder verloren. Und die neuen waren immer unterwegs, aber sie kamen selten an.

Während im Justizpalast Sartoris verhört wurde, wartete Lucheni in seiner Zelle auf Tinte, Feder und Papier, die er angefordert hatte.
Der Gefängnisdirektor erfüllte diesen Wunsch nur, weil er den ausdrücklichen Anordnungen des Untersuchungsrichters nachkommen mußte. Er bezweifelte, daß Luchenis Briefe irgendeinen Hinweis auf Komplicen erbringen würden. Dafür war der Italiener, nach Perrins Ansicht, viel zu gerissen. Léchets Vorgehen verleihe ihm lediglich ein übertriebenes Gefühl der Wichtigkeit, was ihn noch anmaßender machte, als er es ohnehin schon war.

An den Herrn Direktor
der Zeitung GAZETTA DI PARMA
Parma/Italia

schrieb Lucheni. Dann das Datum:

Genf, den 15. September 1898

Herr Direktor,
dieser Brief soll Ihnen den Grund darlegen, weshalb ich ein Wohltäter der Menschheit bin und den Titel »Anarchist« trage. Sie brauchen sich aber nicht gleich vor mir zu fürchten. Während meines Militärdienstes in Neapel habe ich mit Vergnügen die beiden großen Tageszeitungen IL MATTINO *und den* CORRIERE DI NAPOLI *gelesen, welche die Crispi-Clique*, die noblen und exzellenten neapolitanischen Aristokraten, sich herauszugeben beehren. Wissen Sie, weshalb ich diese Zeitungen zu lesen wünschte? Nein. Ich werde es Ihnen sofort sagen. Wegen der großen Opernsaison in Neapel! Zwei Kolumnen*

* Crispi, Francesco, 1818-1912, mehrmals italienischer Ministerpräsident, ursprünglich linksliberal, später scharfer Gegner der Linken.

der ersten Seite waren von oben bis unten mit nichts anderem angefüllt als den Beschreibungen der Toilette der Baronin B., des Abendmantels der Komtesse F. und so weiter (ich will Ihre Zeit nicht zu sehr in Anspruch nehmen), bis zum Ende der Kolumne.
Wenn man die Zeitung umblätterte, wurde unfehlbar von dem Empfang am Vortage bei der Prinzessin D. oder bei der Marquise T. gesprochen und der Abend auf das genaueste beschrieben. Es war zu schade, wenn der Ball nicht bis 5 Uhr morgens gedauert hatte, denn die kleine Komtesse fühlte sich stark genug, noch einige Quadrillen am Arm des Marquis zu tanzen.
Herr Direktor, ich fühle, daß meine Hand mir nicht gestattet, den Bericht solcher Tragödien fortzusetzen, und daß mein Fieber bis auf 43 Grad steigt. Deshalb höre ich auf und übergehe das vornehme Leben ...
In einer Straße von Posillipo hat man einen Mann gefunden, der kein Lebenszeichen mehr von sich gab. Es kann auch eine Frau gewesen sein. Was war wohl der Grund? Unser natürlicher Bruder war dazu verdammt, Hungers zu sterben.*
Und Ihr habt noch den Mut, uns Hindernisse in den Weg zu legen? Ihr Mörder! Ihr sauft ja menschliches Blut! Warum komme ich nicht und bringe Euch um? Elende! Elende!
... Die Zigarre, die Ihr einem Diener als Trinkgeld gebt, genügt nicht mehr! Ihr habt keine Zeit mehr, Eure morschen Baracken abzustützen, sie werden über Eurem Kopf zusammenbrechen!
... Bitten Sie den sterbenden Papst Leo XIII., der Geduld gepredigt hat, um Fürsprache. Es ist allerdings zu spät!
Ich wiederhole, daß ich für meinen Teil mir eher den Kopf an den Ecken meiner Zelle einrennen werde, als noch einmal die gestohlene Sonne anzusehen, die Ihr Feiglinge, Ihr gemeinen Hunde uns vorenthalten habt!

Ihr Ihnen verbundener
Luigi Lucheni,
sehr überzeugt
*von der Idee des Anarchismus.***

Vittorio Barbotti, der dritte Italiener aus Lausanne, sagte mehr oder weniger dasselbe aus wie die beiden anderen: Lucheni war immer still

* Vorstadt von Neapel
** AGG

und reserviert, er las viel, verschwand abends manchmal und erhielt aus dem Ausland Zeitungen zugeschickt. Barbotti wußte nichts Neues hinzuzufügen. Er war 21 Jahre alt, gelernter Dreher, arbeitete bis zu seiner Verhaftung auf dem Bau und unterschied sich von den anderen nur dadurch, daß seine Papiere in Ordnung waren.
Als Léchet ihn genauer betrachtete, fiel ihm Gualducci ein, der gestern behauptet hatte, die Schweizer könnten einen Italiener nicht vom anderen unterscheiden. Léchet war keineswegs sicher, daß er selbst Barbotti von Martinelli, Martinelli von Sartoris und Sartoris von Barbotti unterscheiden könnte, wenn er ihnen nur flüchtig begegnet wäre. Alle waren glatt rasiert. Alle sahen etwas fremdländisch aus, trugen weiße Hemden und dunkle, abgewetzte Anzüge. Léchet mußte zugeben, daß Gualduccis Behauptung nicht ganz unberechtigt war.
»Wie stand Lucheni eigentlich zu den Mädchen?« fragte er.
»Er ist ledig«, entgegnete Barbotti undurchsichtig.
»Das weiß ich. Aber es ist doch anzunehmen, daß er kein Mönch war?«
»Niemand ist ein Mönch. Nicht mal die Mönche!« Barbotti lachte. Es lag eine gewisse Impertinenz in seinen Worten.
»Hier ist nur von Lucheni die Rede«, wies Léchet ihn zurecht.
»Sie wollen wissen, ob er zu den Huren ging? Warum sagen Sie das nicht gleich! Da er kein Mönch ist . . .«, Barbotti kam von seinen Mönchen nicht runter, ». . . ging er natürlich zu ihnen. Wenn er Geld hatte! Das tun wir alle. Wo sollen wir denn sonst hin damit!«
Léchet wollte wissen, ob Lucheni irgendeines der Mädchen bevorzugte, mit ihr befreundet war.
»Wie ich Luigi kenne, ging er zu den billigsten. Die Rue Mercerie hat ein ganz schönes Angebot. Je jünger je teurer, je älter je billiger.«
Léchet fragte nach der Zahler.
»Die Mailänderin meinen Sie?« Barbotti strahlte.
»Ja. Hatte er mit der was zu tun?«
»Kann sein. Und mit Emma bestimmt auch. Die beiden wohnen ja zusammen. Direkt gegenüber von Matthey.«
»Zwischen der Zahler und einem Gast aus der Pension – ich meine nicht Lucheni – soll ja so etwas wie eine feste Bindung bestehen. Stimmt das?«
»Da wissen Sie mehr als ich.«
Offensichtlich verschwieg Barbotti die Beziehung zwischen der Zahler und Posio, die ihm bekannt sein mußte, da er mit Posio das Zimmer teilte.

»Wann komme ich frei?« fragte Barbotti.
»Das hängt von Ihnen ab. Wenn Sie die volle Wahrheit sagen, werde ich Sie nicht lange hierbehalten.«
»Ich sage, was ich weiß. Ich habe einen guten Posten in Lausanne. Der wartet nicht auf mich, wenn ich zu lange wegbleibe.«
Léchet antwortete mit der unverbindlichen Aussicht auf baldige Entlassung und ließ ihn abführen.

Gino Posio, gelernter Lithograph, 18 Jahre alt, stammte aus der Umgebung von Mailand. Er war größer als die anderen, schlank, hatte ein schmales Gesicht, das man hübsch nennen konnte, kastanienbraunes Haar, blaue Augen und blitzende Zähne. Im Gegensatz zu den übrigen Verhafteten waren seine Hände gepflegt und ohne Schwielen.
»Wovon leben Sie?« fragte Léchet.
»Ich male Porträts, Vergrößerungen nach Fotografien und Miniaturen. Auch Kohlezeichnungen. Alles mögliche, was gewünscht wird.«
Auf die Frage, wen er male, antwortete er: »Jeden, der mich dafür bezahlt. Sogar Sie, falls Sie daran interessiert sein sollten!«
»Danke«, Léchet antwortete kühl. »Wen haben Sie bisher porträtiert?«
»Ich bin auf Prostituierte spezialisiert«, sagte Posio, ohne eine Miene zu verziehen. »Nicht aus besonderer Vorliebe für diesen Beruf, sondern weil mir die Mädchen am nächsten liegen. Im wahren Sinne des Wortes. Die Rue Mercerie wimmelt von ihnen. Und die Damen halten ein Porträt von sich für eine besonders wertvolle Bereicherung ihres Schlafzimmers.«
Léchet fragte, ob Posio eine gewisse Lina Zahler kenne. Posio bejahte. Léchet wurde direkt. »Lassen Sie sich von ihr aushalten?« Der Untersuchungsrichter erwartete eine entschiedene Verneinung, aber er irrte sich.
»Wie man's nimmt«, sagte Posio. »Bezahlen tut sie mich nicht dafür, wenn Sie das meinen. Sonst hätte ich, seit ich Lina kenne, eine ganz hübsche Summe beisammen. Nur das, wofür andere Männer Geld ausgeben müssen, kriege ich bei ihr umsonst. Nennen Sie das ausgehalten werden?« Posios Stimme klang durchaus sachlich.
Léchet fragte nach Emma Pittet.
»Von Emma habe ich eine Kohlezeichnung gemacht, einen Akt. Sie hat ihn übers Bett gehängt. Er gefällt ihr so gut, daß sie die Preise erhöht hat. Ihre! Nicht meine. Mir gab sie nur 10 Francs dafür.«
Léchet wollte nichts mehr von Posios Privatangelegenheiten hören. »Sie sind als Anarchist bekannt«, stellte er fest.

»Wirklich?« Posio lachte. »Das ist Geschwätz. Ich bin ein vollkommen unpolitischer Mensch. Jede Regierung, unter der es sich gut leben läßt, ist für mich eine gute Regierung. Hier beginnt und endet meine politische Überzeugung.«
»Was können Sie mir von Lucheni erzählen?«
»Was wollen Sie hören?«
»So viel wie möglich.«
Posio dachte nach. Dann sagte er: »Ich glaube, Luigi ist ein bißchen verrückt.«
»Warum?«
»Er nimmt alles todernst. Er ist schwerfällig, unglücklich, hat keinen Spaß am Leben. Er bürdet sich sämtliche Leiden seiner Mitmenschen auf.«
»Finden Sie das verrückt?«
»Nein. Das nicht.« Posio überlegte. »Wenn er getrunken hat, ist er wie verwandelt. Dann lacht er und singt ...«
»Das ist doch auch nicht verrückt.«
»Im Gegenteil. Ganz normal. Aber er ist wie eine Flasche Nitroglyzerin. Wenn man ihn unvorsichtig behandelt, geht er in die Luft. Dann explodiert er. Deshalb halte ich ihn für übergeschnappt. Ich habe nie ein Geheimnis daraus gemacht. Ich nannte ihn immer Dummkopf.« Posio benutzte das italienische Wort *stupido*, und es klang freundlich aus seinem Mund.
»Sie wissen, daß er Anarchist ist?«
»Natürlich. Er kann ja über nichts anderes reden. Tag und Nacht erzählt er von seinen Helden Malatesta, Ravachol, Emile Henry und wie sie alle heißen.«
»Waren Sie jemals zusammen in Vevey?«
Ohne zu zögern, wiederholte Posio bereitwillig die Geschichte vom gescheiterten Dolchkauf, genau wie Pinel und die Zahler sie zu Protokoll gegeben hatten.
»Weshalb sind Sie eigentlich mit nach Vevey gefahren?« erkundigte sich Léchet.
»Ich wollte einen kleinen Ausflug machen. Ich langweilte mich.«
»Haben Sie Lucheni gefragt, wozu er einen Dolch brauche?«
»Ja. Zu seinem Schutz, erklärte er.«
»Und das glaubten Sie?«
»Keine Sekunde.«
»Warum sind Sie dann nicht zur Polizei gegangen?«
Posio sah Léchet fast mitleidig an. »Was wäre wohl passiert, wenn ich

der Polizei gesagt hätte: Hier ist ein Mann, der sich einen Dolch kaufen möchte, aber nicht das Geld dafür hat. Mit dem Dolch, den er nicht besitzt, will er jemanden umbringen, ich weiß nur nicht, wen!«
»Hat Lucheni mit Ihnen darüber gesprochen, daß er jemanden umbringen will?« fragte Léchet schnell.
»Nein. Höchstens, daß er die ganze Welt in die Luft sprengen möchte.« Posio lachte amüsiert. »Das habe ich ihm aber nicht zugetraut.«
Léchet spielte seinen letzten Trumpf aus. »Emma Pittet soll gesagt haben, Lucheni wäre aus Lausanne verschwunden, weil er einen Coup plante. Wissen Sie etwas davon?«
»Natürlich«, sagte Posio, ohne zu überlegen. »Ich selbst habe ihr das erzählt.«
»Dann wußten Sie also, was Lucheni vorhatte!«
Diese Unterstellung lehnte Posio entschieden ab. »Nein, das wußte ich nicht! Aber er wollte sich meinen Revolver borgen, und das kam mir nicht geheuer vor.«
»Wozu haben Sie denn einen Revolver?«
Posio lächelte. »Zu meinem eigenen Schutz.«
»Haben Sie ihm die Waffe geliehen?«
»Nein.«
Posio hatte freimütig alles zugegeben, was für ihn belastend sein konnte, es erklärt, in ein anderes Licht gerückt – und mit einem Mal schien es fast harmlos. Léchet war entwaffnet. Er beendete die Vernehmung.

Während Léchet im »Justizia« auf sein Essen wartete, dachte er über Posio nach. Das alte Mißtrauen erwachte wieder.
Der Ausflug von Posio und Lucheni nach Vevey fand in den ersten Septembertagen statt. Damals hielt sich die Kaiserin schon im nahen Caux auf, und in den Zeitungen war darüber geschrieben worden. Wollten die beiden in Vevey einen Dolch kaufen, nach Caux weiterfahren und dort die Kaiserin ermorden?
Aber aus dem Kauf war ja nichts geworden! Sie hatten also gar keinen Dolch!
Sind sie trotzdem nach Caux gefahren? Konnte Posio der junge Italiener sein, von dem der Vorleser der Kaiserin erzählt hatte? Und bettelte Posio die Monarchin womöglich nur an, um sie so seinem Freund zu zeigen? Dann müßte Lucheni, von Barker unbemerkt, heimlich alles beobachtet haben!

Die Kombinationen waren zwar etwas abenteuerlich, aber nicht unlogisch. Wenn man Barker mit Posio konfrontieren könnte! Aber Barker war längst in Wien – und obendrein hatte Léchet ihm versprechen müssen, von seiner Aussage offiziell keinen Gebrauch zu machen.

Giacomo Sartoris bat, noch einmal dem Untersuchungsrichter vorgeführt zu werden.
»Nach den italienischen Gesetzen gelte ich als fahnenflüchtig«, begann er, als er Léchet gegenübersaß. »Wenn Sie mich nach Italien abschieben, komme ich ins Gefängnis und werde obendrein noch in die Armee gesteckt. Falls ich eine sehr wichtige Aussage mache, darf ich dann in der Schweiz bleiben?«
Léchet antwortete vorsichtig. Das hinge vom Wert der Aussage ab. Versprechen könnte er gar nichts. Aber unter Umständen würde er ein gutes Wort für ihn einlegen.
»Ich weiß, wer den Griff der Feile gemacht hat«, sagte Sartoris jetzt.
Léchet horchte auf.
»Vor ungefähr einer Woche, Lucheni war noch in Lausanne, besuchte ich Martinelli. Der wohnte damals in der Rue des Halles. Er zeigte mir eine alte Feile. Ein dreikantiges spitzes Ding, ungefähr so groß.« Sartoris deutete die Länge mit den Händen an. »Lucheni hatte sie gebracht. Martinelli sollte ihm einen Griff dafür schnitzen.«
»Behaupten Sie, Martinelli hätte den Griff angefertigt?«
Sartoris bejahte mit Bestimmtheit.
»Und warum haben Sie das nicht gleich gesagt?«
»Ich wollte keinen Ärger. Martinelli ist mein Freund . . .«, druckste er herum. »Ich habe es auch nur gesagt, damit ich nicht nach Italien abgeschoben werde! Das haben Sie mir versprochen!«
»Ich habe gar nichts versprochen«, korrigierte ihn Léchet. »Wir wollen erst mal sehen, ob Sie uns keine Märchen erzählen!«

Léchet schlug Alarm. Péter wurde gerufen, das Mordinstrument geholt und nach Martinelli geschickt.
»Sie haben diesen Griff angefertigt!« Léchet hielt Martinelli die Feile unter die Nase.
Der warf einen Blick darauf und nickte.
»Sie wußten auch, wozu Lucheni ihn brauchte! Sie sind ein Komplice von ihm!«
Martinelli beteuerte verzweifelt seine Unschuld. Er schwor hoch und heilig, daß er nicht die geringste Ahnung gehabt hätte, was Lucheni mit

der Feile wollte. Der Griff war von ihm geschnitzt worden. Ja, das gab er zu! Aber nur um Lucheni einen Gefallen zu tun! So wie eben ein Landsmann dem anderen in der Fremde behilflich ist. Er erging sich in wilden Vorwürfen gegen Lucheni. Durch seine Schuld wäre er in die Sache reingezogen worden.
»Warum haben Sie mich dann heute morgen angelogen?« fragte Léchet scharf.
»Aus Angst. Ich wußte, es geht mir an den Kragen, sowie es rauskommt!« Schließlich sagte er: »Wenn ich Luchenis Komplice wäre, hätte ich die Feile doch nie Sartoris gezeigt!«
Diese Argumentation war komplizierter, als Léchet sie dem Italiener zugetraut hätte. Sie machte ihn nur verdächtiger. »Woher weiß ich, daß Sie die Feile nicht absichtlich Sartoris gezeigt haben, um später eine gute Ausrede bei der Hand zu haben?«
Martinelli sah intensiv zu Boden. Dann sagte er leidenschaftlich: »Ich verfluche den Tag, an dem ich geboren bin! Ich habe genug von diesem Drecksleben! Jetzt sitze ich im Gefängnis und weiß nicht, ob ich je wieder rauskomme! Ich kann nicht mehr! Ich will auch nicht mehr!« Er begann zu weinen.
Léchet schickte den schluchzenden Mann zurück in die Zelle und fragte Péter nach seiner Meinung.
»Er konnte kaum annehmen, daß Lucheni das Ding zum Nägelfeilen wollte«, antwortete Péter.

»Ich darf Ihnen mitteilen, daß einer Ihrer Komplicen bereits hinter Schloß und Riegel sitzt!« sagte der Untersuchungsrichter zu Lucheni. Obwohl der Attentäter keine Miene verzog, schien es Léchet, daß er unter der Sonnenbräune blaß wurde.
»Ich habe keine Komplicen!«
»Es liegt ein Geständnis Ihres Mittäters vor!«
»Das ist Blödsinn! Ich habe die Kaiserin ermordet! Niemand sonst!« versicherte Lucheni stolz.
»Mit einer Feile, deren Griff Ihr Komplice Martinelli geschnitzt hat!«
Einen Augenblick stutzte Lucheni. Dann sagte er: »Das ist richtig. Den Griff hat Martinelli gemacht.«
»Und uns wollten Sie einreden, Sie hätten ihn selber angefertigt!« sagte Léchet heftig.
»Nein, nein, es war Martinelli«, sagte Lucheni, als ob es das Natürlichste von der Welt wäre. »Aber er wußte nicht, wozu ich die Feile brauchte.«

»Das wußte er genau! Und je schneller Sie es zugeben, um so besser!«
»Ohne Griff konnte ich nicht zustoßen. Da bin ich zu Martinelli gegangen. Er fragte, was willst du mit dem Ding. Und ich antwortete, ich brauche es zu meinem eigenen Schutz!«
»Sie lügen!« sagte Léchet heftig. »Weshalb haben Sie uns am Samstag vorgeschwindelt, Sie hätten den Mord mit einem Dolch begangen? Weil Sie Martinelli schützen wollten! Weil Martinelli wußte, wozu die Feile dienen sollte, und trotzdem bereit war, den Griff zu schnitzen. Das macht ihn zu Ihrem Komplicen!«
»Martinelli ist kein Anarchist!« sagte Lucheni hochmütig.
»Es gibt Leute aus Lausanne, die bezeugt haben, daß er einer ist!«
»Wer das sagt, lügt!«
»Hier lügt nur einer, und das sind Sie!« schrie Léchet jetzt. »Wir werden Ihre Komplicen fangen! Alle! Darauf können Sie sich verlassen! Alle werden wir vor Gericht stellen! Uns verkaufen Sie nicht für dumm!«
Als er geendet hatte, war es still im Raum. Dann sagte Lucheni unverändert ruhig: »Ich habe keine Komplicen, und ich habe Ihnen nicht die Unwahrheit gesagt.«
Léchet ging erregt auf und ab. Einer seiner Leitsprüche lautete: Wer schreit, hat unrecht! Jetzt hatte er geschrien, während Lucheni eiskalt geblieben war. Er nahm wieder am Schreibtisch Platz und zwang sich zur Ruhe. Nach einem Blick in die Akten sagte er: »Was wollten Sie in Vevey?«
»In Vevey?« Lucheni sah ihn an, als ob er nicht richtig verstanden hätte.
»Sie waren in Vevey. Und zwar nicht allein, sondern mit einem Ihrer Freunde!«
Jetzt erinnerte sich Lucheni mit einem Mal. Ja, er war mit Posio nach Vevey gefahren. Vor ungefähr zwei Wochen.
»Und dort sind Sie und Posio, Ihr zweiter Komplice, in ein Geschäft gegangen, um einen Dolch zu kaufen. Das vergaßen Sie zu erzählen!«
»Ist das wichtig?« sagte Lucheni leichthin. »Wir haben ihn ja nicht gekauft.«
»Mit diesem Dolch wollten Sie den Mord ausführen! Posio wußte es!»
Lucheni schüttelte den Kopf.
»Ich gehe noch weiter!« Léchet hob wieder die Stimme.
»Sie sind von Vevey nach Caux gefahren – oder gelaufen – es ist ja nicht weit! Hätte das Geld für den Dolch gereicht, so würden Sie das Attentat gleich dort, an Ort und Stelle verübt haben. Ihre Fluchtchan-

cen waren in Caux, das nur aus einem einzigen Hotel besteht, sehr viel besser als in der Stadt Genf. Da aber die Sache mit der Waffe schiefging, hat Ihr Komplice Posio – während Sie sich in der Nähe verborgen hielten und alles genau beobachteten – die Kaiserin angesprochen, damit Sie wenigstens Gelegenheit bekamen, sich ihre Züge einzuprägen. Sie haben die Kaiserin in Caux gesehen und nicht in Budapest!«
Lucheni blickte Léchet vorwurfsvoll an. »Ich kann Sie nicht zwingen, mir zu glauben«, sagte er, und ein kleiner, beleidigter Unterton schwang in seinen Worten mit. »Ich war nie im Leben in Caux! Ich wollte den Prinzen von Orléans ermorden. Erst als ich den nicht finden konnte, habe ich mich für die Kaiserin entschieden. Ich habe sie ermordet, weil ich Anarchist bin! Posio und Martinelli sind keine! Fragen Sie sie! Sie wissen nicht mal, wer Malatesta ist. Oder Bakunin! Oder Kropotkin! Sie lesen nichts und sie lernen nichts! Sie haben sich mit der Welt abgefunden, so abscheulich, unwürdig und widerlich wie sie ist!«
»Und ich habe für heute genug von Ihnen«, sagte Léchet. Er beendete das Verhör.

Léchet ließ Gino Posio noch einmal vorführen und eröffnete ihm, Lucheni hätte gestanden, daß er sein Komplice sei.
»Etwas Idiotischeres habe ich noch nicht gehört«, sagte Posio ohne besondere Erregung. »Wenn der gute Luigi das erzählt hat, ist ihm nicht mehr zu helfen. Dann ist er im Gefängnis verrückt geworden!«
Es schien Léchet, daß Posio ihn durchschaut hatte, denn mit einem deutlichen Lächeln fügte der Italiener hinzu: »Aber vielleicht kann ich ihn zur Vernunft bringen, wenn Sie mich mit ihm konfrontieren.«
»Wer hier mit wem konfrontiert wird, ist meine Sache«, sagte Léchet ärgerlich. Posio wurde wieder abgeführt.

Als Léchet nach Hause gehen wollte, meldete ihm der Gerichtsdiener, daß die in der Pension Matthey in Lausanne beschlagnahmten Gegenstände eingetroffen seien und sich im Aktenzimmer befänden.
Auf dem großen Tisch in der Mitte des Raumes sah Léchet eine Unzahl von Drucksachen, Zeitungen, Pappschachteln und Kleidungsstücken ausgebreitet. Er stand etwas ratlos davor. Schließlich griff er nach der Fotografie einer Frau. Sie zeigte ein rundliches, gesundes, fast bäuerisches Gesicht, umrahmt von blonden Löckchen. Auf der Rückseite stand ein Vermerk der Lausanner Polizei: »Photographie der Prostituierten Lina Zahler. Gehört Gino Posio.«

Gedankenlos nahm Léchet einen Bleistiftstummel auf. Ein Anhänger besagte: »Gehört nach Aussagen des Sartoris dem Mörder Lucheni.« Ein gleichlautender Anhänger fand sich an einem Hut, einer Hose, einem Hemd, einer Krawatte und einem Taschentuch.
Léchet öffnete einen Karton mit der Aufschrift: »Im Eßzimmer der Pension Matthey, Lausanne, Rue Mercerie 17, beschlagnahmt.« Er enthielt Zeitschriften und Journale, darunter mehrere Nummern des AVANTI, einer italienischen sozialistischen Zeitung, Ansichtskarten, einzelne lose Blätter und Zettel mit Notizen sowie ein koloriertes Heiligenbild, das auf der Rückseite den Vermerk trug: »Gehört Maria Useglio, Magd bei Matthey.«
Ein anderer Karton hatte die Aufschrift: »Diese Papiere gehören nach Aussage von Sartoris und Martinelli dem Mörder Lucheni.«
Léchet unterzog den Inhalt einer genaueren Untersuchung. Da waren wieder Zeitungen, darunter zwei Nummern des AGITATORE, einer italienischsprachigen anarchistischen Wochenzeitschrift, die in Neuchâtel gedruckt wurde, und eine Nummer des PÈRE PEINARD, eines berüchtigten französischen Anarchistenblattes. Dann fand Léchet ein Heft. Die Seiten waren dicht beschrieben. Er erkannte Luchenis Schrift. Als nächstes kam ihm ein Stoß Zettel in die Hände. Auf einem stand: »Eigentum ist Diebstahl«, auf einem anderen waren die Lausanner Abfahrtszeiten der Dampfer nach Genf und nach Montreux notiert sowie die der Eisenbahn, ebenfalls in beiden Richtungen. Auf einem dritten Papier stand: »Carlo Gorino« und eine Adresse in Lausanne. Ihm war ein Vermerk angeheftet: »Gorino ist ein italienischer Schuhmacher, der Luchenis Schuhe geflickt hat. Der Mann scheint harmlos.«
Léchet nahm wieder das kleine Heft zur Hand und ging damit zum Fenster. Im Raum war es schon recht dunkel. Der Gerichtsdiener fragte, ob der Herr Untersuchungsrichter noch zu lesen beabsichtige. Dann würde er eine Lampe bringen.
Léchet nickte.
Auf der ersten Seite des Heftes stand: »Diese Worte hat unser Kamerad Emile Henry am 28. April 1894 an die Geschworenen gerichtet, als er in Paris vor Gericht gestellt wurde.« Lucheni hatte die Überschrift sehr sorgfältig geschrieben, betont schön und sauber.
Emile Henry! Der Name war Léchet bekannt. Ein französischer Anarchist, der hingerichtet wurde, erinnerte er sich. Dann fiel ihm ein, daß Posio ihn heute morgen im Zusammenhang mit Lucheni erwähnt hatte. Malatesta, Ravachol und auch Emile Henry. Léchet war er-

staunt gewesen, mit welcher Geläufigkeit Posio diese Namen von den Lippen kamen.
Er schob sich einen Stuhl an den langen Tisch und wartete auf die Lampe. Die Wände waren von der Decke bis zum Boden mit Regalen angefüllt, in denen die Akten unzähliger Ermittlungen und Prozessen lagerten. Es roch nach Staub und altem Papier. Vor Léchet, nur noch verschwommen erkennbar, lag das Bild der Zahler. Auch ein armes Luder, dachte Léchet. Viel Gutes kann sie von Posio nicht erwarten. Aber vielleicht ist es Unsinn, sie zu bemitleiden. Vielleicht ist sie fidel und zufrieden von morgens bis abends.
Der Gerichtsdiener setzte eine Petroleumlampe mit grünem Glasschirm auf den Tisch, murmelte, daß im nächsten Jahr auch das Aktenzimmer elektrisches Licht bekommen sollte, wünschte guten Abend und verschwand. Léchet las die Rede von Emile Henry.

Ich habe nicht die Absicht, mich zu verteidigen. Ich will mich keinesfalls vor den Vergeltungsmaßnahmen einer Gesellschaft, die ich angreife, drücken. Außerdem erkenne ich nur ein einziges Tribunal an, mich selbst! Das Urteil aller anderen ist mir gleichgültig. Ich möchte Ihnen lediglich meine Handlungen erklären und Ihnen sagen, weshalb ich sie ausgeführt habe.
Ich bin noch nicht lange Anarchist. Erst in der Mitte des Jahres 1891 habe ich mich der revolutionären Bewegung angeschlossen. Bis dahin lebte ich in einem Milieu, das von der üblichen Moral durchtränkt war. Ich respektierte die Prinzipien des Vaterlandes, der Familie, der Autorität und des Privateigentums. Ja, ich liebte diese Prinzipien.
Die Erzieher der heutigen Generation vergessen, daß das Leben mit seinen Ungerechtigkeiten, seinen Kämpfen und Enttäuschungen dem Unwissenden die Augen öffnet. So ist es mir ergangen, so wird es allen ergehen.
Man hatte mir erzählt, dies Leben sei leicht, es stünde dem Intelligenten und Energischen offen. Aber die Erfahrung zeigte mir, daß nur die Zyniker und Kriecher sich einen guten Platz am gedeckten Tisch erkämpfen können.
Man hatte mir erzählt, die sozialen Einrichtungen beruhten auf Gleichheit und Gerechtigkeit, aber ich habe ringsum nichts als Lüge und Betrug gefunden.
Jeder Tag machte mich um eine Illusion ärmer. Ich begriff, daß die großen Worte, die man mich zu achten gelehrt hatte: Ehre! Treue!

Pflicht!, nur eine Maske waren, hinter der sich die schlimmste Verdorbenheit verbarg.
Der Fabrikbesitzer, der sich mit dem Schweiß seiner Arbeiter, denen es an allem mangelt, ein riesiges Vermögen aufbaut, gilt als Ehrenmann!
Die Abgeordneten, die Minister, die ihre Hände offenhalten, um Bestechungsgelder zu kassieren, sind treue Diener des Volkes.
Der Offizier, der das neue Modell eines Gewehrs an demonstrierenden Frauen und Kindern ausprobiert, tut nur seine Pflicht, und der Ministerpräsident gratuliert ihm vor versammeltem Parlament.
Alles, was ich sah, empörte mich. So wurde ich zum erklärten Feind einer Gesellschaft, die ich für kriminell halte.
Einen Augenblick lang fühlte ich mich zum Sozialismus hingezogen, aber ich habe mich schnell wieder von ihm entfernt. Ich liebe die Freiheit zu heiß, respektiere die individuelle Initiative zu sehr, habe einen zu großen Abscheu vor Reglementierung, als daß ich eine Nummer in der Stammrolle einer Armee von Sozialisten sein möchte. Auch wurde mir klar, daß der Sozialismus im Grunde gar nichts an der bestehenden Ordnung ändern will, denn er behält das Prinzip der Autorität bei. Und sei es auch nur die Autorität der Mehrheit.
Welches war nun die neue Moral, in Harmonie mit den Gesetzen der Natur, die die alte Welt regenerieren und eine neue, glücklichere Menschheit hervorbringen konnte? Damals kam ich mit einigen anarchistischen Kameraden in Berührung, die ich heute noch zu den besten rechne, die ich kenne. Als erstes bezauberte mich der Charakter dieser Menschen. Sie waren aufrichtig, offen, voll der tiefsten Verachtung für alle Vorurteile. Da wollte ich die Idee kennenlernen, die Menschen schafft, die so anders sind als jene, die ich bisher gekannt hatte. So wurde ich zum Anarchisten.
Ich brauche Ihnen die Theorie des Anarchismus nicht zu entwickeln, ich will mich auf die zerstörerische und negative Seite beschränken, wegen der ich hier vor Ihnen stehe.
Zu diesem Zeitpunkt des scharfen Kampfes zwischen der Bourgeoisie und ihren Feinden bin ich geneigt, mit Souvarine aus Emile Zolas »Germinal« zu sagen: »Alle Planung für die Zukunft ist kriminell, denn sie hindert die einfache und reine Zerstörung und hemmt so den Vormarsch der Revolution!«
Ich bin mit tiefem Haß in diesen Kampf gegangen. Jeden Tag wurde mein Haß neu entfacht von dem mich anwidernden Bild einer Gesellschaft, in der alles niedrig, anrüchig und häßlich ist, die jeder

menschlichen Leidenschaft, jeder freigiebigen Regung des Herzens, jedem Aufschwung der Gedanken Fesseln anlegt.
Kommen wir also zu dem ersten Attentat, das ich begangen habe. In der Rue des Bons Enfants.

Rue des Bons Enfants ... erinnerte sich Léchet, das war diese grauenhafte Explosion auf der Polizeistation in Paris. Dabei war die Bombe gar nicht für die Polizei bestimmt gewesen. Der Attentäter hatte sie, in einem Paket verborgen, vor die Tür der Geschäftsräume der »Bergwerksgesellschaft von Carmeaux« gelegt. Das verdächtige Paket wurde entdeckt und vom Concièrge der Polizei übergeben. Die Gendarmen brachten es auf den Posten in der Rue des Bons Enfants. Dort explodierte die Bombe, bevor sie entschärft werden konnte. Fünf Polizisten wurden bis zur Unkenntlichkeit in Stücke gerissen. Obwohl sofort eine große Jagd nach dem Bombenleger begann, konnte er nicht gefaßt werden. Vorübergehend geriet der damals zwanzigjährige Anarchist Emile Henry in Verdacht, aber die Beweise für seine Täterschaft reichten nicht zu einer Anklage aus. Als Henry nach einem zweiten Attentat gefaßt wurde, gab er den Anschlag auf die Bergwerksgesellschaft aus freien Stücken zu. Die Gesellschaft, deren riesige Steinkohlengruben in Carmeaux, einem kleinen Flecken im Departement Tarn, liegen, war damals gerade siegreich aus einem langen, schweren Streik bervorgegangen, der mit der völligen Niederlage der Arbeiter geendet hatte. – Léchet las weiter.

Ich hatte die Ereignisse in Carmeaux mit großer Aufmerksamkeit verfolgt. Die ersten Nachrichten über den Streik erfüllten mich mit Freude. Endlich schienen die Bergleute bereit, die nutzlosen, friedlichen Streiks aufzugeben! Endlich sah es so aus, als ob sie zur Gewalt greifen würden. Die Gebäude der Gesellschaft wurden von Männern gestürmt und besetzt, die nicht mehr gewillt waren zu leiden, ohne sich zu rächen. Dem verhaßten Ingenieur, der seine Arbeiter so mißhandelt hatte, sollte endlich Gerechtigkeit widerfahren. Aber die Kleinmütigen verhinderten es.
Wer waren sie, die Kleinmütigen? Dieselben, die alle revolutionären Bewegungen zum Scheitern bringen, weil sie fürchten, daß die Arbeiter, wenn sie erst einmal freie Hand haben, ihnen nicht mehr gehorchen werden. Sie lassen Tausende von Menschen furchtbarste Entbehrungen erdulden, damit sie sich dann auf dem Rücken dieses mitleidheischenden Elends, für das sie eine verlogene Reklametrom-

mel rühren, so populär machen können, daß es ihnen ein Abgeordnetenmandat einbringt.
Ich spreche von den sozialistischen Chefs, die die Führung der Streikbewegung an sich rissen. Diese Herren Schönsprecher ziehen durch das ganze Land, sammeln Unterschriften, halten Konferenzen ab, veranstalten Kollekten. Und die Arbeiter überlassen ihnen die Initiative. Man weiß, was daraus wird. Der Streik verewigt sich. Die Bergleute machen mit dem Hunger, ihrem ständigen Begleiter, noch nähere Bekanntschaft. Sie essen die winzigen Reservefonds ihrer Syndikate auf und die der anderen, die ihnen zu Hilfe eilen. Dann, nach Monaten, kehren sie mit hängenden Ohren in die Gruben zurück. Noch elender als zuvor.
Es wäre so einfach gewesen, die Gesellschaft gleich zu Anfang an dem einzigen Punkt zu treffen, wo sie verwundbar sind: beim Geld. Man hätte ihre Kohlenhalden in Brand setzen müssen, ihre Fördermaschinen zerbrechen und die Grundwasserpumpen demolieren! Dann hätte sie schnell kapituliert! Aber die Hohenpriester des Sozialismus lassen solche Mittel nicht zu. Das sind anarchistische Mittel. Und außerdem würde man bei so einem Spiel Gefängnis riskieren!
Die Bergwerksgesellschaft, mächtiger als je, setzt ihre Ausbeutung fort, die Herren Aktionäre gratulieren sich zum glücklichen Ausgang des Streiks, und die Dividenden fließen wieder.
Ich aber hatte mich entschlossen, in diesem harmonischen Konzert eine Stimme erklingen zu lassen, die die Bourgeois schon einmal gehört haben, die sie aber mit Ravachol verstorben glaubten: die des Dynamits! Ich wollte zeigen, daß ihre Freude von nun an nicht mehr ungestört bleibt, ihre frechen Triumphe getrübt sind und ihr Goldenes Kalb auf seinem Sockel zittert, bis es durch die letzte, endgültige Erschütterung in Schmutz und Blut stürzen wird.
Gleichzeitig wollte ich den Bergleuten klarmachen, daß es nur eine Sorte Menschen gibt, die ihre Leiden mitfühlt und bereit ist, sie zu rächen: die Anarchisten. Sie belagern nicht das Parlament wie die Herren Sozialisten, sondern marschieren für sie auf die Guillotine!
Ich habe also eine Bombe gemacht.
Einen kurzen Augenblick dachte ich dabei an einen Satz aus der Anklage gegen Ravachol: »Und die unschuldigen Opfer?« Dieses Problem löste sich von selbst. Das Haus, das die Geschäftsräume der Bergwerksgesellschaft beherbergt, wird nur von Bourgeois bewohnt. Es konnte also keine unschuldigen Opfer geben. Das ganze Bürgertum lebt davon, daß es die Unglücklichen ausbeutet. Deswegen soll

es auch als Ganzes für seine Verbrechen büßen. Mit der absoluten Überzeugung, daß meine Tat gerecht ist, habe ich die Bombe vor die Tür der Bergwerksgesellschaft gestellt. Daß sie nicht dort, sondern auf einer Polizeistation explodierte, macht nichts. Sie hat auch da unsere Feinde getroffen. Dies sind die Motive, die mich die erste Tat begehen ließen.
Gehen wir weiter zur zweiten, der im Café Terminus.

Das war vier Jahre her. Léchet besann sich genau auf die Umstände. Gegen 8 Uhr abends hatte Henry, eine Bombe in der Manteltasche, einen Bummel durch die Pariser Innenstadt gemacht. Er sah ins Café de la Paix hinein und in einige andere bekannte Cafés und Restaurants, aber sie waren noch recht leer. Schließlich betrat er das Café Terminus, ein beliebtes Etablissement gegenüber vom Bahnhof St-Lazare. Ein Orchester spielte auf einem Podium, das Lokal war gut besucht. Henry nahm unweit des Eingangs Platz und bestellte ein Bier, das er gleich bezahlte. Als später das Lokal fast bis zum letzen Stuhl besetzt war, bestellte und bezahlte er ein zweites Bier und eine Zigarre, die er sich ansteckte. Dann entzündete er unauffällig die Lunte an der brennenden Zigarre, stand auf und warf von der Tür aus die Bombe in weitem Bogen in das Lokal. Sie flog gegen den Kronleuchter, fiel zu Boden und explodierte. Es gab einen Toten und 17 Verletzte. Die Panik war unbeschreiblich.
Henry wurde verfolgt und, nachdem er mehrere Schüsse abgegeben hatte, überwältigt.
Léchet las weiter:

Ich bin während der Affäre Vaillant nach Paris gekommen ...

Vaillant war jener Anarchist, der eine Bombe in die Abgeordnetenkammer warf und den man, obwohl niemand dabei ums Leben kam, zum Tode verurteilte. Léchet hatte die Gerichtsverhandlung besonders deshalb in Erinnerung, weil Vaillant von Labori verteidigt wurde, den damals noch niemand kannte und der erst später durch den Zola-Prozeß Berühmtheit erlangte. Das Parlament sei in Wahrheit schuldig, hatte Labori plädiert, weil es nichts tat, um das tiefe Elend und die bittere Armut, in der ein Drittel der Nation lebte, zu beheben. Léchet war von Laboris Worten tief bewegt gewesen, obwohl er Vaillants Tat, wie die der anderen Anarchisten, verabscheute.
Er las weiter:

Ich habe die entsetzlichen Repressalien miterlebt, die dem Attentat in der Abgeordnetenkammer folgten. Ich war Zeuge der drakonischen Maßnahmen, die die Regierung gegen die Anarchisten durchführte. Man verhaftete, spionierte, durchsuchte Wohnungen. Ohne sich um Schuldbeweise zu kümmern, entriß man Männer ihren Familien und warf sie ins Gefängnis. Niemand fragte, was aus den Frauen und Kindern werden sollte, während unsere Kameraden eingekerkert waren. Der Anarchist war kein Mensch mehr, er war eine wilde Bestie, auf die Treibjagd veranstaltet wurde. Die bürgerliche Presse, die gemeine Sklavin der Macht, verlangte einstimmig die Ausrottung. Vaillant, ein Mann, der niemanden getötet hatte, wurde zum Tode verurteilt. Und da man bis zum bitteren Ende mutig erscheinen mußte, guillotinierte man ihn eines schönen Morgens.
Meine Herren Bürger, Ihr habt die Rechnung ohne den Wirt gemacht! Der Handschuh wurde aufgenommen! Meine Bombe im Café Terminus war die Antwort auf die Massenverhaftungen, die Haussuchungen, die Pressegesetze, das rücksichtslose Abschieben von Ausländern und die Hinrichtungen!
Warum, werdet Ihr sagen, gegen friedliche Kaffeehausbesucher vorgehen, die der Musik zuhören und wahrscheinlich weder Beamte noch Abgeordnete oder Funktionäre sind!
Warum? Das ist simpel: Die Bourgeoisie hat aus allen Anarchisten einen einzigen Gegner gemacht. Ein Mann, Vaillant, hat eine Bombe geworfen! Neun Zehntel der Kameraden war er unbekannt. Das spielte aber keine Rolle. Die Maßnahmen richteten sich blind gegen alles, was irgendwie mit Anarchismus zu tun hatte.
Wenn Ihr eine ganze Partei für die Handlungen eines einzigen Mannes verantwortlich haltet und alle schlagt, tun wir das auch! Die guten Bürger, die keinerlei Ämter bekleiden, die ihre Coupons schneiden und als Müßiggänger von der Arbeit anderer leben, die müssen auch ihren Teil abbekommen. Und nicht nur sie, sondern alle, die mit der gegenwärtigen Ordnung zufrieden sind, die der Regierung applaudieren und sich damit zu Komplicen machen. Die kleinen Angestellten, die 300 oder 500 Francs im Monat verdienen, das sind die Kunden des Terminus und der anderen großen Cafés! Diese elenden, anmaßenden Spießer, die immer auf der Seite des Stärkeren stehen, hassen das wirkliche Volk noch mehr als die fetten Bürger. Deswegen habe ich zugeschlagen, ohne mir die Opfer auszusuchen.
Ich gebe mich keinen Illusionen hin. Ich weiß, daß meine Tat von vielen Menschen mißverstanden wird. Selbst manche der Arbeiter,

für die ich gekämpft habe, halten mich für ihren Feind. Ich weiß auch, daß es Männer gibt, die sich Anarchisten nennen und sich trotzdem von der Propaganda der Tat lossagen. Sie möchten einen feinen Unterschied machen zwischen Theoretikern und Terroristen. Da sie selbst zu feige sind, ihr Leben zu riskieren, verleugnen sie jene, die die Theorie in die Praxis umsetzen. Aber das Feld gehört der Aktion!
*In diesem Krieg ohne Mitleid, den wir der Bourgeoisie erklärt haben, verlangen auch wir kein Mitleid. Wir töten, und wir erleiden den Tod! Deshalb erwarte ich Ihr Urteil mit völliger Gleichgültigkeit. Mein Kopf wird nicht der letzte sein, den Ihr abhacken werdet. Noch andere Namen werden die blutige Liste unserer Toten verlängern. Ihr habt in Chicago gehenkt, in Deutschland enthauptet, in Jerez erdrosselt, in Barcelona erschossen, in Montbrison und Paris guillotiniert, aber was Ihr trotzdem nie zerstören könnt, ist die Anarchie! Ihre Wurzeln sind zu tief. Aus einer verdorbenen Gesellschaft geboren, die sich selbst zerfleischt, ist sie eine gewaltige Reaktion gegen die etablierte Ordnung. Sie repräsentiert unser Streben nach Gleichheit und Freiheit, und sie wird die heutige Autorität zerstören. Die Anarchie ist überall! Deshalb könnt Ihr sie nicht fassen. Am Ende wird sie Euch alle töten!**

Léchet schloß das Heft und legte es auf den Tisch zurück. Ihn fror.
Die Kraft des Hasses, der er in einer fast lebenslangen Beschäftigung mit Verbrechen und Verbrechern oft begegnet war, blieb für ihn immer gleich erschreckend. Er stellte sich vor, wie Lucheni Stunden um Stunden mit diesem Heft irgendwo gesessen hatte. Woraus? Vermutlich aus einem Anarchistenblatt oder aus einer Broschüre, die irgendein Kamerad besaß, aber nicht hergeben wollte. Mit jedem Wort, das er schrieb, hatte er Henrys Gedanken aufgesogen und zu den seinen gemacht. Was der andere klar und intelligent ausdrücken konnte, klang aus Luchenis Mund oft ungeschickt und phrasenhaft. Aber den Haß und die Überzeugung, daß Mord zur Revolution und Revolution zu irgendeinem nebulosen paradiesischen Leben führen würde, die hatte Lucheni zu seinem Glaubensbekenntnis gemacht.

Wien rüstete sich zum Empfang des Trauerzuges, der die tote Kaiserin in die Hauptstadt brachte und um 10 Uhr abends auf dem Westbahnhof erwartet wurde.
Der Berichterstatter der NEUEN FREIEN PRESSE, der schon von Mit-

* Aus den Gerichtsakten, zitiert bei Jean Maitron, »Ravachol et les Anarchistes«

tag an die Straßen durchstreift hatte, schilderte seinen Lesern den denkwürdigen Abend:

Ernste Menschenmassen bewegten sich seit dem frühen Nachmittag über die Ringstraße, und je tiefer sich die Schatten des Abends über die Stadt senkten, desto mächtiger schwoll der Strom der Menschen an. Am lebhaftesten entwickelte sich das Treiben in der Mariahilfer Straße, durch welche der Trauerzug vom Westbahnhof zur Hofburg gehen mußte. Wohl noch nie hat diese rege Verkehrsader eine solche Menschenflut über sich hereinbrechen sehen als am heutigen Abend. Von allen Giebeln wehten mächtige schwarze Fahnen; Balkone, Geschäftsportale, die Laternen und Bronzelampen vor den großen Geschäftshäusern, alles war mit Trauerstoffen verkleidet. Büsten der Kaiserin, von prächtigen Trauerarrangements umgeben, in Flor gehüllt und mit Palmenzweigen verziert, waren zahlreich in den Auslagen zu sehen, und das Bildnis der dahingeschiedenen Frau fehlte in keiner Kunst- und Buchhandlung.

In den Nachmittagsstunden schon wogte ein überaus lebhafter Korso durch die Mariahilfer Straße. Als aber die Dämmerung hereinbrach, Fabriken und Comptoirs geschlossen wurden, ergoß sich von allen Richtungen her ein stets mehr anschwellender Menschenstrom über die Straße. Ein Gewirr von Wagen, darunter zahlreiche Equipagen des Hofes, die von und nach Schönbrunn fuhren, schob sich durcheinander, und schon um halb 7 Uhr geriet auf der oberen Hälfte der Strecke, von der Neubaugasse bis zum Westbahnhof, der Verkehr zeitweise ganz ins Stocken. Um halb sieben tauchte sich die Straße in eine Flut von Licht, die Gasfackeln wurden angezündet. Man hatte von den Kandelabern die Laternen und die Brenner entfernt, und in breitem Strom schoß die glühende Lohe aus den schlanken Rohren, die Straße mit hellem Feuerschein übergießend. Von weitem hatte es den Anschein, als stünde die ganze Riesenzeile in Brand.

Die kleinen Vorgärtchen der Cafés und Restaurants sind überfüllt, eng aneinandergepreßt sitzen die Leute da, um von diesem halbwegs geschützten Platz aus einen Blick auf den Trauerzug zu erhaschen. Man schleppt Bänke, Stühle und Doppelleitern herbei; die Stühle werden mit Brettern überdeckt. Die Leute bestiegen jedoch die improvisierten Tribünen in so massenhafter Weise, daß dieselben ins Wanken gerieten und die Polizei wiederholt zum Einschreiten gezwungen war, um ein Unglück zu verhüten.

Um halb 8 Uhr rückte die Sicherheitswache in großer Zahl zu Fuß und zu Pferde an und bildete auf dem weiten Weg Spalier. Um 8 Uhr marschierten die Truppen an und faßten die Straße zu beiden Seiten ein. Lautlos vollzieht sich der Aufmarsch, nur ab und zu ertönen gedämpfte Kommandorufe . . .
Inzwischen hatte sich die Menge auf der Mariahilfer Straße verfünffacht und stand vom Casa Piccola bis zur Westbahn Mann an Mann. Die einzigen, die sich durch die Menge Bahn brachen, waren Kellner aus den verschiedenen Gasthäusern, die mit immer frisch gefüllten Gläsern sich durch den Menschenknäuel wanden und ihre Ware absetzten.
In langer Wagenreihe fahren die Hofchargen und die Mitglieder der Generalität und des Offizierskorps die Straße entlang, ganze Gruppen von Offizieren schreiten zu Fuß gegen den Bahnhof. Dann kommt in einer Reihe einspänniger Karossen die Hofdienerschaft, später die berittene Arcierengarde . . .
Auch der Westbahnhof trug Trauergewand, mächtige Fahnen wehten von den Türmen und Giebeln. Die weite Riesenhalle des Bahnhofs war von elektrischem Licht durchflutet, machte aber doch einen feierlichen Eindruck, weil sie ganz leer stand, wodurch sie zweimal so groß als sonst erschien, und weil sie in ihrer ganzen Länge an der Ankunftsseite mit einem schwarzen Teppich bespannt war.
Um 9 Uhr waren alle zum Empfang bestimmten Personen auf dem Bahnhof versammelt. Dem Hofwartesalon am nächsten waren 10 Leibgardereiter und hinter diesen 10 Trabanten-Leibgarden aufgestellt. In einer Gruppe standen 8 Edelknaben in schwarzer altspanischer Tracht ohne Degen. Dann sah man die 8 Lakaien, welche den Sarg tragen sollten, und eine Anzahl Arcierengardisten. Unterdessen hatten sich viele hundert Offiziere eingefunden, welche sich näher der Ausfahrt aufstellten, eine große Anzahl Generale, die Militärbeamten, die Hofgeistlichkeit, der Bürgermeister und die beiden Vizebürgermeister, der Obersthofmeister des Kaisers, die 4 Palastdamen und das übrige Hofgefolge.
Da tauchten bei der Ausfahrt der Halle den Schienen entlang erst wenige, dann immer mehr tanzende, rotglühende Lichter auf, von denen ein großer Rauchqualm aufstieg und die in wenigen Minuten zu lichterloh brennenden Fackeln aufflammten. Die Fackelträger waren die Arbeiter der Werkstätten, die Conducteure und Heizer, und obwohl sie Mann an Mann standen, reichte das feurige qualmende Spalier bis zur Schönbrunner Brücke. Zwischen diesen un-

heimlich flackernden Flammenlinien fuhr der Trauerzug langsam dem Bahnhof entgegen. Die zwei Lampen an der Lokomotive kennzeichneten seinen Weg.
Als es von den Türmen 10 Uhr schlägt, geht tiefe Bewegung durch die Menge draußen. Der Zug mit der toten Kaiserin fährt in die Bahnhofshalle ein. Bedienstete der Gasgesellschaft eilen die Straßen entlang und drehen die Flammen ganz auf, die hochzüngeln und Tageshelle verbreiten.
Im Bahnhof gibt der Hauptmann der Ehrenkompanie das Kommando zum gedämpften Trommelwirbel.
Kein Auge wendete sich von dem düsteren Leichenzuge ab, aus dessen Fenstern kein Licht schimmerte. Der Burgpfarrer bestieg den Totenwagen, um schon in demselben den Sarg einzusegnen. Den übrigen Waggons entstiegen die das Geleite der toten Kaiserin bildenden Persönlichkeiten, Graf Bellegarde, welcher der Gräfin Sztáray den Arm bot, General von Berzeviczy und die übrigen. Dann wurde der Sarg langsam herausgeschoben, 8 Diener hoben ihn und trugen ihn über die Gleise auf den Perron, wo sich der Leichenzug bildete. Da er auf den Schultern getragen wurde, schwebte der Sarg gleichsam in der Luft und war weithin sichtbar. Voran schritten in zwei Parallelreihen die Trabanten-Leibgarden und die Leibgardereiter. Dann kamen die 8 Edelknaben mit brennenden Wachskerzen. Dann unmittelbar vor dem Sarge der Hofburgpfarrer mit Assistent und einem Lakaien, der das Rauchfaß schwenkte. Hinter dem Sarg ging der Obersthofmeister mit den ganz in Trauerschleier gehüllten Damen, und dann schlossen sich nach Rang und Stand alle zum Empfang des Trauerzugs Erschienenen an.
Mittlerweile war an der Stirnseite des Bahnhofs der Leichenwagen vorgefahren. Dieser Leichenwagen, der nur für Kaiser und Kaiserinnen in Verwendung kommt, ist ganz schwarz und prächtig geschnitzt. Auf dem Dach ruht die Kaiserkrone in der Mitte, während an den Seiten kühn geschwungene, zweiköpfige Adler Schnüre und Quasten in den Schnäbeln halten. Auf dem reichbehängten Bock sitzt der Kutscher in Dreispitz und weißer Perücke. Bespannt ist der Wagen mit 8 starken Rappen, dessen erstes Paar von einem Stangenreiter gelenkt wird. Der Sarg wurde herausgetragen und mittels einer Winde auf den Leichenwagen gehoben. Unterdes hatte der Hofstaat in den Trauerwagen Platz genommen und fuhr dem Leichenwagen voraus.
Die Geduld der harrenden Menge wurde auf eine starke Probe gestellt, doch verhielt sich alles schweigsam und ruhig. Erst gegen drei

Viertel 11 Uhr wurde den Kommandanten der spalierbildenden Truppen von der Mariahilfer Straße her das Signal gegeben, daß der Kondukt herannahe, und die Truppen nahmen Stellung zur Ehrenbezeigung, aber ohne lauten Kommandoruf.
Von der Ecke der Hofstallungen her sah man im Lichte der Gasfakkeln eine breite dunkle Masse sich herabbewegen, der zwei Lichter voranleuchteten. Es waren die Flammen der Kerzen in den Stocklaternen, welche von den 2 Hofreitknechten getragen wurden, die den Zug eröffneten. Dann kam die breite Front der Husaren-Eskadron, aus deren Dunkel man anfangs nur die Säbelklingen hervorblitzen sah. Erst nach und nach kamen die Farben der Uniformen ins Licht. Nun erschienen die zwei-, vier- und sechsspännigen Hofwagen, in denen die Mitglieder des Hofstaates der verblichenen Kaiserin und die Hoffunktionäre saßen und deren jedem einer jener Hofbediensteten voranritt, der in diesem Falle den eigentümlichen Titel eines »Hofeinspaniers« führt. In den beiden sechsspännigen Wagen fuhren die beiden Obersthofmeister Fürst Liechtenstein und Graf Bellegarde und die Obersthofmeisterin Gräfin Harrach mit den Hofdamen. Alle diese Wagen waren ganz dunkel und sehr einfach. Die Kutscher, die Reiter und die begleitenden Lakaien trugen die schwarze, spanische Livree mit der gepuderten Spitzenperücke unter dem breiten Dreispitz.
Als man nun den hohen Leichenwagen herannahen sah, der den Sarg der Kaiserin barg, ging eine Bewegung durch die Menge. Alle Häupter wurden entblößt. In dreifachen Reihen schritten die Offiziere der Trabanten und Leibgardereiter zu beiden Seiten des Wagens. Man sah zunächst das Gespann der 8 schwarzbehängten Rappen mit den nickenden schwarzen Federn auf den Köpfen, und dann erkannte man unter dem bekrönten Baldachin des Leichenwagens die Formen des mit einer schwarzen Samtdecke verhüllten Sarges der Kaiserin. Wie eine nächtliche Vision zog dieses düstere Trauergepränge geheimnisvoll und lautlos vorüber, indem man nicht einmal den Hufschlag der Pferde auf dem zuvor mit Sand bestreuten Pflaster vernahm. Dem Leichenwagen folgten zwei Abteilungen der Arcieren-Leibgarde und der ungarischen Leibgarde zu Pferde und eine Suite von mehreren hundert Offizieren zu Fuß, worauf eine zweite Husaren-Eskadron den Abschluß bildete.
Es war etwa 11 Uhr, als die Leiche der Kaiserin in die Hofburg gebracht wurde.

FREITAG
16. September 1898

Ein Artikel, der am Vortag in der italienischen Zeitung PERSEVERANZA, einem ultrakonservativen Blatt, erschienen war, brachte die Schweizer Presse auf die Barrikaden.
Der Berner BUND schrieb:

Während in Wien, in Triest, in Laibach, in Fiume, mit einem Wort überall in Österreich-Ungarn und selbst in Berlin die Leute in der Entrüstung ihres Herzens tätlich gegen die Italiener demonstrieren, hat eine italienische Zeitung, die PERSEVERANZA, *den traurigen Mut zu schreiben: »Die Regierungen der Tripel-Allianz (Österreich, Italien, Deutschland) fragen sich nachgerade, ob das Verhalten der Schweiz nicht dazu angetan sei, den europäischen Frieden zu stören, da dieselbe ihre Neutralität dazu benutzt, Anarchisten und politischen Verbrechern Asyl zu gewähren und sie so der Gerechtigkeit ihres Landes zu entziehen.« Und damit das Maß der Unverschämtheit voll werde, schließt das Blatt: »Die Schweiz, stets ängstlich bemüht, ihre Neutralität zu wahren, vergißt darüber die Zivilisation.«*
Am Beispiel der Schweiz kann die PERSEVERANZA *am besten erkennen, was Zivilisation bedeutet ... Auch unserem Volk ist es zum Bewußtsein gekommen, daß der Mörder ... Italiener ist. Aber man hat keine Vorwürfe gegen das Land erhoben und es die Landesangehörigen des Mörders nicht entgelten lassen. Die in Genf arbeitenden Italiener kamen am Sonntag noch schüchtern und verschämt in Gruppen an die Menge heran, die vor dem Hotel Beau-Rivage den Quai du Mont-Blanc belagerte, und als sie sahen, daß man nicht mit Fingern auf sie zeigte, sondern sie mit Mitleid betrachtete, da wagten ... sie es auch, an der großen Trauerkundgebung der Genfer teilzunehmen.*
Wie nimmt sich dieses Verhalten des schweizerischen Volkes aus gegenüber den Verunglimpfungen der PERSEVERANZA!

Für Lucheni trafen mit der ersten Morgenpost zwei Briefe ein, die Perrin sofort in den Justizpalast hinüberschickte. Der eine kam aus Memel in Ostpreußen und war in deutscher Sprache geschrieben:

Lieber Bruder!
Das Memeler Anarchisten-Komitee sendet seinem lieben Bruder Glückwünsche und spricht ihm seine höchste Hochachtung für seine wohlgelungene Tat aus.
Mit nochmaligem Gruß und Gratulation
verbleiben wir Deine treuen Freunde und Brüder,
*die Memeler Anarchisten**

Darunter befand sich eine kindliche Zeichnung: Über einem Sarg zwei gekreuzigte Gebeine, auf denen ein Totenkopf ruht. Seitlich davon, in der Luft schwebend, ein geschwungener Dolch.
Der andere Brief kam aus der Schweiz. Die Anrede lautete:

Luigi Lucheni!
Weiter hieß es:
*Durch den Mord an der schönen, tapferen und edlen Kaiserin Elisabeth von Österreich haben Sie eine Probe beispielloser Feigheit abgelegt ... und Ihre anarchistische Bewegung der Mißbilligung und Verachtung der ganzen Welt ausgesetzt. Man hätte noch Verständnis für Ihre Tat aufbringen können, wenn Sie den Sultan umgelegt hätten, weil er diese entsetzlichen Massaker befohlen hat!*** Dann hätte Ihr Mut manch ein Gewissen beruhigt. Aber auf eine so brutale Weise eine Dame zu ermorden, die von jedem Schweizer geschätzt wurde, weil sie uns die Ehre machte, unser Land zu lieben! O daß die Hände, die diese verdammte Feile fabriziert und benutzt haben, abgehackt und dem Volk zur Schau gestellt würden! Für Menschen wie Sie sollte die Folter wieder eingeführt werden! Sie haben den schweizerischen Boden beschmutzt! ...*
Ein Arbeiter,
*der die Gerechtigkeit liebt, aber nicht der einzige ist, der energisch gegen die anarchistischen Mordtaten protestiert.****

Um 9 Uhr morgens wurde Lucheni aus der Zelle geholt und von zwei Gendarmen über den Innenhof zum Justizpalast geführt. Er sah aus wie ein Mann, der mit sich und der Welt zufrieden ist.
In Léchet Arbeitszimmer nahm er den Hut ab, wünschte guten Morgen

* AGG
** Spielt auf die türkische Unterdrückung der Armenier nach 1895 an.
*** AGG

und setzte sich unaufgefordert mit gewohnheitsmäßiger Selbstverständlichkeit.
Léchet erwiderte den Gruß nicht. Er war in das Studium von Akten vertieft. Erst als Péter und der Gerichtsschreiber eintraten, sah er zu Lucheni auf, der freundlich seinem Blick begegnete.
»Ich weiß, daß Sie mir viel verheimlichen«, begann Léchet. »Ich weiß auch, daß Sie mir viele Halbwahrheiten erzählten, aber bis heute morgen habe ich dennoch manche Ihrer Aussagen geglaubt. Damit ist es nun endgültig vorbei!«
Das Lächeln schwand von Luchenis Zügen, er sah betroffen, fast bekümmert aus. »Ich bemühe mich, immer die Wahrheit zu sagen«, versicherte er.
»Sehen Sie sich das einmal an!« Léchet hob ein schmieriges kleines Oktavheft hoch, das vor ihm auf dem Schreibtisch gelegen hatte. Auf dem Deckblatt stand, von Luchenis Hand geschrieben: CANTICI ANARCHICI.
Lucheni sprang auf. »Meine Lieder«, sagte er, »das sind meine Lieder, die man mir abgenommen hat!«
»Richtig«, entgegnete Léchet.
Lucheni griff gierig nach dem Heft und blätterte darin. Sein bekümmerter Ausdruck machte einem breiten Lächeln Platz. »Meine Lieder«, sagte er noch einmal, fast zärtlich, und sah aus, als ob er jeden Augenblick zu singen anfangen würde.
»Haben Sie sie selber geschrieben?« wollte Léchet wissen.
»Abgeschrieben, nicht geschrieben. Aber selber abgeschrieben!«
»Wie ist das Heft in die Hände der Polizei gekommen?«
Lucheni berichtete, daß er in Lausanne die Abende oft in den Anlagen bei der Place Montbenon verbrachte. Hin und wieder traf er dort Freunde, ging mit ihnen auf und ab und diskutierte. Oder er saß auf einer Bank und las. Wenn es zu dunkel wurde, dachte er über seine Lektüre nach. Am 16. August saß er ganz friedlich da, es war schon spät, als eine Polizeistreife durch die Anlagen ging. Die Gendarmen kamen geradewegs auf ihn zu und verlangten seine Papiere. Da er sie nicht bei sich hatte, wurde er zur Wache gebracht, seine Taschen durchsucht, das Heft gefunden und beschlagnahmt. Dann trug man ihm auf, sich morgens mit seinen Papieren bei der Fremdenpolizei einzufinden. »Ich bin pünktlich dagewesen«, endete Lucheni, »aber meine Lieder haben sie mir nicht zurückgegeben.«
Léchet deutete auf die vor ihm liegende Akte. »Hier habe ich das Protokoll Ihrer Aussage bei der Lausanner Fremdenpolizei vom 16. Au-

gust, in dem Sie angeben, erst zwei Wochen in Lausanne zu sein. Uns gegenüber haben Sie aber behauptet, seit dem 20. Mai dort zu wohnen!«
»Das ist richtig«, versicherte Lucheni eifrig.
»Was ist richtig?«
»Ich bin im Mai nach Lausanne gekommen.«
»Warum haben Sie dann bei der Fremdenpolizei etwas anderes ausgesagt?«
»Weil ich nicht gemeldet war. Da ist es doch besser zu sagen, daß man erst ein paar Tage da ist!« Lucheni schien Léchets Billigung solcher Tricks vorauszusetzen.
»Wir haben Mittel und Wege, das nachzuprüfen«, sagte Léchet.
Ohne den Einwurf zu beachten, blätterte Lucheni in dem Heft, bis er eine bestimmte Seite fand. Er hielt sie Léchet hin.
Léchet sah einen Schlagring, mit ungeschickten Strichen gezeichnet. Darunter stand: PER UMBERTO PRIMO!*
Alles Joviale war jetzt aus Luchenis Zügen verschwunden. Haßerfüllt sagte er: »Die Kaiserin von Österreich würde heute noch leben, wenn ich 50 Francs gehabt hätte, um nach Rom zu fahren!«
Léchet winkte ab. »Das haben Sie uns schon erzählt!«
Lucheni hörte ihn nicht. »Ich hätte es besser gemacht als Acciarito!« sagte er leidenschaftlich. »Ich hätte Umberto die Feile so zwischen die Rippen gebohrt, daß er auf der Stelle verreckt wäre!«
Léchet erhob sich. »Hören Sie auf!« sagte er streng.
Lucheni kehrte zu seinem Stuhl zurück.
»Sehen Sie das Heft genau an!« befahl Léchet. »Ist es im selben Zustand, in dem es beschlagnahmt wurde? Nichts verändert? Nichts hinzugefügt?«
Lucheni verstand den Sinn der Frage nicht. »Das ist mein Heft«, versicherte er.
»Gut.« Léchet nahm es ihm aus der Hand. »Dann erklären Sie uns, was Sie in Lyon gemacht haben?«
»In Lyon?« fragte Lucheni.
»In Ihrem Heft steht, daß Sie am 25. April in Lyon waren. Am 5., 9. und 26. Juni in Genf ... am 21. Juni in Montreux ... am 22. und 23. Juli in Zürich ... am 2. und 29. in Bern ... am 4. August in Thonon ...«
»Ich war niemals in Thonon!« unterbrach Lucheni.

* Für Umberto I.

»Hier steht es aber groß und breit! Von Ihnen selbst geschrieben!« Léchet schlug die Seite auf und hielt sie dem Attentäter vor die Nase. Lucheni schüttelte den Kopf. »Ich habe es geschrieben. Das ist richtig. Aber die habe ich mir nur ausgedacht, diese Reisen. In meiner Fantasie. In Wahrheit bin ich die ganze Zeit in Lausanne gewesen.«
»Und die Fahrt nach Vevey mit Ihrem Freund Posio? Was ist mit der?«
»Das war ein Ausflug.«
»Genauso ein Ausflug wie am 20. Juni nach Neuchâtel – und am 21. nach Montreux?«
»Nein, nein! Ich war immer in Lausanne!«
»Reden Sie keinen Unsinn. Sie haben Ihre Reisen selbst schriftlich festgehalten. Hier in diesem Heft!«
»Ich weiß!« Luchenis Stimme klang jetzt exaltiert. »Aber ich habe sie mir nur ausgedacht! Ich hätte ebensogut San Franzisko ... Schanghai ... oder den Nordpol hinschreiben können.«
»Sie haben aber Zürich, Neuchâtel und so weiter hingeschrieben! Alles Orte, die Sie spielend leicht erreichen konnten!«
»Ich war nicht dort. Es tat mir leid, daß ich die ganze Zeit in Lausanne sein mußte, und da habe ich mir ausgemalt, wo ich gern hinfahren möchte. Und wann. Das schrieb ich hin.«
Léchet sah Lucheni nachdenklich an. »Sie wären gern am 25. April in Lyon gewesen! Warum?«
»Das weiß ich nicht«, sagte Lucheni vorsichtig.
»Denken Sie gefälligst nach! Warum wollten Sie ausgerechnet am 25. April in Lyon sein? Was war da los? Ein geheimes Anarchistentreffen?«
»Das weiß ich nicht«, wiederholte Lucheni.
»Was hatten Sie am 22. und 23. Juli in Zürich zu tun? Erklären Sie uns das!»
»Ich kann es nicht erklären. Ich war nicht in Zürich. Ich war die ganze Zeit in Lausanne.«
»Sie selber haben eben gesagt, Sie wären gern in den Städten gewesen, die in Ihrem Buch genauestens mit Datum vermerkt sind. Dafür müssen Sie doch einen Grund gehabt haben!«
»Nein! Ich hatte keinen Grund«, sagte Lucheni störrisch. »Gar keinen! Das Datum war ebenso dahinphantasiert wie die Städte. Das schwöre ich!«
»Na schön. Lassen wir das erst mal. Hier habe ich einen Zettel, der nach Ihrem Verschwinden in der Pension Matthey beschlagnahmt

wurde.« Lucheni reckte unruhig den Hals, um zu sehen, was für ein Zettel das sein könnte. »Sie haben darauf die Abfahrtszeiten der Dampfer und Züge nach Genf notiert.«
»Ich wollte nach Genf fahren«, sagte Lucheni. »Da mußte ich wissen, wann die Züge gehen. Oder die Dampfer. Ich hatte mich noch nicht entschieden, ob ich die Bahn oder das Schiff nehmen würde.«
»Dann erklären Sie mir, warum Sie auch die Abfahrtszeiten in entgegengesetzter Richtung notiert haben? Nach Montreux! Nach Territet!« sagte Léchet sehr scharf. »Das ist der Weg nach Caux!«
Lucheni zögerte. »Wenn man keine Arbeit hat und nicht weiß, wie man die Zeit totschlagen soll«, sagte er, »dann ist man froh, wenn man was tun kann. Irgendwas. Da habe ich mir das eben aufgeschrieben.«
»Das ist eine ganz dumme Ausrede.«
Lucheni schwieg.
»Warum Sie die Abfahrtszeiten nach Montreux notierten, ist gar nicht so schwer zu erraten. Weil Sie dorthin fahren wollten, wenn die Kaiserin nicht nach Genf gekommen wäre!«
Lucheni schüttelte energisch den Kopf. »Ich habe den Grund gesagt! Einen anderen gibt es nicht.«
»Ich glaube Ihnen kein einziges Wort mehr«, sagte Léchet kalt. »Sie können gehen.«
Lucheni verließ schnell den Raum. Im Vorzimmer wurde er von den Gendarmen in Empfang genommen und zurück ins Untersuchungsgefängnis gebracht.
Péter war erst in letzter Minute gebeten worden, dem Verhör beizuwohnen. Daher mußte Léchet ihn nachträglich ins Bild setzen: Die Lausanner Polizeistreife hatte Lucheni keineswegs zufällig aufgegriffen. Er war vielmehr von Jules Pinel, dem Ratgeber der Prostituierten aus der Rue Mercerie, als gefährlicher Anarchist denunziert worden. Pinel hatte beobachtet, wie er in einem Café anarchistisches Propagandamaterial zwischen die ausliegenden Zeitungen schmuggelte. Jedenfalls gab er das als Grund für seine Denunziation an. Lucheni wurde daraufhin ein paar Tage ohne Resultat polizeilich überwacht. Dann griff man ihn an der Place Montbenon auf und brachte ihn zur Wache. Dort wurde das Heft bei ihm gefunden und beschlagnahmt. Am nächsten Morgen hinterlegte er vorschriftsgemäß seine Papiere bei der Fremdenpolizei. Da ihm kein strafbarer Tatbestand nachzuweisen war, ließ man ihn laufen. Trotzdem wurde der Zwischenfall dem Bundesanwalt nach Bern gemeldet. Auch das Heft schickte man dorthin. Der Bundesanwalt hatte die Unterlagen auf Veranlassung des Lausan-

ner Untersuchungsrichters jetzt Léchet zugeleitet. Der Vorfall war seinerzeit nicht wichtig genommen worden. »Den Eintragungen konnte man vor dem Attentat ja keinerlei Bedeutung beimessen«, endete Léchet.

»Luchenis Aussage dazu klingt völlig unglaubwürdig«, sagte Péter.

»Ganz und gar«, stimmte Léchet bei. »Selbst wenn er tatsächlich ununterbrochen in Lausanne gewesen sein sollte, was wir nachprüfen werden, bin ich fest davon überzeugt, daß an den von ihm notierten Daten in den verschiedenen Städten anarchistische Treffen stattfanden, die mit dem Mord von Genf im Zusammenhang stehen.«

»Das dürfte nicht leicht zu beweisen sein«, sagte Péter.

»Wir werden schon dahinterkommen«, entgegnete Léchet mit einem Optimismus, der nicht seiner wahren Gemütsverfassung entsprach. »Falls Sie übrigens eine nette Lektüre zum Einschlafen brauchen, dann lesen Sie diese Lieder! Dolch, Dynamit, Mord und Revolution in miserablen Knittelversen. Sie machen bestimmt kein Auge zu!«

Léchet hatte das Mittagessen zu Hause eingenommen. Nach Tisch legte er sich zu Bett, konnte aber nicht schlafen. Er entschloß sich zu einem Spaziergang.

Als er die Pont des Bergues schon fast überquert hatte, kehrte er um und machte einen Abstecher auf die Rousseau-Insel.

Er liebte die stille kleine Insel, die zwischen den beiden Stadtteilen Genfs, nur von der Brücke zu erreichen, in der Mitte der Rhone lag. Wenn er unter den Bäumen auf der Bank saß und den Schwänen zusah, fühlte er sich in einer Oase der Ruhe.

Aber heute wollte sich das erhoffte Gefühl nicht recht einstellen. Der Grund dafür wurde ihm schnell klar: In der Ferne, auf dem Quai du Mont-Blanc, sah er eine Ecke des Hotels Beau-Rivage. Er stand auf, ging zur Brücke zurück und den Quai entlang zum Hotel.

Vor sechs Tagen hatte man die sterbende Kaiserin hier hereingetragen. Das Beau-Rivage war Mittelpunkt der größten Aufregung gewesen, umlagert von Polizei und Soldaten. Vorgestern noch stand ganz Genf Spalier, während man den Sarg aus dem Hotel brachte und auf den Leichenwagen hob. Heute schien es, als ob das alles nie geschehen wäre. Gäste kamen und gingen, vergnügte, gut gekleidete Touristen, ein Page riß ihnen die Türen auf.

In der Halle stand Planer, der Portier, in seinem schwarzen Bratenrock mit den gekreuzten goldenen Schlüsseln auf den Revers, und erklärte einer jungen Engländerin, einer Bewunderin Voltaires, wie sie zum

Schloß von Fernay gelangen konnte, wo der große Mann die letzten Jahre seines Lebens verbracht hatte.
Planers Blick fiel auf Léchet, er hielt ein, verbeugte sich und sagte: »Guten Tag, Herr Untersuchungsrichter, was kann ich für Sie tun?«
Léchet wußte nicht recht, was Planer für ihn tun konnte, erklärte dann aber, daß er Monsieur Mayer, den Besitzer des Hotels, sprechen wollte.
»Sofort, Herr Untersuchungsrichter. Wenn Sie bitte derweil im Salon Platz nehmen möchten? Ich werde gleich Bescheid sagen.«
Léchet ging in den Salon, gefolgt von den neugierigen Blicken der Engländerin.
Der Salon war vollgepfropft mit Sofas, Sesseln und kleinen Intarsientischen. An den Fenstern hingen rote Samtvorhänge, reich drapiert über zarten Mullgardinen.
Eine elegante alte Dame schlummerte in einem der Sessel, die Füße auf einer Fußbank. Neben ihr saß eine diskret gekleidete jüngere Frau, anscheinend ihre Gesellschafterin, ein aufgeschlagenes Buch im Schoß. Léchet vermutete, daß sie die alte Dame in den Schlaf gelesen hatte. Am Fenster studierte ein Herr mit Monokel und Großfürstenmanieren eine russische Tageszeitung. Léchet nahm Platz.
Wenig später erschien Monsieur Mayer. Er war liebenswürdig und beflissen, vermied es aber, Léchet mit seinem Titel anzureden, um den Gästen jede Erinnerung an die Tragödie zu ersparen. Vorsichtig sah er sich im Raum um, dann bat er den Untersuchungsrichter im Flüsterton in sein Büro.

Léchet setzte sich, steckte eine Zigarre in Brand und forderte Monsieur Mayer auf, ihm etwas zu erklären: Weshalb hatte das Beau-Rivage, obwohl um strengste Wahrung des Inkognitos der Kaiserin gebeten, den Zeitungen Mitteilung von ihrer Ankunft gemacht?
»Das ist durchaus üblich«, erklärte Monsieur Mayer zu Léchets Überraschung. »Wir sind nicht um ein Jota von den etablierten Usancen abgewichen. Die meisten unserer gekrönten Gäste, wenn ich mich so ausdrücken darf, reisen inkognito.«
»Und Sie teilen ihre Anwesenheit trotzdem den Zeitungen mit?«
»Natürlich.«
»Dann sagen Sie mir bitte, was das Inkognito soll!«
»Es ist für die hohen Herrschaften mehr oder weniger eine Sache der eigenen Bequemlichkeit. Nichts weiter. Wenn der König von Rumänien, zum Beispiel, nicht inkognito reisen würde, müßte er nach dem

Protokoll jedesmal eine Unmenge von Besuchen empfangen und erwidern. Das Inkognito macht das Leben für die gekrönten Häupter leichter. Allen ist damit geholfen. Und darauf kommt es an.«
»Sie glaubten also, daß auch die Kaiserin Elisabeth ihr Inkognito nicht sehr ernst genommen hat?«
»Das liegt etwas anders. Ihre Majestät war eine zurückhaltende, fast scheue Dame. Bei aller Liebenswürdigkeit. Und sie war sehr liebenswürdig. Sie wollte von Fremden wirklich nicht erkannt werden. Trotzdem hätte ich ihr Gesicht sehen mögen, wenn einer unserer Bedienten sie mit ›Frau Gräfin‹ tituliert hätte!« Und nicht ohne Bosheit fügte er hinzu: »Aber ich gestehe, die letzten Finessen des Inkognitos sind auch für mich schwer zu ergründen. Speziell die Habsburger treiben es etwas weit damit. Um Ihnen ein Beispiel zu geben: Nach Ansicht von Wien wurde in Genf gar nicht die Kaiserin von Österreich ermordet, sondern die Gräfin Hohenembs! Das geht sogar über meine Begriffe.«
Mayer schien schon lange auf eine Gelegenheit gewartet zu haben, seinen Ärger an den Mann zu bringen. »Da Ihre Majestät als Gräfin Hohenembs reiste, hatten wir selbstverständlich nicht die schwarzgelbe österreichische Flagge auf dem Hotel gehißt, wie es sonst comme il faut gewesen wäre.« Er bemerkte Léchets Lächeln und fügte hinzu: »In dieser Hinsicht haben wir das Inkognito also strengstens beachtet.« Dann fuhr er fort: »Als nun die Tragödie passiert war und die Aufmerksamkeit der ganzen Welt sich auf unser Hotel konzentrierte, kamen viele Anfragen und Beschwerden aus der Bevölkerung. Man warf uns vor, daß wir nicht die österreichische Flagge mit Trauerflor zeigten, wie es zum Beispiel das Hotel des Bergues tat. Mir war das sehr unangenehm. Ich wandte mich an General von Berzeviczy mit der Bitte, jetzt wenigstens die Flagge hissen zu dürfen. Wissen Sie, was der mir geantwortet hat?«
»Nein.«
»Er sagte wörtlich: Die Leiche, die im Hotel Beau-Rivage aufgebahrt ist, kann nur als die Leiche der Gräfin Hohenembs angesehen werden. Erst wenn der Körper der Verblichenen österreichischen Boden erreicht, also die Grenze passiert, wird sie die Kaiserin von Österreich. Und erst dann stehen ihr die offiziellen Ehrenerweisungen zu. Kann man das fassen?«
Léchet schüttelte amüsiert den Kopf.
»Das ist doch verrückt!« sagte Monsieur Mayer, noch immer empört. »Das Hotel des Bergues darf die österreichische Flagge hissen, und wir, wo die Kaiserin doch bei uns gewohnt hat, bei uns gestorben ist

und bei uns aufgebahrt lag, wir dürfen es nicht! Da soll ich Ihnen Sinn und Unsinn des Inkognitos auseinandersetzen!«
Léchet drückte sein Verständnis für Mayers Ärger aus und fragte dann, welchen Zeitungen er die Ankunft der Kaiserin gemeldet hätte.
»Das sind immer dieselben. Drei in Genf und zwei in Paris.«
»Welche in Genf?
»Das JOURNAL DE GENÈVE, der GENEVOIS und die TRIBUNE DE GENÈVE. In Paris schreiben wir an den FIGARO und an den dort erscheinenden NEW YORK HERALD.«
»Habe ich richtig verstanden, daß Sie die Benachrichtigung schriftlich rausgehen ließen?«
Mayer bejahte. »Sowie Ihre Majestät eingetroffen war. Also am 9. September um 6 Uhr abends, sie kam um diese Zeit aus Pregny von der Baronin Rothschild, gingen die Briefe raus. Alle gleichlautend.«
Léchet bedankte sich und verließ das Hotel.

An die Polizei der Stadt Genf!
Hierdurch teile ich mit, daß der Mörder Luigi Lucheni einen Komplicen hat. Er heißt Giovanni Silva, ist ebenfalls Italiener und ebenfalls in Frankreich geboren. Am Tag des Verbrechens lag Silva in Gesellschaft von anderen Italienern auf dem Rasen im Jardin Anglais und erzählte jedem, der es hören wollte, die schrecklichsten Einzelheiten über den Mord. Die konnte er nur wissen, wenn er ein Komplice war! Keiner von uns anderen hatte zu jener Zeit von dem Attentat überhaupt schon etwas gehört. Außerdem hat Silva Luchenis Untat gelobt und sich gerühmt, daß er den Mörder kennt und öfter mit ihm spazierengegangen ist.

Ein pflichtbewußter Bürger.

Diesen Brief und ein Schreiben des Berner Bundesanwalts fand Léchet auf dem Schreibtisch vor, als er in sein Arbeitszimmer zurückkehrte.
Giovanni Silva war am 12. September morgens entlassen worden, nachdem der Arbeitgeber seine Aussagen bestätigt und ihm ein gutes Leumundszeugnis ausgestellt hatte. Léchet ordnete an, ihn sofort wieder festzunehmen. Der Bundesanwalt teilte mir mit, daß er keinen Anarchisten namens Régis in seiner Kartei hätte. Alle kantonalen Justiz- und Polizeidepartements seien aber von ihm gebeten worden, ihrerseits entsprechende Nachforschungen anzustellen und gegebenenfalls direkt nach Genf zu berichten.

SAMSTAG
17. September 1898

In der Nummer 12 des in Neuchâtel in italienischer Sprache erscheinenden Anarchistenblattes L'AGITATORE vom 17. September 1898 hieß es:

... Wir, die wir eine Gesellschaft Freier und Gleichberechtigter ermöglichen wollen, stehen nicht an, uns zur Verteidigung Luchenis aufzuwerfen, der, beseelt von den uns gemeinsamen Idealen, sich aufmachte, um mit seiner Tat jemand zu treffen, der in seinen Augen in der bürgerlichen Gesellschaft das Prinzip der Autorität und des Vorrechts verkörperte, jener Autorität, jenes Vorrechts, welches immer der Erlösung der Menschheit hinderlich sein wird. War es vom Guten? War es vom Bösen? Das ist eine Sache, die uns nicht berührt. Warum er eine Frau erdolchte? Warum er nicht eine Persönlichkeit wählte, die direkter für die gegenwärtigen Ungerechtigkeiten verantwortlich war? Wir können nicht in die Würdigung dieser Frage eintreten. Wir können die Umstände nicht ergründen, welche unseren Kameraden Lucheni veranlaßten, eher auf diese als auf eine andere Weise zu handeln. Er glaubte gut daran zu tun, ohne Unterschied der Person den Hieb zu führen, um damit einen energischen Protest *auszudrücken gegen die Schändlichkeiten, gegen die wir uns erheben. Er fragte niemand von uns um Rat, verlangte von keinem von uns Hilfe. Er übernahm die Verantwortung für seine Handlung, und uns bleibt nichts übrig, als die Energie und den Gleichmut zu konstatieren, mit denen er für seine Tat, die er als notwendig erachtete, seine Freiheit, vielleicht sein junges Leben zum Opfer brachte.*
Er hat eine Frau gemordet! Nun ja. Es ist nicht das Individuum, welches zählt. Der Anarchist, welcher zur Tat *schreitet, handelt nicht, um einer persönlichen Rache zu genügen, um sich einer verhaßten Person zu entledigen. Wenn er zur Tat geht, geschieht es, weil er ein Feind der Autorität ist und einen Akt des* Protests *gegen das Machtprinzip begehen will. Im Namen der Gesamtrache aller Leidenden zückt er den Dolch gegen irgendeine Person, welche der Klasse der Aussauger, der Genießenden, der Herrschenden und Unterdrücker angehört ...*

Am Morgen erhielt Léchet einen Brief aus Wien, der an ihn persönlich gerichtet war. Er lautete:

Herrn Léchet
Untersuchungsrichter
Genf
In den Wiener Zeitungen lese ich, wie human dieses Scheusal, der Mörder unserer guten Kaiserin, Lucheni, von den dortigen Gerichtsbehörden behandelt wird, und wie besonders Sie es sich zur Aufgabe machen, diesem Viech in Menschengestalt den Aufenthalt in der Untersuchungshaft zu einem möglichst angenehmen zu machen. Die Krone setzte es auf, daß Sie, mein Herr, der Bestie sogar erlauben, Zigarren rauchen zu dürfen! Hier in Wien herrscht nur eine Stimme der Entrüstung über Ihr Vorgehen! Anstatt dem Lucheni auf seine besonders freche Forderung, Zigarren rauchen und spazierengehen zu dürfen, 25 Hiebe aufzählen zu lassen, geben Sie dem Tier die Erlaubnis. Man sieht daraus, was für eine grenzenlose Schlamperei in Ihrem Ländchen herrscht. Denn so etwas wäre in der ganzen Welt nicht möglich! Der Schweiz sollte endlich mal von den anderen Mächten der Humanitätsschwindel ausgetrieben werden, denn für derartiges Gelichter wie Lucheni darf es keine Zufluchtsstätte in der Welt geben. Empörend ist es, daß sich noch Beamte wie Sie finden, die im vorliegenden Fall den Humanitätsdusel nach Kräften unterstützen und auf diese Weise den Gefühlen der ganzen österreichischen Bevölkerung sowie der zivilisierten Welt überhaupt ins Gesicht schlagen!
Der hündische Mörder sollte gepeinigt werden, Tag und Nacht, und dann zu Tode gerädert werden. Das verdient das Subjekt.
Hoffentlich bessern Sie sich, mein Herr, und behandeln ihn nun nicht mehr als einen Gentleman. Lassen Sie den Kerl jeden Tag durchprügeln, dann wollen wir Ihnen jeden Tag dankbar sein.

*A. von S.**

Léchet legte den Brief beiseite. Als gewissenhafter Mensch und Beamter verabscheute er das Verbrechen, hatte für Lucheni keine Sympathie, verurteilte politischen Mord genau wie jeden anderen, aber sein ganzes Wesen sträubte sich gegen das perverse Rachebedürfnis, das aus dem Brief sprach.

Giovanni Silva war erneut verhaftet worden. Als Léchet gerade Auftrag gab, ihn vorzuführen, erschien ein Beamter des Untersuchungsge-

* AGG

fängnisses mit einem Brief, der morgens für Lucheni eingetroffen war. Er kam aus Frankreich.
Léchet las:

Armer Lucheni,
wenn ich Dich gekannt hätte, hätte ich Dir 500 Francs gegeben, alles, was ich besitze. Aber nicht, um die Königin von Österreich, sondern um mich zu töten. Es ist wahr, ich gehöre nicht zu der Klasse jener Glücklichen, die Du mit so viel Mut verfolgst. Im Gegenteil. Ich bin eine arme Frau, die fast nie das Glück gekannt hat, und ich bin immer ein Opfer der Reichen gewesen.
Armer Lucheni, trage Dein Schicksal tapfer und tröste Dich mit dem Gedanken, daß der Anarchismus wie das Christentum ist. Je mehr man uns verfolgt, desto mehr von uns wird es geben.
Aber man sollte keine Frauen umbringen! Sie sind niemals gefährlich und immer voll Mitleid für die Unglücklichen.
Eine Französin,
*die lange an Dich denken wird.**

Léchet gestand sich, daß ihm die französische Anarchistin fast sympathischer war als der österreichische Adelige. In seinen Überlegungen wurde er durch den Gendarmen gestört, der Silva hereinführte.
Während Léchet Giovanni Silva mit dem Inhalt der gegen ihn vorliegenden Anzeige bekannt machte, ohne jedoch seine Quelle zu nennen, trat Péter ein und hörte der Vernehmung zu.
Silva gab sich genauso rechtschaffen wie nach der ersten Verhaftung. Es war richtig, er hatte sich am Nachmittag des 10. September frei genommen. Es stimmte auch, daß er im Jardin Anglais war, aber über das Attentat hatte er kein Wort gesagt! Er konnte gar nichts darüber sagen, da er um diese Zeit noch nichts wußte. Erst bei seiner Festnahme am Abend hörte er davon. Zum ersten Mal! Das hatte er seinerzeit zu Protokoll gegeben, und das war die reine Wahrheit! Erneut versicherte Silva, Lucheni bei der Seydoux nicht begegnet zu sein. Mit Anarchismus und Anarchisten hätte er nichts zu tun und wollte er nichts zu tun haben.
Als Léchet weiter in ihn drang, klagte er: »Mein Glück ist mein Unglück! Seit sechs Monaten habe ich ständig Arbeit. Auf demselben Bau. Alle Welt beneidet mich. Meine lieben Landsleute ganz beson-

* AGG

ders! Dabei könnten sie es genauso gut haben wie ich, wenn sie nur wollten. Aber sie sind faul, unstet und neidisch. Neidisch besonders. Sie wollen mir eine Falle stellen!« Er wurde aggressiv: »Der Mann, der mich denunziert hat, soll mir seine Behauptungen hier von Angesicht zu Angesicht wiederholen! Ich verlange, ihm gegenübergestellt zu werden! Das ist mein Recht!« Dann fiel ihm noch etwas ein: »Wer sind die Leute, denen ich angeblich von dem Mord erzählt habe? Auch mit denen will ich konfrontiert werden!« Als Léchet ausweichend antwortete, sagte Silva: »Jetzt weiß ich es. Die Denunziation ist anonym! Irgendein Feigling denkt, er kann mich mit seinen Lügen hinter Schloß und Riegel bringen. Ich bin neugierig, ob es in der freien Schweiz erlaubt ist, mich auf eine anonyme Denunziation hin einzusperren. Ohne Gegenüberstellung! Ohne Zeugen! Das wäre ja eine schöne Rechtsprechung, wenn das so einfach ginge!« Silva gab sich jetzt selbstbewußt und sicher.
»Sie sagten eben, Sie kennen Lucheni nicht«, nahm Péter das Wort. »Und Sie wollen auch nichts mit Anarchismus und Anarchisten zu tun haben!«
Silva nickte.
»Ich komme gerade von Madame Seydoux. Wir haben dort eine Haussuchung veranstaltet und uns Ihre Sachen etwas genauer angesehen.«
Silva schien nicht weiter beunruhigt.
»Dabei sind wir in Ihrer Matratze auf einen Fund gestoßen, der mir interessant scheint.« Er wandte sich an Léchet. »Darf ich Ihnen das mal zeigen!« Er zog aus seiner Jackettasche einen Notizblock. Auf der dritten Seite befand sich eine genaue Zeichnung der Feile, mit der Lucheni die Kaiserin erstochen hatte. Länge und Breite waren bis auf den Millimeter exakt danebengeschrieben. »Die Seydoux hat mir bestätigt, daß der Block Silva gehört. Außerdem steht sein Name auf dem Deckblatt«, ergänzte Péter seinen Bericht.
Silvas Selbstgefälligkeit war verschwunden. Nervös sagte er: »Das ist mein Block. Ich leugne es gar nicht. Die Zeichnung habe ich auch gemacht. Das gebe ich zu. Aber das beweist nichts! Gar nichts! Es hat mich interessiert, wie so eine Feile aussieht, mit der man einen Menschen umbringen kann. Wie lang sie sein muß, um bis ins Herz zu treffen.«
»Wieso hat Sie das interessiert?« fragte Léchet.
Silva merkte, daß er das Falsche gesagt hatte. »Interessiert ist nicht der richtige Ausdruck. Ich habe darüber nachgedacht. Das ist alles.«

»Und woher kannten Sie die Maße so genau?«
Er zögerte einen Augenblick. »Aus der Zeitung«, sagte er dann. »Da war die Feile abgebildet. Mit allen Angaben. Ich habe sie nur abgezeichnet. Aus Interesse.« Wieder hatte er das falsche Wort benutzt. »Nein, aus Langeweile«, verbesserte er sich schnell.
»In welcher Zeitung war das?«
»Das weiß ich nicht mehr. Ich kann mich auf den Namen nicht besinnen. Eine Genfer Zeitung, glaube ich.«
Léchet riet Silva, in der Zelle darüber nachzudenken, ob es nicht besser wäre, die volle Wahrheit über seine Beziehung zu Lucheni zu sagen. Schließlich wüßte die Untersuchungsbehörde, daß er und die Attentäter zwei Nächte unter demselben Dach verbracht hätten. Und um diese Zeit war Lucheni schon im Besitz des Mordwerkzeuges.

»Wenn Sie nicht rechtzeitig mit der Zeichnung gekommen wären, hätte ich den Kerl wahrscheinlich zum zweitenmal laufenlassen«, sagte Léchet, nachdem sich die Tür hinter Silva geschlossen hatte. »Dabei war mir seine betonte Biederkeit nie ganz geheuer.«
Péter berichtete, daß bei dem heutigen Besuch in der Rue d'Enfer die Auskünfte der Madame Seydoux über Silva bedeutend anders geklungen hätten als vor ein paar Tagen. Sie schilderte ihn nicht mehr als den braven, bescheidenen Arbeiter, sondern als einen hinterhältigen Charakter, der nach oben liebedienert, nach unten tritt und sich mit einem gesunden Haß auf alle schadlos hielte, vor denen er buckeln muß. Sie behauptete zwar, noch immer nicht zu wissen, daß er Anarchist sei, aber sie lehnte die Möglichkeit nicht mehr mit der gleichen Bestimmtheit ab wie früher.
»Ich könnte mir vorstellen, daß wir am Anfang einer entscheidenden Entwicklung stehen«, sagte Léchet. Hier sind endlich alle Vorbedingungen für eine Komplicenschaft gegeben. Lucheni und Silva wohnten im selben Haus. Sie hatten Gelegenheit, sich unbeobachtet abzusprechen. Silva ist über sechs Monate in Genf und mit den hiesigen Verhältnissen bestens vertraut. Dabei glaube ich keinen Moment, Silva sei der einzige Komplice! Bestimmt gehört der junge Mann, für den Lucheni bei der Seydoux bezahlt hat, auch dazu. Und viele andere, die wir vielleicht schon kennen oder noch nicht kennen.«
»Wenn man an die miserablen Verhältnisse denkt, in denen all diese Leute leben – und an die finanziellen Vorteile, die sich jeder von ihnen beschaffen könnte, der zur Polizei geht, kann ich schwerlich an eine große Zahl von Mitwissern glauben.«

»Sie machen denselben Denkfehler, den ich bisher gemacht habe. Hier spielen ganz andere Dinge eine Rolle. Dinge, die wir bisher unbeachtet ließen.«

Péter sah Léchet neugierig an.

»Heute kam ein Brief für Lucheni von einer französischen Anarchistin«, fuhr Léchet fort. »Ein rührender Brief übrigens. Die Frau schreibt: Anarchismus ist wie das Christentum! Je mehr wir verfolgt werden, um so mehr Anarchisten wird es geben.«

»Ein sehr abwegiger Vergleich«, bemerkte Péter unbeeindruckt.

»Zugegeben. Aber gerade durch diesen abwegigen Vergleich ist mir etwas klargeworden. Wir sind gewohnt, mit Verbrechern umzugehen. Das ist unser Handikap. Deshalb machen wir hier so viele Denkfehler.«

Erstaunt fragte Péter: »Ist Lucheni Ihrer Meinung nach kein Verbrecher?«

»Ich halte ihn für einen Mörder, einen Fanatiker, einen Verführten. Vielleicht sogar für einen Verführer. Also für ein durch und durch gefährliches Subjekt, versteht sich. Aber nicht für einen Kriminellen. Die Gedankengänge des Verbrechers kennen wir einigermaßen. Wenn wir aber versuchen, diese Kenntnis auf Lucheni anzuwenden, rennen wir in eine Sackgasse. Wir wissen zu wenig von der geistigen Verfassung des Anarchisten und von seiner Welt. Er denkt und handelt anders, als wir es erwarten, als wir es gewohnt sind.«

»Es scheint mir nicht einfach, aus Ihren Ansichten praktische Konsequenzen zu ziehen«, meinte Péter skeptisch.

»Eine der Konsequenzen, die wir daraus ziehen sollten, wäre, nicht zu erwarten, daß irgendwelche Mitwisser Luchenis Komplicen verraten, um eine Belohnung zu ergattern!« sagte Léchet ein wenig schulmeisterhaft und griff nach der vor ihm liegenden Akte. Er wechselte das Thema. »Sagen Sie doch bitte Fouchard, er, oder wer sonst gerade Zeit hat, möchte mir die Nummern der Zeitungen besorgen, in denen die Ankunft der Kaiserin gemeldet wurde. Er soll genau feststellen, um wieviel Uhr die betreffenden Ausgaben die Verkaufsstände erreichten. Es handelt sich um das JOURNAL DE GENÈVE, die TRIBUNE DE GENÈVE und den GENEVOIS.«

Ferdinand Kirsch, der 51jährige Verwalter von Schloß Pregny, sah so würdig aus, als sei er selber ein Rothschild. Er überbrachte Léchet das Bedauern der Baronin, nicht persönlich vor dem Herrn Untersuchungsrichter erscheinen zu können, aber der Tod der Kaiserin hätte

sie so erschüttert, daß sie zu ihrem Gatten nach Paris gereist sei. Im übrigen bestätigte Kirsch die Aussage der Gräfin Sztáray, soweit sie das Arrangement des Besuchs in Pregny betraf.
»Die Baronin erfuhr also am Dienstagabend, daß die Kaiserin nach Pregny kommen würde?« fragte Léchet.
»Richtig.«
»Vermutlich wurde das ganze Personal über das bevorstehende Ereignis informiert?«
»Im Gegenteil. Da Ihre Majestät inkognito reiste, teilte man ihre Identität nur dem allerengsten Kreis mit.«
»Wer ist der allerengste Kreis?«
»Der Chef de Cuisine, der Kellermeister, der Butler, zwei Kammerdiener, der Obergärtner und meine Wenigkeit. Das ist alles.«
»So sehr eng ist dieser Kreis nicht!«
»Es handelte sich um jene Personen, die in direkten Kontakt mit Ihrer Majestät kommen würden. Alle sind von mir angewiesen worden, Stillschweigen zu bewahren.«
»Na schön.«
»Ich darf mich rühmen, das volle Vertrauen der Familie Rothschild zu genießen«, erklärte Kirsch weiter. »Ich bin für die Auswahl des Personals persönlich verantwortlich, und ich kann Ihnen versichern, daß ich diese Stellung nicht über fünfundzwanzig Jahre behalten hätte, wenn ich nicht stets mit größter Vorsicht und Genauigkeit dabei vorgegangen wäre. Für die Integrität und Verschwiegenheit jedes Angestellten lege ich die Hand ins Feuer.«
»Sind Italiener darunter?«
»Nein. Aber in dem Zusammenhang möchte ich auf einen kleinen Vorfall aufmerksam machen, der sich am Donnerstag abspielte.« Kirsch berichtete: Am Donnerstag, dem Tag vor der Ankunft der Kaiserin, kam ein junger Italiener an das Parktor, welches vom Personal des Schlosses benutzt wird. Der Italiener bat um Anstellung als Gärtner. Der Pförtner sagte ihm, darüber müsse er mit dem Obergärtner sprechen, der im Moment nicht anwesend wäre. Er solle vor dem Tor warten. Das empfand der Mann anscheinend als Beleidigung. Er wurde ausfallend und verlangte Geld. Als der Pförtner ihm nichts gab, sagte er drohend: »Ihr da drin habt so viel Geld! Euch wird man's noch abnehmen!« Schließlich verschwand der Italiener und kehrte nicht mehr zurück.
»Kommt es öfter vor, daß Menschen um Arbeit oder Geld bitten?«
»Sehr oft«, sagte Kirsch. »Aber die Leute sind stets höflich. Noch nie

war jemand so rabiat wie dieser Mann. Deshalb wurde mir der Vorfall auch gemeldet!«
Léchet ordnete an, daß der Pförtner sich am Montag morgen bei Péter im Justizpalast melden sollte. Péter würde ihn mit den in Haft befindlichen Italienern konfrontieren.

Generalstaatsanwalt Navazza und Untersuchungsrichter Léchet gingen den Grand Quai entlang zum Hotel Métropole, wohin Polizeirat Jerzabek sie zum Mittagessen gebeten hatte, um sich für die Einladung des Generalstaatsanwalts zu revanchieren.
Léchet folgte dieser Aufforderung ungern, und nur die Gewißheit, daß der Polizeirat noch am selben Nachmittag nach Wien zurückkehren mußte, erleichterte ihm die Aussicht auf die bevorstehende lange Stunde mit Jerzabek.
Im Speisesaal war ein Tisch reserviert, der einen schönen Blick über den Jardin Anglais auf den See bot. Jerzabek hatte ein ausgezeichnetes Menü zusammengestellt und einen guten Wein gewählt. Er zeigte sich als liebenswürdiger Gastgeber mit perfekten Manieren. Léchet fand ihn um vieles erträglicher als bei ihrem ersten Zusammentreffen.
»Zunächst möchte ich Ihnen eine Depesche vorlesen, die ich vor einer Stunde aus Wien erhalten habe«, sagte Jerzabek, zog ein Telegrammformular aus der Tasche, setzte das Pincenez auf und las mit seiner etwas näselnden Stimme vor:

»Polizeirat Jerzabek, Hotel Métropole,
Genf
Alois Lucheni, 23. April 1973 geboren, Parma zuständig, Handlanger, katholisch, ledig, wurde Juli 1894 von Triest nach Parma abgeschoben, am 23. Juli italienischen Grenzbehörden übergeben. Dieser hatte mittlere Statur, kräftigen Körperbau, ovales Gesicht, breite Nase, dunkelbraune Augen, schwarzes Haar, war 15. Juli arbeitssuchend Triest gekommen. In Wien liegen auf Lucheni keine Meldungen.

*Polizeipräsident.«**

»Ihre Behörden haben bewundernswert schnell und zuverlässig gearbeitet«, sagte Navazza und sprach damit aus, was Jerzabek zu hören wünschte.

* AGG

»Leider kann man das von den Italienern nicht behaupten«, steuerte Léchet bei. »Von dort haben wir noch kein Wort gehört!«
Jerzabek zuckte die Achseln mit einer Geste, die deutlich besagte: Was kann man von denen schon erwarten!
Léchet fragte, ob er sich den Inhalt notieren dürfte, worauf Jerzabek ihm großzügig das Telegramm überließ, da in Wien ja eine Abschrift läge.
Léchet überflog noch einmal die Depesche. »Die Daten stimmen ungefähr mit Luchenis Aussage überein. In der Personenbeschreibung gibt es zwar geringfügige Abweichungen – die Farbe der Haare und Augen –, trotzdem bin ich überzeugt, daß Lucheni der Mann ist, der damals aus Österreich-Ungarn ausgewiesen wurde.«
Als sie die Suppe hinter sich hatten und beim Fischgang waren, fragte Jerzabek: »Bitte schön, fassen Sie's nicht als Neugier auf, aber da ich doch heut nachmittag nach Wien fahre, wüßte ich gern, ob's irgendeine neue Entwicklung gibt?«
Léchet berichtete über Silvas Verhaftung und die bei seinen Sachen entdeckte Skizze der Feile. Er äußerte seine Überzeugung, mit Silva einen Komplicen des Attentäters gefaßt zu haben.
Jerzabek war Léchet mit Interesse gefolgt. Er gratulierte und sagte: »Ich will nicht noch einmal das leidige Thema auftischen, aber vor ein paar Tagen habe ich in einer hiesigen Zeitung eine Zeichnung des Mordinstruments gesehen mit Angabe aller Maße, bis auf den Millimeter genau.« Er blickte Navazza und Léchet vorwurfsvoll an. »Ich bitte Sie, meine Herren, was hat die Länge der Feile mit der Aufklärung eines eventuellen Komplotts zu tun! Diese Art Journalismus sollte man wirklich nicht unterstützen. Es ist doch nur eine Anleitung für den nächsten Mord.«
»Ich habe die Zeitung zwar nicht gesehen, aber in diesem Fall bin ich geneigt, Ihnen recht zu geben«, sagte Navazza.
Jerzabeks Worte hatten Léchet getroffen. Silvas Behauptung, die Feile in einem Genfer Blatt abgebildet gesehen zu haben, war also keine Lüge! Sollte er trotz aller Verdachtsmomente unschuldig sein? Léchet beglückwünschte sich insgeheim, Silvas Aussage über die Entstehungsgeschichte der Zeichnung verschwiegen zu haben. Jerzabek hätte ihn für einen naiven Narren gehalten.
Navazza informierte den Polizeirat über eine Nachricht vom Bundesanwalt aus Bern, die besagte, es gäbe keinerlei Anhaltspunkte, daß Lucheni an irgendwelchen Anarchistentreffen in Zürich teilgenommen hätte. Besonders nicht an einer bestimmten Versammlung Ende Juli,

der eine bekannte Pariser Tageszeitung so große Bedeutung beizumessen schien.
Die Berner Nachricht, die am Vormittag eingegangen war, hatte Léchet keineswegs überzeugt, denn in Luchenis ominösem Liederbuch stand nun einmal, von der Hand des Attentäters eingetragen: Zürich, 22. und 23. Juli.
Als die Herren beim Mokka saßen, fragte Jerzabek, ob er den Genfer Kollegen in irgendeiner Hinsicht in Wien behilflich sein dürfte. Man könnte völlig über ihn verfügen.
»Ich hätte in der Tat eine Bitte«, sagte Léchet, »die mir um so mehr am Herzen liegt, als ich jetzt weiß, mit welcher Schnelligkeit und Präzision Wien antwortet.«
»Sie brauchen nur zu befehlen!« Jerzabek war von vollendeter Liebenswürdigkeit.
»Lucheni gibt vor, sich zwei Wochen in Budapest aufgehalten zu haben, macht aber über den Zeitpunkt nur vage Angaben. Da wir jetzt durch Ihre Hilfe genau wissen, daß er am 23. Juli 94 aus Österreich-Ungarn ausgewiesen wurde, müßte es Ende Juni, Anfang Juli gewesen sein. Könnten Sie eruieren, ob die Kaiserin in dieser Zeit die ungarische Hauptstadt besucht hat?«
»Mit dem größten Vergnügen.«
»Die Auskunft ist für uns sehr wichtig«, schaltete Navazza sich ein. »Wenn Lucheni die Kaiserin nämlich nicht in Budapest gesehen haben kann, wäre das ein bedeutendes Argument gegen die Theorie vom Alleintäter. Dann müßte man annehmen, daß ihm die Monarchin von einem Dritten gezeigt wurde. Höchstwahrscheinlich kurz vor dem Attentat. Wie hätte er sie sonst erkennen können! Bitte, erinnern Sie sich, daß Lucheni nach Zeugenberichten und nach eigener Auslassung sich bückte und unter den Sonnenschirm der Kaiserin sah, um festzustellen, ob er tatsächlich seinem Opfer gegenüberstand.«
»Vielleicht erkannte er sie nach einem Bild«, gab Jerzabek zu bedenken.
»Das ist kaum vorstellbar«, warf Léchet ein. »Die Gräfin Sztáray hat ausgesagt, daß die Kaiserin sich seit dreißig Jahren nicht mehr fotografieren ließ. Und malen doch sicherlich auch nicht!«
»Interessant«, sagte Jerzabek, »das ist mir bisher überhaupt nicht aufgefallen, aber es gibt tatsächlich kein späteres Bild Ihrer Majestät.« Dann wurde er sachlich. »Ich bin am Montag morgen in meiner Kanzlei und werde mich sofort mit den betreffenden Stellen der Hofburg in Verbindung setzen. Sicherheitshalber werde ich auch gleich in Budapest anfragen lassen, ob dort irgend etwas über Lucheni aktenkundig ist.«

Für die Vertreter aller österreichischen und vieler ausländischen Zeitungen war Samstag, der 17. September, ein aufregender, anstrengender, geschäftiger und besonders langer Tag.
Die NEUE FREIE PRESSE hatte über ganz Wien eine Kette von Journalisten postiert – auf den Straßen, den Bahnhöfen, an der Hofburg, auf dem Neuen Markt, in der Kapuzinerkirche und bei der Sanität –, so daß in ihrer letzten Abendausgabe schon eine lückenlose Beschreibung der Ereignisse erscheinen konnte.

An dem heutigen Tag, eine Woche nachdem das fluchwürdige Attentat geschah, öffnet sich die Pforte der Kapuzinerkirche zum Empfang der toten Kaiserin. Ganz Wien und mit ihm das Reich rüsten sich zur Leichenfeier –

begann die Reportage. Aus der Stadt kam der erste Bericht:

Wien ist heute zeitig erwacht. Wer frühmorgens um 5 Uhr einen Blick auf die Straße warf, konnte dort schon lebhafte Bewegung wahrnehmen, und von 6 Uhr morgens an zogen bereits aus allen Bezirken Kolonnen einem gemeinsamen Ziel zu: der Hofburg ... Das Gros der zur Burg Strömenden besteht aus Frauen. Mit staunenswerter Zähigkeit und Energie fassen sie in der Menge Posto, sie wanken und weichen nicht, und die Schrecken des Gedränges, die von den Männern weit mehr gemieden werden, scheinen für sie nicht zu existieren ...

Der am Westbahnhof stationierte Reporter schrieb:

Mit einem Hof-Separatzug der Westbahn traf heute zu früher Morgenstunde, um 5 Uhr 35, der Prinzregent Luitpold von Bayern aus München hier ein und fuhr nach der Hofburg ...

Eine knappe Stunde später kam seine zweite Meldung:

König Carol von Rumänien ist heute früh um 6 Uhr 45 mit dem Kurierzug der Westbahn aus Ragaz hier eingetroffen ...

Eine halbe Stunde danach hörte die Redaktion vom Franz-Josephs-Bahnhof:

In offizieller Weise wurde heute früh der Vertreter des Zaren, Großfürst Alexius von Rußland, der aus Karlsbad hier eintraf, auf dem Franz-Josephs-Bahnhof empfangen . . . Um 7 Uhr 29 fuhr der Zug in die Halle. Großfürst Alexius, in der Uniform eines österreichisch-ungarischen Infanterie-Regiments mit dem Bande des Großkreuzes des Stephans-Ordens, entstieg dem Salonwagen.

Jedesmal schilderten die Reporter aufs genaueste, wer zum Empfang der Fürstlichkeiten am Bahnhof bereitstand. Alle Erzherzöge des Stammhauses waren im Einsatz. Die Hüter des Protokolls hatten ein Meisterwerk des Takts vollbracht in der Abstimmung zwischen der Wichtigkeit des zu erwartenden Monarchen und dem Rang des Empfangskomitees. Großfürst Alexius schoß unter den morgendlichen Gästen den Vogel ab, er wurde vom Erzherzog Franz Ferdinand, dem Thronfolger, empfangen, der bei dieser Gelegenheit die Uniform des 26. russischen Dragoner-Regiments trug, mit dem Großkreuz des Andreas-Ordens.
Mit der Überschrift »Die Kondolenz der Souveräne« kam ein Bericht aus der Hofburg:

Die Spezialgesandten (vom unabkömmlichen Monarchen eigens ernannt) versammelten sich um 9 Uhr in den Wohnappartements des Kaisers in der Hofburg, und als der Kaiser eintrat, stellte der Minister des kaiserlichen Hauses und des Äußeren, Graf Goluchowski, die einzelnen Vertreter der fremden Höfe vor. Der Monarch nahm schmerzlich bewegt den Ausdruck des Beileids entgegen. Eine Stunde später versammelten sich die gestern und heute hier eingetroffenen Souveräne . . . Auch die Souveräne drückten dem Monarchen ihr innigstes Beileid aus.

Der nächste Bericht kam wieder aus der Stadt:

Um 11 Uhr hatte der Andrang zur Burg schon überaus große Dimensionen angenommen, und namentlich an der Albrechtsrampe, die von Tausenden besetzt ist, herrscht lebensgefährliches Gedränge. Ab und zu ertönen angsterfüllte Schreie aus der Menge . . . Viele haben sich mit Mundvorrat versehen, was den Neid jener hervorruft, die nicht so praktisch waren, ein gleiches zu tun.

Kurz darauf traf der erste Bericht von der Sanität ein:

Auf dem Josephsplatz hat die Freiwillige Rettungsgesellschaft eine fliegende Ambulanz errichtet. Nachmittags wird sie drei Ambulanzen errichten, welche von den Inspektionsärzten Dr. Müller, Dr. Havranek und Dr. Husserl geleitet sind.

Mittags trat der am Nordbahnhof stationierte Reporter in Aktion, denn um 1 Uhr wurde dort, mit einem Separat-Hofzug, der ranghöchste Trauergast, Kaiser Wilhelm II., aus Deutschland erwartet.

Unser Monarch war zur Begrüßung seines kaiserlichen Freundes an den Bahnhof gefahren. Der Kaiser (Franz Joseph) trug die Uniform seines preußischen Garderegiments . . . Der Kaiser konversierte im Hof-Wartesalon mit dem Fürsten Hohenlohe (deutscher Reichskanzler) und dem Grafen Eulenburg (deutscher Botschafter in Wien). Als der Zug um drei Viertel 1 Uhr herannahte, begab sich Kaiser Franz Joseph auf den Perron und erwartete in strammer militärischer Haltung den Train. Der deutsche Kaiser stand am Fenster des Salonwagens. Er trug die österreichische Generalsuniform. Sofort als der Zug hielt, sprang Kaiser Wilhelm vom Wagen. Es fand eine überaus herzliche Begrüßung zwischen den beiden Monarchen statt, die sich in tiefer Rührung umarmten.

Auf dem Neuen Markt, an dem die Kapuzinerkirche liegt, war es den Journalisten besonders schwer gefallen, sich einen Beobachtungsposten zu sichern. Die Redaktion der NEUEN FREIEN PRESSE hatte vorsorglich für ihren Reporter ein Zimmer im Hotel Krantz gemietet, von dessen Fenster aus er einen hervorragenden Überblick genoß. Er schrieb:

Der Neue Markt war vor 2 Uhr durch die Sicherheitswache abgesperrt worden, und nur die Trottoirs vor den Hotels »Krantz« und »Meissl und Schaden« waren vom Publikum besetzt . . . Die Fenster und Balkons aller Häuser des Platzes waren voller Menschen, und selbst hinter den Dachbalustraden sah man zahlreiche Zuschauer. Nach 2 Uhr marschierten mehrere Bataillone Infanterie auf und bildeten . . . vor der Kirche ein großes Karree, in welchem sich die Generale und Offiziere aller Waffengattungen versammelten. Die Generale erschienen in großer Gala, und man sah etwa 20 Generale der Kavallerie in ihren prunkvollen roten und weißen ungarischen Uniformen. Hier fanden sich auch zahlreiche Mitglieder der ungarischen

Deputation ein, alle in schwarzer Galatracht. Von ihnen stachen die Husaren und Haiducken der ungarischen Magnaten und Kirchenfürsten in ihren reichverschnürten blauen, roten und gelben Uniformen ab ... Die Ritter des Malteser-Ordens trugen über ihren roten Waffenröcken die lang herabwallenden schwarzen Samtmäntel mit dem weißen Kreuz. Die deutschen Ordensritter erschienen in der weißen Ordenstracht mit dem schwarzen Kreuz auf der Brust. Viele pensionierte Offiziere trugen noch den alten, längst verschwundenen weißen Waffenrock und die auch schon immer seltener werdende violette Husaren-Uniform. Durch das Spalier, welches die Offiziere, Generale und Ordensritter bildeten, zogen Franziskaner, barhäuptig in ihren braunen Kutten mit dem weißen Strick gegürtet, und die Dominikaner, welche die Kapuzen ihrer schwarzen Mäntel über den Kopf und tief ins Gesicht gezogen hatten, mit vorangetragenen Kreuzen zur Kapuzinerkirche.

Inzwischen war der Burgplatz vollkommen für das Publikum gesperrt worden, und um halb 4 Uhr begannen die hohen Gäste über den äußeren und inneren Burgplatz zur Kapuzinerkirche zu fahren. Der an der Hofburg postierte Journalist meldete:

5 Minuten nach drei Viertel 4 Uhr öffnete sich plötzlich das große Zufahrtstor, und heraus fuhr die kaiserliche Trauer-Equipage mit dem Kaiser Franz Joseph und Kaiser Wilhelm II. ... *Kaiser Franz Joseph, in der österreichischen Marschallsuniform, saß ... schweigsam zur Linken seines kaiserlichen Gastes. Kaiser Wilhelm trug jetzt die preußische Generalsuniform.*

Um 4 Uhr übernahm der Journalist, der in der Kapuzinerkirche einen Platz gefunden hatte, die Reportage:

Unheimliches Schweigen lagert über dem ernsten Raum ... Wenige Minuten nach 4 Uhr tritt Graf Hunyady aus der Tür zur Rechten des Hochaltars. Das ist das Zeichen, daß die Trauergäste in die Kirche einziehen. Gleich darauf wird die schlanke Gestalt des deutschen Kaisers sichtbar. Neben ihm erscheint Kaiser Franz Joseph. Ihm folgen die Souveräne der Länder, die herbeigeeilt waren, dem erlauchten Bundesgenossen in seiner schwersten Stunde ihre Sympathien zu bezeugen. Tief verschleiert erscheinen die Kronprinzessin-Witwe Stephanie und die Töchter der hohen Toten, Prinzessin Gisela und

Erzherzogin Valerie. Aufrecht schreitet der Monarch an der Seite Kaiser Wilhelms zu dem Betschemel, der an der linken Seite des Hochaltars unmittelbar vor dem Katafalk für ihn reserviert ist. Dort nimmt der Monarch in strammer Haltung Aufstellung. In geringer Entfernung ist eine schwarz verhüllte Bank aufgestellt. Dort nehmen, in der Reihenfolge, Kaiser Wilhelm, Prinzregent Luitpold von Bayern, König Albert von Sachsen, König Carol von Rumänien, König Alexander von Serbien, Großfürst Alexius von Rußland, der Kronprinz von Italien und Erbprinz Danilo von Montenegro Platz. Hinter dem Kaiser knien Kronprinzessin-Witwe Stephanie, Prinzessin Gisela und Erzherzogin Valerie ... Man hört draußen kurze Kommandorufe, dann dumpfe Trommelwirbel. In der weitgeöffneten Kirchentür erscheint der Zeremonialdirektor, hinter ihm 8 Edelknaben mit brennenden Lichtern. Schwer hallt der Tritt der Garden, die den Sarg zum Altar tragen. Der Pontifikant spricht den Trauersegen, die Geistlichen um ihn erwidern die heilige Rede. Die Sänger stimmen das »Libera« an. Der Obersthofmeister naht mit tiefer Verbeugung dem Kaiser. Er kündet ihm an, daß der letzte, schwerste Augenblick gekommen ist. Die Träger heben den Sarg, ihm folgt der Monarch mit den Schwiegersöhnen und den nächsten männlichen Verwandten. Eine lange, bange Pause folgt, während welcher der Sarg in der Gruft beigesetzt wird. Endlich tritt aus dem Gang, der zur Gruft führt, der Monarch hervor. Er nähert sich dem deutschen Kaiser, bleibt ... mit einer Verbeugung vor ihm stehen und lädt ihn mit einer Handbewegung zum Gehen ein. Wie sie gekommen sind, verlassen die beiden Monarchen, nebeneinander schreitend, die Kirche. Vor der Ausgangspforte tritt der Monarch zurück und läßt dem deutschen Kaiser den Vortritt. Hinter ihm geht er aus dem Gotteshaus.

Bald nachdem die Feier in der Kapuzinerkirche vorbei war, liefen auf der Redaktion aus allen Teilen der Stadt Berichte ein, die sich mehr mit der menschlichen als mit der prunkvollen Seite des Tages befaßten.

Vom Lobkowitzplatz hieß es:

In dem Gedränge wurden zwei Frauen ohnmächtig. Die eine, eine ältere, schwarzgekleidete Dame, die von ihrem Begleiter, anscheinend ihrem Sohn, mit großer Mühe hinweggetragen wurde, wäh-

rend die zweite, die 28jährige Modistin Aloisia Müller, unter einem Haustor gelabt und wieder zur Besinnung gebracht wurde. Einer alten Frau wurde ein Teil des Kleides buchstäblich vom Leib gerissen.

Aus der Maysedergasse wurde berichtet:

Hier brach eine bei dem Geschäft des Herrn Haberditzl aufgestellte Fiakerbank zusammen, und die drei darauf stehenden Personen, zwei Männer und eine Frau, stürzten herab, glücklicherweise ohne sich zu verletzen.

Aus der Führichgasse hieß es:

Vielen Damen wurde unwohl. Einer Frau wurden die Füße durch Huftritte verletzt, indem ein berittener Sicherheitswachmann dort gar zu energisch einschritt. Eine alte Frau erschien mit einer Wasserkanne und einem Glas. Hunderte der stundenlang Hurrenden verlangten nach einem Trunk, und die Alte erzielte augenscheinlich eine große Einnahme.

Aus der Innenstadt wurde gemeldet:

Wagen auf Wagen rollte durch die Seitengasse der Kärntner Straße herunter. Dazwischen drängten sich die Massen, welche, müde durch das lange Warten, sich ein Plätzchen in den Kaffeehäusern zu erobern suchten. Im Augenblick waren sämtliche Kaffeehäuser auf der Ringstraße und der Kursalon im Stadtpark dicht besetzt. Eine stürmische Menge kämpfte hier um einen erfrischenden Trunk.

Als letztes kam das Resümee der Sanität. Es lautete:

Nicht weniger als 92 Fälle, zumeist schwere Ohnmachten von Frauenspersonen und darunter 23 Fälle, die mit Transporten auf die Zentralstation, ins Spital und in die Wohnungen der Patienten verbunden waren, kamen im Laufe weniger Stunden in den auf offener Straße etablierten Ambulanzen zur Behandlung und wurden blitzschnell zu Ende geführt. Außer den erwähnten schweren Ohnmachten gab es noch Fälle von Sonnenstich, Epilepsie, Nasenbluten etc. Von eigens zur Leichenfeier nach Wien gekommenen Personen wurden behandelt: Käthe Czech aus Hetzendorf, Rosalie Schlüssel aus

Groß-Jedlersdorf, Lazar Kohen aus Dopkowitz bei Bodenbach, Franz Maschin aus Graz, Marie Eß aus Kagran, Therese Schupper aus Rothneusiedel und Helene Bartik aus Klosterneuburg.

SONNTAG
18. September 1898

Léchet hatte sich vorgenommen, den Sonntag zu Hause zu bleiben und auf keinen Fall an Lucheni zu denken.
Nach dem Frühstück wußte er schon nicht mehr, was er mit sich anfangen sollte. Er nahm ein Buch zur Hand und legte es wieder fort. Er ging ins Schlafzimmer, zog seine Stiefel an, sagte an der Küchentür Bescheid, daß er spätestens zum Mittagessen zurück sein werde, und verließ das Haus.
Er gab sich keine Rechenschaft darüber, wieso er plötzlich vor dem Justizpalast stand. Da er nun einmal hier war, überlegte er, könnte er schnell in die Amtsräume hinaufgehen und nach Post sehen.
Auf seinem Schreibtisch lagen drei Briefe, einer an ihn persönlich adressiert, zwei an Lucheni.
Der an ihn gerichtete Brief kam von der Stadtpolizei Fribourg. Ihm war eine Postkarte beigefügt. Diese Karte, so schrieb man, lagerte seit dem 26. Juli auf dem dortigen Postamt. Jetzt wäre vom Bundesanwalt aus Bern eine Anfrage nach einem gewissen Régis eingelaufen, der an den Mörder Lucheni 10 Francs überwiesen hätte. Dadurch sei man auf die Karte aufmerksam geworden und übersende sie hiermit dem Herrn Untersuchungsrichter von Genf.
Léchet betrachtete die Karte.

Die Adresse lautete:

An Monsieur Giuseppe Régis
Poste restante
Fribourg

Die Marke war in Vevey am 26. Juli, um 12 Uhr mittags, abgestempelt. Der Eingangsstempel von Fribourg zeigte dasselbe Datum, 5 Uhr nachmittags.

Léchet drehte die Karte um und las:

Hiermit lasse ich Dir Nachricht von uns zukommen. Wir sind bei guter Gesundheit und hoffen dasselbe von Dir. Ich möchte Dir mitteilen, daß wir heute nach Genf abreisen. Deine Sachen geben wir

Brocco. Keiner von uns hat Geld, da es unmöglich ist, hier Arbeit zu finden.

Deine Freunde
Luigi und Secondo

*PS. Wenn wir angekommen sind, schreiben wir Dir.**

Der Régis in Paris hieß nicht Giuseppe. Die Karte war also sicherlich an einen anderen Régis gerichtet, dachte Léchet. Und sie kam natürlich auch von einem anderen Luigi; nicht von Lucheni.
Aber trotzdem! Was für ein wahnwitziger Zufall, daß ein anderer Luigi einem anderen Régis schreibt! Um es noch mysteriöser zu machen, teilt er mit, er würde am 26. Juli nach Genf fahren – und Luigi Lucheni trägt in sein Liederbuch ein, daß er am 26. Juli in Genf war! Der andere Luigi schreibt dem anderen Régis, er hätte kein Geld – und der echte Régis schickt dem echten Luigi 10 Francs!
Léchet beschloß, auf alle Fälle in Paris nachzufragen, ob dort irgend etwas von einer Reise des Monsieur F. Régis nach Fribourg oder überhaupt in die Schweiz bekannt sei. Dann griff er nach dem nächsten Brief. Er war an Signor Luigi Lucheni, Rue Mercerie Nr. 17, Lausanne gerichtet und nach Genf weitergeleitet worden. Die deutsche Briefmarke trug einen Stempel aus Stettin vom 16. September. Ein Lausanner Stempel stammte von diesem Sonntag, morgens 5 Uhr. Der Absender lautete:

ZAHLER XXVII YII VVIVI.

Zahler? Womöglich das Straßenmädchen Lina Zahler aus der Rue Mercerie? Und der Brief kam aus Stettin?! Léchet öffnete ihn. Auf einem Zettel stand in Druckschrift:

Klub Anarchio di Italia
Imperator Wilhelmi von Deutschland heute oder morgen abend eine Leiche. Sprengt den Palast in die Luft. Der Kaiser von Deutschland muß noch in dieser Woche sein Leben enden sonst ist eine Chance verloren.
Mit Gruß – vive le Anarchos!

Werner Zahler
Korstemann

* AGG

Wieder einer dieser blödsinnigen Zufälle! Ein Mann im fernen Stettin hieß Zahler!
Zwischen die Zeilen war mit gewöhnlicher, schwer lesbarer Schrift ein weiterer Text gekritzelt. Léchet entzifferte:

*Am 23. wird endlich das Haupt des deutschen Schurken Wilhelm II. fallen. Dann folgt Franz Joseph. Denn es ist nicht gut, daß der Mensch allein sei. Seine Gehilfin ist tot! Allein ist die Welt für ihn zu schön. Wir glauben an den Anarchismus und an Dynamit, Dolch und Revolver. Was macht Lina?**

»Was macht Lina?« konnte bedeuten, daß jemand aus der Rue Mercerie jetzt in Stettin war. Es gab also vermutlich gar keinen Werner Zahler. Man wollte nur mysteriös klingen.
Daher auch die seltsamen römischen Ziffern hinter dem Absender. Irgendein Unbekannter erlaubte sich einen schlechten Spaß. Jemand, der wußte, daß dieser Brief nicht in Luchenis Hände kommen würde, sondern in die der Polizei. Schließlich fiel Léchet die einzig mögliche Erklärung ein: Der oder die Absender bezogen ihr Wissen aus der Zeitung! Das Milieu in der Rue Mercerie hatte viel Anklang bei den Journalisten gefunden, und der Name Lina Zahler war in ihren Berichten ziemlich oft gefallen.
Der letzte Brief war an Signor Luigi Lucheni, Gefängnis St. Antoine, Genf, adressiert und kam aus Lausanne. Der Name des Absenders fehlte, aber seine Adresse war vermerkt: Rue Mercerie 5, das Haus, in dem die Zahler und andere Damen des gleichen Gewerbes lebten. Léchet riß das Kuvert auf und fand eine längere Epistel, die das Datum vom Vortag, dem 17. September, trug.

Mein lieber Kleiner,
ich schreibe Dir im Namen unserer ganzen Clique, um Dir zu Deinem Mut und Deiner Kühnheit zu gratulieren und mich für Deine letzten Zärtlichkeiten zu bedanken, für die amüsanten und phantastischen Stunden, die wir zwei miteinander verbracht haben. Jetzt gibt es hier keine Neapolitaner mehr! Das ist sehr schade! Du mußt Dich im Knast nicht schlecht langweilen. Aber der Gedanke, daß Dein Name für immer berühmt sein wird . . . sollte Dich mit großem Gleichmut in die Zukunft sehen lassen.

* AGG

Du weißt sicher, daß Giacomo verschwunden ist. Er hat es richtig gemacht, denn die Bullen hätten ihn bestimmt geschnappt. Als er von Deiner herrlichen Tat hörte, sagte er: Jetzt ist es Zeit, abzuhauen! Er hat uns geschworen, daß er noch dreimal berühmter sein wird als Du, bevor das Jahr um ist. Dann hat er uns noch andere Sachen erzählt, die Du nur zum Teil kennst. Aber ich wage nicht, Dir darüber zu schreiben, aus Angst, daß dieser Brief von den Schnüfflern bei der Genfer Polizei gelesen werden könnte.
Céline läßt Dich ganz besonders grüßen. Sie war begeistert, als sie von Deiner Tat hörte. Hélène reist nächste Woche nach Bern. Hier hat sie nicht mehr genug Arbeit. VR, Dein Freund aus Ferrara, der mit dem Hintern immer ein bißchen viel trompetete, ist wieder nach Paris gefahren. Ich glaube nicht, daß er am »großen Tag« geschnappt wurde. Dafür ist er viel zu gerissen.
Wie Du aus diesen Zeilen ersiehst, hat sich das Haus Nr. 5 seit der letzten Woche sehr verändert. Aber wir haben wieder mehr Kunden, denn die Schulen haben angefangen, und da gibt es immer ein paar Karotten zu lutschen. Auch die Studenten sind aus den Ferien zurück. Ich habe mir einen fabelhaften Hut gekauft. Jetzt drehen sich die Leute noch mehr nach mir um als vorher.
Ich kenne Dein Herz. Zeige diesen Brief keiner Menschenseele. Wenn man ihn Dir wegnehmen sollte, tu, als ob Du nichts verstehst und keine Ahnung hast, wer ihn geschrieben hat, denn Giacomo könnte hops gehen, wenn man weiß, daß er verduftet ist.
Die beiden letzten Nächte habe ich mit einem phantastischen Engländer geschlafen, der mir 75 Francs ins Portemonnaie gesteckt hat. Davon habe ich 20 Francs Hélène gegeben, denn ihre Moneten reichen nicht, um nach Bern zu fahren. Renzo habe ich 100 Sous gegeben. Du weißt schon, warum. Der Engländer hat mir versprochen, daß er in einem Monat wiederkommt. Dann werden wir im Hotel Winkelried zusammen schlafen. Der Mann ist eine einmalige Gelegenheit, die ich kräftig ausnützen werde. Er zieht sich wie ein Bauer an, damit man ihn nicht erkennt, und spricht ein fabelhaftes Französisch für einen Engländer.
In zwei Wochen schicke ich Dir Geld!
Die Nummer 17 ist überhaupt nichts mehr, seit Du, mein Kleiner, und Giacomo fort seid. Giacomo hat sich hier noch was Schönes geleistet. Er hat einen falschen Namen angegeben. Das zieht immer. Wenn der »große Tag« kommt, an dem Umberto, Felix und Wilhelm unter den Händen der Verteidiger der noblen Sache krepieren, wird

es noch mehr Idioten bei der Polizei geben als jetzt! Darauf wette ich! Du mußt Dich ja totlachen über die Dämlichkeit dieser unausgekrochenen Küken, die die Unschuldigen in Mengen verhaften ... und sie zu melken versuchen, während unsere Freunde, die, das muß man zugeben, um vieles ausgekochter sind als die Bullen, ihren Fangarmen spielend entkommen.
Mein lieber Kleiner, ich kenne Dein Herz, Deinen Stolz und Deinen Mut. Kein Wort über meinen Namen. Ich unterzeichne nicht. Du wirst mich sofort an meiner Handschrift erkennen.
Du sollst hoch leben, Berühmtheit des Jahres 1898! Nieder mit den gekrönten Häuptern!

Der Brief trug keine Unterschrift, aber seitlich waren noch ein paar Worte an den Rand geschrieben:

*Es lebe Giacomo! Es lebe VR! Ihre Namen werden bald so berühmt sein wie Deiner! Aber kein Wort! Kein einziges Wort, meine edle Seele, mein geliebtes Herz!**

Léchet war erregt und wütend. Er zweifelte keine Sekunde, daß auch dieses Schreiben, eine glatte Eulenspiegelei und ein Verwirrungsmanöver, in Wahrheit nicht für Lucheni, sondern für ihn bestimmt sei. Der oder die Absender wußten, wie hilflos die Ermittlungsbehörde dem Fall im Grunde gegenüberstand, und hatten sich bei der Abfassung des Briefes bestimmt glänzend amüsiert. Léchet fragte sich: Wer kann ihn geschrieben haben? Eine Prostituierte aus der Rue Mercerie? Unmöglich! Diese Mädchen konnten kaum lesen und schreiben, und ihr Freund Jules Pinel wäre viel zu vorsichtig, um so etwas zu Papier zu bringen, obwohl er ein Denunziant war – oder gerade deswegen. Der Brief zeugte von einer gewissen Intelligenz und keineswegs von echter Huren-Mentalität. Die pornographischen Sätze bewiesen zwar eine gute Kenntnis des Milieus, aber sie kamen Léchet aufgesetzt vor, an den Haaren herbeigezogen, taktisch bedingt, damit der Leser annehmen sollte, der Absender wäre eines der Straßenmädchen.
Gab es eine Hélène, deren Gewerbe nicht florierte? Gab es einen Giacomo, der plötzlich verschwinden mußte? Wer war VR aus Ferrara? Wer Renzo, dem aus Gründen, die Lucheni bekannt sein soll-

* AGG

ten, 100 Sous gegeben wurden? Alle diese Fragen konnte Léchet nicht beantworten. Von Lucheni würde er keine Auskunft bekommen – und vom Untersuchungsrichter Bonnard in Lausanne wahrscheinlich auch nicht.
Léchet stellte fest, daß er nicht einmal genau wußte, wer die zukünftigen Opfer sein sollten. Umberto war sicherlich König Umberto von Italien, Wilhelm natürlich der deutsche Kaiser. Aber Felix? Léchet bemühte seine ganze Kenntnis der europäischen Dynastien. Er fand keinen gekrönten »Felix«. Oder war Felix Faure, der französische Präsident gemeint? Ja, so mußte es sein. Felix Faure sollte das gleiche Schicksal erleiden wie die Kaiserin Elisabeth und wie Carnot, einer seiner Vorgänger.
Der Absender rechnete darauf, daß die Behörden den Brief zurückhalten und lesen würden. Hatte er vielleicht die Andeutungen über Hélène, Céline, VR und Renzo nur eingestreut, um Léchets Neugier zu erwecken, damit er, in der Hoffnung, von ihm Einzelheiten zu erfahren, Lucheni den Brief zeigte? Wenn Léchet die Sache so ansah, glaubte er, Sinn und Methode in ihr entdecken zu können. Dem Attentäter wurde geschmeichelt. Ihm wurde gesagt, wie tapfer, mutig, kühn und berühmt er wäre. Darin lag ein Zweck! Wenn man von der Annahme ausging, daß der Autor des Briefes zu den Drahtziehern hinter dem Mordanschlag gehörte, dann versuchte er mit diesen Zeilen, Lucheni bei der Stange zu halten. Ihn bei der Eitelkeit zu packen. Bei seinem vielgerühmten Stolz. »Kein Wort«, hieß es. »Kein einziges Wort!« Diese Warnung, dieser Appell war unüberhörbar. Damit wurde der Verhaftete nochmals zum Stillschweigen ermahnt.
Léchet beschloß, den Brief, vorerst jedenfalls, Lucheni nicht zu zeigen, sondern sich an Bonnard zu wenden. Er schrieb auf der Stelle eigenhändig nach Lausanne.

Die Woche vom
19. bis 25. September 1898

Als die offiziellen Beisetzungsfeiern beendet waren, kehrte Kronprinzessin-Witwe Stephanie nach Schloß Laxenburg zurück. Wien war ihr verhaßt. Selbst der traurige Anlaß ihres letzten Aufenthalts milderte ihren Widerwillen nicht.
In der ländlichen Stille schlief sie die erste Nacht länger als gewöhnlich, ließ sich das Frühstück im Bett servieren und verlangte die Morgenzeitung. Sie griff nach der NEUEN FREIEN PRESSE und fand auf der Titelseite, groß aufgemacht, ein Dankmanifest des Kaisers. Obwohl schon am Freitag unterzeichnet, erschien es erst in den Montag-Blättern. Stephanie las:

An meine Völker!

Die schwerste und grausamste Prüfung hat Mich und Mein Haus heimgesucht.
Meine Frau, die Zierde Meines Thrones, die treue Gefährtin, die Mir in den schwersten Stunden Meines Lebens Trost und Stütze war, an der Ich mehr verloren habe, als Ich auszusprechen vermag, ist nicht mehr.
Ein entsetzliches Verhängnis hat sie Mir und Meinen Völkern entrissen.
Eine Mörderhand, das Werkzeug des wahnsinnigen Fanatismus, der die Vernichtung der bestehenden gesellschaftlichen Ordnung sich zum Ziel gesetzt, hat sich gegen die edelste der Frauen erhoben und in blindem, ziellosem Haß das Herz getroffen, das keinen Haß gekannt und nur für das Gute geschlagen hat . . .
Indem Ich Mich der göttlichen Fügung, die so Schweres und Unfaßbares über Mich verhängt, in Demut beuge, muß Ich der Vorsehung Dank sagen für das hohe Gut, das Mir verblieben: für die Liebe und Treue der Millionen, die in der Stunde des Leidens Mich und die Meinen umgibt . . .
Aus den Tiefen Meines bekümmerten Herzens danke Ich allen für dies neue Pfand hingebungsvoller Teilnahme . . . Die Gemeinsamkeit unseres Schmerzes schlingt ein neues, inniges Band um Thron und Vaterland. Aus der unwandelbaren Liebe Meiner Völker schöpfe Ich nicht nur das verstärkte Gefühl der Pflicht, auszuharren

in der Mir gewordenen Sendung, sondern auch die Hoffnung des Gelingens.

Schönbrunn, am 16. September 1898
*Franz Joseph m. p.**

Der Heuchler, dachte Stephanie. Der entsetzliche Heuchler! Die Zierde seines Thrones, die treue Gefährtin, hat er von morgens bis abends mit dieser Schauspielerin betrogen, und jetzt will er die Trauer des Landes ausnutzen, um die Völker bei der Stange zu halten. Er spielt auf das Mitleid der kleinen Leute an, um das Auseinanderbrechen seines Vielvölkerstaates nicht mehr erleben zu müssen. Das wird ihm wenig helfen! So schnell kann der Alte gar nicht sterben, wie Österreich-Ungarn zerfallen wird. Einer hätte das Land vielleicht zusammenhalten können. Das war Rudolf! Aber der ist tot!
Auch diesem Toten hatte Stephanie nie eine Träne nachgeweint. Sie konnte nur immer wieder den Tag verfluchen, an dem Franz Joseph die Idee gekommen war, seinen einzigen Sohn, den Thronfolger Erzherzog Rudolf, mit ihr, Stephanie, Tochter des belgischen Königs Leopold II., zu vermählen.

Auf dem Rückweg von England, wo sie wilde Parforcejagden geritten war, machte Kaiserin Elisabeth seinerzeit in Brüssel Station, um die zukünftige Schwiegertochter zu besichtigen. Die damals 15jährige Stephanie fürchtete sich entsetzlich vor ihr und benahm sich entsprechend ungeschickt. Aber auch wenn sie gewandter und hübscher gewesen wäre, hätte sie keine Gnade vor Elisabeths Augen gefunden. Schwiegertöchter sind ein sichtbarer Beweis für das nahende Alter, und dieser Gedanke war der Kaiserin unerträglich.
Eine überirdisch schöne Erscheinung an Eleganz und Schlankheit, entstieg Elisabeth in Brüssel dem Zug, umarmte und küßte ihren Sohn mit besitzergreifender Zärtlichkeit, begrüßte dann das belgische Königspaar und ganz zum Schluß, fast beiläufig, Stephanie. Ihre schmalen Finger lagen kühl und ohne Druck einen Moment in Stephanies kräftiger Hand, dann beugte sie sich graziös zu dem Kind hinunter, hauchte mit einer konventionell-freundlichen Geste einen Kuß in die Luft, nah von Stephanies Wange, und nahm von da an so gut wie keine Notiz mehr von ihr.
Stephanie kam sich plump und linkisch neben ihr vor. Aber sie war

* NFP vom 19. 9. 1898

eine Coburgerin und, wie ihre ganze Familie, ehrgeizig und mutig. Sie glaubte, die Kraft zu besitzen, ihren Platz an Rudolfs Seite behaupten zu können. Und sie sagte sich: Heute bin ich fünfzehn und Elisabeth zweiundvierzig. Wenn ich dreißig bin, ist sie siebenundfünfzig. Immer, immer wird sie 27 Jahre älter sein als ich. Und Franz Joseph kann nicht ewig leben. Eines Tages bin ich Kaiserin von Österreich und Elisabeth die Kaiserin-Witwe!

Vor ihrer Verlobung hatte Stephanie Rudolf nur flüchtig gesehen und keine zehn Worte mit ihm gewechselt. Sie akzeptierte seinen Antrag, weil es die Eltern von ihr erwarteten und weil sie wußte, daß sie früher oder später einmal auf solche Weise verheiratet werden würde. Der zukünftige Kaiser von Österreich war eine ausgezeichnete Partie. Aber Stephanie auch. Ihr Vater war persönlicher Besitzer des Kongo und unermeßlich reich. Was die Fünfzehnjährige nicht ahnen konnte, ihr aber später mit verletzender Schärfe zum Bewußtsein gebracht wurde, war, daß die Coburger als Emporkömmlinge unter den Dynastien galten. Als nouveau riche.

Obwohl Elisabeth nur kurze Zeit in Brüssel zu bleiben beabsichtigte, bestand sie darauf, ihre Schwägerin Charlotte, die Schwester des belgischen Königs und Witwe des Kaisers Maximilian von Mexiko, zu besuchen, die seit Jahren in geistiger Umnachtung auf einem Schloß unweit von Brüssel lebte. Was zwischen ihr und Charlotte vorging, ob die Kranke sie erkannte, worüber die beiden sprachen, von all dem erwähnte Elisabeth kein einziges Wort. Nach dem Besuch zeigte sie sich deprimiert und überstürzte ihre Abreise. Rudolf blieb einige Tage länger.

Sehr viel später erfuhr Stephanie, was die anderen vermutlich schon damals wußten: Rudolf hatte eine Wiener Schauspielerin auf seine Verlobungsreise nach Brüssel mitgenommen, die er in einem Hotel einquartierte und öfter dort aufsuchte. Außerdem unterhielt er zu jener Zeit ein Verhältnis mit Stephanies Schwester Louise. Die um sechs Jahre ältere lebte seit einigen Jahren in Wien, verheiratet mit ihrem Onkel, dem Prinzen Philipp von Coburg, einem intimen Freund Rudolfs.

Bevor sie Belgien verließ, hatte Elisabeth noch ein ernstes Gespräch mit dem Königspaar. Sie erfuhr, daß Stephanie körperlich sehr unentwickelt wäre und noch nicht menstruiere. Dies benutzte Elisabeth als Vorwand, um für eine Verschiebung der Hochzeit bis zu Stephanies geschlechtlicher Reife zu plädieren.

Obwohl Stephanie auch dann noch nicht »reif« war, fand die Heirat im Mai 1881 in Wien statt. Das junge Paar verbrachte die Flitterwochen in Schloß Laxenburg.

Die erste Nacht mit Rudolf versetzte Stephanie einen solchen Schock, daß sie ihr Leben lang nur mit Grauen und Übelkeit daran zurückdenken konnte. Sie wußte damals weder, was mit ihr geschah, noch, was von ihr erwartet wurde. Ein Mann, ihr zwar nicht unsympathisch, den sie aber kaum kannte, näherte sich ihr in einer Weise, die sie als unanständig und widerlich empfand. Dabei übte Stephanies ahnungslose Jungfräulichkeit auf Rudolf einen gewissen Reiz aus. Er spielte eine neue Rolle, den Vergewaltiger. Bisher war der Zweiundzwanzigjährige von den Damen des Hofes und der Halbwelt verführt worden, ohne daß er je der Verführer zu sein brauchte. Als Stephanie älter und wissender wurde, empörte sich ihr ganzes Wesen gegen diese Art der höfischen Kuppelei, die ein junges, unerfahrenes Mädchen wie eine unfreiwillige Prostituierte einem fremden Mann auslieferte. Solche Gedankengänge hätten sie und Elisabeth verbinden können, da die Kaiserin als junge Frau ähnliche Empfindungen gehegt hatte. Aber die beiden kamen sich niemals nahe genug, um über intime Dinge zu sprechen.
Als das italienische Königspaar Wien besuchte, ließ Elisabeth die Schwiegertochter zu sich rufen und bat sie, an ihrer Stelle einen Teil der Repräsentationspflichten zu übernehmen. Stephanie fühlte sich geehrt und geschmeichelt, bis gute Freundinnen ihr zuflüsterten, daß die Monarchin ihr nur Lasten zuschob, die sie selbst gern loswerden wollte. In der Karwoche durfte Stephanie zwölf Greisinnen aus dem Armenhaus die Füße waschen. In diesem Fall verstand sie auch ohne Nachhilfe, warum Elisabeth ihr diese Aufgabe überlassen hatte.
Mit 17 Jahren, fünf Monate nach der Heirat, wurde Stephanie zum erstenmal unwohl. So wie sie sich körperlich spät entwickelt hatte, war auch ihre geistige Entwicklung langsam gewesen. Was jetzt in ihrem Charakter erkennbar wurde, enttäuschte Rudolf. Es gab keinerlei echte Berührungspunkte zwischen ihnen.
Rudolf verabscheute das steife Hofzeremoniell. Ohne gerade Demokrat zu sein, ging sein Denken in eine liberale, freiheitlichere Richtung. Als Fünfzehnjähriger hatte er geschrieben:

*Das Königtum steht da, eine mächtige Ruine, die von heute auf morgen bleibt, doch endlich sinken wird. Jahrhunderte hat es gehalten, und solange das Volk sich blind leiten ließ, war es gut. Doch jetzt ist seine Aufgabe zu Ende, frei sind alle Menschen, und beim nächsten Sturm sinkt diese Ruine.**

* Oscar von Mitis, »Das Leben des Kronprinzen Rudolf«

Als er siebzehn war, schrieb er:

*Neue Ideen und Prinzipien sind aus dem Leichenhaufen der Guillotine hervorgegangen, und verjüngt, gekräftigt und veredelt treten Europas Völker, um eine Stufe höher gelangt, aus den Zeiten der Revolutionen und Freiheitskämpfe hervor.**

Sein jugendlicher Liberalismus war inzwischen schon etwas gedämpft, aber immer noch plante er für die Zukunft, als Kaiser, einschneidende Reformen. Vor allem hatte er einen gesunden Instinkt und eine ehrliche Liebe für das Volk. Darin war er der echte Sohn seiner Mutter, deren demokratische Tendenzen zwar nicht sonderlich fundiert waren, die aber nach Meinung der Hofkamarilla, unter dem Einfluß intellektueller, junger Lehrer, gefährlich viel vom »Geist der Neuen Zeit« aufgesogen hatte.
Stephanie begriff von diesen Neigungen gar nichts. Sie war sich von morgens bis abends der Würde einer Kronprinzessin bewußt und bereitete sich mit Fleiß und großer Ambition auf die noch größere Würde vor, auf die sie wartete, und die auf sie wartete. Sie lernte Kroatisch, sie lernte Ungarisch, sie lernte Tschechisch. Sie besuchte Kinderheime, Krankenhäuser und Wohltätigkeitsbasare. Sie wäre die Wonne der alten Erzherzogin Sophie gewesen, der Mutter Franz Josephs und Schwiegermutter Elisabeths, die solche Bemühungen hoch zu schätzen gewußt hatte. Aber zu Stephanies Unglück war nicht Sophie, sondern Elisabeth ihre Schwiegermutter. Und von ihr konnte sie dafür keine Anerkennung ernten.
Ein einziges Mal gab Stephanie Rudolfs Drängen nach, sich unerkannt, als »Bürgerliche« verkleidet, beim Heurigen unters Volk zu mischen. Das Resultat war niederschmetternd. Stephanie konnte beim besten Willen nicht verstehen, warum sie mit so ordinären Menschen zusammensitzen mußte, die nach schlechtem Fett und Knoblauch rochen. Sie trank keinen Schluck, da sie sich vor dem Glas ekelte. Sie beklagte sich über die jämmerliche Katzenmusik, die das kleine Schrammelorchester von sich gab. Sie hatte eben, wie Rudolf sagte, »kein Weaner Herz«. Sie verdarb ihm den Abend gründlich und nahm ihm damit jede Lust, sie jemals wieder an seinen nicht so aristokratischen Vergnügungen teilnehmen zu lassen. Im Anfang des Jahres 1883 erklärte der Arzt Stephanie für schwanger. Sofort schlug Rudolfs Stim-

* Oscar von Mitis, »Das Leben des Kronprinzen Rudolf«

mung, die schon bedenklich abgesunken war, um. Er wurde ein besorgter, liebevoller zukünftiger Vater. Er fuhr nach Wien, um dem Kaiser selber von dem freudigen Ereignis Mitteilung zu machen, und schrieb von dort an Stephanie:

Der Kaiser läßt Dich vielmals grüßen, er hat eine fürchterliche Freude; Mama habe ich nach Baden-Baden geschrieben.

Und er endete seinen Brief mit den Worten:

*Gebe sehr gut acht auf Dich und den Waclaw! Sei vorsichtig und denke an mich!**

»Waclaw« nannte er scherzhaft den erwarteten Thronfolger.
Am 3. September brachte Stephanie in Schloß Laxenburg, wo schon Elisabeths Kinder geboren worden waren, ein Mädchen zur Welt. Die Entbindung war sehr schwer, und die Ärzte äußerten die Befürchtung, daß die Kronprinzessin kein Kind mehr bekommen würde.
Stephanies Enttäuschung war noch größer als die des Kronprinzen, des Kaisers und des ganzen Volkes. Sie weinte tagelang und war durch nichts zu trösten.
Elisabeth fuhr pflichtgemäß nach Laxenburg hinaus, bewunderte das niedliche Baby und zeigte nicht viel Verständnis für Stephanie. Dabei war auch sie einst sehr unglücklich gewesen, als sie zwei Mädchen zur Welt brachte, bevor der vom Hof und vom ganzen Land erwartete Sohn kam. Damals klagte sie, eine Kaiserin sei nur ein Brutkasten für Thronfolger, eine Maschine, die Kronprinzen zu produzieren hätte. Nun, da Stephanie in dieser wichtigen Funktion versagt hatte und vielleicht für immer ein Versager bleiben würde, regte sich kein Mitleid in ihr.
Das kleine Mädchen wurde nach seiner Großmutter Elisabeth getauft. Es war ein gesundes, hübsches Kind.
Nach der Geburt der Tochter ging mit Rudolf eine Wandlung vor sich, die einzig von Stephanie in all ihren Phasen erkannt wurde und die sie zutiefst beunruhigte und verbitterte.
Bis zu seinem 18. Lebensjahr trichterte man in Rudolf alles hinein, was er nach Ansicht der Erzieher für seine zukünftige Bestimmung brauchte. Jede Minute des Tages war er mit Unterricht und Studieren

* Stephanie, »Ich sollte Kaiserin werden«

beschäftigt. Man gab ihm hervorragende Lehrer, die große geistige Ansprüche an ihn stellten. Rudolfs Auffassungsgabe, sein Fleiß, sein Eifer und vor allem seine Intelligenz berechtigten zu den schönsten Hoffnungen.

Mit achtzehn wurde er für mündig erklärt, und von dieser Stunde an hörte der Lernprozeß mit einem Schlag auf. Das entstehende Vakuum konnte nur zum geringen Teil durch die wenigen Pflichten gefüllt werden, die ihm geblieben waren. Jetzt hatte er Zeit, seiner Jagdleidenschaft zu frönen, von der viele behaupteten, daß sie bis zum Sadismus reichte. Er entwickelte sich zum Liebling der Damen, zum Traumbild der schwärmenden Frauen Wiens, zu dem feschen Erzherzog, der im Séparée beim Sacher intime Soupers gab, der, gut aussehend, charmant und mit erstklassigen Manieren, einfach unwiderstehlich war und der mit Kameraden auf Manövern Sauforgien feierte, die ebenfalls als chic galten. Hierin wurde er nur noch von seinem Cousin Otto, dem enfant terrible des Erzhauses, übertroffen, mit dem ihn eine starke Männerfreundschaft verband.

Rudolf faßte dieses Leben mehr oder weniger als Zeitvertreib auf bis zu dem Tag, an dem er die Nachfolge des Vaters antreten würde. Aber der Kaiser hatte weder die Absicht zu sterben noch abzudanken. Die kreativsten, besten Jahre Rudolfs verstrichen, ohne daß der Vater ihm auch nur eine einzige Aufgabe zukommen ließ, die seiner Intelligenz und seinem Rang entsprochen hätte.

Franz Joseph hielt Pflichterfüllung und Fleiß, Eigenschaften, die er beide in hohem Maße besaß, für Regieren. Er führte ein eisernes Regiment und mißtraute dem Sohn, der seine freiheitlichen Ideen in den Entwicklungsjahren oft zu laut zum Ausdruck gebracht hatte. Der Kaiser schloß sich mehr und mehr Graf Taaffe an, einem Jugendgespielen, den er zum Ministerpräsidenten ernannte. Über ihn schrieb Rudolf an seinen früheren Lehrer Latour:

*Taaffe liebt mich nicht, der Staatsrat Braun kann mich nicht ausstehen. Ich habe den Ruf, liberal zu sein, und gehe mit Menschen in wahrhaft intimem Verkehr um, die nicht beliebt, sogar schlecht angeschrieben sind. Der Kaiser war vor drei oder vier Jahren schon bis zu einem gewissen Grad liberal und mit dem 19. Jahrhundert versöhnt. Jetzt ist er wieder so wie zu den Zeiten der armen Großmama: klerikal, schroff und mißtrauisch.**

* Oscar von Mitis, »Das Leben des Kronprinzen Rudolf«

Die erste Zeit seiner Ehe verlief einigermaßen harmonisch, aber nach der Geburt der Tochter fiel Rudolf wieder in die alten Junggesellengewohnheiten zurück. Stephanie hatte ihm nichts mehr zu geben. Als Geliebte untauglich, als Kamerad auch, würde sie nicht einmal die Mutter eines Thronfolgers sein können.
Stephanie weigerte sich, die Waffen zu strecken. Sie kämpfte mit allen Mitteln um ihre Stellung und um den ungeliebten Mann. Obwohl sie seine Gegenwart von Tag zu Tag schwerer ertragen konnte, verfolgte sie ihn dennoch mit ihren Vorwürfen und ihrer allzu begründeten Eifersucht.
Rudolf rettete sich vor ihr durch ausgedehnte Reisen. Wenn er in Wien sein mußte, sorgte er dafür, daß Stephanie nach Möglichkeit abwesend war. Entweder verordnete der Arzt ihr einen Kuraufenthalt, oder man entsandte sie zu irgendwelchen repräsentativen Aufgaben außerhalb der Hauptstadt, die sie jedesmal mit der Gewissenhaftigkeit eines braven Schulkindes erfüllte, für die ihr jedoch niemand Dank wußte. Denn auch Franz Joseph fühlte sich von ihr enttäuscht.
Während Stephanie sich in Abbazia erholte, fuhr Rudolf nach Berlin zum 90. Geburtstag Kaiser Wilhelms I. Von dort schrieb er ihr einen Brief, der erste Warnzeichen enthielt:

*Meinen Husten kann ich nicht loswerden, oft hört es für viele Stunden nicht auf, dann kommen wieder förmliche Krämpfe, die besonders bei Diners und dergleichen Sachen sehr lästig sind. Ich bekämpfe das mit Morphin, was an sich schädlich ist. In Abbazia werde ich mir das abgewöhnen . . .**

Rudolf kam nicht nach Abbazia. Von den Manövern in Bruck schrieb er im Sommer:

*Ich schwitze den ganzen Tag und die ganze Nacht. Natürlich habe ich dann fürchterlichen Durst und trinke fortwährend Champagner. Die Hitze ist so, wie ich sie in unseren Gegenden noch nie erlebt habe; dabei stinken die ausgetrockneten Bäche und Sümpfe fürchterlich; das Ganze ist nicht gesund.***

Im Frühjahr 1888 war Stephanie wieder in Abbazia und Rudolf in

* Stephanie, »Ich sollte Kaiserin werden«
** s. o.

Wien. Am 9. März starb der greise Kaiser Wilhelm I., nachdem schon tags zuvor falsche Gerüchte über sein Ableben kursierten. Rudolf mußte zu den Beisetzungsfeierlichkeiten nach Berlin fahren, Stephanie hielt es für ihre Pflicht, ihn zu begleiten. Sofort schrieb ihr Rudolf:

*Der Kaiser will nicht, daß Du mitfährst, aus dem Süden in die Kälte von Berlin; dann werden dort sehr viele Herrschaften und kein Platz, große Konfusion und keine rechte Frau von Haus sein . . . Von gestern auf heute war hier eine große Hetz. Um 7 Uhr kam die Todesnachricht aus Berlin . . . ich . . . wollte eben mein Beileidstelegramm loslassen, als im letzten Moment Széps mit dem Telegramm kam: alles falsch, der Kaiser lebt . . . Die Stimmung im Publikum war kostbar, wie immer. Gestern abend große Hetz, nicht teilnahmsvoll gerührt, sondern eben nur Hetz. Wie die Nachricht kam, er ist nicht tot, hieß es allgemein: das ist fad; wie die Telegramme kamen, er hat in der Nacht noch gegessen und Champagner getrunken, war hier Heiterkeit; die richtige Todesnachricht nahm man indifferent auf, eher mit der Stimmung: Gott sei Dank, jetzt hat man Ruh . . . noch mehr hat dem Interesse am Tod des Kaisers der große Brand am Bauernmarkt geschadet, der so merkwürdig war, da die Stiege einstürzte und die Damen im Hemd in das Sprungtuch springen mußten, die Pinscher, Möpse und andere Verreckerln aber durch den Rettungsschlauch gerettet wurden, als ob sie die wichtigsten Persönlichkeiten wären. Das ist halt weanerisch, weanerisch und hat an Schan, aber ein eignen Schan! . . . Sobald ich mit meiner Berliner Mission fertig bin, komme ich nach Abbazia . . .**

Stephanie fuhr nicht nach Berlin, und Rudolf nicht nach Abbazia.
Ganz Wien wußte jetzt, daß der Kronprinz eine unglückliche Ehe führte. Er bezog wieder seine Junggesellenwohnung in der Burg, und wenn beide in Wien waren, erschien er nur noch bei offiziellen Gelegenheiten in Begleitung seiner Frau. Die alten Freunde scharten sich um ihn. Aber auch Stephanie hatte ihre Clique, die sie mit dem neuesten Klatsch über Rudolf versorgte.
Drei große Skandale beschäftigten Wien damals.
Erzherzog Otto, Rudolfs Cousin, Freund und Saufkumpan, hatte in Gesellschaft einiger Damen einen sehr heiteren Abend in einem

* Stephanie, »Ich sollte Kaiserin werden«

Chambre Séparée im Hotel Sacher verbracht. Reichlich betrunken verließ er das Séparée, um ein paar Kameraden zu suchen, die er im Restaurant vermutete. Er erschien auf der Treppe zum Speisesaal, den Säbel vorschriftsmäßig umgeschnallt, mit Mütze und Handschuhen bekleidet. Sonst war er splitternackt. Otto wurde von den Kellnern mit sanfter Gewalt zu seinen Damen zurückgeführt und die Sache weitgehend vertuscht. Aber zwei andere Skandale waren nicht zu vertuschen, denn der Abgeordnete Pernerstorfer machte sie in einer Rede vor dem Reichsrat publik.

»Man spricht von Roheiten der Jugend«,

sagt er,

»ich will auch von Roheiten der Jugend erzählen. Es ist mir eine Geschichte bekannt, von einem sehr hohen jungen Herrn, der nach einem überaus wüsten Gelage mit seinen Kameraden diese in das Zimmer seiner Frau führen wollte. Ein bekannt hoher Herr!«

Obwohl Pernerstorfer keine Namen nannte, mutmaßte man, daß der hohe Herr Rudolf wäre und seine Kameraden die Erzherzöge Franz Ferdinand und Otto.

»Da ist mir eine andere Geschichte bekannt von einem anderen hohen Herrn«,

fuhr Pernerstorfer fort,

*»der mit seinen Kameraden, lauter fürstliches Blut, über Feld stürmte; von ferne sahen sie einen Leichenzug; sie zwangen denselben stillzustehen, und all das edle Fürstenblut machte sich das Vergnügen, die Pferde über den Sarg hinwegspringen zu lassen . . .«**

Auch diese Geschichte bezog sich auf die Erzherzöge, wußte man in Wien.
Wenige Tage danach wurde der Abgeordnete Pernerstorfer in seiner Wohnung von zwei Unteroffizieren in Zivil mit Reitpeitschen verprügelt. Den ersten Affront hatte der Hof stillschweigend hingenommen,

* Flesch-Brunningen, »Die letzten Habsburger in Augenzeugenberichten«

aber die Reitpeitschen-Affäre beschäftigte die Polizei, nachdem Anzeige erstattet worden war.
Darauf schrieb Rudolf an Stephanie, die sich wieder einmal in Abbazia aufhielt:

*Die Polizei hat mir schlechte Stunden bereitet, sie haben die Spuren entdeckt und auch das Regiment, von welchem die Prügel ausgegangen sind. Die Leute konnten sie nicht finden, denn wir haben den einen in Südungarn, den anderen in der Herzegowina angebaut. Es hat meine ganze Frechheit und Findigkeit dazu gehört, um mich ... aus allem zu salvieren. Jetzt sind wir wieder ganz in Sicherheit.**

Stephanie haßte es, Mitwisser in einer Affäre sein zu müssen, die sie widerlich fand. Rudolf machte sich selten die Mühe, seine Frau anzulügen. Gerade das verletzte sie tief. Wenn sie ihm seine Weibergeschichten vorwarf und innerlich auf eine glaubhafte Lüge hoffte, gab er alles seelenruhig zu. Mitzi Caspar, ein Mädchen, für dessen Gewerbe es keine passende Bezeichnung in Stephanies Wortschatz gab, hatte ihn zu den Manövern begleitet. Sie besaß ein Haus auf der Wieden, ein Geschenk Rudolfs, das angeblich 60000 Gulden gekostet hatte. Es war Rudolf nur recht, wenn Stephanie das alles wußte.
Inmitten der Kumpane und Kameraden, Freundinnen und Freunde waren Stephanie und Rudolf im echten Sinne des Wortes von allen guten Geistern verlassen und nur auf sich selbst angewiesen. Jeder bemühte sich nach Kräften, dem anderen weh zu tun. Je entschlossener Rudolf von Stephanie fortdrängte, je unerträglicher ihm ihr Anblick wurde, desto mehr klammerte sie sich an ihn. Ohne Liebe. Nur aus verletztem Stolz und gekränkter Eitelkeit. Er hatte ihr Leben ruiniert. Also durfte auch er nicht glücklich sein. Das war ihre Rache. Niemand half den beiden aus der Verstrickung.
Und Elisabeth reiste indessen durch die Welt. Ihre Gedanken kreisten um die bevorstehende Verlobung der Lieblingstochter Valerie. Sie baute ein Schloß auf Korfu und träumte davon, dort den Rest ihres verpfuschten Lebens zu verbringen. Sie fürchtete sich davor, mit Anbruch des Winters nach Wien zurückkehren zu müssen.
Franz Joseph erstickte in Arbeit und Audienzen. Er ließ seinen Sohn von der Geheimpolizei überwachen, zog aber keinerlei Konsequenzen aus den Berichten, die er über ihn erhielt.

* Stephanie, »Ich sollte Kaiserin werden«

Aufmerksame Beobachter glaubten zu wissen, daß Mary Vetsera, die Tochter der bei Hof nicht sonderlich geschätzten Baronin Helene Vetsera, sich sterblich in den Kronprinzen verliebt hätte. Ob ihre Schwärmerei erwidert wurde, blieb vorerst unbekannt. Aber es galt als leicht, Rudolfs Interesse zu erregen, wenn man so jung, so hübsch und so liebestoll war wie Mary.

Das Gerücht über die Baronesse drang bis zu Stephanie. Als der Kronprinz ausfuhr, folgte sie ihm eines Tages heimlich in einer geschlossenen Kutsche. Rudolf lenkte seinen Wagen an eine stille, waldige Stelle des Praters. Dort wartete ein Fiaker mit Mary Vetsera und der jungen Gräfin Larisch, einer Nichte der Kaiserin aus der morganatischen Ehe ihres Bruders Ludwig. Rudolf hielt an und ging auf den Fiaker zu.

Stephanie konnte es nicht mehr ertragen. Sie verließ ihren Wagen und machte Rudolf in Gegenwart der Vetsera und der Larisch eine Szene. Sie benahm sich laut und unwürdig, brach schließlich in Tränen aus und mußte trotz allem ohne Rudolf wieder davonfahren.

Elisabeth war für kurze Zeit in Wien. Stephanie entschloß sich, ihr alles zu sagen. Aber als sie sich melden ließ, machte die Obersthofmeisterin Ausflüchte. Ihre Majestät fühlte sich heute nicht wohl und könnte niemanden empfangen.

Da sie nun einmal einen Entschluß gefaßt hatte, nahm Stephanie ihren Mut zusammen und ging zum Kaiser. Sie berichtete von Rudolfs Ausschweifungen, seinem übermäßigen Trinken, dem Morphium, auch von der Vetsera. Sie warnte, daß es ein schlimmes Ende nehmen müßte, wenn nicht etwas Einschneidendes geschähe, und bat den Kaiser dringend, Rudolf für einige Zeit von Wien fortzuschicken. Vielleicht auf eine Weltreise.

Franz Joseph hatte geduldig, aber nur mit mildem Interesse zugehört. Er beschwichtigte ihre Ängste, verharmloste ihre Befürchtungen, gab zu, daß Rudolf »ein bisserl blaß« aussehe, und mahnte Stephanie, gut auf ihn aufzupassen und nett zu ihm zu sein. Dann reichte er ihr die Hand zum Kuß. Sie war verabschiedet.

Rudolf schlug seinen eigenen Weg ein. Ohne den Vater ins Vertrauen zu ziehen, wandte er sich in einem langen Telegramm an Papst Leo XIII. und bat um die Ungültigkeitserklärung der Ehe, da seine Frau dem Land keinen Thronfolger schenken konnte. Die Bitte brachte den Papst in Verlegenheit. Er beschloß, die Entscheidung Franz Joseph zu überlassen.

Nachdem der Kaiser auf diesem Umweg zum erstenmal von Rudolfs

Absichten erfuhr, zitierte er seinen Sohn zu sich. Die Auseinandersetzung zwischen den beiden war so heftig, daß man die erregten Stimmen bis ins Vorzimmer hörte. Als der Kronprinz den Raum verließ, fiel Franz Joseph in eine tiefe Ohnmacht, aus der er nur mit Mühe erweckt werden konnte.

Weder Vater noch Sohn sprachen jemals zu Dritten über den Inhalt ihrer Unterredung. Gerüchten zufolge verweigerte der Kaiser die Einwilligung zu Rudolfs Scheidung und verlangte, daß er sich sofort von der Vetsera trennte. Andere Vermutungen besagten, daß Franz Joseph hinter umstürzlerische Pläne Rudolfs gekommen sei, die darauf hinzielten, den Kronprinzen noch bei Lebzeiten seines Vaters zum König von Ungarn zu machen. Keine dieser beiden und vieler anderer Versionen wurde jemals bestätigt.

Am 27. Januar 1889, einem Sonntag, gab Prinz Reuss, der deutsche Botschafter in Wien, einen großen Empfang anläßlich des Geburtstags von Kaiser Wilhelm II., der inzwischen den Thron bestiegen hatte.

Elisabeth sah wunderschön aus. Niemand konnte glauben, daß sie vor wenigen Wochen einundfünfzig geworden war. Sie begegnete allen mit gleicher, unverbindlicher Höflichkeit. Nur wer sie genau kannte, wußte, wie sehr sie sich langweilte.

Stephanie beobachtete die Kaiserin. Hätte sie bei ihr mehr Verständnis gefunden als bei Franz Joseph? Sie bezweifelte es. Elisabeth hatte nie um Franz Joseph gekämpft. Im Gegenteil, sie war es, die seine Beziehungen zu dieser Schauspielerin förderte! Wie konnte sie da verstehen, daß Stephanie sich durch Rudolfs Weibergeschichten tief gekränkt fühlte. Warum empfand Elisabeth keine Kränkung? War ihr alles, was der Kaiser tat, gleichgültig? Oder erkaufte sie sich damit eine Freiheit, von der sie auf Reisen, fern von Wien und um vieles taktvoller als Franz Joseph, Gebrauch machte?

Bei einem Besuch in England waren Rudolf Gerüchte über einen gewissen Captain Bay Middleton zu Ohren gekommen. Angeblich sollte er auffallend viel mit seiner Mutter ausreiten und ständig in ihrer Nähe zu finden sein. Selbst die Engländer, die weniger zum Klatsch neigten als die Wiener, begannen darüber zu sprechen. Rudolf erlaubte sich alles, aber der kleinste Hauch eines Verdachts, der auf seine Mutter fiel, empörte ihn bis zur Weißglut. Als er Captain Middleton bei verschiedenen Gelegenheiten in London begegnete, ignorierte er ihn auf das beleidigendste und glänzte demonstrativ durch Abwesenheit, wenn seine Mutter den Engländer, was mehrmals geschah, nach Ungarn auf Schloß Gödöllö zur Jagd einlud.

Rudolf erzählte seiner Frau damals von den Gerüchten um Middleton und gab dabei seiner ganzen Entrüstung Ausdruck. Stephanie fragte spitz, warum die Mutter denn anders sein sollte als der Sohn. Da war ihr Rudolf scharf über den Mund gefahren. Er hatte ihre Bemerkung als obszön und beleidigend empfunden.
Stephanies Augen suchten nach Mary Vetsera. Die Baronesse unterhielt sich mit einem Offizier. Rudolf, der mit dem Bildhauer Tilgner sprach, wechselte über die Schulter des ahnungslosen Künstlers ständig mit Mary Blicke.
Was findet er an dieser Person, dachte Stephanie. Sie sieht aus wie ein Mops! Und herausgeputzt ist sie! Viel zuviel Schmuck!
Elisabeth gab Franz Joseph zu verstehen, daß sie zu gehen wünschte. Das Kaiserpaar verabschiedete sich von seinen Gastgebern und verließ den Saal. Alle Damen versanken in einem tiefen Hofknicks, die Herren verneigten sich.
Stephanie sah keinen Grund, länger zu bleiben. Sie sandte ihren Obersthofmeister zum Obersthofmeister des Kronprinzen und ließ ihm sagen, daß sie aufbrechen möchte.

Nachdem sich beide vom Botschafter und der Prinzessin Reuss verabschiedet hatten, gingen sie durch die im Hofknicks verharrenden Damen dem Ausgang zu. Nur die Vetsera blieb aufrecht stehen und begegnete trotzig dem Blick der Kronprinzessin. Stephanie war über diese Impertinenz so empört, daß sie herausfordernd vor dem jungen Mädchen einhielt. Es wäre unweigerlich zu einem Eklat gekommen, wenn nicht die Baronin Vetsera, entsetzt über das Benehmen ihrer Tochter, sie in den Knicks heruntergezogen – Beobachter behaupteten »heruntergezerrt« – hätte.
Beim Verlassen der Botschaft stritt das Kronprinzenpaar so laut, daß die Bedienten dies später dem Botschafter meldeten.
Am nächsten Morgen, Montag, ließ Rudolf seiner Frau sagen, daß er in Begleitung von Graf Hoyos und Philipp von Coburg zur Jagd nach Mayerling hinausführe, aber am Dienstagabend zum Familiendiner in die Burg kommen würde.

Dienstag, spätnachmittags, erhielt Stephanie ein Telegramm aus Mayerling, das um 5 Uhr aufgegeben war. Es lautete:

Ich bitte Dich, schreibe Papa, daß ich gehorsamst um Verzeihung bitten lasse, daß ich zum Diner nicht erscheinen kann, aber ich möchte

wegen starkem Schnupfen die Fahrt jetzt nachmittags unterlassen und mit Josl Hoyos hier bleiben.
Umarme Euch herzlichst *Rudolf**

Die Worte »umarme Euch herzlichst« erregten Stephanies besonderen Ärger. Wenn sie das Telegramm dem Kaiser zeigte, mußte er annehmen, sie sähe Gespenster und die Ehe wäre in Wahrheit vollkommen harmonisch.
Zu ihrer Erleichterung brauchte sie die Abwesenheit des Kronprinzen nicht weiter zu erklären. Philipp von Coburg war aus Mayerling eingetroffen und hatte berichtet, daß Rudolfs Wagen bei der Hinfahrt im Schnee steckengeblieben wäre, daß Rudolf, ohne den Pelz auszuziehen, beim Anschieben geholfen, dabei in Schweiß geraten sei und sich arg verkühlt hätte.
Die Kaiserin nahm am Familiendiner teil. Sie rührte die Speisen kaum an. Wie immer bei solchen Gelegenheiten ging es recht schweigsam zu, da nur reden durfte, wer vom Kaiser angesprochen wurde. Heute war Franz Joseph noch verschlossener als sonst, und das Essen verlief fast wortlos.
Am nächsten Vormittag wurde Stephanie beim Gesangsunterricht, den sie jeden Mittwoch nahm, unterbrochen. Ihre Obersthofmeisterin teilte ihr mit, daß der Kronprinz plötzlich verstorben sei.
Stephanie erschrak. Die Tränen stürzten ihr aus den Augen, aber sie konnte sich nicht verheimlichen, daß sie gleichzeitig eine Erleichterung verspürte.
Die Kronprinzessin wurde gebeten, sich in die Appartements der Kaiserin zu begeben.
Das Kaiserpaar bestürmte sie mit Fragen. Es glich einem regelrechten Kreuzverhör.
Stephanie spürte deutlich: Ihr gab man die Schuld an Rudolfs Tod. Zumindest bildete sie sich das ein. Sie wiederholte, was sie dem Monarchen bei der Unterredung gesagt hatte, und genau wie damals schien er ihre Worte einfach nicht zur Kenntnis zu nehmen.
Aber Elisabeth hörte ihr sehr aufmerksam zu. Dann fragte sie: »Möchtest du wissen, wie Rudolf gestorben ist?« Stephanie erfuhr, daß er in Mayerling in seinem Schlafzimmer tot aufgefunden wurde. Neben ihm die Leiche von Mary Vetsera.
Das ist Rudolfs Rache, dachte Stephanie. Mit seinem Tod will er der

* Stephanie, »Ich sollte Kaiserin werden«

ganzen Welt verkünden, daß er mich haßt und dieses aufdringliche fremde Mädchen liebt. Daß er es vorzog, aus dem Leben zu scheiden, als weiter mit mir verheiratet zu sein.
Mit halbem Ohr hörte sie, wie Elisabeth sagte, daß Rudolf erst seine Geliebte und dann sich selbst erschossen hätte. Elisabeth sprach mit sachlicher Kühle. Der Schmerz war noch nicht bis in ihre Gefühlswelt gedrungen.
Der Obersthofmeister meldete, die Baronin Vetsera sei eben zu Frau von Ferenczy in die Burg gekommen. Sie wisse noch nichts von den Ereignissen in Mayerling, suche aber verzweifelt nach ihrer Tochter.
Elisabeth befahl, die Baronin zu ihr zu führen. Franz Joseph starrte die Kaiserin ungläubig an, dann verließ er schnell den Raum.
Die Baronin Vetsera trat ein.
»Sie müssen jetzt sehr tapfer sein«, sagte Elisabeth. »Ihre Tochter ist tot!«
Die Baronin brach in hemmungsloses Schluchzen aus.
»Mein Rudolf auch. Er ist auch tot«, fuhr Elisabeth fort. Bevor Helene Vetsera, die aus dem Zimmer geführt werden mußte, die Tür erreichte, sagte Elisabeth noch: »Mein Sohn ist am Herzschlag gestorben! Merken Sie sich das ein für alle Mal!«
Als Elisabeth und Stephanie wieder allein waren, übergab die Kaiserin ihrer Schwiegertochter ein verschlossenes Kuvert, das ihren Namen trug. Stephanie erkannte Rudolfs Handschrift. Sie riß den Umschlag auf. Das Briefpapier war schwarz umrandet, als ob der lebende Rudolf schon seinen eigenen Tod betrauerte. Sie las:

Liebe Stephanie,
Du bist von meiner Gegenwart und Plage befreit. Werde glücklich auf Deine Art. Sei gut für die arme Kleine, die das einzige ist, was von mir übrigbleibt.
Allen Bekannten, besonders Bombelles, Spindler, Latour, Nowo, Gisela, Leopold etc. etc. sage meine letzten Grüße. Ich gehe ruhig in den Tod, der allein meinen guten Namen retten kann.
Dich herzlichst umarmend,
*Dein Dich liebender Rudolf**

Rudolf gab ihr, wie gewohnt, Aufträge. Letzte Aufträge. Grüße soundso und soundso, etcetera, etcetera! Und am Ende des Briefes wieder diese

* Stephanie, »Ich sollte Kaiserin werden«

entsetzliche Verlogenheit! Der mich liebende Rudolf bringt sich zusammen mit einer anderen um, dachte sie. Welch ein Liebesbeweis!

In der Hofburg fanden nicht enden wollende Konferenzen statt, meist unter Vorsitz des Ministerpräsidenten Graf Taaffe, denen oft der Kaiser beiwohnte, manchmal auch die Kaiserin. Zunächst galt es, soviel wie möglich über Rudolfs Beziehung zur Vetsera herauszufinden. Berichten zufolge kannte Rudolf die Baronesse seit ungefähr zweieinhalb Monaten. Die Bekanntschaft war durch die Gräfin Larisch vermittelt worden. Die Larisch führte das Mädchen heimlich in die Junggesellenwohnung des Kronprinzen in der Burg. Theaterbesuche der Mutter Vetsera, besonders der Wagner-Zyklus in der Oper, wurden später von der Tochter, die Kopfschmerzen und eine Abneigung gegen Wagnersche Musik vorschützte, dazu benutzt, abends den Kronprinzen allein zu besuchen. Mitwisser waren außer der Gräfin Larisch die Kammerzofe der Baronesse, der Fiaker Bratfisch, der die Vetsera in die Burg fuhr, und Rudolfs Kammerdiener Loschek, der sie einließ.
Außerdem vertraute sich die Baronesse brieflich einer ehemaligen Erzieherin an. Ihr schrieb sie am 14. Januar:

*Ich muß Ihnen heute ein Geständnis machen, über das Sie sehr böse sein werden. Ich war gestern von sieben bis neun Uhr bei ihm. Wir haben beide den Kopf verloren. Jetzt gehören wir uns mit Leib und Seele an.**

Kurz darauf kaufte Mary Vetsera in der Galanteriewarenhandlung Rodeck am Kohlmarkt ein goldenes Zigarettenetui und schenkte es Rudolf.
Aus ungeklärten Gründen erfuhr die Mutter von diesem Geschenk und machte ihrer Tochter schwere Vorwürfe. Diese Unbedachtsamkeit würde ihren Ruf gefährden, die Stellung der Familie und die zukünftigen Heiratsaussichten Marys ruinieren. Gräfin Larisch kam ihrer Freundin zu Hilfe. Sie versprach der Baronin, am Montag, dem Tag nach der Soirée in der deutschen Botschaft, mit Mary zu Rodeck zu fahren und dort die Rechnung auf ihren eigenen Namen umschreiben zu lassen. Falls sich die Geschichte wider Erwarten herumsprechen sollte, würde man nicht Mary, sondern die Gräfin Larisch für die freigebige Spenderin halten. Damit gab sich die Baronin zufrieden. Wei-

* Clemens Loehr, »Mayerling«

12 Die Mordwaffe: eine von Lucheni geschliffene Dreikantfeile mit Holzgriff.

13 Die Meldung im »Wiener Tagblatt« einen Tag nach dem Attentat.

Wiener Tagblatt.

Demokratisches Organ.

Nr. 250. Sonntag, den 11. September 1898. 48. Jahrgang.

Die Kaiserin ermordet!

Genf, 10. September, 3 Uhr 40 Minuten Nachmittags. Kaiserin Elisabeth verließ um 12 Uhr 40 Minuten Mittags das Hotel Beaurivage, um sich nach dem Landungsplatze der Dampfer zu begeben.

Auf dem Wege dahin stürzte sich ein Individuum auf die Kaiserin und führte einen heftigen Stoß gegen dieselbe. Die Kaiserin fiel zu Boden, erhob sich jedoch wieder und erreichte den Dampfer, wo sie bald darauf in Ohnmacht fiel.

Der Kapitän des Schiffes wollte das Schiff nicht abgehen lassen, gab indes später über Bitten des kaiserlichen Gefolges das Zeichen zur Abfahrt. Das Schiff hielt jedoch, nachdem es den Hafen verlassen hatte, wieder an und kehrte zum Landungsplatze zurück. Die Kaiserin hatte das Bewußtsein nicht wiedererlangt und wurde auf einer rasch hergestellten Tragbahre nach dem Hotel Beaurivage gebracht.

Die Kleider der Kaiserin zeigten Blutflecken.

Der Thäter wurde festgenommen.

14 Polizeiphoto des Attentäters unmittelbar nach seiner Festnahme.

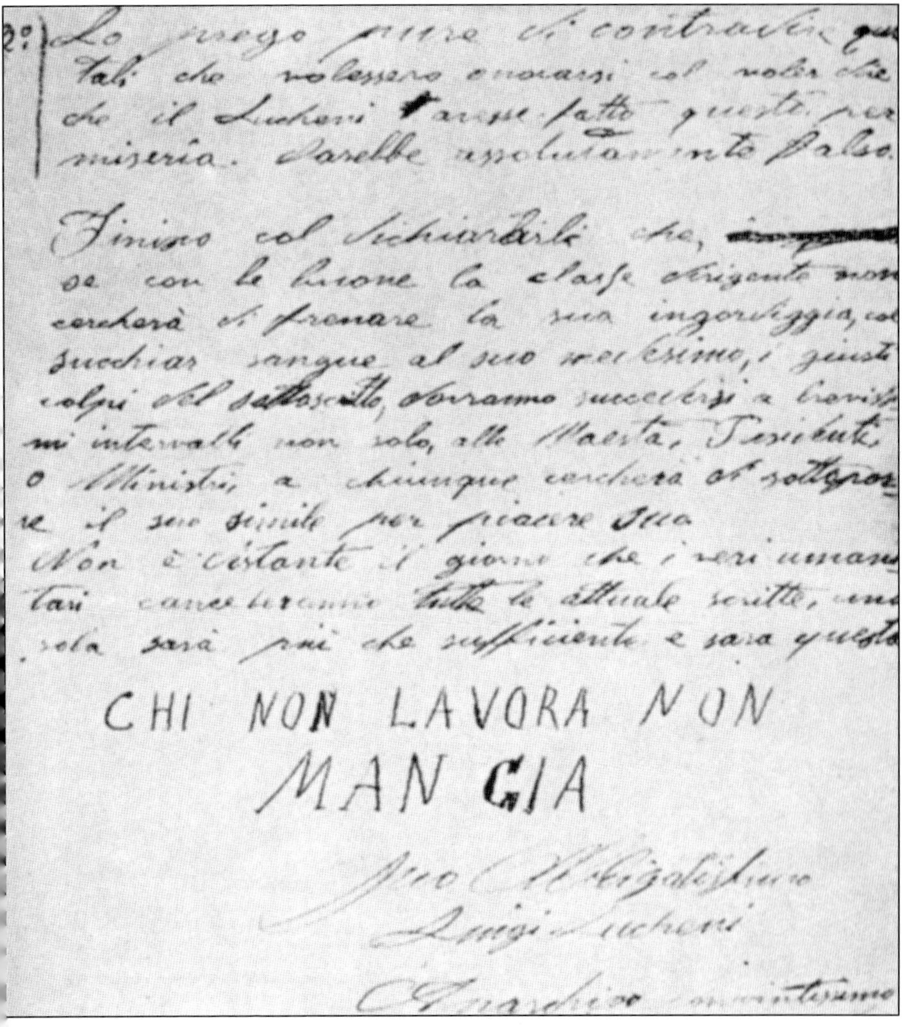

2°) Lo prego pure di contraddire quei
tali che volessero onorarsi col voler dire
che il Lucheni avesse fatto questo per
miseria. Sarebbe assolutamente falso.

Finisco col dichiararli che,
se con le buone la classe dirigente non
cercherà di frenare la sua ingordiggia, col
succhiar sangue al suo prossimo, i giusti
colpi del sottoscritto, dovranno succedersi a brevissi-
mi intervalli non solo, alle Maestà, Presidenti
o Ministri, a chiunque cercherà di sottopor-
re il suo simile per piacere sua.
Non è distante il giorno che i veri umani-
tari cancelleranno tutte le attuale scritte, una
sola sarà più che sufficiente e sarà questa

CHI NON LAVORA NON
MANGIA

Suo Obbligatissimo
Luigi Lucheni
Anarchico convintissimo

15 Luchenis Brief vom 11. September 1898 an Signor Turco, den Besitzer und Chefredakteur der Zeitung »Don Marzio« in Neapel (letzter Absatz).

16 Der aufgebahrte Sarg der Kaiserin im Genfer »Grand Hôtel Beau-Rivage«.

17 Die feierliche Abholung des Sarges. Eine Ehrenabordnung der Schweizer Armee erweist die letzte Ehre.

terhin wurde festgestellt, daß der Kronprinz am Sonntag, nach dem Empfang beim Prinzen Reuss, in seiner Junggesellenwohnung kurz den Herausgeber des NEUEN WIENER TAGBLATTS, Moritz Széps, empfing, einen der wenigen intellektuellen Freunde, die er sich bis zu seinem Tod erhalten hatte. Danach führte Loschek ihm die Halbweltdame Mitzi Caspar zu, die gegen 3 Uhr früh die Hofburg wieder verließ. Als sie sich verabschiedete, machte er auf ihrer Stirn das Zeichen des Kreuzes, was sie überraschte. Der Caspar wurden später 30 000 Gulden ausgezahlt, womit man einer letztwilligen Verfügung des Kronprinzen nachkam.

Am Montagmorgen gegen 10 Uhr holte Gräfin Larisch die Baronesse Vetsera ab unter dem Vorwand, mit ihr zu Rodeck am Kohlmarkt zu gehen. Statt dessen fuhren sie zum Kronprinzen. Nach einer Viertelstunde verließ die Vetsera allein die Burg und stieg in einen von Bratfisch kutschierten Fiaker.

Eine weitere Viertelstunde später kam auch die Gräfin Larisch aus dem Eingang an der Augustinerbastei, der stets von den beiden Damen benutzt wurde, und fuhr allein zu Rodeck. Dort trug sie einem Angestellten auf, die Baronesse Vetsera, die draußen im Wagen säße, hereinzubitten. Der Angestellte kam zurück und berichtete, der Wagen sei leer. Der Kutscher, der, wie sich später herausstellte, bestochen war, hätte gesagt, die Baronesse sei in einen anderen Fiaker umgestiegen und davongefahren. Im Wagen fand die Larisch einen von Mary angeblich hinterlassenen Zettel, der Selbstmordabsichten andeutete. Mit diesem Zettel eilte sie nun zu Marys Mutter und erzählte vom heimlichen Verschwinden der Tochter. All das war vorher bis ins Detail zwischen der Gräfin Larisch, Mary und Rudolf abgesprochen worden, um die Larisch zu entlasten.

Indessen begab sich Mary in Wahrheit nach Rothenstadl, wo Rudolf zu ihr in den Fiaker stieg. Kurz bevor sie dann Mayerling erreichten, verließ Mary den Wagen. Nachdem Rudolf offiziell allein eingetroffen war, kehrte Bratfisch um, holte Mary, brachte sie zum Hintereingang des Jagdschlößchens, wo sie von Loschek hineingeführt wurde.

Die Jagdgäste des Erzherzogs, Graf Hoyos und Prinz Philipp von Coburg, trafen am nächsten Morgen kurz nach acht in Mayerling ein und frühstückten gemeinsam mit Rudolf im Billardzimmer. Bei dieser Gelegenheit erzählte Rudolf die Geschichte von seiner Erkältung und bat Prinz Philipp, ihn beim Familiendiner zu entschuldigen. Wegen des Schnupfens müsse er auch heute das Haus hüten, fügte er hinzu. Hoyos und Philipp jagten ohne ihn. Um halb 2 Uhr verließ der Prinz

den Stand, kehrte nach Mayerling zurück, trank mit Rudolf Tee und fuhr dann nach Wien. Hoyos, der gegen halb sechs von der Jagd zurückkam, war nicht im Schlößchen selbst, sondern in einem Nebengebäude untergebracht. Um 7 Uhr erschien er im Billardzimmer zum Diner. Wie er nachher berichtete, war Rudolf in besonders weicher, liebenswerter Stimmung. Um 9 Uhr erhob sich Rudolf, worauf Hoyos sich verabschiedete und in sein Quartier ging.
Am nächsten Morgen, am 30. Januar, meldete man Hoyos, der Kammerdiener Loschek sei außerstande, den Kronprinzen zu wecken. Das Schlafzimmer wäre von innen verschlossen. Um diese Zeit traf auch Prinz Coburg wieder in Mayerling ein. Loschek wurde befohlen, das Türschloß aufzubrechen. jetzt gestand der Diener, daß die Baronesse Vetsera beim Kronprinzen sei. Als die Tür eingeschlagen war, fand man die Toten. Marys Leiche zeigte einen Einschuß an der linken Schläfe. Das Geschoß war hinter dem rechten Ohr ausgetreten. Mary, eine Rechtshänderin, mußte also erschossen worden sein. Alle Umstände sprachen dafür, daß Rudolf sich selbst getötet hatte. Seine Schädeldecke war zertrümmert, das Gehirn ausgespritzt.
Die Leiche der Vetsera wurde in die Wäschekammer geschafft und unter Kleidungsstücken versteckt. Philipp von Coburg blieb in Mayerling, um unliebsame Zeugen fernzuhalten, Hoyos fuhr sofort nach Baden, der nächsten Bahnstation, wo er den Eilzug Triest–Wien anhalten ließ, nachdem er zuvor, ohne Angabe von Gründen, den Arzt des Kaisers, Hofrat Dr. Widerhofer, nach Mayerling zitiert hatte.
Mit diesem Ergebnis ihrer Nachforschung besaß die beratende Kommission ein ziemlich exaktes Bild vom Ablauf der Ereignisse. Zwei Dinge erschienen den Herren jetzt von äußerster Wichtigkeit: Die Präsenz der Baronesse Vetsera in Mayerling mußte verschwiegen und Rudolfs Selbstmord durfte nicht bekanntwerden. Phantastische Gerüchte über seinen Tod schwirrten bereits durch die Stadt. Drei Versionen wurden kolportiert:
Rudolf hätte die schöne Frau eines Försters verführt. Der Förster übte Rache und entmannte den Kronprinzen. In seinem Blut schwimmend, wäre er im Wald gefunden und ins Jagdhaus gebracht worden, wo er unter entsetzlichen Schmerzen zum Revolver griff und sich selbst erschoß.
Die zweite Version lautete: Rudolf hätte vor längerer Zeit die entzückende Aglaja Auersperg verführt, eine Freundin seiner Schwester, der Erzherzogin Valerie. Als die Folgen offenbar wurden, vertraute sich das Mädchen der Familie an und wurde nach England verschickt. Ihr

Bruder forderte Rudolf, der die Ehre einer der ältesten und vornehmsten Familien Österreichs befleckt hatte, zum Duell, das jedoch vom Kaiser verboten wurde. Es fand trotzdem als »amerikanisches Duell« statt. Wer verlor, nämlich von einer schwarzen und einer weißen Kugel die schwarze zog, mußte sich innerhalb von sechs Monaten selbst den Tod geben. Der 30. Januar, hieß es, wäre der letzte Termin für Rudolf gewesen, der die schwarze Kugel gezogen hatte.
Die dritte Version schließlich sprach von einem wüsten Saufgelage in Mayerling, bei welchem dem Kronprinzen mit einer Champagnerflasche der Schädel eingeschlagen worden sei. Immer wieder traten Menschen auf, die jemand gekannt haben wollten, der selber die grünen Glasscherben im zerschmetterten Hirn des Erzherzogs gesehen hätte.
Es war dringend notwendig, die Initiative zu ergreifen. Graf Taaffe begab sich persönlich zu Baronin Vetsera und unterbreitete der schmerzgebeugten Mutter in unmißverständlichen Worten die Bitte des Kaisers, Wien sofort zu verlassen. Die Baronin schloß noch am selben Tag ihr Haus und reiste nach Venedig ab.
An den Papst wurde ein Telegramm geschickt, in dem lediglich von einem plötzlichen Ableben des Kronprinzen die Rede war.
Am Abend erschienen Extrablätter. Darin hieß es:

Der tiefgeliebte Sohn Seiner Majestät des Kaisers und Ihrer Majestät der Kaiserin, das Lebensglück der zärtlichen Gemahlin, der Kronprinzessin Stephanie, der liebevoll verehrte Bruder der Prinzessin Gisela und der Erzherzogin Valerie, der Stolz des gesamten österreichischen Kaiserhauses, die Hoffnung der treuen Völker ist in der Blüte der Jahre, der Vollkraft des Wirkens in ein frühes Grab gesunken . . .
Über den erschütternden Todesfall können wir Nachstehendes mitteilen: Seine k. k. Hoheit der Durchlauchtigste Kronprinz Erzherzog Rudolf hatte sich vorgestern zur Jagd nach Mayerling bei Baden begeben und mehrere Jagdgäste, wie Seine Hoheit den Prinzen . . . von Coburg und Seine Exzellenz den Grafen Joseph Hoyos geladen. Seine k. k. Hoheit befand sich jedoch schon gestern etwas unwohl und mußte sich deshalb entschuldigen, bei dem in der kaiserlichen Hofburg Allerhöchst anberaumten Familiendiner nicht erscheinen zu können. Als sich die Jagdgäste heute morgen versammelten und Seine k. k. Hoheit der Durchlauchtigste Kronprinz nicht erschien, wurden dieselben nach sofortiger teilnahmsvoller Erkundigung durch die entsetzliche Wahrheit vom Schmerz überwältigt: daß der

*Durchlauchtigste Kronprinz infolge eines Schlaganfalls seine edle Seele ausgehaucht hatte . . .**

Aber jetzt warfen die Ärzte einen Knüppel in die gut geölte Maschinerie. Sie weigerten sich, Schlaganfall oder Herzversagen als Todesursache anzugeben, obwohl es ihnen durch den Obersthofmeister des Kronprinzen, Graf Bombelles, nahegelegt worden war. Das Gutachten, das als »Auszug aus dem Obduktionsprotokoll« im amtlichen Teil der WIENER ZEITUNG vom 2. Februar 1889 veröffentlicht wurde, sprach dann auch deutlich, daß der Kronprinz an einer Zertrümmerung des Schädels und der vorderen Hirnpartie gestorben wäre, verursacht durch eine Kugel aus einem Revolver mittleren Kalibers. Weiter hieß es wörtlich:

*Es unterliegt keinem Zweifel, daß Seine k. k. Hoheit sich den Schuß selbst beigebracht hat . . .***

Schließlich aber bauten die Ärzte, um die kirchliche Beisetzung zu ermöglichen, dem Hof eine goldene Brücke, indem sie sagten, daß gewisse, genau beschriebene Befunde der Obduktion

*. . . erfahrungsgemäß mit abnormen Geisteszuständen einherzugehen pflegen und daher zur Annahme berechtigen, daß die Tat in einem Zustand von Geistesverwirrung geschehen ist.****

In einem Abschiedsbrief an seine Mutter bat Rudolf, im kleinen Friedhof des Klosters Heiligenkreuz, nahe von Mayerling, an Marys Seite begraben zu werden. Niemand zog jemals die Erfüllung dieses letzten Wunsches in Betracht. Auch Elisabeth beugte sich allen Anweisungen, die zur Vertuschung des nicht zu vertuschenden Skandals unternommen wurden. Ihre Energie war gebrochen. Sie verrannte sich in ihren Schmerz und in selbstquälerische Grübeleien über Rudolfs Geisteszustand.

Die noch immer in der Wäschekammer von Schloß Mayerling versteckte Leiche der siebzehnjährigen Vetsera bereitete der Kommission einiges Kopfzerbrechen. Zwei Verwandte der Baronesse wurden zu Mitverschworenen gemacht. Herr Alexander Baltazzi, ein Bruder der

* Flesch-Brunningen, »Die letzten Habsburger in Augenzeugenberichten«
** s. o.
*** Clemens Loehr, »Mayerling«

Baronin, und Graf Stockau, ein Schwager, mußten bei Nacht und Nebel in Begleitung von drei hohen Polizeibeamten nach Mayerling fahren. Dort wurde die Tote in ihren Pelzmantel gehüllt und ihr ein Hut auf den Kopf gestülpt, der die Wunde verdeckte. Dann setzte man sie zwischen Baltazzi und Graf Stockau in die Kutsche. Wer dem Wagen zufällig begegnete, sollte sie für lebend halten.
Inzwischen hatten zwei andere Polizeibeamte dem Abt des Klosters Heiligenkreuz ein gefälschtes Protokoll vorgelegt, nach dem die Leiche der Selbstmörderin Mary Vetsera im Wald bei Mayerling gefunden worden sei, und die Verwandten der Toten darum bäten, den Leichnam in aller Stille im Klosterfriedhof beisetzen zu dürfen. Ob der Abt diese seltsame Geschichte glaubte, blieb unbekannt. Jedenfalls gab er die Erlaubnis zur Beerdigung, ließ eilig einen Sarg zimmern und ein Grab ausschaufeln.
Währenddessen fuhren Graf Stockau und Alexander Baltazzi mit ihrer grausigen Fracht über die holprige Landstraße von Mayerling nach Heiligenkreuz. Die Tote fiel schwankend von einer Seite auf die andere, der Hut glitt vom Kopf und offenbarte die klaffende Wunde. Die beiden Männer waren einem Nervenzusammenbruch nahe, als sie das Kloster erreichten. Im Sturm, Schnee und Regen, der über sie hinwegfegte, kamen die Mönche mit dem Ausheben des Grabes nicht von der Stelle. Die Polizisten und die Herren Stockau und Baltazzi mußten mit Hand anlegen. Es war Morgen, als die Beerdigung endlich stattfinden konnte.
Nachdem das erledigt war, atmeten alle Beteiligten auf. Da erschien am 8. Februar, wie ein Blitz aus heiterem Himmel, in den MÜNCHNER NEUESTEN NACHRICHTEN ein Artikel, der ausführlich und mit allen Details die Geschichte der Mary Vetsera erzählte. Es hieß, Rudolf hätte erst sie, dann sich selbst getötet. Sogar die beschämende Beisetzung des Mädchens wurde beschrieben. Wer der »zuverlässige« Gewährsmann war, der die Zeitung so genau informiert hatte, konnte nie festgestellt werden.
Das Blatt wurde in Österreich sofort beschlagnahmt und verboten. Ebenso alle anderen ausländischen Zeitungen, die diese Meldung nachdruckten. Von der einheimischen Presse war nichts zu befürchten, sie stand unter strengster Zensur. Auch die Zöllner waren gründlich. Trotzdem gelangten viele Nummern der MÜNCHNER NEUESTEN NACHRICHTEN nach Wien und machten dort die Runde.
Stephanie war für den Hof so tot wie Rudolf und zudem uninteressant. Man hatte sie auf das Abstellgleis geschoben. Man machte ihr Kondo-

lenzbesuche, wie die Etikette es verlangte, aber das war alles. Sie erkannte das deutlich und wehrte sich dagegen, so gut sie konnte. Der Tag, an dem sie die MÜNCHNER NEUESTEN NACHRICHTEN in Händen hielt, war der schwärzeste ihres Lebens.
Während der Beisetzung hatte sie, tief verschleiert, ihre Witwenrolle gespielt. Es war die erste Begegnung mit Elisabeth seit Rudolfs Tod. Stephanie machte die vorgeschriebene Verbeugung vor der Kaiserin, Elisabeth verbeugte sich vor der Kronprinzessin. Dann saßen sie nebeneinander, knieten, beteten, standen – und die ganze Zeit richtete Elisabeth kein einziges Mal das Wort an die Schwiegertochter.
Damals begann Stephanie sie zu hassen, mehr als den Kaiser, mehr als den ganzen Wiener Hof. Sie hatte nur einen Gedanken: Fort! Fort aus dieser entsetzlichen Stadt, in der man ihr die Jugend gestohlen hatte und alles, was ihr Leben lebenswert machte.
Aber selbst jetzt, nach Rudolfs Tod, war sie noch nicht frei. Franz Joseph verlangte, daß sie in Wien blieb. Sie bat ihren Vater, nach Brüssel zurückkehren zu dürfen, aber auch König Leopold hatte Stephanie abgeschrieben. Er unterstützte den Wunsch des Kaisers.
Laxenburg, das unselige Schloß, in dem sie ihre Hochzeitsnacht verbracht und ihre Tochter geboren hatte, das voll von bitteren und kränkenden Erinnerungen war, wurde ihr als Witwensitz zugewiesen.

Und nun war Elisabeth mit dem gleichen Pomp beigesetzt worden wie vor neun Jahren ihr Sohn Rudolf. Der eine hatte sich selbst getötet, die andere war getötet worden.
Stephanie verbot sich, Genugtuung zu empfinden. Aber es schien ihr nicht unchristlich, ohne jedes Mitleid an Franz Joseph zu denken. Außerdem zweifelte sie an der Aufrichtigkeit seiner Trauer. Sie glaubte, daß er sich in der Tiefe seines Herzens erleichtert fühlte, eine lästige und schwierige Frau losgeworden zu sein. Sie machte ihm keinen Vorwurf deswegen. Auch sie hatte Erleichterung verspürt, als sie von dem Mann befreit war, der sie durch seinen indiskreten Selbstmord vor der Welt bloßgestellt hatte.

Seit Tagen forderten die Genfer Zeitungen den Weiß- oder Graubart auf, der vor dem Hotel Beau-Rivage mit Lucheni gesprochen hatte, sich bei der Polizei zu melden. Im Justizpalast lief eine ganze Reihe von Denunziationen gegen Bartträger ein. Sie wurden alle gewissenhaft überprüft, ergaben aber keinerlei Verdachtsmomente. Verschiedene grau- und weißbärtige Bürger wanderten zu ihren zuständigen

Gendarmerieposten, um zu versichern, daß sie sich nicht mit Lucheni unterhalten hätten, obwohl sie den beschriebenen Haarschmuck ums Kinn trügen. Nur der gesuchte Mann meldete sich nicht, obwohl die Aufforderung auch von den Zeitungen der übrigen Schweiz gebracht wurde.
Léchet sah das als Bestätigung an, daß der Weißbart keinesfalls der harmlose Passant war, zu dem Lucheni ihn machen wollte. Seine Kleidung wies ihn als Mitglied der wohlhabenden Klasse aus. Jemand wie er hätte es wesentlich leichter, Informationen zu sammeln, als einer der armselig aussehenden italienischen Arbeiter. Er konnte, ohne aufzufallen, jedes Hotel betreten. Auch das Beau-Rivage. War er der Informant, den Péter vergeblich unter den italienischen Angestellten des Hotels gesucht hatte?

Der Gerichtsdiener brachte Léchet die Post, die für den Attentäter eingetroffen war. Die zahlreichen Briefe kamen vorwiegend aus der österreichisch-ungarischen Monarchie. Die feierliche Beisetzung der Kaiserin hatte viele Bürger so beeindruckt, daß sie sich noch am selben Abend hinsetzten, um dem Mörder zu schreiben. Es gab heute keinen einzigen Brief, der eine Andeutung von Mitleid, Verständnis oder Geistesverwandtschaft mit Lucheni verriet. Es gab nur Haß, Abscheu und Trauer.

*Mörder, Bestie, Ungeheuer, reißendes Tier! Die Frauen und Mädchen Wiens seufzen danach, Dein furchtbares Verbrechen, das Du an unserer geliebten Kaiserin begangen hast, zu rächen. Weißt Du, reißendes Tier, was Du verdienst? Höre, Ungeheuer: Wir wollten Dich auf einen Tisch legen – wir, die wir ein gutes Herz haben, wir könnten mit Vergnügen zuschauen, wie man Dir die beiden Arme und Füße abschnitte . . .**

Léchet hegte starke Zweifel an dem guten Herzen, dessen sich die Absenderin rühmte. Aus Laibach schrieb man:

*Teufel Luigi Lucheni! Es wäre besser, daß Dich, bevor Du die teuflische Tat getan hast, die Erde verschlungen hätte! Diavolo! Pereat anarchismus!***

* AGG
** s. o.

Eine Wiener Fabrikarbeiterin, die mit vollem Namen unterzeichnete, schrieb:

*Alle verfluchen Dich! Männer, Weiber und Kinder, weil Du unsere liebe, gute, schöne Kaiserin getötet hast, Du Hyäne in menschlicher Gestalt!**

Eine Karte aus Haida, einem winzigen Städtchen im nördlichen Böhmen, lautete:

Fluch und Tod dem verruchten Mörder unserer allverehrten Kaiserin!
Eine deutsche Österreicherin.

Hinter dem Datum stand:

*4 Uhr nachmittags, die Stunde der Beerdigung.***

Monsieur Blaise Papis aus Versoix wurde gemeldet. Er war der Bauunternehmer, bei dem Lucheni in den Jahren 1892/93 zehn Monate gearbeitet haben wollte.
Papis, ein freundlicher, älterer Herr, bestätigte diese Angaben und fügte unaufgefordert hinzu, daß Lucheni damals ein liebenswürdiger, heiterer junger Mann und ein ausgezeichneter Arbeiter gewesen wäre, den er nur ungern ziehen ließ. Der junge Italiener war allgemein beliebt in Versoix, ganz besonders bei den Kindern der Nachbarschaft. Er spielte mit ihnen, erzählte ihnen Geschichten, nahm sie sonntags mit auf Spaziergänge. Und nie ein Wort von Politik! Kein Wort über Anarchismus! Als Papis zum erstenmal von dem entsetzlichen Verbrechen hörte, wollte er einfach nicht glauben, daß der Mörder derselbe Mann sein sollte, den er kannte.
Das einzige, was das Bild des fleißigen, heiteren und beliebten Lucheni etwas störte, war die Tatsache, daß er, als er weiterzog, im Hotel de la Balance 80 Francs Schulden hinterließ. Aber selbst das nahm Papis ihm nicht übel. Der Besitzer sei ein Geizkragen! Er hätte Lucheni viel zuviel Geld für das kleine Loch von Zimmer abgefordert.
Der von Papis geschilderte Lucheni war ein vollkommen anderer als der, der drüben in Zelle 10 saß. Was hatte aus dem freundlichen, offenen

* AGG
** s. o.

jungen Mann einen verbitterten, fanatischen Anarchisten gemacht, überlegte der Untersuchungsrichter. Konnten Arbeitslosigkeit, Elend und die Vereinsamung des Wanderlebens eine solche Veränderung bewirken? Oder gab ein bestimmtes Erlebnis den Ausschlag? Wo war das zu suchen? Als er den Attentäter befragte, seit wann er Anarchist sei, hatte Lucheni geantwortet: »Seit ich denken kann« und dann eine ganze Liste von Anklagen gegen Staat, Kirche und Behörden aufgezählt. Einen Katalog von Schlagworten. Konnte die Militärzeit die entscheidende Epoche gewesen sein? Vielleicht werden die Rapporte aus Neapel und Parma Licht in dieses Dunkel bringen, tröstete sich Léchet. Aber sie ließen noch immer auf sich warten.
Bevor Papis ging, fragte er, ob es erlaubt sei, Lucheni zu sprechen. Léchet bedauerte, der Gefangene dürfe keinerlei Besuche empfangen.

Am selben Tag erhielt Léchet aus Martigny, im Kanton Wallis, das Protokoll der Aussage eines Maurermeisters, bei dem Lucheni beschäftigt war, bevor er nach Lausanne kam.
Léchet las:

Der Zeuge ist vereidigt und sagt wie folgt aus:
Ich heiße Pierre Massera, bin Maurermeister, 34 Jahre alt und wohne in Martigny-Bourg. Luigi Lucheni ist mir bekannt, ich bin weder mit ihm verwandt noch befreundet. Frage: Wie haben Sie ihn kennengelernt?
Antwort: Er hat als Maurer vom 25. April bis zum 15. Mai dieses Jahres auf einem Bau in Salvan, unweit von Martigny, für mich gearbeitet. Er kam damals über den Großen Bernhard aus Italien . . .
Da Lucheni sehr schlechtes Schuhwerk besaß, zahlte ich ihm seinen verdienten Lohn aus, als er nach Martigny gehen wollte, um sich ein Paar Schuhe zu kaufen. Er versprach, sofort nach Salvan zurückzukehren, aber ich habe ihn nie wiedergesehen. Da er, wie gesagt, zurückkommen wollte, verlangte ich ihm zuvor seine Papiere ab. Daraufhin gab er mir seinen Entlassungsschein vom Militär, der diesem Protokoll beiliegt. Lucheni behauptete, dies sei das einzige Legitimationsstück, das er besäße. Ich glaube aber, er besaß noch andere, sonst hätte er kaum bis Lausanne reisen können. Er fuhr gemeinsam mit einigen Arbeitskollegen, die ich am selben Tag entlohnt hatte.
Frage: Was wissen Sie über den Charakter und die moralischen Qualitäten des Lucheni? Hat er Ihres Wissens jemals irgendwelche subversiven Absichten geäußert?

Antwort: Lucheni war eher ein düsterer Mensch, obwohl er einen durchaus gutmütigen Eindruck machte. Es ist mir nicht bekannt, daß er jemals subversive Äußerungen gemacht hätte. Er sprach überhaupt sehr wenig. Einmal zeigte er mir eine Urkunde, aus der hervorging, daß er in Afrika eine militärische Auszeichnung erhalten hatte. Dasselbe Dokument zeigte er auch meinem Bauherrn, einem in Salvan ansässigen Richter. Lucheni war ein fleißiger Arbeiter, aber er verstand nichts vom Maurerhandwerk.
Ich hätte es niemals für möglich gehalten, daß er eines solchen Verbrechens fähig wäre. Er sah immer so friedlich aus.
*Ich glaube, daß er keinen Centime in der Tasche hatte, als er bei mir zu arbeiten anfing.**

Zwischen Luchenis Tätigkeit bei Monsieur Papis und der bei Massera lagen 5 Jahre. Er war jetzt »eher ein düsterer Mensch«, wie Massera sich ausdrückte, spielte nicht mehr mit Kindern, erzählte keine Geschichten. Er war schweigsam geworden. Trotzdem beschrieb auch Massera ihn noch als gutmütig und friedfertig.
Léchet nahm sich die Protokolle vor und verglich die Daten, die Massera angegeben hatte, mit denen in der Aussage des Attentäters. Sie stimmten bis auf wenige Tage überein. Bei Menschen wie Lucheni, die ohne Uhr und Kalender lebten, waren solche Abweichungen durchaus verständlich.

Nach Tisch erstattete Fouchard Bericht: Er hatte dem Pförtner der Rothschilds Lucheni und die anderen Inhaftierten gegenübergestellt. In keinem erkannte der Mann den Italiener, der am Tor um Arbeit bettelte und ausfallend geworden war.

Gegen 4 Uhr traf ein Telegramm von Polizeirat Jerzabek ein. Wien hatte mit gewohnter Pünktlichkeit gearbeitet. Es lautete:

*Antwort bezüglich Luchenis Aufenthaltsort in Pest hat dortige Oberstadthauptmannschaft an österreichisches Konsulat Genf gesendet. Ihre Majestät war im Mai, Juni, Juli 1894 nicht in Budapest, wohl aber im Oktober 1894 in Gödöllö bei Budapest.***

* AGG
** s. o.

Lucheni hatte also die Kaiserin nicht in Budapest gesehen. Damit war für Léchet die Verschwörung erwiesen.

Am Dienstag morgen, drei Tage nach der Beisetzung, wurde in der Vorhalle der Kaisergruft in der Kapuzinerkirche ein Kranz niedergelegt. Er war ungewöhnlich groß, bestand aus weißen und blauen Lilien, ein breites Atlasband trug in goldenen Lettern die Aufschrift »Der Prinz und die Prinzessin von Orléans.«
Man rätselte in Wien herum, weshalb der Kranz des französischen Thronprätendenten mit so unpassender Verspätung eingetroffen sei. Die vorherrschende Erklärung lautete, der Prinz wäre bemüht gewesen, sein Mitgefühl so taktvoll wie möglich zum Ausdruck zu bringen, da ja ursprünglich er das Opfer Luchenis sein sollte und nicht die österreichische Kaiserin.
In Wahrheit wußte der Prinz nichts von der verspäteten Lieferung des Kranzes. Sie beruhte auf einer Schlamperei der Blumenhandlung. Zusammen mit seinen Freunden, den ultrakonservativen französischen Royalisten, steckte er bis über die Ohren im Kampf gegen die Wiederaufnahme des Dreyfus-Prozesses. Am Tage der Beisetzung der Kaiserin erließ er in Paris eine Proklamation, die von allen Zeitungen veröffentlicht und in Anti-Dreyfus-Kreisen mit Enthusiasmus aufgenommen wurde. Sie endete mit dem Satz:

*Unter dem Vorwand, einem als Verräter verurteilten Menschen seinen unschuldigen Namen wiederzugeben, will man die Armee zerstören und Frankreich verderben! Franzosen, wir werden dies nicht zugeben!**

Der Korrespondent der NEUEN ZÜRCHER ZEITUNG meldete am 20. September aus Innsbruck:

Die ultramontane Presse fährt fort, auf die Schweiz wegen Lucheni grobe Steine zu werfen. Sie nennt die Untersuchung skandalös, schreibt, der Attentäter benehme sich mit Unterstützung der Schweizer Behörden wie ein Schauspieler, empfange Zeitungsreporter etc. ... Es wird nichts schaden, wenn die Schweiz sich gegen die sicher übertriebenen und erfundenen Vorwürfe entsprechend äußern würde. Es wird durch die klerikale Presse, die bekanntlich in Öster-

* NFP vom 20. 9. 1898

reich großartig gedeiht wie selten in einem Lande, der Haß gegen die Schweiz in hohem Grade geschürt, und es sollte dem aufs schärfste entgegengetreten werden.

Die AUGSBURGER ABENDZEITUNG schrieb:

Lucheni wurde vom Untersuchungsrichter ein Stuhl angeboten! Hoffentlich war er auch schön weich gepolstert!

Am selben Morgen erhielt Léchet ein Schreiben aus Annemasse mit dem Ergebnis der Recherchen über Luchenis angeblichen Aufenthalt in Evian in der Nacht vom 7. zum 8. September. Der zuständige französische Untersuchungsrichter hatte zwei Gendarmen nach dem nahen Evian entsandt, die dort die Pensionsbücher und Fremdenlisten sämtlicher Herbergen, Café-Logis und ähnlicher Übernachtungsstätten kontrollierten. Nirgends waren sie auf Luchenis Namen gestoßen. Sie legten stets eine Fotografie des Attentäters vor, da mit der Möglichkeit gerechnet werden mußte, daß die Eintragung in den Büchern versäumt oder unter falschem Namen erfolgt war. Aber alle Vermieter und Cafétiers behaupteten, den Abgebildeten nie gesehen zu haben.
Léchet wußte, daß der negative Bescheid nicht allzu viel bewies. Er bezweifelte, daß die beiden Gendarmen sich bei ihren Recherchen besonders große Mühe gegeben hatten.

Navazza steckte den Kopf zur Tür herein und fragte, ob er störe. Es war eine der liebenswerten Eigenschaften des Generalstaatsanwalts, daß er nicht auf Formen bestand und Léchet nie zu sich bitten ließ, wenn er etwas von ihm wollte, sondern zu ihm kam.
Um den Untersuchungsrichter nicht zu verletzen, deutete Navazza so taktvoll wie möglich an, daß es vielleicht an der Zeit wäre, die Voruntersuchung abzuschließen.
Trotzdem empfand Léchet Navazzas Worte als eine versteckte Rüge für seine Arbeit. »Ich dachte, Sie wären genau wie ich der Ansicht, es gelte, ein Komplott aufzudecken«, sagte er, »die Hintermänner zu finden und sich nicht mit einem geständigen Täter zufriedenzugeben, wenn man weiß, daß er nicht allein gehandelt haben kann.«
»Richtig«, sagte Navazza und ging nachdenklich auf und ab. »Der Ansicht war ich.«
»Und heute sind Sie es nicht mehr? Wer hat Sie umgestimmt? Polizeirat Jerzabek?«

»Nein«, entgegnete Navazza ruhig. »Unser Wiener Freund hat nichts damit zu tun. Auch meine persönliche Meinung wollen wir jetzt mal aus dem Spiel lassen. Seit dem Attentat sind zehn Tage vergangen, und wir sind keinen einzigen Schritt vorwärtsgekommen!«
Léchet widersprach. Obwohl noch keine greifbaren Resultate vorlagen, das gab er zu, waren doch vielversprechende Ansätze vorhanden. Die konnte man nicht einfach ignorieren und sich gegen besseres Wissen mit Lucheni als Alleintäter zufriedengeben. Während er alle Details aufzählte, die für eine größere Anzahl von Mittätern sprachen, nickte Navazza zustimmend, so daß Léchet schon hoffte, ihn überzeugt zu haben. Aber dann sagte der Staatsanwalt: »Das mag alles stimmen. Ich glaube trotzdem, daß Sie in einem Monat noch keinen Schritt weiter sein werden als heute und wahrscheinlich auch nicht in einem Jahr!« Nach einem Blick auf Léchet fügte er hinzu: »Das soll ganz bestimmt keine Kritik sein. Ich möchte das ausdrücklich betonen! Es liegt nicht an Ihnen, es liegt in der Natur der Sache.«
Léchet wandte ein, daß zehn Tage eine viel zu kurze Zeit seien, um einen so schwierigen Fall zu entwirren. Außerdem arbeiteten die ausländischen Behörden mit entnervender Langsamkeit. Zum Beispiel Neapel ...
»Was erwarten Sie sich von Neapel?« unterbrach Navazza mit einer gewissen Schärfe. »Was kann Neapel schreiben, um uns weiterzuhelfen? Das möchte ich wirklich wissen!« Léchet versicherte, daß er sich von den Auskünften aus Neapel und Parma eine Menge verspräche.
»Möglich«, gab Navazza zu. »Das ist durchaus möglich. Ich persönlich glaube allerdings eher, daß sie gar nichts bringen werden.« Und wieder nach einem Blick auf Léchet seine Worte mildernd: »Das heißt, ich fürchte es. Vielleicht helfen sie uns, den Täter besser zu verstehen. Das mag hochinteressant sein, vom menschlichen Standpunkt, auch vom psychologischen – aber das ist nicht unsere Aufgabe. Wir sind Kriminalisten.«
Léchet blieb dabei, daß es verfrüht wäre, die Waffen zu strecken.
Navazza sah ihn an und sagte mit einer gewissen Wärme: »Verzeihen Sie, daß ich es so direkt ausspreche. Wenn die Gefahr besteht, daß wir in zwei, drei oder vier Wochen die Waffen doch strecken müssen, würde ich dringend vorschlagen, es lieber jetzt gleich zu tun. Mit jedem Tag, den die Ermittlung länger andauert, steigen die Erwartungen auf das Resultat. Sie sind schon heute zu hoch geschraubt. Und wenn der Erfolg dann ausbleibt, verwandelt sich ein unbefriedigendes Ergebnis schnell in eine unverdiente Blamage.«

Léchet verstand Navazza genau. Er wußte auch, daß er es gut mit ihm meinte. Trotzdem konnte er ihm nicht zustimmen. Der Gedanke, sich geschlagen zu geben, war ihm unerträglich.
Schließlich fragte Navazza: »Wieviel Zeit brauchen Sie noch?«
»Zwei Wochen«, antwortete Léchet, ohne nachzudenken.
»Gut! Sie sollen Ihre zwei Wochen haben!«
Léchet hatte gesiegt.
Nachdem die Entscheidung gefallen war, bat Navazza um die Namen der Italiener, die sich im St. Antoine befanden. Es galt zu entscheiden, ob sie in Haft zu behalten seien oder nicht.
Léchet warf einen Blick auf seine Notizen. »Da wären Martinelli, Sartoris, Barbotti und Posio. Das sind die vier aus Lausanne. Dann Silva, Buratti und Piazetti, die drei aus dem Logis der Madame Seydoux. Außerdem noch Gualducci.«
Nach längerer Diskussion wurde folgendes abgesprochen: Gualducci ist freizulassen. Es gibt zwar Belastungsmomente, aber sie reichen nicht für eine Haftverlängerung aus. Fluchtverdacht liegt kaum vor, da Gualducci in Italien, Frankreich und Spanien polizeilich gesucht wird. Nach Österreich wird er sich unter den gegebenen Umständen schwerlich trauen. In Deutschland existiert kein Asylrecht, und um nach England zu reisen, dem einzigen Land, das ihm außer der Schweiz Asyl gewähren würde, fehlen ihm die Mittel.
Buratti und Piazetti sind nach Italien abzuschieben. Ausweisungsgrund: Fehlende Papiere.
Silva ist freizulassen, da er einwandfreie Papiere sowie Arbeit hat und die anonyme Anzeige gegen ihn nicht bewiesen werden kann. Die Zeichnung der Feile, auch wenn sie aus der Zeitung abkopiert ist, bleibt zwar verdächtig, aber der Verdacht reicht nicht aus, Silva deshalb in Haft zu behalten.
Was die vier Männer aus Lausanne betraf, wurde entschieden:
Martinelli und Barbotti sind nicht in Freiheit zu setzen. Martinelli muß nach wie vor als der Mittäterschaft verdächtig angesehen werden, da er den Griff der Feile verfertigt hat. Gegen Barbotti ist noch ein altes Delikt anhängig, er braucht daher vorerst nicht entlassen zu werden.
Sartoris bot ein gewisses Problem. Ihm verdankte man die Mitteilung über Martinelli. Obwohl er von Léchet keine bindende Zusage besaß, wurde beschlossen, nicht in Bern seine Ausweisung aus der Schweiz zu beantragen, sondern ihn lediglich aus dem Kanton Genf ausweisen zu lassen.
Über Posio konnten sich Navazza und Léchet schwer einigen. Léchet

hätte ihn gern im St. Antoine behalten, aber Navazza wies ihm nach, daß die Verdachtsmomente zu vage wären, um den Antrag auf Verlängerung der Untersuchungshaft beim Haftrichter mit Erfolg begründen zu können.
Léchet tröstete sich mit dem Gedanken, daß der junge Bursche nach seiner Entlassung notfalls bei der Prostituierten Lina Zahler in Lausanne wieder zu finden sein würde. Eine Rückkehr in die Heimat war nicht anzunehmen, denn sein Name war in den italienischen Zeitungen mehrmals in Verbindung mit Lucheni genannt worden, und die Jagd nach Anarchisten hatte in Italien stark zugenommen.
Als Navazza schon an der Tür war, fiel ihm noch etwas ein: »Ich habe in der letzten Zeit eine ganze Menge bitterböser Briefe erhalten, besonders natürlich aus Österreich, weil wir Lucheni angeblich zu gut behandeln. Die allergrößte Empörung erregen die Zigarren!«
»Ich weiß.«
»Ich schicke Ihnen morgen einen Reporter vom JOURNAL DE GENÈVE. Der soll seinen Lesern beibringen, daß Mörder keineswegs Lieblingskinder der schweizerischen Justiz sind, sondern ausschließlich nach den einschlägigen Gesetzen behandelt werden. Tun Sie mir den Gefallen und geben Sie ihm die entsprechenden Auskünfte!«
Navazza winkte Léchet freundlich zu und verließ das Zimmer.

Als Léchet am Mittwochmorgen die Amtsräume betrat, fand er statt der sehnlichst erwarteten Post aus Neapel und Parma einen Brief aus Lausanne von Untersuchungsrichter Bonnard vor und einen aus Dublin, der an Lucheni adressiert war.
Ehe er die Briefe öffnete, rief Léchet den Gerichtsschreiber herein und diktierte zwei gleichlautende Telegramme nach Neapel und Parma:

Gericht Genf erwartet Antwort auf Brief vom 13. September.

UNTERSUCHUNGSRICHTER LÉCHET*

Dann las er den Brief aus Irland. Er war mit Schreibmaschine geschrieben, einer technischen Errungenschaft, die den Justizbeamten in Genf noch nicht zur Verfügung stand, und lautete:

Mitmensch! Nimm die Sympathie eines Freundes entgegen, der gelitten hat wie Du! Die hypokritische, verlogene Welt hat ein Geheul von

* AGG

Verwünschungen auf Dich niederprasseln lassen wegen der Handlung, die Du begangen hast. Sie vergessen, daß Anarchismus nur eine Wirkung darstellt. Die Ursache ist in der Gesellschaft selber zu finden. Was hat Dich zum Anarchisten gemacht? Warum bist Du heute Anarchist? Diese Frage stellen sie niemals. Ich aber weiß den Grund. Ich kann mir gut das bittere Wehklagen Deines Herzens denken, als Du merktest, daß die kalte Welt, die Waisen und Witwen immer mißhandelt, Dich mit Fußtritten traktiert. Oh, welche Steine muß man Dir gegeben haben, als Du um Brot batest! Wahrscheinlich weißt Du nicht einmal, was Mitleid ist. Ja, ich kann mir die schweren, weiten Wege ausmalen, die Deine gequälten Füße durchwandern mußten. So sende ich Dir wenigstens mein tiefes Mitleid aus diesem Land des Jammers. Dein Stoizismus verdient meine ganze Bewunderung!
Wenn diese Zeilen jemals Deine gerichteten Hände erreichen sollten, erinnere Dich an

Deinen
Sansculotte

*Gott gebe Deiner Seele Ruhe!**

Der Brief aus Lausanne beantwortete mehrere Anfragen, die alle schon etliche Tage zurücklagen und nach Léchets Meinung viel zu langsam erledigt wurden.
Im Auftrag Bonnards hatte der Polizeiagent Girardet den Pensionsinhaber Matthey vernommen. Der Agent sollte feststellen, ob Lucheni vom 20. Mai bis zum 5. September ununterbrochen in Lausanne anwesend war und nicht, wie es die Eintragungen in seinem Liederbuch vermuten ließen, Reisen in andere Städte unternommen hatte. Matthey konnte hierzu nichts Genaues aussagen, da er – wegen Erkrankung seines Pächters, eines Italieners namens Pozzino – erst seit dem 18. August selber die Pension führte. Dagegen bezeugte Matthey, daß Lucheni zwischen dem 18. August und dem 5. September jede Nacht in der Rue Mercerie geschlafen hätte. Matthey bat den Polizisten, die Behörden in Genf doch auf die 30 Francs aufmerksam zu machen, die Lucheni ihm noch schuldete. Die Zeitungen schrieben ja, daß ihm aus aller Welt Geld geschickt würde. Da wäre es wohl angebracht, daß er erst seine alten Schulden bezahlte, bevor man ihm erlaubte, sich im Gefängnis Zigarren und wer weiß was noch zu kaufen! Das um so

* AGG

mehr, als Mattheys Pension seit dem Attentat in Genf leer stand. Seine Klienten waren vorwiegend Italiener, und die machten seither einen großen Bogen um das Haus in der Rue Mercerie Nr. 17.
Dann vernahm Girardet den früheren Pensionspächter Pozzino. Dieser bezeugte, daß Lucheni seit dem Tag seiner Ankunft am 20. Mai dieses Jahres ununterbrochen in Lausanne gewesen sei, ohne die Stadt jemals zu verlassen. Die Aussage wurde durch seine Eintragungen im Pensionsbuch erhärtet. Über den Charakter des Attentäters befragt, schilderte Pozzino ihn als einen freundlichen, stillen Menschen, der keinerlei anarchistische Zeitschriften gelesen und niemals subversive Äußerungen gemacht hätte. Pozzino sei ebenso überrascht wie entsetzt gewesen, als er von Luchenis Tat hörte.
Weiter suchte Girardet den Unternehmer Baud auf, der den Neubau der Post von Lausanne ausführte. Obwohl Baud wußte, daß der Attentäter auf seiner Baustelle gearbeitet hatte, konnte er sich nicht an ihn erinnern. Es waren zu viele Italiener dort beschäftigt. Aus den korrekt geführten Lohnbüchern, in die Girardet Einblick nahm, ging hervor, daß Lucheni in der ersten Augusthälfte sieben Tage, nämlich vom 7. bis zum 13. August, als Handlanger auf dem Bau tätig war. Am 13. August zog er sich eine Verletzung an der linken Hand zu, wurde vom Polier ins Krankenhaus geschickt und bezog dann zwei Wochen lang eine Entschädigung von der Unfallversicherung.
Die drei Protokolle Girardets waren von einem Schreiben des Untersuchungsrichters Bonnard begleitet, in dem er seinem Genfer Kollegen mitteilte, daß der Aussage des früheren Pächters der Pension Matthey wenig oder gar kein Glauben zu schenken wäre. Pozzino stünde im Ruf, selbst Anarchist zu sein. Unter diesen Umständen sei es nur zu wahrscheinlich, daß er für Luchenis Anwesenheit in Lausanne auch dann bürgte, wenn der Attentäter in Wahrheit auf irgendwelchen anarchistischen Missionen unterwegs gewesen wäre. Weiterhin informierte Bonnard den Kollegen, daß die Sicherheitspolizei von Montreux auf seine Veranlassung einen Agenten nach Caux geschickt hätte, um dort die von Léchet gewünschten Erkundigungen einzuziehen.
Der Bericht aus Montreux lag dem Brief bei.
Er lautete:

Ihre Majestät die Kaiserin von Österreich traf am 30. August d. J. um 3 Uhr 18 nachmittags mit dem Zug aus Lausanne in Territet ein. Sie fuhr sofort weiter und kam um 4 Uhr 24 mit der Bergbahn Territet – Glion – Rochers de Naye in Caux an. Als Ihre Majestät im ver-

*gangenen Jahr in Caux weilte, hatte sie Monsieur Faucherre, dem Eigentümer des Hotels, mitgeteilt, daß sie wiederkommen würde, aber erst am 10. August d. J. kam der präzise Bescheid, die für die Kaiserin reservierten Appartements zum 30. August bereitzuhalten. Dies wurde dem Hotelbesitzer in einem Schreiben des Hofmarschalls General von Berzewiczy aus Bad Nauheim mitgeteilt.**

Monsieur Faucherre erklärte dem Beamten weiter, daß sich während des Aufenthalts der Kaiserin 17 Italiener im Personal des Hotels befanden. Kurz nach dem Attentat verschwanden fünf von ihnen. Dies sei, nach Ansicht des Hotelbesitzers, aber keineswegs als verdächtig anzusehen, da ihm ähnliche Abgänge italienischer Angestellter aus vielen Hotels bekannt wären, die lediglich der Angst vor Verfolgungen entsprangen, wie sie ja mancherorts auch tatsächlich vorgekommen waren.

Am späten Vormittag suchte der von Navazza angekündigte Reporter vom JOURNAL DE GENÈVE Léchet auf. Der Journalist leistete gute Arbeit. Bereits in der Abendausgabe der Zeitung erschien folgende Mitteilung:

Der Untersuchungsrichter der Republik und des Kantons Genf teilt mit, daß Lucheni genau dieselbe Behandlung erhält wie alle anderen Untersuchungsgefangenen. Ihm werden keinerlei Ausnahmebewilligungen gegeben.
Was die Erlaubnis zum Rauchen anbelangt, so hat der Unterzeichnete die Direktion des Gefängnisses St. Antoine angewiesen, daß Lucheni sich auch hierin ganz den Gefängnisvorschriften anzupassen hat.
Heute erklärt der Direktor des Gefängnisses St. Antoine, daß er aus Sicherheitsgründen die Lucheni erteilte Erlaubnis, unter Bewachung rauchen zu dürfen, zurückziehen muß. Das bedeutet: Bis eine neue Regelung getroffen wird, darf Lucheni nicht rauchen. Im übrigen hat der Beschuldigte bisher ein einziges Mal von der Raucherlaubnis Gebrauch gemacht.
Angesichts der Zuschriften, die bei dem Unterzeichneten eingelaufen sind, Luchenis Behandlung betreffend und angesichts der phantastischen Geschichten, die diesbezüglich in verschiedenen Zeitungen kursieren, hat der Untersuchungsrichter an das eidgenössische Justiz-

* AGG

und Polizeidepartement in Bern ein Schreiben mit detaillierten Erklärungen abgehen lassen und darum gebeten, es an die österreichisch-ungarische Legation weiterzuleiten.
Es ist dringend nötig, allen unzutreffenden Gerüchten Einhalt zu gebieten und so zu verhindern, daß eine Legende geboren wird.

Der Untersuchungsrichter
C. H. Léchet

PS. Lucheni befindet sich in Einzelhaft. Er darf keinerlei Besuch empfangen. Briefe, die er schreibt, werden gelesen . . . An ihn adressierte Briefe bleiben, bis eine neue Regelung eintritt, in den Händen des Untersuchungsrichters.

Als Léchet am nächsten Morgen den Justizpalast betrat, gab ihm der Pförtner ein Telegramm.
Es kam aus Neapel und war die Antwort auf die gestrige Depesche. Untersuchungsrichter Avigliano erklärte darin, daß Rückfragen in Palermo notwendig gewesen wären. Er habe seinen dortigen Kollegen Volpes telegrafisch angemahnt, worauf Volpes ihm, ebenfalls telegrafisch, mitteilte, die gewünschten Auskünfte seien bereits nach Neapel unterwegs.

Lucheni war für 10 Uhr zur Vernehmung bestellt.
»Ich erinnere mich, daß Sie einen militärischen Orden besitzen«, begann Léchet, »auf den Sie sogar sehr stolz sind, wie ich höre. Wofür haben Sie den eigentlich bekommen?«
Lucheni lachte und sagte: »Für eine verlorene Schlacht, bei der ich nicht dabei war!«
Léchet verlangte eine genauere Erklärung.
»Sie ist als die Schlacht bei Adua bekannt. In Wahrheit fand sie aber in Sevi statt. Am 1. März 1896. Da metzelten 100000 kräftige Abessinier 20000 miserabel ausgerüstete italienische Kolonialsoldaten nieder. Ich hatte das Glück, mich gerade mit 500 Kameraden an Bord eines winzigen, stinkenden Frachtenseglers auf der Überfahrt von Palermo nach Eritrea zu befinden. Wir verpaßten die Schlacht, kamen aber noch rechtzeitig zur Niederlage. Da man uns sonst nichts zu geben hatte, gab man uns Orden. Das ist alles.«
Léchet wechselte das Thema. »Sie haben eine sonderbare Art, sich zu verabschieden! Bei Ihrem Freund Papis in Versoix sind Sie 80 Francs schuldig geblieben . . .«

»Nicht bei Papis, sondern im Hotel de la Balance«, verbesserte Lucheni mit beleidigtem Unterton.
»Matthey in Lausanne schulden Sie 30 Francs, und im Jahre 94 sind Sie in Zürich spurlos verschwunden, ohne zu bezahlen!«
»In Zürich?« Lucheni dachte nach. »Das könnte stimmen«, sagte er dann, »der Pensionsbesitzer hieß, glaube ich, Benesch!«
»Ganz recht! Der Mann heißt Benesch! Für manche Dinge haben Sie ein ausgezeichnetes Gedächtnis! Und da Herr Benesch glaubt, daß Sie jetzt über große Geldmittel verfügen, hat er Klage gegen Sie eingereicht!«
»Er verklagt mich auf Bezahlung meiner Schulden?« Lucheni strahlte. Er faßte das als ein ungeheures Kompliment auf. »Sagen Sie ihm, ich bin einverstanden, nach Zürich ausgeliefert zu werden, sowie ich meine Strafe hier abgesessen habe!«
»Da Ihr Erinnerungsvermögen heute besonders gut zu sein scheint, möchte ich noch mal auf die ersten zwei Nächte in Genf zurückkommen. Die vom 5. zum 6. und vom 6. zum 7. September!«
»Darüber habe ich alles gesagt, was ich weiß.« Lucheni war nicht mehr vergnügt.
»Gut, gut«, beschwichtigte Léchet. »Wir gehen jetzt zu Monsieur Péter. Der hat eine schöne große Karte von Genf. Vielleicht kann die Ihnen weiterhelfen.« Lucheni ging mit Léchet und zwei Gendarmen über den Korridor zu Péter. Dort hing ein Stadtplan an der Wand. Lucheni betrachtete ihn lange. Dann beschrieb er mit dem Finger vage einen Kreis um die Altstadt und sagte: »Hier ungefähr muß es gewesen sein.«
Damit gab sich Léchet nicht zufrieden. Er ließ nicht locker und bedrängte Lucheni wie selten in den vergangenen Tagen.
Plötzlich begann Lucheni zu sprechen. Er könnte zwar noch immer nicht genau sagen, wo er übernachtet hätte, aber er erinnerte sich jetzt, daß er, vom See kommend, eine kleine, schmale Straße bergauf gegangen und dann links abgebogen sei. In dieser Straße, die parallel zum See verlief, mußte das Logis gewesen sein. Und zwar im zweiten Café. Es gäbe dort zwei Cafés, ziemlich nah beieinander. Über der Theke hing ein Spiegel, besann er sich, neben der Tür stand ein Kleiderständer, und hinten rechts führte eine Wendeltreppe ins obere Stockwerk zu den Räumen mit den Betten.
Léchet war zufrieden. Er ließ Lucheni zurück ins St. Antoine bringen und bat Péter, Fouchard sofort auf die Suche nach dem Logis zu schikken.

Léchet nahm das Mittagessen zu Hause ein und legte sich dann zu einer kurzen Siesta aufs Sofa. Vor dem Einschlafen warf er einen Blick in die Zeitung. Seit er mit dem Attentat befaßt war, hatte er außer der Lokalpresse auch die Berner und Züricher Blätter abonniert.
In der NEUEN ZÜRCHER ZEITUNG fand er einen Artikel, der ihn interessierte:

Die Verhaftung der Italiener Germani, Boffino, Colombelli und Mirlo in Neuenburg (Neuchâtel) erfolgte am Montag vormittag durch acht Landjäger. Zavattero, der Hauptmitarbeiter am Anarchistenblatt IL AGITATORE, *der auch verhaftet werden sollte, hatte, gewarnt durch unzeitige Ausweisungsankündigungen einzelner Zeitungen, Neuenburg verlassen ... Mit den Verhaftungen wurden Haussuchungen verknüpft, die allerhand anarchistische Literatur an den Tag förderten ...*
Mirlo beteuert, er sei nicht Anarchist, sondern Sozialist. Dasselbe sagt Germani, der sich um Rechtsbeistand an den sozialistischen Fürsprecher Amiette in Neuenburg wandte. Mit Ausnahme von Germani, der eine Schweizerin zur Frau hat, sind alle Verhafteten ledig. Germani ... früher in Lausanne, arbeitete in seiner IMPRIMERIE COMMERCIALE *mit zwei bis drei Arbeitern ...*
Am IL AGITATORE *verlor Germani Geld, denn seine anarchistischen Abonnenten waren nicht die exaktesten Zahler. Das Defizit beträgt etwa 250 Francs. Germanis Druckerei wurde am Montag polizeilich geschlossen.**

Die Meldung vertrieb Léchet den Schlaf.
Bevor er nach Neuenburg ging, lebte Germani in Lausanne! Sicher betrieb er auch dort eine Druckerei. Druckereien brauchen bekanntlich Lithographen, und dieser Posio, Luchenis Freund aus der Rue Mercerie, war Lithograph. Vielleicht hatte sein Beruf Posio mit Germani zusammengebracht. Der AGITATORE trat unverhüllt für die Propaganda der Tat ein. Germani und seine Mitarbeiter könnten die geistigen Väter und Hintermänner des Attentats sein. Verschaffte Posio ihnen den Mann, der den Mut besaß, es durchzuführen?
Wie war so etwas zu beweisen?
Léchet stand auf.
Der Optimismus, der ihn am Vormittag beflügelt hatte, war ver-

* NZZ vom 22. 9. 1898

schwunden. Er warf die Zeitung in den Papierkorb, bat seine Haushälterin um einen starken Kaffee und ging ins Amt.

Von Fouchard gab es noch keine Nachricht. Um seine Ungeduld zu betäuben, erledigte Léchet Korrespondenz, brachte Ordnung in seine Akten und las alle Protokolle noch einmal gründlich durch.
Gegen 5 Uhr nachmittags erschien Fouchard. Eine ganze Anzahl Straßen entsprachen Luchenis Beschreibung: die Rue Neuve-du-Molard, die Rue Faucigny, auch die Rue d'Aoste, die Rue de la Madeleine und die Rue du Vieux-Collège. Aber in keiner von ihnen konnte Fouchard das geschilderte Café finden. Er war zu der Überzeugung gelangt, daß Lucheni sie absichtlich auf eine von vornherein zum Scheitern verurteilte Jagd geschickt hatte.
Léchet gab nicht auf. Er bat Fouchard, morgen die ganze Altstadt noch einmal gründlich durchzukämmen, verabschiedete ihn und kehrte zu seiner Lektüre zurück.
Er nahm sich die Aussage der Gräfin Sztáray wieder vor. Mit ihrer manchmal etwas langatmigen Beschreibung vermittelte sie ein recht anschauliches Bild von den letzten Tagen und Stunden der Frau, die er lebend nie gesehen hatte.
Dann vertiefte er sich in die Vernehmung des Gärtners Fiani. Fiani hatte erklärt, daß drei Männer, von denen einer Lucheni sein konnte, der Kaiserin und ihrer Hofdame am Vorabend des Attentats gefolgt wären, als die beiden gegen halb 7 Uhr das Hotel verließen.
Léchet griff nach seinem Hut.

Der Untersuchungsrichter überquerte die Mont-Blanc-Brücke. Am Denkmal des Herzogs von Braunschweig hielt er ein. Fiani hatte zu Protokoll gegeben, daß er in den Anlagen am Denkmal arbeitete, als die Kaiserin aus dem Hotel kam. Es stimmte, von hier aus war der Eingang des Beau-Rivage leicht im Auge zu behalten.
Auf welcher Bank mögen die drei Männer gesessen haben? Léchet sah sich um. In seinem Blickfeld gab es zwei Bänke. An beiden mußte die Monarchin vorbeigekommen sein, und von jeder konnte ein Beobachter ihr direkt ins Gesicht sehen. Die Sztáray hatte nichts Auffälliges bemerkt. Aber warum sollten ihr drei Männer, die gegen Abend still auf einer Bank saßen, auffällig vorkommen?
Léchet ging, wie damals Elisabeth und die Gräfin, am Seeufer entlang. Noch immer standen die Kastanien in ihrer zweiten Blüte. Über dieses Phänomen hatte die Kaiserin mit der Gräfin gesprochen, als sie Lu-

cheni entgegenschritt. Diese kleine Bemerkung, die ihm in den Sinn kam, rührte Léchet. Das Bild der Frau, die ruhelos durch Europa irrte, aber Freude an blühenden Kastanien empfand, verdrängte die Erinnerung an die Tote auf dem Seziertisch.

Er überquerte abermals die Brücke und schlenderte die Straßen entlang bis zur Confiserie Désarnod am Boulevard du Théâtre. Hier hatten die beiden auf der Terrasse gesessen und Eis bestellt. Léchet nahm Platz. Ein Kellner fragte nach seinen Wünschen. Ohne zu überlegen, bestellte auch er Eis. Er war der einzige Gast, der noch draußen saß. Monsieur Désarnod erschien in der Tür und begrüßte den Untersuchungsrichter. Léchet lud ihn ein, Platz zu nehmen.

Désarnod erzählte ihm, daß die Kaiserin und ihre Begleitung gegen 8 Uhr, vielleicht schon etwas früher, gekommen seien. Sie hätten an diesem Tisch gesessen, er wies auf ein Marmortischchen, keine zwei Schritte von Léchet entfernt, und drei Portionen Eis verzehrt. Nach ungefähr einer Stunde wären sie in die Konditorei hereingekommen und hätten Gebäck bestellt, das ihnen zum Frühstück ins Hotel geschickt werden sollte. Als Adresse gaben sie an: Gräfin Sztáray, Beau-Rivage.

»Wußten Sie damals schon, daß eine von ihnen die Kaiserin war?«

»Nein. Ich merkte sofort, daß sie zum höchsten Adel gehörte, mehr wußte ich um die Zeit noch nicht.« Er hatte die Damen auf die Spezialität des Hauses, ein Nougatkonfekt, aufmerksam gemacht und ihnen eine Kostprobe präsentiert. Beide äußerten sich sehr lobend. Als sie gegangen waren, klärte ihn sein Kellner, der früher im Beau-Rivage gearbeitet hatte, über die Identität des hohen Gastes auf. Am nächsten Morgen brachte Monsieur Désarnod persönlich eine Geschenkpackung seines Nougats ins Hotel, bekam aber die Kaiserin nicht mehr zu Gesicht.

Léchet fragte den Confiseur, ob er verdächtige Gestalten bemerkt hätte, die der Monarchin folgten oder sie beobachteten. Désarnod verneinte. Der Abend sei sehr heiß gewesen und die Straßen noch belebt. Léchet bedankte sich, zahlte, verweigerte höflich eine Kostprobe von Monsieur Désarnods Konfekt und erkundigte sich, welche Richtung die beiden einschlugen, als sie aufbrachen. Désarnod konnte mit Bestimmtheit sagen, daß sie die Rue Diday entlanggegangen wären.

Auch Léchet ging jetzt die Rue Diday entlang, bis zur Place Bel Air hinunter. Dort betrat er das Geschenkartikelgeschäft von Dûnier und Cie. Madame Thibaud, die Kassiererin, erinnerte sich genau an den Besuch der Damen. Sie hatte sie selber bedient. Die eine interessierte sich für ein Intarsientischchen, konnte sich aber noch nicht entscheiden. Sie ver-

sprach, am Tag darauf Bescheid zu geben. Am nächsten Morgen kam dann die Jüngere, kaufte den Tisch und ließ ihn an die Erzherzogin Valerie nach Schloß Wallsee in Österreich schicken. Da erriet Madame Thibaud, wer ihre Kundin war. Sie hatte keinerlei verdächtige Personen bemerkt, auch nicht, als sie die Damen zur Tür brachte und ihnen nachsah, wie sie in Richtung Rue de la Conféderation davongingen.
»Um wieviel Uhr mochte das gewesen sein?«
»Gegen zehn. Es war schon dunkel.«
Léchet dankte Madame Thibaud und nahm denselben Weg.
Auch jetzt war es dunkel. Die Straßen hatten sich geleert, die Beleuchtung war miserabel. Die beiden hätten die Rue du Rhône entlanggehen müssen, nicht die Rue de la Conféderation, überlegte Léchet. So kamen sie weit vom See ab und direkt in die Altstadt. Dies war wirklich keine Gegend, in der zwei Frauen nach 10 Uhr abends allein spazierengehen sollten. Es wunderte Léchet nicht, daß die Sztáray panische Angst bekommen hatte, und er zollte der Kaiserin nachträglich Bewunderung für ihren Mut und für die Ruhe, mit der sie schließlich den Nachhauseweg fand.
Léchet glaubte selbst einen Moment, die Orientierung verloren zu haben. Er blieb stehen. Eine enge, elende Gasse führte rechts den Berg hinauf. Er blickte nach dem Straßenschild. Es war die Rue d'Enfer. Jetzt erkannte er auch das Haus auf der anderen Seite, das Logis der Madame Seydoux. Wenn der Mörder die Kaiserin damals nicht verfolgt hatte, so war sie ahnungslos in seine unmittelbare Nähe gegangen. Keine 20 Meter von hier schlief Lucheni in der Nacht vor dem Attentat.
Wenn es aber die Verfolger gab, warum brachten sie dann die Kaiserin nicht gleich auf der Stelle um? Einen besseren Platz und eine bessere Stunde konnten sie nie finden. Der Mörder wäre längst entkommen, bevor die Schreie der Gräfin Sztáray Hilfe herbeirufen konnten.
Dann ertappte sich Léchet bei einem Denkfehler. Der Tod Elisabeths in einer dunklen, einsamen Straße der Altstadt mußte für Mord in Verbindung mit Raubversuch gehalten werden, dem lediglich durch blinden Zufall die Kaiserin zum Opfer gefallen war. Das wäre keine anarchistische Demonstration gewesen. Keine Propaganda der Tat! Ihr Mörder brauchte die Umgebung der eleganten, mondänen Hotels, den Tag, das Aufsehen und die Öffentlichkeit.
Vielleicht war Léchets ganzer Spaziergang sinnlos, aber die eben gewonnene Erkenntnis hatte er ihm zumindest eingebracht.
Der Untersuchungsrichter ging jetzt schnell zur Rue du Rhône hinunter und weiter zum See. Das hell erleuchtete Ufer war ihm willkommen.

Im Pariser FIGARO widmete Gabriele D'Annunzio, der italienische Dichter und Sänger des Irredentismus, der Kaiserin Elisabeth eine Totenklage.

... In finsteren Katakomben zerfällt ihr Leib zu Asche, aber ihr Traumbild steht lebend für den Dichter voll Glanz an den jonischen Ufern, dort, wo ihre zerstörten Hoffnungen und ihre qualvollen Leiden milde werden wie die Wogen des Meeres im Frühling ...
*Es liegt im tragischen Tod der Kaiserin Elisabeth von Österreich eine Vollkommenheit, die erhebend ist. Unter dem raschen, sicheren Todesstoß, der sie traf, offenbart sich uns die geheime Schönheit dieses kaiserlichen Lebens ... Ich weiß, daß es Herzen gibt, die höher schlugen, als die herrlichen Einzelheiten ihres blutigen Hingangs bekannt wurden ... Sie stirbt zur Stunde des Mittagszaubers, zur Stunde der flammenden Sonne ... sie, die jeden Morgen vom Schiffsbug oder von einem Felsenvorsprung aus die Morgenröte begrüßte ... Sie empfängt den Todesstoß, indem sie noch einmal dem Ufer zuschreitet, noch einmal das trostreiche Meer sucht ... Sie wußte, sich ihre Welt zu schaffen und in ihr zu leben mit der Macht einer befreiten Seele. Wir wollen sie feiern! Sie wäre vielleicht der Vergessenheit anheimgefallen, wenn nicht die Kraft des Stahles ihr Bild mit Gewalt aus dem Schatten gerissen hätte ...**

Gegen Abend des folgenden Tages erstattete Fouchard Bericht. Er hatte noch einmal die Runden durch die Altstadt gemacht. In der Rue de la Madeleine Nr. 9 fand er schließlich ein Lokal, das einer Madame Jaecker gehörte, die auch Betten vermietete. Dieses Café entsprach ungefähr Luchenis Beschreibung. Über der Theke hing ein Spiegel, hinten rechts führte zwar keine Wendeltreppe, aber eine Stiege zum oberen Stockwerk. Den Kleiderständer gab es nicht. Die Haken waren an einem Stützpfeiler angebracht, den ein flüchtiger Beobachter jedoch für einen Kleiderständer halten konnte. Um keinen falschen Optimismus aufkommen zu lassen, erwähnte Fouchard noch, daß 80 Prozent aller von ihm besuchten Cafés Spiegel über den Theken hätten und jedes dritte eine Treppe, die zum oberen Stockwerk führte.
Léchet ließ die Jaecker für den nächsten Tag, morgens 10 Uhr, vorladen.

* NFP vom 25. 9. 1898 (aus dem FIGARO zitiert)

Madame Jaecker hätte eine Verwandte ihrer Berufskollegin Seydoux sein können. Entweder waren nur sehr resolute Frauen den meist recht zweifelhaften Klienten, die ihre Logis frequentierten, gewachsen, oder der Umgang mit diesen machte die Wirtinnen gewitzt und hart. Jedenfalls hatten beide Haare auf den Zähnen und konnten sich ihrer Haut wehren.
Die Jaecker legte Léchet das Pensionsbuch auf den Schreibtisch und forderte ihn auf, es von vorn nach hinten und von hinten nach vorn durchzulesen. Nirgends würde er den Namen Lucheni finden. Und falls er glaubte, sie gehöre zu den Logeusen, die Gäste aufnähmen, ohne sie einzutragen, irre er ganz gewaltig. In den 25 Jahren, die sie ihr Café-Logis betrieb, hätte sie niemals Ärger mit der Polizei gehabt. Der Herr Untersuchungsrichter sollte sich bitte über sie erkundigen. Er säße ja an der Quelle! Um sie zu beruhigen, deutete Léchet an, daß Lucheni sich unter falschem Namen eingetragen haben könnte.
Diese Möglichkeit gab die Jaecker sofort zu. »Ich bin kein Polizist! Ich habe keine Zeit, mir von allen die Papiere vorweisen zu lassen. Außerdem ist Neugier meine kleinste Schwäche!«
In diesem Augenblick wurde Lucheni von zwei Gendarmen hereingeführt. Er warf einen einzigen Blick auf die Jaecker und sagte: »Das ist sie! In ihrem Café habe ich übernachtet!«
»Er lügt!« schrie die Jaecker. »Er will mich ruinieren! Dieser Mann hat niemals bei mir übernachtet! Das schwöre ich bei allem, was mir heilig ist!« Dann wurde sie nachdenklich und sagte langsam: »Aber ich kenne ihn ... ich kenne ihn sogar ganz bestimmt!«
Lucheni fand das nur zu verständlich, wo er doch zwei Nächte in ihrem Haus gewohnt hatte.
Die Jaecker schüttelte den Kopf. »Nein! Sie haben nicht bei mir gewohnt. Aber im Café sind Sie gewesen. Jetzt erinnere ich mich!« Sie griff nach dem Pensionsbuch, das noch immer auf dem Schreibtisch lag, und blätterte darin. Dann sagte sie: »Am 8. September!« Sie deutete mit ausgestrecktem Zeigefinger auf Lucheni. »Der und ein Freund von ihm haben sich am 8. September in meinem Café mit einem Dritten getroffen!« erklärte sie mit einer Bestimmtheit, die keinen Widerspruch duldete.
Léchet fragte, warum sie sich so genau an das Datum erinnern könnte.
Sie reichte ihm das aufgeschlagene Buch und deutete auf die Eintragung: Portunato, Giuseppe. »Dieser Mann, dieser Portunato, mit dem haben sich die beiden getroffen. Portunato blieb nur eine Nacht.

Alle meine anderen Gäste sind Dauermieter. Deshalb muß es am 8. gewesen sein!«
Lucheni starrte die Frau verblüfft an. Von Léchet befragt, leugnete er hartnäckig, am 8. im Café Jaecker gewesen zu sein. Dagegen bestand er aber nach wie vor darauf, die ersten zwei Nächte, vom 5. bis zum 7. September, dort logiert zu haben. Er hielt es für möglich, daß er an einem dieser Abende ein Glas Wein im Café getrunken hätte. Aber allein! Sollten andere Personen mit am Tisch gesessen haben, woran er sich nicht erinnern könnte, wären es Fremde gewesen.
Léchet fand die Jaecker glaubwürdiger. Sicher hatte Lucheni nie bei ihr gewohnt, aber am 8. ihr Café besucht. Daher wußte er auch vom Spiegel, dem Kleiderständer, der Treppe.
Léchet ließ Lucheni abführen und forderte die Jaecker auf, alles zu erzählen, was sie über diesen Portunato wußte.
Sie berichtete, daß er gegen 4 Uhr nachmittags gekommen sei, vorgab, zwei Wochen bleiben zu wollen, aber nur für eine Nacht zahlte. Abends saß er unten im Café an einem Ecktisch, mit dem Rücken zum Lokal, und bestellte einen Liter Roten. Gegen 9 Uhr erschienen Lucheni und sein Freund. Sie gingen geradewegs auf Portunato zu und nahmen bei ihm Platz. Sofort begann ein eifriges, im Flüsterton geführtes Gespräch. Als Madame Jaecker schließen wollte, mußte sie die drei zum Aufbruch mahnen. Lucheni und der andere verließen das Café. Portunato begab sich nach oben. Am nächsten Morgen war er verschwunden.
»Wer bezahlte den Wein?«
»Portunato.«
Léchet las der Jaecker die Personenbeschreibung des jungen Mannes vor, mit dem Lucheni bei der Seydoux übernachtet hatte. Die Jaecker hörte aufmerksam zu, nickte hin und wieder und sagte dann: »Das mag er gewesen sein. Aber beschwören kann ich es nicht.«
Léchet bat um eine Beschreibung des Portunato.
Die Frau schloß die Augen. »Ich sehe ihn vor mir!« sagte sie feierlich wie ein Medium. »Er ist älter als Lucheni . . . dreißig, vielleicht Mitte Dreißig . . . er hat aschblonde Haare, ist glattrasiert, spricht gut französisch und ist mürrisch. Mittelgroß. Ich halte ihn für einen Arbeiter. Er wirkt infam. Geheimnistuerisch.« Sie öffnete die Augen und zuckte die Achseln. »Das ist alles«, sagte sie dann.
Léchet dankte ihr.
Als sie gegangen war, ließ er Péter zu sich bitten und trug ihm auf, das Signalement von Portunato an alle Polizeistationen auszugeben. Der

Mann sei wegen dringenden Verdachts der Mittäterschaft sofort zu verhaften. Er selbst setzte sich hin und schrieb an den Bundesanwalt nach Bern. Er bat, auch in allen anderen Kantonen gegen Portunato Haftbefehl zu erlassen.
Während seine Haushälterin das Abendbrot bereitete, las Léchet die Zeitungen. Eine Nachricht im Berner BUND alarmierte ihn. Der Bundesrat hatte überraschend 36 gefährliche Anarchisten aus der Schweiz ausweisen lassen. Der Meldung folgte die Liste der Betroffenen, Léchet fand darunter eine Anzahl bekannter Namen:

Ciancabilla, Giuseppe, geb. 1871 in Rom, Journalist
Germani, Fernando, geb. 1859 in Caserta, Buchdrucker
Boffino, Oreste, geb. 1871 in Cerano, Graveur
Colombelli, Giuseppe, geb. 1867 in Novara, Journalist
Zavattero, Domenico, geb. 1874 in San Remo, Journalist

Léchet glaubte zu träumen, als er den nächsten Namen las:

Portunato, Giuseppe, geb. 1871 in Portovenere, Mechaniker*

Portunato war abgeschoben worden! Der Mann, nach dem Léchet vor wenigen Stunden eine große polizeiliche Suchaktion in die Wege geleitet, dessentwegen er selbst nach Bern geschrieben hatte, befand sich jenseits der Schweizer Grenzen in Sicherheit! Aufgescheucht durch heftige Angriffe des Auslands, hatte der Bundesrat Hals über Kopf die Initiative ergriffen und damit Léchet eine wichtige Karte aus der Hand geschlagen. Ironischerweise bestätigte er ihm obendrein noch schwarz auf weiß, daß Portunato in der Tat ein gefährlicher Anarchist war.

* Der BUND vom 23. 9. 1898

Die Woche vom
26. September bis 2. Oktober 1898

Zu Beginn der neuen Woche erhielt Léchet Post vom Lausanner Untersuchungsrichter. Es war der Bescheid auf seine Rückfrage wegen des Briefs der angeblichen Prostituierten aus der Rue Mercerie.
Bonnard hatte sich eines Polizeispitzels bedient, dessen beiliegender Bericht keine Unterschrift trug, da die Namen dieser Leute, selbst innerhalb der Behörden, möglichst geheimgehalten wurden.
Léchet las:

Rapport vom 25. September 98

Es wird hiermit erklärt, daß die angestellten Recherchen, die darauf ausgerichtet waren, den Schreiber oder die Schreiberin des bewußten Briefes aus Lausanne vom 17. September ausfindig zu machen, erfolglos geblieben sind. In diesem Zusammenhang gemachte Feststellungen lassen vermuten, daß man es bei dem betreffenden Brief mit einem Papier zu tun hat, das als eine gezielte Mystifikation dienen soll. Der Brief kann unmöglich von einer der Frauen aus der Rue Mercerie geschrieben worden sein. Falls eine von ihnen dennoch für die Zeilen verantwortlich wäre, müßte sie sich zur Verwirklichung ihrer Idee einer dritten Person bedient haben. Nach zwei Schriftvergleichen mit der Schrift des öffentlichen Schreibers Pinel, den die Prostituierten üblicherweise beschäftigten, steht fest, daß im vorliegenden Fall Pinel als Helfer nicht in Frage kommt.
Den verschiedenen durch den Brief aufgeworfenen Fragen nachgehend, hat man zunächst zu eruieren versucht, wer das mit dem Namen Giacomo bezeichnete Individuum sein könnte, und dabei herausgefunden, daß ein unter seinesgleichen als Vincent Tazzero bekanntes Subjekt auf den Namen Joseph Sotomano lautende Papiere bei der Fremdenpolizei deponiert hatte. Am 10. September (also am Tag des Mordes in Genf) hat dieser Tazzero/Sotomano die Papiere zurückverlangt mit der Begründung, er wollte die Schweiz verlassen, um seiner Gestellungspflicht in Italien nachzukommen. Das betreffende, sehr schlecht beleumundete Individuum war seit einiger Zeit der Zuhälter der Dirne Céline, und es könnte sein, daß er eines der beiden Subjekte wäre, von deren geheimnisvoller Abreise aus Lausanne in dem fraglichen Brief die Rede ist. Der Berichterstatter . . . fügt noch hinzu, daß man im einschlägigen Milieu nicht bestreitet, daß der Name Tazzero falsch sei.

In dem betreffenden Brief ist dann weiter die Rede von einer Prostituierten namens Hélène, die sich entschlossen haben soll, nach Bern zu übersiedeln aus Mangel an Klienten in Lausanne, und der die Briefschreiberin für diesen Zweck angeblich ein Geschenk von 20 Francs gemacht hat. Obwohl man hier alle Dirnen mit dem Vornamen Hélène zu kennen glaubt und überall entsprechende Nachforschungen angestellt hat, konnte nichts Derartiges festgestellt werden. In dieser Passage enthält der anonyme Brief außerdem einen Widerspruch. Einerseits heißt es, daß es den Mädchen hier an Arbeit mangelt, und etwas weiter sagt man, daß das Geschäft sich wieder gut entwickelt.
Zu den Komplexen des Hutkaufs und des generösen englischen Kunden wurden ebenfalls Nachforschungen angestellt, aber man konnte nicht ermitteln, ob diese Begebenheiten der Wahrheit entsprechen.
*Der komplette Mangel an jeglicher Übereinstimmung zwischen den in dem Brief aufgestellten Behauptungen einerseits und den hier ermittelten Tatsachen andererseits erhärtet die am Anfang dieses Rapports geäußerte Vermutung, daß es sich bei dem betreffenden Schreiben um eine Mystifikation handelt.**

Léchet nahm den Brief aus der Rue Mercerie noch einmal zur Hand und las ihn mit dem inzwischen gewonnenen Abstand erneut durch. Es war ganz hoffnungslos anzunehmen, daß Lucheni ihm eine brauchbare Auskunft über den erwähnten Giacomo oder den geheimnisvollen VR geben würde, sagte er sich. Wenn der Brief aber tatsächlich irgendeine verschleierte Botschaft für den Attentäter enthielt, dann sollte der Absender mit seinem Plan kein Glück haben.
Léchet legte die obskure Epistel zu den Akten.

Am Dienstag sandte das österreichisch-ungarische Konsulat in Genf durch einen Boten die Unterlagen, die Jerzabek bereits telegrafisch avisiert hatte.
Der Chef der Staatspolizei in Budapest gab darin folgende Erklärungen ab:

1. *Am 10. Juli 1894, abends um 8 Uhr, meldete sich ein Luigi Lucheni zusammen mit seinem italienischen Landsmann Fodoro Rossisconi bei der Staatspolizei. Sie waren im Besitz eines offi-*

* AGG

ziellen Schreibens des italienischen Generalkonsuls in Budapest. Es trug das Datum des gleichen Tages und hatte die Aktennummer 850. Darin bat der Generalkonsul, Lucheni und seinen Kameraden in die Heimat abzuschieben. Daraufhin wurde zunächst von beiden ein polizeiliches Signalement aufgenommen. Nachdem sie dann die Nacht im Polizei-Gefangenen- und Schubhaus verbracht hatten, wurden sie am 11. morgens per Eisenbahn nach Fiume in Marsch gesetzt.

2. *Es konnte inzwischen festgestellt werden, daß Ihre Majestät die Kaiserin und Königin Elisabeth am 1. Oktober 1894 in Gödöllö eintraf. Von da besuchte sie am 21. Oktober Budapest und kehrte tags darauf, am 22., erneut nach Gödöllö zurück. Am 3. November fuhr sie von Gödöllö nach Wien. Im Jahr 94 war Ihre Majestät zu keinem Zeitpunkt in Ungarn. Lucheni konnte sie daher unmöglich im Frühjahr oder Sommer dort gesehen haben.**

Léchet entschloß sich, Lucheni nochmals zu vernehmen. Er machte ihn mit den aus Budapest eingegangenen Dokumenten bekannt, aber Lucheni war nicht bereit, seine früheren Aussagen zu revidieren. Wenn sich hier jemand irrte, war es die ungarische Polizei und nicht er! Er bestand nach wie vor darauf, die Kaiserin zu der von ihm angegebenen Zeit in Budapest gesehen zu haben. Daran gab es nichts zu rütteln.
Léchet wußte, das Lucheni log.
Mit gleicher Eloquenz und Beharrlichkeit blieb er auch an zwei anderen neuralgischen Punkten bei seinen früheren Behauptungen, obwohl Léchet sie ihm ebenso eindeutig widerlegte.
Es ging um die Frage, wie Lucheni von dem angeblichen Besuch des Prinzen von Orléans in Genf und von dem tatsächlichen Besuch der Kaiserin unterrichtet worden war. Laut Protokoll sagte er dazu:

*Ich las in den Zeitungen, daß der Prinz von Orléans sich im Wallis aufhielt und daß er beabsichtigte, über den See nach Genf zu kommen. Ich kam auf die Idee, daß er vielleicht in Evian Station machen könnte. Deshalb bin ich nach Evian hinübergefahren. Dort habe ich mir die Fremdenliste gekauft, die man später bei meinen Sachen beschlagnahmt hat. Aber der Prinz war auf der Liste nicht verzeichnet, und deshalb bin ich nach Genf zurückgekehrt.***

* AGG
** AGG, Auszug aus dem Vernehmungsprotokoll Luchenis vom 27. 9. 98

Léchet konfrontierte den Attentäter mit dem Ergebnis der Recherchen, die der Polizeiagent Blanchet durchgeführt hatte. Danach war der Vater des Prinzen, der Herzog von Chartres, vor mehr als einem Monat, am vergangenen 12. August, in Genf angekommen und im Hotel de la Paix abgestiegen. Er verließ die Stadt eine Woche später, am 19. August, um sich nach Coppet am Genfer See zu begeben. Kurz darauf stieg er wiederum – diesmal nur für eine Nacht – im Hotel de la Paix ab, wo er abends für Freunde ein Diner gab. Am nächsten Tag fuhr er dann nach Paris.
Sein Sohn, der Prinz von Orléans, kam am 18. August nach Genf und wohnte ebenfalls im de la Paix. Er verließ die Stadt am nächsten Morgen, um nach Paris zurückzukehren – am selben Tag, als sein Vater nach Coppet abreiste. Während nach Blanchets Feststellungen die Genfer Zeitungen vom Herzog von Chartres keine Notiz nahmen, brachte das JOURNAL DE GENÈVE am 20. August in der 2. Ausgabe die folgende Meldung:

Fremdenliste – *Der Prinz von Orléans ist in unserer Stadt eingetroffen und im Hotel de la Paix abgestiegen.*

In der TRIBUNE DE GENÈVE erschien am 21. August in der Spätausgabe wörtlich der gleiche Text.
Dagegen war kein Angehöriger des Hauses Bourbon-Orléans im Monat September in Genf gewesen, und keine Zeitung hatte etwas Derartiges gemeldet.
Das alles machte auf Lucheni nicht den geringsten Eindruck. Er wiederholte monoton seine alten Behauptungen. Und dabei blieb er.
Léchet legte Lucheni nun die Zeitungsmeldungen vor, die sich mit der Anwesenheit der Kaiserin in Genf befaßten. In der 2. Ausgabe des JOURNAL DE GENÈVE vom Samstag, dem 10. September – das war der Mordtag –, hieß es:

Fremdenliste – *Ihre Majestät die Kaiserin von Österreich ist mit Gefolge in Genf angekommen und im Hotel Beau-Rivage abgestiegen.*

Die Spätausgabe der TRIBUNE DE GENÈVE, vom gleichen Datum, schrieb:

Ein kaiserlicher Gast – *Wir erfahren, daß die Kaiserin von Österreich, aus Caux kommend und inkognito unter dem Namen einer*

Gräfin von Hohenembs reisend, gestern in Genf angekommen ist, wo sie im Hotel Beau-Rivage abstieg.

Die dritte Genfer Zeitung, der GENEVOIS, hatte keine Meldung gebracht.
Lucheni war auch hier durch nichts von seiner einmal gemachten Aussage abzubringen:

*Es war am Freitag! Am 9. September! Da habe ich in der Tribune de Genève von der Ankunft der Kaiserin gelesen, und damals faßte ich auch den Entschluß zu meiner Tat.**

Léchet brach das Verhör ab. Eine Fortführung wäre Zeitverschwendung gewesen. Lucheni ignorierte ganz einfach jeden Beweis, der seine Aussage widerlegte. Der Attentäter hatte die Kaiserin nicht in Budapest gesehen! Er hatte nichts aus den Zeitungen erfahren! Er wollte nie den Prinzen von Orléans umbringen! Für seine eigensinnigen, jeder Vernunft und Logik widersprechenden Behauptungen gab es nur eine Erklärung: Er folgte Befehlen, die man ihm eingeschärft hatte und deren Sinn es war, Hintermänner und Helfershelfer zu schützen.

Die Mittagspost brachte Léchet einen Brief der schweizerischen Gesandtschaft in Paris. Er trug das Datum vom 26. September und lautete:

Seit dem Empfang Ihrer Anfrage vom 15. dieses Monats war ich bemüht, von der hiesigen Polizeipräfektur so schnell wie möglich alle verfügbaren Auskünfte über den genannten Régis zu erhalten, der den Betrag von 10 Francs an den Mörder überwiesen hat. In diesem Augenblick ließ mir die vorgenannte Behörde ein Memorandum zukommen, von dem ich die Ehre habe, Ihnen anbei eine Abschrift zu übermitteln . . .

Léchet las:

Der Anarchist Régis bildet zusammen mit seinen Gesinnungsgenossen Sicard, Bordes, Clair, Petit, Bruchet und Crotti eine Gruppe, die sich »Hilfskomitee für politische Gefangene« nennt. Die Gruppe

* AGG, Auszug aus dem Vernehmungsprotokoll Luchenis vom 27. 9. 98

wurde in den ersten Monaten dieses Jahres gegründet und trifft sich regelmäßig in einem Hinterzimmer des Bistros Rosnoblet in der Rue du Faubourg St. Denis. Das erklärte Ziel der Gruppe ist es, durch freiwillige Spenden einen Fonds anzusammeln, aus dem im Bedarfsfall politisch Verfolgte und deren Familien unterstützt werden können. Die Mitglieder des Komitees haben darüber hinaus bestimmt, daß auf Antrag auch solche Kameraden aus dem Fonds unterstützt werden können, die ein anarchistisches Attentat vorbereiten. Bei einer der letzten Zusammenkünfte hat das Komitee sein Mitglied Petit beauftragt, 10 Francs an Lucheni zu schicken, dessen Tat der Gruppe jeder Form der Anerkennung würdig schien. Es konnte indessen nicht ausfindig gemacht werden, ob die Überweisung von Régis an Lucheni eine persönliche spontane Reaktion von Régis war oder ob es sich dabei um die Ausführung der vorerwähnten Entscheidung handelt. Man weiß nur, daß die betreffende Überweisung gemeinsam von den Anarchisten Régis und Jules Reaux durchgeführt wurde.
*Der Anarchist Régis, am 5. Mai 1858, von französischen Eltern abstammend, in Pera/Türkei geboren, ist der hiesigen Polizeipräfektur als sehr gefährlich und zu allem entschlossen bekannt. Er hat kurz vor der Geldüberweisung gerade wieder einmal im Polizeigefängnis eine fünfzehntägige Haftstrafe verbüßt, die wegen Gesetzesübertretung von der Strafkammer gegen ihn verhängt worden war.**

In einem zweiten Memorandum, das dem Brief der Gesandtschaft beilag, teilte die Pariser Polizei mit, daß der Anarchist Régis sich im vergangenen Juli kaum in der Schweiz aufgehalten haben dürfte und daß, nach zuverlässigen Informationen, er auch zu keiner Zeit die Absicht erkennen ließ, die französische Metropole zu verlassen. Bei jenem Giuseppe Régis, an den die postlagernd in Fribourg aufgefundene Karte gerichtet war, müßte es sich daher mit größter Wahrscheinlichkeit um eine andere Person handeln, zumal ja auch der Pariser Régis mit Vornamen Fernand hieße.

Am folgenden Tag trafen endlich die seit langem mit Ungeduld erwarteten Informationen aus Neapel ein.
Die Dokumente waren über das römische Außenministerium, die italienische Gesandtschaft in Bern und das dortige eidgenössische Präsidialamt gelaufen, bevor sie in Léchets Händen landeten.

* AGG

Zuoberst lag ein kurzes Schreiben des Kollegen aus Neapel vom 22. September:

In Erledigung Ihres Rechtshilfeersuchens vom 13. ds. Mts. beehre ich mich, Ihnen anbei alle Dokumente zu übermitteln, die ich in der Sache des Individuums Lucheni erhalten habe.

A. Avigliano
*Untersuchungsrichter**

Dann folgte als erstes die Aussage des Direktors der neapolitanischen Zeitung DON MARZIO, Joseph Turco, an den Lucheni am Tag nach dem Mord einen Brief geschrieben hatte mit der Bitte, ihn zu veröffentlichen. Turco war diesem Wunsch nicht nachgekommen. In seiner Aussage versicherte er, daß weder er selbst noch einer seiner Angestellten mit Lucheni bekannt sei und daß er nicht die geringste Ahnung hätte, wieso der Attentäter auf den Einfall gekommen wäre, sich ausgerechnet an ihn zu wenden.
Untersuchungsrichter Avigliano fügte dieser Aussage hinzu, daß Signor Turco mit seinen 82 Jahren ein in Neapel alteingesessener und hochangesehener Mann sei. Er vertrete in seiner Zeitung zwar sehr liberale Ansichten, bewege sich aber stets innerhalb der bestehenden Gesetze. Eine Verbindung zwischen ihm und dem Anarchismus oder Lucheni herstellen zu wollen wäre absurd.
Das nächste Dokument war ein Auszug aus Luchenis Militärstammrolle. Der Untersuchungsrichter von Neapel hatte ihn in Parma angefordert. Der Inhalt beschränkte sich auf knappe Daten und Fakten. Da er als Angehöriger des Jahrgangs 73 im Frühjahr 1894 dem Gestellungsbefehl nicht Folge leistete, war Lucheni zunächst als fahnenflüchtig geführt worden. Nach seiner Ausweisung aus Österreich im Sommer desselben Jahres stellte er sich, wurde sofort eingezogen, Anfang 96 zum afrikanischen Expeditionskorps abkommandiert und am 27. Februar nach Äthiopien verschifft. Fünf Monate später, am 22. Juli, kehrte er nach Italien zurück und erhielt am 30. August den Rang eines Gefreiten. Am 9. Oktober 96 wurde er zum Gemeinen degradiert, weil er einem Sergeanten, der im Arrest war, Zivilkleidung besorgte und ihm die Möglichkeit verschaffte, die Kaserne zu verlassen. Für dieses Vergehen bekam Lucheni außerdem zehn Tage verschärften Arrest. In den letzten Monaten der Dienstzeit war er Ordonnanz

* AGG

beim Chef seiner Schwadron. Am 15. Dezember 97 schied er aus mit der Berechtigung, die Medaille für Teilnehmer des Feldzuges in Abessinien zu tragen. Eine Strafe als Fahnenflüchtiger, die er am Ende der Dienstzeit hätte verbüßen müssen, war ihm inzwischen erlassen worden.
Als drittes Dokument folgte die Aussage des Oberst Eusebio Roveglia, Kommandeur des 13. Kavallerie-Regiments Monferrato, stationiert in Neapel. Es trug das Datum vom 17. September und lautete:

Der Soldat Luigi Lucheni hat den Abschied erhalten, bevor ich die Führung des Regiments übernahm . . . Die Dienstpapiere der einzelnen Mannschaften verbleiben nicht beim Regiment. Daher befindet sich das Stammblatt Luchenis beim Ersatztruppenteil in Parma.
Dennoch habe ich mich bereits vor dem Mord in Genf mit ihm beschäftigen müssen, nämlich als sich herausstellte, daß er an den Soldaten Guerzola, der zu einer in Palermo stationierten Abteilung des Regiments gehört, aus der Schweiz Zeitungen subversiven Inhalts sandte. Bei dieser Gelegenheit erfuhr ich, daß Lucheni Anarchist ist. Über seine Führung bei der Truppe kann ich aus dem bereits erwähnten Grund nichts sagen, wie mir auch nicht bekannt ist, ob er hier, während der Dienstzeit, Verbindung mit anarchistischen Gruppen hatte.
*Die umfassendsten Auskünfte über ihn dürfte der Rittmeister de Vera d'Aragona geben können. Bei ihm diente Lucheni nicht nur in der Schwadron als Soldat, sondern auch noch nach seinem Abschied privat als Lakai . . .**

Nun kam die mehrere Seiten umfassende Aussage des vierunddreißigjährigen Prinzen Aragona, Rittmeister im 13. Kavallerie-Regiment, wohnhaft in Palermo, Palazzo Aliata. Sie trug das Datum vom 21. September. Der Prinz erklärte unter anderem:

Der ehemalige Soldat Luigi Lucheni war unter meinem Kommando vom 1. Dezember 1896 bis zum 3. Oktober 1897. Zu diesem Zeitpunkt verblieb er als Musiker beim Regimentsstab, während die Schwadron nach Palermo verlegt wurde. . . .
Ich hatte mich niemals über ihn zu beklagen, und nach meiner damaligen Überzeugung war er einer der besten Soldaten der Schwadron.

* AGG

Ich darf bemerken, daß mein Urteil über ihn vollauf von den übrigen Offizieren der Schwadron geteilt wurde. In allen dienstlichen Anforderungen, die an ihn gestellt wurden, zeigte er sich stets diszipliniert und eifrig bemüht. Er saß gut im Sattel, war ein ausgezeichneter Springreiter und wurde wegen seiner Intelligenz und seines absoluten militärischen Gehorsams mit besonderem Erfolg speziell für Patrouillendienste eingesetzt.
Immer guter Laune, war er auch bei seinen Kameraden äußerst beliebt. Er lebte so gut wie ausschließlich von seinem Sold. Aus den bei der Schwadron geführten Auszahlungslisten geht hervor, daß er ein einziges Mal während seiner Dienstzeit eine Geldüberweisung erhalten hat, und zwar in Höhe von Lire 2,50. Das war am 24. Dezember 1896. Wie Lucheni mir einmal sagte, hat er keinerlei Verwandte, die sich um ihn kümmern . . .
Bevor er im Dezember (97) seinen Abschied erhielt, wandte er sich an mich und bat, da er selber wenig Glück hätte, ihm dabei zu helfen, eine Stellung zu erlangen, in der er sich seinen Lebensunterhalt verdienen könnte. Er hatte gerade vergeblich versucht, als Gefangenenaufseher in Dienst genommen zu werden. Ich schlug ihm vor, als Lakai in meinen privaten Haushalt zu kommen, was er sofort akzeptierte . . . Meine Meinung, die von allen Offizieren und von jedem in der Schwadron, der Lucheni kannte, geteilt wurde, war, daß ich einen Mann gefunden hätte, der sich den verschiedenen Gegebenheiten eines Dienstverhältnisses anpassen würde, wie ich es erwartete, und daß die von mir getroffene Wahl ausgezeichnet sei. Das Ergebnis bestätigte dies allerdings nicht ganz . . .
Er blieb dreieinhalb Monate, vom 15. Dezember 97 bis 31. März 98, bei mir. Während dieser Zeit war er die letzten 6 Wochen in Palermo, die beiden Monate davor in meinem Haus in Neapel. Im großen und ganzen waren wir mit seinen Diensten zufrieden, obwohl ihm gegen Ende der Zeit eine gewisse Verbitterung anzumerken war, wenn man ihn aus irgendeinem Grund rügte. Aber er blieb stets arbeitsam und ehrlich. Er besaß damals auch etwas Geld, das er sich beim Militär verdient hatte, wie er erzählte, indem er Einjährig-Freiwilligen kleine Dienste leistete wie Schuheputzen, Waffenreinigen etc. Er ging selten aus und nahm oft nicht einmal die ihm gewährte Freizeit in Anspruch. Er sagte, er bliebe lieber zu Hause, statt außerhalb Geld auszugeben. Ich kann mich nicht erinnern, daß er Briefe oder Zeitungen erhielt. Dennoch las er gern, wie ich weiß. Er verfügt über eine hinreichende Bildung . . . spricht Französisch . . . und einige

Worte Deutsch. In seinem Zimmer fand ich eines Tages mehrere Publikationen über den Fall Dreyfus, über Andrées Reisen im Ballon zum Nordpol sowie das humoristische Magazin IL MOTTO, das er sich jeden Sonntag kaufte ...
Nichts deutete darauf hin, daß Lucheni Anarchist sei ... Verbindung mit bekannten Anarchisten hätte ... oder gar einer besonderen Überwachung unterstand. An einem Feiertag, an dem er Ausgang hatte, ging er zu einer öffentlichen Versammlung, die dem Andenken Cavalottis gewidmet war. Als er zurückkam, äußerte er sein Erstaunen darüber, daß die Behörden derart radikale Reden, wie er sie dort gehört hätte, erlaubten ...*
Am Abend des 31. März desselben Jahres, nachdem er seinen Monatslohn erhalten hatte, sagte er mir, er wüßte, daß er, was keineswegs der Fall war, die in ihn gesetzten Erwartungen nicht erfüllen könnte und daher das Haus verlassen wollte. Er würde noch bis zum 15. April bleiben, um mir Gelegenheit zu geben, einen Ersatz zu beschaffen. Ich war über so wenig Dankbarkeit mir gegenüber, der ich ihm stets Wohlwollen bewiesen hatte, verärgert. Es wurde mir plötzlich klar, daß er hochmütig und wenig anpassungsfähig war, Eigenschaften, die für einen Diener keineswegs vorteilhaft sind. Ich akzeptierte daher seinen Vorschlag ohne jeden Kommentar. Am folgenden Morgen ... erwartete er mich an der Eingangstür des Hauses, um mir zu sagen, daß er sein Verhalten bereue und bleiben möchte. Als ich ablehnte, bat er mich um ein Zeugnis für gute Dienste. Auch dies mußte ich in Anbetracht der kurzen Zeit, die er bei mir tätig war, verweigern.
Am 2. April erfuhr ich dann, daß er aus Palermo abgereist sei. Diese Nachricht wurde mir später von ihm selbst bestätigt durch einen Brief aus Porto Maurizio oder San Pier d'Arena ... Er bat um Verzeihung, daß er mein Haus verlassen hätte, was er aufrichtig bereue, und betonte, daß er sehnlichst darauf warte, von mir zurückgerufen zu werden. Ich schrieb ihm postlagernd nach Genua, wohin er meine Antwort erbeten hatte, daß er nicht mehr hoffen sollte, in mein Haus zurückzukommen. Ich würde seine Qualitäten durchaus anerkennen, dennoch glaubte ich auf Grund seines wenig anpassungsfähigen Charakters nicht, daß er die notwendigen Voraussetzungen für einen guten Diener besäße. Ich schrieb ihm, daß er zu mehr tauge, daß er

* Cavalotti, Felix, politischer Journalist und Dramatiker, 1842–98, nahm als Freiwilliger am zweiten Feldzug Garibaldis zur Befreiung Siziliens teil, 1866–73 radikaler Abgeordneter, begründete die linksextreme Zeitung GAZZETTINO ROSSO, starb im Duell.

sich anderen Beschäftigungen zuwenden sollte, da er nun mal nicht zum Diener geschaffen sei. Ich fügte hinzu, daß ich ihn in guter Erinnerung behalten und ihm alles Gute für die Zukunft wünschen würde.
Nach diesem Brief schrieb er mir weiter, fast jedesmal die gleiche Bitte wiederholend. Daneben berichtete er von seinen Reisen in der Schweiz und davon, daß er einen Posten als Portier in einem Hotel angenommen hätte, den er wegen mangelhafter Sprachkenntnisse wieder aufgeben mußte. Ich kann mich nicht erinnern, ob dies in Lausanne oder in Genf gewesen sein soll. Endlich schrieb er, daß er eine Stellung in einem privaten Reitstall gefunden hätte, daß er dort täglich 15 bis 20 Pferde reiten müßte und daß dies trotz der 120 Francs, die er im Monat verdiente, eine sehr harte Arbeit sei.
Unsere Korrespondenz setzte sich so eine ganze Zeit fort.
Sie wurde allmählich seltener und hörte völlig auf, als er im Juni dieses Jahres Zeitschriften subversiven Inhalts an einen seiner Kameraden schickte, der noch unter Waffen stand. Nachdem wir ihn nun als gefährliches Individuum erkannt hatten, wollten wir nichts mehr mit ihm zu tun haben . . . Der ehemalige Kamerad Luchenis, an den er im vergangenen Juni die subversiven Zeitungen geschickt hatte . . . wurde inzwischen in eine Strafkompanie versetzt . . .
Obwohl ich Lucheni nicht mehr antwortete, schrieb er noch drei Postkarten. In der einen, die, wenn ich nicht irre, aus Lausanne kam, annoncierte er mir die Zusendung einiger Zeitungen, die mich aber niemals erreichten. Das muß Ende August/Anfang September gewesen sein. In der zweiten Postkarte, die etwas später ankam, bat er untertänigst um Entschuldigung, daß er die Kühnheit besessen hätte, mir solche Zeitschriften zu senden. Er schrieb, es sei in einem Moment der Überspanntheit geschehen. Gleichzeitig kündigte er seine Abreise nach Paris an. Die dritte Karte trug das Datum vom 8. September 98 und war an meine Frau adressiert . . .
*Diese letzte Karte ist das einzige, was ich von der Korrespondenz aufbewahrt habe. Sie erreichte uns erst, nachdem ich durch die Zeitungen über das Attentat auf Ihre Majestät die Kaiserin von Österreich erfahren hatte. Ich nahm an, daß sie im Prozeß von Wichtigkeit sein könnte.**

Als letztes Dokument war der Akte diese Karte vom 8. September beigefügt. Léchet nahm sie zur Hand und las:

* AGG

Frau Prinzessin!
Ich darf Ihnen den Grund, weshalb ich nicht nach Paris gefahren bin, nicht erklären. Ich kann Ihnen nur sagen, daß ich gezwungen war, in Culoz umzukehren, obwohl ich das Billett nach der französischen Hauptstadt in der Tasche hatte. Im nächsten Brief, den ich schicke, werde ich sagen, warum . . . Ich fühle mich in jeder Beziehung wohl und hoffe dasselbe von Ihnen und Ihrer Familie. Ich erwarte keine Antwort und teile Ihnen gleichzeitig mit, daß ich Genf am Samstag verlassen werde. Ich grüße Sie alle als Ihr Diener.

*Luigi Lucheni**

Léchet drehte die Karte um und glaubte seinen Augen nicht trauen zu dürfen: Sie zeigte die Ansicht des Quai du Mont-Blanc, und zwar genau jene Stelle, wo der Absender dieser liebenswürdigen Grußbotschaft zwei Tage später die Kaiserin von Österreich ermorden sollte. Der Untersuchungsrichter starrte wie versteinert auf das Bild. Links war ein Stück See, auf dem friedlich ein paar Schwäne schwammen. Dann kam am Ufer das eiserne Geländer und die Promenade, die die Monarchin und ihre Hofdame am unheilvollen 10. September entlanggegangen waren, um den Dampfer zu erreichen. Rechts sah man die Kastanienbäume. Hinter einem von ihnen mußte Lucheni der Kaiserin aufgelauert haben, bis er hervortrat und ihr die Feile ins Herz bohrte.

Léchet überflog nochmals die Zeilen: » . . . Ich fühle mich in jeder Beziehung wohl und hoffe dasselbe von Ihnen und Ihrer Familie . . . Ich grüße Sie alle als Ihr Diener Luigi Lucheni.« Als Ihr Diener Luigi Lucheni – der sich untertänigst erlauben wird, 48 Stunden später an umseitig abgebildeter Stelle die Kaiserin Elisabeth niederzustechen!

Léchet versuchte, die sich überstürzenden Gedanken zu ordnen: Lucheni, der Regimentsmusiker – Lucheni, der Springreiter – Lucheni, einer der besten Soldaten der Schwadron, in allen Sachen des Dienstes diszipliniert, eifrig bemüht und immer guter Laune! Lucheni, der Gefängnisaufseher werden möchte – Lucheni, der fürstliche Lakai, der auf die ihm zustehende Freizeit verzichtet und der um ein Zeugnis für gute Dienste bittet!

Und dann jener Lucheni, den Léchet kennt: der geschulte Anarchist, vollgepfropft mit den aggressiven Parolen einer verblasenen, nebulosen Philosophie – aufbegehrend, kompromißlos – hart bis zur Unmensch-

* AGG

lichkeit – verschlagen und lügnerisch – der eine alternde, unglückliche Frau umbringt, für die der Thron längst nichts mehr bedeutet! Lucheni, der sich einer solchen Tat freudig rühmt und unendlich stolz auf sie ist!
»Ich grüße Sie als Ihr Diener Luigi Lucheni.« – Unentwegt hatte der Anarchist Lucheni versucht, wieder der Diener Lucheni zu werden. In jedem seiner zahlreichen Briefe an den Prinzen bat er darum. Wie ist das alles auf einen Nenner zu bringen? Und wenn er so leidenschaftlich gern zurückkommen wollte, warum hat er dann überhaupt gekündigt?
Wieder las Léchet: »Ich darf Ihnen den Grund, weshalb ich nicht nach Paris gefahren bin, nicht erklären. Ich kann Ihnen nur sagen, daß ich gezwungen war, in Culoz umzukehren.« In Culoz? Irgendwann war doch von Culoz schon einmal die Rede – ja! Der Zug um 2 Uhr 10 nach Chancy zur französischen Grenze führt einen Kurswagen nach Culoz mit Anschluß an den Expreß Grenoble – Lyon – Paris. Der Gepäckträger Gilbert hatte behauptet, die beiden verdächtigen Italiener, die er am Mordtag während und kurz nach der Tatzeit am Bahnhof beobachtete, wären mit diesem Zug davongefahren.
Léchets Gedanken kehrten zu Lucheni zurück. War der beim Prinzen bedienstete Lucheni noch gar kein Anarchist? Der Mann, der seinen Posten von sich aus aufgeben wollte, weil er glaubte, den Anforderungen seines hochadligen, feinen Herrn nicht gerecht zu werden? Was hatte es mit dieser Kündigung auf sich? War sie ernst gemeint? Oder wollte Lucheni ganz einfach hören, der Prinz sei mit ihm zufrieden? Sehr zufrieden, besonders zufrieden – ganz außergewöhnlich zufrieden. Lucheni, der einsame, arme, uneheliche, verwandtenlose Lucheni, der im Kreis der Kameraden beim Militär so beliebt gewesen war – der arbeitsame und ehrliche fürstliche Diener – wurde dieser Lucheni womöglich nur aus Versehen, aus Irrtum, wegen eines dummen Zufalls Anarchist? Weil er nicht das Lob erntete, das er erwartete, das er beanspruchen zu können glaubte? Ein Anarchist »aus verlorener Ehre«? Weil er in einem unglücklichen Augenblick aufbegehrte, nur von dem leidenschaftlichen, ganz und gar subalternen, spießigen Wunsch beseelt, ein Lob seines Herrn zu ergattern? Und dann war sein kleiner Trick danebengegangen – und er wurde nach den einzigen glücklichen Jahren in der Gemeinschaft der Armee und im Palazzo des Prinzen wieder in die Einsamkeit des elenden, heimatlosen Proletariers gestoßen?
Was für ein Mensch mochte dieser Prinz sein? Ein Aragona, ältester

spanisch-sizilianischer Adel, der mit seinem ehemaligen Diener fleißig korrespondierte? Mit einem Diener, den er entlassen hat und dessen Wunsch auf Wiedereinstellung er konsequent ablehnt. Was hat einen Prinzen von Aragona, einen Berufsoffizier, der höchstwahrscheinlich dem ganzen Temperament nach kein leidenschaftlicher Briefschreiber sein dürfte, was hat den an dem sozial in einer anderen Welt lebenden Lucheni so interessiert, so gefesselt, daß er sich immer wieder der Mühe unterzog, dessen Briefe persönlich zu beantworten? Was würde Léchet dafür geben, wenn er mit dem Prinzen sprechen könnte!
Und Lucheni? Lieferte er hier nicht selber den Beweis, daß alles, was er über die Vorgeschichte des Attentats erzählt hatte, gelogen war? Niemals könnte Léchet glauben, daß er die Ansichtskarte mit dem Schauplatz seines Verbrechens zufällig ausgewählt hätte. Diese Karte, die er unter einem makabren Zwang von Eitelkeit und Größenwahn – von herostratischer Ruhmsucht, wie Navazza es einmal nannte – zwei Tage vor seiner Bluttat an die Prinzessin schrieb, war ein erdrückendes Beweisstück. Er wußte bereits am 8. September, daß er die Kaiserin hier, an dieser Stelle, ermorden würde! Und er plante, Genf am 10. – unmittelbar nach dem Mord – zu verlassen. Vermutlich wollte er über Culoz nach Paris flüchten. Culoz! Am 8. September war die Karte in Genf abgestempelt. Vorher will Lucheni auf dem Weg nach Paris gewesen sein. War er in Culoz zurückbeordert worden, weil die Verschwörer inzwischen feststellten, daß die Kaiserin nach Genf kommen würde? Damit wäre das Rätsel gelöst, wo sich Lucheni zwischem dem 5. und 8 September aufgehalten hatte.
Sollte Léchet noch einmal den Versuch unternehmen, ihn zum Sprechen zu bringen? Konnte er sich noch die geringste Erfolgschance ausrechnen? Würde Lucheni nicht immer wieder dasselbe daherbeten, was auch geschehen mochte?
Trotzdem, was blieb denn anderes, was konnte ... was ...? Léchet hatte plötzlich Mühe, sich zu konzentrieren. Er spürte lähmende Übelkeit in sich aufsteigen, verbunden mit einer schmerzenden Atemnot. Der Schweiß trat ihm auf die Stirn. Er lehnte sich im Sessel zurück und schloß die Augen. Mein Gott, was war das nur! Lucheni! Er mußte dringend mit ihm sprechen! Aber was würde Lucheni denken, wenn er ihn in einem so kläglichen Zustand sähe!

»Ist Ihnen nicht wohl, Herr Untersuchungsrichter?« fragte der Gerichtsdiener.
»Doch, doch«, antwortete Léchet etwas verwirrt.

»Ich bitte um Entschuldigung, ich habe dreimal geklopft, ohne Antwort zu bekommen, und als ich dann eintrat – ich weiß nicht, Sie haben so komisch in Ihrem Stuhl gesessen, Herr Untersuchungsrichter.« Der Gerichtsdiener sah Léchet beunruhigt an.
»Ich habe nur einen Moment die Augen zugemacht«, log Léchet.»Sie schmerzten vom vielen Lesen.«
Der Mann glaubte Léchet nicht recht, aber er ließ es dabei bewenden.
»Der Untersuchungshäftling Lucheni!« sagte er jetzt ganz dienstlich.
»Was ist mit ihm?« fragte Léchet.
»Sie wollten ihn doch noch einmal vernehmen!«
»Ich?«
»Aber Herr Untersuchungsrichter, Sie haben mir selbst vor fünf Minuten aufgetragen, ihn holen zu lassen! Er ist draußen im Vorzimmer.«
Jetzt wurde Léchet ganz wach. »Ja, natürlich« , sagte er, »aber ich habe es mir anders überlegt. Ich bin tatsächlich nicht ganz auf dem Posten. Einen Moment war ich wohl . . . « Er versuchte zu lächeln. »Na schön, nicht der Rede wert. Ich denke, es ist besser, wenn ich für heute Schluß mache.« Der Gerichtsdiener rührte sich nicht von der Stelle. »Was ist!« herrschte Léchet ihn gegen jede Gewohnheit an. » Ich darf wohl mal einen halben Tag krank sein – oder geht da gleich die Welt unter?«
»Nein, nein «, beeilte sich der Gerichtsdiener zu versichern.
»Na, also!«
»Wenn ich trotzdem etwas sagen darf, Herr Untersuchungsrichter . . . das ist alles nur dieser verdammte Lucheni!«
»Wenn Sie mich fragen, ist es der Temperatursturz der letzten Tage«, antwortete Léchet so heiter wie möglich.
»Rufen Sie mir jetzt eine Droschke . . . und Ihren verdammten Lucheni lassen Sie wieder rüberschaffen ins St. Antoine!«

Die beiden nächsten Tage blieb Léchet zu Hause. Der Arzt erschien, untersuchte das Herz und stellte fest, daß der Patient ausspannen und sich dringend eine längere Ruheperiode gönnen müßte. Léchet versprach, die für den Monat September ursprünglich vorgesehenen und nur wegen des Attentats aufgeschobenen Ferien nachzuholen, sowie der Fall an den Generalstaatsanwalt übergeben sei. Dies würde in allernächster Zeit geschehen, und dann stehe einer Erholung im herbstlichen Tessin nichts mehr im Wege. Damit gab sich der Arzt zufrieden.

Am ersten Abend kam Péter, um sich nach dem Befinden seines Chefs zu erkundigen. Er berichtete, daß Léchet im Justizpalast nichts von Wichtigkeit versäumt hätte.

Am folgenden Morgen, es war der letzte Tag dieses ereignisreichen Septembers, brachte ein Gerichtsdiener Léchet die Akte, die der Untersuchungsrichter von Parma über den Attentäter zusammengestellt hatte. Abermals auf dem zeitraubenden Dienstweg über höchste italienische und schweizerische Behörden war sie gerade im Justizpalast an der Place du Bourg-de-Four eingetroffen. Léchet machte sich an die Lektüre.
Der Begleitbrief kam vom Königlichen Zivil- und Strafgericht Parma, trug das Datum vom 22. September und lautete:

In Erledigung Ihres Amtshilfeersuchens erhalten Sie hiermit die Auskünfte, die ich über Lucheni einholen konnte. Es handelt sich um Äußerungen der Direktion des Findelhauses von Parma, der Bürgermeisterei von Varano, der Unterpräfektur von Borgo S. Donnino . . . Beigefügt ist ferner eine Bescheinigung, die sich auf ein Verfahren bezieht, das dieses Gericht gegen Lucheni wegen Widerstands gegen die Einberufung angestrengt hatte . . .

Personali
Untersuchungsrichter

Zuoberst lagen zwei Briefe der Verwaltung des Findelhauses Parma. Der erste, vom 16. September 98, war an Signor Personali adressiert. Darin hieß es:

Gleich nachdem ich erfuhr, daß der Mann, der das Attentat auf die unglückliche Kaiserin von Österreich verübt hat, als Kind der hiesigen Anstalt angehörte . . . sandte ich an den Herrn Präfekten alle Informationen, die in Verbindung mit Lucheni interessieren könnten. Demzufolge liegen die Papiere, die das vorerwähnte Individuum betreffen, bei der Präfektur. Da es mir schwer möglich ist, noch einmal alle Akten zu beschaffen, aus denen ich die Auskünfte beziehen könnte, um die Sie auf Ersuchen des Genfer Gerichts bitten, halte ich es für das beste, wenn ich Ihnen beiliegende Abschriften der an die Präfektur gegangenen Unterlagen übersende. Sie vermitteln eine Art Resümee der Lebensgeschichte Luchenis.

Die avisierte Kopie trug das Datum vom 12. September 98, war an den Präfekten der Provinz Parma gerichtet und lautete:

Zur allfälligen Verwendung . . . überreiche ich Ihnen nachfolgende Aufzeichnungen, die sich auf Luigi Lucheni beziehen. Sie stimmen zumindest teilweise mit jenen Meldungen überein, die von den Zeitungen im Zusammenhang mit dem Mord an Ihrer Majestät . . . veröffentlicht wurden, und könnten helfen, die Identität des Mörders festzustellen und Aufschluß über sein Vorleben zu geben. Im Jahr 1874 wurde die Direktion unserer Anstalt aufgefordert, das Kleinkind Luigi Lucheni in Obhut zu nehmen. Es hatte (bis dahin) . . . im Waisenhaus des französischen Departements seine provisorische Aufnahme gefunden . . . und wurde unter Matrikelnummer 29 239 endgültig von uns übernommen. Aus seinen Papieren ging hervor . . . daß es am 23. April 1873 im Armenhospiz St. Antoine in Paris zur Welt gekommen war . . .

Das Untersuchungsgefängnis, in dem Lucheni 25 Jahre später auf seine Aburteilung wartete, trug den gleichen Namen. Der heilige Antonius hatte ihm wenig Glück gebracht, schoß es Léchet durch den Kopf.

Seine Mutter war die ledige Tagelöhnerin Luigia Lucheni,

las er weiter,

Tochter von Giovanni und Maria Lucheni aus Albareto. Vater unbekannt. Am 15. Oktober 74 wurde (der achtzehn Monate alte) Lucheni von der Verwaltung des hiesigen Findelhauses den Eheleuten Monici zur Erziehung übergeben. Sie wohnten in Parma, Borgo del Naviglio 20. Im April 81 gaben sie den (damals achtjährigen) Jungen zurück. Lucheni kam jetzt ins »Ospizio delli Arti«, das für ältere Kinder bestimmt ist, und war dort bis zum 23. März 82, zu welchem Datum er den Eheleuten Nicasi in Varano anvertraut wurde, bei denen er endgültig blieb. Die letzten Berichte über ihn stammen aus dem Jahr 86. Damals schrieb der Bürgermeister von Varano, daß die Eheleute Nicasi den Jungen gut erziehen würden. Ein anderer Brief kam vom Lehrer Leonardi, in dem er mitteilte, daß Lucheni die 2. Klasse der Elementarschule mit Erfolg durchlaufen habe. Es gibt keinerlei Hinweis, daß die leibliche Mutter jemals Auskünfte erbeten oder sich auf irgendeine andere Weise um ihren Sohn gekümmert hätte.

Das nächste Dokument trug den Briefkopf »Königreich Italien, Provinz Parma, Gemeinde Varano« und war datiert vom 16. September 98.
Léchet las:

... Lucheni, der das erbärmliche Attentat auf Ihre Majestät ... verübt hat ... kannte seine wahren Eltern nicht, zeigte aber für die Familie Nicasi während der ganzen Zeit, wo er bei ihnen lebte, und überhaupt, solange er sich in Italien aufhielt, große Anhänglichkeit. Er führte sich durchaus normal und gut, war zufrieden, intelligent und einer bösen Tat unfähig.
Die Geschichte, über die einige Zeitungen berichteten, wonach Lucheni als Kind ein Bild Ihrer Majestät, unserer erhabenen und geliebten Königin, zerstörte, trifft zwar zu, aber es geschah unabsichtlich beim Spielen mit seinen Schulkameraden, während der Abwesenheit des Lehrers. Er hatte seine Mütze in die Luft geworfen und dabei das Bild so unglücklich getroffen, daß das Glas zerbrach. Er besuchte damals den obligatorischen Grundschulunterricht, war ganze neun Jahre alt und hatte von Politik keinen Schimmer. Außerdem kannte man in jener Zeit in unserer Gemeinde nicht einmal die Bedeutung des Wortes Anarchismus ...

Für Léchet war dieser Vorfall neu. Die Schweizer Blätter hatten nichts darüber gebracht.

Es wird erzählt,

endete das Schreiben,

daß seine Mutter, die in der Gemeinde Albareto zu Hause war, als sie schwanger wurde, nach Paris flüchtete, um in Albareto ihren Fehltritt zu verbergen. In Paris brachte sie ... den Sohn zur Welt und wanderte dann nach Amerika aus, wo sie heute noch leben soll ...

Ein weiterer Brief, den Untersuchungsrichter Personali der Akte aus Parma beigefügt hatte, war von der Unterpräfektur des Kreises Borgo S. Donnino. Auch er trug das Datum vom 16. September und hatte folgenden Inhalt:

... Im März 1882 nahm das Ehepaar Nicasi ... in Varano den ...

damals neunjährigen Luigi Lucheni auf, der dann ungefähr sieben Jahre in Varano blieb, um als Hausbursche und Gärtner beim Pfarrer Savi in der Nachbargemeinde Solignano zu arbeiten . . .
Lucheni hat sich in Varano gut geführt, und in allen Berichten über ihn ist von einem heiteren, lebendigen, aufgeweckten und intelligenten Charakter die Rede. Um sich finanziell zu verbessern, verließ er die Eheleute Nicasi und verdiente sein Brot als Eisenbahnarbeiter an der Strecke Parma-Spezia. Später ging er nach Genua, schließlich in die Schweiz und nach Österreich . . .
. . . Während seiner Dienstzeit schrieb er mehrmals an die Zieheltern Nicasi und bat um finanzielle Unterstützung. In einem der Briefe beklagte er sich auch über die ungewöhnliche Strenge der Offiziere . . .
*Lucheni galt aber niemals als Angehöriger einer subversiven Gruppe.**

Aus dem letzten Dokument der Akte, vom Königlichen Zivil- und Strafgericht Parma selbst ausgefertigt, ging hervor, daß das gegen Lucheni wegen Fahnenflucht angestrengte Verfahren auf Grund einer generellen königlichen Amnestie vom 2. Oktober 95 eingestellt worden war. Als Léchet die Akte beiseite legte, mußte er sich gestehen, daß die von ihm mit solcher Ungeduld erwarteten Papiere seine Sache um keinen Schritt weiterbrachten. Im Gegenteil. Für die Ermittlung praktisch ohne Bedeutung, vernebelten sie das Bild des Attentäters und ließen seinen Charakter nur noch widersprüchlicher und rätselhafter erscheinen. Léchet erinnerte sich, daß Navazza das deprimierende Ergebnis vorausgesagt hatte. Jetzt würde er bald mit gutem Gewissen zu ihm gehen können, um die Kapitulation anzubieten.

Am nächsten Morgen erschien Léchet pünktlich im Büro. Er ließ sogleich den Untersuchungsgefangenen Lucheni vorführen. Selbstverständlich mußte er ihn zu den aus Italien eingetroffenen Papieren hören, aber er war entschlossen, sich von nun an keine Minute länger als unbedingt notwendig mit ihm aufzuhalten.
»Kennen Sie einen Mann namens Guerzola?« fragte er den Attentäter als erstes.
»Gustavo?« Luchenis Züge hellten sich auf.
»Mag sein, daß er Gustavo heißt. Wer ist der Mann?«
»Ein Regimentskamerad«, antwortete Lucheni. »Hat er mir geschrieben?«

* Alle zitierten Briefe aus der Parma-Akte im AGG

»Nein«, sagte Léchet nur. Und dann: »Sind Sie mit ihm befreundet?«
»Befreundet?« Lucheni wurde vorsichtig.
»Ja, befreundet. Antworten Sie gefälligst!«
»Gustavo ist aus einem Dorf nah von dort, wo ich aufgewachsen bin.«
»Und?«
»Das ist alles«, sagte Lucheni.
»Außerdem ist er auch Anarchist. Das haben Sie vergessen.«
»Nein, Gustavo ist kein Anarchist!«
»Weshalb haben Sie ihm dann anarchistische Zeitungen geschickt?« fragte Léchet.
»Weil ich ihn kannte«, antwortete Lucheni und sah den Untersuchungsrichter treuherzig an. »Ich konnte sie doch nur jemandem schicken, den ich kannte!«
»Sie haben Ihrem Freund keinen Gefallen getan«, sagte Léchet ärgerlich. »Man hat ihn in eine Strafkompanie versetzt.«
»Das ist noch besser als ein ganzer Jahrgang vom AGITATORE, erwiderte er zufrieden, »da machen sie todsicher einen brauchbaren Anarchisten aus ihm.«
Léchet wechselte das Thema. Er zeigte Lucheni die Ansichtskarte von der Mordstelle und löste bei ihm damit größte Erregung aus. Wie der Untersuchungsrichter in den Besitz der Karte gekommen sei, wollte er wissen. Und ob die Prinzessin sie ohne Kommentar dem Genfer Gericht zugeschickt hätte? Ob irgendwelche erläuternden Zeilen dabei wären? Womöglich ein Brief an ihn? Oder doch zumindest etwas über ihn?
Léchet beantwortete keine der Fragen. Ihn interessierte nur, ob Lucheni die Auswahl der Karte, die Auswahl des Motivs, das sie zeigte, versehentlich oder mit Absicht getroffen hätte?
Ohne zu zögern, erklärte Lucheni, daß er mit voller Überlegung die Abbildung des Quai du Mont-Blanc gewählt hätte. Hier wollte er den Prinzen von Orléans umbringen. Daß dann die Kaiserin an derselben Stelle starb, wäre reiner Zufall gewesen.
Léchet glaubte kein Wort. Er fragte noch nach der in Culoz plötzlich abgebrochenen Paris-Reise.
Lucheni antwortete mit einer Formulierung, wie er sie ähnlich schon einmal gebraucht hatte. Damals ging es auch um Reisen. Reisen, die in seinem Liederbuch aufgezeichnet waren. Wieder sagte er: »Das war alles nur Phantasie!« Und weiter: »Die ganze Geschichte mit dem Billet nach Paris hat nichts zu bedeuten.« Anschließend gab er zu Protokoll: »Ich wollte die Prinzessin glauben machen, daß ich nach Paris

fahre, da ich sowieso die Absicht hatte, in diesem Winter dorthin zu gehen.«

Gegen Mittag erhielt Léchet einen Brief der schweizerischen Gesandtschaft in Paris. Er war die verspätete Antwort auf seine Bitte um direkte Informationen des Polizeispitzels, der sich als Geliebter einer italienischen Anarchistin in Züricher Anarchistenkreise eingeschmuggelt hatte. Das Schreiben besagte, daß auf entsprechende Anfragen bei der zuständigen Behörde, die namentlich nicht erwähnt wurde, beiliegende Nachricht eingegangen sei.
Die Anlage bestand aus zwei mit Bleistift beschriebenen Seiten, die weder Briefkopf, Datum noch Unterschrift trugen. Der Untersuchungsrichter las:

Der Anarchist Ciancabilla, augenblicklich in London, der als einer der aktivsten Anführer in Europa gilt, traf im August dieses Jahres, von Paris kommend, in Lausanne ein. Dort veranstaltete er bei einem der Kameraden in der Rue Mercerie 19 eine Versammlung, in der es darum ging, die Redaktion des AGITATORE *von Neuenburg nach Zürich zu verlegen, wo die Zeitung unter dem Titel* COMBATTIAMO *erscheinen sollte. In Zürich gibt es 400 Kameraden, die regelmäßig Beiträge an die anarchistischen Kassen leisten.*
Kurz nach der Versammlung in Lausanne fand eine zweite in Neuenburg statt. An dieser nahmen teil:
Ciancabilla, Boffino, Colombelli, Germani, der Drucker des AGITATORE, *und Zavattero, der Redakteur. Es wurde beschlossen, die Kameraden in Zürich um finanzielle Beihilfe anzugehen.*
Die Züricher verlangten als Gegenleistung die Propaganda der Tat, nämlich die Ermordung einer prominenten Persönlichkeit auf schweizerischem Boden. Die Kameraden in Neuenburg dagegen sprachen sich für ein Attentat in Italien aus, und zwar auf den Militärgouverneur von Mailand oder auf König Umberto. Im Zusammenhang damit wurden bereits Einzelheiten diskutiert, zum Beispiel, daß König Umberto ein Panzerhemd trägt, man daher mit einem Gewehr von einem Fenster aus auf ihn schießen müßte.
Ende August fand im Café de la Fontaine, im französischen Thonon, eine Versammlung statt, in deren Verlauf den Wünschen der Kameraden aus Zürich nachgegeben wurde, da sie die Schnüre des Geldbeutels in der Hand hielten.
Am 4. September erging die Aufforderung zu einer weiteren Ver-

sammlung in Thonon für Dienstag, den 6. September, im Café Ferraris. Der Treffpunkt war erst im letzten Moment bekanntgegeben worden. Diesmal nahmen teil: Cirobaraldi, Panella, Ceresole (aus Lausanne), Panizza (jetzt in Lugano), Cenci, Gualducci, Barbotti, Posio und Tetro.
Damals wurde auf Wunsch von Zürich der Tod der Kaiserin beschlossen. Einer der Anwesenden meinte, es wäre besser, den Kaiser zu ermorden, aber Panizza entgegnete, man würde dem Kaiser durch den Tod seiner Frau einen Schlag zufügen, der fast so schwer wäre, als wenn er selbst sterben müßte . . . Mit dem Prinzen von Orléans beschäftigte man sich anscheinend nur bei dem ersten Treffen in Thonon. Am 6. September war von ihm überhaupt nicht mehr die Rede.
Die Kameraden aus Lausanne wußten zu berichten, daß der Kamerad Lucheni sich rühmte, ein Mann der Tat zu sein, der zu allem bereit wäre.
Noch am selben Abend wurde Lucheni nach Thonon geholt. Von dort fuhr er nach Genf. Am Donnerstag übernachtete er in Genf bei der Seydoux. Am Freitag aß er zusammen mit Gualducci und Silva bei dem Schneider Cenci, Rue du Perron Nr. 8. Die Rädelsführer schienen Lucheni als ein nicht sehr kluges Werkzeug zu betrachten, dessen Eitelkeit man ausnutzen konnte. Zu den regelmäßigen Zusammenkünften wurde er nie zugelassen. Die Kameraden nannten ihn sowohl vor wie nach dem Verbrechen »Il Stupido«, den Dummkopf.

Hier endete der Bericht. Darunter stand in einer anderen Handschrift:

*Mitteilung am 23. September erhalten.**

Es handelte sich zweifellos um Informationen eines Polizeispitzels. Léchet wußte allerdings nicht, ob sie von demselben Mann stammten, der angeblich Zugang zu der Züricher Gruppe hatte. Er las die beiden Seiten noch einmal sorgfältig durch und erwog Punkt für Punkt, inwieweit er den Inhalt als brauchbar akzeptieren konnte.
Die finanziellen Schwierigkeiten des AGITATORE interessierten ihn nur insofern, als seine Sanierung und die Übersiedlungskosten nach Zürich der Preis zu sein schienen, den die Züricher bereit waren, für ein Attentat zu bezahlen.

* AGG

Der Haß der italienischen Anarchisten, die in der Schweiz meist im französischsprechenden Teil des Landes lebten und bettelarm waren, galt in erster Linie noch immer dem Militärgouverneur von Mailand, weil er den Aufstand im Frühjahr brutal niedergeschlagen hatte, und König Umberto, den sie für die Wurzel allen Übels hielten. »Per Umberto primo« hatte Lucheni unter die Zeichnung eines Schlagrings in seinem Liederbuch geschrieben. Die Züricher Kameraden aber wollten keine Rache. Sie wollten die Propaganda der Tat! Dort, wo sie sich die größte Wirkung versprachen. Deshalb plädierten sie, glaubte Léchet, für ein Attentat in der Schweiz.
Bis hierhin schienen dem Untersuchungsrichter die Informationen nicht unglaubwürdig.
Ein Attentat brauchte ein Opfer und sogar ein sehr prominentes, wenn es Aufsehen verursachen sollte. Als in Thonon darüber diskutiert wurde, hielt sich die Kaiserin Elisabeth in Caux auf. Außer dem König von Rumänien, der in Bad Ragaz weilte, war sie das einzige passende Objekt auf schweizerischem Boden. Ragaz war weit von Thonon. Dagegen lagen Caux und Genf auf der anderen Seite des Sees.
Die entscheidende Versammlung fand in Thonon am 6. September statt, behauptete der Spitzel. Tags zuvor hatte Lucheni die Pension Matthey in Lausanne verlassen. Wahrscheinlich fand er bei Kameraden Unterschlupf und wartete auf den Abruf nach Thonon, der am 6. erfolgte. Das ließ genügend Zeit, um ihm genaueste Instruktionen zu geben, bevor er am 8. in Genf eintraf. Es würde allerdings bedeuten, daß die Reise nach Paris beziehungsweise Culoz tatsächlich Phantasie war. In seiner Korrespondenz mit dem Prinzen hatte Lucheni viele phantastische Geschichten erzählt. Die Portierstelle, die er wegen ungenügender Sprachkenntnisse aufgeben mußte! Der Posten als Reitknecht! Weshalb sollte da nicht auch die Fahrt nach Paris Phantasie gewesen sein?
Aber jetzt war Léchet wieder bei dem nach wie vor ungelösten Rätsel angelangt: Woher wußten die Verschwörer, daß die Kaiserin zu einem bestimmten Datum in Genf sein würde?! Darüber schwieg auch der Informant beharrlich.
Was er über Lucheni sagte, klang verächtlich. »Das nicht sehr kluge Werkzeug«, »Il Stupido!«
Stupido ... überlegte Léchet. Jemand hatte das Wort schon einmal im Zusammenhang mit Lucheni gebraucht. In diesem Raum. Dann fiel es ihm ein: Posio! »Ich nannte ihn immer einen Dummkopf«, hatte Posio damals gesagt. Und er benutzte das italienische Wort *stupido.* Nach

den Informationen des Spitzels war Posio ebenfalls in Thonon gewesen. Es erfüllte Léchet mit Zorn, daß er eingewilligt hatte, ihn aus der Untersuchungshaft zu entlassen.
Er entschloß sich, zumindest so lange, bis er eines Besseren belehrt würde, die Mitteilungen des Pariser Polizeispitzels ernst zu nehmen. Ciancabilla war seinem Zugriff durch die Ausweisung entgangen. Die Gruppe des AGITATORE aus Neuchâtel ebenfalls. Gualducci war, wie Posio, entlassen. Nur Barbotti befand sich noch in Haft. Wer war der Schneider Cenci, bei dem Lucheni mit Gualducci und dem immer wieder auftauchenden Silva gegessen haben soll? Léchet notierte:

1. Nach Frankreich schreiben – Annemasse ist zuständig –, ob etwas über ein Treffen am 6. September in Thonon bekannt ist.
2. Nach Lausanne schreiben, ob man dort etwas über eine Anarchistenversammlung in der Rue Mercerie 19 weiß. Und vor allem Bonnard, bitten, Posio erneut zu vernehmen, gegebenenfalls zu verhaften.
3. Gualducci und Silva vorführen lassen.
4. Cenci ausfindig machen.
5. Barbotti vernehmen.

Vom 3. Oktober bis zum Abschluß der Voruntersuchung

Gualducci schlurfte zwischen zwei Gendarmen den Korridor vom Justizpalast entlang auf Léchets Amtsräume zu. Er sah noch elender und abgerissener aus als bei seiner letzten Verhaftung.
»Sie können es wohl nicht lange ohne mich aushalten?« begrüßte er Léchet mit ungebrochenem Sarkasmus. »Falls Sie wissen wollen, wie es mir geht, die Antwort ist: beschissen.«
Léchet bemühte sich, seine Abneigung gegen Gualducci nicht zu zeigen. »Nehmen Sie Platz«, sagte er kühl und deutete auf einen Stuhl. »Was wissen Sie über den Schneider Cenci?« Gualducci grinste über das ganze Gesicht. »Ich lasse meine Anzüge in London arbeiten. In Bond Street hat man meine Maße«, sagte er und deutete auf sein zerlumptes Jackett. »Den Schneider Cenci kenne ich nicht.«
»Sie waren zusammen mit Lucheni und Silva bei ihm!«
»Wer hat Ihnen denn das aufgebunden?«
Léchet verlangte Auskunft, wo Gualducci am 9. September, es war ein Freitag, gegessen hatte.
»Lassen Sie mich doch mit Ihren blödsinnigen Fragen in Ruhe«, schimpfte Gualducci. »Wie soll ich wissen, wo ich vor drei Wochen gegessen habe! Es ist mehr als fraglich, ob ich überhaupt gegessen habe. Ich führe kein Tagebuch über meine Nahrungsaufnahme. Da würde verdammt wenig drinstehen.«
»Am 6. September waren Sie in Thonon bei einer Anarchistenversammlung, wo die Ermordung der Kaiserin Elisabeth beschlossen wurde!« sagte Léchet klar und scharf.
»Geographie scheint nicht Ihre Stärke zu sein«, warf Gualducci ein. »Sonst müßten Sie wissen, daß Thonon in Frankreich liegt. Da die französischen Gefängnisse um vieles schlechter sind als die schweizerischen und man mich außerdem mindestens zehn Jahre dort behalten würde, pflege ich um Frankreich einen Bogen zu machen.«
»Erzählen Sie mir nicht, daß es ein großes Risiko wäre, mit dem Dampfer auf ein paar Stunden nach Thonon zu fahren.«
»Überlassen Sie bitte mir, welches Risiko ich einzugehen bereit bin. Im übrigen habe ich Ihnen schon einmal erklärt, daß ich kein Anhänger der Propaganda der Tat bin. Ich schätze Mord nicht. In keiner Form! Ich respektiere das menschliche Leben.« Mit einem Anflug von Lächeln fügte er hinzu: »Mein eigenes ganz besonders.«

Léchet machte sich Notizen.
Als er weiter schwieg, fragte Gualducci: »War das alles?«
»Ja«, entgegnete Léchet, ohne aufzusehen.
»Ich wußte, daß Sie mir nicht einmal das Mittagessen in Ihrem Etablissement gönnen würden!« Gualducci ging zur Tür. »Stinkende, geizige Kleinbürgerbande«, murmelte er noch, gerade laut genug, daß Léchet ihn verstehen mußte, und verschwand.

Das Verhör mit Silva war nicht ertragreicher. Er leugnete, einen Schneider namens Cenci zu kennen oder jemals in der Rue du Perron gewesen zu sein. Am 9. September wollte er von morgens früh bis abends spät gearbeitet haben. Sein Bauunternehmer könnte das bestätigen. Außerdem bat er zu bedenken, daß »Silva« ein gebräuchlicher Name in Italien sei. Vielleicht hätte ein anderer Silva jenen Schneider besucht. Er, Giovanni Silva, war es jedenfalls nicht!
Léchet ließ ihn laufen.

Barbotti erklärte, an den fraglichen Tagen in Lausanne gearbeitet zu haben. Als Zeugen benannte er den Pensionsinhaber Matthey und die Kollegen am Arbeitsplatz.
Léchet schrieb noch einmal nach Lausanne mit der Bitte, Barbottis Aussagen zu überprüfen.

Fouchard hatte inzwischen den Schneider Cenci in der Rue du Perron aufgesucht. Er fand einen alten Mann, der sich recht und schlecht mit Flickarbeiten durchschlug. Um seine mageren Einkünfte zu verbessern, betrieb seine Frau einen Mittagstisch, der in erster Linie von italienischen Arbeitern besucht wurde. Lucheni, Gualducci und Silva kannte sie nicht, auch eine Fotografie von Lucheni half ihrem Gedächtnis nicht auf die Sprünge. Der Flickschneider selber leugnete entschieden, am 6. September in Thonon gewesen zu sein. Fouchard hielt es für äußerst unwahrscheinlich, daß Cenci ein rabiater Anarchist sein könnte. Das kleine Männchen stand ganz unter dem Pantoffel seiner Frau und machte eher einen verschreckten, schüchternen Eindruck.

Am Vorabend des ominösen Dienstags, an dem Navazzas Zweiwochenfrist ablief, hatte Léchet nichts in Händen, was die Angaben des Polizeispitzels bestätigte. Jetzt mußte er zum Generalstaatsanwalt gehen und um Verlängerung bitten.
Léchet wünschte fest, Navazza würde die Bitte verweigern und die

Voruntersuchung abschließen. Er war zutiefst entmutigt. Längst hatte er begonnen, seinem sonst so sicheren Urteil zu mißtrauen, seinem Instinkt, der ihm in früheren Jahren zu großen Erfolgen verholfen hatte. Nur ein resolutes Eingreifen Navazzas konnte ihm die Angst vor der drohenden Enttäuschung nehmen, daß auch seine letzten Anstrengungen wieder mit einem Mißerfolg enden würden.

Am Dienstagmorgen legte Léchet Navazza den Spitzelbrief aus Paris vor und berichtete, was er inzwischen unternommen hatte. Er beschönigte nichts. Im Gegenteil.
»Haben Sie Lucheni dazu gehört?« fragte Navazza.
»Nein.«
»Warum nicht?«
Warum hatte er ihn nicht verhört, überlegte Léchet. Es wäre natürlich und folgerichtig gewesen. »Es schien mir besser, damit zu warten. Wenn ich Beweise habe, besteht die Möglichkeit, ihn zu überrumpeln«, sagte er und drückte damit einen Gedanken aus, der sich erst in dieser Sekunde in seinem Kopf formte.
Navazza nickte und schwieg.
»Wie soll es nun weitergehen?« frage Léchet nach einer Weile.
»Ich war entschlossen, heute die Voruntersuchung abzuschließen«, sagte Navazza. »Aber angesichts der neuen Lage scheint es mir unfair, Ihnen damit die Chance eines Erfolges zu nehmen. Nicht, daß sie sehr groß wäre! Ich hoffe, darüber machen Sie sich keine Illusionen. Die Franzosen sind bestimmt heilfroh, daß das Attentat auf schweizerischem Boden stattfand. Sie werden sich kaum sonderlich Mühe geben nachzuweisen, daß der Mord in Frankreich geplant wurde.«
Léchet stimmte ihm zu.
»Machen Sie weiter«, entschied Navazza, »und kommen Sie wieder, wenn Sie überzeugt sind, alle Zeit gehabt zu haben, die Sie für die Voruntersuchung brauchten.«

Der nächste Morgen brachte Léchet einen Brief vom eidgenössischen Justiz- und Polizeidepartement aus Bern. Ein Mann namens Paolo Bignami, Zolldienstanwärter, hatte Freunden von einer Begegnung mit Lucheni erzählt. Die italienische Polizei bekam davon Wind und lud Bignami vor. Das Protokoll seiner Einvernahme schickte sie an die italienische Gesandschaft in Bern, die es an den Bundesanwalt weiterleitete.

ERKLÄRUNG DES PAOLO BIGNAMI
lautete die Überschrift des beigefügten Protokolls. Dann hieß es:

Um den 15. April dieses Jahres wanderte ich über den Großen St. Bernhard. Ich kam aus Sitten (Schweiz), wo ich für die Firma Griton als Mechaniker gearbeitet hatte. Ich wollte zurück nach Italien. Auf dem Paß wurde ich von einem schweren Schneesturm überrascht und fand im Hospiz Zuflucht. Ich war kaum angekommen und hatte etwas Nahrung zu mir genommen, als zwei weitere Personen das Hospiz erreichten. Es war gegen halb 5 Uhr nachmittags. Der eine von ihnen sah recht ordentlich aus, das war Lucheni, wie sich später rausstellte. Der andere, ein etwa 25jähriger Deutscher, war sehr mangelhaft bekleidet, er besaß nicht einmal Schuhe, so daß ihm die Mönche ein Paar Holzschuhe schenkten.
Die Neuankömmlinge stürzten sich sofort auf das Essen. Der Schneesturm hielt etwa drei oder vier Tage an. Während dieser Zeit blieben wir gemeinsam im großen Schlafsaal des Hospizes. Wir sprachen oft miteinander. Daher weiß ich, daß der eine Lucheni war. Er zeigte mir die Verleihungsurkunde seines Afrika-Ordens und erzählte mir, daß er eine sehr gute Dienststelle bei einem Prinzen spanischer Herkunft gehabt hätte und jetzt auf dem Weg in die Schweiz sei, wo er Arbeit suchen wolle. Seinen Weggenossen hatte er in Genua getroffen. Von dort wanderten sie zusammen.
Unter den Reisenden, die im Hospiz Zuflucht gefunden hatten, befand sich auch ein Franzose. Lucheni befragte ihn über die Zusammensetzung der Fremdenlegion und wollte wissen, ob es in der Legion auch ein Kavallerie-Regiment gäbe. Er dachte daran, sich anwerben zu lassen. Er las öfter eine Zeitschrift mit dem Titel IL AGITATORE. *Die Mönche hielten jeden Morgen für ihre Gäste eine Messe. Während dieser Zeit versteckte sich Lucheni immer in den Latrinen. Trotzdem sagte er, daß es ihm oben im Hospiz gut gefiele und daß er gern bleiben würde, wenn man ihn behielte. Nach drei oder vier Tagen wanderte ich weiter nach Italien und ließ die anderen im Hospiz zurück.*
*Als ich aus der Zeitung von dem schrecklichen Mord erfuhr, kam mir die Begegnung wieder in den Sinn.**

Hier besaß Léchet die Schilderung einer Episode aus dem Leben des

* AGG

Attentäters, die irgendwo zwischen »Lucheni, dem prinzlichen Diener« und »Lucheni, dem Anarchisten« lag. Er liest den AGITATORE und versteckt sich in den Latrinen, um nicht zur Messe gehen zu müssen. Aber gleichzeitig sagt er, daß er gern bei den Patres bleiben möchte, wenn sie ihn nur behalten würden. Der gottlose Anarchist unter den frommen Mönchen! Dann erinnerte sich Léchet jedoch, daß Lucheni ihm von einer Frau erzählte, die auf dem Paß Tabak verkaufte und der er sein Bild geschenkt hätte. Vielleicht war sie die Anziehungskraft und nicht das Klosterleben.
Léchet hörte zum erstenmal, daß Lucheni in die Fremdenlegion wollte. War ihm damals alles recht, was ihn der Sorge um Essen, Trinken und Schlafen enthob und in eine Gemeinschaft eingliederte? Sehnte er sich nach Disziplin und Reglementierung? War er hilflos, wenn er allein Entscheidungen treffen mußte? Unterwarf er sich schließlich den Befehlen seiner anarchistischen Kameraden mit demselben Gehorsam, der ihn zu einem besonders guten Soldaten gemacht hatte?

Am Nachmittag des 6. Oktober traf ein Schreiben aus Lausanne ein. Es war am selben Morgen aufgegeben und lautete:

Betrifft Ihr Ansuchen vom 1. Oktober um Recherchen über eine Anarchistenversammlung Ende August in der Rue Mercerie 19.
Die Nachforschungen wurden auf das gewissenhafteste durchgeführt und haben folgendes ergeben:
Das Gebäude Rue Mercerie 19 gehört Monsieur F. – einem Notar. Es wird von drei Parteien bewohnt. Monsieur Ecoffer, Bäcker; Monsieur Gyger, Tapezierer und der Witwe Gyger, Pensionsinhaberin; alles ehrbare Leute mit gutem Ruf. Durch Nachfragen bei den Mietern wurde ermittelt, daß kein Italiener in diesem Haus wohnt, weder als Pensionsgast noch als Untermieter. Ein Saal in der ersten Etage dient den Zusammenkünften der Abstinenzler-Liga. Man hat dort nie ein Anarchistentreffen beobachtet.
Hingegen traf sich eine Gruppe Anarchisten am 10. Juli im Garten der Brasserie de Beaulieu. Die Polizeiagenten P. und O. waren anwesend. Später fanden noch einige Treffen im Italienischen Sozialisten-Club in der Rue Madeleine statt. Die letzte Versammlung dort war am 8. August. Damals wurde entdeckt, daß Signor Garino, der die Kasse führte, mit den wenigen Francs, die sie enthielt, durchgebrannt war. Daraufhin mußte das Lokal aufgegeben werden. Von

nun an trafen sich die italienischen politischen Flüchtlinge abends meist auf der Place Montbenon.
*Was den Anarchisten Ciancabilla anbelangt, der aus Paris nach Lausanne gekommen sein soll, so war für dieses Gerücht keinerlei Bestätigung zu erhalten.**

Weiterhin teilte Bonnard mit, das Ehepaar Matthey aus der Rue Mercerie Nr. 17 könne sich nicht erinnern, ob Barbotti am 6. September in Lausanne gewesen sei oder nicht. Nachforschungen an seinem Arbeitsplatz hatten ebenfalls keinen Erfolg, da der Bau inzwischen fertiggestellt und die Belegschaft in alle Winde zerstreut wäre.
Schließlich schrieb Bonnard noch, daß Gino Posio nicht vernommen werden könne, da er Lausanne vor einigen Tagen verlassen hätte. Nach Aussage der Lina Zahler, die den Verlust ihres jungen Beschützers schmerzlich betrauerte, wäre er zu seinen Eltern nach Mailand zurückgekehrt. Dies müßte bei der in ganz Italien herrschenden Jagd auf Anarchisten zwar als höchst unwahrscheinlich angesehen werden, ändere aber nichts an der Tatsache, daß Posio spurlos verschwunden sei.

Am nächsten Morgen wurde Lucheni vorgeführt.
»Ein Bekannter von Ihnen hat sich gemeldet«, begann Léchet, »ein gewisser Bignami, mit dem Sie oben im Hospiz bei den Mönchen auf dem Großen St. Bernhard waren.«
»Bignami . . .«, wiederholte Lucheni. »Den Namen kenne ich nicht, aber ich weiß, wen Sie meinen. Ich glaube, er kam aus Sitten. Jedenfalls wollte er zurück nach Italien.«
Léchet bestätigte, daß dies der Mann sei, und fragte nach dem deutschen Begleiter Luchenis.
»Ein armes Schwein! Ein Narr! Wandert nach Italien und glaubt, dort könnte er Arbeit finden! Wo die Italiener bis ans Ende der Welt laufen müssen, weil es ihnen zu Hause so dreckig geht.«
»Was ist aus ihm geworden?«
»Ich weiß es nicht. In Martigny haben wir uns getrennt. Er ist allein weitergezogen.«
»Haben Sie eigentlich jemals daran gedacht, in die Fremdenlegion zu gehen?«
»Ja. Wenn ich mit Sicherheit gewußt hätte, daß ich in die Kavallerie

* AGG

komme, wäre ich in die Legion gegangen. Oder vielleicht auch nicht.«
Er zuckte die Achseln.
»Was hat Sie daran gereizt?«
Lucheni dachte nach. »Der Abschaum der Menschheit geht in die Fremdenlegion«, sagte er dann. »Die, die keiner will. Die von allen ausgestoßen werden!«
»Ist das ein Grund?« frage Léchet.
Lucheni schwieg.
Léchet wechselte das Thema. »Ich habe aus sicherer Quelle erfahren, daß Ihr Freund Gino Posio nicht nur mit Ihnen in Vevey war, sondern auch öfter in Thonon. Zum Beispiel am 6. September. Barbotti übrigens auch.«
»Davon weiß ich nichts.«
»Das wundert mich«, sagte Léchet, »denn auch Sie waren ja am 6. September in Thonon.«
Luchenis Gesicht wurde starr und abweisend. »Am 6. September war ich in Genf. Nicht in Thonon.«
»Das haben Sie schon oft behauptet, nur besitze ich Informationen, die das Gegenteil besagen. Sie wurden am 6. vor eine Versammlung Ihrer Anarchistenfreunde nach Thonon beordert und haben dort die Anweisungen für das Attentat auf die Kaiserin bekommen!«
»Wer das sagt, lügt!«
»Das glaube ich eigentlich nicht«, fuhr Léchet unbekümmert fort. »Kennen Sie den Schneider Cenci in der Rue du Perron?«
»Nein.«
»Mir ist berichtet worden, daß Sie bei ihm gegessen haben. Zusammen mit Gualducci und Silva.«
»Ich kenne ihn nicht.«
»Und Ciancabilla?«
Es war deutlich, daß die Nennung dieses Namens auf Lucheni eine Wirkung ausübte. Trotzdem wiederholte er verstockt: »Ich kenne ihn nicht.«
»Ein Anarchist, der Ciancabilla nicht kennt?« fragte Léchet ironisch und gab damit, ohne es zu wollen, Lucheni das Stichwort für eine Ausrede.
»Es kann sein, daß ich hin und wieder im AGITATORE von ihm gelesen habe«, sagte Lucheni prompt.
»Und nachts haben Sie ihn auf der Place Montbenon in Lausanne getroffen!« fügte Léchet scharf hinzu.
»Niemals.«

»Sie wissen aber doch, daß sich die Anarchisten dort trafen, seit Garino . . .«, auch der Name »Garino« brachte eine unfreiwillige Reaktion von Lucheni, ». . . mit der Kasse des Sozialisten-Clubs durchgegangen war. Sie selbst sind ja an der Place Montbenon von der Polizei geschnappt worden! Weshalb haben Sie sich denn da rumgetrieben, wenn nicht, um Ihre Freunde zu treffen?«
»Ich hatte keine Verbindung mit anderen Anarchisten.«
»Wie langweilig, immer dasselbe von Ihnen zu hören. Dabei könnten Sie vieles zugeben, ohne damit Ihre Mittäter zu gefährden.«
»Ich habe keine Mittäter!«
Léchet erhob sich. »Schade«, sagte er, »ich hatte gehofft, Sie würden etwas mehr Vernunft zeigen.«
Er ließ Lucheni abführen.

Das langsame Abklingen der Untersuchung war für Léchet unerträglich. Er hatte plötzlich viel Zeit. Das war ungewohnt und eine schwere Geduldsprobe. Er verschaffte sich Arbeit, wo es nichts zu tun gab. Noch einmal ließ er sämtliche Zeugen vorladen, deren er habhaft werden konnte, um festzustellen, inwieweit ihre Aussagen heute, vier Wochen nach dem Mord, von den ersten Aussagen abwichen. Verschiedene Einzelheiten, stellte sich heraus, waren inzwischen dem Gedächtnis entfallen, manches unwesentliche Detail dazugekommen. Das einzige positive Ergebnis dieser langwierigen Arbeit war, daß sie Léchets Zeit füllte.

In diesen Tagen konnte man immer häufiger Artikel lesen, die sich mit der Geschichte des Anarchismus befaßten. Sie stießen allgemein auf lebhaftes Interesse. Jetzt wiesen in der Stadt Plakate darauf hin, daß am Sonntag abend ein Dozent der Genfer Universität unter dem Titel »Der Anarchismus – Versuch einer Analyse« einen öffentlichen Vortrag über das Thema halten würde. Er erfüllte damit eine von vielen Seiten an ihn herangetragene Bitte. Auch Léchet hatte sich entschlossen, die Veranstaltung zu besuchen.

In der Nacht zum Sonntag schlief er wenig – und selbst in den kurzen, heftigen Träumen ließen ihn seine Probleme nicht los. Am Vormittag kam ihm die Idee, um die allzu langsam dahinschleichenden Stunden des Nichtstuns abzukürzen, nach Pregny hinauszufahren. Er wollte dort als unerkannter Beobachter den Rothschildschen Besitz inspizieren. Dabei war er sich darüber klar, daß es sich um ein völlig überflüssiges Unternehmen handelte, aber er entschuldigte es vor sich selbst mit der Ausrede, daß ihm der Arzt Bewegung und frische Luft verordnet hatte.

Ein großes schmiedeeisernes Tor unterbrach eine hohe Mauer, über der nur Baumwipfel zu sehen waren. Die Fahrstraße, die in den Park und zum Schloß führte, entzog sich hinter dichten Büschen und Bäumen bald dem Blick der Passanten. Das Tor selbst war so prunkvoll gearbeitet, daß Léchet es für den Haupteingang hielt. Er folgte daher der Mauer, um den Personaleingang zu finden, wo der Italiener am Tag vor dem Besuch der Kaiserin nach Arbeit fragte. Léchet sah jetzt die Glasdächer der Gewächshäuser über die Mauer emporragen, von denen die Gräfin Sztáray erzählt hatte. Der Weg machte eine leichte Biegung nach rechts. Etwa 300 Meter weiter stand Léchet vor einem zweiten Tor, um vieles größer und prächtiger als das vorige. Auch hier war der Park dahinter so angelegt, daß das Schloß unsichtbar blieb. Der erste Eingang mußte also der für das Personal gewesen sein. Léchet kehrte dorthin zurück. Er bemerkte, wie sich die Gardinen hinter den Fenstern des Pförtnerhauses bewegten. Man beobachtete ihn. Vermutlich würde Monsieur Kirsch, der Verwalter, bald einen Bericht bekommen, daß ein älterer, sauber gekleideter Herr auf verdächtige Weise herumspioniert hätte.
Léchet kehrte dem Schloß den Rücken und spazierte weiter nach Chambésy, wo er unter herbstlich braunen Bäumen zu Mittag aß. Der Tag war ungewöhnlich warm für Anfang Oktober, und der 98er Johannesberg, den er genießerisch probierte, versprach ein exzellenter Jahrgang zu werden. Léchet ging zu Fuß hinunter zum See und nahm in Bellevue einen der sonntäglichen Ausflugsdampfer zurück nach Genf. Beim Vorüberfahren sah er im Privathafen von Schloß Pregny die »Tsigane« liegen, die Dampfjacht der Rothschilds, die man für den kaiserlichen Besuch zur Verfügung stellen wollte. Ihm fiel ein, daß die Sztáray gesagt hatte, die Monarchin könnte noch leben, wenn sie das Angebot akzeptiert hätte.
Als Léchet endlich zu Hause war, blieb gerade noch Zeit, sich umzuziehen und eine Kleinigkeit zu sich zu nehmen, bevor er sich wieder aufmachte, um den Vortrag über den Anarchismus zu hören.

Meine sehr verehrten Damen und Herren!
Ich freue mich, daß mein Thema so viele Zuhörer angelockt hat. Ich freue mich besonders, nicht nur Studenten, sondern auch viele ältere

Bürger unserer Stadt heute hier zu sehen – und ganz besonders erfreut bin ich darüber, daß sogar einige Damen Interesse an meinem Vortrag zeigen. Ich danke Ihnen allen für Ihr Erscheinen.

Es ist, wie Sie wissen, kein Zufall, daß hier der Begriff Anarchismus einer kritischen Analyse unterzogen werden soll. Noch sind wir halb gelähmt von dem Schrecken, den uns die im Namen der Anarchie vor einigen Wochen in den Mauern unserer Stadt verübte Untat eingeflößt hat.

Wir haben uns bis vor kurzem im schönen Genf wenig Gedanken darüber gemacht, was das Wort Anarchismus beinhaltet. Heute ist es in aller Munde. Keine Zeitung, in der wir ihm nicht begegnen. Wenn wir ehrlich sind, meine Damen und Herren, sind es aber sehr unterschiedliche und meist recht vage Begriffe, die wir damit verbinden. Und wenn man uns frisch und frei fragte: Was ist denn nun eigentlich Anarchismus? – so würden die meisten von uns große Mühe haben, eine halbwegs korrekte und klare Antwort zu geben. Ich muß allerdings gestehen, daß es äußerst kompliziert ist, diese Frage zu beantworten. In der dem Anarchismus anhaftenden typischen Vielfalt seiner oft sehr divergenten Richtungen zeigte er selbst ein Bild echter Anarchie, echter Regel- und Gesetzlosigkeit. Dennoch gibt es einen wesentlichen, jeder dieser verschiedenen Richtungen gemeinsamen Kern. Nach ihm müssen wir den Anarchismus als ein politisches Programm definieren, dessen Ziel es ist, jede Beherrschung des Menschen durch einen anderen zu beseitigen, um auf diese Weise die völlige Freiheit des einzelnen in rechtlicher, wirtschaftlicher und sozialer Hinsicht herauszustellen. Die anarchistische Gesellschaft will ausschließlich mittels freier Verträge und freier Vereinbarungen zwischen gleichberechtigten freien Menschen ihre politische und gesellschaftliche Existenz gestalten. Vorbedingung hierfür ist notwendigerweise die Abschaffung des Staates und jeder staatlichen Ordnung.

Ich denke, meine Damen und Herren, damit haben wir eine knappe Bestimmung des Begriffs Anarchismus gefunden. Bevor wir uns aber näher mit ihm befassen, sollten wir uns eine zweite Frage stellen, nämlich, wie es zu einer Ideologie und zu einem, breite Bevölkerungsschichten ansprechenden politischen Programm kommen konnte, das der althergebrachten Vorstellung der Menschheit über die Organisation ihres Zusammenlebens diametral zuwiderläuft.

Keine politische oder soziale Theorie entsteht im luftleeren Raum. Sie setzt Zusammenhänge zur Umwelt voraus, in der sie sich entwickelt. Da ich Ihnen, meine Damen und Herren, hinlänglich bekannt bin und

nicht im Geruch stehe, Sozialist, geschweige denn Anarchist zu sein, darf ich, ohne mißverstanden zu werden, sagen, daß es die kapitalistische Gesellschaftsordnung ist, die jenes Klima erzeugt, in dem der Anarchismus keimt, wächst, blüht und gedeiht. Dies verbindet ihn übrigens mit dem Sozialismus – womit sich die Gemeinsamkeiten bereits erschöpfen. Denn entgegen der landläufig verbreiteten Auffassung sind Anarchismus und Sozialismus verschieden wie Tag und Nacht und verfeindet wie Wasser und Feuer.
Zunächst wollen wir aber untersuchen, was der Kapitalismus, den wir heute als Fundament unserer wirtschafts- und gesellschaftspolitischen Lebensart ansehen – und manchmal auch anbeten –, mit dem Entstehen und der Verbreitung des Anarchismus zu schaffen hat. Unsere liberalistisch-kapitalistische Wirtschafts- und Rechtsordnung produziert auf der einen Seite Anhäufung von Vermögen, Kapitalmacht und totale Unabhängigkeit – auf der anderen Seite aber allzuoft Arbeitslosigkeit, Armut, Mangel am Nötigsten und totale Abhängigkeit. Dabei ist augenfällig, zumindest was unsere Nachbarländer angeht, daß zum Zeitpunkt des Überangebots an Konsumgütern aller Art, an Kapital, Produktionsmitteln und Produktionskapazität, wie wir dies heute erleben – daß also ausgerechnet in einer blühenden Epoche des Kapitalismus gleichzeitig Massenelend herrscht, wodurch soziale Kämpfe eines Ausmaßes und einer Härte drohen, wie sie der vorkapitalistischen Gesellschaft unbekannt waren.
Selbstverständlich gab es auch in der vorkapitalistischen Epoche Zeiten allgemeiner Not und großen Elends. Ich denke dabei nicht an jene regelmäßig wiederkehrenden Unglücksperioden im Gefolge von Krieg, Naturkatastrophen und tödlichen Seuchen, sondern an Zeiten – sozusagen »natürlicher« wirtschaftlicher Not. Damals trafen solche Unglücksperioden alle Bevölkerungsschichten – oder doch fast alle. Leere Vorratskammern, leere Lagerhäuser, leere Scheunen und leere Geldtruhen waren ihr Charakteristikum. Das Elend des Vorkapitalismus war zumeist die Folge des Unvermögens, das Problem der Erzeugung von Nahrungs- und Konsumgütern zu bewältigen. Es war also ein Produktionsproblem. Es galt damals, die Arbeitsgeräte zu erfinden oder zu verbessern, mit deren Hilfe man den Bedarf an notwendigen Lebensmitteln oder anderen wichtigen Produkten für den täglichen Gebrauch in ausreichendem, die Nachfrage befriedigendem Umfang stillen konnte. Es ging darum, Wege und Mittel zu entdecken, wie man dem Boden höhere Erträge abringen konnte. Mit anderen Worten: Die Elendsquelle der vorkapitalistischen Wirtschaft lag in dem oft unlös-

baren Problem, die Lücke zwischen Bedarf und Produktionsmöglichkeit zu schließen. In weiten Teilen der Welt, die von der industriellen Revolution und dem mit ihr voranstürmenden Kapitalismus unserer Prägung bisher nicht erfaßt sind, ist es noch immer so. Dort Mangel an Produktionsmöglichkeiten, die Hungernden satt zu machen, die Frierenden zu kleiden – hier Überfluß an allen Produkten zur Stillung der materiellen Nöte, aber unzureichende Streuung der zum Erwerb der Güter notwendigen Geldmittel.

Die Anarchisten sind nun davon überzeugt, daß nach der kapitalistischen Wirtschafts- und Rechtsauffassung anhaftenden Gravitation die Reichen immer reicher, die Armen immer ärmer werden und so die letztgenannten unweigerlich einer Zukunft immerwährender sozialer Knechtschaft entgegentreiben. Sie machten sich daher auf, die verhaßte wirtschaftliche – und notwendigerweise auch die sie schützende staatliche Ordnung zu stürzen. Ähnlich wie die Sozialisten – nur mit einem anderen Endziel, mit einer völlig anderen Vision, was die Stellung des Individuums in der zu schaffenden neuen Gesellschaft betrifft.

Im Mittelpunkt der anarchistischen Sozialphilosophie steht das Individuum, im Mittelpunkt der sozialistischen dagegen die Masse der Werktätigen, die Gesellschaft. Die Sozialisten bekämpfen den kapitalistisch-bürgerlichen Staat, um einen anderen, den sozialistischen, zu errichten – die Anarchisten bekämpfen den Staat als solchen. Der Anarchismus will das Maximum an persönlicher Freiheit um jeden Preis, der Sozialismus stellt grundsätzlich das Gesamtinteresse über das individuelle Einzelinteresse.

Einer der führenden Anarchisten unserer Tage, der Italiener Enrico Malatesta, der, wie es scheint, auf Lucheni einen ganz besonderen Einfluß ausübte, hat dies auf dem letzten großen Anarchistenkongreß in London, wo vor zwei Jahren die ganze internationale anarchistische Prominenz versammelt war, so ausgedrückt:

Wir sind gegen alle Regierungen, selbst die der Sozialisten. Die Gendarmen von Bebel, Liebknecht und Jaurès bleiben noch immer Gendarmen. Wer sie auch in Händen hat, wird immer imstande sein, das Proletariat niederzuhalten und abzuschlachten. Daher wollen wir diese Macht niemandem geben – weder den Sozialisten noch uns selbst. Denn niemand in einer solchen Stellung kann etwas anderes werden als eine Kanaille . . . Befreit Euch selbst durch die Organisation Eurer eigenen Kräfte, und Ihr werdet frei sein! Aber wenn Ihr

An Meine Völker!

Die schwerste, grausamste Prüfung hat Mich und Mein Haus heimgesucht.

Meine Frau, die Zierde Meines Thrones, die treue Gefährtin, die Mir in den schwersten Stunden Meines Lebens Trost und Stütze war — an der Ich mehr verloren habe, als Ich auszusprechen vermag, ist nicht mehr. Ein entsetzliches Verhängniß hat sie Mir und Meinen Völkern entrissen.

Eine Mörderhand, das Werkzeug des wahnwitzigen Fanatismus, der die Vernichtung der bestehenden gesellschaftlichen Ordnung sich zum Ziele setzt, hat sich gegen die edelste der Frauen erhoben und in blindem, ziellosem Haß das Herz getroffen, das keinen Haß gekannt und nur für das Gute geschlagen hat.

Mitten in dem grenzenlosen Schmerze, der Mich und Mein Haus erfaßt, angesichts der unerhörten That, welche die ganze gesittete Welt in Schaudern versetzt, dringt zunächst die Stimme Meiner geliebten Völker lindernd zu Meinem Herzen. Indem Ich Mich der göttlichen Fügung, die so Schweres und Unfaßbares über Mich verhängt, in Demuth beuge, muß Ich der Vorsehung Dank sagen für das hohe Gut, das Mir verblieben: Für die Liebe und Treue der Millionen, die in der Stunde des Leidens Mich und die Meinen umgibt.

In tausend Zeichen, von Nah und Fern, von Hoch und Nieder, hat sich der Schmerz und die Trauer um die gottselige Kaiserin und Königin geäußert. In rührendem Zusammenklang ertönt die Klage Aller über den unermeßlichen Verlust als getreuer Wiederhall dessen, was Meine Seele bewegt.

Wie Ich das Gedächtniß Meiner heißgeliebten Gemalin heilig halte bis zur letzten Stunde, so bleibt Ihr in der Dankbarkeit und Verehrung Meiner Völker ein unvergängliches Denkmal für alle Zeiten errichtet.

Aus den Tiefen Meines bekümmerten Herzens danke Ich Allen für dieses neue Pfand hingebungsvoller Theilnahme.

Wenn die Festklänge, die dieses Jahr begleiten sollten, verstummen müssen, so bleibt Mir die Erinnerung an die zahllosen Beweise von Anhänglichkeit und warmem Mitgefühl die werthvollste Gabe, welche Mir dargebracht werden konnte.

Die Gemeinsamkeit unseres Schmerzes schlingt ein neues, inniges Band um Thron und Vaterland. Aus der unwandelbaren Liebe Meiner Völker schöpfe Ich nicht nur das verstärkte Gefühl der Pflicht, auszuharren in der Mir gewordenen Sendung, sondern auch die Hoffnung des Gelingens.

Ich bete zu dem Allmächtigen, der Mich so schwer heimgesucht, daß Er Mir noch Kraft gebe, zu erfüllen, wozu Ich berufen bin. Ich bete, daß Er Meine Völker segne und erleuchte, den Weg der Liebe und Eintracht zu finden, auf dem sie gedeihen und glücklich werden mögen.

Schönbrunn, am 16. September 1898.

Franz Joseph m. p.

18 »Aus den Tiefen meines bekümmerten Herzens danke ich allen …« Kaiser Franz Josephs Dank vom 16. September 1898

19 Der Trauerkondukt in Wien.

20 Die Totenmaske der Kaiserin.

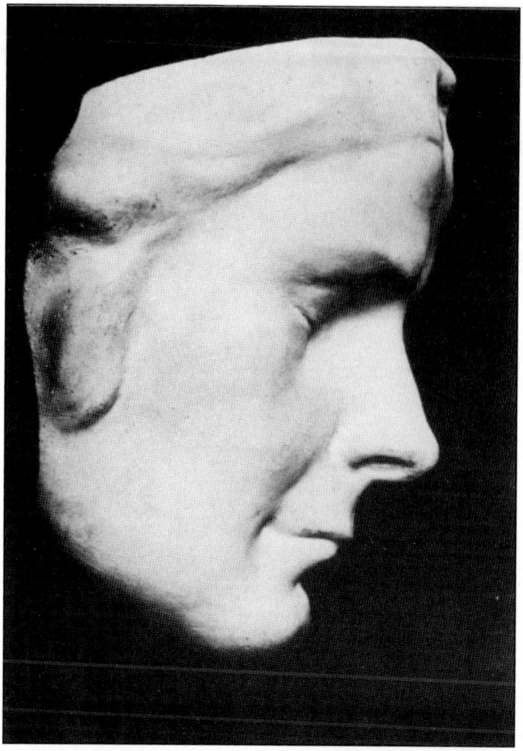

21 Elisabeths Sarkophag in der Kapuzinergruft

22 Das Kaiserin-Elisabeth-Denkmal im Wiener Volksgarten, das am 4. Juni 1907 eingeweiht wurde.

*Eure Befreiung durch eine Regierung erwartet – sei sie aus wohlwollenden Bürgern, sei sie aus Sozialisten zusammengesetzt –, so werdet Ihr für immer verloren sein!**

Wie aber, meine Damen und Herren, sieht nun die Welt der Anarchisten in der Praxis aus?
Nach dem Wunsch der hierfür verantwortlichen Architekten und nach den Vorstellungen ihrer Anhänger soll sie ja funktionieren – und sogar besser als unsere jetzige. Wie und von wem wurde diese Zukunftsvision entworfen und den nach anarchistischer Glückseligkeit Dürstenden beschrieben?
Zunächst müssen wir uns von dem weitverbreiteten Vorurteil lossagen, daß das politische Programm des Anarchismus sich in Morden und Bombenattentaten erschöpft. Die Väter der anarchistischen Theorie waren nämlich harmlose sozialphilosophische Denker und Vertreter einer durch und durch friedlich gemeinten Sozialreform. Viel später kam die Propaganda der Tat hinzu – und erst von diesem Zeitpunkt an beschritten gewisse Richtungen des Anarchismus den Weg der Gewalttätigkeit und des Verbrechens.

Im Jahr 1756 geboren, lebte und wirkte in England der Sohn eines protestantischen Predigers, der unsprünglich auch selber den geistlichen Beruf ausgeübt hatte. Er war leidenschaftlich davon überzeugt, daß der Mensch auf Grund ureigenster, natürlicher Anlagen gut sei und nur durch mangelhafte gesellschaftliche und politische Einrichtungen, asozial, unmoralisch, schlecht und böse werde. Dieser Mann hieß William Godwin. Von Jean-Jacques Rousseau, dem berühmten Sproß unserer Stadt, meine Damen und Herren, beeinflußt und von den Ideen der Französischen Revolution entzündet, wurde er der erste Theoretiker des Anarchismus, der ein vollendetes Bild eines anarchistischen Gemeinwesens aufzeichnete. Sein Grundgedanke vom »guten Menschen«, der allein durch eine falsche, unnatürliche äußere Ordnung verdorben wird, findet sich als Ausgangspunkt fast aller späteren anarchistischen Denkbemühungen. Hier erkennen wir bereits vieles, was den Anarchismus für die Massen der Unzufriedenen reizvoll und erstrebenswert macht – aber auch schon alles, so jedenfalls will es mir scheinen, was ihn zum Scheitern verurteilt.
In seinem 1793 erschienenen Buch »Untersuchungen über die politi-

* Zitiert bei: Max Nettlau, »Enrico Malatesta, das Leben eines Anarchisten«

sche Gerechtigkeit und ihren Einfluß auf die Moral und das Glück« verlangt Godwin nichts weniger als die Abschaffung jeder Art von Regierung und aller Gesetze. Für ihn – wie 100 Jahre später für Malatesta – ist auch die beste Regierung mit Tyrannei verbunden, denn Regierung an sich bedeutet Reglementierung, Eingriff in die Rechte des einzelnen, Steuerung seiner Handlungen und Gedanken – alles Aktionen, die dem menschlichen Wesen in seiner naturgegebenen, nach höchster Vollendung strebenden Grundveranlagung zuwiderlaufen. Eine höhere öffentliche Instanz, der Godwin an Stelle der Regierung gewisse Gemeinschaftsaufgaben anvertraut sehen möchte, denkt er sich als eine Art Genossenschaftspräsidium. Seine wesentliche Funktion bestünde in der Koordinierung der Verteidigungsanstrengungen für den Fall, daß Godwins freie Gesellschaft von außen angegriffen werden sollte. Eine andere Obliegenheit des Präsidiums wäre, darüber zu wachen, daß kein Mitglied des Gemeinwesens unterdrückt oder ungerecht behandelt wird. Schließlich müßte es selbst – oder von ihm eingesetzte Jurys – über Streitigkeiten und Delikte jeder Art entscheiden. Das Präsidium soll aber mit keinerlei Regierungsgewalt ausgestattet sein – alles beruht ja auf freien Vereinbarungen –, und selbst zur Funktionsfähigkeit der Jurys bedarf es keiner Gesetze. Denn Verbrecher werden nicht mehr bestraft, sondern öffentlich ermahnt und aufgefordert, zum Pfad der Tugend zurückzukehren. Godwin ist davon überzeugt, daß eine solche Ermahnung Erfolg haben wird, da der rückfällige Delinquent weit mehr unter der ihn dann treffenden allgemeinen Verachtung leiden würde als unter der ihm von der bisherigen Gesellschaft auferlegten Strafe.

Bliebe noch zu erwähnen, daß in Godwins höchst moralischer Anarchie – außer gewissen Vorbehalten beim überlieferten Erbrecht – es keine Eingriffe in das private Eigentum gibt. Als Kind der frühen liberalistischen Strömungen glaubt er, daß wirtschaftliche Unabhängigkeit der Garant für Freiheit und damit für die Moral des einzelnen und der Gesellschaft sei. Eigentum erscheint Godwin geradezu als Vorbedingung für die Verwirklichung seiner Ideen. Wobei er allerdings optimistisch genug ist zu hoffen, daß in einer Welt ohne Zwang – und folglich auch ohne Laster – das krasse Eigentumsgefälle von selbst abgebaut wird und sich so eine gerechte Verteilung der materiellen Güter ergibt. Denn sein freies Individuum könnte es nicht ertragen, daß ein Mensch reich und der andere arm wäre. Es würde sich daher freiwillig von überflüssigem Besitz zugunsten des Bedürftigen trennen. Meine Damen und Herren, wir mögen heute zu William Godwins Ideen stehen, wie wir wollen. Wir mögen sie ablehnen, verlachen, ungläubig bestaunen oder bewundern. Aber eines ist wohl klargeworden: Anarchie bedeutet ihm keineswegs Chaos, sondern Ordnung. Ordnung auf Grund gegenseitiger Einsicht und Nachsicht. Noch im Frühkapitalismus des sich vollendenden 18. Jahrhunderts zu Hause, war er mit seiner Theorie der Zeit vorausgeeilt. Er geriet fast völlig in Vergessenheit, und der Anarchismus konnte erst in der sich rund 50 Jahre später stürmisch entwickelnden Epoche der Industrialisierung als politische Bewegung eine zahlenmäßig ins Gewicht fallende Anhängerschaft finden.

Der Mann, der zu dieser Zeit die anarchistische Ideologie neu und zündend formulierte, war Franzose und hieß Pierre Joseph Proudhon. Er wurde 1809 in Besançon als Sohn eines Handwerkers geboren. Selbst Handwerker, Schriftsetzer, war er ein völliger Autodidakt, der sich im Lauf einer erstaunlich kurzen Zeitspanne ein umfassendes Bild über die komplizierten geistigen Strömungen seiner Epoche und nebenbei auch noch die Kenntnis einiger lebender und toter Sprachen verschaffte. Ein Stipendium der Akademie von Besançon verlor er allerdings nach drei Jahren, 1840, als er in einer für die Akademie verfaßten Streitschrift mit dem Titel »Qu'est-ce que la propriété?« die Frage mit dem zur Zeit der Französischen Revolution schon einmal formulierten Satz »Eigentum ist Diebstahl!« beantwortete. Die Schrift wurde von Amts wegen requiriert und war Anlaß langwieriger Scherereien mit den Behörden – aber sie machte ihren Autor nicht nur in seiner Heimatstadt, sondern in ganz Frankreich und darüber hinaus zu einer bekannten Persönlichkeit. Dabei war Proudhon keineswegs für die Abschaffung des Privateigentums, wie es das von ihm populär gemachte Schlagwort vermuten läßt. Im Gegenteil, sein Anarchismus wollte alle Menschen zu Eigentümern machen – allerdings zu Eigentümern durch Arbeit. Was er als Diebstahl angeprangert wissen wollte, war Großgrundbesitz, Eigentum aus Kapital-, Zins- oder Handelsgewinn und aus Erbschaft. Seine Vorstellung von einer wahrhaft sozialen Wirtschaftspolitik gipfelte in der Forderung, daß alle Produkte der eigenen Arbeit, Lebensmittel wie Gebrauchsgüter, gegen solche anderer Produzenten aus deren Arbeit, bargeldlos ausgetauscht werden sollten. Was nun seine Vorstellung von der Organisation oder besser der Desorganisation der Gesellschaft angeht, so vertritt Proudhon den Standpunkt, daß die Menschheit in ihren frühesten Kulturepochen einem verhängnisvollen Irrtum erlegen sei, als sie sich zur Bewältigung der gesellschaftlichen Probleme und Aufgaben für die »politische Konsti-

tution« entschied, nämlich für das, was wir heute gemeinhin unter dem Begriff Staat verstehen. Hätte sie sich damals für die, wie er sie nennt, »soziale Konstitution« entschlossen, wäre man ohne das gefährliche Autoritätsprinzip des Staates und seiner Repräsentanten und ohne alle staatlichen Gesetze ausgekommen. Das hätte der Menschheit ihre sich durch die Jahrtausende ziehende Geschichte des Blutvergießens erspart, das immer wieder durch weltliche oder religiöse staatliche Mächte ausgelöst wurde und weiter ausgelöst wird.
Im Gegensatz zum künstlichen Gebilde Staat, das ohne Reglementierung, Zwang, vollziehende Gewalt und Expansionstrieb nicht lebensfähig ist, sei die »soziale Konstitution« eine durch und durch natürliche, dem eigentlichen Wesen des Menschen entsprechende Ordnung. Ließe man sie sich frei entwickeln, würde die Volkswirtschaft im wohlbegründeten Gleichklang der Interessen so gedeihen, daß niemand benachteiligt oder zu Lasten des anderen unrechtmäßig begünstigt werden könnte. Aller ökonomischen und sozialen Spannungen ledig, würde dann ganz organisch eine friedliche Welt wachsen und reifen, in der kriegerische Auseinandersetzungen undenkbar seien und die Freiheit des einzelnen von selbst ein bisher ungeahntes Höchstmaß erreichen müßte.
Wie aber, meine verehrten Zuhörer, soll sich nun dieses alle Menschen erfassende Wunder vollziehen? Wie soll Proudhons kühne Vision Wirklichkeit werden – zumal er ja nicht durch Revolution zur Anarchie gelangen will, sondern durch die allmähliche Umwandlung der wirtschaftlichen Zustände im Sinn der von ihm entwickelten Idee des bargeldlosen Austauschs der Güter. Geld und Zins, so argumentiert er leidenschaftlich, sind Ursprung allen Unglücks der Menschheit. Mit Hilfe von Geld und Zins werden die Massen der Besitzlosen, die großen Mehrheiten überall in der Welt, unterdrückt und zu Sklaven des Kapitals gemacht. Das Kapital verbindet sich, kauft den Staat – oder tritt gar als Staatskapitalismus auf –, und der Teufelskreis ist geschlossen.
Dem Schrecken des Kapitals stellt der Anarchist Proudhon die Segnungen der Arbeit gegenüber. Arbeit ist das Leitmotiv seiner Wirtschafts- und Sozialpolitik. Sie ist unerläßliche Voraussetzung der Existenzmöglichkeit des freien einzelnen wie der freien Gesellschaft. Die praktische und sittliche Bedeutung, die Proudhon der Arbeit beimißt, macht sie zu einem Eckpfeiler aller späteren anarchistischen Denksysteme. »Wer nicht arbeitet, braucht auch nicht zu essen!« – ein Schlagwort, das bis zum heutigen Tag den Luchenis und Konsorten leicht

von den Lippen kommt, geht direkt auf sein puritanisches Verhältnis zur Arbeit zurück.
Nach Proudhons Vorstellung besteht der Wert jeder Ware ausschließlich in der für ihre Herstellung aufgewendeten Arbeit. Er wird öffentlich nach in freier Vereinbarung festgesetzten Normen errechnet. Bei Veräußerung einer Ware darf sie nur das erbringen, was sie an Arbeitswert enthält. Der Ur- oder Rohstoff zählt nicht, da er in der anarchistischen Gesellschaft allen oder niemand gehört. In dieser revolutionären Umorganisation des Wirtschaftslebens erblickt Proudhon die Garantie, daß sich nicht in den Händen einiger weniger allmächtige, das friedliche Zusammenleben bedrohende Vermögen ansammelt. Ist durch die Einführung des Arbeitswertes die »Anomalie des Preises« erst einmal endgültig abgeschafft, dann ist auch Eigentum kein Diebstahl mehr. Denn niemand – weder Verkäufer noch Käufer – kann beim Austausch der Güter übervorteilt werden.
Der Zauberschlüssel zu einer neuen, alle gleichermaßen beglückenden anarchistischen Gesellschaft ohne staatliche Bevormundung und ohne den Zwang autoritärer Gesetze ist nun Proudhons Tauschbank, ein öffentliches Institut. Diese Tauschbank, die ohne Gewinn ihre Funktion ausübt und in allen Städten und Gemeinden Filialen unterhalten müßte, haben wir uns als großes Warenlager vorzustellen, wo die Produzenten von Lebensmitteln, Konsumgütern, Werkzeugen, Maschinen und Kunstgegenständen ihre Produkte abliefern – und Interessenten all diese verschiedenen Erzeugnisse erwerben können. Jede bei der Tauschbank abgelieferte Ware wird nach Proudhons Grundsätzen auf ihren Arbeitswert taxiert, und der Hersteller bekommt dafür – an Stelle des abgeschafften Geldes – einen entsprechenden Tauschbon. Mit dem Bon kann er dann, an einem von ihm zu bestimmenden Termin, bei dieser oder jener Tauschbank erwerben, was er braucht oder zu besitzen wünscht. Durch die Ausgabe der Bons garantiert die Bank allen arbeitenden Menschen das Recht auf sofortigen Absatz ihrer Erzeugnisse. Jedes mit Zinsen operierende Kreditsystem wird gleichzeitig ausgeschaltet.
Meine Damen und Herren, diese Methode scheint geradezu von bestechender Logik, und Proudhon ließ es bei der Theorie auch keineswegs bewenden. Er gründete höchstpersönlich in Paris eine Tauschbank. In dem sozialen Veränderungen günstigen Klima nach 1848 hatte er in erstaunlich kurzer Zeit mehr als 12 000 eingeschriebene Mitglieder für sein Vorhaben beisammen. Ehe die Gründung jedoch aktiv werden konnte, wurde ihr Initiator wegen Verächtlichmachung der Republik

zu mehreren Jahren Gefängnis verurteilt, und das Unternehmen platzte. Wir dürfen aber mit Gewißheit davon ausgehen, meine verehrten Zuhörerinnen und Zuhörer, daß es hierzu nicht Proudhons Verurteilung bedurft hätte. Lassen wir seinen durch nichts begründeten Idealismus von der dem Menschen innewohnenden sozialen Verantwortung ganz aus dem Spiel. Proudhon träumte davon, die industrielle Revolution ungeschehen machen zu können und das Rad der Zivilisation in eine Landschaft zurückzulenken, die unwiederbringlich im Meer der Vergangenheit versunken ist. Sein Bemühen, die Kluft zwischen Kapitalisten und Proletariern zuschütten zu wollen, indem er ein neues Kleinbürger-, Kleinhandwerker- und Kleinbauerntum schafft, ist daher reinster Utopismus.

Wir haben bisher einen Engländer und einen Franzosen als Väter des theoretischen Anarchismus kennengelernt. Mein Bericht wäre unvollständig ohne den dritten großen anarchistischen Denker, einen Deutschen. Er lebte, grübelte und schrieb fast aufs Jahr zur gleichen Zeit wie Proudhon, er starb nur früher und in noch größerer Armut als Proudhon. Wenn wir bedenken, daß dieser es in materieller Beziehung nie zu etwas gebracht hat, so dürfen wir sagen, daß jener im Elend zugrunde gegangen ist.
Sein Name war Kaspar Schmidt, aber bekannt bis zum heutigen Tag – und vermutlich unsterblich – wurde er unter dem Pseudonym Max Stirner. Er mußte bei der Veröffentlichung seiner Schriften zu einem Decknamen Zuflucht nehmen, wenn er nicht sein kleines Gehalt als Lehrer einer Töchterschule in Berlin aufs Spiel setzen wollte. Dennoch verlor er die Stellung und lebte von kärglichen Einkünften als, wie man sagt, freier Schriftsteller.
Der Anarchist Stirner hat den Individualismus zur Potenz erhoben und gelangt zu dem Resultat, daß echter, wirklicher Individualismus folgerichtig Egoismus sein muß. Und zu einem grenzenlosen Egoismus bekennt er sich und tritt leidenschaftlich für ihn ein.

Fort mit jener Sache, die nicht ganz und gar Meine Sache ist!

begehrt er am Anfang seines Hauptwerks mit dem Titel »Der Einzige und sein Eigentum«, das 1844 erschienen ist und in dem er die Worte »Ich« und »Mein« bezeichnenderweise stets groß schreibt. Weiter heißt es da:

Ihr meint, Meine Sache müßte wenigstens die »gute Sache« sein? Was gut, was böse! Ich bin ja selber Meine Sache, und Ich bin weder gut noch böse. Beides hat für Mich keinen Sinn. Das Göttliche ist Gottes Sache, das Menschliche ist Sache »des Menschen«. Meine Sache ist weder das Göttliche noch das Menschliche, ist nicht das Wahre, Gute, Rechte, Freie usw., sondern allein das Meinige, und sie ist keine allgemeine, sondern ist einzig, wie Ich einzig bin. Mir geht nichts über Mich . . .
Jahrtausende der Kultur . . .

so attackiert Stirner seine Zeitgenossen,

. . . haben Euch verdunkelt, was Ihr seid, haben Euch glauben gemacht, Ihr seiet keine Egoisten, sondern zu Idealisten (»guten Menschen«) berufen. Schüttelt das ab! Suchet nicht die Freiheit, die Euch gerade um Euch selbst bringt, in der Selbstverleugnung, sondern sucht Euch selbst, werdet Egoisten . . . Dem Egoisten gehört die Welt, weil er keiner Macht der Welt gehört!

Nun, meine Damen und Herren, Sie werden sich nach diesen Kostproben – nach diesen für Stirner sehr typischen Kostproben – vielleicht verwundert fragen, was der so ganz genossenschaftlich-sozietär entworfene Anarchismus Proudhons mit dem extrem individualistisch-egoistischen Stirners zu schaffen haben kann. Bei näherer Betrachtung wird aber klar, daß beide Theorien nicht so weit voneinander entfernt sind, wie es im ersten Augenblick erscheint, und daß Überschneidungen und Gemeinsamkeiten viel zahlreicher sind als Widersprüche und Gegensätze.

Lassen Sie uns untersuchen, wie ein solcher Egoist zum Staat steht. Stirner soll es uns selber sagen.

Jeder Staat ist eine Despotie, sei nun einer oder viele der Despot.

Und kurz vor dieser Konklusion sagt er:

Der Staat ist nicht denkbar ohne Herrschaft und Knechtschaft (Untertanenschaft); denn der Staat muß der Herr sein wollen aller, die er umfaßt, und man nennt diesen Willen den Staatswillen . . .
Des Staates Betragen ist gewalttätig, und seine Gewalt nennt er

»Recht«, die des einzelnen »Verbrechen«. Verbrechen also, so heißt die Gewalt des einzelnen – und nur durch Verbrechen bricht er die Gewalt des Staates.

Stirner gibt sogar zu, daß der Staat die vollendetste gesellschaftliche Organisationsform war, solange es darum ging, die *Menschheit* zu entwickeln. Aber, ergänzt der individualistische Anarchist Stirner sogleich, wenn wir unser *Ich* entwickeln wollen, kann der Staat nur ein Hindernis sein, und Stirner läßt keinen Zweifel daran, daß es nichts Wichtigeres gibt, als das Ich zu entwickeln. Schließlich fragt er sich und uns: Kann man jetzt noch Staat und Volk reformieren? Darauf antwortet er:

So wenig als den Adel, die Geistlichkeit, die Kirche usw.; man kann sie aufheben, vernichten, abschaffen, nicht reformieren. Kann Ich denn einen Unsinn durch Reformation in Sinn verwandeln?

Stirners Einstellung zum Recht ist konsequenterweise nicht weniger provokativ. Das Recht sei nichts anderes als der Wille der Gesellschaft, verkündet er. Da aber die Gesellschaft, die staatliche Gesellschaft, wie wir bereits erfahren haben, nur dadurch besteht, daß sie Herrschaft über den einzelnen übt, ist jedes bestehende Recht fremdes Recht – fremder Herrscherwille.

Gleichwohl . . .

so formuliert er wörtlich,

. . . haben Wir bis jetzt nach diesem Recht getrachtet. Wir suchen Recht und wenden uns zu dem Zwecke ans Gericht. An welches? An ein königliches, ein päpstliches, ein Volksgericht usw. Kann ein sultanisches Gericht ein anderes Recht sprechen als dasjenige, welches der Sultan zu Recht verordnet hat? Kann es Mir Recht geben, wenn Ich ein Recht suche, das nicht mit dem Sultansrecht stimmt?

Er stellt bündig fest:

Ob Ich Recht habe oder nicht, darüber gibt es keinen anderen Richter als Mich selbst . . . Ist es Mir recht, so ist es Recht. Möglich, daß es darum den anderen noch nicht recht ist; das ist ihre Sorge, nicht

Meine: sie mögen sich wehren . . . Der Tiger, der Mich anfällt, hat Recht – und Ich, der ihn niederstößt, habe auch Recht. Nicht Mein Recht wahre ich gegen ihn, sondern Mich . . .
. . . Ich bin zu allem berechtigt, dessen Ich mächtig bin. Ich bin berechtigt, Zeus, Jehova, Gott usw. zu stürzen, wenn Ich's kann; kann Ich's nicht, so werden diese Götter stets gegen Mich im Rechte und in der Macht bleiben. Ich . . . werde ihre Gebote halten und in allem, was Ich nach ihrem Recht tue, Recht zu tun glauben, wie etwa die russischen Grenzwächter sich für berechtigt halten, die entrinnenden Verdächtigen tot zu schießen, indem sie »auf höhere Gewalt«, d. h. »mit Recht« morden.

Stirner gelangt zur Anarchie, indem er kurzerhand das bestehende Staats- und Rechtssystem mit seiner kühnen Phantasie zerschlägt. Als Theoretiker, der keine Minute daran verschwendet, seiner Ideenwelt Realität verleihen zu wollen, kann er sich im Gegensatz zu dem nach praktischer Veränderung strebenden Proudhon diesen direkten Weg leisten. Wie äußert sich Stirner zum Thema Arbeit und Geld? Er schreibt:

*Es kann der Arbeiter seine Arbeit nicht ver-*werten *nach dem Maße des Werts . . . Den größten Gewinn hat der Kapitalist davon.*

Hier ist er, wie zuvor Proudhon, beim Problem des Arbeitswerts angelangt. Die Arbeit selbst nennt er, auf das herrschende System bezogen,

eine Kriegsbeute der Besitzenden, der Feinde.

Für ihn lautet die Quintessenz:

Der Staat beruht auf der Sklaverei der Arbeit. Wird die Arbeit frei, *so ist der Staat verloren!*

Dem individuellen Anarchisten Stirner geht es immer und an erster Stelle um die Vernichtung des Staates. Ist das erreicht, ergibt sich für ihn alles andere von selbst.
Wer so leidenschaftlich für die Befreiung der Arbeit, für *freie* Arbeit eintritt, kann logischerweise kein Kommunist sein.

Ob das Vermögen der Gesamtheit gehört, die Mir davon einen Teil zufließen läßt, oder einzelnen Besitzern, ist für Mich derselbe Zwang, da Ich über keins von beiden bestimmen kann. Im Gegenteil, der Kommunismus drückt Mich durch Aufhebung alles persönlichen Eigentums nur noch mehr in die Abhängigkeit von einem anderen, nämlich von der Allgemeinheit oder Gesamtheit, zurück, und so laut er immer auch den Staat angreife, was er beabsichtigt, ist selbst wieder ein Staat, ein status, ein Meine freie Bewegung hemmender Zustand, eine Oberherrlichkeit über Mich. Gegen den Druck, welchen Ich von den einzelnen Eigentümern erfahre, lehnt sich der Kommunismus mit Recht auf; aber grauenvoller noch ist die Gewalt, die er der Gesamtheit einhändigt.

Wie steht der erklärte Antikommunist Stirner zum Eigentum, meine Damen und Herren? Sein Rezept ist sehr einfach:

Greife zu und nimm, was du brauchst!

ruft er.

Ich allein bestimme darüber, was Ich haben will ... Gelangen die Menschen dahin, daß sie den Respekt vor dem Eigentum verlieren, so wird jeder Eigentum haben, wie alle Sklaven freie Menschen werden, sobald sie den Herrn als Herrn nicht mehr achten.

Und am Ende seiner Erörterungen über das Thema Eigentum bekennt er mit großem Ernst:

Die Eigentumsfrage läßt sich nicht so gütlich lösen, als die Sozialisten, ja selbst die Kommunisten träumen; sie wird nur gelöst durch den Krieg aller gegen alle. Die Armen werden nur frei und Eigentümer, wenn sie sich – empören, emporbringen, erheben. Schenkt ihnen noch so viel, sie werden doch immer mehr haben wollen; denn sie wollen nichts Geringeres, als daß endlich – nichts mehr geschenkt werde. Man wird fragen: Wie wird's denn aber werden, wenn die Besitzlosen sich ermannen? Welcherart soll denn die Ausgleichung werden?

Stirners düstere, zu wenig Optimismus Anlaß gebende Antwort hierauf lautet:

Was ein Sklave tun wird, sobald er die Fesseln zerbrochen, das muß man – abwarten!

Es hieße Stirner aber gründlich mißverstehen, wenn man glaubt, er würde sich im Negieren, Einreißen, Zerstören erschöpfen und keinen Gedanken daran verlieren, wie denn nun die Gesellschaft der radikalen Individualisten lebensfähig sein könnte. Die ihn ständig beschäftigende Frage lautet: Wie kann der Mensch frei werden – und *wie* frei kann der Mensch werden – und dabei dennoch mit seinen Artgenossen – was er ja muß, soll und will – auf vernünftige, akzeptable und befriedigende Weise zusammenleben? Er findet eine Antwort, mit der er sich selbst völlig treu bleibt: Der Egoismus, nicht mehr und nicht weniger, garantiert die wünschenswerte Form menschlicher Assoziation.

Als ob nicht immer einer den anderen suchen wird, weil er ihn braucht,

argumentiert Stirner.

Als ob nicht einer in den anderen sich fügen muß, *wenn er ihn braucht!*

Also: Kooperation, zwischenmenschliche Beziehungen, Vereinigung aus Egoismus für Egoisten. Und er erläutert das so:

Soll Ich (der Egoist) etwa an der Person des anderen keine lebendige Teilnahme haben, soll seine Freude und sein Wohl Mir nicht am Herzen liegen, soll der Genuß, den Ich ihm bereite, Mir nicht über andere eigene Genüsse gehen? Im Gegenteil, unzählige Genüsse kann Ich ihm mit Freuden opfern. Unzähliges kann Ich Mir zur Erhöhung seiner Lust versagen . . . Es macht ja Meine *Lust und* Mein *Glück aus, Mich an seinem Glück und an seiner Lust zu laben. Aber Mich, Mich selbst opfere Ich ihm nicht.*

Wie Godwin und Proudhon will er den Staat durch eine freiwillige Vereinigung, den Verein, ersetzen, der allein durch eine individuelle Entscheidung zustande kommt, für die der einzelne optieren kann oder nicht. An die Stelle des Staates soll »der Verein von Egoisten« treten.

Der Staat –

sagt uns Stirner,

ist heilig und gegen Mich, den einzelnen Menschen. Der Verein aber ist Meine eigene Schöpfung, Mein Geschöpf, nicht heilig, nicht eine geistige Macht über Meinen Geist . . .
. . . Der Gesellschaft schuldest du, was du hast, und bist ihr verpflichtet, bist von »sozialen Pflichten« besessen – den Verein benutzest du und gibst ihn, pflicht- und treulos, auf, wenn du keinen Nutzen weiter aus ihm zu ziehen weißt . . . Der Verein ist nur dein Werkzeug . . . (er) ist für dich und durch dich da, die Gesellschaft nimmt umgekehrt dich für sich in Anspruch und ist *auch ohne dich . . .*
. . . Die Gesellschaft verbraucht dich, den Verein verbrauchst du!
Man wird sagen,

so räumt Stirner ein,

wir kämen auch endlich darauf hinaus, daß jeder um des Allgemeinen willen einen Teil seiner Freiheit opfern müsse.

Aber darauf antwortet er:

Um des »Allgemeinen« willen fiele das Opfer ganz und gar nicht, so wenig als Ich die Übereinkunft . . . auch nur um irgendeines andern Menschen willen schloß; vielmehr ging Ich auf sie nur um Meines eigenen Nutzen willens, aus Eigennutz, *ein.*

Hier schließt sich der Ring seiner Gedanken, denn an einer anderen Stelle hat er bekannt:

Ich will . . . lieber auf den Eigennutz der Menschen angewiesen sein als auf ihre »Liebesdienste«, ihre Barmherzigkeit, Erbarmen usw. Jener (der Eigennutz) fordert Gegenseitigkeit, *denn er tut nichts umsonst und läßt sich also gewinnen und – erkaufen. Womit aber erwerbe Ich Mir den Liebesdienst? Es kommt auf den Zufall an, ob Ich's gerade mit einem »Liebevollen« zu tun habe!**

* Alle Stirner-Zitate aus: Max Stirner, »Der Einzige und sein Eigentum«

Der *Anarchist* Stirner ist sich durchaus darüber klar, daß auch nach Überwindung des Staates, in der Welt der »Vereine«, gewisse Freiheiten beschränkt sein können, aber der *Individualist* Stirner hat die Entscheidungsfreiheit, diesem oder jenem Verein beizutreten oder nicht. Wenn er sich dazu entschließt, weiß der *Egoist* Stirner, daß auf Grund seiner persönlichen Abschätzung die zu erlangenden Vorteile eventuelle Nachteile aufwiegen. Der Nutzen liegt dann einseitig bei ihm, und der *Eigennutz* allein verlangt einen solchen Schritt.
Nie zuvor wurde das aller Tugend, aller Bindungen freie Individuum, das totale Ich, radikaler zur unerläßlichen Bedingung menschlicher Assoziation gemacht, wobei – das darf nicht übersehen werden – der extreme Egoismus als Garant für soziales Gleichgewicht, wirtschaftliche Sicherheit und persönliches Glück angesehen wird. Wenn wir uns daran erinnern, daß Max Stirner alias Kaspar Schmidt in äußerstem Elend starb, kann es nicht einmal bei ihm selbst mit der praktischen Anwendung seines Egoismus weit her gewesen sein. Aber auch darüber hinaus sind die Chancen für eine Verwirklichung, für eine erfolgreiche Verwirklichung seiner Theorien nur mit größtem Pessimismus zu beurteilen. Wenn Proudhon immerhin noch die »soziale Konstitution«, einen, wie er meint, natürlichen, dem Individuum teilhaftigen Instinkt für soziale Ordnung voraussetzt, so beruht Stirners Vision allein auf der Annahme, daß »einer den anderen suchen wird, wenn er ihn braucht«. Eine vieltausendjährige Erfahrung lehrt uns, daß, bevor einer den anderen im Stirnerschen Sinn *sucht*, er zunächst *versucht* – und immer wieder versuchen wird –, sich den andern mit allen möglichen und denkbaren Mitteln gefügig zu machen, ihn für sich einzuspannen, zu unterwerfen – zu unterjochen. Leider vermag offenbar nur das drohende Gesetz und der starke Arm der Exekutive, der die Anwendung des Gesetzes sicherstellt, diesen Trieb in mehr oder weniger erträglichen Grenzen zu halten.

Mit der Schaffung des theoretischen Fundaments des Anarchismus – oder zumindest der wichtigsten Stützpfeiler dieses Fundaments – durch Godwin, Proudhon und Stirner, waren die Voraussetzungen für jene Männer gegeben, die den Versuch unternahmen und zum Teil heute noch unternehmen, die Anarchie in die Praxis umzusetzen. Die Vorstellungen der neuen Männer vom Staat, von Ehe und Familie, Rechtsprechung und Justiz, von der Dezentralisation jeglicher Produktionsstätten, der besonderen Bewertung der Arbeit und vielen anderen Fragen der Organisation des gesellschaftlichen Zusammenle-

bens bis zum Erbrecht, oder nach ihrer Auffassung genauer Erb-Unrecht, blieben mehr oder weniger Variationen der von den drei großen anarchistischen Denkern entwickelten Thesen. Was sie Entscheidendes beisteuerten, ist der Gedanke der Aufhebung des Privateigentums und die Verpflichtung, die Anarchie hier und heute auf dem Weg der Revolution in die Praxis umzusetzen.
Meine Damen und Herren, um die Bedeutung dieses Beitrags richtig begreifen zu können, müssen wir uns erinnern, daß der Anarchismus, so wie wir ihn bisher kennengelernt haben, essential nichts enthält, was unvermeidlich umstürzlerische Aktionen hervorrufen müßte. Er predigt die Gesellschaft ohne jeden Zwang, das menschliche Zusammenleben auf Grund freier Verträge. Kein Wort von Revolution! Das war den Aktivisten des politischen Anarchismus, den Männern der Propaganda der Tat überlassen. Sie heißen Bakunin, Netschajew und Kropotkin und sind alle drei Russen. Ihre soziale Herkunft könnte allerdings nicht verschiedener sein. Fürst Peter Alexejewitsch Kropotkin, Mitglied des Hochadels und einer der vornehmsten Familien des Landes, war im Pagenkorps des Zaren erzogen worden; Michail Alexandrowitsch Bakunin, Sohn eines Provinzjunkers, gab mit zwanzig die ihm von den Eltern bestimmte Offizierskarriere auf; während Sergei Netschajew aus den untersten Schichten des Volkes kam. Sein Vater, ein armer Dorfpope, war freigelassener Leibeigener. Gemeinsam war ihnen die fanatische Überzeugung, der gefährliche Wahn, die leidende Menschheit durch Anarchie zum Glück führen zu müssen. Gemeinsam war ihnen auch das sich ständig wiederholende Schicksal von Verbannung, Flucht, falschen Papieren, Hunger, Bekanntschaft mit Gerichten und Kerkern der halben Welt und die nie erlahmende Bereitschaft, das alles für die Sache zu erdulden, der sie sich verschworen hatten.
Seit den späten sechziger Jahren gab es praktisch nur noch zwei Staaten, in denen sie einigermaßen sicher leben konnten – England und die Schweiz. Alle drei hielten sich mehr oder weniger lang in unserer Heimatstadt Genf auf, und ganz ohne Zweifel haben sie auch von hier aus ihre umstürzlerische Wühlarbeit fortgesetzt. Ich lehne es ausdrücklich ab, mich in die Polemik für und wider das Asylrecht einzumischen. Lassen Sie mich nur sagen: Nach bester eidgenössischer Tradition gehört es zum vornehmsten Recht jedes Staatsbürgers, seine politische Ansicht freimütig bekennen zu dürfen. Wenn außerhalb unserer Grenzen Menschen deshalb verfolgt werden, so ist es der erklärte demokratische Wille des Schweizervolks, ihnen in diesem Land Zuflucht zu gewähren. Wird dies von den betreffenden Personen mißbraucht, spricht das nicht ge-

gen das Asylrecht an sich, sondern gegen jene, die es mißbrauchen. Bakunin, Netschajew und Kropotkin haben es mißbraucht. Netschajew war allerdings nie offizielles Asyl gewährt worden, und als sich herausstellte, daß er in Moskau einen gemeinen Mord an einem seiner Mitverschworenen begangen hatte, wurde der damals Fünfundzwanzigjährige als Krimineller auf Grund der bestehenden Verträge 1872 an Rußland ausgeliefert. Kropotkin besaß Asyl. Es mußte ihm wegen seiner ständigen illegalen Tätigkeit entzogen werden. So wurde er 1881 aus dem Kanton Genf ausgewiesen. Nachdem er zuvor einige Jahre in Frankreich verbracht hatte – davon drei in dortigen Gefängnissen –, lebt er heute in London wie sein Freund Enrico Malatesta, der berühmte Partisan der italienischen Anarchisten. Was Bakunin betrifft, hätte wohl auch er auf die Dauer sein Asylrecht bei uns verloren. Aber sein Tod – er starb 1876 im Alter von 62 Jahren in einem Berner Krankenhaus – löste diese Frage, und so ruht er jetzt für immer in schweizerischer Erde.

Michail Alexandrowitsch Bakunin kam zu dem Schluß, daß kein Geringerer als Gottvater selber die Ursache der Unfreiheit des Menschen auf Erden sei, und folgert daraus.

*Es ist klar, daß, solange wir im Himmel einen Herrn haben, wir auf Erden Sklaven sind . . . Solange wir glauben, ihm absoluten Gehorsam schuldig zu sein (und einem Gott gegenüber gibt es keinen anderen Gehorsam), müßten wir uns notwendig der Autorität seiner Mittler und Auserwählten ohne Widerstand und ohne die geringste Kritik unterwerfen. Als da sind: Messien, Propheten, von Gott erleuchtete Gesetzgeber, Kaiser, Könige und alle ihre Beamten und Minister, geweihte Vertreter und Diener zweier großer Institutionen, die sich uns darstellen als von Gott selbst zur Leitung der Menschen eingesetzt: der Kirche und des Staates.**

Die Konsequenz, die er zieht, lautet:

*Zerstört muß alles werden, daß kein Stein auf dem andern bleibt, alle Staaten und Kirchen, Religionen, Rechtsprechung, Gesetze, Bildung, soziale und ökonomische Gliederung!***

* Zitiert bei: Wolfgang Dressen, »Antiautoritäres Lager und Anarchismus«

** Zitiert bei: Hermann Tobias, »Der Anarchismus und die anarchistische Bewegung«

Dabei glaubt er – und ich will nicht einmal bestreiten, daß das ehrlich gemeint ist – an den »ewigen Geist«, wie er sich ausdrückt,

*. . . der nur deshalb zerstört und vernichtet, weil er der unergründliche und ewig schaffende Quell alles Lebens ist.**

Denn, so behauptet er:

*Die Lust der Zerstörung ist zugleich eine schaffende Lust!***

Berauscht von dieser Vorstellung, ruft Bakunin seinen Anhängern zu:

*Zerstört, was besteht; wenn ihr es oft genug tut, wird es auch schließlich gelingen, die gewünschte soziale Organisation zustande zu bringen. Alles wird gut gehen, wenn wir (erst) die »Revolution in Permanenz« haben! . . . Einmal wird schon etwas (dabei) herauskommen!****

Bakunin und Netschajew haben gemeinsam in einem Katechismus für Revolutionäre die Pflichten aufgezeichnet, die von nun an für alle Anarchisten gelten sollten. Lassen Sie mich ein paar Sätze daraus zitieren:

Der Revolutionär weiß in der Tiefe seines Herzens, daß er in Wort und Tat alle Bande, die ihn mit der Gesellschaft verbinden, zerrissen hat. Er ist ihr unversöhnlicher Feind, und wenn er Beziehungen zur Welt unterhält, dann nur zum Zweck der Zerstörung . . .
Der Revolutionär verabscheut jedes Dogma und jede Wissenschaft . . . Er kennt nur eine einzige Wissenschaft: die der Zerstörung. Ihretwegen, aber nur ihretwegen, wird er Physik, Mechanik, Chemie und vielleicht auch Medizin studieren . . . Das Ziel ist immer und ewig das gleiche: der schnellste und sicherste Weg, die ganze schmutzige Ordnung zu zerstören . . .
Der Revolutionär . . . darf keine Gnade mit dem Staat oder den zivilisierten Klassen der Gesellschaft üben. Für sich selbst verlangt er auch keine Gnade. Zwischen ihm und der Gesellschaft ist tödlicher Krieg, erklärt oder unerklärt, ein unnachgiebiger und unversöhnlicher Kampf bis zum Tod . . .

* Michail Bakunin, »Philosophie der Tat«, herausgegeben von Rainer Beer
** s. o.
*** Zitiert bei: Hermann Tobias, »Der Anarchismus und die anarchistische Bewegung«

Alle Emotionen, die die Menschen bewegen, all die weichen und entnervenden Gefühle von Verwandtschaft, Liebe, Freundschaft, Dankbarkeit und Ehre müssen einer kalten, gezielten Leidenschaft für die Revolution Platz machen . . .
Der Zweck unseres Zusammenschlusses ist das Glück des Volkes . . . Wir sind davon überzeugt, daß dies nur durch eine alles zerstörende Revolution erreicht werden kann . . .
*Unsere Aufgabe ist (daher) die entsetzliche, völlige, totale, unerbittliche und allgemeine Zerstörung!**

Als Sergei Netschajew im März 69 zu Bakunin hierher nach Genf kam, empfand der um über 30 Jahre ältere Bakunin sofort eine ans Pathologische grenzende Zuneigung für den jungen Landsmann. Er sah in ihm den Garant der permanenten Revolution, der bereit war, ohne Rücksicht auf sein Leben und das Leben anderer, mit Pistole, Dolch und Dynamit auf den Trümmern der alten Gesellschaft der Anarchie strahlende Realität zu verleihen. Von nun an trugen Bakunins Schriften deutliche Züge des blinden Eiferers Netschajew, vermischten sich mit den Thesen, und oft ist nur noch schwer zu erraten, was dieser oder jener erdacht hat.
Der »totale Anarchismus«, wenn Sie mir diesen Ausdruck gestatten, wie er sich in Netschajew personifizierte, ist durch nichts besser zu beleuchten als durch einen Brief, den Bakunin, dessen Begeisterung für Netschajew allerdings ebenso schnell wieder erlosch, wie sie entfacht war, im Juli 1870 an einen Freund nach London schrieb. Damals war Netschajew auf der Flucht nach England und konnte täglich in der britischen Hauptstadt auftauchen. In dem Brief hieß es:

Es ist wahr, daß N. einer der aktivsten und energischsten Menschen ist, die ich kenne. Wenn er dem, was er »die Sache« nennt, dient, zögert er nie, hält vor nichts ein und ist völlig mitleidslos sich selbst und anderen gegenüber . . . Laß mich Dich warnen! . . . Wenn Du ihn in Deiner Abwesenheit in Deinem Zimmer läßt, wird er alle Schubladen öffnen, alle Deine Briefe lesen, und wenn er einen findet, der auf irgendeine Art Dich selbst oder einen Deiner Freunde kompromittiert, wird er ihn stehlen und ihn zu seinen eigenen Zwecken der Einschüchterung gebrauchen.
. . . Wenn Dein Freund eine Frau oder eine Tochter hat, wird er ver-

* Zitiert bei: Robert Payne, »Zero – the story of terrorism«

*suchen, sie zu verführen und zu schwängern, sie außerhalb der Grenzen der konventionellen Moral zu placieren, damit sie auf solche Weise gezwungen ist, einen revolutionären Protest gegen die bestehende Gesellschaft zu dokumentieren. Sage nicht, daß ich übertreibe. All dies ist passiert und kann bewiesen werden.**

Obwohl Bakunin und Netschajew der traurige Ruhm nicht streitig zu machen ist, die Erfinder der »Propaganda der Tat« zu sein, ist der Begriff als solcher von dem Franzosen Paul Brousse geprägt worden. Um die Zeit war Bakunin schon tot und Netschajew sechs Jahre hinter russischen Kerkermauern verschollen, um nie wieder aufzutauchen. Brousse, ein ehemaliger Mitkämpfer der Pariser Kommune, agitierte:

*Die Tat wird allseitig besprochen, nach der Ursache der Tat fragen die sonst indifferenten Massen, werden aufmerksam auf die neue Lehre und diskutieren sie; sind die Menschen erst einmal soweit, so ist es nicht schwer, viele von ihnen zu gewinnen.***

Und dann formuliert er:

*Wir müssen jetzt mit der Propaganda der Tat beginnen! Durch die königliche Brust geht der Weg zur Revolution!****

Das war die Geburtsstunde jenes unseligen Begriffes. Noch im selben Jahr, 1878, finden zwei Anschläge auf Kaiser Wilhelm I. statt, einer auf den italienischen und einer auf den spanischen König.
Ein Jahr danach greift der Fürst des Anarchismus, Peter Kropotkin, auf einem internationalen Anarchistenkongreß das Schlagwort von der Propaganda der Tat bewußt auf. Später äußert er dazu:

Vielleicht bleibt die Masse zuerst gleichgültig und glaubt den Klugen, die die Tat verrückt finden, aber bald jauchzt sie den Verrückten heimlich zu und tut es ihnen nach. Während die ersten von ihnen die Zuchthäuser füllen, setzen bereits andere deren Werk fort. Die Kriegserklärung gegen die heutige Gesellschaft, die aufrührerischen Taten, die Racheakte vermehren sich. Die allgemeine Aufmerksamkeit wird rege, der neue Gedanke dringt in die Köpfe und gewinnt die

* Zitiert bei: Robert Payne, »Zero – the story of terrorism«
** Zitiert bei: K. Diehl, »Über Sozialismus, Kommunismus und Anarchismus«
*** Zitiert bei: Barbara W. Tuchman, »The proud tower«

*Herzen. Eine einzige Tat macht in wenigen Tagen mehr Propaganda als tausend Broschüren. Die Regierung wehrt sich, sie wütet erbarmungslos, aber hierdurch bewirkt sie nur, daß weitere Taten von einem oder mehreren begangen werden, und treibt die Empörer zum Heldenmut. Eine Tat gebiert die andere; Gegner schließen sich dem Aufruhr an, die Regierung wird uneins, Härte verschärft den Streit, Zugeständnisse kommen zu spät. Die Revolution bricht aus!**

Meine Damen und Herren, wer so etwas sagt und schreibt und sich hinterher von Mördern wie Ravachol und Genossen distanziert, was Kropotkin ja neuerdings versucht, verliert den letzten Schein von Ehrlichkeit. Und wer oder was berechtigt gerade ihn, selbstgefällige Grenzen zu ziehen? Die Ravachols sind seine und seiner Gesinnungsgenossen ureigenste Geschöpfe – alle, von Preußen bis Spanien, von Rußland bis Amerika. Auch Lucheni hier in Genf.

Ich hoffe aber, einigermaßen verständlich gemacht zu haben, daß wir den Anarchismus der Sozialtheoretiker von jenem der politischen Revolutionäre trennen und zwischen den Denkern und den Propagandisten der Tat streng unterscheiden sollten.

Jedes Denken und jede Theorie hat das Recht auf Irrtum. Dieses Recht einschränken zu wollen oder gar aufzuheben, käme einem Denkverbot gleich. Es würde jede zivilisatorische und kulturelle Weiterentwicklung auf diesem Planeten schlagartig zum Stillstand bringen. Wir wissen alle, daß der ebenso naive wie schockierende Idealismus eines Godwin oder Proudhon so lange nicht zum Tragen kommen kann, bis nicht das letzte menschliche Wesen auf dieser Erde geradezu krankhaft davon besessen ist, allen Mitmenschen den kategorischen Imperativ vorzuleben. Bis dahin muß die absolute, anarchistische Freiheit des einzelnen zwangsläufig immer zu Lasten der Freiheit anderer gehen. Aber, meine verehrten Zuhörer, keine noch so fundierte Überzeugung vom inneren Widerspruch, von der Unsinnigkeit, von der Irrlehre des Anarchismus darf uns dazu verleiten, die anarchistischen Schriften, sofern sie nicht unverhüllt zur Gewalt aufrufen, auf den Scheiterhaufen zu werfen. Schon hören wir Stimmen, die Friedrich Nietzsche als Anarchisten aus den Bibliotheken verbannen wollen. Wir müßten allmählich wissen, was von solchen Autodafés übrigbleibt: Schande und bestenfalls Spott für die Inquisitoren!

* Zitiert bei: K. Diehl, »Über Sozialismus, Kommunismus und Anarchismus«

Die Bekämpfung der Propaganda der Tat ist Angelegenheit der Gerichte und der Politik, der Sozialpolitik. Darüber soll hier nicht gesprochen werden.
Der moderne Staat, wie wir ihn erleben, ob er nun heute nach kapitalistischen Grundsätzen organisiert ist und morgen vielleicht nach sozialistischen, tritt dem Bürger mit ständig größer werdenden Ansprüchen entgegen. Er fordert neue und immer höhere Steuern, allgemeine Wehrpflicht, Verständnis für die vielfältigen Probleme der Industrie-, der Massengesellschaft und immer wieder Gemeinsinn bei der Bewältigung all dieser Probleme. Unabhängig von seiner politischen Ordnung gehen wir einem Staat entgegen, der in der Inanspruchnahme des Individuums zusehends weniger zimperlich wird. Standesbewußtsein, Klassenbewußtsein, Sozialbewußtsein, Volksbewußtsein, Nationalbewußtsein, Staatsbewußtsein – alle diese sich ständig mehrenden Appelle an die vielen schönen mit -sinn, -gefühl und -bewußtsein endenden Worte bedeuten in der Praxis oft nur eine bedenkliche Einengung der Freizügigkeit des Individuums innerhalb der allmächtigen Staatsmaschinerie.
Gegen den dauernden Druck, den ständigen Beschuß, die heftiger und in ihrer Konsequenz nachhaltiger werdenden Aktionen aus dieser Richtung bäumen sich die anarchistischen Theoretiker mit einem gewissen Recht auf, wobei sie den Bogen zum Teil kräftig überspannen. Dem Glauben an die alleinseligmachende Kraft des Kapitals auf der einen und des Staates auf der anderen Seite treten sie mit dem intellektuellen Konzept des Anarchismus und seinen gewagten, oft bizarren Ideen entgegen. Ihren Bemühungen ist also eine gewisse Folgerichtigkeit nicht abzustreiten; vielleicht nicht einmal eine gewisse, allgemeine Bedeutung.
Mein deutscher Kollege Dr. Hermann Tobias von der Universität Rostock hat es in diesen Tagen – nach meinem Geschmack etwas zu einseitig auf die vom Sozialismus her drohenden Gefahren ausgerichtet – so formuliert:

Gerade in ihrer maßlosen Übertreibung des Individualismus, in ihrer Überspannung der Forderungen individueller Freiheit wird sie (die anarchistische Doktrin) mit ihrer Antagonie gegen das sozialistische Prinzip einmal die geistigen Waffen zu liefern haben in dem Kampf, der der wirtschaftlichen Tätigkeit des Einzelnen die ihm gegenüber staatlicher Bevormundung und staatlichen Übergriffen gebührende Freiheit zu wahren und wiederzugewinnen bestimmt ist . . . Das ist *die Kulturmission des Irrtums, der in der anarchistischen Theorie steckt!**

Am nächsten Morgen ließ Léchet den Attentäter vorführen. Luchenis gute Laune, sein freundliches Lächeln, sein ewiger Gleichmut ärgerten ihn. Er selbst quälte sich, rieb sich auf, und dieser Kerl lebte unbekümmert in den Gefängnistag hinein.
»Ich habe mich in den Wochen, in denen Sie glaubten, mich an der Nase herumführen zu können, etwas mit Ihrer Lehre befaßt. Mit dem Anarchismus, meine ich.«
Lucheni betrachtete Léchet mit wohlwollendem Interesse.
»Und zwar habe ich Leuten zugehört, die etwas von der Sache verstehen und nicht nur Dinge nachplappern, wie Sie es tun!«
Das Lächeln schwand aus Luchenis Gesicht. Er runzelte die Stirn.
»Um es gleich vorwegzunehmen, ich lehne den Anarchismus ab. Er ist eine Utopie und eine Tagödie für seine Anhänger. Aber da ich nicht erwarte, daß Sie meine Ansichten teilen, will ich Ihnen lieber aus einem Brief vorlesen, der an Sie gerichtet ist.«
»Warum gibt man mir meine Post nicht? Wie lange darf man mir meine Briefe vorenthalten?« beschwerte sich Lucheni.
»Sie bekommen sie alle.«
»Wann?«
»Sowie die Untersuchung abgeschlossen ist.«
»Wann wird das sein?«
»Bald.« Léchet griff nach dem vor ihm liegenden Schreiben. »Ich möchte, daß Sie wissen, was ein Arbeiter über Sie denkt. Ein Mann wie Sie. Der Brief kommt übrigens aus Lausanne.« Léchet setzte die Brille auf.

Monsieur Lucheni!

las er vor.

Jetzt, wo Sie ruhiger sein werden, lesen Sie bitte aufmerksam diese Zeilen, die die Hand eines Arbeiters schrieb, und lassen Sie uns gemeinsam untersuchen, welchem Zweck Ihr Verbrechen gedient hat.

Lucheni schlug die Beine übereinander und sah Léchet wieder wohlwollend an. Léchet las weiter:

* Hermann Tobias, »Der Anarchismus und die anarchistische Bewegung«

Sie erklären, daß Sie Anarchist sind. Ich aber sage Ihnen, daß ein Drittel der Menschen, die sich Anarchisten nennen, aus runtergekommenen gewalttätigen Männern besteht – und die beiden anderen Drittel, die den Hauptteil ausmachen, sind berechnende, äußerst schlaue und vorsichtige Leute, die mit allen Mitteln einen Zustand der Unzufriedenheit aufrechterhalten wollen, einen ewigen Unruheherd.

Lucheni saß jetzt kerzengerade da, die Füße nebeneinander. Sein Gesicht war vor Ärger gerötet, er starrte Léchet an.

Man hält Euch ständig die schönsten Reden, in denen die Zerstörung der bürgerlichen Welt und das Ende der Regierenden prophezeit wird. Alle Mittel dafür sind recht! Bomben, Dolche und so weiter! Nachdem Sie, Monsieur, diesen Tiraden des Klassenkampfes, diesen Aufforderungen zur Zerstörung lange genug zugehört haben und Ihr Schädel mit diesen schönen Phrasen bis oben hin vollgestopft ist, bewaffnen Sie sich, Sie brutale Bestie, mit einer Feile und begehen das gemeinste Attentat, was von Anarchisten jemals begangen wurde!

Lucheni sprang auf. »Das ist kein Arbeiter, der das schreibt, das ist ein Verräter am Proletariat! Ein Speichellecker! Ein Arschkriecher! Ein geborener Sklave!«

Wie feige Sie sind!

Léchet las unbekümmert weiter –

Und wie dumm! Sie hätten zu den Leuten, die Sie mit Ihren Hetzreden aufgestachelt haben, sagen sollen: Ihr, die ihr uns den Diebstahl, das Feuer und das Attentat predigt, hier habt ihr eine Fackel, eine Bombe und einen Dolch! Zeigt uns den Weg! Wir begreifen, daß eure Theorie schön ist und daß sie Taten braucht! Da ihr ja die Klügeren seid, müßt ihr damit anfangen! Sie können sich darauf verlassen, Monsieur, daß zwei Drittel dieser Theoretiker sich weigern würden, weil sie am Leben hängen, ganz gleich, was es wert sein mag.

Léchet blickte zu Lucheni auf. Der war jetzt sehr blaß. »Verstehen Sie, was der Schreiber dieses Briefes meint?« fragte der Untersuchungs-

richter. »Sie sind das Opfer berechnender Männer, die Ihren Mut und Ihre Verzweiflung ausgenützt haben, damit Sie eine Tat begehen, die diese Leute selber niemals begehen würden. Man hat einen Dummen gesucht – und Sie gefunden! Man hat Sie reingelegt, Lucheni! Mißbraucht! Zu einem Werkzeug gemacht!«
»Sie lügen!« schrie Lucheni, und seine Augen füllten sich mit Tränen des Zorns. »Niemand hat mich zu einem Werkzeug gemacht! Ich habe allein und freiwillig gehandelt! Mein Auftrag kommt von mir selbst! Von niemand anderem! In dieser Welt, so wie sie ist, lohnt es sich nicht zu leben. Sie muß zu Fall gebracht werden!«
»Sie haben nichts getan, um die Welt zu Fall zu bringen. Bilden Sie sich das nicht ein. Gar nichts! Das weiß auch der Briefschreiber«, sagte Léchet und las wieder vor:

Bevor ich schließe, muß ich Ihnen noch sagen, daß Eure Theorien niemals Eindruck auf die Arbeiterschaft machen werden! Trotz allen Elends, was wir erdulden müssen. Wenn es Euch in vier oder fünf Jahrhunderten vielleicht gelingen sollte, den Lauf der Dinge zu ändern und Euch zu Herren zu machen, wie geht es dann weiter, nach dem entsetzlichen Blutbad, das Ihr anrichten werdet? Ihr sagt: Wer nicht arbeitet, soll nicht essen! Keine Parasiten mehr! Ihr werdet die ersten neuen Parasiten sein! Und es wird damit enden, daß Ihr Euch gegenseitig umbringt!

Jetzt hatte Lucheni sich in der Hand. »Das ist ein ganz jämmerlicher, beschränkter Tropf, der das geschrieben hat«, sagte er verächtlich.
»Das glaube ich nicht«, entgegnete Léchet. »Hören Sie zu, was er weiter sagt.«

*Das Attentat, das Sie begangen haben, wird Ihre Sache nicht fördern, sondern hindern. Man wird Euch wie wilde Bestien jagen! Und das ist gut so!**

Léchet ließ den Brief sinken. »Der Mann hat recht. Auf seine einfache, klare Art sieht er die Dinge, wie sie sind. In Italien werden die Anarchisten jetzt schlimmer verfolgt und schwerer bestraft als je zuvor. Alle Länder planen neue, scharfe Gesetze gegen sie. Die Schweiz, die bisher sehr generös mit Anarchisten umgegangen ist, wird heute in der ganzen

* AGG, Auszüge aus einem Brief an Lucheni

Welt deshalb angegriffen. Auch wir werden strengere Gesetze bekommen. Sehen Sie nicht, daß Sie nur Unheil und Schaden angerichtet haben? Und daß Sie noch mehr Unheil und Schaden anrichten, indem Sie schweigen und Ihre Hintermänner decken!«
Einen Augenblick lang, so schien es Léchet wenigstens, war ein unsicheres Flackern, ein Überlegen in Luchenis Augen, dann gewann er seine alte Haltung wieder. »Ich habe keine Hintermänner«, sagte er.

Am Donnerstag, dem 13. Oktober, traf endlich die von Léchet so dringend erwartete Antwort der französischen Polizei ein. Sie lautete:

Annemasse, 12. Oktober 1898

No. 1402
Sehr geehrter Herr Untersuchungsrichter!
Die Anarchistenversammlungen in Thonon und Evian betreffend, insbesondere die Versammlung in Thonon am 6. September, habe ich die Ehre, Ihnen nachfolgend das Resultat meiner Recherchen mitzuteilen:
Es ist meiner Dienststelle bekannt, daß der bewußte Giacomo Ferraris (geboren in Turin, am 23. August 1854, von Beruf Maurer) eine Art Café-Restaurant betreibt. Früher befand sich sein Lokal in der Rue du Port, jetzt in der Rue National Evian.

In Evian? Der Pariser Spitzelbrief hatte behauptet, das Café Ferraris sei in Thonon! Léchets Nachforschungen hatten sich alle auf eine Zusammenkunft in Thonon bezogen. Jetzt stellte sich heraus, daß der Spitzel offenbar Thonon mit Evian verwechselt hatte!

Ferraris vermietet Schlafstellen an italienische Arbeiter, die in der Gegend beschäftigt sind. Unter ihnen befanden sich einige Individuen, die in Hinsicht auf ihre anarchistische Gesinnung als verdächtig anzusehen sind.
Im Januar dieses Jahres wohnte der italienische Anarchist und Revolutionär Giuseppe Portunato bei Ferraris. Er wurde verhaftet, wegen tätlicher Bedrohung und anarchistischer Umtriebe verurteilt und aus Frankreich ausgewiesen ...

Portunato war der Mann, der am 8. September bei der Jaecker übernachtete und unten im Café mit Lucheni und dessen namenlosem Kameraden zusammentraf – vorausgesetzt, daß die Angaben der Jaecker stimmten. Portunato war aber auch der Mann, gegen den Bern einen

Ausweisungbefehl ergehen ließ und der die Schweiz verlassen hatte, bevor er Léchet verdächtig werden konnte. Léchet las weiter:

Das Etablissement, das Ferraris betrieb, galt als Treffpunkt der anarchistischen Italiener, die sich in Evian aufhielten oder durchreisten. Wegen der politischen Betätigung dieses Ausländers wurde bereits vor längerem an die höhere Verwaltung Antrag auf Ausweisung gestellt. Seit jedoch eine Anzahl italienischer Arbeiter Evian verlassen haben und meine Dienststelle ebenso wie die örtliche Gendarmerie eine rigorose Überwachung durchführte, haben die oben erwähnten Zusammenkünfte aufgehört. Bei der jetzt von uns eingeleiteten Untersuchung wies nichts darauf hin, daß inzwischen ähnliche Versammlungen, besonders die vom 6. September, stattgefunden haben.

Nichts wies darauf hin! dachte Léchet mit Bitterkeit. Obwohl sie an der Quelle sitzen, obwohl sie keine kantonalen Grenzschwierigkeiten haben, obwohl sie über einen Polizei- und Spitzelapparat verfügen, mit dem Genf sich nicht messen kann, konnten sie nichts feststellen!

Als nach der Ermordung der Kaiserin von Österreich bekannt wurde, daß der Attentäter in Lausanne lebte, ließ ich in Evian zweimal außerordentlich gründliche Nachforschungen durchführen. Und zwar bei Giacomo Ferraris, Luigi Ferraris, bei Votti und in allen anderen Lokalen, die von Italienern besucht werden. Die Nachforschungen waren darauf ausgerichtet, zu prüfen, ob Lucheni dort gewohnt hätte oder dort gesehen worden sei.

War die Naivität, die aus diesen Worten sprach, bewußt oder unbewußt, überlegte Léchet. Glaubte die französische Polizei allen Ernstes, daß Ferraris, wenn unter seinem Dach und mit seinem Wissen die Ermordung der Kaiserin von Österreich beschlossen wurde, zugeben konnte, daß Lucheni bei ihm übernachtet hätte?

Die gleichen gründlichen Nachforschungen wurden über alle anderen Italiener durchgeführt, die sich zur Zeit des Attentats in Evian aufhielten und des Anarchismus verdächtigt sind.
Trotz dieser Bemühungen konnte kein präziser Anhaltspunkt dafür gefunden werden, daß eine hier angesiedelte anarchistische Zelle existierte, die mit Lucheni in Verbindung stand.

Ferraris wurde auch über Cirobaraldi, Panella, Ceresole, Panizza, Cenci, Barbotti, Posio und Gualducci befragt, die italienischen Anarchisten, die der Untersuchungsrichter von Genf in seinem Schreiben erwähnte. Ferraris erklärte, daß keiner dieser Männer sich am 6. September oder zu irgendeiner anderen Zeit in seinem Lokal aufgehalten hätte ...
Aus der Anfrage des Untersuchungsrichters von Genf geht hervor, daß in einem bestimmten Café in Thonon Anarchistenversammlungen stattgefunden haben sollen. Hierbei handelt es sich zweifellos um ein kleines Lokal, das sehr schwach besucht ist, am Schulplatz liegt und von einem gewissen Saulnier und seiner Ehefrau Marie betrieben wird. Beide sind vorbestraft und von fragwürdiger Moral.
Dieses Lokal wird von meiner Dienststelle und der örtlichen Gendarmerie seit längerem überwacht. Es treffen sich dort in erster Linie, aber in geringer Zahl, italienische Arbeiter, die in Thonon beschäftigt sind. Recherchen haben ergeben, daß keiner der genannten Anarchisten dort jemals gesehen wurde ... *

Léchet faltete das Schreiben, steckte es in die Tasche und ging hinüber zum Generalstaatsanwalt.
Er erklärte klipp und klar, daß es keinen Sinn hätte, die Voruntersuchungen weiter zu verlängern. Er glaube nicht mehr, noch irgend etwas erreichen zu können. Er berichtete kurz über alles, was er seit dem Pariser Spitzelbrief unternommen hatte, zählte, ohne sich selbst zu schonen, seine Debakel und Mißerfolge auf und zeigte dem Generalstaatsanwalt als Krönung den Brief aus Annemasse. »Sie hatten vollkommen recht, als Sie seinerzeit sagten, ich würde in einem Jahr noch nicht weiter sein als heute. Ich hätte auf Sie hören sollen.«
»Und ich bin zufrieden, daß Sie nicht auf mich gehört haben«, entgegnete Navazza. »So sind Sie von sich aus zu dieser Erkenntnis gelangt. Das ist mir lieber.«
Léchet war mit seiner Selbstanklage noch nicht zu Ende. Er hätte sich jede erdenkliche Mühe gegeben, fuhr er fort, aber er sei nun mal an Lucheni gescheitert. Da gab es nichts zu beschönigen.
»Sie mußten an Lucheni scheitern«, beruhigte ihn Navazza. »Es bestand nie eine Chance, daß er reden würde.« Léchet begriff nicht, was Navazza meinte.
»Sie kennen ihn natürlich besser als ich. Aber manchmal ist ein

* AGG

Mensch aus einer gewissen Distanz genauer zu beurteilen, als wenn man ihn täglich sieht.«
Léchet war verwirrt. »Ich weiß nicht ganz, worauf Sie hinaus wollen. Meinen Sie, er wäre doch ein Alleintäter?«
»Natürlich nicht!«
»Sondern?«
»Lucheni hat Pech. In jeder anderen Stadt der Welt würde er hingerichtet werden, aber bei uns bekommt er lebenslanges Gefängnis!«
»Das nennen Sie Pech?« fragte Léchet. »Es gibt genügend Menschen, die behaupten, er hätte Genf für sein Attentat gewählt, gerade weil er bei uns nicht hingerichtet werden kann.«
»Das glaube ich nicht. Natürlich steht hier Meinung gegen Meinung. Beweisen können wir es alle nicht. Aber denken sie an Emile Henry, an Ravachol und wie all die anderen Mörder heißen. Sie bestiegen in einer Glorie des Märtyrertums die Guillotine, schrien ›Es lebe die Anarchie!‹ und ließen sich den Kopf abhacken. Vielleicht wird unser Lucheni auch versuchen, im Gerichtssaal ›Es lebe die Anarchie!‹ zu rufen, aber es wird ein bißchen armselig klingen, denn die Pointe fehlt. Er darf nicht sterben, sondern wird in ein muffiges Gefängnis gesteckt. Im Lauf der Jahre wird dort alles von ihm abfallen, was ihn bisher aufrecht gehalten hat: Pathos, Leidenschaft, Überzeugung, Mitleid, Fanatismus, Haß. Was weiß ich. Und er wird vergessen sein. Das nenne ich Pech. Heute ist er natürlich noch stolz auf seine Tat. Aber viel stolzer ist er auf sein Schweigen! Darauf, daß er seine Freunde, seine Kameraden, die gemeinsame Sache nicht verrät, daß er keinen Zollbreit Boden aufgibt. Dieser Schweigen«, Navazza sah Léchet lächelnd an, »das Sie und mich zum Wahnsinn bringt, ist sein einziger Besitz. Wir haben versucht, ihm auch das zu nehmen, aber es ist uns nicht gelungen. Ein Mann von der Machart Luchenis konnte einfach nicht gestehen. Wir wollen es ihm gönnen. Begreifen Sie, was ich meine?«
Léchets Ja klang nicht sehr überzeugt.
»Beenden wir also die Voruntersuchung. Schließen Sie die Akte und schicken Sie sie mir rauf! Und sorgen Sie dafür, daß Lucheni einen Verteidiger bekommt.«
Léchet versprach, sich sofort um alles zu kümmern.
»Sie sehen mitgenommen aus«, sagte Navazza und schüttelte ihm die Hand. »Sie sollten etwas ausspannen!«

Lucheni war nicht gewillt, sich verteidigen zu lassen. Er sei schuldig, sagte er, was sollte er da mit einem Verteidiger. Es gelang Léchet nur mit

Mühe, ihm begreiflich zu machen, daß das Gesetz einen Pflichtverteidiger vorschriebe. Schließlich brachte er ihn dazu, die Dienste des Maître Pierre Moriaud, eines reputierten Genfer Anwalts, zu akzeptieren.

Als die Nachricht vom Abschluß der Ermittlungen und dem bevorstehenden Prozeß durch die Presse bekanntwurde, fühlte sich ein Genfer Bewunderer Luchenis veranlaßt, ihm einen Brief zu schreiben. Es war der letzte, der durch Léchets Hände ging.

An Lucheni!

begann er.

In wenigen Tagen wirst Du, edles Opfer des Befreiungskampfes der Menschheit, vor den bestallten Richtern erscheinen müssen. Sie maßen sich das Recht an, Dich für Deine Handlungen zur Verantwortung zu ziehen. Sie werden Dich mit Beleidigungen und Beschimpfungen überschütten, sie werden Dich einen Mörder, einen Verbrecher, einen Feigling und ich weiß nicht was alles nennen.
O Ironie! In einem Land, das sich eine Republik nennt, hört man sich geduldig eine solche Sprache an und huldigt mit Lobreden den Kaisern und Königen, die das Unglück des Volkes sind. Kaiser und Könige sind unnütz, lächerlich, grotesk und böse. Sie sind Esel, auf deren Ohren ein blindes Schicksal eine Krone setzte, in deren Tatzen es ein Zepter legte, um sie noch widerlicher und elender zu machen. So haben die Juden Christus gekrönt, um sich besser über ihn lustig machen zu können.
Dem alten streunenden Kater, der sich Kaiser von Österreich, König von Ungarn, von Böhmen und ich weiß nicht von was alles nennt, klingen vom Genfer See Lobhymnen entgegen, wie er sie noch nie gehört hat. Er, der Tyrann des italienischen Volkes, spielt sich als Märtyrer auf! Er, der Mörder, der die Hoffnungen dieses Volkes in einem Meer von Blut ertränkt hat, stellt sich als Opfer Deines Attentats hin! O Lucheni! O Ironie! Das ist die allerhöchste Schande des Genfer Volks. O Wilhelm Tell, erscheine nie wieder auf ihren Bühnen! O Calvin, verbiete deinem Schatten, durch diese Stadt zu geistern, die heute ihre Traditionen und ihre Religion verleugnet. O Voltaire, wagst du es noch, den Genfer See zu besingen?
Gut, so redet denn, meine Herren! Hängt das arme Luder auf. Aber wir, wir Kinder des leidenden Volkes, wir verachten euch!

O Lucheni! Gehe Deinen Kalvarienberg, als sei es ein Triumph, den Kopf hoch, den Blick stolz, das Herz ruhig. Man wird Deinem Beispiel folgen! In allen Ecken der Welt werden sich die Verteidiger der Armen und Geschlagenen mit Dir verbünden! . . . Bald wird es keine Könige und keine Herren mehr geben! Die Sterblichen sind alle gleich! Nicht die Geburt, sondern die Tugend macht den einzigen Unterschied.
Lucheni, ich küsse Deine Hände, Du bist tausendmal nobler als alle lächerlichen Majestäten der Welt!

*Es lebe die Anarchie!**

Léchet plante seine Ferien. Vorher kontrollierte er noch die Kostenaufstellung der Voruntersuchung. Sie lautete:

Verhaftungen	3,—
Vorführungsbefehle	6,—
Erstschriften der Vorladungen	30,—
Abschriften der Vorladungen	28,—
Porto	12,50
Fahrgeld für Gerichtsdiener	4,80
Zeugengebühren	52,25
Übersetzer und Dolmetscher	446,90
Fahrgelder	17,90
Telegramme	9,75
Auslagen für Recherchen	25,35
Einstweilige Verfügung	1,—
Francs	637,45**

Léchet zeichnete die Akte ab und reichte sie an die Verwaltung weiter.

Drei Ungarinnen hatten bis zuletzt dem engeren Gefolge der Kaiserin angehört: die Hofdamen Gräfin Irma Sztáray und Gräfin Marie Festetics sowie Ida von Ferenczy, die offiziell stets als Vorleserin rangierte, obwohl sie die Tätigkeit längst nicht mehr ausübte. Unverheiratet, wurde sie dennoch Frau von Ferenczy genannt, weil sie durch Vermittlung der Monarchin Brünner Stiftsdame geworden war.
Als Ida von Ferenczy der Kaiserin zum erstenmal gegenüberstand,

* AGG
** s. o.

zählte sie neunzehn Jahre und Elisabeth achtundzwanzig. Von diesem Augenblick an fühlte Ida eine tiefe Verehrung für ihre neue Herrin, die nie wieder erlosch. Sie war die schönste, bezauberndste und liebenswürdigste Frau, die das kleine Fräulein aus der Provinz jemals gesehen hatte. Dabei war Ida keineswegs weltfremd oder gar ungebildet. Die Familie Ferenczy nahm regen Anteil an den Geschicken des Landes, und die bedeutendsten Persönlichkeiten Ungarns verkehrten im Haus ihrer Eltern.
Auch die Kaiserin war von Ida entzückt. Sie hatte in ihr einen Menschen gefunden, dem sie alles anvertrauen, alles sagen konnte, ohne befürchten zu müssen, daß Ida sie an die verhaßte Wiener Hofkamarilla verraten würde. Schon die Tatsache, daß die junge Vorleserin Ungarin war, machte sie zur Feindin der Erzherzogin Sophie, der ehrgeizigen Mutter des Kaisers, und damit zur natürlichen Verbündeten Elisabeths.
Ida war so gut wie verlobt, als sie nach Wien zur Kaiserin kam. Ein Jahr später schrieb ihr Elisabeth aus Kissingen, wo sie zur Kur weilte:

Jetzt Gott mit Dir, liebe Ida, heirate nicht während dieser Zeit, weder Deinen Kálmán noch einen anderen – sondern bleibe treu

Deiner Freundin E.

Nicht anders erging es der Gräfin Festetics. Im Jahr 1873 besuchte Zar Alexander II. die Wiener Weltausstellung. In seinem Gefolge befand sich ein langjähriger Verehrer der Gräfin, Prinz Dolgoruki. Er machte ihr einen Heiratsantrag. Elisabeth legte Protest ein:

Unterhalten erlaube ich Ihnen, aber verlieben nicht und noch weniger heiraten. Ich will nicht, daß Sie mich eines fremden Menschen wegen verlassen!

Das alles lag lange zurück. Vor vier Jahren erst wurde die Gräfin Sztáray als Hofdame berufen. Um diese Zeit resignierten die sonst um ihren Einfluß äußerst besorgten beiden Frauen bereits. Sie waren zu alt, um der damals dreißigjährigen Sztáray ihre Stellung streitig zu machen. Zudem stand die Sztáray der Kaiserin nie wirklich nahe. Erst die Tragödie von Genf hatte ihrer Position eine späte besondere Note gegeben.

Jetzt, nach Elisabeths Tod, war den Damen ein Wunsch gemeinsam: zurück nach Ungarn! Bei Ida von Ferenczy kamen sie noch einmal in der Wiener Hofburg zusammen. Sie tranken Schokolade, und langsam machte die anfänglich gedrückte Stimmung einer leicht melancholischen Heiterkeit Platz.
Die Sztáray erzählte von der letzten Reise. Sie schilderte, wie sehr die Kaiserin Bad Nauheim gehaßt hätte, wie zudringlich und neugierig die Menschen dort gewesen wären. Ihre Majestät atmete auf, als Professor Widerhofer, den der Kaiser aus Wien zu ihr geschickt hatte, sich mit dem Erfolg der Kur zufrieden zeigte und man zur Nacherholung nach Caux abreisen konnte. »Sie setzte alles daran, um einem offiziellen Abschied zu entgehen«, plauderte Irma weiter. »Berzeviczy reiste mit dem Gefolge im Extrazug von Nauheim ab, während die Kaiserin und ich heimlich über Homburg nach Frankfurt fuhren, wo wir die andern treffen sollten. Schon in Frankfurt war sie wie ausgewechselt. Erst besuchten wir die obligatorische Konditorei. Sie aß zwei große Portionen Eis. Dann gingen wir in den Palmengarten. Dort gab es Militärmusik. Wir saßen unauffällig zwischen den anderen Menschen, keiner kümmerte sich um uns. Das Orchester spielte zu allem auch noch ihr Lieblingslied ›Wenn die Schwalben heimwärts ziehen‹!«
Die Gräfin Festetics lachte. »Schade, daß es eine Militärkapelle und kein Zitherspieler war! Das hätte ihr noch besser gefallen!«
»Sie blieb bis zum Schluß sitzen. Bis die Musiker die Instrumente einpackten. Dann schlenderten wir noch ein bißchen durch den Park. Beim Ausgang stand ein Brezelverkäufer. Ich mußte für jeden von uns zwei Brezeln kaufen. Dann sagte sie ...«
»Zu Brezeln gehört Bier!« fiel Ida von Ferenczy ein.
Jetzt lachten alle drei Frauen herzlich.
»Genau das sagte sie«, bestätigte die Sztáray. »Also gingen wir in den nächsten Biergarten. Und Münchner Bier mußte es sein!«
»Natürlich«, sagte die Festetics. »Wir waren ja niemals in München, ohne dem Hofbräuhaus einen Besuch abzustatten.«
»Auf der Fahrt von Wien nach Nauheim machten wir auch in München Station«, sagte die Sztáray. »Aber es war kein sehr heiterer Aufenthalt. Sie konnte nur sehr langsam gehen, mußte oft stehenbleiben und war melancholisch gestimmt. Sie sprach immer nur von früher. Wie schön es gewesen wäre, wie jung sie damals war, wie ganz anders als heute. Wir gingen die Ludwigstraße entlang. Sie zeigte mir die Fenster, hinter denen sie im väterlichen Palais als junges Mädchen gewohnt hatte. Damals ... Früher ... Als ich noch jung war ... so fing

jeder Satz an. Der Pferdeomnibus fuhr vorbei und wirbelte entsetzlichen Staub auf. Sie sah ihm sehnsüchtig nach und sagte: Mit dem würde ich noch heut für mein Leben gern fahren!«

Dann berichtete die Sztáray, wie die Kaiserin und sie in Frankfurt endlich zum Bahnhof kamen, wo schon lange der Extrazug bereitstand. Auf dem Bahnsteig erwartete eine riesige Menschenmenge die Monarchin. Niemand schenkte einer älteren Dame in einem unauffälligen Mantel und ihrer Begleiterin die geringste Aufmerksamkeit. Sie bestiegen heimlich, über den hinteren Perron, den Zug, worauf Berzeviczy den Befehl zur Abfahrt gab. Der Zugführer war höchst erstaunt, als er hörte, daß Ihre Majestät bereits im Salonwagen Platz genommen hatte.

»Wenn ihr so etwas gelang, konnte sie sich freuen wie ein Kind«, sagte die Gräfin Festetics.

»Ja«, stimmte die Sztáray ihr zu, »auch diesmal freute sie sich ganz außerordentlich.«

»Gödöllö war schön«, sagte Ida von Ferenczy unvermittelt.

»Wunderschön«, bestätigte die Gräfin Festetics. »Unvergeßlich schön!«

»Ich war nie dort«, sagte die Sztáray. »Leider«.

»Sie müssen sich ein Schloß im Wald vorstellen, ein herrliches Schloß, ganz einsam. Dabei gar nicht weit von Budapest.« Ida wurde plötzlich sehr lebhaft. »Ungarn hat es den Majestäten zur Krönung geschenkt. Andrássy wußte, daß sie dieses Schloß liebte. Sie war glücklich dort. Und lustig war es immer! Besonders wenn . . .« Ida stockte.

». . . wenn der Kaiser nicht da war«, beendete die Festetics den Satz.

»Das wollte ich nicht sagen.«

»Doch! Außerdem ist es die Wahrheit. In Gegenwart des Kaisers durfte nicht viel gesprochen werden. Man saß am Kamin und langweilte sich. Aber wenn er nicht da war, dann wurde gelacht und musiziert. Zigeuner kamen aus Budapest!«

»Der berühmte Horsty Timor!«

»Und abends ritt sie in der beleuchteten Manege.«

Ida lachte mit geröteten Wangen. »Und Sie spielten Klavier dazu, Marie!«

»Die Kaiserin hatte zwei Zirkuspferde gekauft. Sie nahm bei Elise Renz, der Tochter des Zirkusdirektors, Unterricht im Hohe-Schule-Reiten.«

»Wenn wir nicht Prinzen wären, wären wir Kunstreiter geworden,

soll ihr Vater immer gesagt haben, als sie noch klein war, erzählte mir die Kaiserin. Ihre ganze Familie war närrisch mit Pferden, Hunden und exotischem Getier.«
»Alle Freunde kamen nach Gödöllö«, fuhr die Festetics fort. »Bay Middleton, Nikolaus Esterházy, Prinz Rudolf Liechtenstein und . . .«
». . . und Andrássy«, sagte Ida.
Die beiden alten Damen waren in ihrer Schwärmerei etwas hektisch geworden.
Irma Sztáray betrachtete sie leicht entfremdet und stand auf. »Ich bitte um Verzeihung, wenn ich unterbreche, aber es ist schon spät. Ich habe noch viel zu erledigen.«
Gräfin Festetics und Ida von Ferenczy umarmten und küßten die Jüngere, dann waren die beiden allein.
Nach einer Weile sagte Ida: »Ich möchte gern mit Ihnen über etwas sprechen, was mir am Herzen liegt. Sie wissen natürlich, welche Rolle ich zur Zeit des österreichisch-ungarischen Ausgleichs gespielt habe.«
»Ich weiß es nicht genau, aber so ungefähr kann ich es mir vorstellen. Warum über Dinge reden, die der Vergangenheit angehören? Elisabeth ist tot – und Andrássy ist tot!«
»Ich plage mich oft mit Vorwürfen!«
»Liebe Ida, seien Sie nicht komisch! Weshalb machen Sie sich Vorwürfe? Sie waren eine ungarische Patriotin, und das sind Sie hoffentlich heute noch.«
»Immer wieder sage ich mir, ich konnte nicht anders handeln. Aber ich weiß nicht, ob mein Einfluß gut für sie war.«
Marie lächelte etwas mokant. »Überschätzen Sie jetzt nicht Ihre Rolle ein bißchen, meine Liebe? Nichts und niemand konnte Elisabeth beeinflussen. *Sie* nicht, der Kaiser nicht, die Kinder nicht, niemand! Elisabeth – Gott hab' sie selig, ich habe sie geliebt und verehrt – aber sie war der eigensinnigste Mensch, dem ich in meinem ganzen Leben begegnet bin. Sie hatte sich damals etwas in den Kopf gesetzt, und wie immer führte sie es auch durch. Ganz gleich, wie weh es den anderen tat.«
»Es gab jemand, der sie beeinflussen konnte. Andrássy! Und ich habe ihm dabei geholfen.«
»Ich wiederhole, daß Sie eine etwas übertriebene Vorstellung von der Rolle haben, die Sie spielten, liebe Ida.«
»Sprechen wir nicht über mich! Geben Sie zu, daß Andrássy Elisabeth beeinflussen konnte?«
»Ja. Eine Zeitlang. Gott sei Dank! Diesem Einfluß haben wir es zu

verdanken, daß es heute ein Österreich-Ungarn gibt – und unsere Heimat nicht einfach Teil eines zentralistisch regierten Österreich ist. Bedauern Sie das vielleicht? Oder wovon reden Sie?!«
Ida schüttelte den Kopf. Sie konnte der Festetics nicht klarmachen, was sie meinte. Oder wollte die Gräfin einfach nicht verstehen?

Ida von Ferenczy dachte an das Kriegsjahr 1866, wo sie zum erstenmal gemeinsam mit der Kaiserin nach Budapest reiste. Tatsächlich war es mehr eine Flucht als eine Reise. Die Preußen standen vor Wien. Man rechnete mit dem Fall der Hauptstadt. Die Kronjuwelen aus der Wiener Schatzkammer waren bereits nach Budapest in Sicherheit gebracht.
Ungarn, das Land, das sich seit dem Aufstand von 1848 durch Wien schlecht behandelt fühlte, wurde plötzlich die Stütze der Monarchie. Nach 48 war es vom Königreich zum Kronland degradiert worden. Seither setzten sich die ungarischen Politiker ebenso unermüdlich wie erfolglos dafür ein, der Heimat ihre früheren Rechte zurückzugewinnen. Die beiden Männer, die sich in diesem Kampf besonders ausgezeichnet hatten, erwarteten jetzt die Kaiserin am Bahnhof: Franz von Deák und Graf Gyula Andrássy. Andrássy, der einst mit den Aufständischen gegen die Österreicher kämpfte, war später ins Ausland geflohen und erst vor neun Jahren mit allerhöchster Genehmigung nach Ungarn zurückgekehrt.
Unter dem Jubel der Bevölkerung geleiteten Deák, der alte weise Staatsmann, und Andrássy die Kaiserin in die Burg von Ofen. Elisabeth wollte mit Idas Hilfe eine Villa mieten – sie mochte keinesfalls für längere Zeit in der riesigen Burg wohnen – und dann nach Wien zurückfahren, um ihre beiden Kinder, Rudolf und Gisela, nach Budapest zu holen.
Noch am Tag ihrer Ankunft fand zwischen der Monarchin und Graf Andrássy eine Unterredung statt. In den wenigen Stunden, die sie dauerte, gelang es Andrássy, was dem Kaiser nie gelungen war: Elisabeth leidenschaftlich für die hohe Politik zu interessieren.
Ida von Ferenczy hatte gut vorgearbeitet. Sie hatte Elisabeth mit der ungarischen Geschichte vertraut gemacht und von Andrássy, dem früheren Rebellen, geschwärmt – dem »Beau Pendu«, dem »Schönen Gehenkten«, wie man ihn in den Pariser Salons nannte, nachdem er in effigie zum Tode verurteilt worden war.
Wenn Franz Joseph über Politik sprach, fand Elisabeth das stets trokken und langweilig. Bei Andrássy war es erregend, faszinierend, ro-

mantisch. Sie sah die Schwierigkeiten Ungarns mit seinen Augen, redete darüber mit seinen Worten und kehrte, von seinen Gedanken erfüllt, nach Wien zurück.
Dort offenbarte sie dem erstaunten Kaiser, daß er Graf Gyula Andrássy zum Außenminister machen müßte, wenn er nicht den Zusammenbruch der Monarchie verschulden wollte. Niemand sonst wäre imstande, Ungarn beim Reich zu halten, nur Andrássy könnte den Ausgleich zwischen seinem Land und Österreich bewerkstelligen.
Franz Joseph versprach, sich die Sache durch den Kopf gehen zu lassen. Im Augenblick hätte er größere Sorgen. Elisabeth reiste zurück nach Budapest, diesmal mit den Kindern, und bezog die Villa Kochmeister in den Ofener Bergen.
Sie genierte sich ein bißchen vor Andrássy, so wenig erreicht zu haben. Vom Mißerfolg angespornt und von Ida beraten, setzte sie sich hin und schrieb einen Brief an den Grafen Majláth, den ungarischen Hofkanzler in Wien.

Vor allem eine Bitte, seien Sie mein Stellvertreter beim Kaiser, übernehmen Sie mein Amt, dem Kaiser die Augen zu öffnen über die Gefahr, in die er sich unwiederbringlich stürzt, wenn er noch immer keine Konzessionen an Ungarn machen will. Seien Sie unser Retter, darum beschwöre ich Sie jetzt im Namen unseres armen Vaterlandes und meines Sohnes ... Das Zugeständnis, zu dem ich den Kaiser zu bewegen trachtete, das er mir aber leider noch nicht machte, ist, die Regierungsmänner zu entfernen und als Minister des Äußeren Gyula Andrássy zu ernennen ... Ist der Kaiser dazu durchaus nicht zu bewegen, so sollte er wenigstens Andrássy zum Minister Ungarns machen ... Bringen Sie das zuwege, was mir nicht gelang, dann werden Millionen Sie segnen, mein Sohn aber täglich für Sie beten wie für seinen größten Wohltäter ...

Diesen Brief vertraute Elisabeth nicht der Post an, sondern schickte ihn durch einen von Ida auserwählten Boten nach Wien, wo der Überbringer gleich auf Antwort warten mußte. Die fiel dem verdutzten Hofkanzler verständlicherweise nicht ganz leicht. Er formulierte sie vorsichtig und ausweichend.

Die Entscheidungsschlacht war längst geschlagen – die Preußen hatten bei Königgrätz gesiegt, die Österreicher bei Sadowa verloren, was auf dasselbe rauskam –, aber der Krieg war noch nicht beendet, obwohl Feldzeugmeister von Benedek, der Befehlshaber der österreichischen Truppen gegen Preußen, dem Kaiser telegrafiert hatte:

*Eure Majestät wird dringend ersucht, um jeden Preis Frieden zu schließen. Eine Katastrophe ist unvermeidlich.**

Unter diesen Umständen hatte Franz Joseph kaum Zeit, sich mit den ungarischen Problemen zu befassen, was Elisabeth überhaupt nicht begreifen konnte. Sie verfolgte ihre eigenen Ziele weiter und traf sich, um möglichem Klatsch die Spitze abzubrechen, mit Andrássy meist in den Zimmern der damaligen Oberhofmeisterin, Paula von Königsegg, die aber – da es sich um geheime politische Beratung handelte – nicht zugegen sein durfte. Elisabeth schrieb an Franz Joseph:

... Eben komme ich zurück von Königseggs, wo ich eine Unterredung mit Andrássy hatte, natürlich allein. Er sprach seine Ansichten klar und deutlich aus. Ich habe sie verstanden und die Überzeugung gewonnen, daß, wenn Du ihm vertraust, aber ganz, *so sind wir, und nicht Ungarn allein, sondern die Monarchie, noch zu retten. Du mußt aber* jedenfalls *selbst mit ihm reden, und zwar gleich, denn jeder Tag kann die Verhältnisse so gestalten, daß er es am Ende gar nicht mehr übernehmen würde ... Du hast keinen Mann vor Dir, der um jeden Preis eine Rolle spielen will, nach einer Position hascht, im Gegenteil, er stellt eher seine jetzige Stellung, die eine schöne ist, aufs Spiel. Aber wie jeder Ehrenmann ist er auch bereit, in dem Moment, wo der Staat dem Schiffbruch nahe ist, alles, was in seiner Macht steht, zur Rettung beizutragen; was er hat, seinen Verstand, seinen Einfluß im Land wird er Dir zu Füßen legen. Zum letztenmal bitte ich Dich im Namen Rudolfs, versäume den letzten Moment nicht ...*
Ich bitte dich, telegraphiere mir gleich nach Erhalt meines Briefes, ob Andrássy abends mit dem Zug nach Wien fahren soll. Ich bestelle ihn auf morgen wieder zu Paula, wo ich ihm dort die Antwort sage.
Sagst du »nein«, willst Du in der letzten Stunde nicht einmal mehr einen uneigennützigen Rat hören ... dann bleibt mir nichts mehr übrig, als mich mit dem Bewußtsein zu beruhigen, daß ich, was im-

* Crankshaw, »Der Niedergang des Hauses Habsburg«

mer auch geschehe, Rudolf einmal ehrlich sagen kann: Ich habe alles getan, was in meinen Kräften stand. Dein Unglück habe ich nicht am Gewissen . . .

Franz Joseph faßte diesen erstaunlichen Brief auf, wie er gemeint war: als eine milde Erpressung. Er hatte nicht die Absicht, sich erpressen zu lassen, aber noch weniger wollte er Elisabeth vor den Kopf stoßen. Da er keine Lust verspürte, mit Andrássy zusammenzutreffen, entschloß er sich, in den sauren Apfel zu beißen und Deák nach Wien zu bitten. Für Andrássy hatte Franz Joseph nichts übrig. Er war ihm viel zu phantastisch, zu leidenschaftlich, viel zu impulsiv. Das konnte er in Wien nicht gebrauchen! Er sandte also an Elisabeth eine chiffrierte Depesche:

DEUTSCH-ÖSTERREICHISCHER TELEGRAPHEN-VEREIN

15. JULI 1866 VON WIEN BURG TELEGRAMM

DER KAISER AN IHRE MAJESTÄT DIE KAISERIN ZU OFEN

2000.	1428.	1026.	2027.	1801.
2147.	2196.	3468.	2196.	1476.
1900.	1400.	2337.	1039.	1513.
2927.	2423.	3366.	3245.	1559.

Elisabeth und Ida von Ferenczy brauchten ziemlich lange, bis sie das Telegramm dechiffriert hatten. Als sie damit fertig waren, las Ida vor: »Habe Deák im geheimen kommen lassen. Lasse Dich daher mit Andrássy nicht zu weit ein.«
Weder Elisabeth noch Ida noch Andrássy waren mit dieser Antwort zufrieden. Und Deák war nicht gewillt, auf den ersten Wink des Kaisers nach Wien zu eilen. Er ließ sich Zeit. Zögernd willigte Franz Joseph ein, Andrássy zu empfangen.
Jubilierend teilte die Kaiserin dem Grafen mit, daß er in Wien erwartet würde. Sie hatte bereits ein Schreiben an den Kaiser aufgesetzt, in dem sie ihm die ungarische Sache nochmals wärmstens ans Herz legte. Das gab sie Andrássy mit. Er sollte es persönlich dem Kaiser übergeben. Am. 18. Juli um halb 6 Uhr morgens – das war die Zeit, zu der er gewöhnlich seine Korrespondenz erledigte – schrieb der Kaiser nach Budapest:

Meine heiß geliebte Sisi,
Von ganzem Herzen danke ich Dir für Deinen lieben, langen und interessanten Brief vom 16., den mir Gyula Andrássy Gestern übergab, als ich ihn um 12 Uhr empfing. Er war über eineinhalb Stunden bei mir, sprach sehr offen und gescheit, entwickelte alle seine Ansichten und bat mich vor Allem, mit dem Alten zu reden.

Franz Joseph nannte Deák stets den »Alten«.

Dieser kommt wohl Heute oder Morgen und so bat ich Andrássy noch hier zu bleiben. Ich fand ihn übrigens wie früher immer, zu wenig präcis in seinen Absichten und ohne die nothwendige Rücksicht auf die übrigen Theile der Monarchie. Er begehrt sehr viel und biethet für den jetzigen, entscheidenden Augenblick zu wenig . . . Er ist ein braver, ehrlicher und höchst begabter Mann, aber ich fürchte er hat weder die Kraft, noch findet er im Land die Mittel, um seine jetzigen Absichten durchzuführen und dann wird er nach seiner eigenen konstitutionellen Theorie abtreten und ich bin dann vis à vis der äußersten Linken oder des Belagerungszustandes . . . Hohenlohe wird Dir diesen Brief übergeben. Wie beneide ich ihn um das Glück, Dich sehen zu können, meine Sisi.
Mit der größten Sehnsucht umarme ich Dich und die Kinder und bleibe Dein treues

Männchen

Zwei Tage später schrieb er:

Gestern war um 7 Uhr früh richtig der Alte bei mir und wir sprachen eine Stunde sehr eingehend und offen über alle denkbaren Eventualitäten. Ich habe ihn nie so ruhig, so klar und so aufrichtig gefunden. Viel klarer wie A. und viel mehr der übrigen Monarchie Rechnung tragend. Ich habe aber durch ihn denselben Eindruck erhalten, wie durch A. Sie begehren alles im weitesten Sinne und biethen keine sicheren Garantien des Gelingens, sondern nur Hoffnungen und Wahrscheinlichkeiten und versprechen kein Ausharren im Falle sie ihre Absichten im Lande nicht durchsetzen können und von der Linken überflügelt werden . . .
Deák hat mir eine hohe Achtung für seine Ehrlichkeit, Offenheit und dynastische Anhänglichkeit eingeflößt . . . allein Muth, Entschlossenheit und Ausdauer im Unglücke ist dem Manne nicht gegeben.

Mit A. wollte er durchaus nicht zusammenkommen und um 11 Uhr ist er wieder in aller Stille abgereist . . .
Mit den Kindern Dich umarmend,
Dein Dich ungeheuer liebender *Kleiner*

Am Tag darauf kamen die Verhandlungen für eine fünftägige Waffenruhe mit Preußen zum Abschluß, und der Kaiser hegte die berechtigte Hoffnung, daß daraus ein Waffenstillstand werden könnte.
Er schrieb:

. . . Sollte dieser (Waffenstillstand) zustande kommen, könntest Du mit den Kindern nach Ischl gehen, um Dich in der dortigen Luft zu erholen, denn Deine Gegenwart in Ungarn wäre dann nicht mehr nothwendig, da die politische Frage sodann dort in Angriff genommen werden muß und das Land sich beruhigen wird. Ruhe und Gebirgsluft sind Dir am nothwendigsten und ich kann Euch vielleicht manchmal besuchen, denn auch mir wird ein oder der andere Tag Ruhe sehr wohl thun . . .
Mit der größten Angst um Dich, mein Engel und mit unendlicher Sehnsucht nach meinen Lieben, umarme ich Dich mit den Kindern und bleibe Dein armer
Kleiner

Elisabeth hatte nicht die geringste Absicht, nach Ischl zu fahren. Dort langweilte sie sich stets entsetzlich, wogegen sie Budapest lebendig, faszinierend und interessant fand. Außerdem sollte sie auf das politische Abstellgleis geschoben werden, und das wollte sie auch nicht. Sicherlich konnte sie nicht ewig in Budapest bleiben, das sah sie ein, aber sie war entschlossen, den Abschied so lange hinauszuzögern wie nur möglich.
Mit zwei starken Waffen hatte sie bisher Franz Joseph immer zu lenken gewußt: mit seiner Liebe zu ihr und seiner Angst um ihre Gesundheit. Wenn die Dinge nicht erwartungsgemäß liefen, wurde Elisabeth nervös, gereizt und krank. Wenn sie leidend war, mußte sie sich erholen, sie erholte sich aber nur auf Reisen. Ihre Reisen hatten in letzter Zeit an Weite und Dauer bedenklich zugenommen, was den Kaiser jedesmal empfindlich traf, da er sich dann sehr nach ihr sehnte.
Jetzt hatte sie ein paar Andeutungen gemacht, daß sie sich körperlich nicht recht wohl fühlte. Idas Berichte nach Wien erwähnten ähnliches. Elisabeth ließ sogar Dr. Fischer aus München kommen, den Leibarzt ihrer Familie. Sie zog ihn den Wiener Ärzten bei weitem vor.

Ich bin sehr froh, Fischer Heute bei Dir zu wissen,

schrieb darauf Franz Joseph,

denn er wird Dir hoffentlich helfen und ich brauche mich weniger zu ängstigen als jetzt. Schone Dich, meine Sisi, und werde mir bald wieder gesund!

Über den bevorstehenden Waffenstillstand sagte er:

Schwer wird die Verhandlung werden, denn besonders der König soll vom Erfolge sehr berauscht sein . . .

Und über Ungarn:

Heute kommt A. zu mir und da werde ich ihn auffordern mit D. zu sprechen . . . Endlich müssen die Leute sich klarwerden, was sie wollen und wie sie es durchführen können, ohne mich bei der ersten Schwierigkeit, auf die sie stoßen würden, sitzen zu lassen.

Auch Elisabeth wußte nicht genau, was »die Leute wollten.« Aber sie war zutiefst davon überzeugt, daß Andrássy immer recht hatte und Deák sehr weise war. Wenn ihr trotzdem irgendwelche Zweifel kamen, gab es Ida, die sie zerstreute.
Andrássy fuhr also zu Deák auf dessen Besitzung Puszta Szent-László. Dort einigten sich beide über die Grundzüge eines ungarischen Ausgleichs mit Österreich, die Deák zu unterstützen bereit war. Dann eilte Andrássy nach Budapest, zu der »schönen Vorsehung«, wie er die Kaiserin nannte. Franz Joseph mache ihm große Schwierigkeiten, klagte er. Andrássy vermutete, daß hinter dem Zögern des Kaisers der Ministerpräsident Belcredi steckte, der eine Aversion gegen die Ungarn hätte und auch kein großer Freund der Kaiserin sei. Man hatte ihm in Wien eine Bemerkung hinterbracht, wonach Belcredi gesagt haben sollte, die Kaiserin nützte den seelischen Zustand des Kaisers nach der schweren Niederlage aus, um die

*spezifisch und egoistisch ungarischen Bestrebungen, die sie schon lange, aber erfolglos, patronisierte, nun mit noch mehr Nachdruck zu unterstützen.**

* Belcredi, »Fragmente«

Elisabeth bat Andrássy, sich nichts aus solchem Klatsch zu machen. Sie versicherte ihn auch weiterhin ihrer treuesten und loyalsten Unterstützung und wünschte ihm Glück für die Reise nach Wien.
Im Verlauf seiner nächsten Audienz beim Kaiser erläuterte Andrássy, wie Deák und er sich den Ausgleich mit Wien vorstellten. Er war so präzis und sachlich, wie man es nur wünschen konnte, aber ohne Erfolg. Der Kaiser wollte einfach nicht. Der Waffenstillstand war geschlossen, Friedensverhandlungen begannen, jetzt konnten ihn die Ungarn nicht mehr unter Druck setzen. Er speiste Andrássy mit dem Versprechen ab, sich die Dinge durch den Kopf gehen zu lassen – und schrieb an Elisabeth:

Liebster Engel ... Jetzt hätte ich halt eine schöne Bitt. Wenn Du mich besuchen könntest! Das würde mich unendlich glücklich machen. Ich kann jetzt keines Falls von hier abkommen, so gern ich zu Euch käme, allein gerade jetzt während der Friedensverhandlungen gibt es sehr viel zu thun ... Ich bitte Dich komme daher, mich besuchen, ich habe so eine Sehnsucht nach Dir und Dich freut es ja vielleicht auch, mich in so trüber Zeit wiederzusehen.
Die bisherige Waffenruhe dauert bis 2. August fort und von diesem Tage beginnt ein vierwöchentlicher Waffenstillstand. Die Demarkationslinie während desselben ist besser ausgefallen, als ich befürchtete. Ein großer Theil von Böhmen, ein Theil von Mähren und Schlesien bleibt von uns besetzt und die Preußen räumen ganz Österreich und Ungarn ... Wir treten ganz aus Deutschland aus und zahlen 20 Millionen Thaler. Was die Preußen im übrigen Deutschland machen und was sie stehlen werden, weiß ich nicht, geht uns weiter auch nichts an ... Für uns ist das Wichtigste mit Preußen bald den definitiven Frieden abzuschließen und sie zu zahlen, damit wir sie bald aus dem Lande bringen, das sie zu Grunde richten ... In der sicheren Hoffnung Dich bald persönlich umarmen zu können, thue ich es vor der Hand in Gedanken und bleibe, Dich sehnsuchtsvoll erwartend.
Dein Männeken

Elisabeth beriet mit Ida, was jetzt zu tun sei. Da es sich nur um einen Besuch handeln sollte – sie war entschlossen, den Kaiser in diesem Punkt beim Wort zu nehmen – und da Andrássy auch in Wien war, gab es nicht viel gegen eine Reise dorthin einzuwenden. Zumal sich dadurch vermutlich Gelegenheit bieten würde, Franz Joseph umzustimmen.

Diese Kalkulation erwies sich als falsch. Am Morgen nach ihrer Ankunft in Wien empfing Elisabeth Andrássy in Schönbrunn. Sie konnte ihm nichts Erfreuliches berichten. Sie hatte alles versucht. Der Kaiser war unnachgiebig geblieben. Wenn sie ein paar Tage früher gekommen wäre, sähe alles vielleicht anders aus. Aber jetzt, wo der Friede in greifbarer Nähe war, behauptete der Kaiser, Andrássy und Deák schilderten die Lage in Ungarn pessimistischer, als sie tatsächlich wäre, um ihre eigenen Pläne zu fördern.
Elisabeth blieb keine zweite Nacht in Wien. Verärgert und enttäuscht kehrte sie nach Budapest, zu Ida und den Kindern, in die Villa Kochmeister zurück.
Franz Joseph schrieb ihr:

Mein lieber Engel,
Jetzt bin ich wieder mit meinem vielen Kummer allein und sehne mich nach Dir. Komme bald wieder, mich zu besuchen, das heißt, wenn es Deine Kräfte und Deine Gesundheit erlauben, denn, wenn Du auch recht bös und sekant warst, so habe ich Dich doch so unendlich lieb, daß ich ohne Dich nicht sein kann. Schone Dich nur recht und gebe beim Reiten acht, denn ich ängstige mich sehr.

Und über die Friedensverhandlungen berichtete er:

Die Preußen marschiren schon überall nach rückwärts hinter die Demarkationslinie . . . König, Kronprinz und Bismarck sind nach Berlin. Ich hoffe, daß die in einigen Tagen beginnenden Friedensverhandlungen in Prag bald zu einem Resultat führen, damit wir die Preußen aus dem Lande bringen, wo Noth und Krankheit herrschen.

Zwei Tage später schrieb er:

Innigsten Dank für Deinen lieben Brief vom 4., den ich Gestern in der Stadt erhielt. Ich bin sehr froh, daß Du Dich jetzt recht ausruhst und lange schläfst, wenngleich ich nicht glaube, daß Dein hiesiger Séjour und meine Gesellschaft Dich so ermüdet haben.

Und dann wagte er anzudeuten, daß es an der Zeit wäre, den Aufenthalt in Budapest abzubrechen und mit den Kindern nach Wien zurückzukommen.
Aber Elisabeth war erbarmungslos. Sie empfand es als eine persönli-

che Beleidigung, daß Franz Joseph ihre Wünsche mißachtet hatte, und war nicht gewillt, ihm das so schnell zu vergeben. Dabei überspannte sie den Bogen. Dem Kaiser riß die Geduld.

Meine liebe Sisi,

schrieb er kühl.

Innigsten Dank für Deinen Brief vom 5., den ich Gestern in der Stadt erhielt und dessen ganzer Inhalt nur den Zweck hat, mir mit einer Menge Gründen zu beweisen, daß Du mit den Kindern in Ofen bleiben willst und wirst. Da Du einsehen mußt, daß ich jetzt im Augenblicke eines wiederbeginnenden Krieges in Italien und der Friedensverhandlungen mit Preußen nicht von hier weg kann, daß es gegen meine Pflicht wäre, mich auf Deinen ausschließlich ungarischen Standpunkt zu stellen und diejenigen Länder, welche in fester Treue namenlose Leiden erduldeten und gerade jetzt der besonderen Berücksichtigung und Sorgfalt bedürfen, zurückzusetzen, so wirst Du begreifen, daß ich Euch nicht besuchen kann. Wenn Du die hiesige Luft ungesund findest, so wird es so sein, in Ischl könnte ich Euch jetzt eben so wenig besuchen, wie in Ofen und so muß ich mich eben trösten und mein langgewöhntes Alleinsein wieder mit Geduld tragen. In dieser Beziehung habe ich schon viel auszuhalten gelernt und man gewöhnts endlich. Ich werde über diesen Punkt nicht ein einziges Wort mehr verlieren, denn sonst wird unsere Korrespondenz zu langweilig, wie Du sehr richtig bemerkst und ich werde in Ruhe erwarten, was Du später beschließt.

Er unterschrieb den Brief nicht mit »Dein Männeken«, »Dein Männchen«, oder »Dein Kleiner«, sondern schlicht mit »Franz«.
Elisabeth ließ sich von solchen Klagen nicht beeindrucken. Sie ignorierte den Brief und schrieb harmlos, daß sie weite Ritte über Land unternähme und dabei ein kleines Schloß namens Gödöllö entdeckt hätte, das augenblicklich als Lazarett diene, ihr aber ausnehmend gut gefiele. Erschreckt antwortete der Kaiser:

Wenn Du willst, kannst Du nach Gödöllö zu den Verwundeten fahren. Schaue Dir es aber nicht so an, als wenn wir es kaufen wollten, denn ich habe jetzt kein Geld und wir müssen in diesen harten Zeiten ungeheuer sparen. Auch die Familienherrschaften haben die Preu-

ßen entsetzlich verwüstet und es wird Jahre brauchen, ehe sie sich wieder erholen. Das Hofbudget für das nächste Jahr habe ich auf 5 Millionen herabgesetzt, so daß über 2 Millionen erspart werden müssen. Fast der halbe Stall muß verkauft werden und wir müssen sehr eingeschränkt leben.

Elisabeth wußte nicht, wie sie ihre ungarischen Pläne weiter fördern könnte, und auch Ida hatte keine brauchbare Idee. Also fragte man Andrássy. Der Graf setzte der »schönen Vorsehung« so taktvoll wie möglich auseinander, daß sie die gemeinsame Sache vielleicht ein bißchen zu energisch angepackt und dadurch den Kaiser verstimmt hätte. Deshalb empfahl er – und das war ein wirkliches Opfer –, Elisabeth sollte zu Franz Joseph nach Wien fahren. Nicht nur für eine Nacht, sondern auf länger. Vielleicht für eine ganze Woche. Er riet, während dieser Zeit die ungarische Frage so wenig wie möglich zu berühren. Zögernd stimmte Elisabeth dem Vorschlag zu.
Der Kaiser schrieb begeistert:

Mein lieber Engel,
Ich bin ganz glücklich durch die Nachricht Deiner baldigen Ankunft, die Du mir in Deinem lieben Brief vom 8. gibst, den ich Gestern erhielt. Ich danke Dir von ganzem Herzen dafür, daß Du so gut bist und mich wieder besuchst. Jetzt habe ich noch drei Tage, wo ich mich auf das Wiedersehen freuen kann und dann fast 8 glückliche Tage, wo ich Dich ganz habe und wo wir so viel als möglich zusammen sein wollen. Wenn es nur bis dahin schönes Wetter wäre, damit wir hübsche Promenaden machen können. Heute ist es wieder sehr kalt, nachdem es Gestern stark geregnet hat . . . Lebe wohl, meine Sisi, auf baldiges Wiedersehen. Sei gut für mich, wenn Du kommst, denn ich bin so traurig und einsam und brauche etwas Erheiterung . . .

Die Woche in Wien schien Elisabeth endlos. Sie beherzigte Andrássys Rat und sprach fast nie über Ungarn, dachte aber um so mehr daran. Selbstverständlich mußte sie auch die Schwiegermutter aufsuchen. Die Erzherzogin Sophie bereitete ihr einen außerordentlich kühlen Empfang. In gar nicht sehr versteckten Andeutungen ließ sie durchblicken, wie ungehörig es sei, so lange in Budapest zu weilen, und daß man sich bei Hofe über ein solches Verhalten sehr wundere. Elisabeth war bemüht, liebenswürdig zu bleiben, und zählte die Stun-

den. Am 19. August, einen Tag früher als ursprünglich geplant, fuhr sie nach Budapest zurück.
Am Tag darauf, wie immer um halb 6 Uhr morgens, schrieb ihr Franz Joseph:

Mein lieber, schöner Engel,
Noch sind es nicht 24 Stunden, daß wir uns getrennt haben, wobei Du eine ganz besondere Heiterkeit gezeigt hast, und schon schreibe ich Dir, nur um Dir zu sagen, wie einsam und traurig ich mich fühle und wie ich mich nach Dir sehne . . .
Adieu, mein Engel, denke fleißig und mit Liebe an mich. Ich umarme Dich mit den Kindern und
bleibe Dein Dich innigst liebendes *Männeken*

Am 23. August wurde in Prag der Friedensvertrag unterzeichnet. Es gab also überhaupt keinen Grund mehr für Elisabeth, länger in Budapest zu bleiben. Außerdem war in der Stadt eine Choleraepidemie ausgebrochen, was den Kaiser mit großer Angst um ihre und der Kinder Gesundheit erfüllte. Am 27. August teilte sie ihm die baldige Abreise mit.
Darauf schrieb er:

Gott lob, Du kommst mit den Kindern und meine traurige Einsamkeit wird ein Ende erreichen. Ich hatte zwar gehofft Euch früher hier zu sehen, um so mehr als die Cholera in Pesth ziemlich stark ist, allein ich muß auch so zufrieden sein, es ist ja doch endlich wieder einmal eine Freude in dieser schrecklichen Zeit. Ich hoffe Euch nach Ischl begleiten zu können, oder doch jedenfalls Euch bald dahin auf einige Tage zu folgen. Ich fühle es wirklich, daß ich ein wenig ins Gebirg muß, um wieder zu etwas brauchbar zu werden.

Es gab noch ein paar kleine Hindernisse, die die Abreise verzögerten, aber am 2. September kehrten Elisabeth, die Kinder, Ida von Ferenczy und der Hofstaat der Kaiserin nach Wien zurück.
Noch im selben Monat mußte Franz Joseph einen neuen Außenminister ernennen. Elisabeth wünschte natürlich, er würde Andrássy heißen, aber nach wie vor wurde das politische Interesse, das sie zum erstenmal in ihrem Leben an den Tag legte – und auch zum letztenmal –, als Einmischung empfunden. Franz Joseph bewies diplomatisches Fingerspitzengefühl. Ein Ungar als Außenminister würde die ultrakonservativen Wiener Kreise so vor den Kopf stoßen, daß er es nicht riskieren könnte,

erklärte er. Einen Österreicher jedoch würden die Ungarn nicht akzeptabel finden. Also ernannte er einen Sachsen. Er hieß Beust.
»Was halten Sie von ihm?« fragte die Kaiserin Andrássy, als er bei ihr in Audienz erschien.

*»Ich kann mir nicht denken«, erwiderte er, »daß ein Fremder imstande ist, die Monarchie mit frischem Leben zu erfüllen. Man muß in einem Land geboren sein, und in ihm gelebt haben, um es retten zu können. Nehmen es mir Eure Majestät nicht übel und halten Sie es nicht für unbescheiden, wenn ich die Überzeugung ausspreche, daß in diesem Augenblick nur ich allein helfen kann.«**

Damit hatte er den innersten Gedanken der Kaiserin Worte verliehen. Gegen alle Erwartungen war es gerade Beust, der sich zum größten Fürsprecher für den österreichisch-ungarischen Ausgleich machte. Die Verhandlungen kamen nach einigen Monaten zum Abschluß, und am 18. Februar 1867 wurde im ungarischen Abgeordnetenhaus ein Handschreiben Franz Josephs verlesen, mit dem er Graf Andrássy zum Ministerpräsidenten ernannte und dem ungarischen Volk seine Verfassung zurückgab.
Ministerpräsident von Ungarn war zwar das kleinere Ziel, aber das größere, Außenminister von Wien, erreichte Andrássy auch. Nur dauerte es noch vier Jahre.
Am 8. Juni krönte Graf Gyula Andrássy eigenhändig in der Kathedrale von Budapest Franz Joseph zum König und Elisabeth zur Königin von Ungarn.
Eine Augenzeugin, Landgräfin Fürstenberg, die Vertraute der Erzherzogin Sophie, schrieb darüber nach Wien:

*Ihre Majestät sah beim solennen Akt selbst ganz überirdisch schön, so bewegt und gesammelt wie eine Braut aus. Mir schien auch, daß sie es in einer Beziehung so auffaßte.***

Die Landgräfin war für ihre spitze Zunge bekannt. Hohe österreichische Offiziere fanden es schwer, sich mit der Tatsache abzufinden, daß ausgerechnet einem Rebellen, der im Jahre 48 gegen die österreichische Armee gekämpft hatte, die Ehre zufiel, das Königspaar zu krönen.

* Eduard von Wertheimer, »Graf Julius Andrássy«
** Corti, »Elisabeth, die seltsame Frau«

Ida von Ferenczy, die einen bevorzugten Platz in der Kathedrale hatte, schluchzte während der Zeremonie herzzerbrechend.

»Weinen Sie, Ida?« fragte Gräfin Festetics.
Die Ferenczy schüttelte den Kopf.
»Ich habe immer noch nicht begriffen, was Sie mir eigentlich sagen wollten!«
Ida benutzte ihr Taschentuch. »Es ist offenbar schwer zu erklären«, sagte sie schließlich. »Ich habe, soweit ich das konnte, die arme Kaiserin beeinflußt, für Ungarn Stellung zu nehmen. Ich fürchte, daß ich sie damit nur unglücklich machte.« Und schnell fügte sie hinzu: »Dabei schätze ich meine Rolle keineswegs zu hoch ein. Bestimmt nicht.«
»Ich glaube, liebe Ida, daß Sie vollkommen unrecht haben. Meiner Ansicht nach war das die glücklichste Zeit ihres Lebens! Außerdem hat Ungarn ihr sehr, sehr viel zu verdanken. Wollen wir es nicht dabei belassen?«
Ida nickte. »Wissen Sie, wann Andrássy und die Kaiserin sich zum letzten Male gesehen haben? Am Tag von Rudolfs Selbstmord. Als Andrássy in Budapest die Nachricht erhielt, setzte er sich in die Bahn und fuhr nach Wien. Hierher. Zu mir. Ich sagte ihr Bescheid. Sie kam sofort. Er war schon todkrank damals. Nur noch ein Schatten seiner selbst.«
Die Gräfin Festetics stand auf. »Elisabeth konnte sich immer auf Sie verlassen!« sagte sie und umarmte Ida. Dann verabschiedete sie sich.
Allein ging Ida schluchzend zum Schreibtisch und betrachtete das Bild der Kaiserin. Sie nahm einen Brief aus der Schublade. Es war der erste, den Elisabeth ihr geschrieben hatte:

Viel denke ich an Dich während des langen Frisierens, während der Spaziergänge und tausend Mal am Tage . . . Jetzt bin ich nur entsetzlich traurig . . . Das Leben ist hier genug langweilig. Eine lustige Gesellschaft fand ich noch nicht und habe auch keine Aussicht dazu. Ich gehe sehr viel, fast den ganzen Tag spazieren . . . und lese auch sehr viel . . . hie und da spiele ich auch Orgel . . .
Jetzt Gott mit Dir, liebe Ida, heirate nicht während dieser Zeit, weder Deinen Kálmán noch einen anderen – sondern bleibe treu
Deiner Freundin E.

Alle Briefe und das Telegramm Franz Josephs aus: Georg Nostitz-Rieneck, »Briefe Kaiser Franz Josephs an Kaiserin Elisabeth«
Alle Briefe der Kaiserin aus: Corti, »Elisabeth, die seltsame Frau«

Der Prozeß und das Ende

Am 10. November, um 9 Uhr morgens, begann unter Vorsitz von Gerichtspräsident Burgy der Prozeß. Generalstaatsanwalt George Navazza führte die Anklage, Maître Moriaud die Verteidigung. Untersuchungsrichter Léchet saß zwischen den Zuschauern. Um 9 Uhr 15 wurde Lucheni in den dicht gefüllten Saal geführt.
Der Reporter des BUND beschrieb seinen Auftritt folgendermaßen:

Er begrüßt den Gerichtshof und hierauf auch das Publikum mit freundlichem Kopfnicken. Lucheni sieht gut aus, lächelt still vergnügt vor sich hin und fühlt sich sehr geschmeichelt, daß ihm die Hauptrolle in dem folgenden Drama zugeteilt ist. Sein wohlgeformtes Gesicht ist frisch rasiert. Er trägt einen blonden, gekräuselten Schnurrbart.

Aus einer Liste von 40 Namen wurden als erstes durch Ziehung 12 Geschworene und 2 Ersatzmänner bestimmt. Dann führte man die 49 geladenen Zeugen in den Saal, um sie nach ihrer Vereidigung wieder hinauszugeleiten. Generalstaatsanwalt Navazza verlas die Anklage. Ihr folgte die Einvernahme der Zeugen.
Jeder, der auch nur das geringste über Lucheni berichten konnte, war vorgeladen, vom Pensionsinhaber Matthey aus der Rue Mercerie in Lausanne über den Portier Planer vom Hotel Beau-Rivage bis zum Fuhrmann Gatti. Sie wiederholten alle, was sie schon in früheren Einvernahmen gesagt hatten, und wußten nichts Neues hinzuzufügen.
Das Vernehmungsprotokoll der Gräfin Sztáray wurde den Geschworenen vorgelesen, ebenso die Briefe des Prinzen d'Aragona aus Palermo. Madame Jaecker ließ sich wegen Krankheit entschuldigen.
Die Prostituierten Lina Zahler und Emma Pittet aus Lausanne erregten allgemeines Aufsehen.
Nach der Mittagspause begann das Verhör des Angeklagten. Auf die Frage des Vorsitzenden, warum er die Kaiserin getötet habe, antwortete er: »Das Elend hat mich dazu gezwungen.« Als der Vorsitzende später die Frage noch einmal stellte, sagte Lucheni: »Um mich für mein Leben zu rächen.« Nach seinen Mitschuldigen befragt, erklärte er: »Ich habe keine Mitschuldigen.« Er deutete auf sich selbst und sagte: »Mein Mitschuldiger sitzt hier!«
Gegen Ende des Verhörs wollte der Vorsitzende wissen, ob Lucheni

die Tat bereue, ob er Gewissensbisse hätte. »Haben diejenigen Gewissensbisse, die die Arbeiter seit Jahrhunderten ausbeuten und unterdrücken?« erwiderte er. »Ich bereue nichts!«
Schließlich fragte der Vorsitzende, ob er die Tat noch einmal begehen würde, wenn das möglich wäre.
Lucheni verstand nicht. »Warum soll ich noch einmal tun, was ich schon getan habe?« Als er dann begriff, sagte er mit voller Überzeugung: »Natürlich würde ich es noch einmal tun!«

Meine ersten Worte gelten dem Andenken Ihrer Majestät der Kaiserin von Österreich,

begann Generalstaatsanwalt Navazza sein Plädoyer.

Sie kam in die Schweiz, um Genesung zu finden, statt dessen fand sie hier die eisige Ruhe des Todes.

Passagen seiner Rede lauteten:

Lucheni hat ein Geständnis abgelegt. Aber einen Teil der Wahrheit verheimlicht er uns. Er versichert, daß er nach Genf gekommen sei, um dem Prinzen von Orléans aufzulauern. Das glaube ich nicht. Und ich glaube auch nicht, daß er seinetwegen nach Evian fuhr. Der Prinz hielt sich nur einen einzigen Tag in Genf auf. Am 18. August. Er logierte im Hotel de la Paix, wo auch sein Vater, der Herzog von Chartres, abgestiegen war. Als Lucheni aus Lausanne verschwand – am 5. September –, erwähnte keine Zeitung den Prinzen von Orléans oder den Herzog von Chartres mit einem einzigen Wort. Obwohl Lucheni das Gegenteil behauptet. Da aber Lucheni an diesem Tag Lausanne verließ, muß er einen anderen Grund gehabt haben. Ist er nach Montreux gefahren – oder in die Umgebung von Montreux, um sich über die Absichten der Kaiserin zu orientieren? Er wußte, daß sie sich in Caux aufhielt. Ihr Besuch dort war bereits mehrere Wochen vor ihrem Eintreffen gemeldet worden. Kam ihm über Dritte Nachricht zu? Wurde die unglückliche Monarchin von seinen Komplicen überwacht? Alle diese Hypothesen sind durchaus vorstellbar, denn es ist unmöglich, Luchenis Spuren zwischen dem 5. und 8. September zu finden.
Lucheni lügt, wenn er behauptet, die Ankunft der Kaiserin in Genf schon am Freitag, dem 9. September, aus der Zeitung erfahren zu

haben. Die Untersuchung hat einwandfrei ergeben, daß ihr Eintreffen erst am Samstag, dem 10., in der Presse erwähnt wurde. Aber bereits am Freitag nachmittag wartete Lucheni vor dem Hotel Beau-Rivage auf die Kaiserin! Er muß also aus anderer Quelle von ihrer bevorstehenden Ankunft erfahren haben. Er stand schon dort, lange ehe die Monarchin um 6 Uhr abends das Hotel zum ersten Mal betrat. Denn erst um die Zeit kehrte sie von der Visite bei der Baronin Rothschild aus Pregny nach Genf zurück.

Lucheni lügt auch, wenn er behauptet, die Kaiserin vor vier Jahren im März oder Juni in Budapest gesehen zu haben. Es wurde festgestellt, daß sie im Jahr 94 Budapest nicht vor dem Monat Oktober besuchte. Damals verrichtete Lucheni aber seinen Militärdienst in Italien. Warum diese Lüge? Wurde ihm die Kaiserin, die er nie zuvor gesehen hatte, am Tag oder Vorabend des Verbrechens von jemandem gezeigt, der uns unbekannt bleiben soll?

Lucheni lügt weiterhin, wenn er behauptet, am 5. September nach Genf gekommen und am 7. September nach Evian gefahren zu sein. Trotz aller Recherchen sind seine Spuren in Evian nicht zu finden. Auch in Genf ist seine Anwesenheit dort, wo er übernachtet zu haben vorgibt, nicht nachzuweisen. Am 8. wurde er hier jedoch in einem Café gesehen, und am selben Tag schreibt er an die Prinzessin de Vera nach Palermo eine Postkarte, auf der haargenau jener Teil des Quai du Mont-Blanc abgebildet ist, wo er am nächsten Tag sein Verbrechen begehen wird. Er schreibt der Prinzessin, daß er aus Gründen, die er ihr nicht mitteilen könne, eine bereits angetretene Reise nach Paris aufgeben, in Culoz umkehren und nach Genf zurückfahren mußte. Am Samstag, dem 10. September, wolle er Genf wieder verlassen. Welch eine mysteriöse Angelegenheit!

Am Freitag wurde Lucheni in Begleitung mehrerer Personen beobachtet, die er nicht zu kennen behauptet. Alles spricht dafür, daß Lucheni angestrengt bemüht ist, seine Begegnungen und Handlungen während der Zeit der Vorbereitung des Verbrechens zu verheimlichen. Sollte er tatsächlich schon am 5. nach Genf gekommen sein, so verschweigt er uns, wo er sich aufgehalten hat und mit wem er zusammen war.

Niemals hat Lucheni versucht, sich selbst zu schonen. Wenn er also in gewissen Punkten mit der Wahrheit zurückhält, tut er dies nicht im eigenen Interesse. Er tut es, weil die Wahrheit Dritte gefährden könnte!

Diese Überlegung zwingt uns die Frage auf, ob Lucheni, der zwar

das Verbrechen ausführte, auch sein moralischer Urheber ist – oder ob er Komplicen hat! Dieser unbekannten Größe galten unsere Recherchen.
Nach dem Beispiel seiner Vorgänger im anarchistischen Verbrechen behauptet er, die Tat sei ausschließlich seiner eigenen Konzeption entsprungen. Er opfert die Freiheit seines ganzen künftigen Lebens der wilden Freude, die er heute empfindet. Er will die volle Verantwortung tragen und ist nicht bereit, irgend jemandem auch nur den kleinsten Anteil seines traurigen Ruhms abzugeben. So haben alle anarchistischen Attentäter bisher gehandelt!
Ungeachtet seines obstinaten Leugnens ist es, wie gesagt, durchaus möglich, daß ein Komplott vorliegt. Ich kann mich nicht dafür verbürgen. Wir können es nicht beweisen. Wenn diese Hypothese aber stimmt, spricht vieles dafür, daß es sich nicht um eine lokale Verschwörung handelt. Wie man weiß, reisen die Anhänger des Anarchismus viel. Sie ziehen als Botschafter von einem Ort zum anderen. Soll ein Komplott in einer bestimmten Stadt ausgeführt werden, wird es in einer zweiten geplant und in einer dritten vorbereitet. Es läßt sich denken, wie schwer es ist, derartige Verschwörungen aufzudekken ...
Wenn es zutrifft, daß Lucheni Komplicen hat, war er dann vielleicht nur ein passives, blindes Werkzeug? Führte er nur Befehle aus? War er die Marionette der anarchistischen Apostel, die im Hausrock am Kamin sitzen und mit ihren Schriften die Glut anheizen, die den Feuerbrand auslösen soll? Die sich das Mäntelchen eines angeblich wissenschaftlichen oder philosophischen Anarchismus umhängen und dann jede Solidarität mit denen ablehnen, die zur Tat schreiten, deren Propheten und Prediger sie aber sind? Ich habe kein Erbarmen mit diesen Schreibtisch-Anarchisten, die andere anstiften und in Wahrheit selber belangt werden sollten. Man kann ihnen aber bestimmt nicht zu Leibe rücken, indem man mit ihren Jüngern, die den Mord ausführen, Nachsicht übt! ...
Wenn eine abgekartete Verschwörung gegen Ihre Majestät die Kaiserin von Österreich existierte, dann hat Lucheni dabei keine zweitrangige Rolle gespielt. Ohne jeden Zweifel war er vollkommen einer Meinung mit denen, die ihn zum Handeln bestimmten. Schon vor längerer Zeit hat er aus freiem Willen dies bekundet, indem er versuchte, sich eine Waffe zu beschaffen, sei es ein Dolch, ein Revolver oder die Feile.
Wenn es also ein Komplott gibt, so war er kein passives oder blindes

Werkzeug! Seine Entschlossenheit, die Verwegenheit, mit der er sich hervortat, machten ihn zum Arm des kollektiven Willens. War Lucheni trotzdem nur ein Werkzeug, dann war er ein sehr gefährliches, das in Verwahrung gehört.
Lucheni, meine Herren, ist kein geborener Verbrecher. Er ist – und ich zitiere seine eigenen Worte – ein Champion der Anarchie! Die Anarchisten, der Krebsschaden der zweiten Hälfte unseres Jahrhunderts, haben seine hochmütige und entschlossene Natur erkannt und ihm die Ausführung des unsinnigen und widerwärtigen Verbrechens übertragen.
Der Anarchismus, diese trügerische und unmenschliche Irrlehre, umgarnt mit seinen Fangarmen wie ein Polyp viele kräftige und intelligente junge Männer. Er entzieht sie ihren sozialen Verpflichtungen und zerstört in ihnen das Gefühl für Vaterland und Familie. Damit versucht er die Grundmauern unserer Gesellschaft zu unterminieren, das moralische Erbgut der Menschheit, uns durch Jahrhunderte überliefert. Wenn diese erst erschüttert sind, ist die Gesellschaft dem moralischen Verfall preisgegeben.
Der Anarchismus ist eine Doktrin ohne Dogma, ohne Ziel und ohne Charta. Er besteht aus einem einzigen Lehrsatz: Tod den Herrschern! Er ist das Produkt von Haß und Neid. Er greift die Spitze der sozialen Ordnung an mit der Propaganda der Tat und mit seinen subversiven Schriften, die ihm täglich neue Anhänger zuführen.
Der Anarchismus drückt einem eitlen Menschen den Dolch in die Hand, spekuliert auf seine Ruhmbegierde, spiegelt ihm vor, sein Name würde in goldenen Lettern im Katalog der anarchistischen Taten verewigt werden, wo er doch in Wahrheit nur mit Blut in die Geschichte des Verbrechens eingeht.
Es ist Ihnen gelungen, die Aufmerksamkeit der Welt auf sich zu lenken, indem Sie Ihre Feile in das Herz einer sechzigjährigen Frau bohrten! Ist Ihre Eigenliebe nun befriedigt, Lucheni? Den Grad Ihrer Feigheit mögen Sie daran ermessen, wie leicht Ihr Opfer zu treffen war. Die Bewunderung Ihrer Gesinnungsgenossen ist Ihnen gewiß. Sie muß Sie für die ewige Einsamkeit, die Ihnen bevorsteht, entschädigen und dafür, daß Ihnen die Apotheose der Guillotine versagt bleibt . . .
Unsere Gesellschaft gibt nicht vor, perfekt zu sein. Aber soll sie es dadurch werden, daß alles in materiellen und moralischen Ruin gestürzt wird? Die Gesellschaft muß einer evolutionären Tendenz folgen, manchmal schneller, manchmal langsamer, ihrem Zustand an-

gemessen. Wir haben Grund zu hoffen, daß sich immer und überall aufgeklärte Menschen finden werden, die bereit sind, sie auf ihrem Weg dem sozialen Ideal entgegen zu leiten. Sie wird es suchen und sich ihm nähern ohne die Hilfe dieser Meister des Hasses, dieser Vaterlandslosen, die vielleicht nicht alle dieselben radikalen Mittel gutheißen, aber in Wahrheit dasselbe Resultat anstreben.
Die Gesellschaft muß vorbeugende Maßnahmen gegen den Anarchismus ergreifen. Das kann sie tun, indem sie für bessere Unterrichtsmöglichkeiten sorgt und indem sie das Elend bekämpft. Es wäre ein Akt der weisen Voraussicht, unsere Gesetze und Institutionen zu verbessern und sie humaner zu machen. Durch Fortschritt und Wohlfahrt wird sie dem Anarchismus seine Anhänger in der jungen Generation entreißen müssen, deren er uns beraubt hat und die er wucherisch zu hamstern trachtet. Die Gesellschaft sollte aus der Verteidigung heraustreten und den moralischen Kampf ins anarchistische Lager tragen. Nur so kann sie diejenigen an sich fesseln, die versucht sind, aus ihren Reihen zu desertieren ...
Wir müssen eine Kombination von humaner Vorbeugung finden, um die Verbreitung der anarchistischen Idee einzudämmen, und gleichzeitig eine Methode, die anarchistischen Gesetzesbrecher energisch in Schach zu halten, auf daß der soziale Friede garantiert und die anarchistische Gefahr gebannt werde.
Die Gefahr ist echt. Sie ist dringend ... Heute findet ein großes Duell statt zwischen der Ordnung und der Unordnung. Der Ausgang mag unter Umständen tragisch sein, aber der Sieg wird nicht in Zweifel stehen, wenn jeder seine Pflicht tut, ganz gleich auf welcher Stufe der sozialen Leiter er sich befindet, sei er Prinz oder Proletarier.
Sie, meine Herren Geschworenen, haben die Aufgabe, der Welt zu beweisen, daß die Genfer Gerichtsbarkeit sich ihrer Verantwortung bewußt ist.
*Wenn Lucheni in einem unserer Nachbarländer vor Gericht stünde, wäre ihm das Schafott, das er so zynisch sich zu wünschen vorgibt, sicher. Hier wird sein Leben verschont bleiben. Aber die Freiheit muß er auf immer verlieren. Er muß aus den Augen der Menschen verschwinden. Er muß die Strafe erhalten, die wir an die Stelle der Todesstrafe gesetzt haben, eine Strafe, die nicht weniger hart ist, nämlich dazu verdammt zu sein, vergessen von der Welt, jeden Tag und jede Stunde mit seinem Verbrechen leben zu müssen.**

* JOURNAL DE GENÈVE vom 11.11.1898

Nach einer kurzen Pause ergriff Luchenis Verteidiger das Wort.

Der Berichterstatter der NEUEN ZÜRICHER ZEITUNG schrieb über das Plädoyer:

Die Rede des Verteidigers gestaltete sich zu einer furchtbaren Anklage gegen Italien und die schlechte Verwaltung, welche das elternlose Kind für 8 Francs im Monat, dann für 5 Francs verkostgeldete, und zwar bei höchst zweifelhaften Leuten. Eine ordentliche Erziehung hat Lucheni nie genossen. Er war immer der arme Verstoßene und Verlassene. Es war vorauszusehen, daß er einmal, wenn er in den Kampf mit der Gesellschaft trat, sagen mußte: Die Gesellschaft hat ihre Pflichten gegen mich vernachlässigt . . .
Trotzdem war er ein tüchtiger, williger Soldat, dem seine Vorgesetzten das beste Zeugnis gaben. Er bemühte sich, eine Anstellung zu bekommen, nachdem er sechs Monate in Afrika gedient hatte, aber seine Anfragen wurden nicht einmal einer Antwort gewürdigt.
Da trat in seinem ganzen Wesen eine verhängnisvolle Wandlung ein. Der von Haus aus gutartige Mensch . . . verwandelte sich in einen Mann, der in den Händen geschickter Verführer zum Verbrecher werden konnte.
*Der Verteidiger versuchte nachzuweisen, wann und unter welchen Umständen die Fanatisierung seines Klienten erfolgte, und nachträglich machte er die jämmerliche Verwaltung Italiens für die sittliche Verlotterung verantwortlich, der Lucheni schließlich anheimfiel. Ein paar Monate genügten, um aus Lucheni, der vorher ein ordentlich denkender Mann war, durch anarchistische Lektüre und böse Kameraden einen anarchistischen Verbrecher zu machen, der heute noch glaubt, eine Tat zum Wohle der Menschheit getan zu haben. Lucheni hat heute noch keinen Begriff von der Verrücktheit seines Beginnens und steht ganz unter dem Einfluß der blinden Wut, die ihm eingepflanzt worden war.**

Das JOURNAL DE GENÈVE hob eine andere Stelle des Plädoyers besonders hervor:

Der Verteidiger bittet zu bedenken, ob das exemplarische Urteil, das der Generalstaatsanwalt fordert, gerecht sei. Er zitiert Beispiele, wo

* NZZ vom 12. 11. 1898

*im selben Gerichtssaal Morde, unter fast analogen Umständen begangen, keineswegs mit der ganzen Schwere des Gesetzes gesühnt worden wären. Aber da seien die Opfer kleine Leute gewesen. Gibt es, so fragt er, zwei Arten von Gerechtigkeit – eine mitleidslose für die Mörder der Großen und eine gnädig-nachsichtige für die, deren Opfer arm und elend sind? Nein, sicherlich nicht! Er mahnt die Geschworenen, nicht auf das Geschwätz der Straße zu hören – und die Mörder der Reichen wie die der Armen, die der Mächtigen wie der Schwachen mit gleicher Gewissenhaftigkeit abzuurteilen.**

Die NEUE ZÜRICHER ZEITUNG schrieb schließlich noch:

Während der anderthalb Stunden dauernden Rede des Verteidigers rannen Lucheni die Tränen aus den Augen; er wischte sie nicht ab. Er hielt die Hände krampfhaft in den Hosentaschen und bemühte sich, am Schluß seiner Bewegung Herr werdend, die Rolle weiterzuspielen, die ihm aufgetragen war.
*Als er gefragt wurde, ob er noch etwas zu sagen habe, erwiderte er, er sei vollständig befriedigt und habe nichts beizufügen.***

Nach kurzer Beratung erklärten die Geschworenen einstimmig Lucheni für schuldig, die Kaiserin von Österreich am 10. September 1898 vorsätzlich ermordet zu haben.
Wenige Minuten vor 7 Uhr abends verkündete der Vorsitzende das Urteil. Es lautete: Lebenslanges Zuchthaus. Lucheni erhob sich und rief, seinen Vorbildern getreu: »Es lebe die Anarchie! Tod der Aristokratie!« Dann ließ er sich widerstandslos von den Gerichtsdienern abführen. Um 7 Uhr 5 wurde die Sitzung geschlossen.

Zwei Tage nach der Verhandlung schrieb Lucheni zum letztenmal an den Prinzen Ramero de Vera d'Aragona nach Palermo. Der Brief lautete:

Genf, 12. November 1898

Herr Rittmeister,
ich danke Ihnen unendlich für den Bericht, den Sie den Genfer Behörden über mich zugehen ließen. Es ist wahr, diese Frucht ist bitter, aber das habe ich vorausgesehen. Mein Schicksal sollte nicht gütig

* JOURNAL DE GENÈVE vom 12. 11. 1898
** NZZ vom 12. 11. 1898

sein. Meine Zukunft ist traurig, Herr Rittmeister. Ich kann nicht behaupten, daß ich es nicht gewußt hätte. Im Gegenteil, ich habe alles vorausgesehen. Ich war zu sehr mit dem weltlichen Leben in Berührung gekommen, und ich habe mich zu sehr mit meiner Stellung in der Welt befaßt, so daß meinen Ansprüchen die Beschäftigung als Handlanger nicht mehr genügte. Aber ich habe nichts gelernt. Das war der Hauptgrund, warum ich mich bemühte, einen Posten von der Regierung zu bekommen. Ich habe nie Abscheu vor der Arbeit gehabt. Ich habe immer gearbeitet, wenn der Lohn wenigstens für ein Leben als Arbeiter genügt hätte. Ich wollte bestimmt nicht in den großen Hotels wohnen! Ich habe die Menschen nicht beneidet, die, wie Sie, im Salonwagen reisen. Ich habe nie verlangt, im Theater auf dem Balkon oder im 1. oder 2. Rang zu sitzen. Ich wäre vollkommen zufrieden gewesen, wenn ich nur wie ein Mensch hätte leben können, aber das hat mir die Gesellschaft nicht erlaubt. Geduld! Ich bin zufrieden, daß ich meinem Vaterland als guter Soldat diente und mich als guter Soldat aufführte. Das war meine Pflicht. Ich habe mir die Achtung aller Offiziere und Soldaten erworben, die mich gekannt haben. Der, von dem ich gewünscht hätte, daß er es wüßte, hat nicht erkannt, daß ich gut bin. Aber das macht nichts. Meine Mutter, deren Fleisch und Blut ich bin, hat mich im Stich gelassen. Sie haben mich aus Ihrem Haus gejagt, und ich verzeihe Ihnen.

Herr Rittmeister, ich versichere Ihnen, daß der Direktor des Zuchthauses in Genf mich als den besten Gefangenen bezeichnen können wird, so wie Sie mich den besten Soldaten genannt haben. Ich werde bemüht sein, meine Pflicht zu tun, so als ob ich noch einen Dienstherrn hätte. Ich weiß, daß die gute Führung mir nichts nützen wird, aber das macht nichts. Wenn ich imstande war zu morden, werde ich auch ein guter Zuchthäusler sein können. Ich werde den Mut nicht verlieren, auch wenn ich 80 Jahre alt werden sollte. Ich werde immer Lucheni sein. Herr Rittmeister, mit dem größten Vergnügen teile ich Ihnen mit, daß ich mir keinen besseren Verteidiger wünschen konnte. Er führte allen mein ganzes vergangenes Leben vor Augen. Darum hatte ich ihn gebeten. Nicht um meine Strafe zu mildern, denn ich will im Gefängnis sterben. Aber ich bin glücklich, daß jetzt alle Menschen Luchenis Leben kennen, von dem Augenblick an, wo er auf die Welt kam.

Gestern besuchte mich ein Priester. Um die Wahrheit zu sagen, ich weiß nicht, ob er dem mohammedanischen oder dem katholischen Klerus angehört. Wie dem auch sei, er besitzt in mir einen Kunden,

der ein bißchen hartköpfig ist. Er hat versprochen, öfter zu kommen. Ich weiß nicht, mit welchen Argumenten er mich amüsieren will. Ich habe ihm gleich gesagt, daß es schwer sein wird, mich zu bekehren. Falls es Ihnen Freude macht, kann ich Ihnen ja vielleicht mitteilen, wenn sich hierin etwas ändern sollte.
Ich grüße Sie und alle in der Schwadron. Bitte verzeihen Sie mir, wenn durch die Schuld eines Mörders Ihr Name in die Zeitungen gekommen ist.

Grüße an das ganze Haus!
Luigi Lucheni

*Bitte bestellen Sie Rota, daß ich oft an seine Ratschläge denke. Aber jetzt ist es zu spät. Ich bin ein lebender Toter.**

Am 19. Oktober 1910 beging Lucheni Selbstmord. Er erhängte sich in der Zelle an seinem Gürtel.
Die Öffentlichkeit nahm von diesem Ereignis kaum Notiz.

* AGG

Léchet hatte nicht aufgehört, den in das Gefängnis Eveché überstellten Strafgefangenen nach seinen Komplicen zu befragen.
Am 25. April 1899 – es war ihre letzte Begegnung – gestand Lucheni, daß er das Mitglied einer Verschwörung sei. Die zwei Italiener, die der Gepäckträger Gilbert zur Stunde des Attentats am Genfer Bahnhof beobachtete, gehörten ebenfalls dazu. Einer von ihnen wäre mit einem Revolver, der andere mit einem Dolch bewaffnet gewesen. Aber wie immer behauptete Lucheni auch jetzt, keine Namen zu kennen. Weder die der Männer am Bahnhof noch die seiner anderen Komplicen.
Der Untersuchungsrichter nahm diese Neuigkeit für einen späten Triumph. Bevor er sie Generalstaatsanwalt Navazza mitteilte, gab er sie an die Presse.
Wenige Monate später starb Charles Léchet.

DIE QUELLEN

AKTE LUCHENI der Generalstaatsanwaltschaft Genf

ZEITUNGEN:

DER BUND (Bern)
FREIHEIT (Anarchistisches Wochenblatt, London/New York)
IL SECOLO (Mailand)
JOURNAL DE GENÈVE
MÜNCHNER NEUESTE NACHRICHTEN
NEUE FREIE PRESSE (Wien)
NEUE ZÜRCHER ZEITUNG
NEW YORK HERALD (Europa-Ausgabe, Paris)
TRIBUNE DE GENÈVE

LITERATUR ÜBER DEN ANARCHISMUS

BAKUNIN, Michail: »Gesammelte Werke«, Berlin 1921–24; Philosophie der Tat, herausgegeben von Rainer Beer, Köln 1968
BUCHARIN, N.: »Anarchismus und wissenschaftlicher Kommunismus«, Hamburg 1919
DIEHL, K.: »Über Sozialismus, Kommunismus und Anarchismus«, Jena 1922
DRESSEN, Wolfgang: »Antiautoritäres Lager und Anarchismus«, Berlin 1968
GODWIN, William: »An enquiry concerning political justice and its influence on general virtue and happiness«, New York 1926
GUÉRIN, Daniel: »Anarchismus – Begriff und Praxis«, Frankfurt 1968
HOLITSCHER, Arthur: »Der Fall Ravachol«, Berlin 1925
JOLL, James: »Die Anarchisten«, Frankfurt 1960
KROPOTKIN, Peter: »Worte eines Rebellen«, Wien 1924; »Landwirtschaft, Industrie und Handwerk«, Berlin 1921
LIFSCHITZ, Dr. F.: »Was ist Anarchismus?«, Bern 1911
MAIER, G.: »Soziale Bewegungen und Theorien«, Leipzig 1918
MAITRON, Jean: »Ravachol et les Anarchistes«, Paris 1964
MAURY, Lucien: »La pensée vivante de P. J. Proudhon«, Textes choisis, Paris 1942
MUCKLE, F.: »Die Geschichte der sozialistischen Ideen im 19. Jahrhundert«, Leipzig 1917
NETTLAU, Max: »Enrico Malatesta, das Leben eines Anarchisten«, Berlin 1922
PAYNE, Robert: »The story of terrorism«, London 1951

STIRNER, Max: »Der Einzige und sein Eigentum«, Leipzig 1892
TOBIAS, Hermann: »Der Anarchismus und die anarchistische Bewegung«, Berlin 1899
TUCHMAN, Barbara W.: »The proud tower«, New York 1966

LITERATUR ÜBER DAS HAUS HABSBURG:

BOGYAY, Thomas von: »Grundzüge der Geschichte Ungarns«, Darmstadt 1967
BOURGOING, Jean de: »Briefe Franz Josephs an Katharina Schratt«, Wien 1964
CORTI, Egon Caesar Conte: »Elisabeth, die seltsame Frau«, Salzburg 1934
CORTI, Egon Caesar Conte, und SOKOL, Hans: »Kaiser Franz Joseph«, Graz 1965
CRANKSHAW, Edward: »Der Niedergang des Hauses Habsburg«, Wien 1967
FLESCH-BRUNNINGEN, Hans: »Die letzten Habsburger in Augenzeugenberichten«, Düsseldorf 1967
HASLIP, Joan: »Elisabeth von Österreich«, München 1966
LOEHR, Clemens: »Mayerling«, Wien 1968
LÓNYAY, Stephanie: »Ich sollte Kaiserin werden«, Leipzig 1935
MITIS, Oscar von: »Das Leben des Kronprinzen Rudolf«, Leipzig 1928
NOSTITZ-RIENECK, Georg: »Briefe Kaiser Franz Josephs an Kaiserin Elisabeth«, Wien 1966
SZTÁRAY, Irma: »Aus den letzten Jahren der Kaiserin«, Wien 1909
VALLOTTON, Henry: »Elisabeth, l'impératrice tragique«, Paris 1947
WANDRUSZKA, Adam: »Das Haus Habsburg«, Freiburg 1968
WALLERSEE, Marie von (Gräfin Larisch): »Meine Vergangenheit«, Berlin 1913; »Kaiserin Elisabeth und ich«, Leipzig 1935
WERTHEIMER, Eduard von: »Graf Julius Andrássy«, Stuttgart 1913

PERSONENREGISTER

Kaiserin Elisabeth und Luigi Lucheni wurden nicht in das Register aufgenommen.